suhrkamp taschenbuch 4545

Fünfhundert Dollar – monatlich! Der Transportunternehmer Felícito denkt überhaupt nicht daran, auf die Schutzgeldforderung der peruanischen Mafia einzugehen. Bis plötzlich die Liebe seines Lebens spurlos verschwindet. Zur gleichen Zeit spielt sich in Lima ein rasantes Familiendrama ab: Ismael, ein erfolgreicher Geschäftsmann auf dem Sprung in den Ruhestand, vermählt sich mit seiner bildhübschen Haushälterin Armida. Damit bringt er jedoch seine unberechenbaren Söhne um ihr Erbe und wird kurzerhand das Opfer einer hitzigen Medienkampagne.

Zwei Männer im Liebestaumel, die vollkommen arglos in Turbulenzen geraten und die viel mehr miteinander verbindet, als sie ahnen …

Mario Vargas Llosa, geboren 1936 in Arequipa/Peru, gestorben am 13. April 2025 in Lima/Peru. Neben zahlreichen anderen Auszeichnungen erhielt er 1996 den Friedenspreis des Deutschen Buchhandels und 2010 den Nobelpreis für Literatur. 2021 wurde er in die Académie française aufgenommen. Sein Werk erscheint auf Deutsch im Suhrkamp Verlag.

Mario Vargas Llosa
Ein diskreter Held

Roman

Aus dem Spanischen von
Thomas Brovot

Suhrkamp

Die Originalausgabe erschien 2013 unter dem Titel
El héroe discreto
bei Alfaguara, Madrid.

Im Gedenken an meinen Freund
Javier Silva Ruete

3. Auflage 2025

Erste Auflage 2014
suhrkamp taschenbuch 4545
Umschlagabbildung: László Moholy-Nagy, Lyon:
Im Stadion, 1928, Foto: ullstein bild
Umschlaggestaltung: hißmann, heilmann, hamburg
Druck: CPI books GmbH, Leck
Printed in Germany
ISBN 978-3-518-46545-5

Suhrkamp Verlag GmbH
Torstraße 44, 10119 Berlin
info@suhrkamp.de
www.suhrkamp.de

Ein diskreter Held

Unsere schöne Aufgabe ist es,
uns vorzustellen, dass es ein Labyrinth gibt
und einen Faden.

JORGE LUIS BORGES
Der Faden der Fabel

I

Felícito Yanaqué, Inhaber der Firma Transportes Narihualá, trat an jenem Morgen, so wie jeden Tag von Montag bis Samstag, Punkt halb acht aus seinem Haus, nachdem er eine halbe Stunde Qigong gemacht, kalt geduscht und sich das übliche Frühstück bereitet hatte: Kaffee mit Ziegenmilch und Röstbrot mit Butter, darauf ein paar Tropfen Zuckersirup. Er wohnte im Zentrum von Piura, und auf der Calle Arequipa war der Lärm der Stadt schon losgebrochen, über die hohen Bürgersteige strömten die Menschen auf dem Weg zum Büro, zum Markt, oder sie brachten die Kinder zur Schule. Ein paar fromme Seelen begaben sich in die Kathedrale für die Messe um acht. Die fliegenden Händler riefen lauthals ihre Ware aus, Honigpaste, Lutscher, Teigtaschen, Bananenchips, alle möglichen Leckereien, und an der Ecke, unter dem Dachvorsprung des Gebäudes aus der Kolonialzeit, hatte sich auch schon der blinde Lucindo niedergelassen, das Bettelschälchen zu seinen Füßen. Alles genau wie jeden Tag, seit unvordenklicher Zeit.

Mit einer Ausnahme. Am Morgen hatte jemand an die alte, mit Nägeln beschlagene Holztür seines Hauses, in Höhe des bronzenen Türklopfers, einen blauen Umschlag geheftet, auf dem in Großbuchstaben deutlich der Name des Hausbesitzers stand: Don Felícito Yanaqué. Soweit er sich erinnerte, war es das erste Mal, dass ihm jemand auf diese Weise einen Brief zustellte, wie einen gerichtlichen Bescheid oder einen Strafzettel. Normalerweise schob der Briefträger die Post durch den Türspalt. Er nahm den Umschlag ab, öffnete ihn und las stumm, nur seine Lippen bewegten sich:

Werter Herr Yanaqué,

dass es Ihrer Firma Transportes Narihualá so gutgeht, darauf können Piura und alle Bürger der Stadt stolz sein. Aber es ist auch ein Risiko, denn jedes erfolgreiche Unternehmen läuft Gefahr, von nachtragenden, neidischen oder notleidenden Menschen geplündert und verwüstet zu werden, Menschen, von denen es hier allzu viele gibt, wie Sie selber wissen. Aber machen Sie sich keine Sorgen. Unsere Organisation wird sich darum kümmern, Ihr Unternehmen ebenso wie Sie und Ihre werte Familie vor jedem Zwischenfall, jeder Unannehmlichkeit oder Bedrohung durch diese Halunken zu schützen. Als Vergütung für unsere Tätigkeit nehmen wir monatlich 500 Dollar (eine gewiss bescheidene Summe bei Ihrem Vermögen). Zu den Zahlungsmodalitäten werden wir uns zu gegebener Zeit mit Ihnen in Verbindung setzen.

Wir müssen nicht eigens betonen, wie wichtig es ist, dass Sie die Sache mit der größten Diskretion behandeln. Das alles muss zwischen uns bleiben.

Gott befohlen.

Statt einer Unterschrift trug der Brief die plumpe Zeichnung von etwas, was wie eine kleine Spinne aussah.

Don Felícito las ihn noch einige Male, betrachtete die tänzelnde Schrift, die Tintenkleckse. Er war überrascht und belustigt und hatte das vage Gefühl, dass es sich um einen schlechten Scherz handelte. Er zerknüllte den Brief mitsamt Umschlag und wollte ihn schon an der Straßenecke in die Mülltonne werfen. Aber dann überlegte er es sich anders, strich ihn glatt und steckte ihn ein.

Es waren gut zehn Blocks von seinem Haus in der Calle Arequipa bis zu seinem Büro an der Avenida Sánchez Cerro. Diesmal ging er nicht, während er den Weg zu Fuß lief, die Termine des Tages durch, so wie sonst immer, sondern grübelte über den Brief mit der kleinen Spinne nach. Sollte er ihn ernst nehmen? Zur Polizei gehen und Anzeige erstatten? Die Erpresser hatten angekündigt, sie würden sich wegen der »Zahlungsmodalitäten« mit ihm in Verbindung setzen. Also lieber warten, bis sie sich meldeten, ehe er zum Revier ging? Vielleicht war es auch bloß irgendein Lümmel, der nichts Besseres zu tun hatte, als ihm den Tag zu verderben. Andererseits hatte in letzter Zeit die Kriminalität in Piura zugenommen: Hauseinbrüche, Straßenüberfälle bis hin zu Entführungen, die, wie es hieß, die Familien dieser Weißen von El Chipe und Los Ejidos heimlich arrangierten. Er fühlte sich verwirrt und unentschlossen, doch eins war für ihn gewiss: Nie und nimmer würde er, egal was passierte, diesen Banditen auch nur einen einzigen Centavo geben. Und abermals, wie so oft in seinem Leben, erinnerte sich Felícito an die letzten Worte seines Vaters auf dem Sterbebett: »Lass dich niemals von irgendwem herumschubsen, mein Sohn. Dieser Rat ist das Einzige, was ich dir vermachen kann.« Er hatte ihn beherzigt, nie hatte er sich herumschubsen lassen. Und mit seinem guten halben Jahrhundert auf dem Buckel war er schon zu alt, um seine Gewohnheiten zu ändern. Er war so versunken in seine Gedanken, dass er den Vortragskünstler Joaquín Ramos nur mit einem angedeuteten Nicken grüßte und weitereilte; sonst blieb er schon mal stehen, um ein paar Worte mit diesem unverbesserlichen Bohemien zu wechseln, der wahrscheinlich die Nacht in irgendeiner Kaschemme verbracht hatte und erst jetzt nach Hause ging, mit glasigen Augen, seinem ewigen Monokel und der Ziege im Schlepp, seiner Gazelle, wie er sie nannte.

Als er zu seiner Firma kam, überzeugte er sich, dass die Busse zur vorgesehenen Uhrzeit losgefahren waren, nach Sullana, Talara und Tumbes, nach Chulucanas und Morropón, nach Catacaos, La Unión, Sechura und Bayóvar, alle gut besetzt, ebenso die Sammeltaxis nach Chiclayo und die Lieferwagen nach Paita. Eine Handvoll Leute gaben Pakete auf oder erkundigten sich nach den Abfahrtszeiten der Busse und Sammeltaxis am Nachmittag. Josefita, seine Sekretärin – breite Hüften, kesse Augen und immer tief ausgeschnittene Blusen – hatte ihm bereits die Liste mit den Terminen und Verpflichtungen des

Tages auf den Schreibtisch gelegt und die Thermosflasche mit dem Kaffee dazugestellt, den er bis zum Mittagessen trinken würde.

»Was ist mit Ihnen, Chef?«, grüßte sie ihn. »Warum so ein Gesicht? Haben Sie schlecht geträumt?«

»Ach, nichts Besonderes«, antwortete er, hängte Jackett und Hut an den Garderobenständer und setzte sich. Doch sofort stand er auf und schnappte sie sich wieder, als wäre ihm etwas Dringliches eingefallen.

»Bin gleich zurück«, sagte er, schon auf dem Weg zur Tür. »Muss nur zur Polizei, Anzeige erstatten.«

»Hat man bei Ihnen eingebrochen?« Josefita riss ihre lebhaften Glubschaugen auf. »Das passiert heute jeden Tag in Piura.«

»Nein, nicht, ich erzähl's dir später.«

Entschlossenen Schrittes ging Felícito zum Revier, nur wenige Straßen von seinem Büro entfernt, ebenfalls an der Avenida Sánchez Cerro. Es war noch recht früh, die Hitze noch erträglich, aber er wusste, in weniger als einer Stunde würde diese Straße mit all ihren Reiseagenturen und Busgesellschaften zu glühen beginnen, und zurück käme er schweißnass. Miguel und Tiburcio, seine Söhne, hatten ihm oft gesagt, er sei verrückt, immer Sakko, Weste und Hut zu tragen in einer Stadt, wo alle, ob Arm oder Reich, das ganze Jahr über im kurzärmligen Hemd oder in Guayabera herumliefen. Aber seit er Transportes Narihualá eröffnet hatte, sein Lebenswerk, trug er diese Kleidungsstücke immer, ein Zeichen von Seriosität: sommers wie winters Sakko, Weste und die Krawatte mit dem Miniknoten. Er selbst war klein und spindeldürr, bescheiden und fleißig, ein Mensch, der drüben in Yapatera, wo er geboren war, und in Chulucanas, wo er die Grundschule besuchte, niemals Schuhe getragen hatte. Damit begann er erst, als er mit seinem Vater nach Piura kam. Mittlerweile war er fünfundfünfzig und hielt sich fit und gesund. Sein guter körperlicher Zustand verdankte sich, für ihn keine Frage, den morgendlichen Qigong-Übungen, die ihm sein Freund gezeigt hatte, der verstorbene Lau, Besitzer eines Kramladens. Es war der einzige Sport, den er, abgesehen vom Zufußgehen, in seinem Leben getrieben hatte, sofern man diese Bewegungen in Zeitlupe Sport nennen konnte, die weniger ein Muskeltraining als vielmehr eine andere und klügere Art waren, zu atmen. Als er das Revier erreichte, war er empört, wütend. Ob Scherz oder nicht, wer diesen Brief geschrieben hatte, ruinierte ihm den ganzen Morgen.

Das Revier war ein einziger Backofen, und da alle Fenster geschlossen waren, war es drinnen düster. Am Eingang stand ein Ventilator, der sich aber nicht rührte. Der Polizist am Meldetisch, ein Milchbubi noch, fragte ihn, was er wünsche.

»Mit dem Kommissar sprechen, bitte«, sagte Felícito und reichte ihm sein Kärtchen.

»Der ist für ein paar Tage in Urlaub«, erklärte ihm der Polizist. »Wenn Sie möchten, kann Sergeant Lituma sich um Sie kümmern, er vertritt ihn so lange.«

»Dann spreche ich mit ihm, danke.«

Er musste eine Viertelstunde warten, bis der Sergeant sich herabließ, ihn zu empfangen. Als der Polizist ihn zu der kleinen Stube führte, war sein Taschentuch ganz durchnässt, so oft hatte er sich die Stirn gewischt. Der Sergeant erhob sich nicht zu seinem Gruß, er streckte ihm nur eine feuchte, pummelige Hand entgegen und deutete auf den freien Stuhl vor sich. Er war rundlich, fast schon dick, mit gütigen Äugelchen und dem Ansatz eines Doppelkinns, das er immer wieder liebevoll knetete. Das Khakihemd seiner Uniform trug er aufgeknöpft und mit Schweißflecken unter den Achseln. Auf dem kleinen Tisch stand ein Ventilator, der funktionierte immerhin. Felícito spürte dankbar, wie ihm ein Stoß kühler Luft übers Gesicht fuhr.

»Womit kann ich Ihnen dienen, Herr Yanaqué?«

»Diesen Brief hier habe ich heute bekommen. Er hing an meiner Haustür.«

Sergeant Lituma setzte sich eine Brille auf, die ihm das Aussehen eines Winkeladvokaten verlieh, und las den Brief in aller Ruhe durch.

»Tja, was soll man da sagen«, meinte er schließlich und zog

ein Gesicht, das Felícito nicht recht zu deuten vermochte. »Das sind die Folgen des Fortschritts, Don Felícito.«

Als er die Verwirrung des Unternehmers sah, erläuterte er, mit dem Brief wedelnd:

»Als Piura noch eine arme Stadt war, gab es so etwas nicht. Wer wäre schon auf die Idee gekommen, von einem Geschäftsmann Schutzgeld zu verlangen. Jetzt, wo es Geld gibt, fahren die Leute ihre Krallen aus und wollen ihren Schnitt machen. Schuld sind die Ecuadorianer, mein Herr. Da sie der Regierung misstrauen, ziehen sie ihr Kapital ab und investieren es hier. Und dann greifen sie den Bürgern von Piura in die Tasche und stopfen sich die eigene voll.«

»Das ist mir nicht gerade ein Trost, Sergeant. Außerdem, wenn man Sie so hört, da klingt es fast, als wäre es ein Unglück, dass es Piura jetzt so gutgeht.«

»Das«, sprach der Sergeant bedächtig, »habe ich nicht gesagt. Nur dass in diesem Leben alles seinen Preis hat. Auch der Fortschritt.«

Wieder wedelte er mit dem Brief, und Felícito Yanaqué kam es vor, als machte sich dieses dunkle, rundliche Gesicht über ihn lustig. In den Augen des Sergeanten schimmerte es, ein gelblich grünes Leuchten, wie bei einem Leguan. Irgendwo hinten im Revier brüllte eine Stimme: »Solche Ärsche wie in Piura gibt es nirgendwo sonst in Peru. Ich unterschreibe, Scheiße!« Der Sergeant lächelte und tippte sich an die Schläfe. Felícito wurde klaustrophobisch zumute. Es gab fast keinen Platz für sie beide zwischen diesen rußigen Holzwänden, übersät mit Meldungen, Bekanntmachungen, Fotos und Zeitungsausschnitten. Es roch nach Schweiß und alten Männern.

»Schreiben kann er jedenfalls«, sagte der Sergeant und überflog noch einmal den Brief. »Zumindest kann ich keine Grammatikfehler entdecken.«

Felícito spürte, wie sein Blut in Wallung geriet.

»Ich bin nicht gut in Grammatik, und ich glaube nicht, dass es darauf ankommt«, murmelte er und musste sich zurückhalten. »Was meinen Sie, was jetzt passiert?«

»Erst einmal nichts«, erwiderte der Sergeant in aller Ruhe. »Ich nehme Ihre Angaben auf, für alle Fälle. Kann sein, dass es bei diesem Brief bleibt. Vielleicht hat jemand ein Hühnchen mit Ihnen zu rupfen und will Sie auf die Palme bringen. Genauso könnte es sein, dass die Sache ernst ist. Da steht, man wird sich wegen der Zahlung mit Ihnen in Verbindung setzen. Wenn das passiert, kommen Sie her und wir sehen weiter.«

»Sie scheinen der Sache keine Bedeutung beizumessen«, protestierte Felícito.

»Fürs Erste hat sie keine«, sagte der Sergeant und zuckte die Achseln. »Das ist bloß ein zerknittertes Stück Papier, Herr Yanaqué. Es könnte ein dummer Streich sein. Aber wenn die Sache ernst wird, wird die Polizei handeln, das verspreche ich Ihnen. Dann also an die Arbeit.«

Eine ganze Weile musste Felícito die Angaben zu seiner Person und seiner Firma herbeten. Sergeant Lituma notierte sie in ein grün eingebundenes Heft, mit einem Bleistiftstummel, den er immer wieder mit der Zunge befeuchtete. Felícito beantwortete die Fragen mit schwindendem Selbstvertrauen, so unnütz erschienen sie ihm. Herzukommen und die Anzeige aufzugeben war reine Zeitverschwendung. Nichts würde dieser Sergeant unternehmen. Außerdem, hieß es nicht, dass die Polizei die korrupteste aller Institutionen war? Vielleicht stammte der Brief mit der kleinen Spinne ja aus dieser stinkenden Höhle hier. Als Lituma ihm sagte, das Schreiben müsse als Beweismittel im Revier bleiben, sprang Felícito auf.

»Ich würde gerne zuerst eine Kopie machen.«

»Wir haben kein Kopiergerät hier«, erklärte der Sergeant und deutete auf die franziskanische Kargheit der Stube. »Draußen auf der Straße gibt es viele Geschäfte, wo man Kopien machen kann. Kommen Sie danach wieder zu mir, Herr Yanaqué. Ich warte so lange.«

Felícito ging hinaus auf die Avenida Sánchez Cerro, und nahe dem Großmarkt fand er einen Laden. Er musste warten, bis ein paar Ingenieure einen Stapel Pläne kopiert hatten, und beschloss, sich nicht weiter der Befragung durch den Sergeanten auszusetzen. Er gab die Kopie dem jungen Polizisten am Meldetisch, und statt zurück zu seinem Büro zu gehen, stürzte er sich wieder ins Zentrum der Stadt, die jetzt voller Menschen war, Gehupe, Hitze, Lautsprecher, Motorradtaxis, Autos und rumpelnder Karren. Er überquerte die Avenida Grau, ging im Schatten der Tamarinden an der Plaza de Armas entlang und schlug, der Versuchung widerstehend, auf ein Früchtesorbet ins El Chalán zu gehen, die Richtung zum alten Schlachthofviertel ein, das Viertel seiner Jugendzeit, La Gallinacera, unten am Fluss. Er flehte zu Gott, dass Adelaida in ihrem Laden war. Es würde ihm guttun, mit ihr zu sprechen, würde sein Gemüt aufhellen, und wer weiß, vielleicht konnte die Santera ihm ja einen Rat geben. Die Sonne brannte schon vom Himmel, und dabei war es nicht einmal zehn Uhr. Er spürte, wie ihm der Schweiß auf der Stirn stand, im Nacken ein glühendes Eisen. Er beeilte sich, mit kurzen, raschen Schritten, stieß gegen die Leute, die sich auf den engen Bürgersteigen drängten, es roch nach Pisse und Fettgebratenem. Aus einem aufgedrehten Radio tönte Salsa.

Manchmal sagte sich Felícito, und er hatte es auch zu seinen Söhnen gesagt und zu Gertrudis, seiner Frau, dass Gott, um seine Mühen und Opfer zu belohnen, ihm zwei Personen über den Weg geschickt hatte, den Krämer Lau und die Wahrsagerin Adelaida. Ohne die beiden wäre es ihm nie so gut ergangen. Weder wäre er geschäftlich so weit vorangekommen, noch hätte er eine ehrbare Familie gegründet, auch hätte er nicht diese eiserne Gesundheit. Er war keiner, der leicht Freundschaften schloss. Seit eine Darminfektion den armen Lau ins Jenseits befördert hatte, blieb ihm nur noch Adelaida. Zum Glück war sie da, hinter der Theke ihres kleinen Ladens für Kräuter, Heilige, Kurzwaren und allen möglichen Krempel, und sah sich die Bilder in einer Illustrierten an.

»Tag, Adelaida«, grüßte er sie und streckte die Hand aus. »Schlag ein. Wie gut, dass ich dich antreffe.«

Sie war eine alterslose Mulattin, untersetzt, vollbusig, mit breitem Hintern und langen gekräuselten Haaren, die ihr über die Schultern strichen, wenn sie über den gestampften Lehmboden ihres kleinen Ladens lief, immer barfuß und in diesem ewigen, bis zu den Knöcheln reichenden rotbraunen Hemdkleid oder Gewand aus Leinen. Ihre Augen waren riesig und schienen mehr zu durchbohren als zu schauen, gemildert durch einen sympathischen Gesichtsausdruck, der den Menschen Vertrauen einflößte.

»Wenn du mich besuchen kommst, ist dir etwas Schlimmes passiert. Oder es wird dir passieren«, lachte Adelaida und klopfte ihm auf die Schulter. »Sag schon, was ist das Problem, Felícito?«

Er gab ihr den Brief.

»Das hing heute Morgen an meiner Haustür. Ich weiß nicht, was ich tun soll. Ich habe bei der Polizei Anzeige erstattet, aber ich glaube, das hätte ich mir sparen können. Der Typ, der die Anzeige aufgenommen hat, hat mir kaum zugehört.«

Adelaida befühlte den Brief und roch daran, sog den Geruch ein, als wäre es ein Parfüm. Dann hielt sie sich das Papier an den Mund, und Felícito kam es vor, als lutschte sie an einem Zipfelchen.

»Lies ihn mir vor, Felícito«, sagte sie und gab ihm den Brief zurück. »Ich sehe schon, ein Liebesbriefchen ist das nicht, *che guá.*«

Sehr ernst hörte sie zu, während er vorlas. Als er zum Ende kam, zog sie ein spöttisches Gesicht und breitete die Arme aus:

»Was soll ich dazu sagen, Schätzchen?«

»Sag mir, ob das ernst gemeint ist, Adelaida. Ob ich mir Sorgen machen muss oder nicht. Oder ob mir bloß jemand einen Streich spielen will.«

Die Santera ließ ein Lachen erschallen, dass die ganze Fülle ihres Körpers unter dem weiten rotbraunen Gewand erbebte.

»Ich bin nicht Gott, sonst könnte ich es dir sagen«, rief sie, hob immer wieder die Schultern und schwang ihre Arme.

»Hast du keine Eingebung, Adelaida? In den fünfundzwanzig Jahren, die ich dich kenne, hast du mir nie einen schlechten

Rat gegeben. Alle sind mir nützlich gewesen. Ich weiß nicht, was aus meinem Leben geworden wäre ohne dich, meine Liebe. Könntest du mir jetzt nicht auch einen geben?«

»Nein, Schätzchen, keinen«, erwiderte Adelaida und tat betrübt. »Ich habe keine Eingebung. Bedaure, Felícito.«

»Na dann, da kann man nichts machen.« Er griff nach dem Portemonnaie. »Wo nichts ist, kann man nichts holen.«

»Wozu willst du mir Geld geben, wenn ich dir keinen Rat geben konnte«, protestierte Adelaida. Aber dann steckte sie den Zwanzig-Sol-Schein, den anzunehmen Felícito sie eindringlich bat, ein.

»Kann ich mich hier einen Augenblick hinsetzen, im Schatten? Ich bin fix und fertig von der Lauferei, Adelaida.«

»Setz dich und ruh dich aus, Schätzchen. Ich bringe dir ein Glas schön kühles Wasser, frisch vom Filterstein. Mach's dir bequem.«

Während Adelaida nach hinten durchging, betrachtete Felícito im Halbdunkel des Ladens die silbrigen Spinnweben, die von der Decke herabhingen, die alten Regale mit den Tütchen Petersilie, Rosmarin, Koriander und Minze, die Schachteln mit Stecknadeln, Ösen, Schmucksteinen und Knöpfen zwischen Marien- und Christusbildchen und -figürchen, Heiligen und Seligen, ausgeschnitten aus Illustrierten und Zeitungen, einige mit brennender Kerze davor, andere geschmückt mit Rosenkränzen, Skapulieren und Blumen aus Wachs oder Papier. Eben wegen dieser Heiligenbildchen nannte man sie in Piura Santera, aber in all den Jahren, die er sie kannte, war Adelaida ihm nie besonders religiös vorgekommen. So hatte er sie auch nicht ein einziges Mal in der Messe gesehen. Außerdem hieß es, die Pfarrer in den Vierteln hielten sie für eine Hexe. Das riefen ihr manchmal auch die Kinder auf der Straße nach: »Hexe, Hexe!« Aber das stimmte nicht, es war keine Hexerei, was sie tat, anders als die vielen feurigen Cholas aus Catacaos und La Legua, die einen Trank verkauften, mit dem man angeblich die Liebe gewinnen oder verlieren oder ein Unglück heraufbeschwören konnte, oder diese Schamanen aus Huancabamba, die den Kranken, die sie dafür bezahlten, dass man sie von ihren Leiden befreite, mit einem Meerschweinchen über den Körper strichen oder sie in Las Huaringas ins Wasser tauchten. Adelaida war nicht einmal eine professionelle Wahrsagerin. Sie übte ihre Kunst nur ab und zu aus und nur unter Freunden und Bekannten, ohne dafür einen Centavo zu nehmen. Auch wenn sie, sofern diese darauf bestanden, am Ende immer das kleine Geschenk einsteckte, das man ihr gab. Felícitos Frau und seine Söhne (und auch Mabel) machten sich lustig darüber, wie blindgläubig er Adelaidas Eingebungen und Ratschlägen folgte. Er glaubte ihr nicht nur, er hatte sie auch liebgewonnen. Es tat ihm leid, wie einsam und arm sie war. Von einem Ehemann oder von Verwandten war nichts bekannt, aber sie schien zufrieden zu sein mit ihrem Leben einer Einsiedlerin.

Zum ersten Mal hatte er sie gesehen, ein Vierteljahrhundert war es her, als er auf den Strecken in die anderen Provinzen als Lastwagenfahrer arbeitete, noch vor der Zeit seines kleinen Bus- und Fuhrunternehmens, auch wenn er Tag und Nacht davon träumte. Es geschah bei Kilometer fünfzig an der Panamericana, bei diesen Hüttensiedlungen, wo die Fahrer der Busse, Lastwagen und Sammeltaxis immer anhielten, um eine Hühnerbouillon, einen Kaffee oder ein Schälchen Chicha zu sich zu nehmen und ein Sandwich zu essen, bevor sie sich auf die lange Fahrt durch die glühend heiße Wüste von Olmos machten, eine Weite aus Staub und Steinen ohne das kleinste Dorf, ohne eine einzige Tankstelle oder Werkstatt. Adelaida, die damals schon dieses rotbraune Hemdkleid trug, das immer ihr einziges Kleidungsstück sein sollte, hatte einen der Stände mit Dörrfleisch und Erfrischungsgetränken. Felícito fuhr den Lkw der Casa Romero, vollbeladen mit Baumwollbündeln, in Richtung Trujillo. Er fuhr allein, sein Beifahrer hatte die Fahrt im letzten Moment abgesagt, weil man ihm aus dem Hospital Obrero mitgeteilt hatte, dass es seiner Mutter sehr schlecht gehe und sie jede Minute sterben könne. Er aß gerade eine Maispastete, auf einem Hocker am Verkaufstisch von Adelaida, als er bemerkte, wie die Frau ihn auf eine seltsame Weise anschaute, mit diesen riesigen Augen und diesem tiefen, stochernden Blick. Was war nur in sie gefahren, *che guá*? Sie sah erschrocken aus.

»Was ist mit Ihnen, Señora Adelaida? Warum sehen Sie mich so an?«

Sie sagte nichts. Sie stand nur da, die großen Augen auf ihn geheftet, und machte ein so angewidertes oder entsetztes Gesicht, dass ihre Wangen einsanken und die Stirn sich kräuselte.

»Fühlen Sie sich nicht gut?«, fragte Felícito noch einmal, ihm war ganz unbehaglich.

»Steigen Sie nicht ein, besser nicht«, sagte die Frau schließlich, mit rauer Stimme, als wollte ihr die Kehle nicht gehorchen. Sie deutete auf den roten Lkw, den Felícito am Straßenrand abgestellt hatte.

»Ich soll nicht in meinen Lastwagen steigen?«, fragte er verwirrt. »Und wieso nicht, wenn ich fragen darf?«

Adelaida entließ ihn für einen Moment aus ihrem Blick und schaute sich um, als fürchtete sie, die anderen Fahrer, Kunden oder Besitzer der Läden und kleinen Bars der Siedlung könnten sie hören.

»Ich habe eine Eingebung«, sagte sie mit leiser Stimme und immer noch verzerrtem Gesicht. »Ich kann es Ihnen nicht erklären. Glauben Sie einfach, was ich Ihnen sage, bitte. Steigen Sie besser nicht ein.«

»Haben Sie Dank für Ihren Rat, Señora, Sie meinen es sicher gut. Aber ich muss mir mein Geld verdienen. Ich bin Fahrer, ich verdiene mir meinen Lebensunterhalt mit der Fahrerei, Doña Adelaida. Wie sollen meine Frau und meine zwei kleinen Kinder sonst etwas zu essen haben?«

»Dann seien Sie wenigsten vorsichtig«, bat ihn die Frau und senkte den Blick. »Hören Sie auf mich.«

»Das tue ich, Señora, versprochen. Ich fahre immer vorsichtig.«

Anderthalb Stunden später, in einer Kurve der unbefestigten Landstraße, unter einer dichten, graugelben Staubwolke, kam der Bus der Gesellschaft Das Kreuz von Chalpón auf ihn

zugeschlittert und krachte in seinen Lkw, mit einem donnern-
den Lärm von Blech, Bremsen, Schreien und Reifenquietschen.
Felícito hatte gute Reflexe und schaffte es, so weit auszuweichen, dass der vordere Teil des Wagens noch von der Piste
abkam, so dass der Bus gegen die Kipplade schlug, was ihm
das Leben rettete. Aber bis die Knochen seines Rückens, der
Schulter und des rechten Beins zusammengeflickt waren, lag er
unbeweglich in einem Gipsbett, das ihm nicht nur Schmerzen
bereitete, sondern auch ein wahnsinniges Jucken. Als er sich
schließlich wieder ans Steuer setzen konnte, fuhr er als Erstes
zum Kilometer fünfzig. Adelaida erkannte ihn sofort.

»Sieh an, was für eine Freude, dass es Ihnen wieder gut
geht«, sagte sie zur Begrüßung. »Ein leckeres Maispastetchen
und eine Brause, so wie immer?«

»Ich bitte Sie, um alles in der Welt, sagen Sie mir, woher Sie
wussten, dass dieser Bus in mich krachen würde, Señora Adelaida. Ich kann seither an nichts anderes mehr denken. Sind Sie
eine Hexe, eine Heilige oder was?«

Er sah, wie die Frau bleich wurde und nicht wusste, was sie
mit ihren Händen tun sollte. Sie hatte den Kopf gesenkt, offenbar verwirrt.

»Ich wusste nichts davon«, stammelte sie, ohne ihn anzuschauen. »Ich hatte eine Eingebung, das ist alles. Das passiert
mir manchmal, warum, weiß ich nie. Ich suche nicht danach,
che guá. Das schwöre ich. Es ist ein Fluch, der über mich gekommen ist. Ich mag es nicht, dass der liebe Gott mich so gemacht hat. Ich bete jeden Tag zu ihm, dass er mir diese Gabe
wieder nimmt. Es ist schrecklich, glauben Sie mir. Damit fühle
ich mich schuld an allem, was den Leuten passiert.«

»Aber was haben Sie denn gesehen, Señora? Warum haben
Sie mir an dem Tag gesagt, ich soll nicht in meinen Lastwagen
steigen?«

»Ich habe nichts gesehen, ich sehe nie, was geschehen wird.
Ich hatte nur eine Eingebung. Dass Ihnen, wenn Sie in den
Lastwagen steigen, etwas passieren kann. Was, wusste ich nicht.
Ich weiß nie, was genau passiert. Nur dass es Dinge gibt, die

man besser nicht tun sollte, weil sie schlimme Folgen haben. Essen Sie jetzt Ihr Pastetchen und trinken eine Inca Kola?«

Damals hatten sie sich angefreundet, und bald duzten sie sich. Seit Adelaida die Siedlung bei Kilometer fünfzig verlassen und ihren kleinen Laden für Kräuter, Kurzwaren, Krimskrams und religiöse Bildchen in der Umgebung des ehemaligen Schlachthofs aufgemacht hatte, kam Felícito wenigstens einmal in der Woche vorbei, um mit ihr zu plaudern. Fast immer brachte er ihr ein kleines Geschenk mit, eine Süßigkeit, ein Törtchen, Sandalen, und beim Abschied drückte er ihr dann einen Schein in ihre harten, schwieligen Hände. Alle wichtigen Entscheidungen, die er in diesen über zwanzig Jahren getroffen hatte, hatte er zuvor mit ihr beraten, vor allem seit der Gründung von Transportes Narihualá: die finanziellen Verbindlichkeiten, die er einging, die Lkws, Busse und Autos, die er nach und nach kaufte, die Geschäftsräume, die er anmietete, die Fahrer, Mechaniker und Angestellten, die er einstellte oder entließ. Meist lachte Adelaida über seine Fragen. »Was soll ich schon davon wissen, *che guá*. Woher soll ich dir sagen, ob ein Chevrolet besser ist oder ein Ford, was weiß ich schon von Automarken, wo ich nie ein Auto gehabt habe und nie eins haben werde.« Doch manchmal, auch wenn sie kaum wusste, worum es ging, kam ihr eine Eingebung, und sie gab ihm einen Rat: »Ja, mach das, Felícito, ich glaube, das wird klappen.« Oder: »Nein, Felícito, das wäre nicht gut, ich weiß nicht, was, aber etwas scheint mir an der Sache faul zu sein.« Die Worte der Santera waren für den Unternehmer wie geoffenbarte Wahrheiten, und er befolgte sie, so unbegreiflich oder absurd sie auch erscheinen mochten.

»Du bist eingeschlafen, Schätzchen«, hörte er sie sagen.

Tatsächlich, er war eingeschlafen, nachdem das Glas frisches Wasser, das Adelaida ihm gebracht hatte, ausgetrunken war. Wie lange hatte er wohl geschlummert auf diesem harten Schaukelstuhl, der ihm einen Krampf im Hintern bescherte? Er sah auf die Uhr. Halb so schlimm, ein paar Minuten nur.

»Das war die Anspannung heute Morgen und das ganze Hin

und Her«, sagte er und stand auf. »Bis dann, Adelaida. Wie ruhig du es hier in deinem Laden hast. Es tut mir immer gut, dich zu besuchen, auch wenn dir keine Eingebung kommt.«

Und im selben Moment, als er das Schlüsselwort aussprach, Eingebung, bemerkte Felícito, dass der Gesichtsausdruck der Santera nicht mehr derselbe war. Jetzt war sie sehr ernst, mit versteinerter Miene, die Stirn gerunzelt, und biss sich auf einen Fingernagel. Als hielte sie die Angst zurück, die in ihr aufstieg. Mit ihren riesigen Augen starrte sie ihn an. Felícito spürte, wie sein Herz galoppierte.

»Was ist mit dir, Adelaida?«, fragte er erschrocken. »Sag nicht, du hast auf einmal …«

Sie packte ihn am Arm und bohrte die Finger hinein.

»Gib ihnen, was sie von dir verlangen, Felícito«, murmelte sie. »Am besten gibst du es ihnen.«

»Ich soll diesen Erpressern fünfhundert Dollar im Monat geben, damit sie mir nichts antun?« Der Unternehmer war empört. »Sagt dir das deine Eingebung, Adelaida?«

Die Santera ließ seinen Arm los und tätschelte ihn liebevoll.

»Ich weiß, das ist nicht gut, das ist viel Geld«, sagte sie schließlich. »Aber was bedeutet nach allem schon das Geld, meinst du nicht? Wichtiger ist deine Gesundheit und dass du deine Ruhe hast, deine Arbeit, deine Familie, dein Liebchen in Castilla. Ich weiß, es gefällt dir nicht, dass ich dir das sage. Mir auch nicht, du bist ein guter Freund. Außerdem, womöglich irre ich mich ja und ich gebe dir einen schlechten Rat. Du musst mir nicht glauben, Felícito.«

»Das Geld ist es nicht«, sagte er mit fester Stimme. »Ein Mann darf sich von niemandem herumschubsen lassen in diesem Leben. Darum geht es, nur darum, Adelaida.«

II

Als Don Ismael Carrera, Inhaber der Versicherungsgesellschaft, in sein Büro kam und ihm vorschlug, zusammen zu
Mittag zu essen, dachte Rigoberto: Jetzt wird er mich wieder
bitten, einen Rückzieher zu machen. Denn Ismael war, so wie
alle Kollegen und Untergebenen, sehr überrascht gewesen von
seiner plötzlichen Ankündigung, er werde drei Jahre vor der
Zeit in den Ruhestand treten. Wozu mit zweiundsechzig Abschied nehmen, sagten sie ihm, wo er doch noch in der Ge-
schäftsführung verbleiben und, umgeben vom einmütigen Respekt der fast dreihundert Angestellten, die Firma weiter leiten
konnte.

Wozu, ja, wozu, dachte er. Nicht einmal ihm selbst war es
richtig klar. Doch keine Frage, sein Beschluss stand fest, felsenfest. Keinen Schritt zurück würde er tun, auch wenn er, eben
weil er drei Jahre vor Vollendung des fünfundsechzigsten Le-
bensjahres ging, nicht die volle Rente bekäme und auch kein
Anrecht hätte auf all die Boni und netten Kleinigkeiten für
jene, die die Altersgrenze für den Ruhestand erreichten.

Er versuchte sich aufzumuntern und dachte an die freie Zeit,
über die er bald verfügte. Stundenlang würde er in seinem Kul-
tureckchen verbringen, geschützt vor der Verrohung ringsum,
würde seine geliebten Bilder betrachten, die Kunstbände, die
sich in seiner Bibliothek aneinanderreihten, würde gute Musik
hören, mit Lucrecia nach Europa reisen, jedes Jahr im Frühjahr oder im Herbst, würde auf Festivals und Kunstmessen
gehen, Museen besuchen, Stiftungen, Galerien, noch einmal
diese wunderbaren Bilder und Skulpturen ansehen und weitere entdecken, die er dann in seine geheime Pinakothek aufnahm. Er hatte es überschlagen, und rechnen konnte er. Wenn
er seine Ersparnisse von fast einer halben Million Dollar und

seine Rente besonnen und umsichtig ausgab und verwaltete, hätten Lucrecia und er einen unbeschwerten Lebensabend und könnten Fonchito die Zukunft absichern.

Ja, genau, dachte er, ein langer, kultivierter und glücklicher Lebensabend. Aber warum spürte er dann, trotz dieser verheißungsvollen Zukunft, eine solche Unruhe? Wegen Edilberto Torres? Oder war es vorzeitige Melancholie? Vor allem wenn er, so wie jetzt, seinen Blick über die Fotos und Urkunden an den Wänden seines Büros schweifen ließ, die Bücher auf den beiden Regalen, seinen Schreibtisch mit den millimetergenau angeordneten Notizbüchern, Bleistiften und Füllfederhaltern, den Taschenrechner, die Berichte, den laufenden Computer und den Fernseher, auf dem immer Bloomberg TV mit den Aktienkursen lief. Wie konnte er nach all dem irgendeine Sehnsucht verspüren? Das Einzige, was in diesem Büro etwas bedeutete, waren die Fotos von Lucrecia und Fonchito – gerade geboren, als Kind und als Jugendlicher –, die er bei seinem Auszug mitnehmen würde. Außerdem würde dieses alte Gebäude am Jirón Carabaya, im Zentrum von Lima, bald nicht länger der Sitz der Versicherungsgesellschaft sein. Der neue Geschäftssitz in San Isidro, direkt am Zanjón, war schon fertiggestellt. Der hässliche Bau, in dem er dreißig Jahre seines Lebens gearbeitet hatte, würde wahrscheinlich abgerissen.

Ismael, dachte er, würde mit ihm, so wie immer, wenn er ihn zum Essen einlud, in den Club Nacional gehen, und so wie immer würde er der Versuchung nicht widerstehen können, dieses riesige panierte Steak mit Tacu-tacu zu bestellen, auch »Laken« genannt, und ein paar Gläschen Wein zu trinken, worauf er sich den ganzen Nachmittag wie aufgeschwemmt fühlte, mit Verdauungsstörung und ohne Lust zu arbeiten.

Doch zu seiner Überraschung sagte sein Chef zum Chauffeur, kaum dass sie in den Mercedes in der Garage des Gebäudes stiegen: »Nach Miraflores, Narciso, zum La Rosa Náutica.« Und zu Rigoberto gewandt: »Wird guttun, uns ein bisschen Meeresluft um die Nase wehen zu lassen und die Schreie der Möwen zu hören.«

»Wenn du meinst, du könntest mich mit einem Mittagessen bestechen, dann vergiss es, Ismael«, machte er ihm gleich klar. »Ich gehe so oder so in Rente, auch wenn du mir die Pistole auf die Brust setzt.«

»Das hättest du wohl gern«, sagte Ismael spöttisch. »Ich weiß, du bist stur wie ein Maultier. Aber ich weiß auch, dass du es bereuen wirst. Du wirst dich nutzlos fühlen, den ganzen Tag zu Hause rumsitzen und Lucrecias Geduld strapazieren. Und schon bald wirst du mich auf Knien bitten, dich in die Geschäftsleitung zurückzuholen. Das werde ich, klar. Aber vorher lasse ich dich schmoren, das verspreche ich dir.«

Er versuchte sich zu erinnern, seit wann er Ismael kannte. Seit ziemlich vielen Jahren jedenfalls. Er war elegant, distinguiert, umgänglich. Und bis zu seiner Hochzeit mit Clotilde ein Don Juan. Ob ledig oder verheiratet, alt oder jung, er brachte die Frauen zum Schmachten. Jetzt hatte sich sein Haar gelichtet, nur noch ein paar irgendwie weiße Strähnen lagen auf der Glatze, das Gesicht war faltig, er hatte zugenommen und schlurfte. Man merkte, dass er ein falsches Gebiss trug, ein Zahnarzt in Miami hatte es ihm eingesetzt. Die Jahre und vor allem die beiden Zwillinge hatten ihn körperlich ruiniert. Kennengelernt hatte er Ismael an dem Tag, als er seine Stelle in der Versicherungsgesellschaft antrat, in der Rechtsabteilung. Dreißig lange Jahre! Nicht zu fassen, ein halbes Leben. Rigoberto musste an Ismaels Vater denken, Don Alejandro Carrera, den Gründer des Unternehmens. Robust, unermüdlich, ein schwieriger, aber integrer Mensch, dessen Anwesenheit allein schon für Ordnung und ein Gefühl von Sicherheit sorgte. Ismael hatte Respekt vor ihm, auch wenn er ihn nicht mochte. Denn Don Alejandro ließ seinen einzigen Sohn, der gerade aus London zurückgekommen war, wo er einen Abschluss in Wirtschaftswissenschaften und ein einjähriges Praktikum bei Lloyd's gemacht hatte, in allen Abteilungen des Unternehmens arbeiten, das mittlerweile eine gewisse Größe erlangt hatte. Ismael war schon fast vierzig und fühlte sich gedemütigt von dieser Lehrzeit, in der er unter anderem die Korrespondenz sortieren und die Kantine verwalten musste und sich um die Motoren der Stromversorgung, den Wachdienst und die Gebäudereinigung zu kümmern hatte. Don Alejandro konnte sehr wohl auch despotisch sein, aber Rigoberto erinnerte sich seiner mit Bewunderung: ein echter Patriarch. Mit eigenen Händen hatte er die Firma hochgezogen, mit so gut wie keinem Eigenkapital und nur Darlehen, die er auf den Centavo zurückzahlte. Aber Ismael war ein vorzüglicher Nachfolger gewesen, der das Werk seines Vaters tatkräftig fortsetzte. Auch er war unermüdlich, und wenn es drauf ankam, wusste er seine Führungsqualitäten deutlich zu zeigen. Mit den Zwillingen an der Spitze dagegen wäre dem Geschlecht der Carreras ein rasches Ende beschieden. Keiner der beiden hatte die unternehmerischen Fähigkeiten des Vaters oder Großvaters geerbt. Wenn Ismael einmal nicht mehr wäre, arme Versicherungsgesellschaft! Zum Glück wäre er selber dann schon längst nicht mehr Generaldirektor und müsste die Katastrophe nicht miterleben. Warum hatte sein Chef ihn zum Mittagessen eingeladen, wenn nicht, um mit ihm über seine Ruhestandspläne zu sprechen?

Das Rosa Náutica war voll, lauter englisch und französisch sprechende Touristen. Für Don Ismael war ein kleiner Tisch am Fenster reserviert. Sie tranken einen Campari und sahen, wie ein paar Surfer in ihren Neoprenanzügen auf satten Wellen ritten. Es war ein grauer Wintertag, mit niedrigen, bleiernen Wolken, die die Steilküste verdeckten, ringsum Scharen kreischender Möwen. Eine Staffel Albatrosse glitt dicht über das Meer. Das Rauschen der Brandung war angenehm. Der Winter in Lima, dachte Rigoberto, ist schon ein Trauerspiel, aber immer noch tausendmal besser als der Sommer. Er bestellte einen gegrillten Seebarsch mit Salat und machte seinen Chef darauf aufmerksam, dass er nicht einen Tropfen Wein zu trinken gedenke; er habe im Büro noch zu tun und wolle nicht den ganzen Nachmittag gähnen wie ein Krokodil und müde herumgeistern. Ihm kam es vor, als ob Ismael, in Gedanken versunken, ihn nicht einmal hörte. Was war nur los mit ihm?

»Wir beide sind gute Freunde, stimmt's?«, fing sein Chef plötzlich an, als wäre er gerade aufgewacht.

»Das nehme ich an, Ismael«, antwortete Rigoberto. »Wenn es zwischen einem Arbeitgeber und einem Angestellten denn wirkliche Freundschaft geben kann. Wir haben Klassenkampf, wie du weißt.«

»Wir sind hier und da aneinandergeraten«, fuhr Ismael fort, sehr ernst. »Aber alles in allem haben wir uns, glaube ich, in diesen dreißig Jahren ganz gut vertragen. Meinst du nicht?«

»Ein bisschen gefühliges Drumrum, ehe du mich bittest, nicht in Rente zu gehen, ja?«, stichelte Rigoberto. »Willst du mir sagen, wenn ich gehe, geht die Versicherung zugrunde?«

Doch Ismael war nicht zu Scherzen aufgelegt. Er betrachtete die Muscheln mit Parmesan, die man ihm gerade gebracht hatte, als könnten sie vergiftet sein. Der Mund ging hin und her, die dritten Zähne klackerten. In seinen zusammengekniffenen Augen lag Unruhe. Die Prostata? Krebs? Was war los mit ihm?

»Ich möchte dich um einen Gefallen bitten«, murmelte er, ohne ihn anzusehen. Als er aufschaute, sah Rigoberto, dass etwas Verirrtes in seinem Blick lag. »Nein, nicht einen Gefallen. Einen großen Gefallen, Rigoberto.«

»Wenn ich kann, gerne.« Rigoberto wurde neugierig. »Was ist mit dir, Ismael? Du müsstest mal dein Gesicht sehen.«

»Ich möchte, dass du mein Trauzeuge bist«, sagte Ismael, und sein Blick verschwand wieder unter den Muscheln. »Ich heirate.«

Die Gabel mit dem Stück Seebarsch hing für einen Moment in der Luft, und statt sie sich in den Mund zu stecken, legte Rigoberto sie schließlich wieder auf dem Teller ab. Wie alt er wohl ist, dachte er. Nicht jünger als fünfundsiebzig oder achtundsiebzig. Er wusste nicht, was er sagen sollte.

»Ich brauche zwei Zeugen«, sagte Ismael, schaute ihn jetzt an und war wieder etwas mehr Herr seiner selbst. »Ich bin alle meine Freunde und Bekannten durchgegangen. Und zu dem

Schluss gelangt, die treuesten, die Menschen, auf die ich mich am meisten verlassen kann, sind mein Chauffeur Narciso und du. Der Schwarze hat zugesagt. Tust du es auch?«

Rigoberto war unfähig, auch nur ein Wort zu sagen oder zu scherzen, er konnte nur nicken.

»Klar«, stammelte er schließlich, »natürlich, Ismael. Aber versprich mir, dass du das ernst meinst, dass es nicht das erste Zeichen von Altersdemenz ist.«

Diesmal lächelte Ismael, wenn auch ohne eine Spur von Freude, er machte nur den Mund auf und zeigte das explosive Weiß seiner falschen Zähne. Es gab Siebzig- und Achtzigjährige, die sich gut gehalten hatten, sagte sich Rigoberto, aber für seinen Chef galt das nicht. Unter den weißen Strähnen auf seinem länglichen Schädel schauten die Altersflecken hervor, Falten zogen sich über Stirn und Hals, das ganze Gesicht hatte etwas von Niederlage. Nur gekleidet war er mit der üblichen Eleganz: blauer Anzug, frisch gebügeltes Hemd, Krawatte mit goldener Nadel, Einstecktüchlein.

»Bist du verrückt geworden, Ismael?«, entfuhr es Rigoberto, als er, etwas spät, auf die Neuigkeit reagierte. »Willst du wirklich heiraten? In deinem Alter?«

»Es ist eine wohlüberlegte Entscheidung«, hörte er ihn sehr bestimmt sagen. »Ich habe sie getroffen, auch wenn ich genau weiß, was über mich hereinbrechen wird. Ich muss dir nicht erst sagen, dass du, wenn du mein Trauzeuge bist, auch Schwierigkeiten bekommst. Aber was rede ich, das weißt du zur Genüge.«

»Wissen sie schon Bescheid?«

»Frag nicht so einen Unsinn, bitte.« Sein Chef wurde ungeduldig. »Die Zwillinge werden Himmel und Hölle in Bewegung setzen, um die Ehe annullieren und mich für unzurechnungsfähig erklären zu lassen, mich in die Klapsmühle zu schicken und was sonst noch alles. Wer weiß, vielleicht beauftragen sie einen Killer. Narciso und du werdet ihrem Hass genauso zum Opfer fallen, ganz sicher. Das alles weißt du, und trotzdem hast du ja gesagt. Ich habe mich also nicht geirrt. Du bist der ehrliche, großzügige und uneigennützige Mensch, für den ich dich immer gehalten habe. Danke, mein Freund.«

Er streckte die Hand aus, fasste Rigoberto am Arm und drückte ihn einen Moment liebevoll.

»Sag mir wenigstens, wer die Glückliche ist«, sagte Rigoberto und schob sich die Gabel in den Mund. Der Appetit war ihm vergangen.

Diesmal lächelte Ismael richtig und sah ihn spitzbübisch an. Ein maliziöses kleines Leuchten flackerte in seinen Pupillen.

»Nimm erst mal einen Schluck, Rigoberto. Wenn du schon bei der Nachricht von meiner Hochzeit so blass wirst, bekommst du noch einen Herzinfarkt, wenn ich es dir sage.«

»So hässlich ist diese Mitgiftjägerin?« Nach all dem Vorgeplänkel war seine Neugier nicht zu bremsen.

»Armida«, sagte Ismael und betonte jede Silbe. Er schien auf seine Reaktion zu warten wie ein Entomologe auf die eines Insekts.

Armida? Armida? Er ging alle seine Bekannten durch, aber zu diesem Namen passte keine.

»Kenne ich sie?«, fragte er schließlich.

»Armida«, sagte Ismael noch einmal, musterte ihn und maß ihn grinsend. »Du kennst sie gut. Du hast sie tausendmal bei mir zu Hause gesehen. Nur dass du nie auf sie geachtet hast. Wer achtet schon auf Hausangestellte.«

Die Gabel, wieder mit einem Stück Seebarsch, entglitt seinen Fingern und fiel auf den Boden. Während er sich bückte, um sie aufzuheben, spürte er, wie sein Herz immer kräftiger schlug. Er hörte seinen Chef lachen. War das möglich? Wollte er sein Dienstmädchen heiraten? Gab es so etwas nicht nur in den Telenovelas? Meinte Ismael es ernst oder nahm er ihn auf den Arm? Er hörte schon das Gerede, die Spekulationen, die Witze, die das Lima des Klatsches aufheizten. Die Leute würden ihren Spaß haben.

»Irgendwer spinnt hier«, grummelte er. »Du oder ich. Oder wir beide, Ismael.«

»Sie ist eine gute Frau, und wir lieben uns«, sagte sein Chef ohne die geringste Verlegenheit. »Ich kenne sie seit langem. Sie wird mir eine hervorragende Begleiterin im Alter sein, glaub mir.«

Jetzt, ja, jetzt sah Rigoberto sie, erschuf sie für sich, erfand sie: eine hübsche Dunkle, mit tiefschwarzen Haaren, lebhaften Augen. Eine von der Küste, keck, schlank, nicht allzu klein. Eine recht vorzeigbare Chola. Er muss vierzig Jahre älter sein als sie, dachte er, wenn der Abstand nicht noch größer ist. Ismael hat nicht mehr alle Tassen im Schrank.

»Wenn du dir vorgenommen hast, auf deine alten Tage im aufsehenerregendsten Skandal in der Geschichte Limas die Hauptrolle zu spielen, nur zu«, seufzte er. »Wer weiß, für wie viele Jahre du das Stadtgespräch sein wirst, vielleicht für Jahrhunderte.«

Ismael lachte nun wie erlöst.

»Jetzt weißt du es, Rigoberto«, rief er. »Ehrlich gesagt, es ist mir nicht leichtgefallen. Ich gestehe, ich hatte unendliche Zweifel. Ich habe mich zu Tode geschämt. Als ich es Narciso erzählte, hat er die Augen tellerweit aufgerissen und sich fast verschluckt. Egal, du weißt es. Es wird ein Riesenskandal, und mir ist es schnuppe. Bist du immer noch mein Trauzeuge?«

Rigoberto wiegte den Kopf. Ja, sicher, wenn Ismael ihn darum bat, wie sollte er da nicht zusagen. Aber ... Himmel noch eins, er wusste nicht, was verdammt noch mal er sagen sollte. Schließlich gab er sich einen Ruck:

»Diese Eheschließung, die muss sein, ja? Ich meine, zu riskieren, was auf dich zukommt. Ich denke nicht nur an den Skandal, Ismael. Du weißt, worauf ich hinauswill. Der ganze Ärger mit deinen Söhnen, lohnt sich das? Eine eheliche Verbindung hat rechtliche und finanzielle Konsequenzen. Na ja, ich nehme an, du hast das alles bedacht und meine Überlegungen sind nur dummes Zeug. Ist doch so, oder, Ismael?«

Er sah, wie sein Chef das halbe Glas Weißwein austrank, in einem Zug. Und dann die Achseln zuckte.

»Sie werden versuchen, mich für unzurechnungsfähig zu erklären«, sagte er und machte ein sarkastisches Gesicht. »Man wird jede Menge Richter und Rechtsverdreher schmieren müssen, sicher. Aber ich habe mehr Geld als sie, den Streit werden sie nicht gewinnen. Wenn sie denn eine Klage anstrengen.«

Er sprach, ohne Rigoberto anzuschauen, ohne die Stimme zu heben, damit niemand an den Nachbartischen ihn hörte, den Blick zum Meer gewandt. Aber wahrscheinlich sah er auch die Surfer nicht, nicht die Möwen, nicht die Wellen, die mit schäumender Gischt auf den Strand zuschossen, nicht die doppelte Reihe Autos, die an der Costa Verde entlangfuhren. Aus seiner Stimme klang immer deutlicher die Wut.

»Lohnt sich das alles, Ismael? Anwälte, Notare, Richter, Vorladungen, die Journaille, die bis zum Erbrechen in deinem Privatleben herumstochert. Dazu das Heidengeld, das dich eine solche Laune kostet. Die Kopfschmerzen, der Ärger. Lohnt sich das?«

Statt Rigoberto zu antworten, überraschte Ismael ihn mit einer weiteren Frage:

»Erinnerst du dich, als ich einen Herzinfarkt hatte, im September?«

Natürlich erinnerte er sich. Alle glaubten, Ismael würde sterben. Es hatte ihn im Auto erwischt, auf dem Rückweg von einem Mittagessen in Ancón nach Lima. Narciso brachte ihn bewusstlos in die Privatklinik San Felipe. Er musste mehrere Tage auf der Intensivstation bleiben, unter Sauerstoff, so schwach, dass er nicht sprechen konnte.

»Wir dachten schon, du überstehst es nicht. Einen schönen Schrecken hast du uns eingejagt. Aber was hat das damit zu tun?«

»Damals habe ich beschlossen, Armida zu heiraten.« Ismaels Gesicht war gereizt, seine Stimme verbittert. Er sah jetzt noch älter aus. »Der Tod hatte mich schon auf der Schippe. Ich habe ihn ganz nah gesehen, ihn berührt, gerochen. Ich war so schwach, dass ich nicht sprechen konnte, so war's. Aber hören konnte ich. Das wissen die beiden Kanaillen bloß nicht. Dir kann ich es erzählen, Rigoberto. Nur dir. Kein Wort davon soll über deine Lippen kommen, nicht einmal gegenüber Lucrecia. Schwör es mir, bitte.«

»Dieser Doktor Gamio war so deutlich, wie er deutlicher nicht hätte sein können«, sprach Miki voll Begeisterung, ohne die Stimme zu senken. »Noch heute Nacht gibt er den Löffel ab, Bruderherz. Ein Herzinfarkt von einem Kaliber, das haut den Stärksten um, hat er gesagt. Kaum Chancen, dass er wieder auf die Beine kommt.«

»Sprich leiser«, mahnte Schlaks. Er selbst sprach sehr ruhig, in diesem Schummerlicht, das die Silhouetten verwischte, in diesem merkwürdigen Raum, der nach Formalin roch. »Dein Wort in Gottes Ohr, Junge. Hast du in der Kanzlei von Doktor Arnillas etwas über das Testament herauskriegen können? Denn wenn er uns eins auswischen will, dann tut er das. Dem alten Sack macht keiner was vor.«

»Arnillas ist zugeknöpft, kein Wunder, der ist gekauft«, sagte Miki und sprach jetzt auch leiser. »Heute Nachmittag war ich bei ihm und habe es versucht, aber unmöglich. Jedenfalls habe ich mich erkundigt. Auch wenn er uns verscheißern will, könnte er es nicht. Was er uns ausgezahlt hat bei unserem Rausschmiss, zählt nicht, es gibt weder Unterlagen darüber noch andere Beweise. Das Gesetz ist glasklar. Als Erben steht uns ein Pflichtteil zu. So heißt das: Pflichtteil. Er könnte nicht, Schlaks.«

»Verlass dich lieber nicht darauf, Junge. Der kennt sämtliche Tricks. Um uns fertigzumachen, ist ihm jedes Mittel recht.«

»Hoffen wir, dass es heute zu Ende geht«, sagte Miki. »Sonst bringt uns der alte Sack noch eine weitere Nacht um den Schlaf.«

»Scheiß Alter, soll er endlich krepieren, weniger als einen Meter von mir entfernt, beide glücklich zu wissen, dass ich im Sterben lag«, erinnerte sich Ismael, die Stimme leise, ins Leere starrend. »Weißt du was, Rigoberto? Sie haben mich vor dem Tod gerettet. Ja, die beiden, das schwöre ich dir. Denn als ich hörte, wie sie diese Ungeheuerlichkeiten sagten, regte sich in mir ein unglaublicher Wille, weiterzuleben. Ihnen nicht die

Freude zu machen und zu sterben. Und glaub mir, mein Körper reagierte. Dort, noch in der Klinik, habe ich es beschlossen. Wenn ich wieder auf die Beine komme, heirate ich Armida. Bevor die mich fertigmachen, mache ich sie fertig. Sie wollen Krieg? Sollen sie haben. Und das werden sie auch, mein Guter. Ich sehe schon ihre Gesichter.«

Die Bitterkeit, die Enttäuschung, die Wut sprachen nicht nur aus seinen Worten und seiner Stimme, auch aus seiner Miene, der Mund verzogen, die Hände um die Serviette gekrallt.

»Es kann eine Sinnestäuschung gewesen sein, ein Albtraum«, sagte Rigoberto, ohne selber daran zu glauben. »Dein Körper war vollgepumpt mit Medikamenten, vielleicht hast du das alles nur geträumt, Ismael. Du hast deliriert, ich habe es selber gesehen.«

»Ich wusste genau, dass meine Söhne mich nie geliebt haben«, fuhr sein Chef fort, ohne mit einem Wort auf ihn einzugehen. »Aber nicht, dass sie mich derart hassten. Dass sie so weit gingen, meinen Tod zu wünschen, um mich zu beerben. Und dann natürlich zu verprassen, wofür mein Vater und ich uns so viele Jahren abgerackert haben. Nein, das wusste ich nicht. Den Hyänen drehe ich den Spieß um, das kannst du mir glauben.«

Hyänen, ja, das passte zu Ismaels Sohnemannern, dachte Rigoberto. Ein paar schöne Früchtchen waren das. Hingen nur rum, machten einen drauf, echte Nichtsnutze, zwei Schmarotzer, die den Namen ihres Vaters und ihres Großvaters entehrten. Warum waren sie so geraten? Nicht weil es an Zuneigung und Aufmerksamkeit der Eltern gefehlt hätte, nein, ganz im Gegenteil. Ismael und Clotilde hatten sich immer für sie aufgeopfert, hatten alles getan, um ihnen die beste Erziehung angedeihen zu lassen. Sie träumten davon, zwei richtige kleine Gentlemen aus den beiden zu machen. Wie waren sie nur zu so niederträchtigen Typen geworden? Überraschend wäre es nicht, wenn sie dieses Gespräch am Bett ihres sterbenden Vaters geführt hätten. Noch dazu waren sie dumm wie Stroh, sie hatten nicht einmal daran gedacht, dass er sie hören konnte.

Zuzutrauen war es ihnen, wenn nicht Schlimmeres. Rigoberto wusste es sehr gut, in all den Jahren durfte er, der Vertraute, seinen Chef immer wieder trösten, wenn es um die Schandtaten seiner Jungs ging. Was Ismael und Clotilde alles gelitten hatten bei den Skandalen, die sie schon als junge Spunde auslösten.

Sie waren auf die beste Schule Limas gegangen, hatten Privatlehrer gehabt für die Fächer, in denen sie nicht mitkamen, hatten Sommerkurse in den USA und in England besucht. Sie lernten Englisch, sprachen aber ein Spanisch von Analphabeten, gespickt mit diesem ganzen schrecklichen Slang, den die Jugend von Lima verwendete, hatten in ihrem Leben noch kein Buch gelesen und vielleicht nicht einmal eine Zeitung, wahrscheinlich kannten sie die Namen der lateinamerikanischen Hauptstädte nur zur Hälfte, und das erste Jahr auf der Universität hatte keiner der beiden bestanden. Ihr gewalttätiges Debüt gaben sie noch als Jugendliche, als sie dieses Mädchen vergewaltigten, das sie bei einem Volksfest aufgegabelt hatten, in Pucusana. Floralisa Roca hieß die Kleine, ein Name wie aus einem Ritterroman. Schlank, ziemlich hübsch, erschrockene und verweinte Augen, ein zarter Körper, der vor Angst zitterte. Rigoberto erinnerte sich gut an sie. Sie ging ihm nicht aus dem Sinn, und noch heute plagte ihn das schlechte Gewissen, denn es war eine hässliche Rolle, die er in der Sache hatte spielen müssen. Nun sah er alles wieder vor sich: Anwälte, Ärzte, Polizeiberichte, verzweifelte Bemühungen, damit weder *La Prensa* noch *El Comercio* die Namen der Zwillinge erwähnten. Er selbst hatte mit den Eltern des Mädchens gesprochen, beide aus Ica und schon älter, und es kostete fast fünfzigtausend Dollar, damals ein Vermögen, um sie zu beschwichtigen und zum Schweigen zu bringen. Das Gespräch mit Ismael in jenen Tagen war ihm noch sehr präsent. Sein Chef hatte sich das Hirn zermartert und ihn mit Tränen in den Augen und stockender Stimme gefragt: »Was haben wir nur falsch gemacht, Rigoberto? Was haben Clotilde und ich getan, dass Gott uns so bestraft? Wie können wir solche Galgenvögel als Kinder haben? Sie bereuen nicht einmal ihre schreckliche Tat! Sie geben dem armen Mädchen die Schuld, stell dir vor! Sie haben sie nicht nur vergewaltigt. Sie haben sie geschlagen, misshandelt.« Galgenvögel, das war das Wort. Vielleicht hatten Clotilde und Ismael sie zu sehr verwöhnt, vielleicht hatten sie nie Grenzen gezogen. Sie hätten ihnen ihre dummen Scherze nicht immer verzeihen sollen, jedenfalls nicht so rasch. Die Scherze der Zwillinge! Unfälle, weil sie betrunken und unter Drogen Auto fuhren, Schulden, die sie auf den Namen des Vaters machten, falsche Belege, die sie im Büro anfertigten, als es Ismael dummerweise einfiel, sie in die Firma zu holen, damit sie sich an die Realitäten des Berufslebens gewöhnten. Für Rigoberto waren sie ein Albtraum gewesen. Persönlich musste er seinen Chef über die Heldentaten der beiden Brüderchen informieren. Sie hatten sogar die Portokasse geleert. Es war der Tropfen, der das Fass zum Überlaufen brachte, zum Glück. Ismael warf sie hinaus und zog es vor, ihnen ihren Müßiggang zu finanzieren. Ihr Sündenregister war schier endlos. So schrieben sie sich zum Beispiel an der Universität von Boston ein, und ihre Eltern waren glücklich. Monate später fand Ismael heraus, dass sie nie auch nur einen Fuß auf den Campus gesetzt hatten, dass sie sich das Geld für die Einschreibung und den Unterhalt in die eigene Tasche steckten und Zensuren und Anwesenheitsnachweise fälschten. Einer der beiden – Miki? Schlaks? – hatte in Miami einen Fußgänger angefahren und galt in den Vereinigten Staaten als flüchtig, weil er sich, als man ihn vorläufig freiließ, nach Lima absetzte. Falls er zurückkehrte, würde man ihn einsperren.

Nach Clotildes Tod gab Ismael sich geschlagen. Sollten sie doch tun, wozu sie Lust hatten. Er hatte ihnen einen Teil des Erbes ausbezahlt, damit sie es anlegten, wenn sie wollten, oder auf den Kopf hauten, was sie dann natürlich taten, auf einer Reise durch Europa, wo sie sich ein schönes Leben machten. Sie waren mittlerweile gestandene Männer, um die vierzig. Ihr alter Herr wollte einfach keinen Ärger mehr haben mit diesen Unverbesserlichen. Und jetzt das! Natürlich würden sie versuchen, die Ehe annullieren zu lassen, wenn es denn so weit kam.

Niemals würden sie sich ein Erbe entgehen lassen, auf das sie mit kannibalischem Heißhunger schon warteten. Er malte sich aus, was für eine Mordswut sie bekämen. Ihr Vater verheiratet mit Armida! Mit seinem Dienstmädchen! Mit einer Chola! Innerlich musste er lachen: Ja, was für ein Gesicht sie machen würden. Und was für ein Riesenskandal. Er hörte, sah, roch schon den Strom an Gerede, Spekulationen, Witzen, Lügengeschichten, die durch die Telefonleitungen von Lima rauschten. Er konnte es kaum abwarten, die Neuigkeit Lucrecia zu erzählen.

»Verstehst du dich gut mit Fonchito?«, riss die Stimme seines Chefs ihn aus seinen Überlegungen. »Wie alt ist dein Sohn jetzt? Vierzehn oder fünfzehn, nicht?«

Rigoberto erschauerte bei dem Gedanken, Fonchito könnte einmal einen ähnlichen Weg einschlagen wie Ismaels Söhne. Zum Glück machte der Junge sich nicht viel aus billigen Vergnügungen.

»Ich verstehe mich recht gut mit ihm«, antwortete er. »Und Lucrecia noch besser. Fonchito mag sie nicht mehr und nicht weniger, als wäre sie seine Mutter.«

»Da hast du Glück, die Beziehung zwischen einem Kind und seiner Stiefmutter ist nicht immer einfach.«

»Er ist ein guter Junge«, sagte Rigoberto. »Fleißig, brav. Aber etwas einsam. Wie alle Jugendlichen macht er eine schwierige Phase durch. Er verkriecht sich zu sehr. Ich würde mir wünschen, er könnte leichter Freundschaften schließen, würde rausgehen, mit Mädchen flirten, auf Partys.«

»Genau das haben die Hyänen gemacht in seinem Alter«, seufzte Ismael. »Auf Partys gehen, sich amüsieren. Besser so, wie es ist, mein Lieber. Es war die schlechte Gesellschaft, die meine Kinder verdorben hat.«

Rigoberto war schon versucht, Ismael von dem Unfug zu erzählen, den Fonchito mit ihnen trieb, von dieser Person, Edilberto Torres, den er und Lucrecia den Teufel nannten, aber er beherrschte sich. Wozu auch, wer weiß, wie er es aufgenommen hätte. Am Anfang waren sie belustigt gewesen über die angeblichen Erscheinungen dieses Kerls und hatten sich sogar über die schillernde Fantasie des Jungen gefreut, fest davon überzeugt, es sei wieder eins dieser Spielchen, mit denen er sie gerne überraschte. Aber jetzt machten sie sich Sorgen und überlegten schon, ihn zu einem Psychologen zu schicken. Wirklich, er musste noch einmal das Kapitel über den Teufel in Thomas Manns *Doktor Faustus* lesen.

»Ich kann das alles noch nicht glauben, Ismael«, brach es erneut aus ihm heraus. Sie waren nun beim Kaffee. »Bist du dir wirklich sicher, dass du das willst, heiraten?«

»So sicher, wie die Erde rund ist«, bestätigte sein Chef. »Nicht nur um den beiden eine Lektion zu erteilen. Ich habe Armida sehr lieb. Ich weiß nicht, was aus mir geworden wäre ohne sie. Was sie seit Clotildes Tod für mich getan hat, ist unbezahlbar.«

»Wenn mich die Erinnerung nicht trügt, ist Armida noch recht jung«, murmelte Rigoberto. »Wie viele Jahre älter bist du eigentlich?«

»Achtunddreißig, mehr nicht«, lachte Ismael. »Sie ist jung, ja, und ich hoffe, sie erweckt mich wieder, so wie einst den Salomo das junge Mädchen aus der Bibel. Sulamith, nicht?«

»Schon gut, mach, was du willst, es ist dein Leben«, sagte Rigoberto. »Ich bin nicht gut in Ratschlägen. Heirate Armida, und dann komme das Ende der Welt über uns, was soll's, mein Bester.«

»Falls es dich interessiert, wir verstehen uns ausgezeichnet im Bett.« Ismael lächelte und bedeutete dem Kellner mit einem Wink, die Rechnung zu bringen. »Und wenn du es genau wissen willst, ich nehme nur selten Viagra, ich brauche es kaum. Aber frag mich nicht, wo wir die Flitterwochen verbringen, das verrate ich dir nämlich nicht.«

III

Den zweiten Brief mit der kleinen Spinne erhielt Felícito Yanaqué zwei Tage nach dem ersten, an einem Freitag, jenem Wochentag, an dem er Mabel besuchte. Als er vor acht Jahren für sie dieses Häuschen in Castilla mietete, nicht weit entfernt von der verschwundenen Alten Brücke, die den Verheerungen durch El Niño zum Opfer gefallen war, besuchte er sie zwei oder auch drei Mal die Woche; aber mit den Jahren hatte das Feuer der Leidenschaft nachgelassen, und seit einiger Zeit ging er nur noch freitags zu ihr, wenn er am Abend aus dem Büro kam. Er blieb ein paar Stunden bei ihr, und fast immer aßen sie zusammen, bei einem Chinesen in der Nähe oder in einem Restaurant mit einheimischer Küche in der Innenstadt. Ab und zu kochte Mabel für ihn einen Seco de Chabelo, ihre Spezialität, mit ordentlich Fleisch und Kochbananen, und Felícito ließ es sich schmecken, dazu ein schön kühles Cuzqueña-Bier.

Mabel hatte sich gut gehalten. Sie hatte nicht zugenommen in diesen acht Jahren und zeigte stolz ihre athletische Figur, ihre schmale Taille, ihre festen Brüste und den runden, hervorstippenden Hintern, der beim Gehen fröhlich schwang. Sie war ein dunkler Typ, mit glatten Haaren, fleischigen Lippen, blitzweißen Zähnen, einem strahlenden Lächeln und einem Lachen, das alle um sie herum mit ihrer Fröhlichkeit ansteckte. Felícito fand sie immer noch so schön und attraktiv wie damals, als er sie zum ersten Mal sah.

Geschehen war es in dem alten Stadion im Viertel Buenos Aires, bei einer denkwürdigen Begegnung, denn Atlético Grau, der Verein, der seit dreißig Jahren darauf wartete, in die Erste Liga aufzusteigen, trat in dieser Partie nicht nur gegen Alianza Lima an, sondern siegte auch. Für Felícito Yanaqué war es

Liebe auf den ersten Blick. »Mensch, Ihnen fallen ja gleich die Augen aus dem Kopf«, zog der blonde Vignolo ihn auf, sein Kumpel, Kollege und Konkurrent – ihm gehörte Die Perle vom Río Chira –, mit dem er immer zum Fußball ging, wenn die Mannschaften aus Lima und anderen Landesteilen in Piura spielten. »Wenn Sie diese kleine Dunkle weiter so anstarren, verpassen Sie noch alle Tore.« »So etwas Bildhübsches habe ich in meinem Leben noch nicht gesehen«, murmelte Felícito und schnalzte mit der Zunge. »Sie ist so wunderwunderschön!« Er stand nur ein paar Meter von ihr entfernt. Ihr Begleiter, ein junger Mann, hatte den Arm um sie gelegt und strich ihr ab und zu durchs Haar. Und dann flüsterte der blonde Vignolo ihm ins Ohr: »Übrigens kenne ich sie. Sie heißt Mabel. Halten Sie sich fest, mein Bester. Die Kleine vögelt.« Felícito fuhr auf: »Wollen Sie damit sagen, dass dieser Schatz eine Nutte ist?«

»Nicht ganz«, sagte der Blonde und knuffte ihn in die Seite. »Ich sagte, sie vögelt, nicht, dass sie hurt. Vögeln und Huren sind zweierlei, mein lieber Kollege. Mabel ist eine Kurtisane oder so etwas. Nur mit einigen Ausgewählten und bei sich zu Hause. Für eine ordentliche Stange Geld, nehme ich an. Soll ich Ihnen die Telefonnummer besorgen?«

Er fand sie heraus, und Felícito, der vor Scham fast im Erdboden versank – im Gegensatz zum blonden Vignolo, von jeher ein Nachtschwärmer und Hurenbock, hatte er immer ein enthaltsames Leben geführt, allein für die Arbeit und seine Familie –, Felícito rief sie an, und nachdem er lange um den heißen Brei herumgeredet hatte, verabredete er ein Treffen mit dem hübschen Fräulein aus dem Stadion. Sie bestellte ihn zuerst in ein Café an der Avenida Grau, das Balalaika, gleich bei diesen Parkbänken, wo sich, um die Abendfrische zu genießen, immer die alten Klatschmäuler versammelten, die das ZELA gegründet hatten, das Zentrum zur Erforschung des Lebens der Anderen. Sie nahmen einen Imbiss und unterhielten sich eine Weile. Es schüchterte ihn ein, vor einem so hübschen jungen Mädchen zu sitzen, und er fragte sich immer wieder, was er tun sollte, wenn plötzlich Gertrudis oder Tiburcio und Miguelito ins Café kämen. Wie sollte er ihnen Mabel vorstellen? Sie spielte mit ihm wie die Katze mit der Maus: »Bist du nicht schon ein bisschen klapprig, um eine Frau wie mich zu bezirzen? Außerdem bist du ein ziemlicher Knirps, an deiner Seite müsste ich ständig flache Absätze tragen.« Sie schäkerte nach Lust und Laune, beugte ihr fröhliches Gesicht zu ihm hin, ihre Augen ein Funkelmeer, und nahm seine Hand oder legte die ihre auf seinen Arm, eine Berührung, die Felícito bis in die Zehenspitzen erschauern ließ. Fast drei Monate musste er mit Mabel ausgehen, sie ins Kino einladen, zum Mittagessen, zum Abendessen, zu einem Ausflug an den Strand von Yacila und zu den Chichakneipen in Catacaos, musste ihr Geschenke machen, von kleinen Medaillen und Armbändern bis hin zu Schuhen und Kleidern, die sie selber auswählte, erst dann erlaubte sie ihm, sie in dem Häuschen zu besuchen, wo sie wohnte, im Norden der Stadt, nahe dem alten Friedhof von San Teodoro, an einer Ecke dieses Gewirrs von Gassen, streunenden Hunden und Sand, dem letzten Überbleibsel des Viertels La Mangachería. An dem Tag, an dem Felícito Yanaqué mit ihr schlief, weinte er zum zweiten Mal in seinem Leben (das erste Mal war an dem Tag gewesen, als sein Vater starb).

»Warum weinst du, Herzchen? Hat es dir nicht gefallen?«

»Noch nie in meinem Leben bin ich so glücklich gewesen«, gestand Felícito, kniete nieder und küsste ihr die Hände. »Bis heute wusste ich nicht, was es heißt, mit einer Frau zu schlafen, ich schwöre es. Du hast mir das Glück gezeigt, Mabelita.«

Kurz darauf und ohne lange zu fackeln bot er ihr an, für sie einzurichten, was die Piuraner »das kleine Haus« nennen, und ihr monatlich eine bestimmte Summe zu zahlen, damit sie unbekümmert leben konnte, ohne Geldsorgen, an einem besseren Ort als in diesem Elendsviertel voller Ziegen, Nichtstuer und Messerstecher. Sie war so überrascht, dass sie nur sagen konnte: »Schwöre mir, dass du mich nie nach meiner Vergangenheit fragst und mir in deinem ganzen Leben keine Eifersuchtsszene machst.« »Das schwöre ich dir, Mabel.« Sie suchte sich das Haus in Castilla aus, nahe der Don-Bosco-Schule der Salesianerpatres, und richtete es nach ihrem Geschmack ein. Felícito unterschrieb den Mietvertrag und zahlte alle Rechnungen, egal in welcher Höhe, ohne zu protestieren. Das Geld für den Lebensunterhalt gab er ihr pünktlich, in bar, jeweils am Letzten des Monats, genau wie den Angestellten und Arbeitern von Transportes Narihualá ihren Lohn. Die Tage, an denen er zu ihr kam, vereinbarte er immer im Voraus. In acht Jahren war er niemals unerwartet in dem Häuschen in Castilla erschienen. Er wollte es nicht erleben, im Schlafzimmer seiner Geliebten einem anderen Mann zu begegnen. Auch versuchte er nicht herauszufinden, was sie an den Wochentagen machte, wenn sie sich nicht sahen. Natürlich ahnte er, dass sie sich ihre Freiheiten nahm, und er dankte ihr im Stillen, dass sie es diskret tat und ihm die Demütigung ersparte. Wie hätte er auch etwas dagegen haben können? Mabel war jung, lebensfroh, sie hatte ein Recht, sich zu amüsieren. Es war schon erstaunlich, dass sie akzeptierte, die Geliebte eines stark gealterten, noch dazu so kleinen und hässlichen Mannes zu sein. Nicht, dass es ihm nichts ausgemacht hätte, im Gegenteil. Wenn er Mabel schon mal in der Ferne erkannte, wie sie in Begleitung eines Mannes aus einem Laden oder dem Kino kam, drehte sich ihm vor Eifersucht der Magen um. Zuweilen hatte er Albträume, in denen Mabel ihm sehr ernst verkündete: »Ich werde heiraten, wir sehen uns heute zum letzten Mal, Herzchen.« Wenn er gekonnt hätte, hätte Felícito sie geheiratet. Aber er konnte nicht. Nicht nur, weil er bereits verheiratet war, sondern weil er Gertrudis nicht verlassen wollte, so wie seine Mutter, diese Rabenmutter, die er nie kannte, seinen Vater und ihn verlassen hatte, drüben in Yapatera, als Felícito noch ein Säugling war. Mabel war die einzige Frau, die er wirklich liebte. Gertrudis hatte er nie geliebt, er hatte sie notgedrungen geheiratet, wegen dieses Ausrutschers in seiner Jugend und vielleicht, wer weiß, weil sie und die Dragonerin ihm eine echte Falle gestellt hatten (woran er sich nicht zu erinnern versuchte, weil es ihn nur verbitterte, aber immer kam es ihm in den Sinn, immer und immer wieder). Trotzdem war er ein guter Ehemann gewesen. Seiner Frau und seinen Kindern hatte er mehr gegeben, als sie von dem armen Schlucker, der er bei seiner Hochzeit war, hätten erwarten können. Dafür hatte er sein ganzes Leben geschuftet wie ein Sklave, ohne auch nur einmal Urlaub zu nehmen. Darin bestand, bis er Mabel kennenlernte, sein ganzes Leben: arbeiten, arbeiten, arbeiten, sich Tag und Nacht abrackern, bis er ein kleines Kapital angesammelt hatte und sein erträumtes Bus- und Fuhrunternehmen aufmachen konnte. Und dann enthüllte ihm dieses Mädchen, dass mit einer Frau zu schlafen etwas Schönes, Intensives, Ergreifendes sein konnte, etwas, was er sich nicht hätte vorstellen können die wenigen Male, die er mit einer Nutte in den Bordellen an der Landstraße nach Sullana ins Bett ging, oder bei jenem Flirt, der sich einmal bei einer Feier ergeben hatte – ausgerechnet anlässlich des Todes eines Bischofs – und der kaum eine Nacht währte. Mit Gertrudis zu schlafen war immer etwas Rasches gewesen, die Befriedigung eines körperlichen Bedürfnisses, eine Erledigung zur Stillung des Verlangens. Seit Tiburcios Geburt schliefen sie nicht mehr in einem Bett, und das war nun schon die Kleinigkeit von einundzwanzig Jahren her. Wenn er hörte, wie der blonde Vignolo aufzählte, wen er alles flachgelegt hatte, war er sprachlos. Verglichen mit seinem Freund hatte er gelebt wie ein Mönch.

Mabel empfing ihn im Morgenrock, aufgeräumt wie immer. Sie hatte die Folge der Freitags-Telenovela gesehen und erzählte ihm davon, während sie ihn am Händchen ins Schlafzimmer führte. Die Jalousien waren schon heruntergelassen, der Ventilator lief, und über der Lampe hing ein roter Lappen, weil Felícito es mochte, sie in dieser rötlichen Stimmung nackt zu sehen. Sie half ihm, sich auszuziehen und auf den Rücken zu legen. Aber im Unterschied zu anderen Malen, zu allen anderen Malen, zeigte Felícito Yanaqués Schwanz nicht das kleinste Anzeichen, steif werden zu wollen. Er blieb da liegen, klein und schmächtig, ein faltiges Ding, gleichgültig gegenüber allen Zärtlichkeiten, die Mabels Finger ihm schenkten.

»Was ist denn mit dem heute los, Herzchen«, sagte sie und knuffte den schlaffen Schwanz ihres Geliebten.

»Wahrscheinlich weil ich mich nicht wohlfühle«, entschuldigte sich Felícito, es war ihm peinlich. »Eine Erkältung vielleicht. Den ganzen Tag habe ich schon Kopfschmerzen, manchmal auch Schüttelfrost.«

»Ich mache dir einen schön heißen Tee mit Zitrone, und dann bin ich ganz lieb zu dir, mal sehen, ob wir die kleine Schlafmütze nicht wach bekommen.« Mabel sprang aus dem Bett und zog sich wieder den Morgenrock über. »Nicht dass du mir auch einschläfst, Herzchen.«

Doch als sie aus der Küche zurückkam, in den Händen die dampfende Tasse Tee und ein Paracetamol, saß Felícito angezogen in dem kleinen Wohnzimmer mit der granatrot geblümten Couchgarnitur, ernst und verlegen unter dem erleuchteten Herz-Jesu-Bild.

»Das ist doch nicht bloß eine Erkältung«, sagte Mabel, hockte sich neben ihn und nahm ihn demonstrativ unter die Lupe. »Gefalle ich dir nicht mehr? Hast du dich vielleicht in so eine kleine Piuranerin verliebt?«

Felícito schüttelte den Kopf, nahm ihre Hand und küsste sie.

»Ich liebe dich, mehr als sonst wen auf der Welt, Mabelita«, sagte er zärtlich. »Nie wieder werde ich mich in jemanden verlieben. Ich weiß nur zu gut, dass ich nirgendwo eine so tolle Frau finde wie dich.«

Er seufzte und zog den Brief mit der Spinne hervor.

»Den Brief hier habe ich bekommen, und ich mache mir große Sorgen«, sagte er und gab ihn ihr. »Zu dir habe ich Vertrauen, Mabel. Lies ihn und sag mir, was du denkst.«

Mabel las ihn, las ihn noch einmal, ganz langsam. Das kleine Lächeln, das immer in ihrem Gesicht flatterte, verschwand. Ihre Augen waren voller Unruhe.

»Du musst zur Polizei gehen, oder?«, sagte sie schließlich. Die Verwirrung war ihr anzumerken. »Das ist eine Erpressung, da musst du Anzeige erstatten, nehme ich an.«

»Ich war schon auf dem Revier. Aber sie haben nichts drauf gegeben. Ehrlich gesagt, ich weiß nicht, was ich tun soll, mein Schatz. Der Sergeant der Polizei, mit dem ich gesprochen habe, hat mir etwas gesagt, was vielleicht stimmt. Dass heute in Piura, wo es so viel Fortschritt gibt, auch das Verbrechen zunimmt. Banden tauchen auf und verlangen von den Händlern und den Firmen Schutzgeld. Ich hatte schon davon gehört, aber ich wäre nie auf die Idee gekommen, dass es mich treffen könnte. Ich gestehe, ich bin ganz schön nervös, Mabelita. Ich weiß nicht, was ich tun soll.«

»Du hast nicht vor, diesen Leuten das Geld zu geben, nicht wahr, Herzchen?«

»Natürlich nicht, nicht einen einzigen Centavo. Ich lasse mich von niemandem herumschubsen, das kannst du mir glauben.«

Er erzählte ihr, dass Adelaida ihm geraten hatte, den Erpressern nachzugeben.

»Ich glaube, es ist das einzige Mal in meinem Leben, dass ich der Eingebung meiner Wahrsagerfreundin nicht folgen werde.«

»Was bist du nur naiv, Felícito.« Mabel war verärgert. »Eine so heikle Sache mit der Hexe zu besprechen. Ich weiß nicht, wie du die Märchen glauben kannst, die dieses Schlitzohr dir auftischt.«

»Bei mir hat sie sich noch nie geirrt.« Felícito bedauerte, dass er Mabel davon erzählt hatte, wo er genau wusste, dass sie Adelaida hasste. »Keine Sorge, diesmal befolge ich ihren Rat nicht. Ich kann es nicht. Ich werde es nicht. Vielleicht ist es das, was mich so erbittert. Ich habe das Gefühl, dass ein Unheil über mich kommt.«

Mabel war sehr ernst geworden. Felícito sah, wie sich ihre roten Lippen kräuselten. Sie hob die Hand und strich ihm langsam das Haar glatt.

»Ich wünschte, ich könnte dir helfen, Herzchen, aber ich weiß nicht, wie.«

Felícito lächelte sie an, nickte. Dann stand er auf, ein Zeichen, dass er beschlossen hatte zu gehen.

»Soll ich mich nicht lieber anziehen, und wir gehen ins Kino? Es wird dich auf andere Gedanken bringen, na los, komm schon.«

»Nein, mein Liebes, mir ist nicht nach Kino zumute. Ein andermal. Entschuldige. Ich lege mich besser ins Bett. Das mit der Erkältung stimmt nämlich.«

Mabel begleitete ihn zur Tür und ließ ihn hinaus. Und da sah Felícito, und er zuckte zusammen, den Umschlag, der an der Klingel steckte. Er war weiß, nicht blau wie der erste, und kleiner. Felícito wusste sofort, worum es sich handelte. Auf dem Bürgersteig spielten ein paar Kinder mit Kreiseln, nur wenige Schritte entfernt. Bevor er den Umschlag öffnete, ging er zu ihnen und fragte, ob sie gesehen hätten, wer ihn dort hingehängt hätte. Die Bengel schauten sich an, überrascht, und hoben nur die Schulter. Keiner hatte etwas gesehen, was sonst. Als er zurückkam, war Mabel ganz blass, etwas Ängstliches schimmerte auf dem Grund ihrer Augen.

»Glaubst du, dass …?« Sie biss sich auf die Lippen, schaute auf den noch ungeöffneten Umschlag in seiner Hand, als könnte er nach ihr schnappen.

Felícito ging hinein, knipste das Licht in der kleinen Diele an, und während Mabel sich bei ihm unterhakte und den Hals reckte, um zu lesen, was er las, erkannte er die Großbuchstaben, geschrieben wieder mit blauer Tinte:

Werter Herr Yanaqué,
Sie haben einen Fehler begangen, als Sie trotz der Empfehlung, die Ihnen die Organisation gegeben hat, zur Polizei gegangen sind. Wir möchten, dass die Angelegenheit privat geregelt wird, unter uns. Aber Sie erklären uns den Krieg. Den sollen Sie haben, wenn Ihnen das lieber ist. In diesem Fall dürfen wir Sie darauf aufmerksam machen, dass Sie ihn verlieren werden. Und es bedauern. Sehr bald werden wir Ihnen beweisen, dass wir in der Lage sind, auf Ihre Provokationen zu antworten. Seien Sie kein Starrkopf, es ist nur zu Ihrem Wohl. Setzen Sie nicht aufs

Spiel, was Sie in so vielen Jahren harter Arbeit erreicht haben, Herr Yanaqué. Und vor allem beschweren Sie sich nicht wieder bei der Polizei, denn es wird Ihnen leidtun. Bedenken Sie die Folgen.

Gott befohlen.

Die Zeichnung der kleinen Spinne, die als Unterschrift diente, sah genauso aus wie auf dem ersten Brief.

»Aber warum haben sie ihn hier hingehängt, bei mir«, stammelte Mabel und drückte fest seinen Arm. Ihr ganzer Körper zitterte, sie war bleich.

»Um mir mitzuteilen, dass sie mein Privatleben kennen, warum sonst.« Felícito legte ihr den Arm um die Schulter und zog sie an sich. Er spürte, wie sie bebte, und es tat ihm leid. Er küsste sie auf den Kopf. »Du weißt nicht, wie sehr ich es bedaure, dass du meinetwegen in die Sache hineingezogen wirst, Mabelita. Pass gut auf dich auf, Liebes. Bevor du die Tür öffnest, schau erst durchs Gitterchen. Und bis das geklärt ist, geh am besten abends nicht allein hinaus. Weiß der Himmel, wozu diese Kerle imstande sind.«

Er küsste sie noch einmal auf den Kopf und flüsterte ihr, bevor er ging, ins Ohr: »Beim Andenken meines Vaters, dem Heiligsten, das ich habe, schwöre ich dir, dass niemand dir etwas antun wird, mein lieber Schatz.«

Inzwischen war es dunkel geworden. Die tranigen Lichter in der Umgebung beleuchteten kaum die aufgerissenen Bürgersteige. Er hörte Hundegebell und eine Art Musik, als würde jemand zwanghaft eine Gitarre stimmen. Derselbe Ton, immer wieder. Auch wenn er stolperte, beeilte er sich. Fast im Laufschritt überquerte er die schmale Hängebrücke, die jetzt nur noch eine für Fußgänger war, und musste daran denken, dass ihm, als er noch klein war, dieses nächtliche Glitzern auf dem Wasser des Río Piura Angst gemacht hatte, es erinnerte ihn an eine ganze Welt voller Teufel und Geister auf dem Grund des Flusses. Den Gruß eines Paares, das ihm entgegenkam, erwiderte er nicht. Er brauchte fast eine halbe Stunde, bis er beim

Revier an der Avenida Sánchez Cerro ankam. Er schwitzte, vor Aufregung konnte er kaum sprechen.

»Um diese Uhrzeit kein Publikumsverkehr«, sagte ihm der junge Polizist am Eingang. »Außer es handelt sich um etwas sehr Dringendes, Señor.«

»Es ist dringend, mehr als dringend«, haspelte Felícito. »Kann ich mit Sergeant Lituma sprechen?«

»Wen darf ich melden?«

»Felícito Yanaqué, von Transportes Narihualá. Ich war vor ein paar Tagen hier, um Anzeige zu erstatten. Sagen Sie ihm, es ist etwas Schlimmes passiert.«

Während er vor der Tür wartete, hörte er Stimmen, die irgendwo im Gebäude fluchten. Er sah, wie ein abnehmender Mond über den Dächern erschien. Sein ganzer Körper glühte, als verzehrte ihn das Fieber. Er musste daran denken, wie sein Vater gezittert hatte, als er das Tertianafieber bekam, drüben in Chulucanas, und wie er es mit Schwitzkuren heilte, eingepackt in einen Haufen Sackleinen. Aber es war nicht Fieber, sondern Wut, weshalb er so zitterte. Schließlich kam der milchbärtige Polizist zurück und ließ ihn herein. Das Licht im Innern war so spärlich und trist wie in den Straßen von Castilla. Diesmal führte ihn der Polizist nicht in das winzige Kabuff von Sergeant Lituma, sondern in ein geräumigeres Büro. Dort saß der Sergeant mit einem Offizier – die drei Litzen auf den Schulterklappen seines Hemds gaben ihn als Hauptmann zu erkennen –, dick, klein und mit Schnurrbart. Der schaute Felícito nicht sehr erfreut an und zeigte nur seine gelben Zähne. Anscheinend hatten sie eine Partie Dame gespielt, und Felícito hatte sie unterbrochen. Er wollte etwas sagen, doch der Hauptmann kam ihm zuvor:

»Ich kenne Ihren Fall, Herr Yanaqué, der Sergeant hat mich informiert. Ich habe diesen Spinnenbrief gelesen, den man ihnen geschickt hat. Sie werden sich nicht erinnern, aber wir haben uns bei einem Mittagessen im Rotary Club kennengelernt, im Centro Piurano, ist schon ein Weilchen her. Es gab dort gute Algarrobina-Cocktails, glaube ich.«

Ohne etwas zu sagen, legte Felícito den Brief auf das Damebrett und verrutschte dabei die Spielsteine. Er spürte, wie die Wut ihm in den Kopf stieg und er fast nicht mehr denken konnte.

»Setzen Sie sich, bevor sie noch einen Infarkt kriegen, Herr Yanaqué«, sagte der Hauptmann belustigt und deutete auf einen Stuhl. Er knabberte an den Spitzen seines Schnurrbarts und hatte etwas Eingebildetes, Herausforderndes. »Ach, da fällt mir ein, Sie haben vergessen, uns guten Abend zu wünschen. Ich bin Hauptmann Silva, der Kommissar, zu Ihren Diensten.«

»Guten Abend«, stieß Felícito hervor, die Stimme wie abgeschnürt. »Man hat mir einen weiteren Brief geschickt. Ich fordere eine Erklärung, meine Herren von der Polizei.«

Der Hauptmann las, hielt das Blatt an die Schreibtischlampe. Dann reichte er es dem Sergeanten Lituma und grummelte: »Mist, die Sache wird heiß.«

»Ich fordere eine Erklärung«, wiederholte Felícito und verschluckte sich fast. »Woher wussten diese Schufte, dass ich auf dem Revier war, um den anonymen Brief anzuzeigen?«

»Da gibt es viele Möglichkeiten, Herr Yanaqué«, Hauptmann Silva zuckte die Achseln und schaute ihn mitleidig an. »Weil sie Ihnen gefolgt sind, zum Beispiel. Weil sie Sie kennen und wissen, dass Sie kein Mann sind, der sich erpressen lässt. Dass Sie zur Polizei gehen und die Erpressung anzeigen. Oder weil es ihnen jemand gesagt hat, dem Sie erzählt haben, dass Sie zur Polizei gegangen sind und Anzeige erstattet haben. Oder weil, wer weiß, wir die Verfasser dieser anonymen Briefe sind, die Kanaillen, die Sie erpressen wollen. Daran haben Sie auch gedacht, nicht wahr? Wahrscheinlich sind Sie deshalb so schlecht gelaunt. *Che guá*, wie Ihr Piuraner hier sagt.«

Felícito hätte am liebsten ja gesagt, beherrschte sich aber. Er war jetzt wütender auf die beiden Polizisten als auf die Verfasser der Briefe mit der kleinen Spinne.

»Hing der auch an Ihrer Haustür?«

Sein Gesicht glühte, als er antwortete und dabei versuchte, sich seine Verlegenheit nicht anmerken zu lassen:

»Man hat ihn an die Haustür einer Person gesteckt, die ich besuche.«

Lituma und Hauptmann Silva wechselten einen kurzen Blick.

»Das heißt, dass man Ihr Leben bestens kennt, Herr Yanaqué.« Hauptmann Silva sprach mit maliziöser Langsamkeit. »Diese Schlauköpfe wissen sogar, wen Sie besuchen. Wie es aussieht, haben sie gute Detektivarbeit geleistet. Woraus wir schließen können, dass es Profis sind, keine Amateure.«

»Und was passiert jetzt?«, fragte Felícito. An die Stelle der Wut war ein Gefühl von Traurigkeit und Ohnmacht getreten. Das war doch ungerecht, grausam, was mit ihm passierte. Wofür bestrafte man ihn dort oben? Was hatte er Böses getan, gütiger Gott?

»Nun, jetzt werden sie versuchen, Ihnen einen Schrecken einzujagen, um sie weichzukochen«, erklärte der Hauptmann, als spräche er davon, wie lau der Abend sei. »Um Sie glauben zu machen, dass sie mächtig und unantastbar sind. Und schwups, schon haben sie ihren ersten Fehler begangen. Dann heften wir uns ihnen an die Fersen. Geduld, Herr Yanaqué. Auch wenn Sie es nicht glauben, aber die Dinge sind auf einem guten Weg.«

»Das ist leicht gesagt, wenn man es vom Logenplatz aus betrachtet«, antwortete Felícito. »Nicht, wenn man Drohungen erhält, die einem das Leben auf den Kopf stellen. Ich soll Geduld haben, während diese Verbrecher etwas gegen mich und meine Familie planen, um mich weichzukriegen?«

»Bring dem Herrn Yanaqué doch bitte ein Glas Wasser, Lituma«, sagte Hauptmann Silva zum Sergeanten. »Nicht dass er uns noch in Ohnmacht fällt. Sonst heißt es, wir verletzen die Menschenrechte eines angesehenen Unternehmers von Piura.«

Das war kein Scherz, was dieser Bursche da sagte, dachte Felícito. Ja, er konnte einen Herzinfarkt bekommen und dann steif dort liegen, auf diesem schmutzigen Boden voller Kippen. Trauriger Tod, auf einem Revier, gestorben vor Enttäuschung, und alles wegen irgendwelcher Arschlöcher ohne Gesicht und ohne Namen, die mit ihm spielten und kleine Spinnen zeichneten. Er musste an seinen Vater denken und war gerührt bei der Erinnerung an sein immer ernstes, hartes, geschliffenes Gesicht, wie mit dem Messer gehauen, an sein struppiges Haar und seinen zahnlosen Mund. »Was soll ich tun, Vater? Ich weiß, mich nicht herumschubsen lassen, ihnen keinen Centavo geben von dem, was ich mir ehrlich verdient habe. Aber welchen anderen Rat würden Sie mir geben, wenn Sie noch lebten? Dasitzen und warten, bis der nächste anonyme Brief kommt? Das zerreißt meine Nerven, Vater.« Warum hatte er immer Vater und nie Papa zu ihm gesagt? Nicht einmal in diesen heimlichen Zwiegesprächen, die er mit ihm führte, traute er sich, ihn zu duzen. Genau wie seine Kinder. Denn weder Tiburcio noch Miguel hatten je du zu ihm gesagt. Nur zu ihrer Mutter, die duzten sie.

»Fühlen Sie sich besser, Herr Yanaqué?«

»Ja, danke.« Er trank noch ein Schlückchen Wasser aus dem Glas, das der Sergeant ihm gebracht hatte, und stand auf.

»Informieren Sie uns, sobald es etwas Neues gibt«, sagte der Hauptmann zum Abschied. »Und vertrauen Sie uns. Ihr Fall ist jetzt unser Fall, Herr Yanaqué.«

Die Worte des Offiziers klangen in seinen Ohren immer noch ironisch. Als er aus dem Revier trat, war er zutiefst deprimiert. Den ganzen Weg über die Calle Arequipa nach Hause ging er langsam, dicht an den Häusern entlang. Er hatte das unangenehme Gefühl, dass jemand ihm folgte, jemand, den der Gedanke amüsierte, ihn in Zweifel und Ungewissheit zu stürzen und nach und nach zu zerstören, irgend so ein Siebensamen, der sich ganz sicher war, dass er ihn früher oder später zugrunde richtete. »Aber da hast du dich geirrt«, murmelte er.

Gertrudis war überrascht, dass er so früh nach Hause kam. Sie fragte ihn, ob der Vorstand des Verbands der Bus- und Fuhrunternehmer von Piura, dem Felícito angehörte, das freitägliche Abendessen im Club Grau abgesagt habe. Wusste

Gertrudis von Mabel? Unwahrscheinlich, dass nicht. Aber in diesen acht Jahren hatte sie nie auch nur zu erkennen gegeben, dass es so war: keine Klage, keine Szene, keine Stichelei, keine Andeutung. Es konnte nicht sein, dass kein Gerede bis zu ihr gedrungen war, kein Gerücht, wonach er eine Geliebte hätte. War Piura nicht ein Dorf? Jeder wusste über jeden Bescheid, erst recht, wenn es um Bettgeschichten ging. Vielleicht wusste sie es und ließ sich nichts anmerken, um keinen Streit anzufangen und sich Ärger zu ersparen. Aber bei dem klösterlichen Leben, das seine Frau führte, ohne Verwandte und wo sie nur auf die Straße trat, um zur Messe zu gehen, zu einer Novene oder der Rosenkranzandacht in der Kathedrale, da war es nicht ausgeschlossen, dass sie von nichts etwas mitbekommen hatte.

»Ich bin früher gekommen, weil ich mich nicht wohlfühle. Ich glaube, ich habe mich erkältet.«

»Dann hast du ja noch nichts gegessen. Soll ich dir etwas kochen? Ich mache es selbst, Saturnina ist schon gegangen.«

»Danke, ich habe keinen Hunger. Ich sehe ein bisschen fern und lege mich dann ins Bett. Gibt es was Neues?«

»Meine Schwester Armida hat geschrieben, aus Lima. Wie es aussieht, heiratet sie.«

»Ah, schön, dann sollten wir ihr ein Geschenk schicken.« Felícito wusste nicht einmal, dass Gertrudis eine Schwester unten in der Hauptstadt hatte. Tolle Nachricht. Er versuchte sich zu erinnern. Ob es vielleicht dieses kleine Mädchen ohne Schuhe war, erst ein paar Jahre alt, das in der Pension El Algarrobo herumtollte, wo er seine Frau kennengelernt hatte? Nein, dieses Kind war die Tochter eines Lkw-Fahrers namens Argimiro Trelles, später verwitwet.

Gertrudis nickte und ging auf ihr Zimmer. Seit Miguel und Tiburcio ausgezogen waren, hatten Felícito und seine Frau getrennte Schlafzimmer. Er sah, wie die formlose Gestalt seiner Frau in dem dunklen Hof verschwand, an dem die Schlafzimmer lagen, das Esszimmer, das kleine Wohnzimmer und die Küche. Er hatte sie nie so geliebt, wie man eine Frau liebt, aber er mochte sie, ein Gefühl nicht frei von Mitleid, denn auch wenn Gertrudis sich nicht beklagte, musste sie doch frustriert sein bei einem so kalten und lieblosen Mann. Es konnte gar nicht anders sein in einer Ehe, die nicht einer Verliebtheit entsprungen war, sondern einem Besäufnis und einer Nacht im Bett. Aber wer weiß. Es war ein Thema, das Felícito, auch wenn er alles tat, um es zu verdrängen, immer wieder in Erinnerung kam und ihm den Tag verdarb. Gertrudis war die Tochter der Wirtin der Pension El Algarrobo gewesen, einer billigen Herberge an der Calle Ramón Castilla, in der Gegend, die damals die ärmste von El Chipe gewesen war, viele Lastwagenfahrer stiegen dort ab. Felícito hatte mit ihr geschlafen, fast ohne dass er es selber wahrnahm, an zwei fidelen Abenden mit viel Schnaps. Er tat es einfach so, weil sie da war und eine Frau, nicht weil das Mädchen ihm gefallen hätte. Sie gefiel niemandem, wem sollte dieses halb schielende, schlampige kleine Weib schon gefallen, das immer nach Knoblauch und Zwiebeln stank. Und bei einem dieser beiden Ficks ohne Liebe und fast ohne Lust war Gertrudis schwanger geworden. Das zumindest sagten sie und ihre Mutter. Die Pensionswirtin, Doña Luzmila, welche die Fahrer die Dragonerin nannten, zeigte Felícito bei der Polizei an. Er musste aufs Revier, und vor dem Kommissar erkannte er an, dass er mit einer Minderjährigen geschlafen hatte. Er willigte ein, sie zu heiraten, weil ihn das Gewissen plagte, ein Kind von ihm könnte geboren werden, ohne anerkannt zu sein, und weil er die Geschichte glaubte. Später, als Miguelito auf die Welt kam, begannen die Zweifel. War er wirklich sein Sohn? Nie fragte er Gertrudis danach, das verstand sich, und er sprach auch weder mit Adelaida noch mit sonst wem davon. Aber in all den Jahren hatte er mit dem Verdacht gelebt, dass er es nicht war. Denn nicht nur Felícito schlief mit der Tochter der Dragonerin bei diesen samstäglichen Sausen in der Pension El Algarrobo. Miguel ähnelte ihm in nichts, er war ein Junge mit weißer Haut und hellen Augen. Warum hatten Gertrudis und ihre Mutter ihn dafür verantwortlich gemacht? Vielleicht weil er ledig war, ein fleißiger, guter Kerl, und weil die Dragonerin sie auf Teufel komm raus unter die Haube bringen wollte. Vielleicht war der wahre Vater von Miguel verheiratet oder so ein dahergelaufener Weißer von zweifelhaftem Ruf. Wann immer die Erinnerung ihm die Stimmung verdarb, ließ er nicht zu, dass jemand es bemerkte, angefangen bei Miguel. Ihm gegenüber tat er stets, als wäre er so sehr sein Sohn wie Tiburcio. Wenn er ihn zur Armee schickte, dann zu seinem eigenen Wohl, denn er geriet schon auf die schiefe Bahn. Nie hatte er den jüngeren Sohn bevorzugt. Der war ihm allerdings wie aus dem Gesicht geschnitten, von Kopf bis Fuß ein Cholo aus Chulucanas, ohne hellhäutige Spuren, weder im Gesicht noch am Leib.

Gertrudis war eine immer fleißige und selbstlose Frau gewesen, nicht nur in den schwierigen Jahren, auch danach, als Felícito seine Firma Transportes Narihualá eröffnen konnte und die Lage sich besserte. Aber selbst wenn sie jetzt ein schönes Haus hatten, ein Dienstmädchen und sichere Einkünfte, lebte sie noch genauso kärglich wie in den Jahren, als sie arm waren. Nie bat sie ihn um Geld für etwas Persönliches, nur für das Essen und die sonstigen täglichen Ausgaben. Ab und zu musste er darauf drängen, dass sie sich ein Paar Schuhe oder ein neues Kleid kaufte. Aber auch dann lief sie immer in Badelatschen und diesem Kittel herum, der aussah wie eine Soutane. Wann war sie so religiös geworden? Am Anfang war sie es nicht gewesen. Ihm kam es vor, als hätte sich Gertrudis mit den Jahren in eine Art Möbelstück verwandelt, als hätte sie aufgehört, ein lebendiger Mensch zu sein. Ganze Tage vergingen, ohne dass sie, abgesehen von Guten Morgen und Gute Nacht, ein Wort wechselten. Seine Frau hatte keine Freundinnen, empfing keinen Besuch und besuchte niemanden, nicht einmal ihre Kinder, auch wenn die mal länger nicht zu ihr kamen. Irgendwann standen Tiburcio und Miguel dann vor der Tür, zuverlässig zu Geburtstagen und zu Weihnachten, und sie war immer sehr liebevoll mit ihnen, aber abgesehen von diesen Gelegenheiten schien sie sich auch für ihre Kinder kaum zu interessieren. Ein paarmal hatte Felícito ihr vorgeschlagen, ins

Kino zu gehen, am Fluss entlang über den Malecón zu spazieren oder sonntags das Platzkonzert auf der Plaza de Armas zu hören, nach der Messe um zwölf. Sie willigte folgsam ein, aber es waren Ausflüge, bei denen sie kaum ein Wort wechselten, und er hatte den Eindruck, Gertrudis warte nur darauf, wieder nach Hause zu kommen, sich im Hof in ihren Schaukelstuhl zu setzen, nahe dem Radio oder dem Fernseher, wo sie immer nach irgendeiner frommen Sendung suchte. Soweit Felícito sich erinnerte, hatte er niemals einen Streit oder auch nur ein Geplänkel mit dieser Frau gehabt, die sich seinem Willen unterwürfigst fügte.

Er hatte sich ins Wohnzimmer gesetzt und hörte die Nachrichten. Verbrechen, Überfälle, Entführungen, das Übliche. Bei einer der Meldungen sträubten sich ihm die Haare. Der Sprecher berichtete, dass sich in Lima unter den Dieben eine neue Art verbreitete, Autos zu überfallen. An einer Kreuzung warteten sie, bis die Ampel rot wurde, und wenn in dem haltenden Wagen eine Frau saß, warfen sie eine Ratte hinein. Vor Angst und Ekel ließ die Fahrerin das Lenkrad los und sprang schreiend hinaus. Die Diebe schnappten sich dann seelenruhig den Wagen. Lebende Ratten auf Frauen, der Gipfel der Schamlosigkeit! Das Fernsehen verdarb die Leute nur mit all dem Schmutz und Blut. Normalerweise legte er, statt Nachrichten zu hören, eine CD von Cecilia Barraza ein. Doch jetzt verfolgte er beklommen den Kommentar dieses Moderators von *24 Horas*, der sagte, die Kriminalität steige im ganzen Land. Das braucht mir keiner zu erzählen, dachte er.

Gegen elf ging er ins Bett, und auch wenn er, gewiss wegen der Aufregung des Tages, sofort einschlief, war er um zwei wieder wach. Und konnte kaum mehr ein Auge zutun. Er hatte Angstzustände, ein Gefühl von Katastrophe und vor allem Bitterkeit, weil er sich ohnmächtig dem gegenübersah, was mit ihm geschah. Sobald er einnickte, tosten in seinem Kopf Bilder von Krankheiten, Unfällen und Unglücken. Durch einen Albtraum liefen Spinnen.

Um sechs Uhr stand er auf. Neben dem Bett, sich im Spiegel anschauend, begann er mit seinen Qigong-Übungen und dachte wie immer an seinen Lehrer, den Krämer Lau. Stehen wie ein Baum, der sich wiegt, vor und zurück, von links nach rechts und herum, vom Wind bewegt. Und mit den Füßen fest auf dem Boden, im Versuch, den Kopf zu leeren, wiegte er sich und suchte seine Mitte. Nach der Mitte suchen. Nicht die Mitte verlieren. Die Arme heben und sie langsam senken, ein feiner Regen, der vom Himmel fällt und seinen Körper und seine Seele erfrischt, seine Nerven beruhigt, die Muskeln. Den Himmel und die Erde an ihrem Platz halten und verhindern, dass sie sich verbinden – ein Arm hochgestreckt, den Himmel stützend, der andere nach unten, die Erde haltend –, und sich dann über die Arme streichen, das Gesicht, die Nieren, die Beine, um die restlichen Verspannungen an allen Stellen des Körpers zu vertreiben. Das Wasser mit den Händen teilen und verbinden. Die Lendengegend mit einer sanften Massage wärmen. Die Arme öffnen, wie der Schmetterling seine Flügel entfaltet. Am Anfang hatte ihn die außerordentliche Langsamkeit der Bewegungen, dieses Atmen in Zeitlupe, das die Luft in alle Winkel des Organismus führen sollte, ungeduldig gemacht; doch mit den Jahren gewöhnte er sich daran. Er verstand nun, dass in der Langsamkeit die Wohltat lag, eine Wohltat, welche dieses zarte und tiefe Einatmen und Ausatmen seinem Körper und seinem Geist schenkte, diese Bewegungen, mit denen er, eine Hand hebend und die andere zum Boden streckend, die Knie leicht gebeugt, die Sterne an ihrem Firmament hielt und die Apokalypse bannte. Als er am Ende die Augen schloss und ein paar Minuten still stehen blieb, die Hände zusammen, als würde er beten, war eine halbe Stunde vergangen. In den Fenstern stand bereits das helle, weiße Licht des Morgens von Piura.

Ein paar kräftige Schläge an der Haustür hallten in sein Qigong. Er dachte, Saturnina hätte sich verfrüht, denn sonst kam sie nie vor sieben. Doch als er öffnete, blickte er in das Gesicht von Lucindo.

»Schnell, Don Felícito, laufen Sie.« Der Blinde von der Ecke war völlig aufgelöst. »Ein Herr hat mir gesagt, dass Ihr Büro an der Avenida Sánchez Cerro brennt, Sie sollen die Feuerwehr rufen und sofort hinkommen.«

IV

Die Trauung von Ismael und Armida war die kürzeste und einsamste, die Rigoberto und Lucrecia je gekannt hatten, auch wenn sie ihnen mehr als eine Überraschung bot. Sie fand im Rathaus von Chorrillos statt, am Morgen, als die Kinder in ihren Schuluniformen noch zum Unterricht strömten und die Büroangestellten aus Barranco, Miraflores und Chorrillos sich beeilten, mit dem Sammeltaxi, dem Auto oder dem Bus zur Arbeit zu kommen. Ismael, der, wie nicht anders zu erwarten, Vorsichtsmaßnahmen getroffen hatte, damit seine Söhne noch nichts davon erfuhren, hatte Rigoberto erst am Vorabend gesagt, dass er auf dem Amt von Chorrillos erscheinen solle, in Begleitung seiner Frau, wenn er wünsche, um Punkt neun und mit seinem Ausweis. Als sie zum Rathaus kamen, waren die Brautleute bereits dort, auch Narciso, der sich zu diesem Anlass einen dunklen Anzug angezogen hatte, ein weißes Hemd und eine blaue Krawatte mit goldenen Sternchen.

Ismael trug Grau, elegant wie immer, und Armida ein Schneiderkostüm und neue Schuhe. Sie machte einen gehemmten und etwas verlegenen Eindruck und sprach Doña Lucrecia mit »Señora« an, obwohl die sie, als sie sie umarmte, bat, sie zu duzen. »Wir beide werden jetzt gute Freundinnen sein, Armida«, aber für die ehemalige Hausangestellte war es schwer, wenn nicht unmöglich, ihr diesen Gefallen zu tun.

Die Zeremonie war rasch vorbei. Der Bürgermeister trug ein wenig ruckelnd die Rechte und Pflichten der Eheschließenden vor, und kaum war er fertig, unterschrieben beide Zeugen die Urkunde. Es gab die unvermeidlichen Umarmungen und einen festen Händedruck. Aber alles war sehr kühl und wirkte, dachte Rigoberto, vorgespielt und künstlich. Die Überraschung kam, als sie aus dem Amt traten und Ismael sich mit einem durchtriebenen kleinen Lächeln an Rigoberto und Lucrecia wandte: »Und jetzt, meine Freunde, wenn ihr Zeit habt, lade ich euch ein zur kirchlichen Feier.« Sie wollten auch noch kirchlich heiraten! »Die Sache ist ernster gemeint als gedacht«, bemerkte Lucrecia, während sie zu der alten Kirche Unserer Lieben Frau vom Karmel fuhren, nahe bei Callao, wo die katholische Trauung stattfand.

»Die einzige Erklärung ist, dass dein Freund Ismael den Blues gekriegt und sich wirklich verliebt hat«, sagte Lucrecia. »Oder ob er tatsächlich gaga ist? Ehrlich gesagt, er macht nicht den Eindruck. Wer mag das verstehen, mein Gott. Ich zumindest nicht.«

Auch in dem Kirchlein war alles vorbereitet, wo, hieß es, zur Zeit der Kolonie die Reisenden auf dem Weg von Callao nach Lima immer Halt machten, um die Allerheiligste Jungfrau vom Karmel zu bitten, sie möge sie vor den Räuberbanden beschützen, die auf dem freien Feld zwischen dem Hafen und der Hauptstadt des Vizekönigreichs ihr Unwesen trieben. Der Pfarrer brauchte keine zwanzig Minuten, um die frischgebackenen Eheleute kirchlich zu trauen und ihnen den Segen zu spenden. Ein Fest gab es nicht, auch keinen Trinkspruch, außer erneut die Glückwünsche und Umarmungen von Narciso, Rigoberto und Lucrecia für das Paar. Erst in dem Moment eröffnete ihnen Ismael, dass Armida und er von dort aus gleich zum Flughafen führen, um auf Hochzeitsreise zu gehen. Ihr Gepäck sei bereits im Kofferraum des Wagens. »Aber fragt mich nicht, wohin, das verrate ich euch nämlich nicht. Ach, ehe ich's vergesse. Ihr müsst morgen unbedingt die Klatschseite in *El Comercio* lesen. Da seht ihr dann die Anzeige, die der Gesellschaft von Lima unsere Hochzeit bekannt gibt«, worauf er schallend lachte und ihnen schelmisch zuzwinkerte. Die beiden brachen direkt auf, gefahren von Narciso, der aus dem Zeugenstand wieder zurückgekehrt war in den Stand des Chauffeurs von Don Ismael Carrera.

»Ich kann das Ganze immer noch nicht glauben«, sagte Lucrecia, als sie und Rigoberto an der Küste entlang zurück nach Barranco fuhren. »Kommt dir das nicht vor wie ein Spiel, ein Theaterstück, eine Farce? Was auch immer, aber nicht, was im wirklichen Leben wirklich geschieht.«

»Ja, du hast recht«, sagte ihr Mann. »Das Schauspiel eben hatte etwas Unwirkliches. Nun denn, Ismael und Armida hauen ab, um es sich gutgehen zu lassen. Und sich zu schützen vor dem, was kommt. Was auf uns, die wir hierbleiben, jetzt zukommt, meine ich. Am besten fliegen auch wir so bald wie möglich. Warum ziehen wir unsere Europareise nicht vor, Lucrecia?«

»Nein, das geht nicht. Nicht, solange wir mit Fonchito solche Probleme haben«, sagte Lucrecia. »Hättest du kein schlechtes Gewissen, wenn wir jetzt fliegen und ihn allein lassen mit diesem Durcheinander in seinem Kopf?«

»Natürlich hätte ich das«, musste Rigoberto zugeben. »Wenn nicht diese verdammten Erscheinungen wären, hätte ich die Tickets längst gekauft. Du kannst dir nicht vorstellen, wie ich mich auf die Reise freue. Ich habe die Route genauestens geplant, bis ins kleinste Detail. Du wirst begeistert sein, glaub mir.«

»Die Zwillinge werden es erst morgen erfahren, aus der Anzeige«, meinte Lucrecia. »Sobald sie wissen, dass die Turteltäubchen davongeflogen sind, wirst du der Erste sein, von dem sie eine Erklärung verlangen, da bin ich mir sicher.«

»Von mir, klar«, sagte Rigoberto. »Aber da das erst morgen sein wird, haben wir heute noch einen ganzen Tag in Ruhe und Frieden. Sprechen wir nicht mehr von den Hyänen, bitte.«

Sie versuchten es. Weder beim Mittagessen noch am Nachmittag oder beim Abendessen erwähnten sie mit einem Wort die Söhne von Ismael Carrera. Als Fonchito aus der Schule kam, erzählten sie ihm von der Hochzeit. Der Junge, der seit seinen Begegnungen mit Edilberto Torres immer wie abwesend und ganz in sich vertieft war, schien der Sache nicht die geringste Bedeutung beizumessen. Er hörte ihnen zu, lächelte aus reiner Höflichkeit und schloss sich dann in seinem Zimmer ein, er habe, sagte er, viele Hausaufgaben. Doch auch wenn Rigoberto und Lucrecia während des restlichen Tages die

Zwillinge nicht erwähnten, wussten sie beide, dass, egal was sie taten oder worüber sie sprachen, eine Sorge sie immer umtrieb: Wie würden die Söhne reagieren, wenn sie von der Hochzeit ihres Vaters erfuhren? Es wäre keine gesittete und vernünftige Reaktion, das war klar. Denn die feinen Brüder waren weder gesittet noch vernünftig, nicht ohne Grund nannte man sie die Hyänen, ein Spitzname, den sie sich, als sie noch kurze Hosen trugen, in ihrem Viertel redlich verdient hatten.

Nach dem Abendessen zog Rigoberto sich in sein Arbeitszimmer zurück und schickte sich an, ein weiteres Mal einen jener Vergleiche anzustellen, die ihn so begeisterten, denn sie beanspruchten seine ganze Aufmerksamkeit und ließen ihn alles andere vergessen. Diesmal hörte er die beiden Aufnahmen, die er von einem seiner Lieblingsstücke besaß: Konzert für Klavier und Orchester Nummer 2, Opus 83, von Johannes Brahms, beide aufgenommen von den Berliner Philharmonikern, dirigiert einmal von Claudio Abbado mit Maurizio Pollini als Solisten und einmal unter der Leitung von Sir Simon Rattle mit Yefim Bronfman am Klavier. Beide Einspielungen waren vorzüglich. Nie hatte er sich eindeutig für eine entscheiden können, jedes Mal fand er beide, so unterschiedlich sie waren, gleichermaßen unübertrefflich. Doch an diesem Abend passierte ihm etwas bei Bronfmans Interpretation, zu Beginn des zweiten Satzes – *Allegro appassionato* –, was seine Wahl entschied: Er spürte, wie seine Augen feucht wurden. Nur selten hatte er einmal bei einem Konzert geweint. War es Brahms, war es der Pianist, war es dieser überempfindliche Zustand, in den ihn die Ereignisse des Tages katapultiert hatten?

Als er ins Bett ging, fühlte er sich, wie er es ersehnt hatte: todmüde und völlig ruhig. Ismael, Armida, die Hyänen, Edilberto Torres, sie schienen weit weg, wie aus der Welt geschafft. Ob er jetzt durchschlafen konnte? Schön wär's. Nachdem er sich eine Weile hin und her gewälzt hatte, im schummrigen Licht des Schlafzimmers, wo nur Lucrecias Nachttischlampe brannte, fragte er, gepackt von einer freudigen Erregung, ganz leise seine Frau:

»Hast du dich nie gefragt, Liebling, wie das wohl war, diese Geschichte mit Ismael und Armida? Wann und wie sie begonnen hat. Wer den ersten Schritt wagte. Welche Art von Spielchen, Zufälligkeiten, Reibereien oder Scherzen sie vorantrieb.«

»Genau das«, murmelte sie und drehte sich ihm zu, als erinnerte sie sich an etwas. Und an ihren Mann gedrückt flüsterte sie: »Die ganze Zeit habe ich mich das gefragt, Schatz. Seit der ersten Minute, als du mir von der Geschichte erzählt hast.«

»Ach ja? Und was hast du gedacht? Was ist dir so in den Sinn gekommen?« Rigoberto drehte sich ebenfalls und umfasste ihre Taille. »Warum erzählst du es mir nicht?«

Draußen, in den Straßen von Barranco, war jene große nächtliche Stille, unterbrochen nur vom fernen Rauschen des Meeres. Ob Sterne zu sehen waren? Nein, um diese Jahreszeit zeigten sie sich nie am Himmel von Lima. Aber drüben in Europa wäre jede Nacht zu sehen, wie sie funkelten und strahlten. Und mit der warmen, langsamen Stimme der Versuchung, einer Stimme, die für Rigoberto Musik war, sprach Lucrecia leise, als sagte sie ein Gedicht auf:

»So unglaublich es klingt, aber die Romanze von Ismael und Armida kann ich dir in allen Einzelheiten erzählen. Ich weiß doch, wie es dir den Schlaf raubt, wie die Gedanken dich quälen, seit dein Freund dir im La Rosa Náutica sagte, sie würden heiraten. Von wem ich es weiß? Halt dich fest: von Justiniana. Sie und Armida sind seit langem eng befreundet. Besser gesagt, seit es mit Clotildes Beschwerden anfing und wir sie für ein paar Tage zu Armida schickten, um im Haushalt zur Hand zu gehen. Es waren diese traurigen Tage, als für Ismael die Welt zusammenbrach bei dem Gedanken, seine lebenslange Gefährtin und Mutter seiner Kinder könnte sterben. Erinnerst du dich?«

»Natürlich erinnere ich mich«, log Rigoberto, und er sprach jede Silbe ins Ohr seiner Frau, als ginge es um ein unfassbares Geheimnis. »Wie sollte ich das vergessen haben, Lucrecia. Und was ist dann passiert?«

»Nun ja, die beiden Frauen haben sich also angefreundet und sind zusammen ausgegangen. Damals hatte Armida offenbar bereits den Plan im Kopf, der ihr dann so trefflich gelang. Von einer Angestellten, die Betten macht und Zimmer putzt, zur rechtmäßig angetrauten Ehefrau von keinem Geringeren als Don Ismael Carrera, Grandseigneur von Lima und noch dazu steinreich. Und obendrein in den Siebzigern und vielleicht gar über achtzig.«

»Vergiss das Gerede und was wir längst wissen.« Rigoberto tat bekümmert. »Kommen wir zu dem, was wirklich zählt, Liebling. Du weißt genau, was. Fakten, Fakten.«

»Das will ich ja. Armida hat alles listig geplant. Klar, wenn dieses Fräulein aus Piura keine körperlichen Reize gehabt hätte, hätten weder ihre Intelligenz noch ihre List ihr etwas genutzt. Justiniana hat sie natürlich nackt gesehen. Wenn du mich fragst, wie und warum, ich kann es dir nicht sagen. Sicher haben sie irgendwann einmal zusammen geduscht. Oder im selben Bett geschlafen, wer weiß. Sie sagt, wir würden uns wundern, wie knackig Armida ist, wenn man sie splitternackt sieht, was sonst keiner merkt, so wie sie sich anzieht, in diesen Sackkleidern für Dicke. Justiniana sagt, sie ist nicht dick, ihre Brüste und ihr Hintern schön drall, die Nippel spitz, die Beine wohlgeformt, und du glaubst es nicht, ein Bauch, gespannt wie eine Trommel. Und untenrum fast unbehaart, wie eine kleine Japanerin.«

»Meinst du, Armida und Justiniana hätten sich erregt, als sie sich nackt sahen?«, unterbrach sie Rigoberto, schon in Wallung. »Sie hätten gespielt, sich berührt, sich gestreichelt und am Ende miteinander geschlafen?«

»Alles ist möglich in diesem Leben, Schätzchen«, sprach Doña Lucrecia gewohnt weise. Jetzt war das Ehepaar schon fest miteinander verschweißt. »Sagen kann ich dir auf jeden Fall, dass Justiniana, als sie Armida nackt sah, so einen Kitzel verspürte, du weißt schon, wo. Sie hat es mir gestanden, und dabei ist sie rot geworden und hat gelacht. Sie scherzt gerne über solche Sachen, du weißt ja, aber ich glaube, es stimmt, dass ihr nackter Anblick sie erregt hat. Es kann also alles Mögliche zwischen den beiden passiert sein, wer weiß. Jedenfalls hätte sich niemand vorstellen können, wie Armidas Körper wirklich war, versteckt unter den Schürzen und plumpen Kleidern, die sie immer trug. Und auch wenn weder du noch ich es bemerkt haben, glaubt Justiniana, dass Armida, seit die arme Clotilde sich im Endstadium ihrer Krankheit befand und ihr Tod schon unausweichlich schien, sich mehr als früher um sein Befinden kümmerte.«

»Wie denn, zum Beispiel?«, unterbrach Rigoberto. Seine Stimme war langsam und schwer, sein Herz schlug schneller. »Hat sie sich an Ismael herangemacht? Wie hat sie es angestellt?«

»Morgens kam sie sehr viel hübscher zurechtgemacht als vorher. Frisiert und mit einem Anflug von Koketterie, was aber niemandem aufgefallen wäre. Und sie bewegte sich auf eine neue Art, mit den Armen, den Brüsten, dem Hintern. Der alte Herr hat es natürlich bemerkt. Auch wenn er noch genauso war wie an dem Tag, als Clotilde starb, wie abwesend, ein schlafloser Geist, vom Kummer zerstört. Er hatte die Orientierung verloren, wusste nicht mehr, wer er war noch wo. Aber er merkte, dass etwas um ihn herum geschah. Natürlich hat er es gemerkt.«

»Du schweifst wieder vom Wesentlichen ab, Lucrecia«, beklagte sich Rigoberto und drückte sie an sich. »Das ist nicht der Moment, vom Tod zu sprechen, Liebes.«

»Und da, oh Wunder, verwandelte sich Armida in das ergebenste, aufmerksamste und zuvorkommendste Geschöpf. Sie war einfach da, immer in der Nähe ihres Herrn, um ihm einen Kamillentee zu bereiten, eine Tasse schwarzen Tee, ihm einen Whisky einzuschenken, das Hemd zu bügeln, einen Knopf anzunähen, den Anzug glattzustreichen, dem Hausdiener die Schuhe zum Putzen zu geben, Narciso zu sagen, er solle den Wagen vorfahren, denn Ismael wollte los und wartete nicht gern.«

»Das ist doch alles nicht wichtig«, brummte Rigoberto und

knabberte seiner Frau am Ohr. »Ich möchte intimere Dinge hören, mein Schatz.«

»Und mit einer Weisheit, die nur wir Frauen kennen, einem Wissen, das von Eva persönlich auf uns kommt, das wir in unserer Seele tragen, in unserem Blut und, nehme ich an, auch in unserem Herzen und unseren Eierstöcken, fing Armida an, ihm die Falle zu stellen, in die der vom Tod seiner Frau gezeichnete Witwer tappte wie ein unschuldiges Kind.«

»Was denn, was hat sie mit ihm gemacht«, Rigobertos Stimme überschlug sich fast. »Erzähl es mir in allen Einzelheiten, mein Schatz.«

»In den Winternächten, wenn Ismael sich in sein Arbeitszimmer zurückzog, brach er manchmal in Tränen aus. Und wie durch Zauberei stand Armida neben ihm, ergeben, taktvoll, tief ergriffen, und sprach ein paar liebe kleine Wörtchen, mit diesem Singsang aus dem Norden, der so musikalisch klingt. Und auch sie vergoss, ganz nah beim Herrn des Hauses, ein paar Kullertränen. Er konnte sie spüren, riechen, denn ihre Körper berührten sich, während Armida ihm die Stirn und die Augen tupfte und ihr, ohne dass sie es merkte, möchte man meinen, so wie sie ihn tröstete, beruhigte und streichelte, das Dekolleté herunterrutschte und Ismaels Augen, als sie über ihr Gesicht und ihren Busen glitten, nicht umhinkamen, diese munteren dunklen Brüste wahrzunehmen, Brüste, die ihm, von seinen Jahren herab betrachtet, nicht wie die einer jungen Frau, sondern eines jungen Mädchens vorkommen mussten. Von dem Moment an wird in seinem Kopf der Gedanke gereift sein, dass Armida nicht nur zwei unermüdliche Hände besaß, die Betten machten und aufschlugen, Wände abstaubten, Böden wischten, Wäsche wuschen, sondern auch einen hübsch gerundeten Körper, weich, warm, voller Leben, eine duftende, feuchte, erregende Tiefe. Und bei diesen liebevollen Bekundungen der Treue und der Zuneigung seiner Angestellten muss der arme Ismael gespürt haben, dass jenes bedeckte und geschrumpelte Ding, das er zwischen den Beinen hatte, mangels Gebrauch längst aufgegeben, neue Lebenszeichen von sich gab und wiedererwachte. Das weiß Justiniana natürlich nicht, sie errät es. Ich weiß es auch nicht, aber ich bin sicher, dass alles so begann. Glaubst du nicht auch, Liebling?«

»Als Justiniana dir das erzählt hat, wart ihr da nackt, sie und du, mein Schatz?« Und während Rigoberto sprach, knabberte er seiner Frau sanft am Hals, an den Ohren, den Lippen, und seine Hände strichen über ihren Rücken, ihren Hintern, die Innenseite der Oberschenkel.

»Ich hielt sie so wie du mich jetzt«, antwortete Lucrecia, streichelte ihn, biss ihn, küsste ihn, sprach in seinen Mund. »Wir bekamen kaum Luft, ertranken, ich schluckte ihren Speichel und sie den meinen. Justiniana glaubt, dass Armida den ersten Schritt getan hat, nicht er. Dass sie Ismael zuerst berührt hat. Hier, ja. So.«

»Ja, ja, ganz sicher, aber weiter, mach weiter«, Rigoberto schnurrte, mühte sich, seine Stimme drang kaum hervor. »So muss es gewesen sein. So war es.«

Sie lagen stumm da, sich umarmend, sich küssend, doch plötzlich hielt Rigoberto inne. Und rückte ein wenig von seiner Frau ab.

»Ich will noch nicht zum Ende kommen, mein Schatz«, flüsterte er. »Ich genieße es so sehr. Ich habe solche Lust auf dich, ich liebe dich.«

»Dann unterbrechen wir kurz«, sagte Lucrecia und wandte sich ebenfalls ab. »Sprechen wir also von Armida. In gewisser Hinsicht ist es bewundernswert, was sie getan und erreicht hat, findest du nicht?«

»In jeder Hinsicht«, sagte Rigoberto. »Ein echtes Kunstwerk. Meinen Respekt und meine Hochachtung. Sie ist eine großartige Frau.«

»Nebenbei bemerkt«, sagte seine Frau, und ihr Tonfall änderte sich, »sollte ich vor dir sterben, würde es mir nichts ausmachen, wenn du Justiniana heiratest. Sie kennt alle deine Marotten, die angenehmen wie die unangenehmen, vor allem Letztere. Behalt es also im Hinterkopf.«

»Ich bitte dich«, sagte Rigoberto, »hör auf, vom Tod zu

sprechen. Kommen wir zurück zu Armida, und um alles in der Welt, schweif nicht immer ab.«

Lucrecia seufzte, schmiegte sich an ihren Mann, ihr Mund suchte nach seinem Ohr, und dann, ganz leise:

»Wie ich eben sagte, dort war sie also, immer zur Stelle, immer ganz nah bei Ismael. Manchmal, wenn sie sich bückte, um ein Fleckchen vom Sessel zu wischen, rutschte ihr der Rock hoch, und zum Vorschein kam, ohne dass sie es bemerkte – er aber sehr wohl –, ein rundes Knie, ein glatter, geschmeidiger Schenkel, ihre schlanken Fesseln, ein Stückchen Schulter, Arm, Hals, der Schlitz zwischen den Brüsten. Nie lag in diesen Unachtsamkeiten auch nur eine Spur von Anzüglichkeit, konnte es gar nicht. Alles schien natürlich zu sein, wie unbeabsichtigt, niemals gezwungen. Der Zufall richtete die Dinge auf eine Weise, dass durch diese kleinen Episoden der Witwer, der alte Hase, unser Freund, der über seine Kinder entsetzte Vater entdeckte, dass er noch ein Mann war, dass er ein lebendiges, flatterlustiges Vögelchen hatte. Wie das, was ich gerade berühre, mein Schatz. Hart, schön feucht, hungrig.«

»Eine berückende Vorstellung, wie glücklich Ismael sich fühlen musste, als er feststellte, dass es noch da war, dass sein Vögelchen, so lange schon verstummt, erneut zu singen begann.« Rigoberto rutschte unter den Laken hin und her. »Es ergreift mich, mein Schatz, wie zart, wie schön es sein musste, als er, noch versunken in der Bitterkeit seines Witwerstands, wieder Fantasien hatte, Lust, Ergüsse, wenn er an seine Angestellte dachte. Wer hat wen zuerst berührt? Erraten wir es.«

»Armida dachte nie, dass es einmal so weit kommen würde. Sie hoffte, Ismael würde sich an ihre Nähe gewöhnen, durch sie entdecken, dass er nicht dieses menschliche Wrack war, das er von sich zeigte, dass hinter seinem geschundenen Äußeren, dem unsicheren Gang, den losen Zähnen und dem schlechten Sehvermögen seine Libido sich aufschwang. Dass er in der Lage war, Lust zu empfinden. Dass er sich, wenn er das Gefühl der Lächerlichkeit überwand, endlich eines Tages trauen würde, einen kühnen Schritt zu tun. Und dass sich so, in der großen Villa, die Clotildes Tod in eine Vorhölle verwandelt hatte, zwischen ihnen ein geheimes, intimes Einverständnis ergab. Vielleicht dachte sie, all das könnte Ismael dazu bewegen, sie vom Dienstmädchen zur Geliebten zu erheben. Ihr gar ein Häuschen einzurichten, ihr monatlich einen kleinen Unterhalt zu zahlen. Davon träumte sie, da bin ich sicher. Weiter nichts. Nie hätte sie sich den Aufruhr ausgemalt, in den sie den guten Ismael stürzen sollte, noch, dass die Umstände sie einmal zu einem Werkzeug der Rache des gekränkten und verbitterten Vaters machten. Aber was ist das?«, unterbrach Lucrecia ihre Erzählung, »wer ist dieser Eindringling? Was ist da los unter der Decke?«, und sie warf sich herum, streichelte ihn.

»Weiter, mein Schatz, um alles in der Welt, sprich weiter«, flehte, erstickend, immer begehrlicher, Rigoberto. »Hör nicht auf, jetzt, wo alles so gut läuft.«

»Das sehe ich«, Lucrecia lachte, befreite sich von ihrem Nachthemd, half ihrem Mann, den Pyjama abzustreifen, beide ineinander verflochten, das Bett zerwühlend, sich umarmend, küssend.

»Ich muss wissen, wie es war, als sie das erste Mal miteinander schliefen«, sprach Rigoberto, seine Frau fest an sich gedrückt, seine Lippen auf den ihren.

»Ich erzähle es dir, aber lass mir ein wenig Luft«, sagte Lucrecia ruhig, ließ sich Zeit, strich mit der Zunge über den Mund ihres Mannes und empfing die seine in dem ihren. »Es begann mit Tränen.«

»Tränen? Wer?« Rigoberto löste sich verdutzt, richtete sich auf. »Weshalb? War sie noch Jungfrau? Meinst du das? Hat er sie entjungfert? Zum Weinen gebracht?«

»Tränen, wie sie Ismael manchmal nachts überkamen, du Dummerchen«, mahnte ihn Lucrecia, kniff ihn in die Pobacken, knetete sie, strich mit den Händen weiter bis zu den Hoden, wiegte sie sanft. »Wenn er sich an Clotilde erinnerte, natürlich. Ein heftiger Jammer, mit Schluchzern, die durch die Tür drangen, die Wände.«

»Schluchzern, die bis ins Zimmer von Armida drangen, ja, sicher«, Rigoberto kam in Schwung, drehte Lucrecia auf den Rücken und beugte sich über sie.

»Die sie weckten, die sie aus dem Bett holten, die sie antrieben, herbeizulaufen und ihn zu trösten«, sagte sie und glitt unter den Körper ihres Mannes, öffnete die Beine, schlang die Arme um ihn.

»Genau, ihr blieb keine Zeit, in den Morgenrock zu schlüpfen, noch in die Hausschuhe«, fiel Rigoberto ein. »Noch, sich auch nur zu kämmen. Und so rannte sie in Ismaels Zimmer, halb nackt. Ich sehe sie vor mir, mein Schatz.«

»Du musst bedenken, alles war dunkel, sie stieß gegen die Möbel, an sein Bett geführt allein vom Jammer des Ärmsten. Als sie bei ihm war, umarmte sie ihn und …«

»Und er umarmte sie, riss ihr das Hemdchen vom Leib. Sie tat, als wehrte sie sich, aber nicht lange. Kaum hatte die Rangelei begonnen, warf sie sich ihm in die Arme. Es muss eine Riesenüberraschung für sie gewesen sein, als sie feststellte, dass Ismael nun ein Einhorn war, das sich in sie bohrte, sie zum Schreien brachte …«

»Sie zum Schreien brachte«, und Lucrecia schrie ihrerseits, flehte, »warte, warte, noch nicht, sei nicht so fies, tu mir das nicht an.«

»Ich liebe dich, ich liebe dich«, brach es aus ihm hervor, und er küsste seine Frau auf den Hals, spürte, wie sie ganz steif wurde und Sekunden später stöhnte, sich entspannte und reglos dalag, keuchend.

So blieben sie ein paar Minuten liegen, ruhig und schweigend, kamen wieder zu sich. Dann scherzten sie, standen auf, wuschen sich, strichen die Laken glatt, zogen sich Nachthemd und Pyjama über, knipsten das Lämpchen aus und versuchten zu schlafen. Doch Rigoberto blieb wach, hörte, wie Lucrecias Atem sich besänftigte und in immer größeren Abständen ging, während sie in den Schlaf sank. Ob sie träumte?

Und in dem Moment kam ihm, wie aus heiterem Himmel, in den Sinn, was dieser gedanklichen Verbindung zugrunde

lag, die sein Gedächtnis seit einiger Zeit immer wieder ge-
flochten hatte, genauer gesagt, seit Fonchito ihnen von seinen
unmöglichen Begegnungen erzählte, dem unwahrscheinlichen
Zusammentreffen mit diesem sonderbaren Edilberto Torres.
Er musste sich unbedingt noch mal das Kapitel aus Thomas
Manns *Doktor Faustus* anschauen. Den Roman hatte er vor vie-
len Jahren gelesen, aber er erinnerte sich sehr deutlich an jene
Episode, gleichsam der Krater der Geschichte.

Er stand leise auf und ging barfuß durchs Dunkel in sein
Arbeitszimmer, sein Kulturinselchen. Er knipste die Lampe
neben dem Sessel an, in dem er immer las und Musik hörte.
Eine verschworene Stille lag in der Nacht von Barranco, das
Meer ein Rauschen in weiter Ferne. Das Buch hatte er gleich
gefunden, in dem Regal mit den Romanen. Dort stand es. Es
war das Kapitel XXV, angestrichen mit einem Kreuzchen und
zwei Ausrufezeichen. Der Krater, die Episode der größten
Verdichtung von Erlebnissen, die die ganze Geschichte in ihrem Wesen verändert, indem sie in eine realistische Welt eine
übernatürliche Dimension einfügt. Die Episode, in der zum
ersten Mal der Teufel erscheint und mit dem jungen Komponisten Adrian Leverkühn spricht, in seinem Refugium im italienischen Palestrina, und ihm den berühmten Pakt vorschlägt.
Kaum warf er sich in die neuerliche Lektüre, war er gefangen
von der erzählerischen Raffinesse. Der Teufel zeigt sich Adrian
als völlig gewöhnlicher, eher schmächtiger Mann. Das Einzige,
was auf Ungewöhnliches deutet, ist am Anfang die Kälte, die
den jungen Musiker anweht und zittern lässt. Er sollte Fonchito einmal wie nebenbei fragen, nur so aus Neugier, »Ist dir
eigentlich jedes Mal kalt, wenn dir diese Person erscheint?«
Ach ja, und Hauptweh hat Adrian vor der Begegnung, die sein
Leben verändern wird. »Sag mal, Fonchito, hast du eigentlich
zufällig Kopfschmerzen, Durchfall, irgendwelche körperlichen
Störungen, wenn diese Person sich dir zeigt?«

Nach der Schilderung seines Sohnes war Edilberto Torres
ebenfalls ein völlig gewöhnlicher, eher schmächtiger Mann.
Rigoberto grauste es bei der Beschreibung des höhnischen La-

chens, dass dieses Persönchen plötzlich erschallen ließ, dort im Halblicht des großen Hauses in dem italienischen Bergstädtchen, wo das verstörende Zwiegespräch stattfand. Aber warum hatte sein Unterbewusstes das Gelesene mit Fonchito und Edilberto Torres in Verbindung gebracht? Das ergab keinen Sinn. In Thomas Manns Roman steht der Teufel für die Syphilis und die Musik, zwei Manifestationen seiner unheilvollen Macht im Leben, und sein Sohn hatte diesen Edilberto Torres noch nie von Krankheiten oder klassischer Musik sprechen hören. Aber drängte sich da nicht die Frage auf, ob das Auftauchen des Aidsvirus, das in der Welt ebensolche Verheerungen anrichtete wie einst die Syphilis, nicht ein Zeichen war für jene Vorherrschaft, welche das Infernalische heute im Leben erlangte? Es war dumm, sich das vorzustellen, und gleichwohl spürte er, der Ungläubige, der eingefleischte Agnostiker, in dem Moment, dass diese halblichten Bücher und Bildbände um ihn her und die Finsternis dort draußen eben jetzt durchdrungen waren von einem gewaltigen, grausamen bösen Geist. »Fonchito, ist dir aufgefallen, dass das Lachen von Edilberto Torres nicht menschlich klingt? Ich meine, klingen die Laute, die er macht, als kämen sie aus keiner normalen Menschenkehle? Mehr so wie das Heulen eines Verrückten, das Krächzen eines Raben, das Zischen einer Schlange?« Der Junge würde schallend lachen und denken, sein Vater sei hier verrückt geworden. Erneut überkam ihn ein großes Unbehagen. Und binnen Sekunden wischte der Pessimismus die Augenblicke tiefen Glücks beiseite, die er eben mit Lucrecia geteilt hatte, das Vergnügen, das ihm die neuerliche Lektüre dieses Kapitels aus *Doktor Faustus* bereitete. Er löschte das Licht und schlurfte zurück ins Schlafzimmer. Nein, so konnte es nicht weitergehen, er musste Fonchito befragen, vorsichtig, um drei Ecken, musste herausfinden, was wirklich dran war an diesen Begegnungen, musste ein für alle Mal dieses absurde Trugbild verscheuchen, das die fiebrige Fantasie seines Sohnes ausgebrütet hatte. Meine Güte, die Zeiten waren nicht danach, dass der Teufel ein Lebenszeichen von sich gab und erneut den Menschen erschien.

V

Die Anzeige, die Felícito Yanaqué, bezahlt aus eigener Tasche, in *El Tiempo* aufgab, machte ihn über Nacht in ganz Piura berühmt. Die Leute hielten ihn auf der Straße an und beglückwünschten ihn, bekundeten ihre Solidarität, baten um ein Autogramm; rieten ihm vor allem, vorsichtig zu sein: »Was Sie getan haben, ist sehr mutig, Don Felícito, *che guá!* Jetzt ist Ihr Leben wirklich in Gefahr.«

Auf nichts von alledem war der Unternehmer besonders stolz, noch ängstigte es ihn. Was ihn am meisten beeindruckte, war die Veränderung, welche die kleine Anzeige in der wichtigsten Tageszeitung von Piura bei Sergeant Lituma bewirkte und mehr noch bei Hauptmann Silva. Dieser schmierige Kommissar, dem jeder Vorwand recht war, sich über die Hintern der Piuranerinnen auszulassen, war ihm noch nie sympathisch gewesen, und die Abneigung beruhte wohl auf Gegenseitigkeit. Doch jetzt gab er sich weniger arrogant. Noch am selben Tag, als die Anzeige erschien, kamen die beiden Polizisten, freundlich, honigsüß, zu ihm nach Hause in die Calle Arequipa. Sie wollten ihm mitteilen, wie besorgt sie seien über das, was da mit Ihnen passiert, Herr Yanaqué. Nicht einmal als diese Halunken mit der Spinne den Brand gelegt hatten, der einen Teil der Geschäftsräume von Transportes Narihualá verwüstete, waren sie so aufmerksam gewesen. Was war nur in die beiden gefahren? Sie schienen seine Situation aufrichtig zu bedauern und darauf aus, die Erpresser zu schnappen.

Schließlich zog Hauptmann Silva den Ausschnitt mit der Anzeige aus *El Tiempo* hervor.

»Sie müssen verrückt sein, das zu veröffentlichen, Don Felícito«, sagte er halb im Scherz. »Ist Ihnen nicht der Gedanke gekommen, dass Sie sich mit so einer Provokation womöglich einen Messerstich einfangen oder eine Kugel in den Rücken?«

»Das war keine Provokation, ich habe lange darüber nachgedacht«, erklärte Felícito mit sanfter Stimme. »Ich wollte, dass diese Idioten ein für alle Mal wissen, dass sie von mir nicht einen Centavo bekommen. Sie können mir das Haus hier in Brand stecken, alle meine Lkws, Busse und Sammeltaxis. Und selbst meine Frau und meine Kinder umbringen, wenn sie meinen, sie müssten es tun. Aber nicht einen verdammten Centavo!«

So klein, wie er dort stand, sagte er es ohne jedes Getue, ohne Wut, die Hände unbewegt und festen Blicks, mit ruhiger Entschlossenheit.

»Ich glaube Ihnen, Don Felícito«, sagte der Hauptmann bekümmert. Und kam zur Sache: »Das Dumme ist, dass Sie uns ungewollt und ohne es zu merken in einen ganz schönen Schlamassel geritten haben. Oberst Pussypinsel, unser Regionalchef, hat heute Morgen wegen der Anzeige im Revier angerufen. Und wissen Sie, wozu? Sag es ihm, Lituma.«

»Um uns zusammenzustauchen, wir wären Versager, die letzten Pfeifen, Don Felícito«, erklärte der Sergeant zerknirscht.

Felícito Yanaqué lachte. Zum ersten Mal, seit er die Briefe mit der Spinne erhielt, war er guter Laune.

»Aber genau das sind Sie, Hauptmann«, und er grinste. »Wie sehr es mich freut, dass Ihr Chef Ihnen die Leviten gelesen hat. Er heißt tatsächlich so, ja, so derb? Pussypinsel?«

Sergeant Lituma und Hauptmann Silva lachten auch, etwas gequält.

»Natürlich nicht, das ist sein Spitzname«, erklärte der Kommissar. »Er heißt Oberst Asundino Ríos Pardo. Ich weiß nicht, wer ihm diese Frechheit angehängt hat und warum. Er ist ein guter Offizier. Aber er schimpft gern, fährt schnell aus der Haut, macht für ein Nichts die Leute zur Sau.«

»Sie irren sich, wenn Sie glauben, wir hätten Ihre Anzeige nicht ernst genommen, Herr Yanaqué«, mischte Sergeant Lituma sich ein.

»Wir mussten abwarten, bis die Halunken sich zeigen«, schloss der Hauptmann an und sprühte nun vor Tatendrang. »Jetzt, wo sie es getan haben, sind wir voll im Einsatz.«

»Ein schwacher Trost für mich«, sagte Felícito Yanaqué und zog eine verdrießliche Miene. »Ich weiß nicht, was Sie zu tun gedenken, aber die Räume, die man mir niedergebrannt hat, wird mir niemand ersetzen«

»Übernimmt denn nicht die Versicherung die Schäden?«

»Sollte sie, aber das sind alles Schlitzohren. Sie führen an, nur die Fahrzeuge seien versichert, nicht die Räumlichkeiten. Doktor Castro Pozo, mein Anwalt, sagt, vielleicht müssen wir vor Gericht gehen. Was bedeutet, dass ich auf jeden Fall verliere. So sieht es aus.«

»Machen Sie sich keine Sorgen, Don Felícito«, beruhigte ihn der Hauptmann und gab ihm einen Klaps. »Sie werden uns ins Netz gehen. Früher oder später haben wir sie. Mein Ehrenwort. Wir halten Sie auf dem Laufenden. Bis dann. Und grüßen Sie mir bitte Señora Josefita, Ihre reizende Sekretärin.«

Es stimmte, dass die Polizisten fortan einigen Diensteifer an den Tag legten. Sie befragten alle Fahrer und Angestellten von Transportes Narihualá. Und Miguel und Tiburcio, seine beiden Söhne, bombardierten sie auf dem Revier stundenlang mit Fragen, auf die die Jungen nicht immer zu antworten wussten. Selbst Lucindo bedrängten sie, anhand der Stimme die Person zu identifizieren, die ihn bat, Don Felícito auszurichten, dass es in seinem Büro brannte. Der blinde Mann schwor, er habe denjenigen, der ihn ansprach, nie zuvor gehört. Doch trotz aller polizeilichen Geschäftigkeit fühlte Felícito sich niedergeschlagen, er blieb skeptisch. Tief in seinem Innern sagte ihm etwas, dass man sie nie fassen würde. Die Erpresser würden ihm weiter zusetzen, und irgendwann endete das alles in einer Tragödie. Gleichwohl brachten seine düsteren Gedanken ihn keinen Millimeter von dem Entschluss ab, weder vor ihren Drohungen noch vor ihren Angriffen zu kapitulieren.

Was ihn am meisten bedrückte, war das Gespräch mit seinem Kumpel, Kollegen und Konkurrenten, dem blonden

Vignolo. Der kam eines Morgens zu Transportes Narihualá, wo Felícito sich an einem improvisierten Schreibtisch, einem Brett auf zwei Ölfässern, in einer Ecke der Halle eingerichtet hatte. Von dort aus war dieser Schrotthaufen zu sehen – Wellblech, Wände, Mobiliar, alles versengt –, in das der Brand sein ehemaliges Büro verwandelt hatte. Selbst einen Teil der Decke hatten die Flammen zerstört. Durch das Loch war ein Stück hohen blauen Himmels zu erkennen. Zum Glück regnete es in Piura nur selten, außer in den Jahren mit El Niño. Der blonde Vignolo war zutiefst besorgt.

»Das hätten Sie nicht tun dürfen, mein Bester«, sagte er, umarmte ihn und zeigte ihm den Ausschnitt aus *El Tiempo*. »Wie können Sie nur Ihr Leben einfach so aufs Spiel setzen! Sie, immer die Ruhe selbst, Felícito, was hat Sie nur geritten. Wofür gibt es Freunde, *che guá*. Wenn Sie mich gefragt hätten, hätten Sie so einen Unsinn bestimmt nicht gemacht.«

»Deshalb habe ich Sie auch nicht gefragt, mein Lieber. Das habe ich gerochen, dass Sie mir raten würden, die Anzeige nicht aufzugeben.« Felícito deutete auf die Trümmer seines ehemaligen Büros. »Ich musste denen irgendwie antworten.«

Sie gingen auf einen Kaffee in eine Kneipe, die vor kurzem an der Ecke Plaza Merino und Calle Tacna aufgemacht hatte, neben einem Chinesen. Das Lokal war dunkel, und in dem schummrigen Licht schwirrten die Fliegen. Von dort aus waren die Mandelbäume auf dem kleinen Platz zu sehen und die verblasste Fassade der Karmelkirche. Es waren keine Gäste da, sie konnten in Ruhe sprechen.

»Ist Ihnen das noch nie passiert?«, fragte Felícito. »Haben Sie so etwas noch nie bekommen, einen Erpresserbrief?«

Überrascht sah er, wie der blonde Vignolo ein Gesicht zog, leicht aus der Fassung geriet und erst nicht wusste, was er antworten sollte. Seine Augen glänzten schuldig; er blinzelte die ganze Zeit und versuchte ihn nicht anzuschauen.

»Sagen Sie mir nicht, dass Sie …«, stammelte Felícito und packte seinen Freund am Arm.

»Ich bin kein Held und will es auch nicht sein», antwortete

leise der blonde Vignolo. »Also ja, dann sage ich es Ihnen. Ich zahle jeden Monat eine kleine Summe. Ich weiß es zwar nicht genau, aber Sie können sicher sein, dass alle oder fast alle Bus- und Fuhrunternehmer von Piura ebenfalls Schutzgeld zahlen. Und das hätten Sie auch tun sollen, statt denen leichtfertig die Stirn zu bieten. Wir alle dachten, Sie würden ohnehin schon zahlen, Felícito. Das war wirklich töricht von Ihnen, weder ich noch sonst einer unserer Kollegen verstehen Sie. Sind Sie verrückt geworden? Mensch, man liefert sich doch keine Schlachten, die man nicht gewinnen kann.«

»Es will mir nicht in den Kopf, wie man sich vor diesen Arschlöchern so klein machen kann«, sagte Felícito betrübt. »Ich kann es einfach nicht glauben, wirklich nicht. Wo Sie immer so ein Musterknabe waren.«

«Es ist nicht der Rede wert, nur eine kleine Summe, die schlägt man zu den Gemeinkosten«, sagte der Blonde achselzuckend, beschämt, mit den Händen fuchtelnd, als wüsste er nicht, wohin damit. »Es lohnt sich nicht, für solche Peanuts das Leben aufs Spiel zu setzen, Felícito. Die fünfhundert, die sie verlangen, hätten sie auf die Hälfte heruntergesetzt, wenn Sie mit ihnen nur verhandelt hätten, ganz sicher. Sehen Sie denn nicht, was die mit Ihren Geschäftsräumen gemacht haben? Und dann schalten Sie auch noch diese Anzeige in *El Tiempo*. Sie riskieren Ihr Leben und das Ihrer Familie. Und selbst das der armen Mabel, ist Ihnen das nicht klar? Gegen die kommen Sie nicht an, das sage ich Ihnen, so wie ich Vignolo heiße. Die Erde ist rund, nicht eckig. Akzeptieren Sie es und versuchen Sie nicht, die verdrehte Welt, in der wir leben, geradezubiegen. Die Mafia ist mächtig, sie hat überall ihre Hände im Spiel, angefangen bei der Regierung und den Gerichten. Was sind Sie nur naiv, der Polizei zu vertrauen. Es würde mich nicht wundern, wenn die da auch mit drinstecken. Wissen Sie nicht, in was für einem Land wir leben, mein Freund?«

Felícito Yanaqué hörte kaum zu. Es kostete ihn tatsächlich große Mühe, ihm zu glauben: Der blonde Vignolo zahlte monatlich Schutzgeld an die Mafia. Er kannte ihn seit zwanzig Jahren, und immer hatte er ihn für einen aufrechten Kerl gehalten. Tolle Welt, in der sie lebten.

»Sind Sie sicher, dass alle unsere Kollegen Schutzgeld zahlen?«, fragte er noch einmal und suchte nach den Augen seines Freundes. »Übertreiben Sie nicht vielleicht?«

»Wenn Sie mir nicht glauben, fragen Sie selbst. So wie ich Vignolo heiße. Wenn nicht alle, dann wenigstens fast alle. Die Zeiten sind nicht danach, den Helden zu spielen, mein lieber Freund. Wichtig ist allein, dass wir arbeiten können und das Geschäft läuft. Wenn einem nichts anderes übrig bleibt, als Schutzgeld zu zahlen, dann zahlt man eben und fertig. Tun Sie dasselbe wie ich und spielen Sie nicht mit dem Feuer. Sie könnten es bereuen. Setzen Sie nicht aufs Spiel, was sie unter so vielen Opfern aufgebaut haben. Ich wäre ungern bei Ihrer Totenmesse dabei.«

Nach dem Gespräch sank Felícito aller Mut. Er schämte sich, hatte Mitleid, war erbittert, verwundert. Nicht einmal in der Einsamkeit der Nacht, wenn er in seinem kleinen Wohnzimmer die Lieder von Cecilia Barraza auflegte, schaffte er es, an etwas anderes zu denken. Wie war es möglich, dass seine Kollegen sich derart einschüchtern ließen? Merkten sie nicht, dass sie sich, wenn sie darauf eingingen, selber die Hände banden und ihre Zukunft aufs Spiel setzten? Die Erpresser würden jeden Tag mehr verlangen, bis sie vor dem Konkurs standen. Ihm war, als hätte ganz Piura sich darauf verständigt, ihm zu schaden, als wären selbst jene, die ihn auf der Straße anhielten, umarmten und beglückwünschten, nur Heuchler, Teil der Verschwörung, um ihm zu entreißen, was er in all den Jahren im Schweiße seines Angesichts erreicht hatte. »Was auch immer passiert, Sie können beruhigt sein, Vater. Ihr Sohn lässt sich von diesen Feiglingen nicht herumschubsen, von niemandem.«

Der Ruhm, den ihm die Anzeige in *El Tiempo* eintrug, änderte nichts an dem geordneten und arbeitsamen Leben von Felícito Yanaqué, auch wenn er sich nicht daran gewöhnen konnte, dass man ihn auf der Straße ansprach. Er war gehemmt und wusste nicht, was er sagen sollte zu all dem Lob und den Bekundungen der Solidarität. In aller Frühe stand er auf, machte seine Qigong-Übungen, und vor acht war er dann bei Transportes Narihualá. Dass die Zahl der Fahrgäste abgenommen hatte, besorgte ihn, aber er verstand es; nach dem Brand auf dem Gelände war es nicht verwunderlich, dass manche Kunden nun fürchteten, die Vergeltungsmaßnahmen der Verbrecher könnten sich auf die Fahrzeuge ausweiten, sie würden unterwegs überfallen und in Brand gesteckt. Die Busse nach Ayabaca, deren Route, mehr als zweihundert Kilometer, über eine enge Serpentinenstraße am Rande tiefer Andenschluchten führte, verloren fast die Hälfte der Kundschaft. Solange das Problem mit der Versicherung nicht gelöst war, konnte er auch das Büro nicht wieder herrichten. Aber Felícito machte es nichts aus, an dem Brett auf den beiden Fässern in der Ecke der Halle zu arbeiten. Stundenlang saß er mit der Señora Josefita zusammen und ging mit ihr durch, was von der Buchhaltung noch geblieben war, den Rechnungen, den Verträgen, den Quittungen und der Korrespondenz. Zum Glück waren nicht viele wichtige Unterlagen verlorengegangen. Untröstlich aber war seine Sekretärin. Josefita versuchte es sich nicht anmerken zu lassen, doch Felícito sah, wie unangenehm es ihr war, im Freien arbeiten zu müssen, vor den Augen von Fahrern, Mechanikern, Fahrgästen, die kamen und gingen, all den Leuten, die sich in die Schlange stellten, um Pakete aufzugeben. Sie hatte es ihm gestanden, und dabei zog sie die Schnute eines kleinen Mädchens:

»Also, hier so vor allen Leuten zu arbeiten, ich weiß nicht, ich komme mir vor wie bei einem Striptease. Geht es Ihnen nicht auch so, Don Felícito?«

»Viele von denen wären glücklich, wenn Sie ihnen einen Striptease hinlegten, Josefita. Sie haben ja gesehen, was für Komplimente Hauptmann Silva Ihnen jedes Mal macht, wenn er Sie sieht.«

»Die Scherze von diesem Polizisten mag ich gar nicht«, sagte Josefita und errötete. »Und noch weniger die kleinen Blicke, die er mir zuwirft, Sie wissen schon, wohin, Don Felícito. Glauben Sie, er ist so ein Perverser? Habe ich zumindest gehört. Dass der Hauptmann bei den Frauen nur auf das eine schaut, als hätten wir nicht noch anderes am Körper, *che guá.*«

Am selben Tag, als in *El Tiempo* die Anzeige erschien, baten Miguel und Tiburcio ihn um ein Gespräch. Beide Söhne arbeiteten als Schaffner und Fahrer der Busse, Lastwagen und Sammeltaxis des Unternehmens. Felícito lud sie zu einem Ceviche mit Archenmuscheln und einem Seco de Chabelo ins Restaurant des Hotels Oro Verde in El Chipe ein. Das Radio lief, und die Musik zwang sie, laut zu sprechen. Von ihrem Tisch aus sahen sie, wie eine Familie unter Palmen im Pool badete. Statt Bier bestellte Felícito für alle eine Brause. An den Gesichtern seiner Söhne konnte er schon ablesen, worauf sie hinauswollten. Zuerst sprach der ältere, Miguel. Kräftig, athletisch, sehr hellhäutig, mit hellen Augen und hellem Haar, kleidete er sich immer mit einer gewissen Sorgfalt, anders als Tiburcio, der sich nur selten von seinen Bluejeans, dem Polohemd und den Turnschuhen trennte. Eben jetzt trug Miguel Slipper, eine Cordhose und ein hellblaues Hemd mit aufgedruckten Rennwagen. Er war hoffnungslos eitel, mit einem Hang zum Versnobten. Als Felícito ihn zwang, den Militärdienst abzuleisten, dachte er, die Armee würde ihm dieses Gehabe eines verwöhnten Jüngelchens austreiben; aber dem war nicht so, er kam aus der Kaserne heraus, wie er hineingegangen war. Ein weiteres Mal in seinem Leben dachte Felícito Yanaqué: Ob er mein Sohn ist? Der Junge strich die ganze Zeit über das Lederarmband seiner Uhr, während er sprach:

»Tiburcio und ich haben uns Gedanken gemacht, Vater, und wir haben es auch mit Mama besprochen.« Er klang etwas unwillig, wie immer, wenn er das Wort an ihn richtete.

»Ihr denkt also«, konnte Felícito sich nicht verkneifen, »das freut mich zu hören, eine gute Nachricht. Darf man wissen, welch brillante Idee euch dabei gekommen ist? Die Schamanen von Huancabamba wollt ihr hoffentlich nicht zu den Erpressern um Rat fragen. Ich habe nämlich schon Adelaida gefragt, und nicht einmal sie, die alles vorhersieht, hat die geringste Ahnung, wer sie sein könnten.«

»Wir meinen es ernst, Vater«, sprach Tiburcio jetzt. Durch die Adern dieses Jungen floss allerdings sein eigenes Blut, daran bestand kein Zweifel. Er ähnelte ihm sehr mit seiner tiefdunklen Haut, dem glatten schwarzen Haar und dem mickrigen Körper seines alten Herrn. »Machen Sie sich nicht lustig, Vater, bitte. Hören Sie uns zu. Es ist zu Ihrem Wohl.«

»Na schön, einverstanden, ich höre zu. Worum geht's, Jungs?«

»Nach dieser Anzeige, die Sie in *El Tiempo* aufgegeben haben, sind Sie in großer Gefahr«, sagte Miguel.

»Ich weiß nicht, ob Ihnen klar ist, in wie großer, Vater«, fügte Tiburcio hinzu. »Als hätten Sie sich selber den Strick um den Hals gelegt.«

»In Gefahr war ich schon vorher«, korrigierte sie Felícito. »Das sind wir alle. Gertrudis und auch ihr. Seit dem ersten Erpresserbrief von diesen Arschlöchern. Es mag euch nicht bewusst sein, aber die Sache betrifft nicht nur mich, sondern die ganze Familie. Schließlich werdet ihr Transportes Narihualá einmal erben, etwa nicht?«

»Aber jetzt ist die Firma gefährdeter als vorher, Vater«, sagte Miguel. »Sie haben sie öffentlich herausgefordert, da können sie nicht einfach die Hände in den Schoß legen. Sie haben sie lächerlich gemacht, dafür werden sie sich rächen. Das sagen alle in Piura.«

»Genau«, fiel Tiburcio ein, »die Leute kommen auf uns zu und warnen uns, ›Passt auf euren Vater auf, Jungs, so etwas werden diese Kerle ihm nicht verzeihen.‹ Das kriegen wir überall zu hören.«

»Das heißt, ich bin es, der sie provoziert, die Ärmsten.« Felícito rang um Fassung. »Ich werde bedroht, mein Büro wird niedergebrannt, und der Provokateur bin ich, weil ich ihnen mitteile, dass ich mich nicht erpressen lasse wie diese Weicheier von Kollegen.«

»Wir kritisieren Sie doch nicht, Vater, im Gegenteil«, nahm Miguel wieder Anlauf. »Wir helfen Ihnen, wir sind stolz darauf, dass Sie die Anzeige aufgegeben haben. Sie haben dem Namen der Familie alle Ehre gemacht.«

»Aber wir wollen nicht, dass man Sie tötet, verstehen Sie doch«, sprang Tiburcio ihm bei. »Es wäre klüger, einen Leibwächter anzuheuern. Wir haben uns erkundigt, es gibt da eine sehr seriöse Firma. Sie bietet ihre Dienste allen hohen Tieren in Piura an. Bankiers, Landwirten, Minenbesitzern. Und es ist gar nicht so teuer, hier haben wir die Preise.«

»Einen Leibwächter?« Felícito musste lachen, ein gezwungenes, spöttisches Lachen. »Ein Kerl, der mir mit seiner Knarre in der Tasche wie mein Schatten folgt? Habt ihr Hirnschmalz in euren Köpfen oder Sägemehl? Wenn ich mir Schutz kaufte, täte ich diesen Räubern den größten aller Gefallen. Das hieße zuzugeben, dass ich mich fürchte, dass ich mein Geld für so was ausgebe, weil sie mir Angst eingejagt haben. Es wäre dasselbe wie ihnen das verlangte Schutzgeld zu zahlen. Sprechen wir nicht mehr davon. Esst, Kinder, esst, der Eintopf wird kalt. Und wechseln wir das Thema.«

»Vater, bitte, es ist nur zu Ihrem Besten«, versuchte Miguel noch einmal, ihn zu überzeugen. »Damit Ihnen nichts passiert. Hören Sie auf uns, wir sind Ihre Söhne.«

»Kein Wort mehr davon«, sagte Felícito. »Wenn mir etwas passiert, steht ihr an der Spitze von Transportes Narihualá und könnt tun, was ihr wollt. Auch Leibwächter engagieren, wenn euch danach ist. Ich nie im Leben.«

Er sah, wie seine Söhne die Köpfe senkten und lustlos zu essen begannen. Beide waren immer recht artig gewesen, selbst in der Pubertät, wenn die Kinder sich normalerweise gegen die väterliche Autorität auflehnen. Er erinnerte sich nicht, dass sie ihm allzu viel Kopfschmerzen bereitet hätten, abgesehen von dem ein oder anderen Bockmist ohne größere Folgen. Wie Miguel mit seinem Unfall, als er auf der Straße nach Catacaos einen Esel tötete; er lernte fahren, und das Grautier war ihm plötzlich in den Weg getreten. Sie waren immer noch recht gehorsam, auch wenn sie längst erwachsen waren. Selbst als er Miguel sagte, er solle sich für ein Jahr als Freiwilliger bei der

Armee melden, um sich abzuhärten, gehorchte der, ohne zu mucksen. Und ihre Arbeit erledigten sie immer, das musste er ihnen lassen. Er war nie sehr streng gewesen, aber auch keiner dieser hätschelnden Väter, die ihre Söhne verwöhnen und zu Tagedieben und Schwuchteln machen. Er hatte ihnen mitzugeben versucht, wie man sich allen Widrigkeiten stellt, damit sie einmal in der Lage wären, das Unternehmen voranzubringen, wenn er es nicht mehr konnte. Er hatte dafür gesorgt, dass sie die Schule beendeten, Autoschlosser lernten, den Führerschein für Bus und Lkw machten. Und beide hatten bei Transportes Narihualá in allen Funktionen gearbeitet: als Wächter, Kehrer, Hilfsbuchhalter, Beifahrer, Schaffner, Fahrer und so weiter. Er konnte beruhigt sterben, die beiden waren darauf vorbereitet, an seine Stelle zu treten. Auch vertrugen sie sich gut, sie hielten zusammen, Gott sei Dank.

»Ich jedenfalls habe keine Angst vor diesen Drecksäcken«, rief er plötzlich und schlug auf den Tisch. Seine Söhne hielten im Kauen inne. »Das Schlimmste, was sie mir antun könnten, wäre mich umzubringen. Aber davor habe ich auch keine Angst. Ich habe fünfundfünfzig Jahre gelebt, und das ist nicht wenig. Es beruhigt mich zu wissen, dass Transportes Narihualá in guten Händen ist, wenn ich zu meinem Vater aufbreche.«

Er merkte, wie die beiden Jungen zu lächeln versuchten, aber sie waren nervös, verlegen.

»Wir wollen nicht, dass Sie jetzt schon sterben, Vater«, murmelte Miguel.

»Wenn die Ihnen etwas antun, zahlen wir es ihnen heim«, versicherte Tiburcio.

»Ich glaube nicht, dass sie es wagen, mich zu töten«, sagte Felícito ruhig. »Das sind Diebe und Erpresser, weiter nichts. Um zu morden, braucht es mehr Saft in den Eiern, als Briefe mit Spinnenbildchen zu schicken.«

»Kaufen Sie sich wenigstens einen Revolver, dann sind Sie bewaffnet, Vater«, fing Tiburcio wieder an. »Dann können Sie sich notfalls wehren.«

»Ich werde darüber nachdenken«, sagte Felícito. »Aber jetzt

müsst ihr mir versprechen, dass ihr euch, wenn ich aus dieser Welt gehe und Transportes Narihualá in euren Händen liegt, niemals von diesen Wichsern erpressen lasst.«

Er sah, wie seine Söhne einen so verwunderten wie erschrockenen Blick wechselten.

»Schwört es mir bei Gott, hier und jetzt«, sagte er. »Ich will zumindest auf der Seite beruhigt sein, sollte mir etwas passieren.«

Beide nickten, bekreuzigten sich und brummelten: »Wir schwören es bei Gott, Vater.«

Während des weiteren Essens sprachen sie von anderen Dingen. Und Felícito ging etwas durch den Kopf, was er sich schon oft gefragt hatte. Seit sie ausgezogen waren und ihr eigenes Leben lebten, wusste er nur sehr wenig von dem, was Tiburcio und Miguel machten, wenn sie nicht arbeiteten. Sie wohnten nicht zusammen. Der Ältere wohnte in einem Haus in einer Siedlung in Miraflores, einem Weißenviertel natürlich, wo er sich ein Zimmer genommen hatte, und Tiburcio mietete zusammen mit einem Freund eine Wohnung in Castilla, in der Nähe des neuen Stadions. Ob sie Geliebte hatten? Gingen sie tanzen, spielten sie Glücksspiele? Betranken sie sich samstags mit Freunden? Besuchten sie Bars, Chichakneipen, Bordelle? Wie verbrachten sie wohl ihre freie Zeit? An den Sonntagen, wenn sie mal zum Mittagessen in der Calle Arequipa erschienen, erzählten sie nicht viel von ihrem Privatleben, und weder er noch Gertrudis fragten sie danach. Vielleicht wäre es gut, wenn er einmal mit ihnen darüber spräche und etwas mehr von den beiden Jungs erführe.

Das Schlimmste in diesen Tagen waren die Interviews, die er wegen der Anzeige in *El Tiempo* geben musste, mehreren Lokalradios, den Reportern der Tageszeitungen *Correo* und *La República*, dem Korrespondenten von *RPP Noticias* in Piura. Bei den Fragen der Journalisten war er angespannt, seine Hände wurden feucht, kleine Schlangen krochen ihm über den Rücken. Er antwortete mit langen Pausen, suchte nach den richtigen Worten, bestritt heftig, dass er ein ziviler Held sei oder ein Beispiel für wen auch immer. Nichts dergleichen, wie kamen sie darauf, er hatte sich nur der Philosophie seines Vaters besonnen, der ihm als einziges Erbe diesen Rat hinterlassen hatte: »Lass dich niemals von irgendwem herumschubsen, mein Junge.« Es wurde gelächelt, und einige blickten ihn süffisant an. Er überging es, fasste sich ein Herz und fuhr fort. Er war einer, der anpackte, weiter nichts. Er war arm geboren, sehr arm, nicht weit von Chulucanas, in Yapatera, und was er hatte, hatte er sich mit seinen eigenen Händen verdient. Er zahlte seine Steuern, hielt sich an die Gesetze. Warum sollte er zulassen, dass ein paar Strolche ihm seinen Besitz wegnahmen? Dass sie ihm Drohungen schickten, ohne auch nur ihr Gesicht zu zeigen? Wenn niemand sich diesen Erpressungen beugte, würden die Erpresser verschwinden.

Genauso ungern nahm er Auszeichnungen entgegen, eiskalter Schweiß trat ihm auf die Stirn, sobald er Reden halten musste. Im Grunde erfüllte es ihn mit Stolz, und er dachte daran, wie glücklich sein Vater, der Yanacón Aliño Yanaqué, jetzt wäre über die Medaille des Vorbildlichen Bürgers, die ihm der Rotary Club an die Brust heftete, bei einem Mittagessen im Centro Piurano und in Anwesenheit des Regionalpräsidenten, des Bürgermeisters und des Bischofs von Piura. Doch als er für die Dankesworte ans Mikrofon treten musste, versagte ihm die Stimme. Dasselbe passierte ihm, als der Kultur-, Sport- und Bürgerverein Enrique López Albújar ihn zum Piuraner des Jahres erklärte.

In diesen Tagen erreichte ihn ein Brief des Club Grau, unterzeichnet vom Vorsitzenden persönlich, dem angesehenen Pharmazeuten Dr. Garabito León Seminario, der ihm mitteilte, der Vorstand habe seinen Antrag auf Mitgliedschaft einstimmig angenommen. Felícito traute seinen Augen nicht. Den Antrag hatte er vor zwei oder drei Jahren gestellt, und da er nie eine Antwort erhielt, dachte er, er habe die Hürde nicht genommen, weil er keiner von den Weißen war, wofür diese Herrschaften sich hielten, die in den Club gingen, um Tennis zu spielen, Tischtennis, Sapo, Würfel, um zu schwimmen oder an den Samstagen, wenn aufgespielt wurde, zu den besten Orchestern von Piura zu tanzen. Den Antrag eingereicht hatte er, nachdem er auf einem Fest des Clubs Cecilia Barraza hatte singen hören, die peruanische Künstlerin, die er am meisten bewunderte. Er war mit Mabel hingegangen und hatte am Tisch des blonden Vignolo gesessen, selber Mitglied. Wenn man ihn gefragt hätte, welcher der glücklichste Tag in seinem Leben war, hätte Felícito Yanaqué jenen Abend genannt.

Cecilia Barraza war schon seine heimliche Liebe gewesen, als er noch nicht einmal ein Foto von ihr kannte. Er hatte sich in ihre Stimme verliebt. Was er niemandem erzählte, denn es war etwas Intimes. Er saß im mittlerweile verschwundenen La Reina, einem Restaurant an der Ecke Malecón Eguiguren und Avenida Sánchez Cerro, wo sich an jedem ersten Samstag im Monat der Vorstand der Vereinigung der Überlandbusfahrer von Piura, dem er angehörte, zum Mittagessen traf. Sie stießen mit einem Gläschen Algarrobina an, als er plötzlich im Radio des Lokals einen seiner Lieblingsvalses hörte, *Seele, Herz und Leben*, gesungen so charmant, frech und gefühlvoll, wie er es noch nie gehört hatte. Weder Jesús Vázquez noch Los Morochucos, noch Lucha Reyes oder irgendein anderer der ihm bekannten einheimischen Sänger interpretierte diesen schönen Vals mit so viel Einfühlung, Anmut und Pfiff wie diese Sängerin, die er zum ersten Mal hörte. In jedes Wort, jede Silbe legte sie so viel Wahrheit und Harmonie, so viel Feingefühl und Zartheit, dass man Lust bekam, zu tanzen und gar zu weinen. Er fragte nach ihrem Namen, und es war: Cecilia Barraza. Als er die Stimme dieser jungen Frau hörte, schien er zum ersten Mal viele jener Wörter der peruanischen Valses vollkommen zu begreifen, die ihm vorher nur geheimnisvoll erschienen waren, wie Arpeggio, Omen, Labsal, Kadenz, Gierde, Herzensweide:

> Die Seele, um dich zu erobern,
> das Herz, um dich zu lieben,
> das Leben, um es zu leben,
> zusammen mit dir!

Er fühlte sich erobert, gerührt, verzaubert, geliebt. Seither stellte er sich am Abend, bevor er einschlief, oder am Morgen, bevor er aufstand, manchmal vor, er lebte zwischen Arpeggios, Kadenzen, Omen und Labsalen an der Seite dieser Sängerin namens Cecilia Barraza. Und so hatte er, ohne irgendwem davon zu erzählen, am allerwenigsten natürlich Mabel, eine keusche Liebe gelebt, verliebt in dieses fröhliche Gesicht mit den so ausdrucksvollen Augen und dem so verführerischen Lächeln. Eine ganze Fotosammlung hatte er zusammengetragen, Fotos von ihr, die in Zeitungen und Zeitschriften erschienen waren und die er wohlverschlossen in einer Schublade seines Schreibtischs aufbewahrte. Der Brand hatte sie sämtlich vertilgt, aber nicht seine CD-Sammlung, die er auf sein Haus in der Calle Arequipa und das von Mabel in Castilla verteilt hatte. Er glaubte, alle zu besitzen, die Cecilia Barraza je aufgenommen hatte, diese Künstlerin, die seiner bescheidenen Meinung nach die kreolische Musik zu neue Höhen geführt hatte, die Valses, die Marineras, die Tonderos, die Pregones. Er hörte sie fast täglich, meist abends, nach dem Essen, wenn Gertrudis schlafen ging, in dem kleinen Wohnzimmer, wo der Fernseher und die Musikanlage standen. Die Lieder beflügelten seine Fantasie, und manchmal war er so gerührt von dieser zärtlichen Stimme, welche die Nacht liebkoste, dass seine Augen feucht wurden. Darum war er auch, als die Ankündigung erschien, sie komme nach Piura, um bei einer der Öffentlichkeit zugänglichen Vorstellung im Club Grau zu singen, einer der Ersten, der sich eine Eintrittskarte kaufte. Er lud Mabel ein, und der blonde Vignolo bat sie an seinen Tisch, wo sie vor dem Konzert ein üppiges Mahl mit Weißwein und Rotwein genossen. Die Sängerin live zu erleben, wenn auch aus einiger Entfernung, versetzte Felícito in einen Zustand der Trance. Sie kam ihm noch schöner, anmutiger und eleganter vor als auf den Fotos. Und nach jedem Lied klatschte er so begeistert, dass Mabel zu Vignolo sagte: »Sieh mal, Blondchen, wie der alte Lustmolch in Fahrt kommt.«

»Denk nicht gleich schlecht von mir, Mabelita«, protestierte er, »was ich beklatsche, ist Cecilia Barrazas Kunst, nur ihre Kunst.«

Der dritte Brief mit der kleinen Spinne kam erst eine ganze Weile nach dem zweiten, als Felícito sich schon fragte, ob sich die Mafiosi nach der Anzeige in *El Tiempo* und dem ganzen Rummel nicht vor Schreck damit abgefunden hätten, ihn besser in Ruhe zu lassen. Drei Wochen waren seit dem Brand vergangen, der Streit mit der Versicherung noch nicht geklärt, als eines Morgens Josefita, die gerade an dem improvisierten Schreibtisch in der Halles die Post durchsah, rief:

»Seltsam, Don Felícito, ein Brief ohne Absender.«

Der Chef riss ihn ihr aus der Hand und öffnete ihn sofort.

Sehr geehrter Herr Yanaqué,
es freut uns, dass Sie nun ein so geschätzter und angesehener Mann in unserer geliebten Stadt Piura sind. Wir wünschen Ihnen von Herzen, dass dieses Ansehen Ihrem Unternehmen Transportes Narihualá zum Vorteil gereicht, vor allem nach dem Rückschlag, den es aufgrund Ihrer Sturheit erleiden musste. Es wäre besser, wenn Sie die Lehren des Lebens akzeptierten und realistisch wären statt störrisch wie ein Maultier. Wir möchten nicht, dass Sie einen weiteren, noch größeren Verlust erleiden. Deshalb appellieren wir an Sie, sich nicht weiter zu versteifen und unseren Aufforderungen nachzukommen.
Wie ganz Piura haben wir Ihre Anzeige in El Tiempo zur Kenntnis genommen. Wir sind Ihnen nicht böse. Mehr noch, wir verstehen, dass angesichts des Brandes, der Ihr Büro zerstört hat, das Temperament mit Ihnen durchgegangen ist und Sie die Anzeige aufgegeben haben. Wir vergessen es, vergessen Sie es auch und fangen wir noch einmal bei null an.
Wir geben Ihnen eine Frist von zwei Wochen – vierzehn Tage ab heute –, damit Sie es überdenken, zur Vernunft kommen und wir die Angelegenheit, die uns beschäftigt,

zum Abschluss bringen können. Andernfalls haben Sie Folgen zu verantworten, die schlimmer sein werden als alles Bisherige. Wir haben uns verstanden, wie man so sagt, Herr Yanaqué.

Gott befohlen.

Der Brief war diesmal nicht mit der Hand geschrieben, doch die Unterschrift war dieselbe Zeichnung in blauer Tinte: eine kleine Spinne mit fünf langen Beinen und einem Punkt in der Mitte als Kopf.

»Geht es Ihnen nicht gut, Don Felícito?«, fragte seine Sekretärin. »Sagen Sie nicht, das ist wieder einer von diesen Briefen.«

Ihr Chef hatte die Arme hängen lassen, und so wie er auf seinem Stuhl saß, ganz blass, den Blick auf das Stück Papier geheftet, schien er vor Schreck erstarrt zu sein. Schließlich nickte er und legte den Finger an die Lippen, um anzudeuten, sie möge still sein. Die Leute, die dort herumliefen, sollten nichts mitbekommen. Er bat sie um ein Glas Wasser und trank es langsam aus, versuchte sich zu beherrschen. Er spürte, wie sein Herz pochte, und atmete schwer. Klar, dass diese Arschlöcher nicht aufgegeben hatten, klar, dass sie weitermachten. Aber wenn sie glaubten, Felícito Yanaqué würde klein beigeben, hatten sie sich getäuscht. Er verspürte Wut, Hass, einen bebenden Zorn. Vielleicht hatten Miguel und Tiburcio recht. Nicht, was den Leibwächter betraf, natürlich nicht, dafür würde er sein schönes Geld nicht verschwenden. Aber den Revolver, das vielleicht ja. Nichts würde ihm so viel Vergnügen bereiten in seinem Leben, als diese Dreckskerle umzulegen, wenn sie ihm unter die Augen kamen. Sie mit Kugeln zu durchsieben und noch auf ihre Leichen zu spucken.

Als er sich ein wenig beruhigt hatte, eilte er aufs Revier, aber weder Hauptmann Silva noch Sergeant Lituma waren dort. Sie seien essen gegangen, gegen vier kämen sie zurück. Er setzte sich in ein Café an der Avenida Sánchez Cerro und bestellte eine Limonade mit Eis. Zwei Damen traten zu ihm, gaben ihm die Hand. Sie bewunderten ihn, er sei ein Vorbild und eine Inspiration für alle Bewohner Piuras. Zum Abschied segneten sie ihn. Er dankte es ihnen mit einem schmalen Lächeln. Dabei, dachte er, fühlte er sich jetzt alles andere als heldenhaft. Ein Dummkopf bin ich, sagte er sich. Ein Trottel unterm Wind, genau das. Sie spielen mit mir, wie es ihnen gefällt, und ich weiß nicht mehr, wo oben und unten ist.

Als er zu seinem Büro zurückging, langsamen Schrittes über die hohen Bürgersteige der Avenida, zwischen lärmenden Motorradtaxis, Radfahrern und Fußgängern, überkam ihn in all seiner Mutlosigkeit plötzlich ein ungeheures Verlangen, Mabel zu sehen. Sie zu sehen, mit ihr zu sprechen, vielleicht zu spüren, wie nach und nach die Lust erwachte, ein Aufruhr, der ihn für ein paar Momente schwindlig machte und den Brand vergessen ließ, den Ärger mit der Versicherung, den jüngsten Brief mit der Spinne. Und vielleicht könnte er, nachdem er sie geliebt hatte, eine Weile ruhig und glücklich schlafen. Soweit er sich erinnerte, war er noch nie in diesen acht Jahren Knall auf Fall bei ihr erschienen, auch nicht zur Mittagszeit, immer nur, wenn es Abend wurde und an Tagen, die er vorher vereinbart hatte. Aber dies waren außergewöhnliche Zeiten, und da durfte er einmal mit den Gewohnheiten brechen. Er war müde, es war heiß, und statt zu laufen, nahm er ein Taxi. Als er in Castilla ausstieg, sah er Mabel an der Haustür. Ging sie hinein oder hinaus? Sie schaute ihn überrascht an.

»Du hier?«, grüßte sie ihn. »Heute? Um diese Zeit?«

»Ich möchte dich nicht stören«, entschuldigte sich Felícito. »Wenn du etwas vorhast, gehe ich.«

»Habe ich, aber das kann ich verschieben.« Mabel hatte sich von der Überraschung erholt und lächelte. »Komm, komm rein. Warte kurz auf mich, ich regle das und komme zurück.«

Felícito bemerkte, dass sie trotz aller freundlichen Worte verärgert war. Er war ungelegen gekommen. Vielleicht wollte sie einkaufen. Nein, sich eher mit einer Freundin treffen, ein bisschen bummeln und dann gemeinsam essen. Oder, wer weiß, vielleicht wartete ein junger Mann auf sie, jung wie sie, der ihr gefiel und mit dem sie sich regelmäßig traf. Die Eifersucht gab ihm einen Stich bei der Vorstellung, Mabel könnte einen Liebhaber haben. Einen Kerl, der sie auszog und zum Schreien brachte, und jetzt hatte er ihren Plan durchkreuzt. Er spürte, wie die Lust ihn durchströmte, ein Kribbeln zwischen den Beinen, eine sich andeutende Erektion. Himmel, nach wie vielen Tagen. Mabel sah schön aus in ihrem weißen Kleidchen, das die Arme und die Schultern unbedeckt ließ, den luftigen Stöckelschuhen, die Frisur perfekt, Augen und Lippen geschminkt. Aber war es so? Hatte sie einen Freund? Er war ins Haus gegangen, hatte Jackett und Krawatte abgelegt. Als Mabel zurückkam, las er gerade noch einmal den Brief mit der Spinne. Ihr Ärger schien verraucht. Jetzt war sie so fröhlich und liebevoll zu ihm wie immer.

»Heute Morgen kam wieder so ein Brief«, entschuldigte sich Felícito und hielt ihn ihr hin. »Ich hatte eine Stinkwut. Und auf einmal bekam ich Lust, dich zu sehen. Deshalb bin ich hier, mein Liebes. Entschuldige, dass ich einfach so hereinplatze. Ich hoffe, ich störe nicht.«

»Mein Haus ist dein Haus, Herzchen.« Mabel lächelte. »Du kannst kommen, wann immer du willst. Du störst nicht. Ich wollte nur kurz in die Apotheke.«

Sie setzte sich neben ihn, nahm den Brief, und während sie ihn las, wurde ihre Miene bitter. Eine kleine dunkle Wolke zog über ihre Augen.

»Das heißt, die verfluchten Kerle hören nicht auf«, rief sie, sehr ernst. »Was willst du jetzt tun?«

»Ich war auf dem Revier, aber die Typen sind nicht da. Ich gehe am Nachmittag noch mal rüber. Ich weiß nicht, wozu, diese beiden Knallköpfe tun nichts. Sie halten mich hin. Vertrösten mich mit dummem Gerede.«

»Dann bist du also hier, damit ich dich ein bisschen verwöhne«, sagte Mabel mit einem animierenden Lächeln. »Nicht wahr, Herzchen?«

Sie strich ihm übers Gesicht, und er nahm ihre Hand und küsste sie.

»Gehen wir ins Schlafzimmer, Mabelita«, flüsterte er ihr ins Ohr. »Ich habe so eine Lust auf dich, jetzt gleich.«

»Na, also das habe ich wirklich nicht erwartet«, und sie lachte und hob verwundert die Arme. »Um diese Zeit? Ich erkenne dich nicht wieder, Herzchen.«

»Da siehst du's«, sagte er, umarmte sie, küsste sie auf den Hals, sog ihren Duft ein. »Wie gut du riechst, mein liebes Kind. Dann ändern sich wohl meine Gewohnheiten, ich werde wieder jung, *che guá*.«

Sie gingen ins Schlafzimmer, zogen sich aus und schliefen miteinander. Felícito war so erregt, dass er kam, kaum dass er in ihr war. Er hielt sie weiter in seinen Armen, liebkoste sie schweigend, spielte mit ihrem Haar, küsste sie auf den Hals, küsste ihren Körper, knabberte an ihren Nippeln, kitzelte sie, streichelte.

»Wie zärtlich du bist, Herzchen.« Mabel nahm ihn an den Ohren, schaute ihm tief in die Augen. »Demnächst kommst du noch und sagst, dass du mich liebst.«

»Habe ich dir das nicht schon oft gesagt, Dummerchen?«

»Das sagst du, wenn du erregt bist, das zählt nicht«, Mabel zog einen Schmollmund. »Vorher oder danach sagst du es nie.«

»Dann sage ich es jetzt, wo ich nicht mehr so erregt bin. Ich liebe dich, Mabelita, sehr. Du bist die einzige Frau, die ich je wirklich geliebt habe.«

»Mehr als Cecilia Barraza?«

»Sie ist nur ein Traum, ein Märchen«, sagte Felícito und lachte. »Du bist meine einzige Liebe in der Wirklichkeit.«

»Ich nehme dich beim Wort, Herzchen«, und dann wuschelte sie ihm durchs Haar und lachte auch.

Sie blieben noch eine Weile liegen und unterhielten sich, dann stand Felícito auf, wusch sich, zog sich an. Er ging wieder zu Transportes Narihualá und kümmerte sich um die Büroangelegenheiten. Später am Nachmittag ging er noch einmal beim Revier vorbei. Der Hauptmann und der Sergeant waren nun da und empfingen ihn in Silvas Büro. Ohne ein Wort hielt er ihnen den dritten Spinnenbrief hin. Hauptmann Silva las ihn laut, Silbe für Silbe, vor dem aufmerksamen Blick von Sergeant Lituma, der ihm zuhörte und mit seinen Knubbelhänden ein Notizbuch knetete.

»Nun, alles nimmt seinen vorhersehbaren Lauf«, sagte Hauptmann Silva, als er zu Ende gelesen hatte. Er schien hochzufrieden, dass er alles vorausgesagt hatte. »Sie geben nicht auf, damit war zu rechnen. Diese Beharrlichkeit wird ihr Verderben sein, ich sagte es Ihnen bereits.«

»Sollte ich lieber fröhlich sein?«, fragte Felícito gallig. »Nicht genug damit, dass sie mir mein Büro in Brand stecken, sie schicken weiter anonyme Briefe, stellen mir ein Ultimatum von zwei Wochen und drohen mit Schlimmerem als dem Brand. Also komme ich her, und was sagen Sie mir? Alles nehme seinen vorhersehbaren Lauf. In Wahrheit sind Sie bei ihren Ermittlungen keinen Millimeter vorangekommen. Während diese Dreckskerle mit mir machen, was sie wollen.«

»Wer sagt, dass wir nicht vorangekommen sind?« Hauptmann Silva sprach nun lauter, fuchtelte mit den Armen. »Wir sind ein gutes Stück vorangekommen. Erst einmal haben wir ausgeschlossen, dass es sich um eine der drei bekannten Banden handelt, die in Piura von den Geschäftsleuten Schutzgeld verlangen. Außerdem hat Sergeant Lituma etwas herausgefunden, was eine gute Spur sein könnte.«

Er sagte es auf eine Weise, dass Felícito ihm glaubte, trotz aller Skepsis.

»Eine Spur? Wirklich? Wo? Welche?«

»Dafür ist es noch zu früh. Aber es ist besser als nichts. Sobald wir Konkreteres wissen, erfahren Sie es. Glauben Sie mir, Herr Yanaqué. Wir haben uns mit Leib und Seele in Ihren Fall gestürzt. Wir widmen ihm mehr Zeit als allem anderen. Sie haben bei uns oberste Priorität.«

Felícito erzählte ihnen, wie seine Kinder ihm besorgt angeraten hätten, einen Leibwächter zu engagieren, und wie er sich geweigert habe. Und dass sie ihm vorschlugen, sich einen Revolver zu kaufen. Was sie davon hielten?

»Das rate ich Ihnen nicht«, erwiderte Hauptmann Silva.

»Man soll nur eine Pistole tragen, wenn man auch bereit ist, sie zu benutzen, und Sie scheinen mir keiner zu sein, der in der Lage wäre, jemanden zu töten. Sie würden sich sinnlos in Gefahr begeben, Herr Yanaqué. Aber entscheiden Sie selbst. Wenn Sie trotz meines Rates eine Erlaubnis wünschen, Waffen zu tragen, werden wir es in die Wege leiten. Aber es braucht Zeit, das sage ich Ihnen. Sie werden einen psychologischen Test machen müssen. Also, schlafen Sie drüber.«

Als Felícito nach Hause kam, war es schon dunkel, im Garten zirpten die Grillen, die Frösche quakten. Er setzte sich gleich an den Tisch und aß, eine Hühnerbouillon, Salat und einen Wackelpudding, serviert von Saturnina. Als er dann ins Wohnzimmer ging, um die Nachrichten zu sehen, bemerkte er, wie diese schweigsam sich bewegende Gestalt, die Gertrudis war, auf ihn zukam. Sie hielt eine Zeitung in der Hand.

»Die ganze Stadt spricht von der Anzeige, die du in *El Tiempo* veröffentlicht hast«, sagte seine Frau und setzte sich in den Sessel neben ihm. »Selbst der Pater hat es heute Morgen in der Predigt erwähnt. Ganz Piura hat sie gelesen. Außer mir.«

»Ich wollte dich nicht beunruhigen, deshalb habe ich nichts gesagt«, entschuldigte sich Felícito. »Aber da hast du sie doch. Warum hast du sie nicht gelesen?«

Er sah, wie sie hin und her rutschte, den Blick abgewandt.

»Habe ich verlernt«, hörte er sie zwischen den Zähnen murmeln. »Da ich nie lese, wegen meiner Augen, verstehe ich kaum noch etwas. Die Buchstaben geraten mir durcheinander.«

»Dann musst du zum Augenarzt und einen Sehtest machen«, sagte er. »Wie kann man nur das Lesen verlernen, Gertrudis, das kann mir niemand erzählen.«

»Aber ich«, sagte sie. »Ja, ich mache mal einen Sehtest. Kannst du mir nicht vorlesen, was du in *El Tiempo* geschrieben hast? Ich habe Saturnina gefragt, aber sie kann auch nicht lesen.«

Sie gab ihm die Zeitung, und nachdem er sich die Brille aufgesetzt hatte, las Felícito vor:

Meine Herren Erpresser mit der kleinen Spinne:

Auch wenn Sie mir das Büro von Transportes Narihualá niedergebrannt haben, Räume eines Unternehmens, das ich mit der ehrlichen Arbeit eines ganzen Lebens aufgebaut habe, teile ich Ihnen öffentlich mit, dass ich das Schutzgeld, das Sie von mir verlangen, niemals zahlen werde. Eher lasse ich zu, dass Sie mich umbringen. Keinen einzigen Centavo erhalten Sie von mir, denn ich glaube, vor Verbrechern und Gaunern wie Ihnen sollten ehrliche, fleißige und anständige Personen wie wir keine Angst haben. Vielmehr sollten wir ihnen entschlossen entgegentreten, bis wir sie ins Gefängnis gebracht haben, wo sie hingehören.

Gezeichnet:

Felícito Yanaqué (einen Nachnamen mütterlicherseits habe ich nicht)

Die weibliche Gestalt saß eine Weile reglos da, grübelte über das Gehörte und murmelte schließlich:

»Dann stimmt es also, was der Pater in seiner Predigt gesagt hat. Du bist ein mutiger Mann, Felícito. Der Gefangene Christus erbarme sich unser. Wenn wir das überstehen, fahre ich zu seinem Fest am 12. Oktober nach Ayabaca und bete zu ihm.«

VI

»Heute Abend keine Geschichten, Rigoberto«, sagte Lucrecia, als sie sich ins Bett legten und das Licht löschten. Aus der Stimme seiner Frau sprach Besorgnis.

»Mir ist heute auch nicht nach Fantasieren zumute, mein Schatz.«

»Hast du etwas von ihnen gehört?«

Rigoberto bejahte. Die Hochzeit von Ismael und Armida war nun sieben Tage her, und er und Lucrecia hatten die ganze Woche schon bange auf eine Reaktion der Hyänen gewartet. Aber die Tage vergingen, und nichts passierte. Bis vor zwei Tagen Ismaels Anwalt, Dr. Claudio Arnillas, Rigoberto anrief, um ihn zu warnen. Die Zwillinge hätten herausgefunden, dass die standesamtliche Trauung im Rathaus von Chorrillos stattgefunden hatte, und demnach wüssten sie, dass er einer der Trauzeugen war. Er solle sich darauf gefasst machen, jeden Moment könnten sie ihn anrufen.

Wenige Stunden später taten sie es.

»Miki und Schlaks haben mich um ein Treffen gebeten, ich habe zugesagt, was blieb mir anderes übrig«, sagte er. »Sie kommen morgen. Ich habe es dir nicht gleich erzählt, um dir nicht den Tag zu verderben, Lucrecia. Jetzt rollt die Chose auf uns zu. Ich hoffe, ich komme da wenigstens mit heilen Knochen wieder heraus.«

»Weißt du was, Rigoberto? Die beiden sind mir nicht so wichtig, die können mir erst mal gestohlen bleiben, wir wussten doch, dass das passieren würde, wir haben nichts anderes erwartet, oder? Da müssen wir dann eben durch, ist nun mal so«, worauf seine Frau das Thema wechselte. »Was mir mehr Sorgen macht als die Hochzeit von Ismael und der Wutanfall der beiden Kanaillen, was mir den Schlaf raubt, ist Fonchito.«

»Dieser Knilch schon wieder?« Rigoberto fuhr auf. »Geht das weiter mit den Erscheinungen?«

»Sie haben nie aufgehört, Jungchen«, erinnerte ihn Lucrecia, und ihre Stimme klang brüchig. »Ich glaube, der Kleine misstraut uns einfach und erzählt uns nichts mehr. Das beunruhigt mich am meisten. Siehst du nicht, wie es dem Ärmsten geht? Völlig abwesend, traurig, verschlossen. Früher hat er uns alles erzählt, aber jetzt, fürchte ich, behält er die Dinge für sich. Und vielleicht deshalb frisst ihn der Kummer auf. Merkst du es nicht? Wo du immer die Hyänen im Kopf hast, ist dir gar nicht aufgefallen, wie sich dein Sohn in den letzten Monaten verändert hat. Wenn wir nicht bald etwas tun, könnte irgendwas passieren, und wir würden es für immer bereuen. Ist dir das eigentlich klar?«

»Allerdings.« Rigoberto wälzte sich unter den Laken. »Aber ich weiß wirklich nicht, was wir noch tun können. Wenn du es weißt, sag es mir. Ich weiß nicht mehr weiter. Wir haben ihn zur besten Psychologin von Lima geschickt, ich habe mit seinen Lehrern gesprochen, jeden Tag versuche ich mit ihm zu reden und sein Vertrauen zurückzugewinnen. Sag mir, was ich noch tun soll, und ich tue es. Ich bin genauso um Fonchito in Sorge wie du, Lucrecia. Glaubst du, mein Sohn wäre mir egal?«

»Ich weiß ja, ich weiß«, sagte sie. »Ich hatte die Idee, dass du vielleicht, na ja, ich weiß nicht, aber lach nicht, ich bin so verwirrt über das alles, also, es ist nur eine Idee, nichts weiter als eine einfache Idee.«

»Dann sag, welche, und wir tun es, Lucrecia. Was auch immer, ich tue es, ich schwöre dir.«

»Warum sprichst du nicht mit deinem Freund Pater O'Donovan. Na ja, bitte lach nicht, ich weiß selber nicht.«

»Du meinst, ich soll mit einem Pfarrer darüber sprechen?« Rigoberto kicherte, so sehr überraschte es ihn. »Wozu? Damit er Fonchito exorziert? Hast du den Scherz mit dem Teufel ernst genommen?«

Angefangen hatte es schon vor Monaten, vielleicht auch

vor einem Jahr, auf die banalste Weise. An einem Wochenende erzählte Fonchito beim Mittagessen seinem Vater und seiner Stiefmutter auf einmal, ganz wie nebenbei, als hätte es nicht die geringste Bedeutung, von seiner ersten Begegnung mit dieser Person.

»Ich kenne deinen Namen schon«, sagte der Mann und lächelte ihm vom Nebentisch aus freundlich zu. »Du heißt Luzifer.«

Der Junge sah überrascht zu ihm hin und wusste nicht, was er sagen sollte. Er trank eine Inca Kola aus der Flasche, die Schultasche auf den Knien, und erst jetzt bemerkte er seine Anwesenheit in dem einsamen kleinen Café im Stadtpark von Barranco, nicht weit von zu Hause. Es war ein Herr mit silbrigen Schläfen, heiteren Augen, sehr schlank, bescheiden gekleidet, aber tadellos. Er trug einen violetten Pulli mit weißen Rauten unter einem grauen Sakko. In kleinen Schlucken trank er ein Tässchen Kaffee.

»Ich habe dir ausdrücklich verboten, auf der Straße mit Unbekannten zu sprechen, Fonchito«, erinnerte ihn Rigoberto. »Hast du das vergessen?«

»Ich heiße Alfonso, nicht Luzifer«, antwortete er. »Meine Freunde nennen mich Foncho.«

»Dein Vater meint es nur gut mit dir, Junge«, mischte seine Stiefmutter sich ein. »Man weiß nie, was das für Typen sind, die an den Schultoren die Schüler anquatschen.«

»Oder Drogen verkaufen. Oder es sind Entführer oder Pädophile. Also pass gut auf.«

»Aber du solltest Luzifer heißen«, sagte der Herr und lächelte. Seine langsame und höfliche Stimme sprach jedes Wort mit der Korrektheit eines Grammatiklehrers. Das längliche, knochige Gesicht schien frisch rasiert zu sein. Er hatte lange Finger, die Nägel geschnitten.

»Ich schwöre dir, Papa, er sah aus wie ein sehr korrekter Herr.«

»Weißt du, was Luzifer bedeutet?«

Fonchito schüttelte den Kopf.

»Luzifer, das hat er zu dir gesagt?«, fragte Rigoberto. »Luzifer hast du gesagt?«

»Der das Licht bringt, der Träger des Lichts«, erklärte der Herr ganz ruhig.

»Er sprach wie in Zeitlupe, Papa.«

»Das soll heißen, dass du ein sehr gutaussehender Junge bist. Wenn du größer bist, werden alle Mädchen von Lima verrückt nach dir sein. Haben sie dir auf der Schule nicht beigebracht, wer Luzifer war?«

»Ich sehe es schon kommen, ich kann mir genau vorstellen, worauf er aus war«, murmelte Rigoberto und achtete nun sehr genau auf das, was sein Sohn sagte.

Fonchito schüttelte erneut den Kopf.

»Mir war klar, dass ich so bald wie möglich gehen musste, du hast mir schließlich oft genug gesagt, ich soll mich nicht von Unbekannten wie diesem Mann in ein Gespräch verwickeln lassen, Papa«, erklärte er fuchtelnd. »Aber, aber da war etwas an ihm, in seinem Benehmen, in seiner Art zu sprechen, er schien kein böser Mensch zu sein, wirklich nicht. Außerdem hatte mich die Neugier gepackt. Im Markham haben Sie uns, soweit ich mich erinnere, nie von Luzifer erzählt.«

»Er war der schönste der Erzengel, der Liebling Gottes dort oben.« Er scherzte nicht, er sprach sehr ernst, mit dem Anflug eines gütigen Lächelns in seinem glatt rasierten Gesicht, und dann deutete er zum Himmel. »Aber Luzifer, der wusste, wie schön er war, wurde überheblich, beging die Sünde des Hochmuts. Er fühlte sich nichts weniger als Gott gleich, stell dir vor. Und dann hat Er ihn bestraft, und vom Engel des Lichts wurde er zum Fürsten der Finsternis. So begann alles. Die Geschichte, die Zeit und das Böse, das menschliche Leben.«

»Er schien kein Priester zu sein, Papa, auch keiner dieser Missionierer, die von Tür zu Tür ziehen und religiöse Zeitschriften verschenken. Ich habe es ihn gefragt: ›Sind Sie ein Geistlicher, Señor?‹ ›Nein, nein, ich und Priester, Fonchito, niemals, ich weiß nicht, wie du auf so etwas kommst.‹ Und dann lachte er.«

»Das war unvorsichtig von dir, dich mit ihm zu unterhalten, vielleicht ist er dir bis hierher gefolgt«, schimpfte Lucrecia und strich ihm über die Stirn. »Nie wieder, niemals. Versprich es mir, mein Kleiner.«

»Ich muss jetzt gehen, Señor«, sagte Fonchito und stand auf. »Zu Hause warten sie auf mich.«

Der Herr versuchte nicht, ihn zurückzuhalten. Zum Abschied lächelte er ihm etwas offener zu, machte eine kleine Verbeugung und winkte ihm nach.

»Du weißt genau, was für einer das war«, sagte Rigoberto. »Du bist schon fünfzehn und weißt Bescheid über solche Dinge, nicht? Ein Perverser. Ein Pädophiler. Ich nehme an, ich brauche dir nicht zu erklären, was das bedeutet. Er hat dich beschnüffelt, was sonst. Lucrecia hat recht. Das war dumm von dir, ihm zu antworten. Du hättest sofort aufstehen und gehen sollen.«

»Der sah nicht aus wie ein Schwuler, Papa, ich schwöre«, antwortete Fonchito. »Die Schwulen, die sich nach Jungs umgucken, die erkenne ich sofort, an der Art, wie sie gucken. Noch bevor sie den Mund aufgemacht haben, ehrlich. Und weil sie mich immer anfassen wollen. Der war ganz anders, ein sehr feiner Herr, sehr höflich. Er sah nicht aus, als hätte er böse Absichten, wirklich nicht.«

»Das sind die Schlimmsten, Fonchito«, sagte Lucrecia, aufrichtig besorgt. »Die aussehen, als könnten sie kein Wässerchen trüben.«

»Sag mal, Papa«, Fonchito wechselte das Thema, »was mir der Herr da von dem Erzengel Luzifer erzählt hat, stimmt das?«

»Na ja, so steht es in der Bibel«, Rigoberto war sich unsicher. »Für die Gläubigen stimmt es jedenfalls. Unglaublich, dass man euch im Markham College nicht die Bibel lesen lässt, zumindest zur Allgemeinbildung. Aber schweifen wir nicht ab. Ich sage es dir noch einmal, mein Junge. Ausdrückliches Verbot, von Unbekannten etwas anzunehmen. Keine Einladungen, kein Gespräch, kein gar nichts. Du hast verstanden, ja?

Oder willst du, dass ich dir ein für alle Mal verbiete, auf die Straße zu gehen?«

»Ich bin alt genug, Papa. Ich bin fünfzehn, bitte.«

»Ja, ein geradezu biblisches Alter«, lachte Lucrecia. Aber dann hörte Rigoberto, wie sie in der Dunkelheit seufzte. »Wenn wir gewusst hätten, wohin das führt. Ein Albtraum, mein Gott. Das geht nun schon ein Jahr so, schätze ich.«

»Wenn nicht schon länger, Liebes.«

Rigoberto hatte diese Episode mit dem Unbekannten, der in dem kleinen Café im Stadtpark von Barranco mit Fonchito von Luzifer sprach, gleich wieder vergessen. Doch er erinnerte sich daran und begann sich Sorgen zu machen, als eine Woche später, so sein Sohn, nach einem Fußballspiel im Colegio San Agustín, jener Herr ihn erneut ansprach.

»Ich kam gerade von den Umkleidekabinen und wollte mich mit dem Stups Pezzuolo treffen, um zusammen ein Sammeltaxi nach Barranco zu nehmen. Du wirst es nicht glauben, Papa, aber da war er wieder. Derselbe Mann.«

»Hallo, Luzifer«, grüßte ihn der Herr, genauso herzlich lächelnd wie beim letzten Mal. »Erinnerst du dich?«

Er saß in der Halle zwischen dem Fußballplatz und dem Ausgang des Colegio San Agustín. Hinter ihm war die Schlange der Autos, Lieferwagen und Busse zu sehen, die über die Avenida Javier Prado krochen. Einige Fahrzeuge fuhren mit Licht.

»Ja, klar erinnere ich mich«, sagte Fonchito. Und sehr bestimmt sagte er ihm ins Gesicht: »Mein Vater hat mir verboten, mit Unbekannten zu sprechen, tut mir leid.«

»Daran hat Rigoberto sehr gut getan«, sagte der Herr und nickte. Er trug denselben grauen Anzug wie beim letzten Mal, aber der violette Pulli war ein anderer, ohne weiße Rauten. »Lima ist voller böser Menschen. Perverse und Triebtäter, wo immer man hinschaut. Und gutaussehende Jungs wie du sind ihre liebsten Ziele.«

Don Rigoberto riss die Augen auf:

»Er hat meinen Namen genannt? Hat er dir gesagt, dass er mich kennt?«

»Kennen Sie meinen Vater, Señor?«

»Ich habe auch Eloísa kennengelernt, deine Mutter«, sagte der Herr und wurde sehr ernst. »Ebenso kenne ich Lucrecia, deine Stiefmutter. Ich kann nicht sagen, dass wir Freunde sind, wir sind uns nur kurz begegnet. Aber beide, dein Vater und deine Stiefmutter, haben mir sehr gefallen. Gleich als ich sie zum ersten Mal sah, fand ich, sie sind ein großartiges Paar. Es freut mich, dass sie so auf dich aufpassen und um dich besorgt sind. Ein hübscher Junge wie du ist in diesem Sodom und Gomorrha von Lima alles andere als sicher.«

»Könntest du mir sagen, was das ist, Sodom und Gomorrha«, fragte Fonchito, und Rigoberto bemerkte in seinen Augen ein maliziöses kleines Leuchten.

»Zwei alte Städte, die so verdorben waren, dass Gott sie vernichtet hat«, sagte er mit grüblerischer Miene. »Das glauben zumindest die Gläubigen. Du solltest ein bisschen in der Bibel lesen, mein Junge. Zur Allgemeinbildung. Wenigstens das Neue Testament. Die Welt, in der wir leben, ist voller biblischer Bezüge, und wenn du sie nicht verstehst, lebst du in völliger Unwissenheit und Verwirrung. Verstehst zum Beispiel nichts von klassischer Kunst, von der Geschichte des Altertums. Bist du sicher, dass dieser Mensch gesagt hat, dass er Lucrecia und mich kennt?«

»Und dass er auch Mama kennengelernt hat«, präzisierte Fonchito. »Er hat mir sogar ihren Namen gesagt: Eloísa. So wie er es sagte, musste man ihm einfach glauben, Papa.«

»Hat er dir gesagt, wie er heißt?«

»Na ja, das nicht«, Fonchito war verwirrt. »Ich habe ihn nicht danach gefragt und ihm auch keine Gelegenheit gegeben. Da du mir verboten hast, auch nur ein Wort mit ihm zu sprechen, bin ich weggerannt. Aber ganz bestimmt kennt er dich, kennt er euch. Sonst hätte er mir nicht deinen Namen gesagt, würde den von Mama nicht kennen und dass meine Stiefmutter Lucrecia heißt.«

»Wenn du ihm zufällig noch mal begegnest, frag ihn doch, wie er heißt«, sagte Rigoberto und nahm den Jungen unter die

Lupe: Konnte es wahr sein, was er ihnen erzählte, oder hatte er sich das wieder ausgedacht? »Aber fang nicht an, dich mit ihm zu unterhalten. Und erst recht keine Coca-Cola oder sonst was von ihm. Ich bin immer mehr davon überzeugt, dass er einer dieser verdorbenen Typen ist, die in Lima herumlaufen und nach kleinen Jungs Ausschau halten. Was sollte er sonst beim Colegio San Agustín zu suchen haben.«

»Soll ich dir was sagen, Rigoberto?« Lucrecia drückte sich im Dunkeln an ihn, als läse sie seine Gedanken. »Manchmal denke ich, all das erfindet Fonchito nur. Kein Wunder bei seiner Fantasie. Solche Scherze hat er schon andere Male mit uns getrieben, nicht? Und dann sage ich mir, dass es keinen Grund gibt, sich Sorgen zu machen, dass es diesen Herrn nicht gibt und auch nicht geben kann. Dass er ihn erfunden hat, um sich wichtigzutun und damit wir uns um ihn kümmern. Dumm nur, dass Fonchito ein grandioser Schwindler ist. Wenn er uns von seinen Begegnungen erzählt, scheint es mir unmöglich, dass es nicht stimmt, was er sagt. Er spricht so überzeugend und wirkt dabei so unschuldig und glaubwürdig, also, ich weiß nicht. Geht es dir nicht auch so?«

»Natürlich, genau wie dir«, gestand Rigoberto, umarmte seine Frau, wärmte sich an ihrem Körper und wärmte sie. »Ein großer Schwindler, allerdings. Hoffentlich hat er die Geschichte nur erfunden, Lucrecia. Hoffentlich. Am Anfang habe ich es auf die leichte Schulter genommen, aber mittlerweile verfolgen mich diese Erscheinungen schon. Ich fange an zu lesen, und dieser komische Vogel lenkt mich ab, ich höre Musik, und schon ist er da, ich schaue mir die Bilder an, und was ich sehe, ist sein Gesicht, und es ist kein Gesicht, sondern ein Fragezeichen.«

»Tja, mit Fonchito wird einem nie langweilig«, versuchte Lucrecia zu scherzen. »Schlafen wir ein bisschen. Ich will nicht wieder die Nacht kein Auge zutun.«

Die Tage vergingen, ohne dass der Junge den Unbekannten noch einmal erwähnte. Rigoberto dachte schon, Lucrecia hätte recht. Alles war eine Fantasie seines Sohnes gewesen, um sich interessant zu machen und im Mittelpunkt zu stehen. Bis zu jenem frösteligen, vernieselten Wintertag, als Lucrecia ihn mit einer Miene empfing, dass er erschrak.

»Warum so ein Gesicht?« Rigoberto gab ihr einen Kuss. »Wegen meines vorgezogenen Ruhestands? Entsetzt dich der Gedanke, ich könnte den ganzen Tag zu Hause hocken?«

»Fonchito.« Lucrecia deutete auf die untere Etage der Wohnung, wo der Junge sein Zimmer hatte. »Etwas ist in der Schule mit ihm passiert, aber er wollte mir nicht sagen, was. Ich habe es gleich gemerkt, als er kam. Er war sehr blass, hat gezittert. Ich dachte, er hätte Fieber. Ich habe gemessen, aber nichts, kein Fieber. Er war wie weggetreten, verängstigt, konnte kaum sprechen. ›Nein, nichts, Stiefmutter, ich habe nichts.‹ Er hatte kaum noch eine Stimme. Geh zu ihm, Rigoberto, er ist auf seinem Zimmer. Frag ihn, was los ist. Vielleicht sollten wir den Notarzt rufen, sein Gesicht gefällt mir gar nicht.«

Der Teufel, schon wieder, dachte Rigoberto und sprang die Treppe hinunter. Tatsächlich, es war wieder der komische Vogel. Fonchito sträubte sich zunächst – »Wozu soll ich es dir erzählen, wenn du mir doch nicht glaubst, Papa« –, aber dann kapitulierte er vor den wohlmeinenden Argumenten seines Vaters: »Es ist besser, wenn du dich davon befreist und es mit uns teilst, mein Kleiner. Es wird dir guttun, es uns zu erzählen, wirst sehen.« Tatsächlich war sein Sohn blass und hatte alle Unbefangenheit verloren. Er sprach, als diktierte ihm jemand die Wörter oder als kämen ihm jeden Moment die Tränen. Rigoberto unterbrach ihn nicht ein einziges Mal; er hörte zu, ohne sich zu rühren, völlig konzentriert auf das, was er hörte.

Es war während der dreißigminütigen Hofpause gewesen, die sie nachmittags im Markham College hatten, vor den letzten Unterrichtsstunden. Statt auf den Fußballplatz zu gehen, wo seine Klassenkameraden bolzten oder auf dem Rasen lagen und sich unterhielten, setzte Fonchito sich in eine Ecke der Tribüne, um noch einmal die Lektion in Mathe durchzugehen, das Fach, das ihm am meisten Kopfzerbrechen bereitete. Er versenkte sich gerade in eine komplizierte Gleichung mit Vektoren und Kubikwurzeln, als etwas – »wie ein sechster Sinn, Papa« – ihm sagte, dass jemand ihn beobachtete. Er schaute auf, und da saß er, der Herr, ganz nah bei ihm, auf der menschenleeren Tribüne. Er war so tadellos und schlicht gekleidet wie immer, mit Krawatte, violettem Pulli und grauem Sakko. Unter dem Arm hielt er eine Aktentasche.

»Hallo, Fonchito«, sagte er und lächelte so ungezwungen, als wären sie alte Bekannte. »Deine Klassenkameraden spielen, und du lernst. Ein Musterschüler, das hatte ich mir schon gedacht. So soll es ja auch sein.«

»Wann genau er gekommen und auf die Tribüne gestiegen war? Was der Mann dort zu suchen hatte? Ehrlich gesagt, ich habe angefangen zu zittern, warum, weiß ich nicht, Papa.« Sein Sohn war noch blasser geworden und schien ganz verstört.

»Sind Sie ein Lehrer hier an der Schule, Señor?«, fragte ihn Fonchito erschrocken, ohne dass er wusste, wovor er sich fürchtete.

»Lehrer, nein, das nicht«, antwortete er mit dieser höflichen Ruhe, die ihn nie verließ. »Ich bin dem Markham College ab und zu behilflich, bei praktischen Dingen. Gebe dem Direktor einen Rat, wenn es um Verwaltungssachen geht. Ich komme gerne hierher, wenn schönes Wetter ist, um euch zuzusehen, den Schülern. Ihr erinnert mich an meine Jugend, und in gewisser Weise werde ich dann selber wieder jung. Aber das mit dem schönen Wetter ist vorbei. Schade, es hat angefangen zu nieseln.«

»Mein Vater will wissen, wie Sie heißen, Señor«, sagte Fonchito und war überrascht, dass ihm das Sprechen so schwerfiel und seine Stimme so zitterte. »Weil, Sie kennen ihn doch, oder? Und auch meine Stiefmutter, oder?«

»Ich heiße Edilberto Torres, aber weder Rigoberto noch Lucrecia werden sich an mich erinnern, wir haben uns nur beiläufig kennengelernt«, erklärte der Herr mit gewohnter Bedächtigkeit. Doch im Gegensatz zu anderen Malen beruhigte dieses höfliche Lächeln, dieser freundliche, durchdringende Blick Fonchito nicht, sondern erregte sein Misstrauen.

Rigoberto bemerkte, wie seinem Sohn die Stimme versagte und die Zähne aufeinanderschlugen.

»Ganz ruhig, mein Junge, nur keine Hast. Geht es dir nicht gut? Soll ich dir einen Schluck Wasser holen? Willst du mir die Geschichte später weitererzählen, oder morgen?«

Fonchito schüttelte den Kopf. Die Wörter kamen ihm nur mit Mühe über die Lippen, als schliefe ihm die Zunge ein.

»Ich weiß, dass du mir nicht glaubst, dass ich dir das alles umsonst erzähle, Papa. Aber, aber dann ist etwas sehr Seltsames passiert.«

Er wandte sich ab und starrte auf den Boden. Er saß auf der Bettkante, noch in der Schuluniform, halb zusammengesunken, mit gequälter Miene. Rigoberto war gerührt, und er spürte, wie ihn eine Welle des Mitleids ergriff. Es war offensichtlich, dass der Junge litt. Und er wusste nicht, wie er ihm helfen sollte.

»Wenn du mir sagst, dass es stimmt, glaube ich dir«, sagte er und strich ihm durchs Haar, eine Zärtlichkeit, die er so nicht oft zeigte. »Ich weiß genau, dass du mich nie angelogen hast, Fonchito.«

Rigoberto, der bisher gestanden hatte, setzte sich auf den Stuhl am Schreibtisch seines Sohns. Er sah, wie er mühsam zu sprechen versuchte, wie er verängstigt auf die Wand schaute und seinen Blick über die Bücher im Regal schweifen ließ, um ihm nicht in die Augen zu sehen. Schließlich berappelte er sich:

»Und während ich mich noch mit dem Mann unterhielt, kam der Stups angerannt, mein Freund, du kennst ihn, und rief:

»Was ist los mit dir, Foncho! Die Pause ist zu Ende, alle gehen schon in ihre Klassen. Mensch, beeil dich.«

Fonchito sprang auf.

»Entschuldigen Sie, ich muss gehen, die Pause ist zu Ende«, verabschiedete er sich von Edilberto Torres und rannte seinem Freund entgegen.

»Der Stups hat das Gesicht verzogen und sich an den Kopf gefasst, als wäre bei mir eine Schraube locker, Papa.«

»Mensch, Foncho, bist du verrückt oder was?«, fragte er ihn, während sie zum Schulgebäude liefen. »Darf man wissen, von wem du dich da verabschiedet hast?«

»Ich weiß nicht, wer der Typ ist«, erklärte Fonchito außer Atem. »Er heißt Edilberto Torres und sagt, er hilft dem Direktor bei praktischen Dingen. Hast du ihn hier schon mal gesehen?«

»Von welchem Typen sprichst du überhaupt, du Knalltüte«, rief Stups keuchend und hörte auf zu rennen. Er hatte sich nach ihm umgeschaut. »Du warst doch ganz allein, du hast bloß mit der Luft geredet, wie die Leute, die nicht ganz richtig in der Birne sind. Kann es sein, dass du ein bisschen plemplem bist, Junge?«

Sie waren jetzt im Klassenraum, die Tribüne am Fußballplatz war von dort aus nicht zu sehen.

»Hast du ihn nicht gesehen?« Fonchito nahm ihn am Arm. »Diesen grauhaarigen Mann mit Anzug, Krawatte und violettem Pullover, der dort saß, neben mir? Schwör mir, dass du ihn nicht gesehen hast, Stups.«

»Erzähl keinen Quatsch.« Der Stups tippte sich wieder an die Schläfe. »Du hast völlig allein dort gehockt, da war keiner außer dir. Das heißt, du bist entweder verrückt geworden, oder du siehst Gespenster. Du nervst, Alfonso. Du willst mich verscheißern, ja? Das kannst du dir abschminken.«

»Ich wusste, dass du mir nicht glauben würdest, Papa«, murmelte Fonchito und seufzte. Er machte eine Pause, und dann: »Aber ich weiß genau, was ich sehe und was ich nicht sehe. Und ich bin auch nicht bekloppt. Was ich dir erzähle, ist so passiert. Genau so.«

»Ja, klar«, versuchte Rigoberto ihn zu beruhigen. »Vielleicht hat dein Freund diesen Edilberto Torres tatsächlich nicht gesehen, er muss in einem toten Winkel gesessen haben, oder etwas hat ihm die Sicht versperrt. Mach dir keinen Kopf. Welche andere Erklärung könnte es geben? Der Stups hat ihn nicht sehen können und fertig. Wir wollen doch jetzt nicht an Gespenster glauben, mein Junge, oder? Vergiss das Ganze, vor allem Edilberto Torres. Sagen wir, es gibt ihn nicht und hat ihn nie gegeben. Und aus die Maus, wie ihr heute sagt.«

»Wieder so eine fiebrige Fantasie dieses Kindes«, bemerkte Lucrecia später. »Er wird nicht aufhören, uns zu überraschen. Das heißt, dass ihm ein Typ erscheint, den nur er dort beim Fußballplatz seiner Schule sieht. Wirklich ein sagenhaftes Köpfchen, unser Kleiner, meine Güte!«

Gleichwohl überredete sie Rigoberto, zum Markham zu gehen und mit Mr McPherson zu sprechen, dem Direktor, ohne dass Fonchito etwas davon erfuhr. Das Gespräch schlug Rigoberto heftig aufs Gemüt.

»Natürlich kannte er weder Edilberto Torres, noch hatte er je von ihm gehört«, erzählte er Lucrecia dann zur nächtlichen Stunde, als sie sich wie gewöhnlich miteinander unterhielten. »Und wie zu erwarten hat sich der Gringo auch noch gehörig über mich lustig gemacht. Es sei absolut unmöglich, dass ein Unbekannter das Schulgelände betreten hätte, erst recht nicht den Fußballplatz. Niemandem außer den Lehrern und den Angestellten sei der Zutritt gestattet. Mr McPherson glaubt auch, es sei eine dieser Fantasien, zu denen die intelligenten und sensiblen Kinder neigten. Er sagte, wir sollten der Sache keine Bedeutung beimessen. Im Alter unseres Sohnes sei es das Normalste der Welt, wenn ein Junge ab und zu ein Gespenst sehe, es sei denn, er wäre dumm. Wir sind so verblieben, dass weder er noch ich Fonchito etwas über unser Gespräch sagen. Mir scheint, er hat recht. Wozu weiter auf etwas herumreiten, was weder Hand noch Fuß hat.«

»Stell dir vor, am Ende gibt es den Teufel wirklich, und er ist Peruaner und heißt Edilberto Torres.« Lucrecia musste schallend lachen. Aber Rigoberto merkte, dass es ein nervöses Lachen war.

Sie lagen im Bett, und es war klar, dass es zu dieser späten Stunde keine Geschichten mehr geben würde, keine Fantasien, dass sie nicht miteinander schlafen würden. In letzter Zeit passierte ihnen das häufiger. Statt sich anregende Geschichten auszudenken, unterhielten sie sich, und oft verloren sie sich so sehr darin, dass die Zeit ihnen davonlief, bis der Schlaf sie überkam.

»Ich fürchte, es ist nicht zum Lachen«, sagte sie einen Moment später. »Die Sache wird zu ernst, Rigoberto. Wir müssen etwas tun. Ich weiß nicht, was, aber etwas muss geschehen. Wir können nicht einfach die Augen verschließen, als wäre nichts.«

»Wenigstens bin ich jetzt sicher, dass es sich um eine Fantasie handelt, für ihn sehr typisch«, überlegte Rigoberto. »Aber was will er mit seinen Geschichten? Solche Sachen haben einen Grund, einen Kern, Wurzeln im Unbewussten.«

»Manchmal ist er so schweigsam, so verschlossen, dass es mir in der Seele wehtut, Schatz. Ich spüre, wie der Kleine im Stillen leidet, und es bricht mir das Herz. Und da er weiß, dass wir ihm die Erscheinungen nicht glauben, erzählt er uns nichts mehr. Das ist noch schlimmer.«

»Er könnte Visionen haben, Halluzinationen«, überlegte Rigoberto weiter. »Das passiert den Aufgewecktesten wie den Dümmsten. Er glaubt, dass er sieht, was er nicht sieht, was es nur in seinem Köpfchen gibt.«

»Ja, bestimmt alles nur Erfindungen«, schloss Lucrecia. »Den Teufel wird es nicht geben. Ich habe noch an ihn geglaubt, als ich dich kennenlernte, Rigoberto. An Gott und den Teufel, so wie jede normale katholische Familie. Du hast mich davon überzeugt, dass es Aberglaube ist, die Einfalt der Unwissenden. Und jetzt haben wir den, den es nicht gibt, in der eigenen Familie, was sagst du dazu.«

Wieder kicherte sie nervös, und augenblicklich verstummte sie. Rigoberto merkte, wie nachdenklich sie war.

»Um ehrlich zu sein, ich weiß nicht, ob es ihn gibt oder nicht«, sagte er. »Sicher bin ich mir nur, dass stimmt, was du schon gesagt hast. Es könnte sein, dass es ihn gibt, so weit würde ich mitgehen. Aber dass er Peruaner ist, Edilberto Torres heißt und hinter den Schülern des Markham Colleges herschleicht, nein, das soll mir keiner erzählen.«

Sie wälzten die Sache hin und her, und am Ende beschlossen sie, Fonchito von einem Psychologen untersuchen zu

lassen. Sie erkundigten sich unter ihren Bekannten. Alle emp-
fahlen Dr. Augusta Delmira Céspedes. Sie hatte in Frankreich
studiert und sich auf Kinderpsychologie spezialisiert, und
wer einen Sohn oder eine Tochter mit entsprechenden Problemen hatte und sie der Frau Doktor anvertraute, lobte sie
über den grünen Klee für ihr Wissen und treffsicheres Urteil.
Sie fürchteten, Fonchito könnte sich weigern, und ließen alle
Vorsicht walten, um es ihm schonend nahezubringen. Doch
zu ihrer Überraschung erhob der Junge nicht den geringsten
Einwand. Er war einverstanden, ging mehrere Male zu ihr in
die Praxis, machte alle Tests, denen Dr. Céspedes ihn unter-
zog, und unterhielt sich bereitwillig mit ihr, wie man es sich
schöner nicht hätte wünschen können. Als Rigoberto und Lucrecia in die Praxis kamen, empfing die Frau Doktor sie mit
einem beruhigenden Lächeln. Sie musste an die sechzig sein,
war etwas pummelig, agil, sympathisch und Scherzen nicht ab-
geneigt:

»Fonchito ist der normalste Junge der Welt«, versicherte
sie. »Wirklich schade, so ein reizendes Kerlchen, ich hätte ihn
gerne noch eine Weile unter meinen Fittichen gehabt. Jede Sitzung mit ihm war die reinste Wonne. Er ist intelligent, sensibel
und ebendrum seinen Mitschülern gegenüber manchmal etwas
reserviert. Aber so normal, wie es normaler nicht geht. Sie
können absolut sicher sein, dass Edilberto Torres keine Fantasie ist, sondern ein Mensch aus Fleisch und Blut. So wirklich
und leibhaftig wie Sie und ich. Fonchito hat Sie nicht angelogen. Manches vielleicht ein wenig ausgeschmückt, das schon.
Dafür hat er schließlich seine lebendige Vorstellungskraft. Die
Begegnungen mit diesem Herrn hat er nie für himmlische oder
teuflische Erscheinungen gehalten. Niemals! Das ist ja albern.
Er steht mit beiden Beinen fest auf der Erde und hat ein ver-
ständiges Köpfchen. Sie selbst haben sich das alles ausgedacht,
und deshalb sind Sie es auch, die in der Tat einen Psychologen
brauchen. Wollen wir einen Termin vereinbaren? Ich behandle
nicht nur Kinder, sondern auch Erwachsene, die auf einmal
meinen, sie müssten an den Teufel glauben und dass er seine

Zeit damit verschwendet, durch die Straßen von Lima, Barranco und Miraflores zu ziehen.«

Dr. Augusta Delmira Céspedes scherzte weiter, während sie sie zur Tür begleitete. Beim Abschied bat sie Don Rigoberto, ihr einmal seine Sammlung erotischer Grafiken zu zeigen. »Fonchito meinte, die ist ganz toll«, war der letzte Scherz. Als Rigoberto und Lucrecia die Praxis verließen, trieben sie in einem Meer der Verwirrung.

»Habe ich es dir nicht gesagt? Sich an einen Psychologen zu wenden ist mehr als gefährlich«, sagte Rigoberto. »Wie konnte ich nur auf dich hören. Ein Psychologe kann gefährlicher sein als der Teufel selbst, das weiß ich, seit ich Freud gelesen habe.«

»Von mir aus glaub doch, dass man es nicht ernst nehmen muss, so wie diese Doktor Céspedes«, verteidigte sich Lucrecia. »Hoffentlich bereust du es nicht.«

»Ich nehme die Sache sehr wohl ernst«, erwiderte er. »Es war besser zu glauben, dass es Edilberto Torres nicht gibt. Wenn es stimmt, was Doktor Céspedes sagt, und es diesen Kerl gibt und er hinter Fonchito her ist, dann sag mir, was zum Kuckuck wir jetzt tun sollen.«

Sie taten nichts, und eine Weile sprach der Junge auch nicht mehr davon. Er lebte sein normales Leben, ging zu den üblichen Zeiten zur Schule und kam zu den üblichen Zeiten zurück, schloss sich eine Stunde oder auch zwei auf seinem Zimmer ein, um Hausaufgaben zu machen, und an manchem Wochenende traf er sich mit Stups Pezzuolo. Wenn auch zähneknirschend, gedrängt von Vater und Stiefmutter, ging er auch schon mal mit anderen Jungs aus dem Viertel ins Kino, ins Stadion, zum Fußballspielen oder auf eine Party. Doch bei ihren nächtlichen Gesprächen waren Rigoberto und Lucrecia sich einig, dass er, so normal er sich auch gab, nicht mehr derselbe war wie vorher.

Was hatte sich geändert? Es war nicht leicht zu sagen, aber beide waren sich sicher, dass es so war. Und die Veränderung ging tief. Vielleicht war es ja das Alter, der schwierige Weg durch die Pubertät, wenn ein Junge, während die Stimme zu krächzen beginnt und im Gesicht ein Flaum sprießt, der den späteren Bart ankündigt, zugleich spürt, dass er kein Kind mehr ist, aber auch noch kein Mann; wenn er in der Art sich zu kleiden, sich hinzusetzen, zu gestikulieren und mit den Freunden und den Mädchen zu sprechen versucht, schon der Mann zu sein, der er einmal sein wird. Er machte einen immer konzentrierten Eindruck und war zugeknöpft, zumal wenn es beim gemeinsamen Essen darum ging, Fragen zur Schule und zu seinen Freunden zu beantworten.

»Ich weiß, was mit dir los ist, mein Kleiner«, sagte Lucrecia ihm eines Tages ins Gesicht. »Du hast dich verliebt, Fonchito! Ist da vielleicht ein Mädchen, das dir gefällt?«

Er schüttelte nur den Kopf und wurde nicht einmal rot.

»Dafür habe ich jetzt keine Zeit«, sagte er, ohne ein Fünkchen Humor. »Bald kommen die Prüfungen, und ich möchte gute Noten haben.«

»So ist es recht, Fonchito«, bemerkte Rigoberto. »Für Mädchen hast du noch Zeit genug. Später.«

Und plötzlich blühte sein Gesichtchen auf, erhellte sich mit einem Lächeln, und in Fonchitos Augen lag die schelmische Durchtriebenheit früherer Tage:

»Außerdem weißt du ja, die einzige Frau auf der Welt, die mir gefällt, bist du, Stiefmutter.«

»Ach, mein Gott, lass mich dich küssen, kleiner Bengel«, jubilierte Doña Lucrecia. »Aber was bedeuten die Hände da, mein Göttergatte?«

»Sie bedeuten, dass vom Teufel zu sprechen auf einmal auch meine Fantasie entflammt, und anderes auch, mein Schatz.«

Und eine ganze Weile genossen sie, stellten sich vor, dieser Scherz mit dem Teufel und Fonchito wäre den Weg alles Irdischen gegangen. Aber nein, das war er noch nicht.

VII

Es geschah an dem Morgen, als Sergeant Lituma und Hauptmann Silva, dieser zunächst abgelenkt durch seine Obsession für die Frauen von Piura und ganz besonders die Señora Josefita, all ihren Verstand zusammennahmen und sich in die Aufgabe stürzten, einen roten Faden zu finden, an dem sie sich bei den Ermittlungen entlanghangeln konnten. Oberst Ríos Pardo alias Pussypinsel, Polizeichef der Region, hatte sie am Tag zuvor erneut zurechtgestaucht, weil die Nachricht von Felícito Yanaqués Herausforderung der Mafia in *El Tiempo* bis nach Lima gelangt war. Der Innenminister persönlich rief an und verlangte, dass die Sache unverzüglich geklärt werde. Die Presse hatte die Sache aufgegriffen, und nicht nur die Polizei, auch die Regierung machte in der Öffentlichkeit eine lächerliche Figur. Die Erpresser fassen und ein Exempel statuieren, das war die Parole von oben!

»Die Polizei muss rehabilitiert werden, verdammt noch mal«, brüllte hinter seinem riesigen Schnauzbart, die Augen funkelnd, ein verstimmter Pussypinsel. »Es kann nicht sein, dass ein paar Gauner sich derart über uns lustig machen. Entweder ihr fangt sie auf der Stelle, oder ihr werdet es für den Rest eures Dienstlebens bedauern. Das schwöre ich, beim heiligen Martin von Porres und bei Gott!«

Lituma und Hauptmann Silva nahmen die Aussagen aller Zeugen unter die Lupe, legten Karteien an, glichen Daten ab, tauschten Informationen aus, stellten Hypothesen auf und verwarfen sie eine nach der anderen. Ab und zu, bei einer Verschnaufpause, ließ sich der Hauptmann, gepackt vom Sexfieber, lobend über die Rundungen der Señora Josefita aus, in die er sich verliebt hatte. Mit ernster Miene und schlüpfrigem Fingerspiel erklärte er seinem Untergebenen, dass ihre Gesäßbacken nicht nur groß, rund und symmetrisch seien, sondern auch »beim Gehen so einen Hüpfer machen«, was ihm Herz und Hoden gleichermaßen in Wallung bringe. Deshalb, sagte er, sei Josefita »trotz ihrer Jahre, ihres sauren Gesichts und ihrer etwas krummen Beine ein echt bombiges Weib«.

»Besser zu vögeln als diese knackige Mabel, wenn du unbedingt einen Vergleich hören willst, Lituma«, präzisierte er, und die Augen quollen ihm aus den Höhlen, als hätte er die Hintern der beiden Damen vor sich und mäße sie aus. »Ich erkenne an, dass die Geliebte von Don Felícito eine hübsche Figur hat, rauflustige Titten und stramme Arme und Beine. Aber das Pöterchen, du hast es sicher bemerkt, lässt doch arg zu wünschen übrig. Es ist nicht gut anzufassen. Es hat sich nicht voll entwickelt, ist nicht aufgeblüht, sondern irgendwann verkümmert. In meinem System der Klassifizierung ist es ein schüchterner Arsch, du weißt, was ich meine.«

»Warum konzentrieren Sie sich nicht lieber auf die Ermittlung, Hauptmann«, sagte Lituma. »Sie haben doch gesehen, wie wütend Oberst Ríos Pardo ist. In diesem Tempo bringen wir den Fall nie hinter uns und werden auch nicht befördert.«

»Frauenärsche interessieren dich einfach nicht, das habe ich schon bemerkt, Lituma.« Der Hauptmann schüttelte mitleidig den Kopf. Doch sogleich lächelte er und leckte sich wie ein Miezekater die Lippen. »Ein Versäumnis in deiner männlichen Erziehung, das sage ich dir. Ein schöner Arsch ist das himmlischste Geschenk, das Gott dem Körper der Frau gegeben hat, zur Freude der Männer. Das findest du selbst in der Bibel, habe ich gehört.«

»Klar interessieren die mich, Hauptmann. Aber bei Ihnen ist es nicht nur Interesse, sondern Besessenheit und eine Sucht, bei allem Respekt. Machen wir uns wieder an die Spinnentierchen.«

Viele Stunden lang lasen sie immer wieder und untersuchten Wort für Wort, Buchstabe für Buchstabe und Strich für Strich die Briefe und Bildchen der Erpresser. Sie hatten in der Zentrale ein Schriftgutachten angefordert, aber der Sachverständige war im Krankenhaus, eine Hämorrhoidenoperation, und zwei

Wochen beurlaubt. Es war an einem dieser Tage, während sie Briefe mit den Unterschriften und Schreiben von amtlich registrierten Straftätern verglichen, als plötzlich, ein Funke in der Dunkelheit, in Litumas Kopf jener Verdacht aufblitzte. Eine Erinnerung, eine Assoziation. Hauptmann Silva sah, dass etwas mit seinem Gehilfen passierte.

»Du guckst auf einmal wie blöde. Was ist los, Lituma?«

»Nichts, gar nichts, Hauptmann.« Der Sergeant hob die Schultern. »Völlig belanglos. Ich habe mich nur an jemanden erinnert, den ich mal kannte. Er hat immer kleine Spinnen gemalt, wenn mich die Erinnerung nicht trügt. Ist bestimmt albern.«

»Bestimmt«, wiederholte der Hauptmann und musterte ihn. Er beugte sich zu ihm und schlug einen anderen Ton an. »Aber da wir nichts haben, ist etwas Albernes besser als nichts. Wer war dieser Typ? Komm schon, erzähl.«

»Eine alte Geschichte, Hauptmann.« Der Kommissar bemerkte, wie sich das Unbehagen in die Stimme und den Blick seines Gehilfen schlich, als wollte er nur ungern in seinen Erinnerungen wühlen, auch wenn er es nicht verhindern konnte. »Es wird nichts damit zu tun haben, kann ich mir denken. Aber ich erinnere mich gut, dieser Drecksack hat immer so kleine Bildchen gemalt, Kritzeleien, die vielleicht Spinnen waren. Auf ein Stück Papier, auf eine Zeitung. Manchmal auch auf den Boden einer Chichakneipe, mit einem Stöckchen.«

»Und wer ist dieser besagte Drecksack, Lituma? Sag es schon und eier nicht rum.«

»Gehen wir auf ein Glas Saft hinaus, raus aus diesem Backofen, Hauptmann«, schlug der Sergeant vor. »Das ist eine echt lange Geschichte, und wenn es Sie nicht langweilt, erzähle ich sie Ihnen. Ich lade Sie ein, keine Sorge.«

Sie gingen zur Perle vom Río Chira, ein Café an der Calle Libertad, neben einem Grundstück, auf dem es, erzählte Lituma seinem Chef, in seiner Jugend einen Hahnenkampfplatz gegeben habe, wo ordentlich gewettet worden sei. Er war ein paarmal hingegangen, aber er mochte keine Hahnenkämpfe, es machte ihn traurig, wie die armen Tiere sich mit Schnabelhieben und Sporenstichen gegenseitig zerfetzten. Eine Klimaanlage gab es nicht, dafür Ventilatoren, die das Lokal ein wenig kühlten. Gäste waren keine dort. Sie bestellten jeder einen Lúcuma-Saft mit viel Eis und steckten sich eine Zigarette an.

»Der Drecksack hieß Josefino Rojas und war der Sohn des Fährmanns Carlos Rojas, der früher Rinder von den Landgütern zum Schlachthof brachte, über den Fluss, in den Hochwassermonaten«, sagte Lituma. »Ich habe ihn kennengelernt, als ich noch jung war, fast noch ein Kind. Wir hatten unsere Clique. Wir haben gerne einen draufgemacht, mit Gitarre, Bier und Frauen. Jemand taufte uns, vielleicht auch wir selbst, ›die Unbezwingbaren‹. Wir hatten unsere eigene Hymne.«

Und mit leiser, kratziger Stimme, aber schwungvoll und fröhlich sang Lituma:

> Wir sind die Unbezwingbaren,
> zur Arbeit gehn wir nie:
> Wir saufen!
> Wir zocken!
> Wir ficken sie!

Der Hauptmann johlte, lachte schallend und applaudierte:

»Na also, Lituma. Das heißt, zumindest als jungem Kerl hat er dir auch gestanden.«

»Wir, die Unbezwingbaren, waren am Anfang zu dritt«, fuhr der Sergeant wehmütig fort, versunken in seine Erinnerungen. »Meine Cousins, die Brüder León – José und Äffchen – und meine Wenigkeit. Drei Mangaches. Ich weiß nicht, wie Josefino zu uns gekommen ist. Er war nicht aus der Mangachería, sondern aus der Gallinacera, dort, wo der alte Markt war und der Schlachthof. Keine Ahnung, warum wir ihn in die Gruppe aufgenommen haben. Zwischen den beiden Vierteln gab es damals eine fürchterliche Rivalität. Mit Fausthieben und Messern. Ein Krieg, bei dem viel Blut geflossen ist in Piura, das kann ich Ihnen sagen.«

»Puh, du erzählst mir aus der Steinzeit«, sagte der Hauptmann. »Ich weiß, wo die Mangachería war, oben im Norden, die Avenida Sánchez Cerro runter, beim alten Friedhof von San Teodoro. Aber die Gallinacera?«

»Gleich da drüben, nicht weit von der Plaza de Armas, beim Fluss, Richtung Süden«, sagte Lituma und deutete dorthin. »Das Viertel hieß La Gallinacera wegen all der Rabengeier, die der Schlachthof anlockte, wenn die Rinder geschlachtet wurden. Wir Mangaches hielten es mit Sánchez Cerro, und die Geier waren für die APRA. Der Drecksack von Josefino war ein Geier und sagte, er sei Schlachterlehrling gewesen.«

»Ihr wart damals also eine Bande.«

»Bloß Straßenjungs, Hauptmann. Wir haben nur ein bisschen Unsinn gemacht, nichts Ernsthaftes. Ein paar Raufereien, darüber ging es nicht hinaus. Aber Josefino ist später Zuhälter geworden. Er hat Mädchen aufgerissen und sie als Nutten ins Grüne Haus gesteckt. Das war der Name des Bordells, an der Straße nach Catacaos, als Castilla noch nicht Castilla hieß, sondern Tacalá. Haben Sie das Etablissement mal kennengelernt? Es war prachtvoll.«

»Nein, aber ich habe viel gehört über das berühmte Grüne Haus. Ein echter Mythos in Piura. Also Zuhälter. War der es, der die Spinnen gemalt hat?«

»Genau der, Hauptmann. So kleine Spinnen, glaube ich, aber vielleicht beschummelt mich das Gedächtnis. Ich bin mir nicht sicher.«

»Und warum hasst du diesen Zuhälter so, Lituma, wenn ich fragen darf?«

»Gründe gibt es viele.« Das dicke Gesicht des Sergeanten verdüsterte sich, und die Wut stieg ihm in die Augen; sein Doppelkinn knetete er nun immer heftiger. »Vor allem hasse ich ihn für das, was er mir angetan hat, als ich im Gefängnis war. Sie kennen die Geschichte ja, man hat mich eingesperrt, weil ich mit einem Gutsbesitzer hier aus der Gegend russisches Roulette gespielt habe. Im Grünen Haus, um genau zu sein. So ein besoffener Weißer, Seminario mit Namen, und dabei hat er sich das Gehirn weggepustet. Und als ich im Gefängnis saß, hat Josefino mir mein Mädchen ausgespannt. Er hat sie ins Grüne Haus gesteckt, damit sie für ihn anschafft. Sie hieß Bonifacia. Ich hatte sie aus dem Alto Marañón hergebracht, aus Santa María de Nieva, drüben in Amazonien. Als sie Prostituierte wurde, nannte man sie, weil sie aus dem Dschungel kam, die Selvática.«

»Ah, dann hattest du allerdings Gründe, ihn zu hassen«, sagte der Hauptmann und schüttelte den Kopf. »Das heißt, du hast eine richtige Vergangenheit, Lituma. Auf die Idee käme keiner, wo du jetzt so ein braver Kerl bist. Als hättest du nie auch nur einer Fliege etwas zuleide getan. Ehrlich, ich kann mir dich nicht beim russischen Roulette vorstellen. Ich habe ein einziges Mal gespielt, mit einem Kollegen, an einem betrunkenen Abend. Bei dem Gedanken frieren mir jetzt noch die Eier ein. Und dieser Josefino, warum hast du ihn nicht umgebracht, wenn ich fragen darf?«

»Lust hatte ich schon, ich wollte nur nicht wieder hinter Gitter«, erklärte der Sergeant bedächtig. »Aber verprügelt habe ich ihn, dass ihm heute noch sämtliche Knochen wehtun müssen. Das alles ist zwanzig Jahre her, mindestens, Hauptmann.«

»Bist du sicher, dass der Zuhälter die ganze Zeit so kleine Spinnen gemalt hat?«

»Ich weiß nicht, ob es Spinnen waren«, sagte Lituma noch einmal. »Aber gemalt hat er, ja, andauernd. Auf Servietten, auf jeden Zettel, der ihm in die Finger kam. Das war sein Tick. Vielleicht hat es nichts zu tun mit dem, wonach wir suchen.«

»Denk nach und versuch dich zu erinnern, Lituma. Konzentrier dich, schließ die Augen, blick zurück. Solche Spinnen wie die auf den Briefen, die man Felícito Yanaqué schickt?«

»Da streikt mein Gedächtnis, Hauptmann«, entschuldigte sich Lituma. »Ich spreche von einer Geschichte, die Jahre her ist, das sagte ich doch, vielleicht zwanzig, vielleicht mehr. Keine Ahnung, warum ich diese Verbindung hergestellt habe. Am besten vergessen wir es.«

»Weißt du, was aus dem Zuhälter Josefino geworden ist?«,

fragte der Hauptmann. Er schaute sehr ernst und wandte die Augen nicht von dem Sergeanten.

»Ich habe ihn nie wieder gesehen, auch nicht die beiden anderen Unbezwingbaren, meine Cousins. Seit man mich wieder in die Polizei aufgenommen hat, bin ich in der Sierra gewesen, in der Selva, in Lima. Einmal quer durch Peru, könnte man sagen. Ich bin erst vor kurzem nach Piura zurückgekehrt. Deshalb sagte ich Ihnen, dass es wahrscheinlich völlig belanglos ist, was mir da in den Sinn kam. Ich bin mir wirklich nicht sicher, ob es Spinnen waren. Er hat etwas gemalt, das ja. Andauernd, und wir Unbezwingbaren haben uns über ihn lustig gemacht.«

»Wenn dieser Lude noch lebt, würde ich ihn gerne kennenlernen«, sagte der Kommissar und klatschte auf den Tisch. »Finde es heraus, Lituma. Ich weiß nicht, warum, aber das riecht gut. Vielleicht haben wir da ein Stück Fleisch am Haken. Schön zart und saftig. Ich habe es im Speichel, im Blut und in den Hoden. Bei solchen Sachen irre ich mich nie. Ich sehe schon Licht am Ende des Tunnels. Ein helles, Lituma.«

Der Hauptmann war so froh, dass der Sergeant schon bedauerte, ihm von seiner dunklen Ahnung erzählt zu haben. Stimmte es überhaupt, dass Josefino zur Zeit der Unbezwingbaren dauernd gemalt hatte? Sicher war er sich nicht mehr. Am Abend, nach Dienstschluss, als er wie gewohnt die Avenida Grau hochging zu seiner Pension im Viertel Buenos Aires, in der Nähe der Kaserne, strengte er sein Gedächtnis an und versuchte sich zu vergewissern, dass die Erinnerung ihn nicht trog. Nein, bestimmt nicht, auch wenn er jetzt nicht mehr ganz so überzeugt war. In Wellen kehrten Bilder aus seiner Kindheit zurück, auf den staubigen Straßen der Mangachería, als Äffchen und José in die sandigen Weiten gleich hinter der Stadt liefen, um zu Füßen der Johannisbrotbäume den Leguanen Fallen zu stellen, mit selbst gebastelten Schleudern Vögelchen zu jagen oder, versteckt im Gestrüpp und in den Dünen, den Wäscherinnen nachzuspähen, die ein Stück weiter, beim Wasserwerk, bis zur Hüfte in den Fluss stiegen. Unter den nassen Hemden waren manchmal ihre Brüste zu erkennen, und vor

Erregung gingen ihnen die Augen und die Hosenschlitze über. Wie kam es, dass Josefino sich ihnen anschloss? Er wusste nicht mehr, wie, wann und warum. Der Geier schloss sich ihnen jedenfalls an, als sie nicht mehr ganz so jung waren. Denn damals gingen sie bereits in die Chichakneipen und hauten die paar Sol, die sie sich mit Gelegenheitsarbeiten wie dem Verkauf von Pferdewetten verdienten, in Spielhöllen, auf Festen und bei Besäufnissen auf den Kopf. Vielleicht waren es keine Spinnen, aber etwas gemalt hatte Josefino, daran erinnerte er sich genau, ob er sich unterhielt, sang oder über einer Schandtat brütete. Die Erinnerung trog ihn nicht, vielleicht malte er Kröten, Schlangen, Pimmel. Die Zweifel wurden immer lauter. Auf einmal waren es die Kreuze und Kreise beim Drei gewinnt oder Karikaturen der Menschen, die sie in der kleinen Bar der Chunga sahen, wo sie immer am liebsten hingingen. Die Chunga chunguita! Ob es sie noch gab? Unmöglich. Wenn sie noch lebte, wäre sie so alt, dass sie körperlich nicht mehr in der Lage wäre, eine Bar zu bewirtschaften. Obwohl, wer weiß. Sie hatte Haare auf den Zähnen, hatte vor nichts Angst, bot den Betrunkenen die Stirn. Einmal machte sie sogar Josefino zur Schnecke, als der über sie witzelte.

Die Unbezwingbaren! Die Chunga! Meine Güte, wie die Zeit verging. Vielleicht waren Josefino, Bonifacia und die Leóns schon unter der Erde, und was von ihnen blieb, war nichts als die Erinnerung. Ein Trauerspiel.

Er ging fast im Dunkeln, da die Straßenbeleuchtung, nachdem er den Club Grau hinter sich gelassen hatte und in das Wohnviertel Buenos Aires kam, immer spärlicher und trüber wurde. Er ging langsam, stolperte über die Löcher im Asphalt, zwischen Häusern, die zunächst noch Gärten hatten und zweigeschossig waren, dann immer niedriger und ärmlicher. Je näher er seiner Pension kam, desto einfacher wurden die Häuser, Hütten nur noch, mit Wänden aus Lehmziegeln und Decken aus Wellblech über Stöcken vom Johannisbrotbaum, errichtet an Straßen ohne Bürgersteig, über die kaum Autos fuhren.

Als er, nachdem er viele Jahre in Lima und im Hochland

gedient hatte, nach Piura zurückkehrte, bezog er ein kleines Zimmer in der Militärsiedlung, wo auch die einfachen Polizisten wohnen durften, genau wie die Soldaten. Aber er mochte diese allzu große Nähe zu seinen Kameraden nicht. Es war, als wäre er weiter im Dienst, wenn er dieselben Leute sah und über dieselben Dinge sprach. Weshalb er nach sechs Monaten in das Haus der Calanchas zog, wo es fünf Zimmer für Pensionsgäste gab. Es war sehr bescheiden, Litumas Schlafzimmer war winzig, aber er zahlte nur wenig, und dort fühlte er sich freier. Als er nun hereinkam, saß das Ehepaar Calancha vor dem Fernseher. Er war Lehrer gewesen und seine Frau städtische Angestellte. Sie waren schon lange im Ruhestand. Die Pension schloss nur das Frühstück ein, aber wenn der Gast es wollte, ließen die Calanchas ihm das Mittag- oder Abendessen von einer Garküche bringen, deren Speisen sehr gehaltvoll waren. Der Sergeant fragte sie, ob sie sich zufällig an eine kleine Kneipe in der Nähe des alten Stadions erinnerten, geführt von einer etwas männlich wirkenden Frau, die La Chunga hieß oder so genannt wurde. Sie sahen ihn verblüfft an und schüttelten den Kopf.

In der Nacht lag er lange wach, er fühlte sich körperlich unwohl. Wieso war es ihm bloß eingefallen, Hauptmann Silva von Josefino zu erzählen. Jetzt war er sich sicher, dass der Zuhälter keine Spinnen gemalt hatte, sondern etwas anderes. Die Vergangenheit aufzurühren tat ihm nicht gut. Es bedrückte ihn, an seine Jugend zu denken, sein jetziges Alter – fast fünfzig schon –, welch einsames Leben er führte, das ganze Unglück, das über ihn gekommen war, diese Dummheit mit Seminario und dem russischen Roulette, die Jahre im Gefängnis, die Geschichte von Bonifacia, die ihm jedes Mal, wenn er sich daran erinnerte, einen bitteren Geschmack in den Mund legte.

Irgendwann schlief er ein, aber schlecht, mit Albträumen, die, als er aufwachte, nur schreckliche, kaputte Bilder in seinem Kopf hinterließen. Er wusch sich, frühstückte, und vor sieben war er wieder auf der Straße, hin zu dem Ort, wo sein Gedächtnis ihm sagte, dass die Kneipe der Chunga sein musste. Es war nicht leicht, sich zu orientieren. In seiner Erinnerung war es der Stadtrand gewesen, auf dem Sand standen dürftige Hütten aus Lehm und Zuckerrohrstängeln. Jetzt gab es Straßen, Beton, edle Häuser, Masten mit elektrischem Licht, Bürgersteige, Autos, Schulen, Tankstellen, Geschäfte. Wie hatte sich alles verändert! Das ehemalige Armenviertel war heute Teil der Stadt, und nichts ähnelte der Erinnerung. Seine Versuche, von den Bewohnern etwas zu erfahren – er trat nur an ältere Personen heran –, waren vergeblich. Niemand erinnerte sich an die kleine Bar, noch an die Chunga, viele stammten nicht einmal aus Piura, sondern waren von den Anden herabgekommen. Er hatte das unschöne Gefühl, dass sein Gedächtnis ihn belog; nichts hatte es je gegeben, es waren Hirngespinste, waren es immer gewesen, ein reines Produkt seiner Fantasie. Der Gedanke erschreckte ihn.

Noch am Vormittag gab er die Suche auf und machte sich auf den Weg ins Zentrum. Ihm war heiß, und bevor er zum Revier ging, trank er an der Ecke eine Limonade. Die Straßen waren bereits ein einziger Lärm: Autos, Busse, Kinder in Schuluniform; Verkäufer von Lotterielosen und Krimskrams, die ihre Ware ausriefen, dahinhastende und verschwitzte Menschen, die die Bürgersteige verstopften. Und da fiel ihm auf einmal der Name der Straße und die Hausnummer ein, wo seine Cousins gewohnt hatten, die Leóns: Morropón 17. Im tiefsten Herzen der Mangachería. Er schloss die Augen und sah die verblichene Fassade des nur einstöckigen Hauses, die vergitterten Fenster, die Blumentöpfe mit Wachsblumen, die Chichakneipe, über der, an einem Rohrstock befestigt, ein weißes Fähnchen anzeigte, dass es frische Chicha gab.

Er nahm ein Motorradtaxi bis zur Avenida Sánchez Cerro, und während er spürte, wie ihm die Schweißtropfen übers Gesicht liefen und der Rücken klatschnass wurde, drang er zu Fuß in jenes Labyrinth aus Straßen, Gassen, Kehren, Brachen ein, das die Mangachería einmal gewesen war, dieses Viertel, das sich, wie es hieß, so nannte, weil es zur Zeit der Kolonie von einstigen Sklaven besiedelt wurde, die man aus Madagaskar importiert hatte, den *malgaches*. Auch hier hatte sich alles verändert, die Form, die Leute, die Struktur und die Farbe. Die ehemals unbefestigten Straßen waren asphaltiert, die Häuser aus Ziegelstein und Beton, es gab einige größere Gebäude, Straßenbeleuchtung, dafür keine einzige Chichakneipe mehr und auch keinen Esel auf den Straßen, nur streunende Hunde. Aus dem Chaos war Ordnung geworden, mit geraden und parallelen Straßen. Nichts ähnelte mehr seinen Erinnerungen. Das Viertel hatte sich hergerichtet, war nun anonym und nichtssagend. Aber die Calle Morropón gab es noch, auch die Nummer 17. Nur dass er statt des Häuschens seiner Cousins eine große Autowerkstatt vorfand. Auf einem Schild stand: »Ersatzteilverkauf für Pkws, Lkws und Busse aller Marken«. Er trat in die dunkle Halle, wo es nach Schmierfett roch, und sah halb zusammengebaute Karosserien, hörte das Geräusch von Schweißarbeiten, bemerkte ein paar Arbeiter in blauen Overalls, die sich über Motoren beugten. Ein Radio spielte Musik aus der Selva, La Contamanina. Er ging in ein Büro, wo ein Ventilator surrte. Vor einem Computer saß eine junge Frau.

»Tag«, sagte Lituma und nahm die Mütze ab.

»Womit kann ich dienen?« Sie schaute ihn mit dieser leisen Unruhe an, mit der die Leute den Polizisten meist begegneten.

»Ich stelle Nachforschungen an zu einer Familie, die hier gewohnt hat«, erklärte Lituma und deutete auf die Halle. »Als das noch keine Werkstatt war, sondern das Haus einer Familie. Sie hieß León.«

»Soweit ich mich erinnere, war das immer eine Autowerkstatt«, sagte das Mädchen.

»Sie sind noch sehr jung, Sie können sich nicht erinnern«, erwiderte Lituma. »Aber vielleicht weiß der Besitzer etwas.«

»Wenn Sie möchten, können Sie warten«, das Mädchen deutete auf einen Stuhl. Und plötzlich erhellte sich ihr Gesicht: »Ach, ich bin ja dumm. Klar! Der Besitzer der Werkstatt heißt ja León. Don José León. Vielleicht kann der Ihnen helfen.«

Lituma ließ sich auf den Stuhl fallen. Sein Herz pochte. Don José León. Nicht zu fassen. Er war es, sein Cousin José. Es musste der Unbezwingbare sein. Wer sonst.

Er war so aufgewühlt, dass ihm die Nerven flatterten, während er wartete. Die Minuten kamen ihm unendlich vor. Als der unbezwingbare José León schließlich in der Werkstatt erschien, hatte er ihn, auch wenn er jetzt ein korpulenter Mann mit Bauch und grauen Strähnen in seinem lichten Haar war und sich kleidete wie einer von den Weißen, mit Jackett, Kragenhemd und blitzblanken Schuhen, auf der Stelle erkannt. Er stand gerührt auf und breitete die Arme aus. José erkannte ihn nicht, er trat nur verwundert an ihn heran, besah ihn sich.

»Du weißt nicht, wer ich bin, stimmt's, Cousin?«, sagte Lituma. »Habe ich mich so verändert?«

Josés Gesicht dehnte sich zu einem breiten Lächeln.

»Das glaube ich nicht!«, rief er und breitete ebenfalls die Arme aus. »Lituma! Was für eine Überraschung, Bruder. Nach so vielen Jahren, *che guá*.«

Sie umarmten und tätschelten sich, vor den verdutzten Augen der Sekretärin und der Arbeiter. Sie musterten einander, strahlten.

»Hast du Zeit für ein Käffchen, Cousin?«, fragte Lituma. »Oder ist es dir lieber, wenn wir uns später treffen, oder morgen?«

»Ich erledige nur eben zwei, drei Sachen, und dann erinnern wir uns an die Zeiten der Unbezwingbaren.« José klopfte ihm noch einmal auf die Schulter. »Setz dich, Lituma. Bin gleich frei. Was für eine Freude, Bruder.«

Lituma setzte sich wieder und sah, wie León am Schreibtisch Unterlagen durchging, etwas mit der Sekretärin in dicken Wälzern nachschlug, dann einen Rundgang durch die Werkstatt machte und die Arbeit der Autoschlosser inspizierte. Ihm fiel auf, wie selbstsicher er Anweisungen gab und wie unbefangen er Fragen beantwortete. Wer hätte das gedacht, Cousin, dachte er. Es kostete ihn einige Mühe, den abgerissenen José aus seiner Jugend, der barfuß zwischen den Ziegen und Eseln in der Mangachería herumlief, in diesem weißen Besitzer einer großen Autowerkstatt wiederzuerkennen, der zur Mittagszeit in Anzug und Sonntagsschuhen herumlief.

Sie gingen, Lituma bei José untergehakt, in ein Café-Restaurant namens Piura Linda. Sein Cousin sagte, die Begegnung müsse man feiern, und bestellte Bier. Sie stießen auf die vergangenen Zeiten an und tauschten eine ganze Weile wehmütig ihre Erinnerungen aus. Äffchen war zunächst Josés Partner in der Werkstatt gewesen, aber dann hatten sie Meinungsverschiedenheiten, und er zog sich aus dem Geschäft zurück, auch wenn die beiden Brüder immer sehr zusammenhielten und sich oft sahen. Äffchen war verheiratet und hatte drei Kinder. Er arbeitete ein paar Jahre in der Gemeindeverwaltung, dann machte er eine Ziegelfabrik auf. Es ging ihm gut, er bekam Aufträge von vielen Bauunternehmen in Piura, vor allem jetzt, wo die Wirtschaft brummte und neue Viertel entstanden. Alle Bewohner von Piura träumten von einem Eigenheim, und es war toll, dass es so gut lief. José konnte sich nicht beklagen. Am Anfang war es schwer gewesen, es gab viel Konkurrenz, aber nach und nach setzte sich die Qualität seines Kundendienstes durch, und jetzt war seine Werkstatt, keine Angeberei, eine der besten der Stadt. Arbeit hatte er mehr als genug, Gott sei Dank.

»Das heißt, ihr seid keine Unbezwingbaren und keine Mangaches mehr, sondern so reiche Weiße, Äffchen und du«, scherzte Lituma. »Nur ich bin immer noch eine arme Socke und bleibe auf alle Ewigkeit Bulle.«

»Wie lange bist du schon hier, Lituma? Warum bist du nicht längst zu mir gekommen?«

Erst seit kurzem, log der Sergeant, und die Nachforschungen zu seinem Aufenthaltsort hätten zu keinem Ergebnis geführt. Bis er auf die Idee kam, einmal durch die alten Viertel zu spazieren. Und so stand er plötzlich vor der Morropón Nummer 17. Nie hätte er gedacht, dass aus diesem sandigen Fleck mit all den Bruchbuden einmal so etwas werden würde. Und mit einer Autowerkstatt, dass man nur den Hut ziehen konnte!

»Die Zeiten ändern sich, und glücklicherweise zum Besseren«, sagte José. »Es sind gute Zeiten, für Piura und für ganz Peru, Cousin. Hoffentlich bleibt das so, toi, toi, toi.«

Auch er hatte geheiratet, eine aus Trujillo, aber die Ehe war eine Katastrophe gewesen. Sie waren wie Hund und Katze und hatten sich scheiden lassen. Die beiden Töchter lebten bei der Mutter in Trujillo. José besuchte sie ab und zu, und sie verbrachten die Ferien bei ihm. Sie gingen auf die Universität, die ältere studierte Zahnmedizin und die jüngere Pharmazie.

»Gratuliere, Cousin. Die beiden werden Akademiker, hast du ein Glück.«

Und dann, als Lituma schon den Namen des Zuhälters in das Gespräch einflechten wollte, kam José ihm, als läse er seine Gedanken, zuvor:

»Erinnerst du dich an Josefino, Cousin?«

»Wie könnte ich diesen Drecksack vergessen«, seufzte Lituma. Und dann, nach einer Pause, wie um irgendetwas zu sagen: »Was ist eigentlich aus ihm geworden?«

José zuckte die Achseln und verzog das Gesicht.

»Schon seit Jahren nichts gehört. Er ist auf die schiefe Bahn geraten, aber das weißt du ja. Er lebte von den Frauen, hatte Pferdchen, die für ihn anschafften. Es ging dann immer mehr bergab. Äffchen und ich wollten nichts mehr mit ihm zu tun haben. Ab und zu kam er, um uns anzupumpen, erzählte was von einer Krankheit und Gläubigern, die ihn bedrohten. Einmal war er auch in eine sehr hässliche Sache verwickelt, irgendein Verbrechen. Er wurde als Mittäter oder wegen Begünstigung angeklagt. Würde mich nicht wundern, wenn er eines Tages ermordet wird von diesem Gesindel, das ihn so anzieht. Wahrscheinlich verrottet er in einem Gefängnis, wer weiß.«

»Stimmt, die Schlechtigkeit hat ihn angezogen wie der Honig die Fliegen«, sagte Lituma. »Der Kerl war zum Verbrechen geboren. Wieso haben wir uns überhaupt mit ihm zusammengetan, Cousin. Noch dazu, wo er ein Geier war und wir Mangaches.«

Und während er, ohne hinzuschauen, die ganze Zeit gesehen hatte, wie sein Cousin mit der Hand über dem Tisch Bewegungen machte, bemerkte Lituma auf einmal, dass José mit dem Daumennagel in die hölzerne Tischplatte voller Kritzeleien, Brandflecken und Kleckse kleine Striche zog. Es verschlug ihm fast den Atem, er starrte hin und sagte sich, immer wieder, dass er nicht verrückt war und auch nicht unter Einbildungen litt, denn was sein Cousin da, ohne es zu merken, mit dem Fingernagel malte, waren Spinnen. Ja, kleine Spinnen, wie die auf den anonymen Drohbriefen an Felícito Yanaqué. Er träumte nicht, hatte keine Halluzinationen, verdammt. Spinnen, Spinnen. Scheiße.

»Wir haben da ein höllisches Problem«, murmelte er und deutete, um seine Nervosität zu überspielen, auf die Avenida Sánchez Cerro. »Du weißt bestimmt davon. Bestimmt hast du in *El Tiempo* den Brief gelesen, den Felícito Yanaqué, der Inhaber von Transportes Narihualá, an seine Erpresser geschrieben hat.«

»So viel Saft in den Eiern hat sonst keiner in Piura«, rief José, und seine Augen leuchteten. »Den Brief habe ich nicht nur gelesen, wie alle in Piura. Ich habe ihn auch ausgeschnitten und einrahmen lassen, er hängt jetzt in meinem Büro an der Wand, Cousin. An Felícito Yanaqué können sich diese Weicheier von Unternehmern und Händlern hier, die vor der Mafia kuschen und ihnen Schutzgeld zahlen, ein Beispiel nehmen. Don Felícito kenne ich schon lange. Wir reparieren seine Busse und Lastwagen und machen die Inspektion. Ich habe ihm ein paar Zeilen geschrieben und gratuliert für seinen Brief in *El Tiempo*.«

Er stieß Lituma kurz an und deutete auf die Litzen an seinen Schulterklappen.

»Ihr habt die Pflicht, diesen Mann zu beschützen, Cousin. Es wäre eine Tragödie, wenn die Mafia einen Killer schickt und Felícito umbringt. Du hast ja gesehen, wie sie schon sein Büro abgebrannt haben.«

Der Sergeant schaute ihn an, nickte. So viel Empörung und Bewunderung konnten nicht gespielt sein, er selbst hatte sich geirrt. Was José da mit dem Fingernagel malte, waren keine Spinnen, sondern bloß Striche. Eine zufällige Übereinstimmung, wie so oft. Aber in dem Moment versetzte das Gedächtnis ihm einen weiteren Schlag, denn hell erstrahlend erinnerte es ihn, mit einer Deutlichkeit, dass er zitterte, daran, dass derjenige, der in Wahrheit von Kindesbeinen an ständig mit dem Bleistift, mit kleinen Zweigen oder Messern diese Sternchen gezeichnet hatte, die wie Spinnen aussahen, sein Cousin José gewesen war, nicht der Zuhälter Josefino. Aber natürlich, ja doch. Das war José. Schon lange, bevor sie Josefino kennenlernten. Äffchen und er hatten ihn oft wegen seiner Manie aufgezogen. Scheiße, Scheiße.

»Wollen wir nicht mal zusammen mit Äffchen essen gehen, Lituma, mittags oder abends? Er wird sich riesig freuen, dich wiederzusehen!«

»Ich mich auch, José. Meine schönsten Erinnerungen habe ich an die Zeit in Piura, klar, als wir immer zusammen waren, die Unbezwingbaren. Die schönste Zeit meines Leben, glaube ich. Damals war ich glücklich. Danach kam das Pech. Außerdem, soweit ich mich erinnere, seid ihr, du und Äffchen, die einzigen Verwandten, dich ich noch habe. Wann immer du möchtest, sagt mir einfach, wann, ich richte mich nach euch.«

»Dann lieber mittags als abends«, sagte José. »Rita, meine Schwägerin, ist unglaublich eifersüchtig, du kannst dir nicht vorstellen, wie. Jedes Mal, wenn Äffchen abends weggeht, macht sie ihm eine Riesenszene. Man könnte meinen, sie verprügelt ihn.«

»Dann also Mittagessen, kein Problem.« Lituma war so aufgeregt, dass er schon fürchtete, José könnte ahnen, was ihm durch den Kopf wirbelte, und unter einem Vorwand verabschiedete er sich.

Auf dem Weg zum Revier war er so atemlos, verwirrt und aufgelöst, dass er kaum wusste, wohin er trat, so dass ihn, als er um eine Ecke bog, beinahe das Dreirad eines Obstverkäufers umgefahren hätte. Hauptmann Silva bemerkte sofort, in welcher Verfassung er war.

»Komm mir nur nicht mit noch mehr Ärger, Lituma, ich habe schon genug am Hals«, und er stand so wütend von seinem Schreibtisch auf, dass die ganze Bude erzitterte. »Was zum Teufel ist los mit dir? Ist jemand gestorben?«

»Gestorben ist der Verdacht, das mit den Spinnen könnte Josefino Rojas gewesen sein«, stammelte Lituma, nahm die Mütze ab und wischte sich mit einem Taschentuch den Schweiß von der Stirn. »Jetzt ist der Verdächtige nicht der Zuhälter, sondern mein Cousin José León. Einer der Unbezwingbaren, von denen ich Ihnen erzählt habe, Hauptmann.«

»Willst du mich auf den Arm nehmen, Lituma?«, der Hauptmann war fassungslos. »Könntest du mir bitte sagen, was der Stuss soll.«

Der Sergeant setzte sich so hin, dass der Ventilator ihm ins Gesicht blies. Und haarklein berichtete er dem Kommissar alles, was er am Vormittag erlebt hatte.

»Das heißt, wer mit den Fingernägeln Spinnen ritzt, ist jetzt dein Cousin José«, sagte der Hauptmann verärgert. »Und noch dazu ist er so saudumm, dass er sich vor einem Polizeisergeanten verrät, wo er genau weiß, dass Felícito Yanaqués Spinnen und seine Firma in Piura das Stadtgespräch sind. Wie ich sehe, ist in deinem Kopf ein ziemliches Kuddelmuddel, Lituma.«

»Ich bin mir nicht sicher, ob er mit den Fingernägeln Spinnen geritzt hat«, entschuldigte sich sein Untergebener zerknirscht. »Auch darin mag ich mich irren, bitte entschuldigen Sie. Für mich ist gar nichts mehr sicher, Hauptmann, nicht einmal der Boden unter meinen Füßen. Ja, Sie haben recht. Mir schwirrt der Kopf.«

»Vor lauter Spinnen«, lachte der Hauptmann. »Und sieh an, wer da kommt. Das fehlte gerade noch. Guten Tag, Herr Yanaqué. Kommen Sie rein.«

Lituma sah ihm sofort an, dass etwas passiert war: Wieder ein Brief der Mafia? Felícito war leichenblass, das Kinn hing idiotisch herab, die übermüdeten Augen waren vor Schrecken geweitet. Er hatte sich den Hut abgenommen, und seine Haare waren zerwühlt, als hätte er vergessen, sich zu kämmen. Er, der immer so korrekt angezogen war, hatte sich die Weste falsch zugeknöpft, der erste Knopf im zweiten Loch. Er sah ungepflegt aus, lächerlich, eine Clownsfigur. Unfähig, den Gruß zu erwidern, zog er nur einen Umschlag hervor und hielt ihn dem

Hauptmann mit zitternder Hand hin. Er schien so klein und zerbrechlich wie noch nie, fast wie ein Zwerg.

»Scheiße«, zischte der Kommissar, nahm den Brief und las laut vor:

Sehr geehrter Herr Yanaqué,
wir haben Ihnen gesagt, dass Ihre Sturheit und Ihre Provokation in El Tiempo unangenehme Folgen haben werden. Wir haben Ihnen gesagt, dass Sie Ihre Weigerung, vernünftig zu sein und sich mit uns zu verständigen, bedauern werden, wo wir nur Ihr Geschäft schützen und Ihrer Familie Sicherheit geben wollen. Unser Wort haben wir immer gehalten. Wir haben einen Ihrer liebsten Menschen in unserer Gewalt, und wir werden ihn so lange festhalten, bis Sie einlenken und sich mit uns verständigen.
Wir wissen, dass Sie es nicht lassen können, zur Polizei zu gehen und sich zu beschweren, als würde das etwas nützen. Aber wir nehmen an, dass Sie diesmal zu Ihrem eigenen Wohl die gebührende Diskretion wahren werden. Niemandem hilft es, wenn bekannt wird, dass wir diese Person haben, vor allem wenn Sie nicht möchten, dass sie infolge einer weiteren Unvorsichtigkeit Ihrerseits leidet. Die Sache muss unter uns bleiben und so diskret und schnell wie möglich geklärt werden.
Da Sie sich so gerne der Zeitung bedienen, geben Sie eine Anzeige in El Tiempo auf und danken Sie dem Gefangenen Christus von Ayabaca für das Wunder, um das Sie ihn gebeten haben. Dann wissen wir, dass Sie mit den vorgeschlagenen Bedingungen einverstanden sind. Und die betreffende Person kehrt sofort unversehrt nach Hause zurück. Andernfalls kann es sein, dass Sie nie wieder von ihr hören.
Gott befohlen.

Lituma konnte es nicht sehen, erriet aber die kleine Spinne, die den Brief unterzeichnete.

»Wen haben sie entführt, Herr Yanaqué?«, fragte Hauptmann Silva.

»Mabel«, sagte der Unternehmer mit erstickter Stimme. Lituma sah, wie die Augen dieses Männleins feucht wurden, und dicke Tränen rannen ihm über die Wangen.

»Setzen Sie sich, Don Felícito.« Der Sergeant überließ ihm seinen Stuhl und half ihm, Platz zu nehmen.

Als Felícito saß, legte er das Gesicht in die Hände. Er weinte leise, fast lautlos. Sein schmächtiger Körper zuckte immer wieder. Er tat Lituma leid. Armer Mann, jetzt hatten diese Dreckskerle doch einen Weg gefunden, ihn weichzukriegen. Das durfte doch nicht wahr sein, so eine Ungerechtigkeit.

»Eins kann ich Ihnen versichern, Don Felícito.« Der Hauptmann schien ebenfalls gerührt. »Die werden Ihrer Freundin nichts antun. Die wollen Ihnen bloß Angst einjagen. Sie wissen, dass es nicht gut für sie wäre, wenn sie Mabel auch nur ein Härchen krümmen. Dass sie jemanden in Händen haben, der unantastbar ist.«

»Armes Mädchen«, stammelte Felícito Yanaqué unter Hicksern. »Es ist meine Schuld, ich habe sie in die Sache hineingezogen. Was wird jetzt aus ihr, mein Gott, das verzeihe ich mir nie.«

Lituma sah, wie das pausbäckige, von einem Bartschatten bedeckte Gesicht Hauptmann Silvas von Mitleid in Wut umschlug und wieder in Mitleid, sah, wie er den Arm ausstreckte, Don Felícito auf die Schulter klopfte und ihm, sich zu ihm beugend, mit fester Stimme sagte:

»Ich schwöre Ihnen beim Heiligsten, das ich habe, und das ist das Andenken meiner Mutter, dass Mabel nichts passieren wird. Wir werden sie Ihnen unversehrt zurückbringen. Bei meiner allerheiligsten Mutter, ich werde diesen Fall aufklären, und diese Arschlöcher werden es teuer bezahlen. Solche Schwüre tue ich sonst nie, Don Felícito. Sie sind ein tapferer Mann, das sagt ganz Piura. Werden Sie jetzt um alles in der Welt nicht schwach.«

Lituma war beeindruckt. Es stimmte, was der Kommissar sagte, nie tat er einen Schwur wie eben. Und er spürte, wie er wieder Mut fasste: Er würde es tun, sie würden es tun. Sie würden ihm helfen. Und diesen Dreckskerlen würde es noch leidtun, dass sie dem armen Mann so übel mitgespielt hatten.

»Ich werde nicht schwach, niemals«, stammelte Don Felícito und trocknete sich die Tränen.

VIII

Miki und Schlaks kamen auf die Minute pünktlich um elf Uhr am Vormittag. Lucrecia selbst öffnete ihnen, und sie grüßten sie mit einem Kuss auf die Wange. Als sie dann im Wohnzimmer saßen, kam Justiniana und fragte, was sie ihnen anbieten könne. Miki bat um einen Kaffee mit ein wenig Milch und Schlaks um ein Glas Mineralwasser mit Kohlensäure. Es war ein recht grauer Tag, niedrige Wolken zogen über das dunkelgrüne, von der Gischt aufgelockerte Meer in der Bucht von Lima. Weiter draußen waren ein paar Fischerboote zu erkennen. Die Söhne von Ismael Carreras trugen dunkle Anzüge mit Krawatte und Einstecktüchlein und protzige Rolex-Uhren. Als Rigoberto hereinkam, standen sie auf: »Hallo, Onkel.« Blöde Angewohnheit, dachte der Hausherr. Er wusste nicht, warum, aber ihn regte diese unter den jungen Leuten von Lima seit einigen Jahren so verbreitete Mode auf, alle Bekannten der Familie und die älteren Personen Onkel oder Tante zu nennen, womit sie sich eine Verwandtschaft zulegten, die es nicht gab. Miki und Schlaks gaben ihm die Hand, lächelten, zeigten – »Wie gut du aussiehst, Onkel Rigoberto«, »Der Ruhestand bekommt dir gut, Onkel«, »Seit wir uns das letzte Mal gesehen haben, bist du um Jahre jünger geworden« – eine Herzlichkeit, die allzu übertrieben war, als dass sie aufrichtig sein konnte.

»Eine schöne Aussicht hast du hier«, sagte schließlich Miki und zeigte auf den Malecón und das Meer von Barranco. »Wenn es wolkenlos ist, kannst du bestimmt von La Punta bis Chorrillos die ganze Küste sehen, nicht wahr, Onkel?«

»Und genauso sehe ich die ganzen Gleitschirm- und Deltaflieger, die mit ihren Nasen direkt an unseren Fenstern vorbeisegeln«, sagte Rigoberto. »Irgendwann schickt uns ein

Windstoß noch mal einen dieser unerschrockenen Flieger in die Wohnung.«

Seine »Neffen« feierten den Scherz mit einem allzu lauten Lachen. Die sind ja noch nervöser als ich, wunderte sich Rigoberto.

Sie waren Zwillinge, ähnelten sich aber in nichts, außer in ihrer Körpergröße, ihrer athletischen Figur und ihren schlechten Angewohnheiten. Ob sie wohl viele Stunden im Fitnessraum des Club de Villa oder des Regatas an den Geräten verbrachten und Gewichte stemmten? Wie passten diese Muskeln mit dem Bohemeleben zusammen, dem Kokain, den Fressorgien und Saufgelagen? Miki hatte ein rundes und zufriedenes Gesicht, volle Lippen, Raubtierzähne und Segelohren. Er war sehr hellhäutig, fast ein Gringo, mit hellen Haaren, und hin und wieder lächelte er mechanisch, wie eine Gliederpuppe. Schlaks dagegen war sehr dunkel, hatte durchdringende dunkle Augen, einen Mund fast ohne Lippen und ein dünnes und schrilles Stimmchen. Er trug lange Koteletten wie ein Flamencosänger oder ein Torero. Wer wohl der Dümmere von beiden ist, dachte Rigoberto. Und der Schlimmere.

»Vermisst du nicht dein Büro, jetzt, wo du die ganze Zeit frei hast, Onkel?«, fragte Miki.

»Ehrlich gesagt, nein, mein Neffe. Ich lese viel, höre gute Musik, verbringe Stunden über meinen Kunstbüchern. Die Malerei hat mir immer schon mehr gefallen als Versicherungen, das hat dir Ismael sicher erzählt. Jetzt endlich habe ich die Zeit, mich ihr zu widmen.«

»Was für eine Bibliothek du da hast, Onkel«, rief Schlaks und zeigte auf die wohlsortierten Regale im Arbeitszimmer. »So viele Bücher, Wahnsinn! Hast du die alle gelesen?«

»Na ja, alle nicht, noch nicht.« Der ist der Dümmere, entschied er. »Manche sind nur Nachschlagewerke, wie die Wörterbücher und Enzyklopädien auf dem Regal dort in der Ecke. Aber ich möchte behaupten, dass die Wahrscheinlichkeit größer ist, ein Buch zu lesen, wenn man es zu Hause hat.«

Die beiden Brüder sahen es sich fassungslos an, ohne Zweifel fragten sie sich, ob er einen Witz machte oder es ernst meinte.

»So viele Kunstbücher, das ist, als hättest du alle Museen der Welt zu dir hergeholt«, urteilte Miki mit der Miene eines klugen Mannes, der sich auskennt. Und schloss: »Da kannst du sie besichtigen, ohne dass du dir die Mühe machen musst, deine Wohnung zu verlassen, echt bequem.«

So blöd wie dieser Zweibeiner, das ist schon Intelligenz, sagte sich Rigoberto. Es war unmöglich zu sagen, wer der Dümmere war – Gleichstand. Eine schwere Stille erfüllte nun den Raum, und um die Anspannung zu überspielen, schauten alle drei zum Arbeitszimmer. Jetzt ist es so weit, dachte Rigoberto, und er erschrak ein wenig. Aber er war neugierig und wollte wissen, was passierte. Er fühlte sich auf absurde Weise beschützt auf seinem eigenen Terrain, umgeben von seinen Büchern und Bildern.

»Also, Onkel«, sagte Miki und blinzelte sehr schnell, den Finger in der Luft auf dem Weg zum Mund, »ich glaube, der Moment ist gekommen, dass wir den Stier bei den Hörnern packen. Dass wir zu den traurigen Dingen kommen.«

Schlaks hielt sich sein halbleeres Glas Mineralwasser an die Lippen und trank mit gurgelnden Geräuschen. Die ganze Zeit kratzte er sich an der Stirn, sein Blick wanderte zwischen seinem Bruder und Rigoberto hin und her.

»Traurig? Wieso traurig, Miki?« Rigoberto machte ein überraschtes Gesicht. »Was ist los, Jungs? Haben wir wieder mal ein kleines Problem?«

»Du weißt genau, was los ist, Onkel«, rief Schlaks mit beleidigtem Unterton. »Tu nicht so, bitte.«

»Meinst du Ismael?« Rigoberto stellte sich dumm. »Ihr wollt, dass wir von ihm sprechen? Von eurem Vater?«

»Wir sind das Gespött von ganz Lima.« Miki schaute melodramatisch, während er eifrig an seinem kleinen Finger knabberte. Auch beim Sprechen nahm er ihn nicht aus dem Mund, so dass seine Stimme geziert klang. »Du wirst davon gehört haben, denn das haben selbst die Steine. In dieser Stadt wird über nichts anderes geklatscht, vielleicht in ganz Peru nicht. Nie im Leben hätte ich gedacht, dass die Familie einmal einen solchen Skandal erleben muss.«

»Einen Skandal, den du hättest verhindern können, Onkel Rigoberto«, sagte Schlaks betrübt und schien gleich zu weinen. Und als merkte er erst jetzt, dass sein Glas leer war, stellte er es, mit übertriebener Vorsicht, auf dem Couchtisch ab.

Erst das Melodram, dann die Drohungen, sagte sich Rigoberto. Er war beunruhigt, das sicher, aber die Neugier wurde immer größer. Echte Knallchargen waren die beiden Zwillinge. Er machte ein aufmerksames und höfliches Gesicht. Er wusste nicht, warum, aber am liebsten hätte er gelacht.

»Ich?«, tat er verblüfft. »Ich weiß nicht, was du damit sagen willst, Neffe.«

»Du bist der Mensch, dem Papa immer zugehört hat«, Schlaks sagte es mit großem Nachdruck, »der einzige vielleicht, auf den er immer gehört hat. Das weißt du sehr gut, Onkel, also tu bitte nicht so. Wir sind nicht zum Rätselraten hier. Bitte!«

»Wenn du ihm einen Rat gegeben hättest, wenn du dich widersetzt und ihm klargemacht hättest, was er da Ungeheuerliches anstellt, hätte es diese Ehe nie gegeben«, sagte Miki und klatschte auf den Tisch. Jetzt hatte er sich schon verändert, die Stimme war umgeschlagen, auf dem Grund seiner hellen Augen wand sich eine kleine Schlange.

Rigoberto hörte ein Pfeifen vom Malecón heraufschallen: die Flöte das Messerschleifers. Er hörte sie immer zur selben Zeit. Ein pünktlicher Mensch, wer immer es war. Er müsste ihn sich einmal ansehen.

»Eine Ehe, die außerdem nichts wert ist, nicht die Bohne«, setzte Schlaks hinzu. »Eine Farce ohne jede rechtliche Gültigkeit. Auch das weißt du, Onkel, denn nicht umsonst bist du Jurist. Also, lassen wir die Hosen runter, wenn du nichts dagegen hast, und nennen wir das Kind beim Namen.«

Was wollte dieser Blödmann ihm sagen, fragte sich Rigoberto. Alle beide benutzten sie ständig Redewendungen, ohne zu wissen, was sie wirklich bedeuteten.

»Hättest du uns rechtzeitig gesagt, was unser Vater vorhatte, hätten wir die Sache gestoppt, zur Not auch mit der Polizei«, beharrte Miki. Er sprach wieder bemüht traurig, aber er konnte nicht verhindern, dass die Wut durchklang. Seine Augen drohten Rigoberto jetzt.

»Aber statt uns zu warnen, hast du dich für diese Klamotte hergegeben und sogar als Trauzeuge unterschrieben, Onkel.« Schlaks hob die Hand und schwang sie zornig durch die Luft. »Du hast zusammen mit Narciso unterschrieben. Selbst den Chauffeur, einen armen Analphabeten, habt ihr in diese üble Geschichte hineingezogen. Echt fies, auf diese Weise einen Unwissenden zu missbrauchen. Ehrlich gesagt, das hätten wir von dir nicht erwartet, Onkel Rigoberto. Es will mir nicht in den Kopf, dass du bei einem so dummen Mätzchen mitgemacht hast.«

»Du hast uns bitter enttäuscht, Onkel«, setzte Miki nach und ruckte hin und her, als wäre ihm der Anzug zu eng. »Das ist die traurige Wahrheit: bit-ter-ent-täuscht. Genau das. Tut mir leid, es dir sagen zu müssen, aber so ist es. Ich sage es dir ganz offen, denn es ist die traurige Wahrheit. Du hast eine riesige Verantwortung für das, was passiert ist, Onkel. Das sagen nicht nur wir. Das sagen auch die Anwälte. Und um Klartext zu reden, du weißt nicht, was dir da blüht. Es könnte sehr böse Folgen haben, für dein Privatleben und auch das andere.«

Welches war noch mal das andere, dachte Rigoberto. Beide hatten immer lauter gesprochen, und die anfängliche Herzlichkeit war mit ihrem Lächeln verflogen. Jetzt waren die Zwillinge sehr ernst, sie verbargen ihren Groll nicht mehr. Rigoberto hörte ihnen ausdruckslos zu, gab eine Ruhe vor, die er nicht verspürte. Ob sie mir Geld anbieten? Mich mit einem Killer bedrohen? Einen Revolver ziehen? Alles war möglich bei solch einem Pärchen.

»Wir sind nicht hier, um dir Vorwürfe zu machen.« Schlaks hatte die Strategie geändert, sprach nun mit milderer Stimme und strich sich lächelnd über eine Kotelette. Doch in seinem Lächeln lag etwas Falsches, Lauerndes.

»Wir haben dich wirklich lieb, Onkel.« Miki seufzte. »Wir kennen dich, seit wir auf der Welt sind, du bist wie unser nächster Familienangehöriger. Nur dass ...«

Er konnte seinen Gedanken nicht zu Ende führen und saß mit offenem Mund da, unentschlossenen Blicks, mutlos. Dann knabberte er erneut wütend an seinem kleinen Finger. Ja, der ist der Dümmere, sagte sich Rigoberto.

»Das Gefühl beruht auf Gegenseitigkeit, meine Neffen«, er nutzte die Stille, um seinerseits einen Satz anzubringen. »Beruhigt euch doch, bitte. Unterhalten wir uns wie vernünftige, gesittete Menschen.«

»Für dich ist das einfacher als für uns.« Miki wurde wieder lauter. Wohl wahr, dachte Rigoberto. Er weiß nicht, was er sagt, aber manchmal trifft er ins Schwarze. »Nicht dein Vater hat sein Hausmädchen geheiratet, sondern unserer, eine primitive, lausige Chola, die anständigen Familien von Lima lachen nur über uns.«

»Eine Ehe, die noch dazu nicht die Bohne wert ist!«, betonte Schlaks noch einmal und fuchtelte wie wild mit den Händen. »Eine Farce, ohne jede rechtliche Gültigkeit. Ich nehme an, du bist dir darüber im Klaren, Onkel Rigoberto. Also tu nicht so lalla, das steht dir gar nicht.«

»Worüber soll ich mir im Klaren sein, mein lieber Neffe?«, fragte er voll ehrlicher Neugier. »Und ich würde mich freuen, wenn du mir den Sinn dieses Wortes erklären könntest, lalla. Das heißt so viel wie ein bisschen schwachsinnig, nicht?«

»Ich will nur sagen, dass du dich mit deiner Blauäugigkeit in die Scheiße geritten hast«, explodierte Schlaks. »Aber so was von in die Scheiße, wenn du das Wort erlaubst. Vielleicht ohne es zu wollen, vielleicht hast du geglaubt, deinem Freund zu helfen. Die guten Absichten nehmen wir dir ab. Aber das ist egal, denn das Gesetz ist das Gesetz, für alle, erst recht in diesem Fall.«

»Das könnte dich persönlich in ernste Schwierigkeiten bringen, dich und deine Familie«, barmte Miki und steckte sich, während er sprach, wieder den kleinen Finger in den Mund.

»Wir wollen dir keine Angst machen, aber so sind die Dinge nun mal. Du hättest dieses Papier nie unterschreiben dürfen. Das sage ich dir ganz objektiv und unparteiisch. Und in aller Freundschaft, wirklich.«

»Wir meinen es nur gut mit dir, Onkel Rigoberto«, spann sein Bruder den Faden weiter. »Denken dabei mehr an dich als an uns selbst, auch wenn du es nicht glaubst. Nicht dass du am Ende bereust, welchen Bock du da geschossen hast.«

Gleich werden diese Rüpel noch hysterisch und knallen mir eine, dachte Rigoberto. Die Zwillinge ließen sich von der Wut mitreißen, und ihre Blicke, Mienen, Gebärden wurden immer aggressiver. Ob er sich gegen die beiden mit Fäusten würde wehren müssen? Er konnte sich nicht mal erinnern, wann er sich zuletzt geprügelt hatte. Im Colegio La Recoleta wahrscheinlich, in der Hofpause.

»Wir haben uns zu allem beraten lassen, von den besten Anwälten in Lima. Wir wissen, wovon wir sprechen. Deshalb können wir dir auch sagen, dass du dich in eine verdammte Riesenscheiße geritten hast, Onkel. Besser, dass du es weißt.«

»Wegen Beihilfe und Begünstigung«, erklärte Miki, feierlich jede Silbe betonend, um den Wörtern ein größeres Kampfgewicht zu verleihen. Seine Augen waren zwei Flammen.

»Die Annullierung der Ehe ist auf dem Weg, das Urteil wird bald vorliegen«, informierte ihn Schlaks. »Das Beste, was du tun kannst, ist also uns zu helfen, Onkel. Das Beste für dich, meine ich.«

»Genauer gesagt, wir möchten nicht, dass du uns hilfst, Onkel Rigoberto, sondern unserem Vater. Deinem guten alten Freund, dem Menschen, der für dich immer wie ein älterer Bruder war. Und dass du dir selber aus dieser verdammten Patsche hilfst, in die du dich und uns gebracht hast. Merkst du das nicht?«

»Ganz ehrlich, nein, Neffe. Ich merke nichts, außer dass ihr sehr aufgebracht seid.« Rigoberto begegnete ihnen mit herzlicher Gelassenheit, lächelte ihnen zu. »Da ihr beide durcheinander sprecht, ist mir, muss ich gestehen, ein wenig schwindlig.

Ich verstehe nicht genau, worum es geht. Warum macht ihr nicht einfach einen Punkt und erklärt mir in aller Ruhe, was ihr von mir wollt.«

Glaubten die Zwillinge schon, sie hätten das Spiel gewonnen? Dachten sie das vielleicht? Denn auf einmal legten sie eine gemäßigtere Haltung an den Tag, schauten ihn nun fröhlich an, nickten und warfen sich zufriedene kleine Blicke zu.

»Ja, klar, entschuldige, das war ein bisschen überstürzt von uns«, sagte Miki. »Du weißt, wie sehr wir dich mögen, Onkel.«

Er hat genauso große Ohren wie ich, dachte Rigoberto. Aber seine flattern, meine nicht.

»Und entschuldige vor allem, wenn wir laut geworden sind«, fügte Schlaks an, immer noch wild fuchtelnd, wie ein tobendes Äffchen. »Aber da die Dinge nun mal so sind, ist das wohl normal, das wirst du verstehen. Die Verrücktheit dieses alten Trottels von unserem Vater macht uns ganz kribbelig, Miki und mich.«

»Die Sache ist ganz einfach«, erklärte Miki. »Wir verstehen sehr gut, dass du dich, wo unser Vater dein Chef ist, nicht weigern konntest, dieses Papier als Trauzeuge zu unterschreiben. Genauso wie der arme Narciso, klar. Der Richter wird es berücksichtigen, ganz sicher. Als mildernder Umstand. Euch wird nichts passieren. Dafür sorgen die Anwälte.«

So wie die reden, ist Anwalt für sie das Zauberwort, dachte Rigoberto amüsiert.

»Ihr irrt euch, weder Narciso noch ich haben als Untergebene eures Vaters eingewilligt, Trauzeuge zu sein«, sagte er mit höflicher Aufmerksamkeit. »Ich habe es getan, weil Ismael nicht nur mein Chef ist, sondern ein alter Freund. Und Narciso auch, weil er euren Vater immer sehr mochte.«

»Echt toller Gefallen, den du deinem lieben Freund da getan hast.« Schlaks war nun die Farbe ins Gesicht gestiegen, als hätte er zu lange in der Sonne gelegen, seine dunklen Augen blitzten ihn an. »Der Alte wusste nicht, was er tat, der ist gaga, schon lange. Er weiß nicht mehr, wo er ist und wer er ist, und noch weniger, was er tat, als er sich von dieser scheiß Chola umgarnen ließ, in deren Fotze er sich dann verguckt hat, wenn du mir den Ausdruck erlaubst.«

Fotze?, dachte Rigoberto. Das muss das hässlichste Wort sein, das es gibt. Ein Wort, das stinkt und Haare hat.

»Glaubst du, wenn unser Vater zurechnungsfähig gewesen wäre, und er war immer ein vornehmer Herr, hätte er ein Dienstmädchen geheiratet, noch dazu eines, das bestimmt vierzig Jahre jünger ist als er?«, rief Miki, und dabei riss er den Mund auf und zeigte seine großen Zähne.

»Glaubst du das?« Schlaks hatte jetzt gerötete Augen und eine gebrochene Stimme. »Nie und nimmer, du bist klug, gebildet, mach dir doch nichts vor, und vor allem versuch nicht, uns was vorzumachen. Wir lassen uns nicht verschaukeln, weder von dir noch von sonst wem, damit du es weißt.«

»Wenn Ismael, wie ihr sagt, unzurechnungsfähig gewesen wäre, hätte ich sicher nicht als Trauzeuge zur Verfügung gestanden. Jetzt lasst mich bitte einmal reden. Ich verstehe, dass es euch nahegeht. Das wird euch niemand verdenken. Aber ihr müsst euch einen Ruck geben und die Tatsachen akzeptieren. Es ist nicht, was ihr denkt. Auch ich war sehr überrascht, als ich von Ismaels Hochzeit erfuhr. So wie alle Welt, klar. Aber Ismael wusste genau, was er tat, davon bin ich felsenfest überzeugt. Er hat die Entscheidung, zu heiraten, in aller Klarheit getroffen, in vollem Bewusstsein dessen, was er tat. Und auch der Konsequenzen.«

Während er sprach, sah er, wie in den Gesichtern der Zwillinge die Empörung und der Hass anschwollen.

»Ich nehme an, du wirst es nicht wagen, vor einem Richter den Quatsch zu wiederholen, den du da sagst.« Schlaks stand auf und kam einen Schritt auf ihn zu. Jetzt war er nicht mehr hochrot, sondern leichenblass und zitterte.

Rigoberto rührte sich nicht. Er wartete darauf, dass er ihn schüttelte und vielleicht schlug, doch der Zwilling beherrschte sich, drehte um und setzte sich wieder. Über sein Gesicht rann der Schweiß. Bei den Drohungen sind wir schon. Kommen gleich auch noch die Schläge?

»Wenn du mich erschrecken willst, hast du es geschafft, Schlaks«, sagte er, weiterhin ruhig. »Habt ihr beide es geschafft, besser gesagt. Wollt ihr die Wahrheit wissen? Ich habe eine Heidenangst, meine Neffen. Ihr seid jung, stark, impulsiv und mit Empfehlungen, da wird einem angst und bange. Ich kenne euch gut, denn wie ihr wahrscheinlich mitbekommen habt, durfte ich euch helfen, aus den misslichsten Situationen herauszukommen, in die ihr euch schon in zartem Alter immer wieder hineingeritten habt. Wie damals, als ihr dieses kleine Mädchen in Pucusana vergewaltigt habt, erinnert ihr euch? Ich weiß sogar noch den Namen: Floralisa Roca. So hieß sie. Und selbstverständlich habe ich auch nicht vergessen, dass ich den Eltern fünfzigtausend Dollar bringen musste, damit ihr für euren kleinen Scherz nicht ins Gefängnis kamt. Ich weiß genau, dass ihr mich zu Klump schlagen könntet, wenn euch danach ist. Das ist mir sonnenklar.«

Verblüfft sahen die Zwillinge sich an, wurden ernst, versuchten zu lächeln. Ein säuerliches Lächeln.

»So darfst du das nicht sehen«, sagte Miki schließlich, nahm den kleinen Finger aus dem Mund und tätschelte Rigobertos Arm. »Wir sind hier unter Gentlemen, Onkel.«

»Nie würden wir handgreiflich werden.« Schlaks wurde nervös. »Wir haben dich sehr gern, Onkel, auch wenn du es nicht glaubst. Auch wenn du dich uns gegenüber unmöglich verhalten hast mit deiner Unterschrift auf diesem Wisch.«

»Lasst mich zum Ende kommen«, Rigoberto hob beschwichtigend die Hand. »Aber wenn der Richter mich befragt, werde ich, trotz aller Angst, die Wahrheit sagen. Dass Ismael, als er seine Entscheidung traf, ganz genau wusste, was er tat. Dass er weder gaga noch dement ist, und er hat sich auch weder von Armida noch von sonst wem umgarnen lassen. Denn euer Vater ist aufgeweckter als ihr beide zusammen. Das ist die reine Wahrheit, meine lieben Neffen.«

Erneut legte sich eine dornige Stille über das Zimmer. Draußen waren die Wolken schwarz geworden, und in der Ferne, am Horizont, war ein elektrisches Leuchten, das von den Scheinwerfern eines Schiffes oder einem Gewitter stammen mochte. Rigoberto spürte, wie seine Brust bebte. Die Zwillinge waren weiterhin leichenblass, und so wie sie ihn anschauten, musste es sie große Überwindung kosten, sich nicht auf ihn zu stürzen und ihn zu verdreschen. Einen schönen Gefallen hast du mir da getan, Ismael, dachte er.

Schlaks reagierte als Erster. Dabei senkte er die Stimme, als wollte er ein Geheimnis verraten, und sah ihm fest in die Augen, mit einem Blick, in dem die Verachtung blitzte.

»Hat Papa dich dafür bezahlt? Wann, Onkel, wenn ich fragen darf?«

Die Frage überraschte ihn so sehr, dass ihm der Mund offen stand.

»Versteh uns nicht falsch«, sagte Miki, und auch er sprach jetzt leiser und hob beschwichtigend die Hand. »Es gibt keinen Grund, dich dafür zu schämen, jeder steckt mal in der Klemme. Schlaks fragt nur, weil wir, falls es um Geld geht, durchaus bereit sind, dich zu belohnen. Denn, um die Wahrheit zu sagen, wir brauchen dich, Onkel.«

»Wir brauchen dich, damit du zum Richter gehst und aussagst, dass du nur unter Druck und unter Drohungen als Trauzeuge unterschrieben hast«, erklärte Schlaks. »Wenn ihr, du und Narciso, das aussagt, geht alles schneller, und die Ehe ist im Nullkommanix annulliert. Klar sind wir bereit, dich dafür zu belohnen, Onkel. Und zwar großzügig.«

»Dienste werden bezahlt, und wir wissen sehr gut, in was für einer Welt wir leben«, fügte Miki hinzu. »Und selbstverständlich mit der größten Diskretion.«

»Außerdem tust du unserem Vater damit einen großen Gefallen, Onkel. Der Ärmste wird schon ganz verzweifelt sein, wie soll er auch aus der Falle herauskommen, in die er in einem Moment der Schwäche getappt ist. Wir befreien ihn aus dem Schlamassel, und am Ende dankt er es uns, wirst schon sehen.«

Rigoberto hörte ihnen zu, ohne auch nur zu blinzeln, versteinert in seinem Sessel, als sammelte er seine Gedanken. Die Zwillinge warteten fiebrig auf eine Antwort. Die Stille zog sich in die Minuten. In der Ferne war immer wieder, schwach nur noch, die Flöte des Messerschleifers zu hören.

»Ich möchte euch bitten, die Wohnung zu verlassen und nie wieder einen Fuß über die Schwelle zu setzen«, sagte Rigoberto schließlich, immer noch genauso ruhig. »Ehrlich gesagt, Jungs, ihr seid noch schlimmer, als ich dachte. Und glaubt mir, wenn einer euch gut kennt, von Kindesbeinen an, dann ich.«

»Du beleidigst uns«, sagte Miki. »Täusch dich nicht, Onkel. Wir respektieren dein graues Haupt, aber da hört es auch auf.«

»Das werden wir nicht zulassen«, Schlaks schlug auf den Tisch. »Du hast keine Chance, damit du es weißt. Selbst deine Rente steht in den Sternen.«

»Vergiss nicht, wem die Gesellschaft gehört, wenn der verrückte Alte den Löffel abgibt«, sagte Miki drohend.

»Ich habe euch gebeten zu gehen.« Rigoberto stand auf und deutete auf die Tür. »Und vor allem lasst euch hier nie wieder blicken. Ich will euch nicht mehr sehen.«

»Du glaubst, du könntest uns einfach so rauswerfen, du scheiß Kuppler?« Schlaks stand ebenfalls auf und ballte die Fäuste.

»Sei still.« Sein Bruder packte ihn am Arm. »Muss ja nicht in eine Schlägerei ausarten. Entschuldige dich bei Onkel Rigoberto, Schlaks.«

»Das ist nicht nötig. Es reicht, wenn ihr geht und nicht wiederkommt«, sagte Rigoberto.

»Er hat uns beleidigt, Miki. Er jagt uns vor die Tür wie räudige Hunde. Hast du nicht gehört?«

»Entschuldige dich, verdammt noch mal.« Miki war jetzt auch aufgestanden. »Sofort. Bitte ihn um Entschuldigung.«

»Schon gut.« Schlaks zitterte am ganzen Leib. »Ich bitte um Entschuldigung für das, was ich gesagt habe, Onkel.«

»Entschuldigung angenommen«, sagte Rigoberto. »Das Gespräch ist beendet. Danke für den Besuch, Jungs. Einen guten Tag noch.«

»Wir unterhalten uns ein andermal, in Ruhe«, sagte Miki zum Abschied. »Es tut mir leid, dass das so geendet ist, Onkel

Rigoberto. Wir wollten in aller Freundschaft zu einer Vereinbarung kommen. Aber so unversöhnlich, wie du bist, geht die Sache dann vor Gericht.«

»Und das kannst du bestimmt nicht gebrauchen, wirklich, ich sage es dir im Guten, du wirst es bereuen«, sagte Schlaks. »Überleg es dir also lieber zweimal.«

»Jetzt halt schon die Klappe.« Miki packte seinen Bruder am Arm und zog ihn zur Tür.

Kaum hatten die Zwillinge die Wohnung verlassen, sah Rigoberto die erschrockenen Gesichter von Lucrecia und Justiniana. Letztere hielt, wie eine Schlagwaffe, einen kompakten Teigroller in Händen.

»Wir haben alles gehört«, sagte Lucrecia und hakte sich bei ihrem Mann unter. »Wenn sie dir etwas angetan hätten, wären wir sofort dazwischengegangen und hätten uns auf die Hyänen gestürzt.«

»Ach, dafür ist das Nudelholz?«, fragte Rigoberto, und Justiniana nickte, sehr ernst, und schwang ihren Knüppel.

»Ich hatte schon das Schüreisen vom Kamin in der Hand«, sagte Lucrecia. »Wir hätten ihnen die Augen ausgerissen, diesen Verbrechern. Das schwöre ich dir, mein Schatz.«

»Ich habe mich ganz gut geschlagen, nicht?«, warf Don Rigoberto sich in die Brust. »Ich habe mich in keinem Moment einschüchtern lassen von diesen beiden Minderbemittelten.«

»Du hast dich geschlagen wie ein echter Mann von Welt«, sagte Lucrecia. »Und zumindest dieses Mal hat die Intelligenz über die rohe Gewalt gesiegt.«

»Wie ein ganzer Kerl, Señor«, echote Justiniana.

»Kein Wort davon zu Fonchito«, bestimmte Rigoberto. »Dem Jungen schwirrt schon genug der Kopf.«

Die beiden Frauen pflichteten bei, und dann mussten alle drei lachen.

IX

Auch am sechsten Tag, nachdem Don Felícito Yanaqué seine zweite Anzeige in *El Tiempo* aufgegeben hatte (im Gegensatz zum ersten Mal anonym), ließen die Entführer nichts von sich hören. Trotz aller Bemühungen hatten Sergeant Lituma und Hauptmann Silva keine Spur von Mabel. Noch war die Nachricht von der Entführung nicht bis zur Presse gedrungen, und Hauptmann Silva sagte, ein solches Wunder werde nicht lange währen; es sei unmöglich, dass bei dem Interesse, das der Fall des Inhabers von Transportes Narihualá in ganz Piura wecke, ein Ereignis von solcher Tragweite nicht schon bald die Tageszeitungen, das Radio und das Fernsehen beschäftige. Jeden Moment würde alles bekannt, und Oberst Pussypinsel bekäme einen weiteren Wutanfall, der sich gewaschen hätte, ein Riesendonnerwetter mit Getrampel und Gebrüll.

Lituma kannte seinen Chef gut genug, um zu wissen, wie beunruhigt er war, auch wenn der nichts sagte, sich selbstsicher gab und nur die üblichen zynischen oder schlüpfrigen Bemerkungen machte. Ohne Zweifel fragte der Kommissar sich, so wie er selbst, ob der Mafia mit dem Spinnentier die Sache nicht entglitten und die hübsche kleine Dunkle, die Geliebte von Don Felícito, nicht längst tot war, verscharrt auf irgendeinem Müllplatz am Stadtrand. Jedes Mal, wenn sie sich mit dem Unternehmer zusammensetzten, waren alle beide erschrocken über die tiefen Ringe unter seinen Augen, die zittrigen Hände, wie ihm mitten im Satz die Stimme versagte, er nur noch stumpf dasaß und entsetzt ins Leere schaute, bewegt allein von einem Flimmern in seinen wässrigen Äugelchen. Gleich bekommt der einen Herzanfall und streckt alle viere von sich, fürchtete Lituma. Sein Chef rauchte jetzt doppelt so viel wie sonst, behielt den Zigarettenstummel zwischen den Lippen und kaute darauf herum, was er nur unter höchster Anspannung tat.

»Was sollen wir tun, wenn die Señora Mabel nicht wieder auftaucht, Hauptmann. Glauben Sie mir, die Sache raubt mir jede Nacht den Schlaf.«

»Uns umbringen, Lituma«, versuchte der Kommissar zu scherzen. »Wir spielen russisches Roulette, und so gehen wir als unerschrockene Männer von dieser Welt, so wie dieser Seminario bei deiner Wette. Aber sie wird schon wieder auftauchen, sei nicht so pessimistisch. Durch die Anzeige in *El Tiempo* wissen sie, oder glauben es zumindest, dass sie Yanaqué endlich gebrochen haben. Jetzt lassen sie ihn noch ein wenig schmoren, um ihrem Werk das Krönchen aufzusetzen. Aber etwas anderes treibt mich um, Lituma. Weißt du, was? Dass Don Felícito den Kopf verliert und auf die Idee kommt, noch so eine Anzeige aufzugeben, in der er dann alles zurücknimmt und unseren Plan verdirbt.«

Es war nicht leicht gewesen, ihn zu überzeugen. Den Hauptmann hatte es mehrere Stunden gekostet, und er führte alle Argumente der Welt an, damit er die Anzeige noch am selben Tag in *El Tiempo* aufgab. Zuerst sprach er mit ihm auf dem Revier und dann im Grauchen, einer kleinen Kneipe, wo er und Lituma ihn fast hinschleifen mussten. Sie sahen, wie er ein Halbdutzend Algarrobina-Cocktails in sich hineinschüttete, obwohl er, wie er mehrmals betonte, nicht trinke. Alkohol schädige seinen Magen, führe zu Sodbrennen und Durchfall. Aber jetzt sei es anders. Er habe einen schrecklichen Verlust erlitten, den schmerzhaftesten seines Lebens, und der Alkohol werde ihn davon abhalten, wieder im heulenden Elend zu versinken.

»Glauben Sie mir, Don Felícito«, der Kommissar gab sich geduldig, »ich bitte Sie ja nicht, sich der Mafia zu ergeben, verstehen Sie doch. Ich käme nie auf die Idee, Ihnen zu raten, das Schutzgeld zu zahlen.«

»Das würde ich auch nie«, sagte Felícito noch einmal, zitternd und kategorisch. »Und wenn sie Mabel töten und ich mich umbringen müsste, um nicht mit den Gewissensbissen zu leben.«

»Ich bitte Sie nur, dass Sie so tun, mehr nicht«, fuhr der Hauptmann fort. »Machen Sie ihnen weis, dass Sie auf die Bedingungen eingehen. Es kostet Sie keinen Centavo, das schwöre ich Ihnen, bei meiner Mutter. Und bei Josefita, diesem Engel. Wenn sie erst das Mädchen freilassen, kommen wir ihnen auf die Spur. Ich weiß, was ich sage, glauben Sie mir. Es ist mein Beruf, und ich weiß genau, wie diese Scheißkerle sich verhalten werden. Seien Sie nicht so stur, Don Felícito.«

»Ich tue das nicht aus Sturheit, Hauptmann.« Felícito hatte sich wieder etwas gefasst und bot nun ein tragikomisches Bild, eine Haarsträhne war ihm über die Stirn gerutscht und hing über dem rechten Ohr, was er selbst nicht zu bemerken schien. »Ich habe Mabel unheimlich gern, ich liebe sie. Es zerreißt mir das Herz, dass jemand wie sie, die mit der Sache nichts zu tun hat, der Habgier und Schlechtigkeit dieser Verbrecher zum Opfer fällt. Aber ich kann nicht auf die Forderung eingehen. Nicht meinetwegen, verstehen Sie doch, Hauptmann. Ich muss das Andenken meines Vaters in Ehren halten.«

Er saß stumm da, betrachtete sein leeres Algarrobina-Glas, und Lituma dachte, gleich würde er wieder anfangen zu heulen. Aber dem war nicht so, denn mit gesenktem Kopf, ohne sie anzuschauen, als spräche er nicht zu ihnen, sondern mit sich selbst, begann das kleine, in sein Jackett mit aschgrauer Weste gezwängte Männlein, sich an seinen Vater zu erinnern. Ein paar blaue Fliegen surrten um ihre Köpfe, in der Ferne stritten sich zwei Männer lautstark wegen eines Verkehrsunfalls. Felícito sprach bedächtig, suchte nach den Worten, um das, was er erzählte, mit dem angemessenen Nachdruck zu versehen, und immer wieder ließ er sich von seinen Gefühlen überwältigen. Lituma und Hauptmann Silva begriffen bald, dass der Yanacón Aliño Yanaqué, von der Hazienda Yapatera bei Chulucanas, die Person war, die Felícito in seinem Leben geliebt hatte wie sonst keinen. Und nicht nur, weil dessen Blut durch seine Adern floss. Sondern weil er es dank seinem Vater vermocht hatte, die Armut hinter sich zu lassen, besser gesagt, das Elend, in das er hineingeboren wurde und in dem er seine Kindheit verbrachte – ein Elend, das sie sich nicht vorstellen könnten –, bis aus ihm ein Unternehmer geworden war, Besitzer eines Fuhrparks mit vielen Autos, Lastwagen und Bussen, Inhaber eines renommierten Bus- und Fuhrunternehmens, das seinem bescheidenen Nachnamen Glanz verlieh. Er hatte sich den Respekt der Menschen verdient, und wer ihn kannte, wusste, dass er ein anständiger und ehrbarer Mann war. Seinen Kindern hatte er eine gute Erziehung, ein würdiges Leben und einen Beruf bieten können, und ihnen auch würde er Transportes Narihualá hinterlassen, eine Firma, welche die Kundschaft wie die Konkurrenz gleichermaßen schätzten. Das alles verdankte sich, mehr als seiner eigenen Anstrengung, der Aufopferung Aliño Yanaqués. Und er war nicht nur sein Vater gewesen, sondern auch seine Mutter und seine Familie, denn die Frau, die ihn zur Welt brachte, hatte Felícito nie gekannt, auch keine anderen Verwandten. Er wusste nicht einmal, warum er in Yapatera geboren war, einem kleinen Ort, wo Schwarze und Mulatten lebten und wo die Yanaqués, die Mestizen waren, Cholos, Fremdlinge zu sein schienen. Sie führten ein recht abgeschiedenes Leben, weil die Dunkelhäutigen in Yapatera sich nicht mit Aliño und seinem Sohn befreundeten. Und da sie keine Familie hatten oder sein Vater nicht wollte, dass Felícito erfuhr, wer seine Onkel und Tanten, Cousins und Cousinen waren und wo sie wohnten, hatten sie immer allein gelebt. Er wusste – erinnern konnte er sich natürlich nicht –, dass seine Mutter eines Tages, kurz nach seiner Geburt, davongelaufen war, wohin und mit wem auch immer. Nie wieder war sie aufgetaucht. Seit sein Kopf ein Gedächtnis hatte, erinnerte er sich, dass sein Vater wie ein Maultier schuftete, auf dem Stückchen Land, das ihm der Gutsbesitzer gab, und auf der Hazienda selbst, ohne einen Feiertag, alle Tage der Woche und alle Monate des Jahres. Was immer Aliño Yanaqué erhielt, und das war wenig, gab er für Felícito aus, damit er essen konnte, zur Schule ging, Schuhe hatte, Kleidung, Hefte, Stifte. Manchmal schenkte er ihm ein

Spielzeug, zu Weihnachten, oder gab ihm eine Münze, damit er sich einen Lutscher kaufte oder ein Stück Honigpaste. Er gehörte nicht zu diesen Vätern, die ihre Kinder die ganze Zeit knutschen und verhätscheln. Er war sparsam, streng, gab ihm nie einen Kuss, umarmte ihn nicht und erzählte ihm auch keine Witze, um ihn zum Lachen zu bringen. Aber er verzichtete auf alles, damit sein Sohn später nicht so ein analphabetischer Yanacón würde wie er. Damals hatte Yapatera nicht einmal eine kleine Schule. Felícito musste zu Fuß zur staatlichen Schule in Chulucanas laufen, fünf Kilometer hin und fünf wieder zurück, und nicht immer fand sich eine barmherzige Seele, die ihn im Lastwagen mitfahren ließ und ihm den Marsch ersparte. Er konnte sich nicht erinnern, einen einzigen Tag in der Schule gefehlt zu haben, und er hatte immer gute Noten. Da sein Vater nicht lesen konnte, musste er selbst ihm vorlesen, was im Zeugnis stand, und Felícito war glücklich, wenn er sah, wie bei den lobenden Kommentaren der Lehrer Aliños Gesicht aufblühte. Damit Felícito auf die Sekundarschule gehen konnte, mussten sie, da es in der einzigen solchen Schule in Chulucanas keinen Platz gab, nach Piura kommen. Zum Glück für Aliño wurde Felícito am Colegio Nacional San Miguel aufgenommen, der angesehensten öffentlichen Schule der Stadt. Vor seinen Mitschülern und Lehrern verheimlichte Felícito auf Anweisung seines Vaters, dass der sich seinen Lebensunterhalt damit verdiente, auf dem Zentralmarkt, drüben in der Gallinacera, Waren auf- und abzuladen, und dass er nachts den Müll auf die Lastwagen der Gemeindeverwaltung lud. All die Mühe, damit sein Sohn lernte und, wenn er einmal groß war, kein Yanacón wäre, kein Lastenträger und kein Müllmann. Der Rat, den Aliño ihm gab, bevor er starb, »Lass dich niemals von irgendwem herumschubsen, mein Junge«, war die Devise seines Lebens gewesen. Auch jetzt würde er sich nicht herumschubsen lassen, nicht von diesen Räubern, Brandstiftern und Entführern, diesen Bastarden von sieben Samen.

»Mein Vater hat nie um etwas gebettelt und sich auch nicht demütigen lassen«, schloss er.

»Ihr Vater muss eine so aufrechte Person gewesen sein wie Sie, Don Felícito«, schmeichelte ihm der Kommissar. »Ich würde nie von Ihnen verlangen, ihn zu verraten, das schwöre ich. Ich bitte Sie nur um einen kleinen Schwindel, eine Finte, und dass Sie die Anzeige in *El Tiempo* aufgeben, die man von Ihnen verlangt. Die werden glauben, sie hätten sie kleingekriegt, und Mabel freilassen. Das ist jetzt das Wichtigste. So zeigen sie sich, und wir können sie schnappen.«

Schließlich war Don Felícito einverstanden, und zusammen mit dem Hauptmann setzte er den Text auf, der dann am nächsten Tag in der Zeitung erschien.

DANKSAGUNG FÜR DEN GEFANGENEN CHRISTUS VON AYABACA

Von ganzem Herzen danke ich dem Gefangenen Christus von Ayabaca, der in seiner unendlichen Güte das göttliche Wunder vollbracht hat, um das ich ihn gebeten habe. Ich werde immer dankbar sein und bereit, alle Schritte zu befolgen, die er mir in seiner großen Weisheit und Barmherzigkeit aufzeigen mag.

Ein frommer Pilger

In diesen Tagen erhielt Lituma eine Nachricht der Brüder León. Sie hatten Rita, Äffchens Frau, überredet, ihn ausgehen zu lassen, so dass sie statt mittags nun abends essen gehen könnten, am Samstag. Sie trafen sich in einem Chinarestaurant, in der Nähe des Klosters der Nonnen vom Colegio Lourdes. Lituma ließ seine Uniform in der Pension der Calanchas und ging in Zivil, in dem einzigen Anzug, den er besaß. Vorher brachte er ihn noch in die Wäscherei, zum Waschen und Bügeln. Eine Krawatte zog er nicht an, aber er kaufte sich ein Hemd, in einem Geschäft, das seine Lagerbestände räumte. Bei einem Zeitungsstand ließ er sich die Schuhe putzen und wusch sich in einer öffentlichen Dusche, bevor er zu dem Treffen mit seinen Cousins ging.

Es kostete ihn mehr Mühe, Äffchen wiederzuerkennen als José, denn der Bruder hatte sich allerdings verändert. Wobei das Äußere nicht ausschlaggebend war, auch wenn er sehr viel dicker war als früher, mit spärlichem Haar, violetten Säcken unter den Augen und Fältchen unter den Schläfen, um den Mund und am Hals; auch wenn er nun sportlich gekleidet war, sehr elegant, mit hellbeigen Slippern, einem Kettchen am Handgelenk und einem weiteren über der Brust. Die größte Veränderung war seine gesetzte Haltung, dieser Gleichmut eines Menschen, der in sich ruht, weil er das Geheimnis des Daseins entdeckt hat, die Art, sich mit aller Welt zu verstehen. Keine Spur mehr war zu erkennen von dem Affengetue und den Clownerien, mit denen er sich in seiner Jugend hervorgetan und seinen Spitznamen erworben hatte.

Er umarmte ihn herzlich: »Unglaublich, dich wiederzusehen, Lituma!«

»Fehlt nur noch, dass wir die Hymne der Unbezwingbaren singen«, rief José. Dann klatschte er in die Hände, der Chinese möge ihnen ein paar schön kühle Cusceña-Bier bringen.

Das Beisammensein war am Anfang etwas zäh und schwierig, denn nachdem sie ihre gemeinsamen Erinnerungen aufgefrischt hatten, gab es immer wieder stumme Momente, begleitet von gezwungenem Kichern und nervösen Blicken. Es war viel Zeit vergangen, jeder hatte sein Leben gelebt, es war nicht einfach, an die Kameradschaft von früher anzuknüpfen. Lituma rutschte unbehaglich auf seinem Stuhl hin und her, sagte sich, vielleicht wäre es besser gewesen, sie hätten sich nicht wiedergesehen. Er musste an Bonifacia denken, an Josefino, und in seinem Magen schnürte sich etwas zusammen. Doch je leerer die Flaschen Bier wurden, mit dem sie den gebratenen Reis, die chinesischen Nudeln, die Pekingente, die Wan-Tan-Suppe, die Garnelen im Teigmantel begleiteten, desto mehr kam ihr Blut in Schwung und lockerten sich ihre Zungen. Sie fühlten sich nun etwas entkrampfter und wohler. José und Äffchen erzählten Witze, und Lituma stachelte seinen Cousin an, ein paar Leute nachzuahmen, wie es als Jugendlicher seine

Spezialität gewesen war. Zum Beispiel die Predigten von Pater García in seiner Pfarrkirche der Lieben Frau vom Karmel, an der Plaza Merino. Äffchen zierte sich zuerst, aber dann gab er sich einen Ruck, fing an zu predigen und schleuderte die biblischen Blitze des alten spanischen Priesters, Philatelisten und Wüterichs, von dem die Legende ging, er habe mit einer Schar von Betschwestern das erste Bordell in der Geschichte von Piura niedergebrannt, auf dem Weg nach Catacaos, mitten in der Ödnis, geführt vom Vater der Chunga chunguita. Armer Pater García! Wie hatten die Unbezwingbaren ihm das Leben sauer gemacht, wenn sie ihm auf der Straße »Brandstifter! Brandstifter!« nachriefen. Seine letzten Jahre waren für den alten Wüterich ein einziger Leidensweg gewesen. Und jedes Mal, wenn er sie auf der Straße sah, schleuderte er ihnen Schmähungen entgegen: »Faulpelze! Trunkenbolde! Verkommene Subjekte!« Ach, war das lustig, waren das Zeiten. Zeiten, die, wie es im Tango hieß, gingen, um nicht wiederzukehren.

Als sie das Essen mit einem Nachtisch von karamellisierten Apfelstückchen beendet hatten, aber noch weitertranken, war in Litumas Kopf nur noch ein sanfter, angenehmer Wirbel. Alles drehte sich, und ab und zu überkam ihn ein unbezähmbares Gähnen, das ihm fast die Kinnlade ausrenkte. In diesem Halbdusel hörte er auf einmal, wie Äffchen von Felícito Yanaqué sprach. Er fragte ihn etwas. Und er spürte, wie dieser beginnende Rausch sich verflüchtigte und er die Kontrolle über sein Bewusstsein wiedergewann.

»Was ist los mit dem armen Don Felícito, Cousin?«, fragte Äffchen noch einmal. »Du weißt bestimmt was. Bleibt er immer noch dabei, das Schutzgeld nicht zu zahlen? Miguelito und Tiburcio sind sehr besorgt, die Sache geht den beiden heftig an die Nieren. Als Vater ist er zwar immer streng zu ihnen gewesen, aber sie lieben ihren alten Herrn. Sie haben Angst, dass die Mafia ihn umbringt.«

»Kennst du die Söhne von Don Felícito?«, fragte Lituma.

»Hat José dir das nicht erzählt?«, sagte Äffchen. »Wir kennen sie schon irre lange.«

»Sie haben die Fahrzeuge von Transportes Narihualá in die Werkstatt gebracht, zum Reparieren und zur Inspektion.« José schien verärgert über Äffchens indiskrete Art. »Die beiden sind anständige Kerle. Nicht dass wir echte Freunde wären. Nur Bekannte.«

»Wir haben öfter zusammmen gespielt«, fügte Äffchen hinzu. »Tiburcio ist wahnsinnig gut beim Würfeln.«

»Erzählt mir ein bisschen mehr von ihnen«, hakte Lituma nach. »Ich habe sie bloß zweimal gesehen, auf dem Revier, als sie für ihre Aussage kamen.«

»Wirklich schwer anständig«, bestätigte Äffchen. »Was ihrem Vater da passiert, das nimmt sie sehr mit. Auch wenn der alte Herr ihnen gegenüber offenbar immer recht selbstherrlich war. Er hat sie alles machen lassen in der Firma, angefangen beim Niedrigsten. Sie sind immer noch bloß Fahrer, und angeblich zahlt er ihnen dasselbe wie den anderen. Er macht da keinen Unterschied, obwohl es seine Kinder sind. Sie bekommen nicht einen Heller mehr, auch keinen Tag Urlaub mehr. Und wie du sicher weißt, hat er Miguelito zur Armee geschickt, angeblich, weil er schon auf Abwege geriet. Ein tüchtiger Kerl, der Alte!«

»Don Felícito ist einer dieser seltenen Typen, die einem nur ab und zu im Leben begegnen«, urteilte Lituma. »Der aufrechteste Mensch, den ich kenne. Jeder andere Unternehmer hätte längst das Schutzgeld gezahlt und sich diesen Albtraum vom Hals geschafft.«

»Na ja, Miguelito und Tiburcio werden jedenfalls Transportes Narihualá erben, dann sind sie aus dem Elend raus«, worauf José das Thema wechselte: »Und du, wie geht's dir, Cousin? Ich meine, mit den Weibern zum Beispiel. Hast du eine Frau, eine Geliebte? Oder bloß Nutten?«

»Jetzt halt dich zurück, José«, Äffchen fuchtelte und grimassierte, so wie früher. »Du bringst den Cousin ja ganz durcheinander mit deiner Neugier, wo du immer nur das Schlechteste denkst.«

»Vermisst du etwa immer noch die Kleine, die Josefino zur

Nutte gemacht hat, Cousin?« José lachte. »Sie wurde die Selvática genannt, nicht?«

»Ich weiß gar nicht mehr, wer das war«, Lituma sah an die Decke.

»Erinner den Cousin nicht an traurige Sachen, José, *che guá*.«

»Sprechen wir lieber von Don Felícito«, sagte Lituma. »Wirklich, der Mann hat Charakter. Und Saft in den Eiern. Er hat mich beeindruckt.«

»Wen nicht, er ist der Held von Piura, fast so berühmt wie der Admiral Grau«, sagte Äffchen. »Wo er jetzt so beliebt ist, traut sich die Mafia vielleicht nicht, ihn umzubringen.«

»Im Gegenteil, gerade weil er so berühmt ist, werden sie versuchen ihn umzubringen. Er hat sie lächerlich gemacht, und das können sie nicht erlauben«, meinte José. »Die Ehre der Mafia steht auf dem Spiel, Bruder. Wenn Don Felícito jetzt seinen Kopf durchsetzt, hören alle Unternehmer, die Schutzgeld zahlen, gleich morgen damit auf, und die Mafia ist am Ende. Glaubt ihr, die machen das mit?«

War José nervös geworden? Lituma bemerkte, während er immer wieder gähnte, wie sein Cousin anfing, erneut mit dem Fingernagel Striche in die Tischplatte zu ritzen. Er sah nicht näher hin, um sich nicht wieder einzureden, er male kleine Spinnen.

»Und warum tut ihr nicht endlich was, Cousin?«, rief Äffchen. »Die Guardia Civil, meine ich. Sei mir nicht böse, Lituma, aber die Polizei, zumindest hier in Piura, ist doch eine Lachnummer. Die tut überhaupt nichts, außer Schmiergeld zu verlangen.«

»Nicht nur in Piura«, nahm Lituma den Faden auf. »In ganz Peru sind wir eine Lachnummer, Cousin. Aber ich zumindest, das kann ich dir sagen, habe in all den Jahren, die ich die Uniform trage, von niemanden auch nur einmal Schmiergeld verlangt. Deshalb bin ich auch ärmer als ein Bettler. Aber zurück zu Don Felícito, die Sache geht tatsächlich nicht voran, dafür sind wir zu schlecht ausgestattet. Der Schriftsachverständige, der uns helfen sollte, ist wegen einer Hämorrhoidenoperation beurlaubt. Die ganzen Ermittlungen stehen still, weil diesem Herrn der Arsch juckt, nicht zu fassen.«

»Willst du damit sagen, dass ihr noch nicht die kleinste Spur habt?«, fragte Äffchen nach. Lituma hätte schwören können, dass José seinen Bruder mit den Augen anflehte, das Thema zu beenden.

»Ein paar Spuren schon, nur keine besonders heiße«, sagte der Sergeant. »Aber früher oder später patzen sie. Das Problem ist, dass in Piura jetzt nicht nur eine Mafia zugange ist, sondern mehrere. Aber sie werden in die Falle gehen. Alle machen sie einen Fehler und verraten sich am Ende. Leider haben sie bisher noch keinen gemacht.«

Er fragte sie noch einmal nach Tiburcio und Miguelito, Don Felícitos Söhnen, und wieder hatte er den Eindruck, dass José das Thema unangenehm war. Auch widersprachen sich die beiden Brüder:

»Eigentlich kennen wir sie ja noch gar nicht lange«, warf José mehrmals ein.

»Was heißt nicht lange, seit mindestens sechs Jahren«, meinte Äffchen. »Weißt du nicht mehr, wie Tiburcio uns mal in einem seiner Pick-ups nach Chiclayo gefahren hat? Wie lange ist das her? Schon ewig. Bei diesem Geschäft, das dann schiefgegangen ist.«

»Was für ein Geschäft, Cousin?«

»Wir haben den Gemeinden und Kooperativen im Norden Landmaschinen verkauft«, sagte José. »Die Typen haben nie bezahlt. Sie haben alle Wechsel platzen lassen. Wir haben fast unser ganzes Kapital verloren.«

Lituma fragte nicht weiter nach. Am Abend dann, nachdem er sich von Äffchen und José verabschiedet, ihnen für die Einladung gedankt, ein Sammeltaxi zu seiner Pension genommen und sich ins Bett gelegt hatte, blieb er noch lange wach und dachte über seine Cousins nach. Vor allem über José. Warum misstraute er ihm? Bloß wegen der kleinen Zeichnungen, die er mit dem Fingernagel in den Tisch ritzte? War sein Verhalten tatsächlich verdächtig? Wann immer Don Felícitos Söhne zur Sprache kamen, reagierte er seltsam. Oder bildete er sich das bloß ein, weil sie bei ihrer Fahndung im Dunkeln tappten? Sollte er Hauptmann Silva von seinen Zweifeln berichten? Lieber warten, bis der Nebel sich verzog und das Ganze Konturen annahm.

Am nächsten Morgen jedoch erzählte er es gleich als Erstes seinem Chef. Hauptmann Silva hörte ihm aufmerksam zu, ohne ihn zu unterbrechen, schrieb etwas in ein winziges Notizbuch, mit einem so kleinen Bleistift, dass der zwischen seinen Fingern verschwand. Am Ende murmelte er: »Ich habe nicht den Eindruck, dass das etwas Ernsthaftes ist. Keine Spur, die zu verfolgen wäre, Lituma. Deine Cousins scheinen mir eine blütenweiße Weste zu haben.« Aber dann grübelte er, schweigend, kaute auf seinem Bleistift wie auf einem Zigarettenstummel. Und plötzlich traf er eine Entscheidung:

»Weißt du was, Lituma? Wir sprechen noch einmal mit den Söhnen von Don Felícito. Nach dem, was du mir erzählst, denke ich, da ist noch Saft in der Zitrone. Wir müssen sie noch ein wenig auspressen. Lad sie für morgen vor, aber einzeln.«

In dem Moment klopfte der Polizist vom Eingang an die Tür der Stube und steckte sein bartloses Kindergesicht durch den Spalt, der Herr Felícito Yanaqué sei am Telefon, Herr Hauptmann, sehr dringend. Lituma sah, wie der Kommissar den Hörer von dem alten Apparat abnahm, hörte, wie er »Guten Tag, Don Felícito« murmelte, und dann strahlte sein Gesicht, als hätte man ihm mitgeteilt, er habe im Lotto gewonnen. »Wir kommen«, rief er und hängte ein.

»Mabel ist aufgetaucht, Lituma. Sie ist in ihrem Haus in Castilla. Schnell hin. Habe ich es nicht gesagt? Sie haben die Geschichte geschluckt! Sie haben sie freigelassen!«

Er war so glücklich, als hätten sie die Erpresser mit der kleinen Spinne schon geschnappt.

X

»Das ist ja eine Überraschung«, rief Pater O'Donovan, als er Rigoberto in die Sakristei kommen sah, wo er, nach dem Gottesdienst um acht, gerade das Messgewand ablegte. »Du hier, Öhrchen? Nach all der Zeit. Ich kann es nicht glauben.«

Er war groß, beleibt, jovial, hatte freundliche kleine Augen, die hinter der Hornbrille aufblitzten, und eine fortgeschrittene Glatze. Den ganzen Raum schien er auszufüllen in dieser kleinen Sakristei mit ihren abblätternden Wänden und dem löchrigen Boden, wo das Tageslicht, von Spinnweben verhängt, durch eine Lichtkuppel hereinfiel.

Sie hatten sich seit Monaten nicht gesehen, vielleicht seit einem Jahr, und umarmten einander in alter Herzlichkeit. Auf dem Colegio La Recoleta, das sie von der ersten Grundschulklasse bis zur fünften der Sekundarstufe besucht hatten, waren sie enge Freunde gewesen und einmal sogar Pultnachbarn. Als beide dann auf die Universidad Católica gingen, um Jura zu studieren, sahen sie sich weiterhin oft. Sie engagierten sich in der Katholischen Aktion, hörten dieselben Vorlesungen, lernten gemeinsam. Bis eines Tages Pepín O'Donovan seinem Freund Rigoberto die Überraschung seines Lebens bescherte.

»Sag nicht, dein Besuch bedeutet, dass du dich bekehrt hast und ich dir die Beichte abnehmen soll, Öhrchen«, witzelte Pater O'Donovan und führte ihn am Arm zu seinem kleinen Pfarrbüro. Er bot ihm einen Stuhl an. Dort gab es Regale, Bücher, Broschüren, ein Kruzifix, ein Foto des Papstes und ein weiteres von Pepíns Eltern. Ein Teil des Daches war eingesunken und zeigte das Gemisch aus Rohr und Lehm, mit dem es konstruiert war. Ob dieses Kirchlein ein Relikt aus der Kolonialzeit war? Baufällig war es jedenfalls, es konnte jeden Moment einstürzen.

»Ich komme, weil ich deine Hilfe brauche, so einfach.« Rigoberto ließ sich auf den Stuhl fallen, der unter seinem Gewicht knarrte, und holte tief Luft. Pepín war der einzige Mensch, der ihn noch beim Spitznamen aus der Schule nannte: Ohr, Öhrchen. In seiner Jugendzeit hatte es ihm einige Komplexe verursacht. Jetzt nicht mehr.

An jenem Morgen zu Beginn des zweiten Studienjahres, als Pepín O'Donovan ihm in der Cafeteria der Universität, mit einer Ungezwungenheit, als erzählte er von einer Übung in Zivilrecht oder vom letzten Spiel zwischen Alianza und La U, auf einmal verkündete, dass sie sich eine Weile nicht sehen würden, weil er noch am selben Abend nach Santiago de Chile aufbreche, um ins Priesterseminar einzutreten, da glaubte Rigoberto an einen Scherz. »Heißt das, du willst Pfarrer werden? Mach keine Witze, Mann.« Sicher, beide hatten sich bei der Katholischen Aktion engagiert, doch nicht einmal seinem Freund Öhrchen gegenüber hatte Pepín je angedeutet, dass er den Ruf gehört habe. Was er ihm nun sagte, war kein Scherz, ganz und gar nicht, sondern eine über die Jahre hinweg in Einsamkeit und Stille gereifte Entscheidung. Später erfuhr Rigoberto, dass Pepín mit seinen Eltern viele Probleme gehabt hatte, weil seine Familie mit allen Mitteln versuchte, ihn von seinem Wunsch abzubringen.

»Na klar, Mensch«, sagte Pater O'Donovan. »Wenn ich dir helfen kann, sehr gern, Rigoberto, ist doch selbstverständlich.«

Pepín war nie einer dieser frommen Knaben gewesen, die bei jeder Schulmesse zur Kommunion gingen und von den Priestern gehätschelt wurden, Patres, die ihnen einzureden versuchten, sie hätten eine Berufung und seien von Gott zum Priesteramt auserwählt. Er war der normalste Junge der Welt, vertrieb sich die Zeit gerne beim Sport, auf Partys, auf der Straße, und er hatte er sogar mal ein Liebchen gehabt, Julieta Mayer, eine sommersprossige Volleyballspielerin, die aufs Santa Úrsula ging. Er erfüllte seine Messpflicht, wie alle Schüler des La Recoleta, und bei der Katholischen Aktion war er ein recht eifriges Mitglied gewesen, allerdings, soweit Rigoberto sich erinnerte, nicht frommer als andere und auch nicht besonders interessiert an den Gesprächen zur religiösen Berufung. Er machte auch nicht die Exerzitien mit, welche die Geistlichen ab und zu in einem Landhaus in Chosica organisierten. Nein, es war kein Scherz, sondern sein felsenfester Entschluss. Er hatte den Ruf schon als Kind vernommen und lange darüber nachgedacht, ohne es irgendwem zu erzählen, und jetzt wollte er den großen Schritt tun. Ein Zurück gab es nicht. Noch am selben Abend brach er nach Chile auf. Das nächste Mal, als sie sich sahen, einige Jahre später, war Pepín bereits Pater O'Donovan, kleidete sich als Geistlicher, trug Brille und eine vorzeitige Glatze und begann seine Karriere als notorischer Radfahrer. Nach wie vor war er ein bescheidener, sympathischer Mensch, so dass es für Rigoberto, wann immer sie sich sahen, schon zu einer Art Leitmotiv geworden war, ihm zu sagen: »Na, wenigstens hast du dich nicht verändert, Pepín, wenigstens siehst du nicht auch noch aus wie ein Pfaffe.« Worauf der ihn mit dem Spitznamen aus seiner Jugendzeit aufzog: »Und dir wachsen ja immer noch diese Eselsdinger, Öhrchen. Wie kommt das bloß?«

»Es geht nicht um mich«, erklärte Rigoberto. »Sondern um Fonchito. Lucrecia und ich wissen nicht mehr, was wir mit dem Jungen tun sollen, Pepín. Er bringt uns noch um den Verstand.«

Sie hatten sich weiterhin recht regelmäßig gesehen. Pater O'Donovan hatte Rigoberto und Eloísa getraut, seine erste Frau, die verstorbene Mutter von Fonchito, und als er dann Witwer wurde, traute er ihn auch mit Lucrecia, bei einer Feier im kleinen Kreise mit nur einer Handvoll Freunde. Er hatte Fonchito getauft und kam, wenn auch nur selten, zum Mittagessen und zum Musikhören zu ihnen nach Hause, wo die Familie ihn stets herzlich empfing. Rigoberto hatte ihm ein paarmal, für karitative Projekte der Gemeinde, mit Spenden geholfen, privat und von der Versicherungsgesellschaft. Aber wenn sie sich sahen, sprachen sie vor allem von Musik, was Pepín O'Donovan immer sehr gefiel. Das ein oder andere Mal luden Rigoberto und Lucrecia ihn zu den Konzerten ein, welche die Philharmonische Gesellschaft von Lima in der Aula des Colegio Santa Úrsula veranstaltete.

»Keine Sorge, Mensch, wird schon nichts sein«, sagte Pater O'Donovan. »Mit fünfzehn haben alle auf der Welt Probleme oder machen welche. Und wenn nicht, sind sie dumm. Das ist normal.«

»Normal wäre, wenn er meinte, er müsste sich besaufen, zu den Nutten gehen, einen Joint rauchen, irgendwelchen Unsinn treiben, so wie du und ich, als wir in den Flegeljahren waren«, sagte Rigoberto bekümmert. »Nein, mein Lieber, danach steht Fonchito nicht der Sinn. Die Sache ist, nun ja, ich weiß, du wirst lachen, aber seit einiger Zeit redet er sich ein, dass ihm der Teufel erscheint.«

Pater O'Donovan musste an sich halten, doch dann lachte er schallend.

»Ich lache nicht über Fonchito, sondern über dich«, erklärte er und lachte immer noch. »Dass du, Öhrchen, vom Teufel sprichst. Aus deinem Mund klingt diese Gestalt mehr als merkwürdig. Unpassend.«

»Ich weiß nicht, ob es der Teufel ist, das habe ich auch nie gesagt, ich habe dieses Wort nie benutzt, ich weiß nicht, warum du es benutzt, Papa«, protestierte Fonchito, mit einem so dünnen Stimmchen, dass sein Vater sich, um kein Wort zu verpassen, zu ihm beugen musste.

»Schon gut, tut mir leid, Junge«, sagte er. »Ich bitte dich nur, dass du mir eines sagst. Und das meine ich ernst, Fonchito. Wenn Edilberto Torres bei dir auftaucht, ist dir da jedes Mal kalt? Als wehte dort plötzlich ein eisiger Wind?«

»So ein Quatsch, Papa.« Fonchito riss die Augen auf und wusste nicht, ob er lachen oder weiter ernst bleiben sollte. »Willst du mich auf den Arm nehmen oder was?«

»Erscheint er ihm wie der Teufel dem berühmten Pater Urraca, in Gestalt einer nackten Frau?« Pater O'Donovan lachte erneut. »Ich nehme an, du hast diese Überlieferung von Ricardo Palma gelesen, Öhrchen, es ist eine der amüsantesten.«

»Schon gut, schon gut«, entschuldigte sich Rigoberto noch

einmal, »du hast recht, du hast mir nie gesagt, dass dieser Edilberto Torres der Teufel ist. Es tut mir wirklich leid, ich weiß, ich sollte damit keine Scherze machen. Das mit der Kälte war wegen eines Romans von Thomas Mann, wo der Teufel einem Komponisten erscheint. Vergiss meine Frage. Ich weiß nur nicht, wie ich diese Person nennen soll, die vor dir einfach so erscheint und verschwindet, die an den unerwartetsten Orten Gestalt annimmt, so jemand kann nicht aus Fleisch und Blut sein, mein Junge, jemand wie du und ich, oder? Ich schwöre dir, ich mache mich nicht über dich lustig. Ich sage nur ganz offen, was ich denke. Wenn es nicht der Teufel ist, dann wird es ein Engel sein.«

»Klar machst du dich lustig, Papa«, erwiderte Fonchito. »Ich habe weder gesagt, dass es der Teufel ist, noch ein Engel. Mir hat dieser Herr immer den Eindruck gemacht, dass er ein Mensch ist wie du und ich, aus Fleisch und Blut, ganz normal. Wenn du willst, brechen wir das Gespräch hier ab und reden nie wieder von Herrn Edilberto Torres.«

»Das ist kein Spiel, es sieht nicht so aus«, sagte Rigoberto sehr ernst. Pater O'Donovan lachte nun nicht mehr und hörte ihm aufmerksam zu. »Auch wenn er es uns nicht sagt, aber die Sache hat den Jungen völlig durcheinandergebracht. Er ist wie verwandelt, Pepín. Immer hatte er einen ordentlichen Appetit, und jetzt rührt er kaum einen Bissen an. Er macht keinen Sport mehr, und wenn seine Freunde kommen, erfindet er eine Ausrede. Lucrecia und ich müssen ihm einen Schubs geben, damit er mal vor die Tür geht. Er ist einsilbig geworden, introvertiert, ungesellig, wo er sonst immer so umgänglich war und so viel gequasselt hat. Tag und Nacht verkriecht er sich, als würde ihn etwas von innen auffressen. Ich erkenne meinen Sohn nicht wieder. Wir haben ihn zu einer Psychologin geschickt, die hat alle möglichen Tests mit ihm gemacht. Laut ihrer Diagnose ist nichts mit ihm, er sei der normalste Junge der Welt. Ich schwöre dir, wir wissen nicht mehr, was wir tun sollen, Pepín.«

»Wenn du wüsstest, wie viele Menschen glauben, sie hätten

Erscheinungen, Rigoberto, du kämst aus dem Staunen nicht heraus«, versuchte Pater O'Donovan ihn zu beruhigen. »Im Allgemeinen sind es alte Frauen. Jugendliche seltener. Die haben unkeusche Gedanken, vor allem das.«

»Könntest du nicht mit ihm sprechen?« Rigoberto war nicht nach Scherzen zumute. »Ihm einen Rat geben? Ich weiß selbst nicht. Das war Lucrecias Idee, nicht meine. Sie denkt, bei dir würde er sich vielleicht mehr öffnen als uns gegenüber.«

»Das letzte Mal war im Kino des Larcomar, Papa.« Fonchito hatte die Augen niedergeschlagen und zögerte. »Am Freitagabend, als ich mit dem Stups den letzten James Bond gesehen habe. Ich war total gepackt von dem Film, der ist echt super, und auf einmal, auf einmal …«

»Auf einmal was?«

»Auf einmal habe ich ihn gesehen, er saß genau neben mir«, sagte Fonchito, mit hängendem Kopf und schwer atmend. »Er war es, ganz sicher. Ich schwöre es, Papa, er saß da. Der Herr Edilberto Torres. Seine Augen glänzten, und dann habe ich gesehen, wie ihm ein paar Tränen kamen. Wegen des Films konnte es nicht sein, Papa, auf der Leinwand war nichts Trauriges, alles bloß Prügeleien, Küsse und Verfolgungsjagden. Das heißt, er hat wegen etwas anderem geweint. Und dann, ich weiß nicht, wie ich sagen soll, aber dann dachte ich, dass er vielleicht wegen mir so traurig war. Dass er meinetwegen weinte, meine ich.«

»Deinetwegen?«, stammelte Rigoberto. »Und warum sollte dieser Herr deinetwegen weinen, Fonchito? Wieso sollte er Mitleid mit dir haben?«

»Das weiß ich nicht, Papa, ich rate nur. Aber warum, glaubst du, sollte er sonst weinen, wenn er neben mir saß?«

»Und als der Film zu Ende war und die Lichter angingen, saß Edilberto Torres da noch immer auf seinem Sessel?«, fragte Rigoberto und wusste die Antwort genau.

»Nein, Papa. Er war gegangen. Ich weiß nicht, wann er aufgestanden ist. Ich habe es nicht gesehen.«

»Verstehe, alles klar«, sagte Pater O'Donovan. »Ich spreche

mit ihm. Wenn Fonchito denn auch mit mir sprechen will. Versuch jedenfalls nicht, ihn zu drängen. Zwing ihn bloß nicht zu mir. Nichts dergleichen. Er soll freiwillig kommen, wenn ihm danach ist. Dann unterhalten wir beide uns wie Freunde, sag es ihm so. Ich wette, es ist bloß eine Kinderei, Rigoberto. Nimm die Sache nicht zu ernst.«

»Am Anfang habe ich das auch nicht«, sagte Rigoberto. »Lucrecia und ich glaubten, wo er ein Junge mit so viel Fantasie ist, hat er sich die Geschichte nur ausgedacht, um sich wichtigzutun. Damit wir uns um ihn kümmern.«

»Aber gibt es diesen Edilberto Torres wirklich, oder ist er reine Erfindung?«, fragte Pater O'Donovan.

»Das wüsste ich auch gerne, Pepín, deshalb bin ich hier. Bisher habe ich es nicht herausgefunden. Manchmal glaube ich es, und am nächsten Tag wieder nicht. Mal denke ich, dass der Junge die Wahrheit sagt, und dann wieder, dass er mit uns spielt, dass er uns anschwindelt.«

Rigoberto hatte nie verstanden, warum Pater O'Donovan, statt sich auf die Lehre zu stürzen und in der Kirche eine Karriere als Gelehrter und Theologe hinzulegen – er war gebildet, empfindsam, liebte die Ideen und die Künste, las viel –, sich auf diese pastorale Aufgabe versteift hatte, in dieser bescheidenen Gemeinde von Bajo el Puente, dessen Einwohner Leute mit geringer Bildung sein mussten, eine Welt, in der sein Talent so gut wie unterging. Einmal hatte er sich getraut, ihn darauf anzusprechen. Warum hatte er nicht geschrieben oder Vorträge gehalten? Warum nicht an der Universität unterrichtet, nur als Beispiel, Pepín? Wenn es jemanden gab unter seinen Bekannten, der eine klare intellektuelle Berufung zu haben schien, eine Leidenschaft für die Ideen, dann du, Pepín.

»Wo man mich am meisten braucht, ist in meiner Gemeinde in Bajo el Puente«, sagte Pepín O'Donovan nur achselzuckend. »Woran es fehlt, sind Seelsorger. Intellektuelle gibt es eher mehr als genug, Öhrchen. Du irrst dich, wenn du glaubst, ich müsste mich dazu überwinden. Die Arbeit in der Gemeinde beflügelt mich, das ist das wirkliche Leben. In den Bibliotheken sondert man sich manchmal zu sehr von der Alltagswelt ab, von den Menschen. Ich glaube nicht an deine Inseln der Kultur, die einen von den anderen entfernen und zu einem Einsiedler machen, das haben wir oft genug diskutiert.«

Dass er ein Geistlicher war, war ihm kaum anzumerken, denn seinem alten Schulkameraden gegenüber sprach er religiöse Themen nie an; er wusste, dass Rigoberto in den Jahren auf der Universität seinen Glauben abgelegt hatte, und mit einem Agnostiker zu verkehren schien ihn nicht im Mindesten zu stören. Die seltenen Male, die er zum Mittagessen nach Barranco kam, zogen er und Rigoberto sich nachher ins Arbeitszimmer zurück und legten eine CD ein, meist Bach, für dessen Orgelmusik Pepín O'Donovan eine Vorliebe hatte.

»Ich war überzeugt davon, dass er sich alle diese Erscheinungen bloß ausgedacht hat«, fuhr Rigoberto fort. »Aber die Psychologin, zu der Fonchito ging, Doktor Augusta Delmira Céspedes, du hast bestimmt von ihr gehört, anscheinend ist sie sehr bekannt, die hat mich wieder zweifeln lassen. Sie sagte Lucrecia und mir sehr bestimmt, dass Fonchito nicht lügt, dass er die Wahrheit sagt. Dass es Edilberto Torres gibt. Wir waren ziemlich verwirrt, wie du dir denken kannst.«

Rigoberto erzählte Pater O'Donovan, dass Lucrecia und er nach langem Zögern beschlossen hatten, sich nach einer speziellen Agentur umzuschauen – »So eine, die eifersüchtige Männer beauftragen, um ihren unartigen Ehefrauen nachzuspionieren?«, scherzte der Pfarrer, und Rigoberto: »Genau so eine« –, damit sie eine Woche lang Fonchito, wann immer er vor die Tür ging, allein oder mit Freunden, auf Schritt und Tritt folgte. Der Bericht der Agentur – »die mich, nebenbei gesagt, eine Stange Geld gekostet hat« – war sehr beredt gewesen: Zu keinem Zeitpunkt, nirgendwo, hatte der Junge auch nur den geringsten Kontakt mit älteren Herren gehabt, nicht im Kino, nicht auf dem Fest der Familie Argüelles, nicht auf dem Schulweg und auch nicht bei seinem kurzen Besuch, zusammen mit seinem Freund Pezzuolo, in einer Diskothek von San Isidro. Gleichwohl hatte Fonchito in dieser Diskothek, als er zum Pinkeln aufs Klo ging, eine unerwartete Begegnung: Dort stand der besagte Herr und wusch sich die Hände (wovon in dem Bericht der Agentur natürlich nichts stand).

»Hallo, Fonchito«, sagte Edilberto Torres.

»In der Diskothek?«, fragte Rigoberto.

»Auf der Toilette der Diskothek, Papa«, antwortete Fonchito. Er sprach selbstsicher, aber es schien, als wäre ihm die Zunge schwer, als kostete ihn jedes Wort große Mühe.

»Du amüsierst dich hier, mit deinem Freund Pezzuolo?« Der Herr schien untröstlich. Er trocknete sich jetzt die Hände, mit einem Stück Papier, das er von einem kleinen Kasten an der Wand gerissen hatte. Wie schon andere Male trug er einen violetten Pulli, aber keinen grauen Anzug, sondern einen blauen.

»Warum weinen Sie denn?«, fragte Fonchito zögerlich.

»Edilberto Torres hat auch dort geweint, auf der Toilette einer Diskothek?«, grummelte Rigoberto. »Wie an dem Tag, als du ihn im Kino des Larcomar gesehen hast, als er neben dir saß?«

»Im Kino war es dunkel, vielleicht habe ich mich geirrt«, sagte Fonchito sofort. »Auf der Toilette der Diskothek nicht. Es war sehr hell dort. Er hat geweint. Die Tränen liefen ihm übers Gesicht. Es war, es war, ich weiß nicht, wie ich sagen soll, Papa. Traurig, unglaublich traurig, das schwöre ich. Ihn so still weinen zu sehen, ohne ein Wort, und wie er mich betrübt ansah. Er muss sehr gelitten haben, ich habe mich richtig schlecht gefühlt.«

»Entschuldigen Sie, Señor, aber ich muss gehen«, stammelte Fonchito. »Mein Freund Stups wartet draußen auf mich. Mir wird ganz anders, wenn ich Sie so weinen sehe.«

»Du siehst also, Pepín, man muss die Sache ernst nehmen«, schloss Rigoberto. »Erzählt er uns ein Märchen? Fantasiert er? Hat er Visionen? Wenn er von anderen Dingen redet, ist der Junge ganz normal. Und in der Schule hatte er in diesem Monat so gute Noten wie sonst auch. Weder Lucrecia noch ich wissen, was wir davon halten sollen. Wird er verrückt? Ist es die seelische Krise eines Pubertierenden, etwas Vorübergehendes? Will er uns nur erschrecken und auf sich aufmerksam machen? Deshalb bin ich hergekommen, mein Guter, deshalb haben wir an dich gedacht. Ich wäre dir so dankbar, wenn du uns helfen könntest. Es war, wie gesagt, eine Idee von Lucrecia: ›Pater O'Donovan könnte die Lösung sein.‹ Sie ist gläubig, du weißt ja.«

»Klar helfe ich, wäre ja noch schöner, Rigoberto«, versicherte sein Freund ihm erneut. »Solange er nur einverstanden ist. Das ist meine einzige Bedingung. Ich kann zu euch nach Hause kommen. Er kann hierher in die Pfarrei kommen. Oder ich treffe mich mit ihm irgendwo anders. Wann immer in dieser Woche. Mir ist bewusst, dass es für euch sehr wichtig ist. Ich verspreche dir, ich werde tun, was ich kann. Nur zwing ihn nicht, auf keinen Fall. Schlag es ihm vor, dann soll er entscheiden, ob er mit mir sprechen will oder nicht.«

»Wenn du mir da raushilfst, bekehre ich mich am Ende noch, Pepín.«

»Nie und nimmer«, Pater O'Donovan deutete das Vade retro an. »In der Kirche wollen wir keine so raffinierten Sünder wie dich, Öhrchen.«

Sie wussten nicht, wie sie die Sache Fonchito beibringen sollten. Lucrecia übernahm es schließlich, mit ihm zu sprechen. Der Junge war am Anfang etwas verblüfft und machte sich lustig. »Wie das denn, Stiefmutter, war Papa nicht Agnostiker? War das seine Idee, dass ich mit dem Pfarrer spreche? Will er, dass ich beichte?« Sie erklärte ihm, Pater O'Donovan sei ein Mann mit großer Lebenserfahrung, ein Mensch voller Weisheit, ob Geistlicher oder nicht. »Und wenn er mich überredet, in ein Seminar zu gehen und Priester zu werden, was sagt ihr dann?«, scherzte der Junge weiter. »Also wirklich, Fonchito, sag das nicht zum Spaß. Du und Priester? Gott bewahre!«

Der Junge war einverstanden, so wie er auch mit dem Besuch der Psychologin einverstanden gewesen war, und sagte, er würde lieber zur Pfarrei nach Bajo el Puente gehen. Rigoberto selbst brachte ihn im Auto hin und holte ihn ein paar Stunden später wieder ab.

»Sehr sympathisch, dein Freund«, bemerkte Fonchito lediglich.

»Das heißt, das Gespräch hat sich gelohnt?«, tastete Rigoberto sich vor.

»Das war sehr gut, Papa. Eine großartige Idee von dir. Ich habe eine Menge gelernt. Pater O'Donovan scheint gar kein Pfarrer zu sein, er gibt einem keine Ratschläge, er hört einfach zu. Du hattest recht.«

Aber er wollte keine weitere Erklärung geben, weder ihm noch seiner Stiefmutter, sosehr sie ihn auch baten. Er beschränkte sich auf Allgemeines, wie den Geruch nach Katzenpisse in der ganzen Kirche (»Hast du das nicht gemerkt, Papa?«), auch wenn ihm der Pfarrer versicherte, dass er noch nie eine Katze gehabt habe und manchmal eher Mäuse durch die Sakristei liefen.

Rigoberto kam bald zu dem Schluss, dass in diesen paar Stunden, in denen Pepín und Fonchito miteinander sprachen, etwas Seltsames, vielleicht gar Schlimmes geschehen war. Warum sonst hatte Pater O'Donovan sich vier Tage lang vor ihm gedrückt, mit allen möglichen Ausreden, als fürchtete er, sich mit ihm zu treffen und von der Unterhaltung mit dem Jungen zu erzählen. Er hatte Termine, Verpflichtungen in der Gemeinde, ein Treffen mit dem Bischof, musste für eine Untersuchung zum Arzt. Irgendwelche albernen Sachen, um ihm aus dem Weg zu gehen.

»Suchst du nach einem Vorwand, um mir nicht zu erzählen, wie dein Gespräch mit Fonchito war?«, fragte er ihn am fünften Tag geradeheraus, als der Priester sich endlich herabließ und selber ans Telefon ging.

Am anderen Ende war es ein paar Sekunden still, und schließlich hörte Rigoberto, wie der Pfarrer etwas sagte, was ihn verblüffte:

»Ja, Rigoberto. Tatsächlich, ja. Ich habe gekniffen. Was ich dir sagen muss, wirst du nicht erwartet haben«, sprach Pater O'Donovan geheimnisvoll. »Aber da uns nichts anderes übrig bleibt, sprechen wir eben davon. Ich komme am Samstag oder am Sonntag zum Mittagessen zu euch. Wann passt es euch besser?«

»Am Samstag, Fonchito isst da immer bei seinem Freund Pezzuolo«, sagte Rigoberto. »Bis dahin hast du mich jetzt schon um den Schlaf gebracht, Pepín. Und mehr noch Lucrecia.«

»So geht es mir, seit es dir in den Sinn kam, dass ich mit deinem lieben Sohn sprechen soll«, sagte der Priester nur trocken. »Dann bis Samstag, Öhrchen.«

Pater O'Donovan war gewiss der einzige Geistliche, der sich weder mit dem Bus noch mit dem Sammeltaxi durch das weite Lima bewegte, sondern mit dem Fahrrad. Er sagte, es sei der einzige Sport, den er treibe, das aber so eifrig, dass es ihn körperlich ausgesprochen fit halte. Außerdem radelte er einfach gern. Dabei konnte er nachdenken, seine Predigten vorbereiten, Briefe formulieren, die Aufgaben des Tages planen. Natürlich musste er die ganze Zeit wachsam sein, vor allem an den Straßenecken und den Ampeln, die in dieser Stadt niemand beachte, wo es den Autofahrern mehr darum getan sei, die Fußgänger und die Radfahrer zu überfahren als ihr Fahrzeug heil ans Ziel zu bringen. Trotzdem, sagte er, habe er Glück gehabt, denn in den mehr als zwanzig Jahren, die er auf zwei Rädern die ganze Stadt bereise, habe man ihn nur einmal angefahren, ohne schlimmere Folgen, und nur einmal sei sein Rad gestohlen worden. Eine ausgezeichnete Bilanz!

Am Samstag gegen Mittag sahen Rigoberto und Lucrecia, die von der Terrasse ihres Penthouse hinunterspähten, wie Pater O'Donovan über den Malecón Paul Harris herbeigestrampelt kam. Ihnen fiel ein Stein vom Herzen. Es war ihnen so merkwürdig vorgekommen, dass der Geistliche ein Treffen immer wieder hinausgezögert hatte, dass sie schon fürchteten, er würde sich im letzten Moment entschuldigen. Was konnte passiert sein, dass er sich so zierte, ihnen von dem Gespräch mit Fonchito zu berichten?

Justiniana fuhr hinunter, um dem Pförtner zu sagen, er möge Pater O'Donovan erlauben, sein Rad ins Haus zu stellen, damit es vor Dieben sicher war, und begleitete ihn im Aufzug hinauf.

Pepín umarmte Rigoberto, gab Lucrecia einen Wangenkuss und bat um Erlaubnis, ins Bad zu gehen, um sich die Hände und das Gesicht zu waschen, denn er war ganz verschwitzt.

»Wie lange hast du gebraucht von Bajo el Puente bis nach Barranco?«, fragte ihn Lucrecia.

»Nicht mal eine halbe Stunde«, sagte er. »Bei den Staus ist man heute in Lima mit dem Fahrrad schneller als mit dem Auto.«

Als Aperitif bat er um einen Fruchtsaft, schaute sie beide abwechselnd an und lächelte.

»Ich kann mir denken, dass ihr sauer auf mich seid, weil ich euch nicht erzählt habe, wie es war«, sagte er.

»Ja, Pepín, stinksauer, um genau zu sein. Du weißt, wie besorgt wir sind. Du bist ein Sadist.«

»Wie war es denn nun?«, wollte Lucrecia wissen. »Hat er dir offen geantwortet? Hat er dir alles erzählt? Was denkst du?«

Pater O'Donovan atmete tief durch. So wie seine Lungen rasselten, musste diese halbe Stunde auf dem Rad ihn mehr erschöpft haben, als er zugeben wollte. Er machte eine lange Pause.

»Soll ich euch etwas verraten?« Er schaute sie ernst an, eine so betrübte wie herausfordernde Miene. »Ehrlich gesagt, ich fühle mich alles andere als wohl jetzt.«

»Mir geht es genauso, Pater«, sagte Fonchito. »Wir müssen das Gespräch auch gar nicht führen. Ich weiß genau, dass Papa wegen mir ganz zappelig ist. Wenn Sie möchten, tun Sie, was Sie zu tun haben, und geben Sie mir so lange eine Zeitschrift, von mir aus auch eine religiöse. Danach sagen wir Papa und meiner Stiefmutter, wir hätten miteinander gesprochen, und Sie denken sich irgendwas aus, um sie zu beruhigen. Und fertig.«

»Sieh einer an«, sagte Pater O'Donovan. »Der Apfel fällt nicht weit vom Stamm, Fonchito. Weißt du, dass dein Vater, als er so alt war wie du, in der Schule ein großer Schwindler war?«

»Hast du mit ihm sprechen können?«, fragte Rigoberto,

ohne seine Unruhe zu verbergen. »Hat er sich dir gegenüber geöffnet?«

»Ehrlich gesagt, ich weiß es nicht«, sagte Pater O'Donovan. »Der Junge ist wie Quecksilber, die ganze Zeit hatte ich das Gefühl, ich bekomme ihn nicht zu fassen. Aber nur die Ruhe. Zumindest in einem bin ich mir sicher. Er ist nicht verrückt, fantasiert nicht, nimmt euch nicht auf den Arm. Er schien mir das gesündeste und ausgeglichenste Geschöpf der Welt zu sein. Diese Psychologin hat euch die reine Wahrheit gesagt: Er hat keinerlei psychisches Problem. Soweit ich es beurteilen kann, klar, ich bin weder Psychiater noch Psychologe.«

»Aber was ist dann mit diesen Erscheinungen«, unterbrach ihn Lucrecia, »hast du etwas herausbekommen? Gibt es Edilberto Torres oder gibt es ihn nicht?«

»Auch wenn ›normal‹ vielleicht nicht ganz das richtige Wort ist«, fuhr Pater O'Donovan fort und wich der Frage aus. »Denn der Junge hat etwas Außergewöhnliches, etwas, was ihn von den anderen unterscheidet. Ich meine, nicht nur, dass er sehr intelligent ist, und das ist er sicher, keine Frage, Rigoberto, und ich sage es nicht, um dir zu schmeicheln. Aber darüber hinaus hat der Junge etwas sehr Besonderes, sehr Eigenes, eine Sensibilität, die, denke ich, die allermeisten von uns nicht haben. Ihr habt richtig gehört. Ich weiß selber nicht, ob es einen freuen oder ängstigen soll. Und ich schließe nicht aus, dass er mir diesen Eindruck nur vermitteln wollte und es geschafft hat, wie ein vollendeter Schauspieler. Ich habe sehr gezögert, es euch zu sagen. Aber ich glaube, es ist besser so.«

»Können wir zur Sache kommen, Pepín?« Rigoberto wurde immer ungeduldiger. »Hör auf, das Ganze zu verschleiern. Ich meine, hör auf mit dem Quatsch und kommen wir zum Kern des Problems. Sprich es aus, verdammt noch mal, und zieh nicht den Arsch vor der Spritze weg.«

»Was soll diese Ausdrucksweise, Rigoberto«, tadelte ihn Lucrecia. »Wir machen uns einfach große Sorgen, Pepín. Entschuldige. Ich glaube, es ist das erste Mal, dass ich deinen Freund Öhrchen fluchen höre wie einen Fuhrmann.«

»Entschuldige bitte, Pepín, aber sag es endlich«, ließ Rigoberto nicht locker. »Gibt es den allgegenwärtigen Edilberto Torres? Erscheint er ihm im Kino, auf der Toilette einer Diskothek, auf dem Sportplatz der Schule? Kann es sein, dass dieser Unsinn stimmt?«

Pater O'Donovan schwitzte nun wieder, heftig, und jetzt nicht wegen des Radfahrens, dachte Rigoberto, sondern wegen der Anspannung, in dieser Sache ein Urteil sprechen zu müssen. Nur was zum Kuckuck sollte das? Was war los mit ihm?

»Sagen wir so, Rigoberto«, sagte der Priester, nach jedem Wort mit spitzen Fingern greifend, als wäre es voller Dornen: »Fonchito glaubt, dass er ihn sieht und mit ihm spricht. Das scheint mir unbestreitbar. Nun denn, ich glaube, dass er fest daran glaubt, so wie er glaubt, dass er dich nicht anlügt, wenn er dir sagt, dass er ihn gesehen und mit ihm gesprochen hat. Auch wenn dieses Erscheinen und Verschwinden einem absurd vorkommt oder auch ist. Versteht ihr, was ich euch zu sagen versuche?«

Rigoberto und Lucrecia schauten einander an, und dann schauten sie schweigend zu Pater O'Donovan. Der Priester schien jetzt so verwirrt wie sie. Er war traurig geworden, und ihm war anzusehen, dass auch er mit seiner Antwort nicht zufrieden war. Aber genauso offensichtlich war, dass er keine andere hatte, dass er es nicht besser erklären konnte.

»Klar verstehe ich, aber was du da sagst, bedeutet nichts, Pepín«, grummelte Rigoberto. »Dass Fonchito nicht versucht, uns etwas vorzumachen, davon waren wir ausgegangen. Dass er sich vielmehr selbst etwas vormacht, dass er sich etwas einbildet. Ist es das, was du denkst?«

»Ich weiß, wie enttäuscht ihr jetzt seid, ihr habt etwas Eindeutigeres, Handfesteres erwartet«, fuhr Pater O'Donovan fort. »Tut mir leid, aber konkreter kann ich nicht werden, Öhrchen. Ich kann es nicht. Mehr Licht konnte ich in die Sache nicht bringen. Der Junge lügt nicht. Er glaubt, dass er diesen Herrn sieht, und vielleicht, wer weiß, sieht er ihn tatsächlich. Nur er und die anderen nicht. Mehr kann ich nicht sagen. Es ist bloß eine Vermutung. Aber noch mal, ich will nicht ausschließen, dass dein Sohn mich an der Nase herumgeführt hat. Mit anderen Worten, dass er schlauer und geschickter ist als ich. Vielleicht kommt er auf dich, Öhrchen. Weißt du noch, wie Pater Lagnier dich in der Schule einen manischen Lügner genannt hat?«

»Dann hast du kein Licht in die Sache gebracht, sondern nur noch mehr Dunkel, Pepín«, murmelte Rigoberto.

»Sind es vielleicht Visionen? Halluzinationen?«, versuchte Lucrecia es auf den Punkt zu bringen.

»So könnte man es nennen«, sagte der Priester, »aber nicht, wenn ihr dabei an eine Geistesstörung denkt, eine Krankheit. Mein Eindruck ist, dass Fonchito seinen Verstand und seine Nerven völlig im Griff hat. Er ist ein ausgeglichener Junge, unterscheidet sehr deutlich das Wirkliche vom Fantastischen. Dass er im Kopf sehr klar ist, dafür lege ich meine Hand ins Feuer. Mit anderen Worten, das ist keine Sache für einen Psychiater.«

»Ich nehme an, du sprichst jetzt nicht von Wundern«, sagte Rigoberto so gereizt wie spöttisch. »Denn wenn Fonchito der Einzige ist, der Edilberto Torres sieht und mit ihm spricht, dann wären das wundertätige Kräfte. Oder sind wir so tief gesunken, Pepín?«

»Natürlich spreche ich nicht von Wundern, Öhrchen, und Fonchito auch nicht«, sagte der Priester nicht minder gereizt. »Ich weiß nur einfach nicht, wie ich es nennen soll. Der Junge macht eine sehr besondere Erfahrung. Eine Erfahrung, die ich, da du sowieso nicht weißt, was das ist, und es auch nicht wissen willst, keine religiöse nennen will, sondern lieber, einigen wir uns auf das Wort: eine spirituelle. Ein intensives, überscharfes Empfinden. Etwas, was nur indirekt mit der materiellen und rationalen Welt zu tun hat, in der wir uns bewegen. Edilberto Torres ist für ihn das Inbild des menschlichen Leidens. Ich weiß, du verstehst mich nicht. Deshalb hatte ich eine solche Angst, euch von meinem Gespräch mit Fonchito zu berichten.«

»Eine spirituelle Erfahrung?«, fragte Lucrecia. »Was heißt das genau? Kannst du es uns erklären, Pepín?«

»Das heißt, dass ihm der Teufel erscheint, und der nennt sich Edilberto Torres und ist Peruaner«, fasste Rigoberto verärgert zusammen. »Im Grunde ist es das, was du uns sagen willst. Tschuldige, aber so faseln wundergläubige Priesterlein, Pepín.«

»Das Essen steht auf dem Tisch.« Im rechten Moment stand Justiniana in der Tür. »Sie können Platz nehmen, wenn Sie möchten.«

»Am Anfang hat es mich nicht gestört, nur überrascht«, sagte Fonchito. »Jetzt aber schon. Auch wenn stören nicht das richtige Wort ist, Pater. Es beklemmt mich, mir geht es nicht gut dabei, ich werde traurig. Sobald ich ihn weinen sehe, komisch, nicht? Die ersten Male hat er nicht geweint, er wollte sich nur unterhalten. Er sagt mir zwar nicht, warum er weint, aber ich spüre, er weint wegen allem Schlechten auf der Welt. Auch meinetwegen. Und das tut mir am meisten weh.«

Eine ganze Weile war es still, und schließlich sagte Pater O'Donovan, die Krebse seien köstlich, man schmecke, dass sie vom Río Majes kämen. Galt es Lucrecia zu beglückwünschen für diese Delikatesse oder Justiniana?

»Weder noch, sondern die Köchin«, antwortete Lucrecia. »Sie heißt Natividad und ist aus Arequipa, woher auch sonst.«

»Wann hast du den Herrn denn zum letzten Mal gesehen?«, fragte der Priester, nun ganz bescheiden. Alle Zuversicht und Selbstsicherheit, die er bisher an den Tag gelegt hatte, war von ihm gewichen, er schien nervös zu sein.

»Gestern, auf der Seufzerbrücke in Barranco, Pater«, antwortete Fonchito sofort. »Ich ging gerade über die Brücke, in der Nähe waren noch drei andere Leute, glaube ich. Und auf einmal war er da. Er saß auf dem Geländer.«

»Und hat wieder geweint?«, fragte Pater O'Donovan.

»Ich habe ihn nur kurz gesehen. Ich bin nicht stehen geblieben, sondern schnell weitergegangen«, sagte der Junge. Er sah erschrocken aus. »Ich weiß nicht, ob er geweint hat. Aber er hatte dieses traurige Gesicht. Ich weiß nicht, wie ich sagen soll, Pater, aber eine solche Traurigkeit wie bei dem Herrn Torres habe ich noch nie gesehen, das schwöre ich. Es ist ansteckend, danach bin ich völlig aufgelöst und selber todtraurig, und ich weiß nicht, was ich tun soll. Ich wüsste gerne, warum er weint. Was ich seiner Meinung nach tun soll. Manchmal sage ich mir, dass er wegen all der Menschen weint, die leiden. Wegen der Kranken, der Blinden, der Bettler auf den Straßen. Na ja, jedenfalls gehen mir immer viele Sachen durch den Kopf, wenn ich ihn sehe. Nur weiß ich nicht, wie ich es erklären soll, Pater.«

»Du erklärst es sehr gut, Fonchito«, sagte Pater O'Donovan. »Mach dir deshalb keine Sorgen.«

»Aber was sollen wir jetzt tun?«, fragte Lucrecia.

»Gib uns einen Rat, Pepín«, bat auch Rigoberto. »Ich bin wie gelähmt. Wenn es ist, wie du sagst, hat der Junge eine Art Gabe, eine Hypersensibilität, er sieht, was niemand sieht. Ist doch so, oder? Soll ich mit ihm sprechen? Soll ich schweigen? Es beunruhigt mich, erschreckt mich. Ich weiß nicht, was ich tun soll.«

»Sei einfach lieb zu ihm und lass ihn in Ruhe«, sagte Pater O'Donovan. »Sicher ist, dass dieser Torres, ob es ihn gibt oder nicht, kein Perverser ist und deinem Sohn auch nicht das Geringste antun will. Und ob es ihn gibt oder nicht, es hat mehr mit der Seele zu tun, oder mit dem Geist, wenn dir das lieber ist, als mit Fonchitos Körper.«

»Mit Mystik?«, fragte Lucrecia. »Ist es vielleicht das? Aber Fonchito war nie besonders religiös. Eher im Gegenteil, würde ich sagen.«

»Ich wünschte, ich könnte klarer sein, aber ich kann nicht«, gestand Pater O'Donovan ein weiteres Mal, die Resignation war ihm anzusehen. »Was mit dem Jungen passiert, hat keine rationale Erklärung. Wir kennen nicht alles, was in uns ist, Öhrchen. Der Mensch, jeder Einzelne von uns, ist ein Abgrund voller Dunkelheit. Es gibt Männer und Frauen, die eine größere Sensibilität haben als andere, sie nehmen Dinge wahr, spüren sie, die uns anderen nicht auffallen. Könnte es ein reines Produkt seiner Fantasie sein? Ja, vielleicht. Aber es könnte auch etwas anderes sein, das zu benennen ich nicht wagen würde, Rigoberto. Dein Sohn macht diese Erfahrung mit einer solchen Kraft, auf eine so tiefe Weise, dass ich mich weigere, an reine Einbildung zu glauben. Mehr will und werde ich dazu nicht sagen.«

Er schwieg und blickte, mit einem Ausdruck zärtlichster Verwirrung, auf seinen Teller Seebarsch mit Reis. Weder Lucrecia noch Rigoberto hatten einen Bissen angerührt.

»Tut mir leid, dass ich euch nicht gerade nützlich war«, fügte der Priester bekümmert hinzu. »Statt euch aus dem Gewirr herauszuhelfen, habe ich mich selber darin verstrickt.«

Er machte eine lange Pause und schaute sie beide beklommen an.

»Ich übertreibe nicht, wenn ich euch sage, dass ich zum ersten Mal in meinem Leben mit etwas konfrontiert bin, worauf ich nicht vorbereitet war«, murmelte er. »Etwas, wofür ich keine rationale Erklärung habe. Wie gesagt, ich schließe nicht aus, dass der Bengel ein außerordentliches Talent zur Verstellung und mir einen dicken Bären aufgebunden hat. Unmöglich ist das nicht. Ich habe viel darüber nachgedacht. Aber nein, das glaube ich nicht. Ich denke, er ist ehrlich.«

»Tja, beruhigend ist es nicht gerade, zu wissen, dass unser Sohn täglichen Umgang mit dem Jenseits pflegt.« Rigoberto zuckte die Achseln. »Dass Fonchito so etwas wie das Hirtenmädchen von Lourdes ist. Das war doch ein Hirtenmädchen, oder?«

»Du wirst lachen, ihr beide werdet lachen«, sagte Pater O'Donovan, der nun mit der Gabel spielte, ohne den Seebarsch jedoch in Angriff zu nehmen. »Aber in diesen Tagen habe ich jede Sekunde an den Jungen gedacht. Von allen Menschen, die ich in meinem Leben kennengelernt habe, und das sind viele, ist Fonchito wahrscheinlich derjenige, der dem, was wir Gläubige ein reines Wesen nennen, am nächsten kommt. Und nicht nur, weil er so gut aussieht.«

»Jetzt kommt der Pfaffe durch, Pepín.« Rigoberto war empört. »Willst du andeuten, mein Sohn könnte ein Engel sein?«

»Ein Engelchen ohne Flügel jedenfalls«, lachte Lucrecia, in aller Fröhlichkeit jetzt und mit maliziös funkelnden Augen.

»Ich sage es gerne noch mal, auch wenn ihr es zum Lachen findet.« Pater O'Donovan musste nun selber lachen. »Ja, Öhrchen, ja, Lucrecia, ihr habt richtig gehört. Auch wenn es euch noch so amüsiert. Ein kleiner Engel, warum nicht.«

XI

Als sie zu dem Häuschen in Castilla kamen, auf der anderen Seite des Flusses, wo Mabel wohnte, schwitzten sie aus allen Poren. Die Sonne brannte von einem wolkenlosen Himmel herab, an dem nur ein paar Rabengeier ihre Kreise zogen, und nicht das leiseste Lüftchen milderte die Hitze. Den ganzen Weg vom Revier hierher hatte Lituma Fragen gestellt. In welchem Zustand sie die hübsche kleine Dunkle wohl anträfen? Ob diese Scheißkerle die Geliebte von Felícito Yanaqué misshandelt hatten? Begrapscht? Vergewaltigt? Gut möglich, wenn man berücksichtigte, was für ein Prachtstück sie war. Wieso sollten sie die Gelegenheit nicht nutzen, schließlich war sie ihnen Tag und Nacht ausgeliefert.

Felícito selbst öffnete ihnen die Tür. Er war euphorisch, schien erleichtert und glücklich. Das Mürrische, das Lituma in seinem Gesicht immer gesehen hatte, war verflogen, der tragikomische Ausdruck der letzten Tage verschwunden. Jetzt lächelte er über beide Ohren, und seine Augen leuchteten vor Zufriedenheit. Als wäre er wieder jung. Er trug kein Jackett, die Weste war aufgeknöpft. Wie mickrig er war, sagte sich Lituma, die Brust und der Rücken berührten sich fast, und was für ein Knirps, beinahe ein Zwerg. Kaum sah der die beiden Polizisten, tat er etwas Ungewöhnliches für einen Mann, der so wenig dazu neigte, seine Gefühle zu zeigen: Er breitete die Arme aus und drückte Hauptmann Silva an sich.

»Genau wie Sie gesagt haben, Hauptmann.« Er klopfte ihm überschwänglich auf die Schulter. »Die haben sie freigelassen, freigelassen! Sie hatten recht, Herr Kommissar. Mir fehlen die Worte. Ich kann wieder leben, dank Ihnen. Und auch dank Ihnen, Sergeant. Vielen Dank, vielen Dank Ihnen beiden.«

Vor Rührung waren seine Augen feucht. Mabel duschte

noch, gleich käme sie. Er bat sie, im Wohnzimmer Platz zu nehmen, unter dem Bild mit dem Herzen Jesu, vor dem kleinen Tisch mit Pappflämmchen und peruanischer Fahne. Der Ventilator quietschte in einem beständigen Rhythmus und schaukelte die Plastikblumen. Auf die Fragen des Offiziers antwortete Felícito mit fröhlicher Mitteilsamkeit: Ja, ja, es ging ihr gut, es war ein Riesenschreck gewesen, natürlich, aber zum Glück hatte man sie weder geschlagen noch schikaniert, Gott sei Dank. Die ganzen Tage hatten sie ihr die Augen verbunden und die Hände gefesselt, was für herzlose Biester. Mabel selbst würde ihnen die Einzelheiten schildern, jetzt gleich, sobald sie herauskam. Und immer wieder hob Felícito die Hände zum Himmel: »Wenn ihr etwas passiert wäre, ich hätte es mir nie verziehen. Die Ärmste! All diese Qualen, und nur wegen mir. Ich bin nie sehr fromm gewesen, aber ich habe Gott versprochen, ab jetzt gehe ich jeden Sonntag zur Messe.« Der ist ja bis über beide Ohren verliebt, dachte Lituma. Sicher würde er sie superlecker vernaschen. Und dabei musste er an seine eigene Einsamkeit denken, die lange Zeit ohne Frau. Er beneidete Don Felícito und war wütend auf sich selbst.

Schließlich kam Mabel, in einem geblümten Morgenrock, in Sandalen und mit einem Handtuch als Turban um den Kopf gewickelt, und begrüßte sie. So, ohne Schminke, etwas blass, noch von den Strapazen gezeichnet, fand Lituma sie weniger attraktiv als an dem Tag, als sie auf dem Revier ihre Aussage machte. Aber ihm gefiel, wie ihr Stupsnäschen bebte, ihre schlanken Fesseln, die Wölbung ihrer Fußrücken. Die Beine waren heller als die Arme und die Hände.

»Es tut mir leid, dass ich Ihnen nichts anbieten kann«, sagte sie und bedeutete ihnen, sich wieder zu setzen. Und wie zum Scherz: »Sie können sich vorstellen, dass ich in den letzten Tagen nicht zum Einkaufen gekommen bin, im Kühlschrank habe ich nicht mal eine Coca-Cola.«

»Uns tut es sehr leid, was Ihnen passiert ist.« Hauptmann Silva verneigte sich in aller Form. »Herr Yanaqué sagte uns, man habe sie nicht misshandelt. Richtig?«

Mabel zog ein merkwürdiges Gesicht, halb Lächeln, halb Flunsch.

»Na ja, wie man's nimmt. Sie haben mich weder geschlagen noch vergewaltigt, zum Glück. Aber ich würde nicht sagen, dass sie mich nicht misshandelt hätten. Nie im Leben habe ich eine solche Angst gehabt, Señor. Nie habe ich so viele Nächte auf dem Boden geschlafen, ohne Matratze und ohne Kopfkissen. Noch dazu mit verbundenen Augen und gefesselten Händen und allem Zeug am Leib. Die Knochen werden mir für immer wehtun. Ist das keine Misshandlung? Aber zumindest lebe ich noch.«

Ihre Stimme zitterte, und immer wieder schien auf dem Grund ihrer schwarzen Augen ein tiefes Entsetzen auf, das sie zu beherrschen versuchte. Diese verfluchten Drecksäcke, dachte Lituma. Was Mabel geschehen war, machte ihn traurig und wütend. Dafür werden sie bezahlen, verdammt noch mal.

»Wir bedauern wirklich sehr, Sie jetzt auch noch zu belästigen, Sie wollen sicher ausruhen«, entschuldigte sich Hauptmann Silva und drehte seine Mütze zwischen den Fingern. »Aber ich hoffe, Sie verstehen uns. Wir dürfen keine Zeit verlieren, Señora. Würde es Ihnen etwas ausmachen, wenn wir Ihnen ein paar klitzekleine Fragen stellen? Es ist unumgänglich, bevor diese Typen sich verflüchtigen.«

»Natürlich, klar, das verstehe ich.« Mabel machte gute Miene, ohne ihre Verärgerung ganz zu verbergen. »Fragen Sie nur, Señor.«

Lituma war beeindruckt von Felícito Yanaqués Liebesbeweisen gegenüber seinem kleinen Weib. Er strich ihr sanft übers Gesicht, als wäre sie sein Schoßhündchen, schob die über der Stirn herausstippenden Haare unter das Turbanhandtuch, verscheuchte die Schmeißfliegen, die auf sie zuflogen. Dabei schaute er sie zärtlich an und wandte nicht den Blick von ihr. Eine Hand hielt er nun zwischen den seinen.

»Haben Sie ihre Gesichter sehen können?«, fragte der Hauptmann. »Würden Sie sie wiedererkennen?«

»Ich glaube nicht.« Mabel schüttelte den Kopf, aber sie

schien sich nicht ganz sicher zu sein. »Nur einen von ihnen habe ich gesehen, und nicht mal richtig. Der neben dem Baum stand, der so flammendrot blüht, ich kam an dem Abend gerade nach Hause. Ich habe kaum auf ihn geachtet. Er stand leicht abgewandt, scheint mir, im Dunkeln. Und als er sich umdrehte, um mir etwas zu sagen, und ich zu ihm hinschauen konnte, hatte ich schon eine Decke über dem Kopf. Ich bin fast erstickt. Dann habe ich nichts mehr gesehen, bis heute Morgen, als …«

Sie stockte, das Gesicht verzerrt, und Lituma begriff, dass sie sich zusammenreißen musste, um nicht in Tränen auszubrechen. Sie wollte weitersprechen, aber die Stimme versagte ihr. Felícitos Augen flehten um Mitleid mit Mabel.

»Ruhig, ganz ruhig«, tröstete sie Hauptmann Silva. »Sie sind sehr tapfer, Señora. Sie haben Schreckliches mitgemacht und sich nicht unterkriegen lassen. Ich möchte Sie nur um eine letzte kleine Anstrengung bitten. Natürlich wäre es uns lieber, wir müssten nicht davon sprechen und könnten ihnen helfen, all die schlimmen Erinnerungen zu vergessen. Aber diese Schufte, die sie entführt haben, gehören hinter Gitter, müssen bestraft werden für das, was sie Ihnen angetan haben. Sie sind die Einzige, die uns zu ihnen führen kann.«

Mabel nickte, mit einem betrübten Lächeln, gab sich einen Ruck und fuhr fort. Was sie erzählte, klang für Lituma nachvollziehbar, so flüssig, wie sie es vortrug, auch wenn immer wieder das Entsetzen sie packte und sie für ein paar Sekunden verstummte. Dann zitterte sie, wurde bleich, ihr klapperten die Zähne. Ob sie diese Albtraummomente noch einmal durchlebte, die panische Angst, die sie Tag und Nacht gespürt haben musste in der Woche, die sie in den Händen der Mafia war? Aber dann nahm sie ihre Erzählung wieder auf, unterbrochen nur hier und da von Hauptmann Silva, der sie (mit welch wohlerzogenen Manieren, dachte Lituma überrascht) um irgendeine genauere Angabe bat.

Die Entführung hatte vor sieben Tagen stattgefunden, nach einem Chorkonzert der Maristen, das Mabel mit ihrer Freundin Flora Díaz in der Kirche San Francisco besuchte, an der Calle Lima. Sie waren schon länger befreundet, Flora hatte ein Wäschegeschäft an der Calle Junín namens Kreationen Florita, und manchmal gingen sie gemeinsam ins Kino, auf einen Imbiss oder einkaufen. Freitags führte sie der Weg gewöhnlich zur Kirche San Francisco, wo einst die Unabhängigkeit von Piura ausgerufen wurde, denn dort gab es abends immer Musikveranstaltungen, Konzerte, Chöre, Tanz und Aufführungen professioneller Ensembles. An diesem Freitag sang der Chor der Maristen fromme Hymnen, viel auf Latein, oder so klang es zumindest. Da Flora und Mabel sich langweilten, verließen sie das Konzert vor dem Ende. Bei der Hängebrücke verabschiedeten sie sich, und Mabel ging weiter zu Fuß nach Hause, da es ganz in der Nähe war. Sie bemerkte nichts Außergewöhnliches, auch nicht, dass irgendein Fußgänger oder Auto ihr folgte. Gar nichts. Nur Straßenhunde, Scharen tobender Kinder, Leute, die frische Luft schnappten oder sich auf den Stühlen und Schaukelstühlen, die sie vor die Türen ihrer Häuser schoben, unterhielten, Kneipen, Geschäfte und Restaurants, die sich mit Kundschaft füllten, die Musikanlagen mit ihren sich vermischenden Rhythmen auf voller Lautstärke, die ganze Umgebung ein ohrenbetäubender Lärm. (»Stand der Mond am Himmel?«, fragte Hauptmann Silva, und für einen Moment geriet Mabel aus der Fassung: »Der Mond? Entschuldigen Sie, ich weiß nicht mehr.«)

Die Gasse bei ihrem Haus war wie ausgestorben, glaubte sie sich zu erinnern. Die männliche Gestalt, die da halb an den Flamboyant gelehnt stand, bemerkte sie kaum. Sie hielt den Schlüssel in der Hand, und wenn der Kerl einen Versuch gemacht hätte, sich ihr zu nähern, wäre sie alarmiert gewesen, hätte um Hilfe gerufen und wäre davongerannt. Aber er schien sich nicht zu rühren. Sie steckte den Schlüssel ins Schloss und hatte ein wenig Mühe – »Felícito hat Ihnen sicher erzählt, dass es manchmal klemmt« –, als sie merkte, wie ein paar Gestalten sich ihr nährten. Ihr blieb keine Zeit zu reagieren. Sie spürte, wie man ihr eine Decke über den Kopf warf und mehrere

Arme sie packten, alles gleichzeitig. (»Wie viele Arme?«, »Vier, sechs, keine Ahnung.«) Sie hoben sie hoch, stopften ihr den Mund und erstickten ihre Schreie. Ihr kam es vor, als geschähe alles in einer Sekunde, wie bei einem Erdbeben, und sie war im Zentrum dieses Bebens. Trotz ihrer Panik versuchte sie zu strampeln und um sich zu schlagen, bis man sie in einen Lieferwagen warf, ein Auto oder einen Lastwagen, und die Kerle sie an den Füßen, den Händen und am Kopf festhielten. Da hörte sie diesen Satz, der ihr noch jetzt in den Ohren klang: »Keinen Mucks, wenn du am Leben bleiben willst.« Und sie spürte, wie man ihr mit etwas Kaltem übers Gesicht strich, einem Messer vielleicht, vielleicht auch dem Griff oder dem Lauf eines Revolvers. Der Wagen fuhr los, und bei dem Geschüttel schlug sie immer wieder auf den Boden. Dann zog sie die Schultern ein und blieb stumm liegen, dachte nur: Ich werde sterben. Sie schaffte es nicht mal zu beten. Ohne zu jammern oder sich zu wehren, ließ sie zu, dass man ihr die Augen verband, eine Kapuze überzog und die Hände fesselte. Ihre Gesichter sah sie nicht, das alles geschah im Dunkeln, wahrscheinlich fuhren sie über die Landstraße. Nirgendwo war elektrisches Licht, ringsum nur stockfinstere Nacht. Sicher war es bewölkt gewesen, also kein Mond. Sie fuhren eine ganze Zeit durch die Gegend, es kam ihr vor wie Stunden, Jahrhunderte, obwohl es vielleicht nur ein paar Minuten waren. Mit verbundenem Gesicht, gefesselten Händen und der Angst verlor sie jedes Zeitgefühl. Seither wusste sie nicht mehr, welcher Tag es war, ob Tag oder Nacht, ob Leute sie bewachten oder sie allein in dem Raum lag. Der Boden, auf den man sie gelegt hatte, war sehr hart. Manchmal spürte sie, wie ihr Insekten über die Beine liefen, vielleicht diese grauenvollen Kakerlaken, die sie mehr verabscheute als Spinnen und Mäuse. Sie hatten sie aus dem Lieferwagen gehoben, hingestellt und voranstolpern lassen, hinein in ein Haus, wo ein Radio Musik von der Küste spielte, dann eine Treppe hinunter. Nachdem sie sie auf eine Matte gelegt hatten, verschwanden sie. Dort blieb sie dann, im Dunkeln, zitternd. Erst jetzt konnte sie beten. Und sie betete zur Jungfrau Maria und allen Heiligen, an die sie sich erinnerte, zur heiligen Rosa von Lima und dem Gefangenen Christus von Ayabaca natürlich, und sie flehte sie an, sie zu beschützten. Sie nicht einfach so sterben zu lassen, ihren Qualen ein Ende zu setzen.

In den sieben Tagen hatte sie nicht ein einziges Mal mit den Entführern gesprochen. Nie holte man sie aus dem Raum heraus. Nie sah sie Licht, da man ihr nie die Binde von den Augen nahm. Es gab einen Behälter oder Eimer, auf dem sie ihre Notdurft verrichten konnte, zweimal am Tag, tastend. Dann nahm ihn jemand mit und brachte ihn sauber zurück, ohne ein Wort. Zweimal am Tag brachte man ihr, dieselbe Person oder jemand anderes, immer schweigend, einen Teller Reis mit Hülsenfrüchten und eine Suppe, eine lauwarme Brause oder eine kleine Flasche Mineralwasser. Damit sie essen konnte, nahmen sie ihr die Kapuze und die Fessel ab, aber nie die Binde von den Augen. Jedes Mal, wenn Mabel sie bat, sie anflehte, ihr zu sagen, was sie mit ihr vorhätten, warum man sie entführt hätte, herrschte die immer selbe kräftige Stimme sie an: »Schnauze! Du riskierst dein Leben, wenn du fragst.« Nie konnte sie sich duschen, nicht einmal waschen. Deshalb ging sie, als sie wieder in Freiheit war, als Erstes unter die Dusche und seifte sich so lange mit dem Schwamm ein, bis die Haut fast abgeschrubbt war. Und als Zweites warf sie die Kleider weg, selbst die Schuhe, die sie die ganzen schrecklichen sieben Tage angehabt hatte. Sie würde alles zu einem Paket schnüren und den armen Geisteskranken im San Juan de Dios schenken.

Heute Morgen waren sie plötzlich in ihr Gefängnis gekommen, mehrere, den Schritten nach zu urteilen. Immer noch ohne ein Wort hoben sie sie hoch, trieben sie vor sich her, ein paar Stufen hinauf, und legten sie wieder in dasselbe Fahrzeug, in dem man sie entführt hatte. Wieder fuhren sie ewig durch die Gegend, alle ihre Knochen gequetscht von dem Geschüttel, bis der Wagen bremste. Sie lösten ihr die Fessel und befahlen: »Zähl bis hundert, dann kannst du die Binde abnehmen. Wenn du sie vorher abnimmst, hast du eine Kugel im Leib.«

Sie gehorchte. Als sie die Binde abnahm, stellte sie fest, dass man sie irgendwo im Nichts abgesetzt hatte, in der Nähe von La Legua. Sie lief mehr als eine Stunde durch den Sand, bis sie die ersten Häuschen von Castilla erreichte. Dort bekam sie ein Taxi, das sie herbrachte.

Während Mabel von ihrer Odyssee berichtete, lauschte Lituma aufmerksam, ohne dabei jedoch Don Felícito aus den Augen zu lassen und wie rührend er sich seiner Geliebten widmete. Es hatte etwas Kindliches, Pubertäres, Engelhaftes, wie dieser Mann ihr über die Stirn strich, sie mit frommer Hingabe anschaute und murmelte: »Armes Mädchen, armes Mädchen, mein Schatz.« Lituma störten diese Beweise der Zuneigung immer wieder, sie kamen ihm übertrieben und etwas lächerlich vor, noch dazu in seinem Alter. Bestimmt dreißig Jahre älter als sie, dachte er, das Mädchen könnte seine Tochter sein. Ja, der alte Knilch war bis über beide Ohren verliebt. Ob Mabelita von der feurigen Art war oder von der kühleren? Von der feurigen, jede Wette.

»Ich habe ihr vorgeschlagen, dass sie für eine Weile fortgeht«, sagte Felícito Yanaqué zu den Polizisten. »Nach Chiclayo, nach Trujillo, nach Lima. Irgendwohin. Bis die Sache vorbei ist. Ich möchte nicht, dass ihr noch einmal etwas passiert. Wäre das nicht eine gute Idee, Hauptmann?«

Der Offizier hob die Schultern.

»Ich glaube nicht, dass ihr hier etwas passiert«, sagte er grübelnd. »Diese Typen wissen, dass sie jetzt bewacht wird, und sie werden nicht so verrückt sein, sich ihr zu nähern, das Risiko wäre zu groß. Ich danke Ihnen sehr für Ihre Aussage, Señora. Sie wird uns gewiss nützlich sein. Würde es Ihnen etwas ausmachen, wenn ich Ihnen noch ein paar klitzekleine Fragen stelle?«

»Sie ist sehr müde«, protestierte Don Felícito. »Warum lassen Sie sie nicht für heute in Ruhe, Hauptmann? Befragen Sie sie morgen, oder übermorgen. Ich möchte mit ihr zum Arzt, sie für einen Tag ins Krankenhaus bringen, damit man sie gründlich untersucht.«

»Keine Sorge, Herzchen, ich ruhe mich später aus«, ging Mabel dazwischen. »Fragen Sie einfach, was Sie zu fragen haben, Señor.«

Zehn Minuten später sagte sich Lituma, dass sein Vorgesetzter übertrieb. Don Felícito hatte recht. Die arme Frau hatte Schreckliches erlebt, hatte geglaubt, sie müsse sterben, die sieben Tage waren für sie ein einziges Leid gewesen. Wie konnte der Hauptmann erwarten, dass Mabel sich an all diese unbedeutenden, albernen Einzelheiten erinnerte, zu denen er sie mit Fragen löcherte? Er verstand es nicht. Wozu wollte sein Chef wissen, ob sie in ihrem Gefängnis gehört hätte, wie die Hähne krähten oder die Hühner gackerten, die Katzen maunzten oder die Hunde bellten? Und wie sollte Mabel anhand der Stimmen einschätzen, wie viele Entführer es waren und ob alle aus Piura kamen, ob jemand sprach wie einer aus Lima, aus der Sierra oder vom Amazonas? Mabel tat, was sie konnte, zögerte, rieb sich die Hände, klar, dass sie sich manchmal vertat und eine verwunderte Miene machte. Daran erinnere sie sich nicht, Señor, darauf habe sie nicht geachtet, ach, wirklich blöd. Und sie entschuldigte sich, ein Achselzucken, ein Händereiben: »Wie dumm von mir, daran hätte ich denken sollen, hätte versuchen sollen, darauf zu achten. Aber ich war so durcheinander, Señor.«

»Machen Sie sich keinen Kopf, das ist normal, wer kann schon alles im Gedächtnis behalten«, ermunterte sie Hauptmann Silva. »Aber bitte, geben Sie sich noch einen letzten Ruck. Alles, woran Sie sich erinnern, wird uns unendlich nützlich sein, Señora. Einige meiner Fragen werden Ihnen überflüssig erscheinen, aber glauben Sie mir, manchmal beginnt bei einer dieser Belanglosigkeiten die Spur, die uns zum Ziel führt.«

Was Lituma am merkwürdigsten vorkam, war, dass Hauptmann Silva immer wieder auf die Umstände und Einzelheiten des Abends ihrer Entführung zurückkam. War Mabel sicher, dass keiner ihrer Nachbarn über die Straße spazierte, um frische Luft zu schnappen? Kein einziges Nachbarsmädchen, das, im Fenster lehnend, noch ein Ständchen hörte oder mit dem Liebsten plauderte? Nein, das glaubte Mabel nicht, oder vielleicht doch, nein, nicht, es war niemand in diesem Winkel der Gasse, als sie von dem Konzert der Maristen zurückkehrte. Das heißt, vielleicht schon, gut möglich, nur hatte sie nicht darauf geachtet, es nicht bemerkt, wie dumm. Lituma und der Hauptmann wussten nur zu gut, dass es keine Zeugen der Entführung gab, denn sie hatten die gesamte Nachbarschaft vernommen. Niemand hatte etwas gesehen, niemand hatte an dem Abend etwas Seltsames gehört. Vielleicht stimmte es, oder sie wollten, hatte der Hauptmann gesagt, nur nicht in die Sache hineingezogen werden. »Alle Welt zittert vor der Mafia. Deshalb ist es ihnen lieber, nichts zu sehen und nichts zu wissen. Alles Weicheier, dieses Pack.«

Schließlich gönnte der Kommissar der Geliebten des Unternehmers eine Atempause und fragte wie beiläufig:

»Was glauben Sie, Señora, was die Entführer mit Ihnen gemacht hätten, wenn Don Felícito ihnen nicht mitgeteilt hätte, dass er das Lösegeld zahlt?«

Mabel riss die Augen auf, und statt dem Offizier zu antworten, wandte sie sich zu ihrem Geliebten:

»Sie haben ein Lösegeld verlangt? Das hast du mir gar nicht erzählt, Herzchen.«

»Sie haben kein Lösegeld verlangt«, erklärte er und küsste ihre Hand. »Sie haben dich entführt, um mich zu zwingen, ihnen für Transportes Narihualá Schutzgeld zu zahlen. Ich habe ihnen weisgemacht, dass ich auf ihre Erpressung eingehe. Ich musste eine Anzeige in *El Tiempo* aufgeben und dem Gefangenen Christus von Ayabaca für ein Wunder danken. Es war das Zeichen, auf das sie warteten. Deshalb haben sie dich freigelassen.«

Lituma sah, wie Mabel erneut blass wurde. Sie zitterte, und wieder klapperten ihr die Zähne.

»Soll das heißen, du zahlst ihnen das Schutzgeld?«, stammelte sie.

»Nie im Leben.« Don Felícito schüttelte den Kopf und wedelte mit den Händen. »Das niemals.«

»Dann werden sie mich also töten«, murmelte Mabel. »Und dich auch, Herzchen. Was wird jetzt aus uns, Señor? Werden sie uns beide umbringen?«

Sie brach in Schluchzer aus, die Hände vor dem Gesicht.

»Keine Sorge, Señora. Sie stehen vierundzwanzig Stunden am Tag unter Polizeischutz. Nicht sehr lange, das wird nicht nötig sein, Sie werden sehen. Die Tage dieser Kerle sind gezählt.«

»Nicht weinen, Liebling, nicht weinen«, tröstete sie Don Felícito, streichelte sie, umarmte sie. »Ich schwöre, dir wird nie wieder etwas Böses geschehen. Nie wieder. Das schwöre ich dir, mein Schatz, du musst mir glauben. Das Beste wird sein, dass du für ein Weilchen die Stadt verlässt, doch, hör auf mich.«

Hauptmann Silva stand auf, und Lituma tat es ihm nach. »Sie bekommen Polizeischutz rund um die Uhr«, versicherte ihr der Kommissar zum Abschied noch einmal. »Seien Sie beruhigt, Señora.« Weder Mabel noch Felícito begleiteten sie zur Tür, sie blieben im Wohnzimmer sitzen, sie wimmernd, er tröstend.

Draußen erwartete sie eine Bruthitze und das übliche Schauspiel: zerlumpte Bengel, die den Ball traten, ausgehungerte Hunde, Abfallberge an den Straßenecken, fliegende Händler und eine lange Reihe von Autos, Lastwagen, Motorrädern und Fahrrädern, die sich die Fahrbahn streitig machten. Nicht nur am Himmel gab es Rabengeier; zwei dieser Viecher waren gelandet und pickten im Müll.

»Was haben Sie für einen Eindruck, Hauptmann?«

Sein Chef zog eine Schachtel Zigaretten heraus, schwarzer Tabak, bot dem Sergeanten eine an, steckte sich selbst eine in den Mund und zündete beide mit einem alten, dunkelgrünen Feuerzeug an. Er nahm einen langen Zug und stieß den Rauch in Ringen aus. Aus seiner Miene sprach Zufriedenheit.

»Die haben sich die Karten gelegt, Lituma«, sagte er und boxte seinem Gehilfen in die Seite. »Diese Dummbacken haben ihren ersten Fehler gemacht, genau wie ich es erwartet habe. Und das war's! Gehen wir ins El Chalán und feiern wir, ich spendiere dir einen schönen Fruchtsaft mit viel Eis.«

Er strahlte wie ein Honigkuchenpferd und rieb sich die Hände, als hätte er beim Poker, beim Würfeln oder bei einer Partie Dame abgeräumt.

»Das Geständnis der Kleinen ist Gold wert, Lituma«, fügte er hinzu und stieß entzückt den Rauch aus. »Du hast es bestimmt gemerkt, nehme ich an.«

»Gar nichts habe ich gemerkt, Hauptmann.« Lituma war verwirrt. »Meinen Sie das ernst oder wollen Sie mich auf den Arm nehmen? Wo die arme Frau nicht mal ihre Gesichter gesehen hat.«

»Mensch, Kerl, was für ein schlechter Polizist du bist, Lituma, und ein noch schlechterer Psychologe«, sagte der Hauptmann, musterte ihn von oben bis unten und lachte hellauf. »Ich weiß nicht, wie du es zum Sergeanten gebracht hast, verdammt noch mal. Und dann noch zu meiner rechten Hand, das will nämlich was heißen.«

Und wie zu sich murmelte er: »Gold wert, jawohl.« Sie gingen gerade über die Hängebrücke, und Lituma sah eine Schar badender Kinder im Fluss, planschend und brüllend an den sandigen Ufern. Dasselbe hatten er und seine Cousins gemacht, die beiden Leóns, vor Ewigkeiten.

»Erzähl mir nicht, du hast nicht gemerkt, dass diese oberschlaue Mabelita kein einziges wahres Wort gesagt hat, Lituma.« Der Hauptmann war nun sehr ernst. Er saugte an seiner Zigarette und stieß den Rauch aus, als wollte er den Himmel herausfordern. In seinen Augen, in seiner Stimme schwang der Triumph. »Dass sie sich nur widersprochen und uns ein scheiß Märchen aufgetischt hat. Dass sie uns verschaukeln wollte. Verarschen. Als wären wir hier die Trottel unterm Wind, Lituma.«

Der Sergeant blieb wie angewurzelt stehen.

»Was Sie da sagen, meinen Sie nicht ernst, Hauptmann, oder wollen Sie mich für dumm verkaufen?«

»Erzähl mir nicht, du hast nicht gemerkt, was klar auf der Hand liegt, Lituma«, sagte der Hauptmann, und der Sergeant begriff, dass sein Chef es sehr ernst meinte, absolut überzeugt, mit einem Blick zum Himmel und unaufhörlich blinzelnd wegen der prallen Sonne, glücklich und begeistert. »Erzähl mir nicht, du hast nicht gemerkt, dass die kleine Mabel mit dem traurigen Hintern gar nicht entführt wurde. Dass sie eine Komplizin der Erpresser ist und bei dieser Farce einer Entführung mitgemacht hat, um den armen Don Felícito weichzukochen, den auch sie ausnehmen will. Erzähl mir nicht, du hast nicht gemerkt, dass der Fall, wo diese Wichser einen solchen Bock geschossen haben, praktisch gelöst ist, Lituma. Pussypinsel kann jetzt ruhig schlafen und aufhören, uns auf den Sack zu gehen. Das Bett ist gemacht. Wir müssen nur noch auf sie drauf und ihnen das Ding bis in den Rachen schieben.«

Er warf die Kippe in den Fluss und brach, ein Kratzen unter den Achseln, in schallendes Gelächter aus.

Lituma hatte die Mütze abgenommen und strich sich die Haare glatt.

»Entweder ich bin noch blöder, als ich aussehe, oder Sie sind ein Genie, Hauptmann«, sagte er und ließ den Kopf hängen. »Oder Sie haben einen Sprung in der Schüssel, mit Verlaub.«

»Ein Genie, Lituma, überzeug dich selbst, und außerdem beherrsche ich die Psychologie der Menschen«, frohlockte der Hauptmann. »Und noch etwas sage ich dir voraus. An dem Tag, an dem wir diese Gauner schnappen, und das wird sehr bald sein, reiße ich, bei Gott, meiner herzallerliebsten Josefita lecker den Arsch auf, dass sie die ganze Nacht kreischt. Es lebe das Leben!«

XII

»Hast du den armen Narciso gefunden?«, fragte Lucrecia. »Was ist mit ihm?«

Rigoberto nickte und ließ sich erschöpft in den Wohnzimmersessel sinken.

»Eine einzige Odyssee«, seufzte er. »Einen schönen Gefallen hat uns Ismael da getan, Schatz, zieht uns in seine Bettgeschichten hinein und in den Schlamassel mit seinen Söhnen.«

Die Verwandten von Ismael Carreras Chauffeur hatten sich mit ihm an der ersten Tankstelle an der Zufahrt nach Chincha verabredet, und Rigoberto fuhr die zwei Stunden über die Schnellstraße dorthin, doch als er ankam, wartete niemand auf ihn. Nachdem er sich, während Lastwagen und Busse vorbeirauschten, eine ganze Weile hatte sonnen und den Staub schlucken dürfen, den ihm ein heißer Wind von den Bergen herab ins Gesicht wehte; als er es schon leid war und sich wieder auf die Rückfahrt nach Lima machen wollte, erschien ein Junge und sagte ihm, er sei der Neffe von Narciso, ein barfüßiger kleiner Schwarzer mit so mitteilsamen wie verschwörerischen großen Augen. Was er sagte, war eine einzige Vorsichtsmaßnahme, so dass Rigoberto kaum verstand, worum es ging. Schließlich stand fest, dass die Pläne sich geändert hatten; sein Onkel Narciso erwarte ihn jetzt in Grocio Prado, an der Tür ebenjenes Hauses, wo die selige Melchorita (der Junge bekreuzigte sich, als er ihren Namen nannte) lebte, Wunder tat und gestorben war. Eine weitere halbe Stunde im Auto auf einer staubigen Landstraße voller Schlaglöcher, zwischen Weinfeldern und kleinen Obstplantagen für den Export. An der Tür des Hauses – Museum, Heiligtum – der frommen Frau, an der Plaza von Grocio Prado, erschien schließlich Ismaels Chauffeur.

»Halb vermummt, in so einer Art Poncho mit Kapuze, damit niemand ihn erkannte, und natürlich schlotternd«, erinnerte sich Rigoberto und musste schmunzeln. »Vor Angst ist der Schwarze erbleicht, Lucrecia. Aber wer will es ihm verdenken. Die Hyänen hetzen ihn Tag und Nacht, das hätte ich so nicht gedacht.«

Zuerst hatten sie einen Anwalt geschickt, ein Schwatzmaul eher, der ihn zu bestechen versuchte. Wenn er zum Richter gehe und sage, man habe ihn genötigt, bei der Trauung seines Arbeitgebers den Zeugen zu spielen, und seiner Ansicht nach sei der Herr Ismael Carrera an diesem Tag nicht ganz bei Verstand gewesen, dann erhalte er als Prämie zwanzigtausend Sol. Als der Schwarze antwortete, er werde darüber nachdenken, aber grundsätzlich sei es ihm lieber, keinen Umgang mit der Justiz zu haben und auch nicht mit der Regierung, erschien die Polizei bei seiner Familie in Chincha und lud ihn aufs Revier vor. Die Zwillinge hatten Anzeige gegen ihn erstattet wegen Mittäterschaft bei verschiedenen Delikten, darunter Verschwörung und Entführung seines Chefs!

»Ihm blieb nichts anderes übrig, als sich woanders zu verstecken«, sagte Rigoberto. »Zum Glück hat Narciso Freunde und Verwandte in ganz Chincha. Und Ismael kann von Glück sagen, dass dieser Schwarze der ehrlichste und loyalste Kerl der Welt ist. Er hat zwar eine Heidenangst, aber ich bezweifle, dass diese beiden Lumpen ihn kleinkriegen. Ich habe ihm sein Gehalt gezahlt und noch etwas draufgelegt, für alle Fälle. Die Sache wird jeden Tag verworrener, mein Schatz.«

Rigoberto streckte sich in seinem Sessel und gähnte, und während Lucrecia ihm eine frische Zitronenlimonade zubereitete, schaute er aufs Meer von Barranco. Es war ein Abend fast ohne Wind, in der Luft waren mehrere Gleitschirmflieger. Einer flog so nahe vorbei, dass er ganz deutlich seinen Kopf unter dem Helm sehen konnte. Blöde Sache. Ausgerechnet jetzt, wo sein Ruhestand begann. Den hatte er sich erholsamer vorgestellt, mit Kunst und Reisen, das reine Vergnügen. Aber nie kam es wie geplant, das war eine Regel ohne Ausnahme.

Nie hätte er gedacht, dass er für die Freundschaft mit Ismael einmal so teuer würde bezahlen müssen. Erst recht nicht seine kleine Kulturinsel opfern. Hätte die Sonne geschienen, wäre jetzt die magische Stunde von Lima. Ein paar Minuten vollkommener Schönheit. Der Feuerball würde dort drüben, hinter den Inseln El Frontón und San Lorenzo, am Horizont versinken, den Himmel in Brand setzen, die Wolken rot färben und dieses heiter apokalyptische Schauspiel aufführen, das den Beginn der Nacht ankündigte.

»Was hast du ihm gesagt?«, fragte Lucrecia und setzte sich neben ihn. »Armer Narciso, alles nur, weil er so gut zu seinem Chef ist.«

»Ich habe versucht, ihn zu beruhigen.« Rigoberto nippte genüsslich an der Limonade. »Er soll keine Angst haben, habe ich ihm gesagt, weder ihm noch mir würde etwas passieren, bloß weil wir Trauzeugen waren. Das sei überhaupt nichts Strafbares. Außerdem würde Ismael siegreich aus dem Kampf mit den Hyänen hervorgehen. Diese Kampagne und das Gezeter von Schlaks und Miki hätten nicht die geringste juristische Grundlage. Und wenn er ganz beruhigt sein wolle, dann solle er die Sache mit einem Anwalt seines Vertrauens aus Chincha besprechen und mir die Rechnung schicken. Also, ich habe getan, was ich konnte. Er ist ein ganz und gar redlicher Mensch, und ich bin sicher, an dem beißen sich die Hyänen die Zähne aus. Aber das Leben machen sie ihm schwer, wohl wahr.«

»Uns etwa nicht?«, meinte Lucrecia. »Du kannst mir glauben, seit der Spaß begonnen hat, habe ich Angst, auch nur vor die Tür zu gehen. Alle Welt fragt mich nach dem Pärchen, als wäre für die Leute in Lima nichts anderes von Bedeutung. In allen sehe ich schon einen Journalisten. Du weißt nicht, wie ich sie hasse, wenn ich ihre Dummheiten und Falschdarstellungen höre oder lese.«

Klar ist ihr die Sache auch in die Glieder gefahren, dachte Rigoberto. Seine Frau lächelte jetzt, aber er bemerkte dieses flüchtige kleine Leuchten in ihren Augen und wie sie sich die ganze Zeit nervös die Hände rieb. Arme Lucrecia. Nicht nur die Europareise, auf die sie sich so freute, hatte sich zerschlagen. Dazu kam noch der Skandal. Und der alte Bock flitterte weiter durch Europa, ohne ein Lebenszeichen von sich zu geben, während in Lima seine Sohnemänner ihm, Lucrecia und Narciso das Leben zur Hölle machten und selbst noch die Versicherungsgesellschaft auf Trab hielten.

»Was ist mit dir, Rigoberto«, fragte Lucrecia. »Wer alleine lacht, hat etwas zu verbergen.«

»Ich lache über Ismael«, sagte Rigoberto. »Er ist bald einen Monat auf Hochzeitsreise. Mit über achtzig! Ich habe es mir bestätigen lassen, er ist kein Siebziger, sondern in den achtzig. Chapeau! Kannst du das glauben, Lucrecia? Bei all dem Viagra geht ihm noch das Hirn flöten, und die Hyänen haben mit ihrer Anzeige, wonach es erweicht ist, am Ende recht. Armida muss ein kleines Raubtier sein. Die lutscht ihn bestimmt aus!«

»Werd nicht vulgär, Rigoberto«, tadelte ihn seine Frau und musste lachen.

Sie versteht es, gute Miene zum bösen Spiel zu machen, dachte Rigoberto gerührt. In diesen Tagen, in denen die Einschüchterungskampagne der Zwillinge ihnen gerichtliche und polizeiliche Vorladungen und schlechte Nachrichten ins Haus schickte – die schlimmste: bei der Versicherung sabotierten sie seine vorzeitige Berentung mit einem juristischen Trick –, hatte Lucrecia nicht das kleinste Anzeichen von Schwäche gezeigt. Mit Leib und Seele unterstützte sie ihn in seiner Entscheidung, auf die Erpressung der Hyänen nicht einzugehen und seinem Chef und Freund gegenüber loyal zu bleiben.

»Das Einzige, was mich stört«, sagte Lucrecia, und sie musste seine Gedanken gelesen haben, »ist, dass Ismael nicht mal anruft oder uns ein paar Zeilen schreibt. Findest du das nicht merkwürdig? Ob er wirklich weiß, welche Unannehmlichkeiten er uns bereitet? Und was der arme Narciso durchmacht?«

»Er weiß alles«, versicherte Rigoberto. »Arnillas ist mit ihm in Kontakt und hält ihn auf dem Laufenden. Sie telefonieren jeden Tag, hat er mir gesagt.«

Dr. Claudio Arnillas, Ismael Carreras Anwalt seit vielen Jahren, war nun der Vermittler zwischen Rigoberto und seinem ehemaligen Chef. Ihm zufolge reisten Ismael und Armida noch durch Europa, sehr bald kämen sie nach Lima zurück. Die Strategie der beiden Söhne, die Ehe annullieren zu lassen und den Vater wegen Altersdemenz für geschäftsunfähig zu erklären und zu entmündigen, könne nur krachend scheitern. Es genüge, dass Ismael persönlich erscheine, sich den entsprechenden medizinischen und psychologischen Tests unterziehe, und das ganze Verfahren breche wie ein Kartenhaus zusammen.

»Aber dann verstehe ich nicht, warum er es nicht einfach tut, Doktor Arnillas«, rief Don Rigoberto. »Für Ismael muss dieser Skandal noch unangenehmer sein als für uns.«

»Wissen Sie, warum?« Dr. Arnillas grinste hinterfotzig, die Daumen unter seinen psychedelisch leuchtenden Hosenträgern. »Weil er will, dass die Zwillinge weiter ausgeben, was sie nicht haben. Das Geld, das sie sich zusammenleihen müssen, um dieses Heer von Tintenklecksern zu bezahlen, die Schmiergelder, die sie der Polizei und den Richtern über den Tisch schieben. Die ledern die beiden sauber ab, ganz bestimmt, und er will, dass sie zugrunde gehen. Der Herr Carrera hat alles haarklein geplant. Können Sie sich das vorstellen?«

Rigoberto konnte sich jetzt allerdings gut vorstellen, wie groß der Groll sein musste, den Ismael Carrera seit dem Tag verspürte, als er herausfand, dass die Hyänen ungeduldig auf seinen Tod warteten, um ihn zu beerben. Ein krankhafter Groll, unheilbar. Nie hätte er gedacht, dass der sanftmütige Ismael zu einer solchen Rachsucht fähig wäre, erst recht nicht gegenüber den eigenen Kindern. Ob Fonchito einmal so weit ginge, seinen Tod zu wünschen? Apropos, wo war der Junge überhaupt.

»Er ist mit seinem Freund Pezzuolo los, ich glaube, ins Kino«, sagte Lucrecia. »Hast du gemerkt? Seit ein paar Tagen scheint es ihm besser zu gehen. Als hätte er Edilberto Torres schon vergessen.«

Ja, seit über einer Woche hatte er diese mysteriöse Person nicht mehr gesehen. Das zumindest erzählte er ihnen, und bisher hatte Rigoberto seinen Sohn noch nie bei einer Lüge erwischt.

»Die ganzen Scherereien haben uns unsere schöne Reise kaputtgemacht«, seufzte Lucrecia. Sie war auf einmal traurig. »Spanien, Italien, Frankreich. Wirklich schade, Rigoberto. Ich habe schon davon geträumt. Und weißt du, warum? Du mit deinem Planungsfimmel. Du hast sie mir in allen Einzelheiten erzählt. All die Museen, Konzerte, Theater, Restaurants. Aber was soll's. Geduld.«

»Ist doch nur aufgeschoben, mein Liebes«, tröstete Rigoberto sie und gab ihr einen Kuss auf den Kopf. »Wenn nicht im Frühjahr, dann im Herbst. Das ist auch eine schöne Jahreszeit, die Bäume leuchten golden, und das Laub legt einen Teppich in die Straßen. Für Oper und Konzerte ist es die beste.«

»Glaubst du, bis Oktober ist der Ärger mit den Hyänen vorbei?«

»Sie haben kein Geld, und mit dem bisschen, was ihnen bleibt, versuchen sie die Ehe annullieren und ihren Vater entmündigen zu lassen«, sagte Rigoberto. »Das werden sie zwar nicht schaffen, aber sich ruinieren. Weißt du was? Ich hätte nie gedacht, dass Ismael in der Lage wäre, so etwas zu tun. Erstens, Armida zu heiraten. Und zweitens, eine so unerbittliche Rache zu planen, um Miki und Schlaks fertigzumachen. Man lernt die Menschen wirklich nie ganz kennen, alle sind unergründlich.«

Sie unterhielten sich noch eine Weile, während es draußen dunkel wurde und die Stadt zu leuchten begann. Sie sahen das Meer nicht mehr, nicht den Himmel, die Nacht erfüllt von kleinen Lichtern wie von Glühwürmchen. Lucrecia erzählte Rigoberto, sie habe einen Schulaufsatz von Fonchito gelesen, der sie beeindruckte. Er ging ihr nicht mehr aus dem Sinn.

»Sieh an, er hat ihn dir gezeigt?«, stichelte Rigoberto. »Du hast doch nicht in seinen Sachen gewühlt.«

»Nein, er lag offen auf seinem Tisch, ich war neugierig. Deshalb habe ich ihn gelesen.«

»Keine gute Idee, ohne seine Erlaubnis und hinter seinem Rücken.« Rigoberto tat vorwurfsvoll.

»Es hat mich nicht losgelassen«, fuhr sie fort, ohne etwas auf ihn zu geben. »Er ist halb philosophisch, halb religiös. Über die Freiheit und das Böse.«

»Hast du ihn zur Hand?«, fragte Rigoberto interessiert. »Ich würde auch gern einen Blick hineinwerfen.«

»Ein Exemplar für den Herrn Vorwitz liegt auf dem Schreibtisch«, sagte Lucrecia. »Ich habe eine Kopie gemacht.«

Rigoberto schloss sich inmitten seiner Bücher, CDs und Bilder ein, um Fonchitos Aufsatz zu lesen. »Die Freiheit und das Böse« war recht kurz. Es ging darum, dass Gott, als er den Menschen schuf, wahrscheinlich keine Art Maschine im Sinn hatte, programmiert von der Geburt bis zum Tod, wie es bei Pflanzen und Tieren der Fall war, sondern ein Wesen mit einem freien Willen und in der Lage, über sein Handeln zu bestimmen. So kam die Freiheit in die Welt. Aber diese Fähigkeit erlaubte es dem Menschen, das Böse zu wählen, es vielleicht auch zu erschaffen, indem er Dinge tat, die nicht nur all dem widersprachen, was aus Gott hervorging, sondern des Teufels Daseinsgrund waren, das Fundament seiner Existenz. So war das Böse also ein Kind der Freiheit, etwas Menschengeschaffenes. Was nicht bedeutete, dass die Freiheit an sich schlecht wäre, nein, sie war ein Geschenk, das große wissenschaftliche und technische Entdeckungen ermöglicht hatte, gesellschaftlichen Fortschritt, die Abschaffung von Sklaverei und Kolonialismus, die Menschenrechte und so weiter. Aber sie war auch der Ursprung von Grausamkeiten und schrecklichem Leid, das niemals aufhörte und den Fortschritt wie ein Schatten begleitete.

Rigoberto war beunruhigt. Alle diese Gedanken, dachte er, standen irgendwie in Verbindung mit den Erscheinungen des Edilberto Torres und seinen tränenreichen Auftritten. Oder war der Aufsatz eine Folge von Fonchitos Gespräch mit Pater O'Donovan? Hatte sein Sohn Pepín vielleicht wiedergesehen?

In dem Moment kam Justiniana aufgeregt ins Arbeitszimmer gestürzt. Der »Frischvermählte« sei am Telefon.

»So sollte ich ihn melden, hat er gesagt, Don Rigoberto«, erklärte das Mädchen. »»Sagen Sie ihm, der Frischvermählte ist am Apparat, Justiniana««

»Ismael!« Rigoberto sprang auf und griff zum Hörer. »Hallo? Hallo? Bist du es? Bist du in Lima? Seit wann?«

»Oh nein, noch nicht, Rigoberto«, sagte eine gickelnde Stimme, die er als die seines Chefs erkannte. »Natürlich sage ich dir nicht, von wo aus ich anrufe, ein Vögelchen hat mir nämlich gezwitschert, dass dein Telefon abgehört wird, von wem, das wissen wir beide. Von einem wunderschönen Ort aus jedenfalls, du kannst also vor Neid erblassen.«

Er lachte, ein überglückliches Lachen, und Rigoberto kam der schreckliche Verdacht, dass sein Exchef und Freund vielleicht tatsächlich nicht mehr alle auf der Reihe hatte und nur noch debil war. Ob die Hyänen in der Lage wären, eine dieser Spionagefirmen mit dem Anzapfen seines Telefons zu beauftragen? Unmöglich, ihre grauen Zellen reichten dafür nicht aus. Oder vielleicht doch?

»Na prima, was willst du mehr«, antwortete er. »Schön für dich, Ismael. Ich sehe, dem Flitterwöchner geht es prächtig, und du hast noch Puste übrig. Oder zumindest lebst du noch. Freut mich, mein Lieber.«

»Ich bin in Topform, Rigoberto. Und eins kann ich dir sagen, nie habe ich mich besser gefühlt und auch nicht glücklicher als in diesen Tagen. Du hörst es ja.«

»Großartig, ja«, stimmte Rigoberto ein. »Also, nicht dass ich dich mit schlechten Neuigkeiten behelligen möchte, erst recht nicht am Telefon. Aber ich nehme an, du hast mitbekommen, was du hier angerichtet hast. Was auf uns einprasselt.«

»Claudio Arnillas erzählt mir alles haarklein und schickt mir die Ausschnitte aus der Presse. Es amüsiert mich köstlich, wenn ich lese, dass ich entführt wurde und unter Altersdemenz leide. Ihr beide, du und Narciso, wart Komplizen bei meiner Entführung, nicht wahr?«

Wieder lachte er schallend, lange, laut, sarkastisch.

»Schön, dass du es mit so viel Humor nimmst«, brummte Rigoberto. »Narciso und ich amüsieren uns nicht ganz so, das kannst du dir denken. Die Brüderchen machen deinen Chauffeur noch verrückt mit ihren Intrigen und Drohungen. Und uns nicht minder.«

»Es tut mir sehr leid, was ich euch zugemutet habe, Junge.« Ismael wurde auf einmal ernst. »Dass man die Auszahlung deiner Rente verhindert, dass du die Reise nach Europa stornieren musstest. Ich weiß alles, Rigoberto. Ich bitte dich und Lucrecia tausendmal um Entschuldigung für diese Unannehmlichkeiten. Aber bald ist es vorbei, das schwöre ich dir.«

»Was sind schon der Ruhestand und eine Reise nach Europa, wenn man mit einem so tollen Hecht befreundet ist«, spöttelte Rigoberto. »Da erzähle ich dir lieber nichts von meinen gerichtlichen Vorladungen, beschuldigt der Begünstigung und Mittäterschaft bei einer Entführung, am Ende verderbe ich dir noch deinen Honeymoon. Egal, ich hoffe, das sind bald nur noch Anekdoten und wir können darüber lachen.«

Und wieder lachte Ismael schallend, als hätte das Ganze nur wenig mit ihm zu tun.

»Freunde wie dich gibt es heute nicht mehr, Rigoberto. Ich wusste es immer.«

»Arnillas hat dir sicher gesagt, dass dein Chauffeur sich verstecken musste. Die Zwillinge haben ihm die Polizei auf den Hals geschickt, und so irre die sind, würde es mich nicht wundern, wenn sie noch ein paar Killer hinterherschicken, um ihm was Bestimmtes abzuschneiden.«

»Ja, die sind zu allem fähig«, sagte Ismael. »Der Schwarze ist mit Gold nicht aufzuwiegen. Beruhige ihn, er soll sich keine Sorgen machen. Sag ihm, seine Treue wird belohnt werden, Rigoberto.«

»Kommst du bald zurück, oder machst du weiter mit deinen Flitterwochen, bis dir das Herz zerspringt und du abtrittst?«

»Ich muss nur noch eine Sache zu Ende bringen, du wirst staunen, Rigoberto. Sobald ich das erledigt habe, komme ich nach Lima und regle alles. Dann ist der Spuk im Nu vorbei. Es tut mir wirklich leid, dass ich dir solche Scherereien bereite. Deshalb habe ich dich angerufen, weiter nichts. Wir sehen uns bald. Gib Lucrecia ein Küsschen von mir, und du sei umarmt.«

»Du auch, Küsschen für Armida«.

Als Rigoberto aufgelegt hatte, starrte er auf den Apparat. Venedig? Côte d'Azur? Capri? Wo sie wohl waren, die Turteltäubchen. Irgendwas Exotisches wie Indonesien oder Thailand? War Ismael wirklich so glücklich, wie er sagte? Ja, ohne Zweifel, das hörte man an seinem jugendlichen Lachen. Mit achtzig Jahren hatte er entdeckt, dass das Leben nicht nur aus Arbeit bestand, man konnte auch verrückte Dinge tun. Mal ausflippen, die Freuden des Sex und der Rache genießen. Schön für ihn. In dem Moment kam Lucrecia ungeduldig ins Arbeitszimmer:

»Was ist passiert? Was hat Ismael dir gesagt? Erzähl schon.«

»Er hört sich putzmunter an. Er lacht nur über alles, unglaublich«, fasste er zusammen. Und da überkam ihn wieder der Verdacht: »Weißt du, was ich denke, Lucrecia? Und wenn er wirklich gaga ist? Wenn er nicht mal merkt, was für einen Unsinn er treibt?«

»Meinst du das ernst oder ist das ein Scherz, Rigoberto?«

»Bisher dachte ich, er ist völlig klar im Kopf und seiner Sinne mächtig«, fuhr er fort. »Aber als ich hörte, wie er am Telefon lachte, bin ich nachdenklich geworden. Er amüsiert sich wie toll über alles, was hier passiert, als wäre ihm der Skandal und was er uns eingebrockt hat schnurzegal. Aber ich weiß nicht, vielleicht bin ich auch nur überreizt. Kannst du dir vorstellen, wie wir dastehen, wenn sich herausstellt, dass Ismael über Nacht dem Altersschwachsinn verfallen ist?«

»Keine gute Idee, mir diesen Floh ins Ohr zu setzen, Rigoberto. Ich werde ihn die ganze Nacht nicht mehr los. Dumm für dich, wenn ich kein Auge zutue, sei gewarnt.«

»Ich weiß, das ist albernes Zeug, hör nicht auf mich, es ist nur eine Beschwörung, damit nicht passiert, was passieren könnte«, beruhigte sie Rigoberto. »Aber ehrlich, ich hätte nicht erwartet, dass er so unbekümmert tut. Als hätte es nichts mit ihm zu tun. Entschuldige, nein. Ich weiß, was mit ihm los ist. Er ist glücklich. Das ist der Schlüssel des Ganzen. Zum ersten Mal in seinem Leben erfährt Ismael, was es heißt, richtig zu vögeln, Lucrecia. Mit Clotilde war es nur ehelicher Zeitvertreib. Mit Armida ist die Sünde dabei, und schon funktioniert's.«

»Du wieder mit deinem Schweinkram«, protestierte seine Frau. »Außerdem weiß ich nicht, was du gegen ehelichen Zeitvertreib hast. Ich glaube, der unsere funktioniert prächtig.«

»Natürlich, mein Schatz, ganz wunderbar«, sagte er und küsste Lucrecia auf die Hand, aufs Ohr. »Am besten machen wir es wie er und messen der Sache keine Bedeutung bei. Fassen uns in Geduld, bis der Sturm vorüberzieht.«

»Wollen wir nicht ausgehen, Rigoberto? Ins Kino und dann in irgendein Restaurant?«

»Sehen wir uns lieber hier einen Film an«, antwortete er. »Allein bei der Vorstellung, dass einer dieser Typen auftaucht, Fotos macht, mir so ein Ding unter die Nase hält und mich nach Ismael und den Zwillingen fragt, dreht sich mir der Magen um.«

Denn seit die Presse sich auf die Nachricht von Ismaels Hochzeit mit Armida gestürzt und von den polizeilichen und gerichtlichen Betreibungen seiner Söhne zur Annullierung der Ehe und seiner Entmündigung berichtet hatte, war in den Zeitungen, im Radio und im Fernsehen, in den sozialen Netzwerken und den Blogs von nichts anderem mehr die Rede. Die Fakten verschwanden unter kübelweise Klatsch und Tratsch, Übertreibungen, Erdichtungen, Diffamierungen und Gemeinheiten, in denen die ganze Schlechtigkeit, der Groll und die Unkultur, die Perversionen, Ressentiments und Komplexe der Leute ein Ventil gefunden zu haben schienen. Wenn er selbst nicht notgedrungen Teil dieses Presseboheis wäre, wenn er nicht ständig angefragt würde von Schreiberlingen, die ihre Ignoranz durch Unverschämtheiten und eine krankhafte Neugier wettmachten, dann wäre, sagte sich Rigoberto, dieses Spektakel, mit dem Ismael Carrera und Armida nun die ganze Stadt unterhielten und in dem sie, ob gedruckt oder gesendet, durch den Schmutz gezogen oder auf diesen Scheiterhaufen gebunden wurden, den Miki und Schlaks entzündet hatten und täglich mit Erklärungen, Interviews, Artikeln, Hirngespinsten und Delirien befeuerten – dann wäre das für ihn etwas Unterhaltsames gewesen und noch dazu lehrreich. Ein Lehrstück über dieses Land, diese Stadt und über die Menschenseele im Allgemeinen. Und über ebenjenes Böse, das Fonchito, seinem Aufsatz nach zu urteilen, so sehr beschäftigte. Ein Lehrstück, ja, dachte er. Über viele Dinge.

Das Telefonat mit seinem Exchef und Freund hatte ihn deprimiert. Er bedauerte nicht, ihm als Trauzeuge behilflich gewesen zu sein. Aber die Folgen dieser Unterschrift wurden langsam bedrückend. Es war nicht so sehr der Ärger mit dem Gericht und der Polizei, auch nicht die Verzögerung bei der Regelung seines Vorruhestands, denn er dachte (toi, toi, toi, alles konnte passieren), dass sich das irgendwie in Ordnung bringen ließe. Und Lucrecia und er würden nach Europa reisen.

Das Schlimmste war, dass man ihn in den Skandal hineinzog, fast täglich hob die Sensationsgier ihn auf die Seiten der Blätter, besudelt von einem stinkenden Kloakenjournalismus. Voll Bitterkeit fragte er sich: Wozu hat es dir genutzt, dieses kleine Refugium mit Büchern, Bildbänden, CDs, all diesen erlesenen, feinen, intelligenten und schönen Dingen, die du so eifrig gesammelt hast in dem Glauben, hier wärst du geschützt vor der Unkultur, der Frivolität, der Dummheit und der Leere? Seine alte Vorstellung, man müsse inmitten des Sturms Inseln oder kleine Bollwerke der Kultur errichten, gefeit gegen die Barbarei ringsum, sie ging nicht auf. Der Skandal, den sein Freund Ismael und die Hyänen heraufbeschworen hatten, ließ all seine Säure, seinen Eiter, sein Gift bis hinein in sein Arbeitszimmer sickern, dieses Terrain, auf das er sich schon seit so vielen Jahren – zwanzig, fünfundzwanzig, dreißig? – zurückzog, um das wahre Leben zu leben. Ein Leben, das ihn entschädigte für die Policen und Verträge der Versicherungsgesellschaft, für die Intrigen und Scharmützel der Lokalpolitik, für die Verlogenheit und Idiotie der Leute, mit denen Umgang zu pflegen er täglich genötigt war. Jetzt, mit dem Skandal, nutzte auch die Einsamkeit seines Arbeitszimmers ihm nichts. Am Abend zuvor hatte er es versucht. Er legte eine wunderschöne Aufnahme ein, Arthur Honeggers Oratorium »König David«, aufgeführt an keinem geringeren Ort als in der Kathedrale Notre-Dame de Paris, eine Musik, die ihn immer tief bewegte. Doch diesmal schaffte er es nicht eine Sekunde, sich zu konzentrieren. Er schweifte ab, seine Erinnerung gab ihm die Bilder und Sorgen der letzten Tage zurück, das Entsetzen, wann immer sein Name in den Meldungen erschien, die, auch wenn er die Zeitungen nicht kaufte, seine Bekannten ihm zukommen ließen oder eisern kommentierten, womit sie ihm und Lucrecia das Leben vergällten. Er musste das Gerät ausschalten und ruhig sitzen bleiben, die Augen geschlossen, auf die Schläge seines Herzens hörend, im Mund ein fader Geschmack. Und noch einmal sagte er sich, so wie immer, wenn er deprimiert war, wie sehr er sich doch geirrt hatte, als er in seiner Jugend beschloss, nicht auszuwandern, sondern dazubleiben, in Lima, der Schrecklichen, fest davon überzeugt, er könne sein Leben auf eine Art organisieren, dass er, auch wenn er zum Broterwerb viele Stunden am Tag in den Weltenlärm der Peruaner aus der Oberschicht eintauchen musste, tatsächlich einmal in dieser reinen, schönen, hehren, aus erhabenen Dingen geschaffenen Enklave leben würde, erbaut als Alternative zum Joch des Alltags.

An diesem Abend, nach dem Essen, fragte er Fonchito, ob er müde sei.

»Nein«, antwortete der. »Wieso fragst du, Papa?«

»Ich würde mich gerne einen Moment mit dir unterhalten, wenn es dir nichts ausmacht.«

»Solange es nicht um Edilberto Torres geht, mit Vergnügen«, sagte Fonchito und lächelte schelmisch. »Ich habe ihn nicht wieder gesehen, du kannst also beruhigt sein.«

»Kein Wort von ihm, versprochen«, und so wie er es als kleiner Junge immer gemacht hatte, kreuzte Rigoberto zwei Finger, küsste sie und schwor: »Bei Gott.«

»Du sollst den Namen Gottes nicht missbrauchen, ich bin nämlich gläubig«, mahnte Lucrecia. »Geht ins Arbeitszimmer. Ich sage Justiniana, sie soll euch den Nachtisch rüberbringen.«

Während sie das Lúcuma-Eis aßen, spähte Rigoberto zwischen jedem Löffel nach Fonchito. Ihm gegenübersitzend, die Beine übereinandergeschlagen, löffelte der sein Eis langsam und schien eingenommen von einem fernen Gedanken. Er war kein Kind mehr. Seit wann rasierte er sich? Seine Haut war ganz glatt, das Haar verwuschelt. Er trieb nicht viel Sport, auch wenn es so aussah, denn er war schlank und athletisch. Ein wirklich hübscher Junge, die Mädchen mussten ihm zu Füßen liegen. Das sagten alle. Aber sein Sohn schien sich für solche Dinge nicht zu interessieren, er hatte es mehr mit Halluzinationen und religiösen Fragen. War das nun gut oder schlecht? Sähe er es lieber, wenn Fonchito ein ganz normaler Junge wäre? Normal, dachte er und stellte sich seinen Sohn vor, wie er in diesem affigen Stummeljargon der Jugendlichen seiner Generation sprach, sich an den Wochenenden betrank, kiffte und kokste oder in den Diskotheken des Badeorts Asia Ecstasy-Pillen schluckte, bei Kilometer Hundert der Panamericana, wie all die reichen Schnöselchen aus Lima. Ihn schauderte. Tausendmal besser, er sah Gespenster oder den Teufel leibhaftig und schrieb Aufsätze über das Böse.

»Ich habe gelesen, was du über die Freiheit und das Böse geschrieben hast«, sagte er. »Es lag auf deinem Tisch, da bin ich neugierig geworden. Ich hoffe, es macht dir nichts aus. Es hat mich sehr beeindruckt, wirklich. Gut geschrieben und mit vielen persönlichen Gedanken. Für welches Fach ist es?«

»Spanisch«, sagte Fonchito wie ungerührt. »Herr Iturriaga hat uns ein freies Thema aufgegeben. Mir ist das eingefallen. Aber es ist nur ein Entwurf. Ich muss noch korrigieren.«

»Ich war überrascht, ich wusste nicht, dass du dich so für Religion interessierst.«

»Hältst du den Text für religiös?« Fonchito schaute verwundert. »Wohl eher philosophisch. Na ja, ich weiß nicht, Philosophie und Religion vermischen sich, stimmt schon. Hast du dich nie für Religion interessiert, Papa?«

»Ich war auf dem La Recoleta, einer katholischen Schule«, sagte Rigoberto. »Danach auf der Katholischen Universität. Ich habe mich sogar eine Zeitlang bei der Katholischen Aktion engagiert, zusammen mit Pepín O'Donovan. Klar habe ich mich als junger Mensch dafür interessiert. Aber irgendwann habe ich den Glauben verloren und nie wiedergefunden. Wahrscheinlich habe ich ihn verloren, als ich anfing zu denken. Als Gläubiger sollte man nicht allzu viel denken.«

»Das heißt, du bist Atheist. Du glaubst, dass es vor diesem Leben und danach nichts gibt. Das heißt doch, Atheist zu sein, oder?«

»Jetzt geht's ans Eingemachte«, rief Rigoberto. »Ich bin kein Atheist, ein Atheist ist auch ein Gläubiger. Er glaubt, dass es Gott nicht gibt, nicht wahr? Ich bin eher Agnostiker, wenn ich denn überhaupt etwas bin. Jemand, der einfach ratlos ist, unfähig, daran zu glauben, dass es Gott gibt oder dass es Gott nicht gibt.«

»Weder Fisch noch Fleisch.« Fonchito lachte. »Eine sehr bequeme Art, sich vor der Frage zu drücken, Papa.«

So ein frisches, gesundes Lachen, dachte Rigoberto, er war ein guter Junge. Er steckte in einer Pubertätskrise, litt unter Zweifeln und Ungewissheiten über das Diesseits und das Jenseits, aber das sprach für ihn. Nur zu gerne hätte er ihm geholfen. Aber wie, wie sollte er.

»So ähnlich, aber den Spott kannst du dir sparen«, sagte er. »Soll ich dir etwas sagen, Fonchito? Ich beneide die Gläubigen. Nicht die fanatischen, klar, die machen mir Angst. Die wahren Gläubigen. Die einen Glauben haben und versuchen, ihr Leben nach ihren religiösen Überzeugungen auszurichten. Ganz schlicht, ohne Aufhebens und Getue. Ich kenne nicht viele, aber einige schon. Und sie scheinen mir beneidenswert. Apropos, bist du gläubig?«

Fonchito wurde ernst und dachte kurz nach, bevor er antwortete.

»Ich wüsste gern mehr über Religion, niemand hat es mir beigebracht«, sagte er, nicht ohne vorwurfsvollen Unterton. »Deshalb haben wir uns, der Stups und ich, einem Bibelkreis angeschlossen. Wir treffen uns immer freitags, nach der Schule.«

»Hervorragende Idee«, rief Rigoberto. »Die Bibel ist ein wunderbares Buch, alle sollten sie lesen, ob gläubig oder nicht. Für die Allgemeinbildung vor allem. Aber auch, um die Welt, in der wir leben, besser zu verstehen. Vieles von dem, was um uns geschieht, steht direkt oder indirekt schon in der Bibel.«

»Wolltest du darüber mit mir sprechen, Papa?«

»Eigentlich nicht«, sagte Rigoberto. »Ich wollte mit dir über Ismael sprechen und den Skandal, den wir am Hals haben. Die Sache ist sicher schon bis zu dir in die Schule gedrungen.«

Fonchito lachte wieder.

»Man hat mich tausendmal gefragt, ob es stimmt oder nicht, dass du ihm geholfen hast, seine Köchin zu heiraten, wie die Zeitungen schreiben. In den Blogs kommst du andauernd vor im Zusammenhang mit dieser Geschichte.«

»Armida ist nie seine Köchin gewesen«, sagte Rigoberto. »Eher seine Haushälterin. Sie hat sich ums Saubermachen gekümmert und um den Haushalt, vor allem als Ismael Witwer wurde.«

»Ich war ein paarmal bei ihm zu Hause, aber ich kann mich gar nicht an sie erinnern«, sagte Fonchito. »Sieht sie wenigstens gut aus?«

»Sagen wir vorzeigbar«, entschied Rigoberto salomonisch. »Jedenfalls ist sie sehr viel jünger als Ismael. Glaub nicht all den Unsinn, den die Presse verbreitet. Er sei entführt worden, er sei vertrottelt, er hätte nicht gewusst, was er tat. Ismael ist bei vollem Verstand, deshalb war ich auch einverstanden, sein Trauzeuge zu sein. Natürlich ohne zu ahnen, wie groß der Ärger würde. Aber das geht schon vorbei. Ich wollte dir erzählen, dass man bei der Versicherung meinen Vorruhestand hintertreibt. Die Zwillinge haben mich angezeigt als angeblichen Komplizen bei einer Entführung, die es nie gegeben hat. Ich sitze also jetzt hier in Lima fest, mit Vorladungen und Anwälten. Das meinte ich. Es ist eine schwierige Zeit für uns, und solange das nicht geklärt ist, werden wir den Gürtel etwas enger schnallen müssen. Es wäre auch nicht gut, wenn wir die Ersparnisse aufbrauchen, denn an denen hängt die Zukunft von uns dreien. Vor allem deine. Ich wollte, dass du Bescheid weißt.«

»Ja, klar, Papa, mach dir keine Sorgen«, sagte Fonchito aufmunternd, »du kannst auch mein Taschengeld aussetzen, bis das vorbei ist.«

»So schlimm ist es auch wieder nicht.« Rigoberto lächelte. »Für dein Taschengeld reicht es allemal. Aber sag, was redet man so in der Schule, unter den Lehrern, den Schülern?«

»Die allermeisten halten zu den Zwillingen, logisch.«

»Den Hyänen? Da sieht man, dass sie die beiden nicht kennen.«

»Sind eben Rassisten«, sagte Fonchito. »Sie verzeihen es dem Herrn Ismael nicht, dass er eine Chola geheiratet hat. Sie glauben, dass niemand, der bei Sinnen ist, so etwas tun würde und dass Armida es nur auf sein Geld abgesehen hat. Du weißt nicht, mit wie vielen ich mich schon gestritten habe, um deinen Freund zu verteidigen, Papa. Nur Pezzuolo unterstützt mich, aber mehr aus Freundschaft, nicht weil er denkt, ich hätte recht.«

»Du verteidigst eine gute Sache, mein Junge«, Rigoberto gab ihm einen Klaps aufs Knie. »Und auch wenn niemand es glaubt, aber bei Ismael ist es eine Liebesheirat gewesen.«

»Darf ich dir eine Frage stellen, Papa?«, fragte Fonchito auf einmal, als es schon aussah, als wollte er das Zimmer verlassen.

»Aber natürlich, Junge, welche auch immer.«

»Da ist etwas, was ich nicht verstehe«, begann er zögerlich. »Es betrifft dich, Papa. Du hast dich immer für Kunst interessiert, für Malerei, Musik, Bücher. Von nichts anderem sprichst du so leidenschaftlich. Aber warum bist du dann Jurist geworden? Warum hast du dein ganzes Leben in einer Versicherungsgesellschaft gearbeitet? Du hättest Maler werden sollen,

Musiker, was weiß ich. Warum bist du deiner Neigung nicht gefolgt?«

Rigoberto nickte und überlegte, bevor er antwortete.

»Aus Feigheit, mein Junge«, murmelte er. »Weil ich nicht an mich selbst geglaubt habe. Ich habe nie geglaubt, dass ich das Talent hätte, ein echter Künstler zu werden. Aber vielleicht war es nur ein Vorwand, um es nicht zu versuchen. Ich habe beschlossen, kein Kunstschaffender zu sein, sondern bloß ein Kunstkonsument, ein Liebhaber der Kultur. Aus Feigheit, das ist die traurige Wahrheit. Jetzt weißt du es. Folge nur nicht meinem Beispiel. Welche Neigung du auch verspürst, folge ihr und mach es nicht wie ich, verrate sie nicht.«

»Ich hoffe, es hat dich nicht verletzt, Papa. Die Frage wollte ich dir schon lange stellen.«

»Ich selber stelle sie mir seit vielen Jahren, Fonchito. Du hast mich gezwungen, sie zu beantworten, und dafür bin ich dir dankbar. Du kannst jetzt gehen, gute Nacht.«

Als er nach dem Gespräch mit Fonchito ins Bett ging, war sein Gemüt etwas aufgehellt. Er erzählte Lucrecia, wie gut es ihm getan habe, seinem Sohn, der ja so vernünftig sei, zuzuhören nach der schlechten Laune und dem ganzen Verdruss des Tages. Den letzten Teil der Unterhaltung verschwieg er jedoch.

»Es hat mich sehr gefreut, dass er so klar ist, so reif, Lucrecia. Geht in eine Gruppe, um die Bibel zu lesen, stell dir vor. Wie viele in seinem Alter würden das tun? Nur sehr wenige. Hast du die Bibel gelesen? Ich selber nur Teile, muss ich zugeben, und das ist schon Jahre her. Möchtest du nicht, dass wir, so als Spiel, sie auch mal lesen und darüber sprechen? Es ist ein sehr schönes Buch.«

»Meinerseits mit dem größten Vergnügen, vielleicht funkt es ja und du kehrst zurück zur Kirche«, sagte Lucrecia, und ein paar nachdenkliche Sekunden später: »Ich hoffe, miteinander die Bibel zu lesen spricht nicht dagegen, miteinander zu schlafen, Öhrchen.«

Als sein spitzbübisches Lachen erklang, strichen seine gierigen Hände schon über ihren Körper.

»Die Bibel ist das erotischste Buch der Welt«, sagte er, fast nur ein Hauch. »Wirst schon sehen, sobald wir das Hohelied Salomos lesen oder was Samson alles mit Delilah macht und Delilah mit Samson, glaub mir.«

XIII

»Auch wenn wir Uniform tragen, das ist kein offizieller Besuch«, sagte Hauptmann Silva mit einer so höflichen Vernei-
gung, dass sein Bauch hervorsprang und das Khakihemd knit-
terte. »Ein Freundschaftsbesuch, Señora.«

»Klar, sehr gern«, sagte Mabel und hielt ihnen die Tür auf.
Sie schaute überrascht und erschrocken, blinzelte. »Bitte, kommen Sie herein.«

Als der Hauptmann und der Sergeant unversehens erschienen, hatte sie gerade über Felícito Yanaqué nachgedacht und
sich ein weiteres Mal gesagt, wie sehr die Liebesbeweise des
alten Knaben ihr doch zu Herzen gingen. Immer hatte sie ihn
sehr gemocht, oder zumindest hatte sie ihm gegenüber nie,
obwohl sie schon seit acht Jahren seine Geliebte war, eine hef-
tige Abneigung gespürt, diesen inneren Widerwillen, der sie
in der Vergangenheit immer wieder dazu brachte, von einem
Tag auf den anderen Schluss zu machen mit vorübergehen-
den Geliebten und Gönnern, die ihr mit ihrer Eifersucht, ihren Ansprüchen und Empfindlichkeiten, ihren Launen oder
ihrer Erbitterung nur aufs Gemüt schlugen. Einige Tren-
nungen bedeuteten für sie einen herben finanziellen Verlust.
Aber sie kam nicht dagegen an. Wenn sie einen Mann leid war,
konnte sie nicht weiter mit ihm schlafen. Sie reagierte geradezu
allergisch, mit Kopfweh, Schüttelfrost, erinnerte sich an ihren
Stiefvater, schaffte es kaum, den Brechreiz zu unterdrücken,
wenn sie sich für ihn ausziehen und seinen Wünschen im Bett
hingeben musste. Deshalb, sagte sie sich, war sie auch nicht,
was man eine Hure nennt, egal mit wie vielen Männern sie geschlafen hatte, seit sie ein junges Mädchen war – mit dreizehn
war sie zu Verwandten abgehauen, als diese Geschichte mit
ihrem Stiefvater passierte –, und sie würde auch niemals eine

Hure sein. Huren wussten sich zu verstellen, wenn sie mit ihren Freiern ins Bett gingen, sie nicht. Mabel musste zumindest Sympathie für den Mann verspüren und außerdem, wie die Piuraner es etwas gewöhnlich ausdrückten, erst die Muschel schmücken: Einladungen, Ausflüge, kleine Geschenke, Gesten und Manieren, die dem Eigentlichen eine gewisse Form und so den Anschein einer Liebesbeziehung gaben.

»Danke, Señora«, sagte Hauptmann Silva und tippte sich wie zum militärischen Gruß an den Mützenschirm. »Wir werden versuchen, Ihnen nicht allzu viel Zeit zu stehlen.«

Sergeant Lituma echote: »Danke, Señora.«

Mabel führte sie ins Wohnzimmer, bedeutete ihnen, Platz zu nehmen, und brachte zwei gekühlte Fläschchen Inca Kola. Vor lauter Nervosität lächelte sie nur, wartete. Die Polizisten nahmen ihre Mützen ab, machten es sich in den Sesseln bequem, und Mabel sah, dass sie verschwitzte Haare hatten und der Schweiß ihnen auf der Stirn stand. Sie sollte den Ventilator anstellen, dachte sie, aber sie fürchtete, wenn sie sich aus dem Sessel erhob, würden der Hauptmann und der Sergeant bemerken, wie ihr auf einmal die Beine und die Hände zitterten. Was sollte sie ihnen sagen, wenn ihr jetzt auch noch die Zähne klapperten? »Ich bin ein wenig unpässlich, leichtes Fieber, weil ich, na ja, Frauen haben so etwas nun mal, Sie wissen schon.« Würden sie ihr glauben?

»Wir sind nicht hier, Señora«, Hauptmann Silva sprach mit einem süßen Schmelz in der Stimme, »um Sie zu verhören, sondern um ein freundschaftliches Gespräch zu führen. Das ist etwas anderes, Sie verstehen. Ein freundschaftliches.«

In diesen acht Jahren hatte sie nie allergisch auf Felícito reagiert. Ohne Zweifel, weil er ein guter Kerl war. Wenn sie sich am Tag seines Besuchs etwas unwohl fühlte, ihre Regel hatte oder einfach keine Lust, für den Herrn die Beine breit zu machen, drängte der Chef von Transportes Narihualá sie nicht. Im Gegenteil, er war besorgt, holte das Thermometer, wollte sie zum Arzt bringen, zur Apotheke gehen und ein Medikament besorgen. Ob er sehr verliebt war? So oft schon hatte Mabel das gedacht. Das Geld für die Miete und die paar tausend Sol im Monat gab ihr das Alterchen jedenfalls nicht nur, um ein oder zwei Mal in der Woche mit ihr zu schlafen. Und er kam nicht nur seinen Verpflichtungen nach, sondern machte ihr auch ständig kleine Geschenke, zu ihrem Geburtstag und zu Weihnachten, auch an Tagen, an denen niemand etwas schenkte, an den Nationalfeiertagen etwa oder, im Oktober, während der Festwoche von Piura. Selbst wenn er mit ihr schlief, zeigte er ihr jedes Mal, dass es ihm nicht nur um Sex ging. Er flüsterte ihr die schönsten Dinge ins Ohr, küsste sie zärtlich, schaute sie lange verzückt an, voll Dankbarkeit, wie ein echtes Jungchen. War das nicht Liebe? Mabel dachte oft, wenn sie es darauf anlegte, könnte sie es schaffen, dass Felícito seine Frau verließ, diese rundliche Chola, die mehr wie ein Schreckgespenst aussah als wie ein Mensch, und ihn heiraten. Sie musste zum Beispiel nur schwanger werden, losheulen und ihm die Pistole auf die Brust setzen: »Du willst doch nicht, dass dein Kind ein Bankert wird, oder, Herzchen?« Aber sie hatte es nie versucht, und das würde sie auch nicht, denn sie, Mabel, schätzte ihre Freiheit zu sehr, ihre Unabhängigkeit würde sie nicht aufgeben für eine leidliche Sicherheit. Auch fand sie es wenig berückend, in ein paar Jahren einen alten Mann zu pflegen, dem sie dann den Sabber abwischen und die vollgepinkelten Laken wechseln durfte.

»Mein Wort, wir werden Ihnen nicht die Zeit stehlen, Señora«, sagte Hauptmann Silva noch einmal, wie die Katze vor dem heißen Brei, statt ihr den wahren Grund für diesen ungelegenen Besuch endlich zu nennen. Die Art, wie er sie anschaute, dachte Mabel, widersprach seinem manierlichen Ton. »Außerdem, wenn Sie genug von uns haben, sagen Sie es ganz offen, und wir empfehlen uns.«

Warum gab sich der Polizist so höflich, dass es schon lächerlich wirkte? Was hatte er im Sinn? Er wollte sie beruhigen, ganz sicher, aber sein Geziere und Getue, sein falsches Lächeln fachte Mabels Misstrauen nur an. Was hatten die beiden vor? Anders als der Hauptmann konnte sein Gehilfe, der Sergeant,

nicht verbergen, dass er nervös war. Er beobachtete sie irgendwie komisch, unruhig und auf der Hut, als wäre ihm vor etwas
bange, und die ganze Zeit knetete er sein Doppelkinn, zwir-
belte es fast.

»Wie Sie mit eigenen Augen sehen können, haben wir kein
Aufnahmegerät dabei«, fügte Hauptmann Silva hinzu, hielt
die Hände auf und klopfte sich theatralisch auf die Taschen.
»Nicht mal Stift und Papier. Sie können also beruhigt sein, es
wird keine Spur geben von dem, was wir hier besprechen. Alles
vertraulich. Nur unter uns. Sonst niemand.«

In den Tagen, die auf die Woche ihrer Entführung folgten,
hatte Felícito sich so unglaublich liebevoll und aufmerksam gezeigt, dass es Mabel schon fast zu viel wurde. Sie erhielt einen
großen Strauß roter Rosen, eingeschlagen in Cellophan, mit
einem eigenhändig geschriebenen Kärtchen, auf dem stand:
»Mit all meiner Liebe und tiefbetrübt über die harte Prüfung,
die ich dir, allerliebste Mabelita, aufgebürdet habe, schickt dir
diese Blumen der Mann, der dich anbetet: Dein Felícito.« Es
war der größte Blumenstrauß, den sie in ihrem Leben gesehen hatte. Als sie die Karte las, bekam sie feuchte Augen und
klamme Hände, was ihr sonst nur bei Albträumen passierte.
Sollte sie sein Angebot annehmen und Piura verlassen, bis
diese Geschichte vorbei war? Sie zweifelte. Mehr als ein Angebot war es eine Aufforderung gewesen. Felícito hatte Angst,
er glaubte, man könne ihr etwas antun, und er flehte sie an,
nach Trujillo zu fahren, nach Chiclayo, nach Lima, vielleicht
wollte sie ja auch Cusco mal kennenlernen, wohin auch immer, Hauptsache, weit weg von den verdammten Erpressern
mit der Spinne. Er versprach ihr goldene Berge: Es würde ihr
an nichts fehlen, jeder Komfort würde ihr auf der Reise zuteil.
Aber sie konnte sich nicht entschließen. Nicht weil sie keine
Angst gehabt hätte, ganz und gar nicht. Angst war etwas, was
Mabel, anders als so viele ängstliche Leute, die sie kannte, bereits kennengelernt hatte, als ihre Mutter einmal zum Markt gegangen war und ihr Stiefvater die Gelegenheit nutzte und in ihr
Zimmer kam, sie aufs Bett warf und versuchte, sie auszuzie-

hen. Sie wehrte sich, kratzte ihn und rannte, ein halb nacktes, schreiendes junges Mädchen, auf die Straße. Damals hatte sie allerdings erfahren, was es heißt, Angst zu haben. Danach hatte sie so etwas nicht wieder erlebt. Bis jetzt. Denn in diesen Tagen richtete sich die Angst erneut in ihrem Leben ein, eine tiefe, bodenlose, panische Angst. Vierundzwanzig Stunden am Tag. Bei Tag und bei Nacht, abends und morgens, schlafend oder wach. Nie wieder, dachte Mabel, würde sie die Angst los, bis zu ihrem Tod nicht. Wenn sie auf die Straße ging, hatte sie das unangenehme Gefühl, dass man sie beobachtete, und selbst wenn sie sich zu Hause einsperrte, fuhr sie immer wieder vor Schreck zusammen, dass ihr der Atem stockte und der Körper erstarrte. Sie dachte schon, dass ihr kein Blut mehr durch die Adern floss. Obwohl sie wusste, dass man sie beschützte, vielleicht aber auch genau deswegen. Aber war es so? Felícito hatte es ihr versichert, nach einem Gespräch mit Hauptmann Silva. Klar, vor ihrem Haus stand ein Polizist, und wenn sie hinausging, folgten ihr zwei in Zivil, ein Mann und eine Frau, unauffällig in einer gewissen Entfernung. Aber gerade diese Bewachung rund um die Uhr machte sie nur noch nervöser, auch die Bestimmtheit, mit der Hauptmann Silva vorgebracht hatte, die Entführer wären nicht so unvorsichtig und auch nicht so dumm, sie ein weiteres Mal zu überfallen, wo sie genau wüssten, dass die Polizei Tag und Nacht in ihrer Nähe sei. Trotzdem glaubte Felícito nicht, dass sie in Sicherheit wäre. Sobald die Entführer begriffen, dass er sie angelogen hatte, dass er die Anzeige in *El Tiempo* mit dem Dank für das Wunder des Gefangenen Christus von Ayabaca nur aufgegeben hatte, damit sie sie freiließen, und dass er gar nicht daran dachte, das Schutzgeld zu zahlen – sobald sie das begriffen, würden sie durchdrehen und sich an einem ihm nahestehenden Menschen rächen. Und da sie so viel von ihm wüssten, wäre ihnen auch bekannt, dass der Mensch, der Felícito auf der Welt am allernächsten stehe, Mabel sei. Sie solle aus Piura fortgehen, für eine kleine Weile verschwinden, er würde es sich nie verzeihen, wenn diese Kanaillen ihr noch einmal etwas antäten.

Mabel spürte, wie ihr das Herz davonsprang, und schwieg still. Über den Köpfen der beiden Polizisten, zu Füßen des Herzen Jesu, sah sie ihr Gesicht im Spiegel und war erschrocken, wie blass sie war. Sie war so weiß wie eins dieser Gespenster in einem Horrorfilm.

»Kein Grund, nervös zu werden oder Angst zu haben, ich möchte Sie nur bitten, mir zuzuhören«, sagte Hauptmann Silva nach einer längeren Pause. Er sprach sanft, senkte die Stimme, als wollte er ihr ein Geheimnis anvertrauen. »Denn auch wenn es nicht so aussieht, aber dieser außerdienstliche Besuch, außerdienstlich, das möchte ich betonen, ist zu Ihrem Wohl.«

»Dann sagen Sie mir, was los ist, worum es geht«, sagte Mabel schließlich mit erstickter Stimme. Die Umständlichkeit des Hauptmanns und seine heuchlerische Rücksichtnahme irritierten sie. »Sagen Sie mir, weshalb Sie gekommen sind. Ich bin nicht dumm. Verlieren wir nicht unsere Zeit, Señor.«

»Dann zur Sache, Mabel« sagte der Kommissar wie verwandelt. Seine guten Manieren und seine respektvolle Art waren auf einmal dahin. Er sprach jetzt lauter und schaute sie streng an, von oben herab, geradezu unverschämt. Noch dazu duzte er sie: »Tut mir leid für dich, aber wir wissen alles. Du hast dich nicht verhört, Mabelita. Alles, restlos, von vorn bis hinten. Wir wissen zum Beispiel, dass du schon seit einer ganzen Zeit nicht nur Don Felícito Yanaqué als Geliebten hast, sondern noch ein anderes Früchtchen. Besser aussehend und jünger als der alte Knochen mit dem Hut und der Weste, der dir die nette Hütte hier bezahlt.«

»Was erlauben Sie sich!«, protestierte Mabel und wurde heftig rot. »Das lasse ich mir nicht bieten! Eine Lüge!«

»Nicht gleich so frech, lass mich zu Ende reden«, unterbrachen sie die energische Stimme und die drohende Hand von Hauptmann Silva. »Danach kannst du sagen, wozu du Lust hast, kannst heulen und strampeln, so viel du willst. Aber erst mal bist du still. Ich habe hier das Wort, du hältst den Schnabel. Verstanden, Mabelita?«

Ja, vielleicht sollte sie doch Piura verlassen. Aber der Gedanke, allein zu leben, in einer unbekannten Stadt – bisher war sie nur mal nach Sullana gefahren, nach Lobitos, Paita, Yacila, nie über die Grenzen der Region hinaus, weder nach Norden noch nach Süden und auch nicht in die Berge –, dieser Gedanke nahm ihr allen Mut. Was sollte ihr Herz allein an einem Ort ohne Verwandte oder Freunde? Dort wäre sie noch ungeschützter als hier. Würde sie die ganze Zeit darauf warten, dass Felícito sie besuchte? Sie würde in einem Hotel wohnen, sich von früh bis spät langweilen, nichts anderes tun als fernsehen, wenn es denn einen Fernseher gab, und warten, warten, warten. Aber genauso wenig behagte ihr die Vorstellung, dass Tag und Nacht ein Polizist, ob Mann oder Frau, ihre Schritte überwachte, notierte, mit wem sie sich unterhielt, wen sie grüßte oder wer sie ansprach. Mehr als beschützt fühlte sie sich bespitzelt, und dieses Gefühl beruhigte sie nicht, es verunsicherte sie nur noch mehr.

Hauptmann Silva schwieg und zündete sich in aller Ruhe eine Zigarette an. Ohne Hast blies er eine Rauchwolke an die Decke, die dann durchs Zimmer waberte und die Luft mit beißendem Tabakgeruch erfüllte.

»Du wirst sagen, dass dein Privatleben die Polizei nicht zu interessieren hat, und das völlig zu Recht«, sagte der Kommissar schließlich, schnippte die Asche auf den Boden und machte eine Miene zwischen Killer und Philosoph. »Aber nicht dass du zehn oder zwölf Liebhaber hast, besorgt uns. Sondern dass du so verrückt warst, dich mit einem von ihnen zusammenzutun, um Don Felícito Yanaqué zu erpressen, diesen armen Kerl, der dich noch dazu liebt. Dass du so undankbar sein kannst, Mabelita!«

»Was reden Sie da, was ...« Sie stand auf und hob jetzt, empört, bebend, ebenfalls die Stimme, die Faust. »Kein Wort mehr werde ich sagen ohne einen Anwalt. Ich kenne nämlich meine Rechte. Ich ...«

Ein Dickschädel, dieser Felícito! Mabel hätte nie gedacht, dass der alte Knopf eher bereit wäre zu sterben, als den Erpressern das Schutzgeld zu zahlen. Er schien so sanftmütig, so verständnisvoll, und auf einmal bewies er ganz Piura seinen eisernen Willen. Am Tag nach ihrer Freilassung hatten sie ein langes Gespräch geführt. Irgendwann fragte Mabel ihn ganz unverblümt:

»Wenn die Entführer dir gesagt hätten, sie würden mich töten, falls du das Schutzgeld nicht zahlst, hättest du zugelassen, dass sie mich umbringen?«

»Du siehst doch, dass es nicht so gekommen ist, mein Schatz«, stammelte Felícito verlegen.

»Hand aufs Herz«, sagte sie. »Hättest du zugelassen, dass sie mich umbringen?«

»Und danach hätte ich mich umgebracht«, musste er gestehen, mit zerrissener Stimme und einem so rührenden Gesicht, dass sie mit ihm fühlte. »Verzeih, Mabel. Aber nie und nimmer werde ich einem Erpresser Schutzgeld zahlen. Selbst wenn sie mich töten. Oder was ich am meisten auf der Welt liebe, und das bist du.«

»Aber du selber hast mir gesagt, dass alle deine Kollegen in Piura zahlen«, erwiderte Mabel.

»Und viele andere Händler und Geschäftsleute auch, wie es scheint«, sagte Felícito. »Stimmt, das habe ich durch Vignolo erfahren. Sollen sie. Ich kritisiere sie nicht. Jeder weiß, was er tut und wie er seine Interessen verteidigt. Aber ich bin nicht wie sie, Mabel. Ich kann so etwas nicht. Ich kann nicht das Andenken meines Vaters verraten.«

Und dann erzählte er, vor einer erstaunten Mabel, mit Tränen in den Augen von seinem Vater. Nie in den Jahren, die sie zusammen waren, hatte sie ihn auf diese innige Weise von dem alten Herrn sprechen hören. Tief ergriffen, voll Zartgefühl, so wie er ihr im Schummerlicht schöne Dinge sagte, während er sie streichelte. Er war ein Mann vom Lande gewesen, aus sehr bescheidenen Verhältnissen, ein Yanacón aus Chulucanas, und später dann, in Piura, ein Lastenträger, ein städtischer Müllmann. Nie hatte er lesen und schreiben gelernt, und sein Leben lang war er barfuß gelaufen, was man merkte, als sie, damit Felícito zur Schule gehen konnte, in die Stadt zogen. Da musste er sich nämlich Schuhe anziehen, und man konnte sehen, wie komisch er sich beim Laufen fühlte und dass ihm die Füße wehtaten von den Schuhen. Er war kein Mann, der seine Gefühle zeigte und seinen Sohn umarmte oder ihm einen Kuss gab, er sagte auch nichts Nettes zu ihm, wie Väter es so zu ihren Kindern sagen. Er war streng, hart, und seine Hand saß locker, wenn er wütend war. Aber er hatte ihm gezeigt, dass er ihn liebte, denn er hatte ihn auf die Schule geschickt, gekleidet, genährt, auch wenn er selber nichts zu beißen hatte und nicht wusste, was er anziehen sollte, hatte ihm die Fahrschule bezahlt, damit Felícito seinen Führerschein bekam. Dank diesem analphabetischen Yanacón gab es Transportes Narihualá. Sein Vater war vielleicht arm, aber eine aufrechte Seele und deshalb ein großer Mensch, denn nie tat er jemandem etwas an, übertrat kein Gesetz, war auch nicht böse auf die Frau, die ihn mit einem Baby alleingelassen hatte. Wenn die Sache mit der Sünde und dem Bösen und einem Leben nach dem Tod stimmte, musste er jetzt im Himmel sein. Er hatte nicht einmal Zeit gehabt, etwas Schlechtes zu tun, denn sein Leben lang arbeitete er wie ein Tier, hatte die am schlechtesten bezahlten Jobs. Felícito erinnerte sich, wie er abends tot vor Müdigkeit umfiel. Aber nie, das ganz sicher, ließ er zu, dass wer auch immer ihn herumschubste. Für ihn war es das, was darüber entschied, ob ein Mann etwas taugte oder ein Nichts war. Und diesen Rat hatte er ihm auch gegeben, bevor er starb, in einem Bett ohne Matratze im Hospital Obrero: »Lass dich niemals von irgendwem herumschubsen, mein Junge.« Felícito hatte den Rat dieses Vaters befolgt, den er mangels Geld weder in einer Grabnische bestatten noch vor dem Massengrab bewahren konnte.

»Siehst du, Mabel? Es sind nicht die fünfhundert Dollar, die die Mafia von mir verlangt. Darum geht es nicht. Wenn ich sie ihnen gäbe, würden sie mich rumschubsen, und ich wäre ein Nichts im Leben. Sag mir, dass du das verstehst, Liebling.«

Mabel hatte es nicht ganz verstanden, aber seine Worte beeindruckten sie. Erst jetzt, wo sie so lange mit ihm zusammen war, wurde ihr bewusst, dass unter der Schale eines mickrigen Männleins, so dünn, so klein, ein Felícito mit festem Charakter und eisernem Willen steckte. Ja, eher würde er sich umbringen lassen als einzuknicken.

»Halt den Mund und setz dich«, ranzte der Offizier sie an, und Mabel hielt den Mund und sackte wieder in den Sessel. »*Noch* brauchst du keinen Anwalt. *Noch* bist du nicht verhaftet. *Noch* verhören wir dich nicht. Das ist ein freundschaftliches und vertrauliches Gespräch, ich sagte es bereits. Und es wäre besser, wenn du das endlich kapierst. Also lass mich sprechen, Mabelita, und versuch gut aufzunehmen, was ich dir jetzt sage.«

Doch bevor er fortfuhr, nahm er einen weiteren langen Zug an seiner Zigarette und stieß den Rauch, sich kringelnd, langsam aus. Der will mich quälen, dachte Mabel, deshalb ist er hergekommen. Sie fühlte sich erschöpft, müde, als würde sie jeden Moment einschlafen. Etwas vorgebeugt, wie um nicht eine Silbe seines Chefs verpassen, sprach Sergeant Lituma kein Wort und rührte sich nicht. Auch wandte er den Blick nicht eine Sekunde von ihm.

»Die Anschuldigungen wiegen schwer«, sagte der Hauptmann und schaute ihr in die Augen, als wollte er sie hypnotisieren. »Du wolltest uns weismachen, du wärst entführt worden, aber das alles war eine Finte, ausgeheckt von dir und deinem Spießgesellen, um Druck auszuüben auf Don Felícito, den Herrn, der so verrückt nach dir ist. Nur hat es euch nichts genutzt, denn ihr habt nicht mit der Entschlossenheit dieses Mannes gerechnet, sich nicht erpressen zu lassen. Worauf ihr, um ihn weichzukochen, das Büro von Transportes Narihualá an der Avenida Sánchez Cerro angezündet habt. Aber auch das hat euch nichts genutzt.«

»Ich habe es angezündet? Das werfen Sie mir vor? Brandstifterin auch noch?« Mabel versuchte aufzustehen, aber ihre Schwäche oder der aggressive Blick des Hauptmanns hinderte sie daran. Sie ließ sich wieder in den Sessel fallen, eingesunken, die Arme verschränkt. Jetzt war sie nicht nur müde, ihr war heiß, sie schwitzte, spürte, wie es ihr von den Händen troff,

Angst und Schweiß. »Ich habe also das Büro von Transportes Narihualá angezündet?«

»Wir haben noch mehr in petto, aber das ist das Gewichtigste, was dich betrifft«, sagte der Hauptmann und wandte sich seelenruhig an seinen Untergebenen. »Na los, Sergeant, dann sag der Señora, für welche Delikte sie verurteilt werden könnte und welche Strafe sie erwartet.«

Lituma setzte sich auf, rutschte hin und her, befeuchtete sich die Lippen, zog ein Blatt Papier aus der Hemdtasche, entfaltete es, räusperte sich. Und las wie ein Schüler, der vor dem Lehrer eine Lektion aufsagt:

»Verabredung zu einer Straftat im Hinblick auf eine Entführung durch Versenden anonymer Briefe und räuberische Erpressung. Verabredung zu einer Straftat im Hinblick auf die Zerstörung eines Geschäftsraums durch Sprengstoff mit Gefahr für benachbarte Häuser, Gewerbe und Personen als erschwerendem Umstand. Aktive Beteiligung an einer vorgetäuschten Entführung, um einen Unternehmer einzuschüchtern und zur Zahlung von Schutzgeld zu nötigen. Verschleierung, Falschaussage und Täuschung der Behörden im Laufe der Ermittlungen zu der angeblichen Entführung.« Und nachdem er das Blatt wieder eingesteckt hatte: »Das wären im Wesentlichen die Anschuldigungen, Hauptmann. Die Staatsanwaltschaft könnte noch einige hinzufügen, weniger schlimme, wie die illegale Ausübung der Prostitution.«

»Und wie hoch könnte die Strafe ausfallen, wenn die Dame verurteilt wird, Lituma?«, fragte der Hauptmann, seine spöttischen Augen auf Mabel gerichtet.

»Zwischen acht und zehn Jahren Gefängnis«, antwortete der Sergeant. »Kommt immer auf die erschwerenden oder mildernden Umstände an, klar.«

»Sie versuchen mir Angst zu machen, aber da täuschen Sie sich«, murmelte Mabel und musste sich anstrengen, damit ihre Zunge, trocken und rau wie die eines Leguans, nicht den Dienst versagte. »Ohne Anwalt werde ich auf keine dieser Lügen antworten.«

»*Noch* stellt dir niemand Fragen«, Hauptmann Silva grinste. »Das Einzige, was man vorerst von dir will, ist, dass du zuhörst. Verstanden, Mabelita?«

Der böse Blick, mit dem er sie ansah, zwang sie, die Augen zu senken. Mutlos, niedergeschlagen nickte sie.

Mit flatternden Nerven, der Angst und der Vorstellung, dass sie bei jedem Schritt das unsichtbare Polizistenpaar wie einen Schweif hinter sich herzog, war sie fünf Tage kaum vor die Tür gegangen. Auf die Straße trat sie nur, um rasch beim Chinesen an der Ecke einzukaufen, zur Wäscherei zu gehen oder zur Bank. Und gleich rannte sie wieder zurück und verschloss sich in ihrem Kummer und ihren beklemmenden Gedanken. Am sechsten Tag hielt sie es nicht länger aus. Das war kein Leben mehr, das war wie im Gefängnis, und Mabel war fürs Eingesperrtsein nicht gemacht. Sie musste draußen sein, den Himmel sehen, die Stadt riechen, hören, unter die Füße nehmen, musste mitten drin sein im Treiben der Menschen, brauchte das Iah der Esel und das Bellen der Hunde. Sie war keine Klosterschwester und würde es niemals sein. Sie rief ihre Freundin Zoila an und schlug vor, ins Kino zu gehen, in die Nachmittagsvorstellung.

»Was willst denn sehen, Cholita?«, fragte Zoila.

»Ganz egal, was eben gezeigt wird«, sagte Mabel. »Ich muss unter Menschen, mich mit jemandem unterhalten. Ich ersticke hier.«

Sie trafen sich vor dem Hotel Los Portales an der Plaza de Armas, nahmen einen Imbiss im El Chalán und gingen dann ins Multiplex des Einkaufszentrums Open Plaza, gleich bei der Universität. Sie sahen einen etwas pikanten Film, mit nackten Frauen. Zoila tat allzu fromm und bekreuzigte sich bei den Bettszenen. Aber sie war ein rechtes Luder, denn im Privatleben nahm sie sich viele Freiheiten heraus, wechselte den Partner wie das Hemd und prahlte auch noch damit: »Solange der Körper mitspielt, muss man zugreifen, meine Liebe.« Sie war nicht besonders hübsch, hatte aber eine attraktive Figur und machte sich geschmackvoll zurecht. Deshalb, auch wegen ihrer ungezwungenen Art, hatte sie bei den Männern Erfolg. Als sie aus dem Kino kamen, schlug Zoila ihr vor, zum Abendessen mit zu ihr nach Hause zu kommen, aber Mabel mochte nicht, sie wollte nicht so spät allein nach Castilla zurückkehren.

Sie nahm sich ein Taxi, und während die alte Kiste in das schon halb dunkle Viertel eintauchte, sagte sich Mabel, dass es im Grunde ein Glück war, dass die Polizei die Geschichte mit der Entführung vor der Presse geheim gehalten hatte. Sie dachten, auf diese Weise würden sie die Erpresser aus dem Konzept bringen und hätten es leichter, sie zu schnappen. Aber sie war fest davon überzeugt, dass die Nachricht jeden Moment in die Zeitungen gelangte, ins Radio und ins Fernsehen. Und wenn dann der Skandal losbrach, was würde aus ihrem Leben? Vielleicht sollte sie lieber auf Felícito hören und Piura eine Zeitlang verlassen. Warum nicht nach Trujillo? Es hieß, Trujillo sei eine große, moderne, aufstrebende Stadt, mit einem schönen Strand und Häusern und Parks aus der Kolonialzeit. Und das Marinera-Festival, das dort jedes Jahr im Sommer stattfand, sei auch einen Besuch wert. Ob dieses Polizistenpärchen in Zivil ihr im Auto oder auf dem Motorrad folgte? Sie schaute durch die Heckscheibe, nach rechts und nach links, sah aber kein Fahrzeug. Vielleicht war das mit dem Polizeischutz nur ein Märchen. Man musste schon strohdumm sein, um den Versprechungen der Bullen zu glauben.

Sie stieg aus, zahlte und ging die paar Schritte von der Ecke zu ihrem Haus mitten auf der leeren Straße, auch wenn in fast allen Türen und Fenstern der Nachbarhäuser die fahlen Lichter des Viertels schimmerten. In ihrem Schein erkannte sie die Umrisse von Menschen. Den Hausschlüssel hielt sie bereit. Sie öffnete, trat ein, und als sie die Hand nach dem Lichtschalter ausstreckte, spürte sie, wie eine andere Hand dazwischenging, sie zurückhielt, ihr den Mund zudrückte, den Schrei erstickte, während zugleich ein männlicher Körper sich an sie schob und eine bekannte Stimme ihr ins Ohr flüsterte: »Ich bin's, hab keine Angst.«

»Was machst du denn hier?« Mabel zitterte. Wenn er sie

nicht festhielte, dachte sie, würde sie zu Boden sinken. »Bist du verrückt geworden, du ... Hast du sie nicht mehr alle!«

»Ich bin so geil auf dich«, sagte Miguel, und Mabel spürte seine fiebrigen Lippen an ihrem Ohr, ihrem Hals, eifrig, begierig, während seine starken Arme sie drückten und seine Hände sie überall berührten.

»Du Blödmann, Schwachkopf, Vollidiot!« Sie wehrte sich wütend. Vor Schreck und Empörung war ihr schwindlig. »Weißt du nicht, dass ein Polizist das Haus überwacht? Weißt du nicht, was uns wegen dir jetzt passieren kann, du Riesentrottel?«

»Niemand hat mich gesehen, der Polizist ist in der Kneipe an der Ecke und trinkt einen Kaffee, es war keiner auf der Straße.« Miguel umarmte sie weiter, küsste sie, rieb sich an ihr. »Komm, gehen wir ins Bett, ich bums dich und bin wieder weg. Komm, Cholita.«

»Mieser Lump, du, Schuft, wie kannst du es wagen herzukommen, du bist verrückt.« Sie standen weiter im Dunkeln, und sie versuchte sich zu wehren und ihn fortzuschieben, doch zugleich spürte sie, wie ihr Körper trotz aller Angst und Wut schwach wurde. »Ist dir nicht klar, dass du mein Leben zerstörst, verfluchter Kerl? Und deines auch, du Miststück.«

»Ich schwöre dir, mich hat keiner gesehen, ich war supervorsichtig«, sagte er und zerrte an ihrem Kleid, um sie auszuziehen. »Komm, komm. Ich habe Lust, ich bin geil auf dich, ich will, dass du schreist, ich liebe dich.«

Dann wehrte sie sich nicht länger. Immer noch im Dunkeln, überdrüssig, erschöpft, ließ sie zu, dass er sie auszog und aufs Bett warf, und für ein paar Minuten gab sie sich der Lust hin. Aber konnte man das Lust nennen? Jedenfalls war es ganz anders als andere Male. Angespannt, verkrampft, schmerzhaft. Nicht einmal auf dem Gipfel der Erregung, kurz vor dem Ende, schaffte sie es, die Bilder von Felícito aus ihrem Kopf zu verbannen, die Bilder der Polizisten, als die sie auf dem Revier verhörten, des Skandals, der losbrechen würde, sobald die Nachricht in die Presse gelangte.

»Jetzt hau schon ab und betritt das Haus nicht wieder, bis alles vorbei ist«, sagte sie, als sie spürte, wie Miguel sie losließ, um sich auf den Rücken zu rollen. »Wenn wegen dieser Dummheit dein Vater davon erfährt, räche ich mich. Und glaub mir, es wird dir leidtun. Du wirst es dein Leben lang bereuen, Miguel.«

»Ich habe dir gesagt, mich hat niemand gesehen. Das schwöre ich. Sag wenigstens, ob es dir gefallen hat.«

»Es hat mir überhaupt nicht gefallen, und ich hasse dich aus tiefster Seele, damit du es weißt«, sagte Mabel, schob Miguels Hand weg und erhob sich. »Jetzt geh endlich und pass auf, dass niemand dich sieht. Komm nicht wieder her, du Hornochse. Wegen dir kommen wir noch ins Gefängnis, Blödmann, wieso kapierst du das nicht.«

»Schon gut, ich gehe, reg dich ab.« Miguel stand auf. »Die Beleidigungen nehme ich hin, weil du nervös bist. Sonst würde ich sie dir ins Maul stopfen, Schnuckelchen.«

Im Halbdunkel nahm sie wahr, wie Miguel sich anzog. Schließlich beugte er sich über sie, um sie zu küssen, und mit jener Vulgarität, die ihm bei diesen intimen Gelegenheiten immer aus allen Poren quoll, sagte er:

»Solange du mir gefällst, komme ich dich bumsen, wann immer mein Schwanz es so will, Cholita.«

»Acht oder zehn Jahre Gefängnis sind kein Pappenstiel, Mabelita«, sagte Hauptmann Silva, und ein weiteres Mal war seine Stimme umgeschlagen; jetzt klang sie traurig, mitfühlend. »Erst recht nicht im Frauengefängnis von Sullana. Die Hölle. Und ich sage dir, da kenne ich mich aus. Die meiste Zeit gibt es weder Wasser noch Strom. Die Insassinnen schlafen zusammengepfercht, zwei oder drei auf einer Pritsche und mit ihren Kindern, viele auf dem Boden, es stinkt nach Kacke und Pisse, denn weil die Klos fast immer kaputt sind, verrichten sie ihre Notdurft über Eimern oder Plastiktüten, und die werden nur einmal am Tag abgeholt. Kein Körper hält solche Verhältnisse lange aus. Erst recht nicht so ein Mädel wie du, das an ein anderes Leben gewöhnt ist.«

Auch wenn sie am liebsten geschrien und ihn beschimpft

hätte, schwieg Mabel. Sie war nie im Frauengefängnis von Sullana gewesen, hatte es im Vorbeifahren aber mal von außen gesehen. Sie ahnte, dass der Hauptmann nicht übertrieb.

»Nach einem Jahr oder anderthalb unter Prostituierten, Mörderinnen, Diebinnen, Drogenhändlerinnen, von denen viele im Gefängnis verrückt geworden sind, wird eine junge und schöne Frau wie du alt, hässlich und neurotisch. Das wünsche ich dir nicht, Mabelita.«

Der Hauptmann tat einen Seufzer des Mitleids mit dem möglichen Schicksal der Hausherrin.

»Du wirst sagen, das sei fies von mir, dir ein solches Bild zu zeichnen«, fuhr der Kommissar unerbittlich fort. »Du irrst dich. Weder der Sergeant noch ich sind Sadisten. Wir wollen dich nicht ängstigen. Sag selbst, Lituma.«

»Natürlich nicht, ganz im Gegenteil«, sagte der Sergeant und rutschte wieder in seinem Sessel. »Wir meinen es nur gut mit Ihnen, Señora.«

»Wir wollen dir dieses Elend ersparen.« Hauptmann Silva zog ein Gesicht, dass es fast aus den Fugen sprang, so als hätte er eine fürchterliche Vision, und entsetzt hob er die Hände: »Der Skandal, der Prozess, die Verhöre, der Knast. Ist dir das klar, Mabel? Wir wollen nicht, dass du wegen Komplizenschaft mit diesen Verbrechern büßen musst, sondern dass du weiter dein schönes Leben führen kannst, unbescholten. Verstehst du jetzt, warum ich sagte, unser Besuch ist nur zu deinem Besten? So ist es, Mabelita, sieh es endlich ein.«

Sie hatte schon geahnt, worum es ging, war von der Angst in die Wut gestürzt und von der Wut in eine tiefe Niedergeschlagenheit. Erneut fühlte sie eine Müdigkeit, dass die Lider immer schwerer wurden und sie kurz die Augen schließen musste. Könnte sie nur schlafen, das Bewusstsein und das Gedächtnis verlieren, gleich hier, zusammengekauert im Sessel. Vergessen, spüren, dass nichts von alldem passiert war, dass das Leben weiterging wie zuvor.

Mabel stellte sich ans Fenster und sah bald, wie Miguel hinausging und verschwand, nach nur wenigen Metern verschluckt von den Schatten. Sie schaute in alle Richtungen. Es war niemand zu sehen. Aber das beruhigte sie nicht. Der Polizist konnte im Eingang eines benachbarten Hauses Posten bezogen und ihn von dort aus gesehen haben. Er würde seinen Vorgesetzten berichten, und die Polizei informierte dann Don Felícito Yanaqué: »Ihr Sohn und Angestellter, Miguel Yanaqué, besucht nachts das Haus Ihrer Geliebten.« Und schon bräche der Skandal los. Was passierte dann mit ihr? Während sie sich im Badezimmer wusch, die Bettlaken wechselte und bei brennendem Nachttischlämpchen einzuschlafen versuchte, fragte sie sich ein weiteres Mal, wie so oft in diesen letzten zweieinhalb Jahren, in denen sie sich heimlich mit Miguel traf, auf welche Weise Felícito wohl reagieren würde, wenn er davon erführe. Er war keiner von denen, die das Messer oder den Revolver ziehen, um ihre Ehre wiederherzustellen, die glauben, das Blut könnte sie von einer Schmach im Bett reinigen. Aber er würde sie verlassen, und dann stand sie auf der Straße. Die Ersparnisse reichten kaum für ein paar Monate, und das auch nur, wenn sie sich sehr einschränkte. Es wäre nicht leicht, wieder eine so bequeme Beziehung zu finden wie mit dem Chef von Transportes Narihualá. Sie war dumm gewesen. Unglaublich dumm. Es war ihre Schuld. Sie hatte immer gewusst, dass sie früher oder später teuer dafür bezahlen müsste. Sie war so entmutigt, dass an Schlaf nicht zu denken war. Nur an Albträume. Eine weitere solche Nacht.

Immer wieder nickte sie ein, und dazwischen Anfälle von Panik. Sie war eine realistische Frau, nie hatte sie ihre Zeit damit verloren, sich selbst zu bemitleiden oder ihre Irrtümer zu beklagen. Doch am meisten im Leben bereute sie, dass sie dem Drängen dieses jungen Mannes nachgegeben hatte, der sie verfolgte, aufsuchte und umwarb; dass sie ihn erhörte, ohne zu ahnen, dass er ein Sohn von Felícito war. Begonnen hatte es vor zweieinhalb Jahren, als sie auf einmal merkte, wie ihr auf der Straße, in einem Geschäft, Restaurant oder Café im Zentrum von Piura immer wieder dieser hellhäutige, athletische, gut aussehende und gut gekleidete junge Mann über den Weg lief, der ihr verführerische Blicke zuwarf und dabei so kokett lächelte. Sie hatte sich lange bitten und in der einen oder anderen Konditorei einen Fruchtsaft spendieren lassen, war mit ihm essen gegangen und ein paarmal zum Tanzen in eine Diskothek am Fluss; und erst als sie schließlich einwilligte, mit ihm ins Bett zu gehen, in einer Pension in der Nähe des Wasserwerks, erfuhr sie, wer er war. Verliebt war sie nie in Miguel. Das heißt, Mabel verliebte sich nie in jemanden, schon als junges Mädchen nicht, vielleicht weil es ihrem Wesen nicht entsprach oder auch wegen der Sache mit ihrem Stiefvater, als sie dreizehn war. Schon in jungen Jahren hatte sie mit ihren ersten Verehrern so viele Enttäuschungen erlebt, dass sie seither nur Liebschaften hatte, einige länger als andere, andere kaum länger als ein Wimpernschlag, an denen ihr Herz aber niemals beteiligt war, nur ihr Körper und ihr Verstand. So, glaubte sie, wäre es sicher auch mit Miguel; nach zwei oder drei Begegnungen, sobald sie es beschloss, verliefe die Sache im Sande. Aber diesmal war es nicht so. Der Junge hatte sich verliebt und hing wie eine Klette an ihr. Mabel merkte, dass die Beziehung zu einem Problem wurde, und wollte sie beenden. Aber sie konnte nicht. Das einzige Mal, dass sie es nicht schaffte, sich von einem Liebhaber zu trennen. Einem Liebhaber? Nicht ganz, denn da er ein armer Schlucker war und knausrig noch dazu, machte er ihr nur selten Geschenke, führte sie nie an elegante Orte aus, auch hatte er ihr klargemacht, dass sie nie eine förmliche Beziehung haben würden, er sei keiner dieser Männer, die sich fortpflanzen und eine Familie haben wollten. Mit anderen Worten, sie interessierte ihn nur im Bett.

Als sie die Trennung erzwingen wollte, drohte er, alles seinem Vater zu erzählen. Seither wusste sie, dass die Geschichte böse enden würde, und sie selbst war die Dumme.

»Tätige Zusammenarbeit mit der Justiz«, erklärte Hauptmann Silva und lächelte schwungvoll. »So heißt das bei den Juristen, Mabelita. Das Schlüsselwort ist nicht Zusammenarbeit, sondern tätig. Das heißt, die Zusammenarbeit muss aktiv sein und Früchte tragen. Wenn du aufrichtig mitarbeitest und deine

Hilfe uns erlaubt, die Täter, die dir diesen Mist eingebrockt haben, hinter Schloss und Riegel zu bringen, bleibt dir das Gefängnis erspart und vielleicht sogar der Prozess. Und sehr zu Recht, denn du bist auch ein Opfer dieser Banditen. Du wärst aus dem Schneider, Mabelita, mit blütenweißer Weste!«

Der Hauptmann zog ein paarmal an seiner Zigarette, und sie sah, wie die Rauchwölkchen das bisschen Luft im Wohnzimmer noch mehr vernebelten und sich nach und nach auflösten.

»Du fragst dich jetzt bestimmt, welche Art von Zusammenarbeit wir von dir erwarten. Warum erklärst du es ihr nicht, Lituma.«

Der Sergeant nickte.

»Erst einmal möchten wir, dass Sie sich nichts anmerken lassen, Señora«, sagte er sehr respektvoll. »So wie Sie sich die ganze Zeit gegenüber dem Herrn Yanaqué und gegenüber uns verstellt haben. Genau so. Miguel weiß nicht, dass wir alles wissen, und Sie sagen ihm kein Wort und tun weiter, als hätte es dieses Gespräch nie gegeben.«

»Genau das wollen wir von dir«, fuhr Hauptmann Silva fort. »Ich sage es ganz offen und gebe dir einen weiteren Beweis unseres Vertrauens. Deine Mitarbeit kann uns sehr nützlich sein. Nicht um Miguel Yanaqué zu schnappen. Den haben wir längst am Wickel, keinen Schritt kann der mehr tun, ohne dass wir davon erfahren. Dagegen ist uns noch nicht klar, wer die Komplizen sind, wir kennen sie nicht. Mit deiner Hilfe stellen wir ihnen eine Falle und schicken sie ins Gefängnis, denn da gehört die Mafia hin, nicht auf die Straße, wo sie den anständigen Leuten das Leben sauer macht. Du würdest uns einen großen Dienst erweisen. Wir vergelten es dir ebenfalls mit einem großen Gefallen. Aus meinem Mund spricht nicht nur die Nationalpolizei. Auch die Justiz. Mein Vorschlag hat die Zustimmung des Staatsanwalts. Du hast richtig gehört, Mabelita. Des Herrn Staatsanwalts Doktor Hernando Símula! Mit mir hast du das große Los gezogen, Mädchen.«

Seither war sie nur weiter mit Miguel gegangen, damit er

seine Drohung nicht wahrmachte und ihre Liebschaft Felícito verriet, »selbst wenn der Alte dir vor Verzweiflung eine Kugel in den Kopf jagt und mir auch, Cholita«. Sie wusste, zu welchem Unsinn ein eifersüchtiger Mann fähig war. Im Grunde ihres Herzens hoffte sie, dass irgendwas passierte, ein Unfall, eine Erkrankung, egal was, und sie aus diesem Schlamassel befreite. Sie versuchte Miguel auf Abstand zu halten, erfand Ausreden, um nicht mit ihm auszugehen und ihm auch nicht gefällig zu sein. Aber manchmal blieb ihr nichts anderes übrig, und sie begleitete ihn, wenn auch lustlos und voller Angst, in armselige Kneipen, zum Tanzen in schäbige Diskotheken, schlief mit ihm in Absteigen, die an der Straße nach Catacaos Zimmer stundenweise vermieteten. Sehr selten nur hatte sie ihm erlaubt, sie in ihrem Häuschen in Castilla zu besuchen. Als Mabel einmal nachmittags mit ihrer Freundin Zoila zum Tee ins El Chalán ging, stand sie plötzlich vor Miguel. Er saß dort mit einem eleganten jungen Ding, beide turtelnd und Händchen haltend. Sie sah, wie der Junge rot wurde und den Kopf abwandte, um sie nicht zu grüßen. Statt Eifersucht verspürte sie Erleichterung. Ja, jetzt war eine Trennung möglich. Aber als sie sich das nächste Mal sahen, winselte Miguel, bat um Verzeihung, schwor ihr, dass er es bereue, Mabel sei die Liebe seines Lebens und so weiter. Und sie, wie konnte sie nur so dumm sein, verzieh ihm.

An diesem Morgen nun, nachdem sie in der Nacht wieder kaum ein Auge zugetan hatte, fühlte Mabel sich wie erschlagen, ihr Kopf war ein einziger Hinterhalt. Auch tat ihr der gute Felícito leid. Nie hätte sie sich mit Miguel eingelassen, wenn sie gewusst hätte, dass der sein Sohn war. Schon seltsam, dass er einen Sohn gezeugt hatte, der so weiß war, so hübsch. Felícito war nicht der Typ Mann, in den eine Frau sich verliebt, aber dafür hatte er die Eigenschaften, für die eine Frau einen Mann liebgewinnt. Sie hatte sich an ihn gewöhnt und betrachtete ihn nicht als einen Liebhaber, eher als einen Freund und Vertrauten. Er gab ihr Sicherheit, das Gefühl, dass er sie, wenn er in ihrer Nähe war, aus jeder Schwierigkeit herausholen konnte. Er war ein anständiger Mensch, mit dem Herzen auf dem rechten Fleck, einer dieser Männer, denen man vertrauen kann. Sie würde es sehr bedauern, ihn zu verbittern, zu verletzen, zu kränken. Denn es täte ihm sehr weh, wenn er erführe, dass sie mit Miguel geschlafen hatte.

Als es gegen Mittag klingelte, hatte sie das Gefühl, dass die Bedrohung, die sie in der Nacht schon gespürt hatte, Wirklichkeit wurde. Sie machte auf, und vor der Tür standen Hauptmann Silva und Sergeant Lituma. Mein Gott, was jetzt wohl passierte.

»Du hast die Abmachung verstanden, Mabelita«, sagte Hauptmann Silva, und als fiele ihm etwas ein, schaute er auf die Uhr und erhob sich. »Du musst jetzt nicht antworten, klar. Ich gebe dir Zeit bis morgen, um dieselbe Uhrzeit. Überleg es dir. Wenn dieser Verrückte von Miguel dich wieder besuchen sollte, erzähl ihm bloß nichts von unserem Gespräch. Denn das würde bedeuten, dass du dich für die Mafia entschieden hast und gegen uns. Ein erschwerender Umstand, Mabelita. Etwa nicht, Lituma?«

Als der Hauptmann und der Sergeant zur Tür gingen, fragte sie:

»Weiß Felícito von dem Vorschlag?«

»Herr Yanaqué weiß nichts davon, erst recht nicht, dass der Erpresser mit der Spinne sein Sohn Miguel ist und du seine Komplizin«, antwortete der Hauptmann. »Wenn er es erfährt, wird er in Ohnmacht fallen. Aber so ist das Leben, wer wüsste das besser als du. Wer mit dem Feuer spielt, verbrennt sich die Finger. Denk über unseren Vorschlag nach, überschlaf es, und du wirst sehen, für dich ist es das Beste. Wir sprechen uns morgen, Mabelita.«

Sie schloss die Tür hinter den Polizisten und musste sich an die Wand lehnen, so heftig schlug ihr das Herz. Es ist aus, alles aus, sagte sie sich, du hast es versaut, Mabel, und an der Wand entlang schleifte sie sich ins Wohnzimmer, mit zitternden Beinen, die Müdigkeit unerträglich, und ließ sich in den nächsten Sessel fallen. Kaum schloss sie die Augen, war sie schon eingeschlafen oder ohnmächtig. Den Albtraum, den sie hatte, kannte sie schon. Sie geriet in einen Treibsand und versank langsam in dem bräunlichen Brei, beide Beine steckten schon darin, umwickelt von schleimigen Fäden. Mit Mühe schaffte sie es hinaus, aber es war nicht die Rettung, im Gegenteil, denn zusammengekauert hockte dort eine haarige Bestie, ein Drache wie aus dem Film, mit spitzen Reißzähnen und stechenden Augen, die sie unablässig beobachteten.

Als sie aufwachte, tat ihr der Nacken weh, der Kopf, der Rücken, sie war schweißgebadet. Sie ging in die Küche und trank in kleinen Schlucken ein Glas Wasser. Du solltest dich beruhigen, dachte sie, einen kühlen Kopf bewahren, in Ruhe über deine nächsten Schritte nachdenken. Dann legte sie sich aufs Bett, nur die Schuhe zog sie aus. Sie wollte nicht mehr denken. Am liebsten wäre sie in ein Auto gestiegen, einen Bus, ein Flugzeug, wäre so weit wie möglich von Piura fortgegangen, in eine Stadt, wo niemand sie kannte. Hätte bei null angefangen. Aber es war unmöglich, die Polizei folgte ihr überallhin, und die Flucht machte alles nur schlimmer. War nicht auch sie ein Opfer? So hatte es der Hauptmann gesagt, und es war die reine Wahrheit. War es vielleicht ihre Idee gewesen? Nichts da. Sie hatte mit diesem Blödmann von Miguel sogar gestritten, als sie erfuhr, was er vorhatte. Und erst zugestimmt, bei dieser albernen Entführung mitzumachen, als er ihr ein weiteres Mal damit drohte, dem alten Herrn von ihrer Liebschaft zu erzählen: »Der gibt dir wie einer Hündin einen Tritt, Cholita. Und wovon willst du dann so gut leben wie jetzt?«

Er hatte sie gezwungen, es gab also gar keinen Grund, diesem Arschloch gegenüber loyal zu sein. Vielleicht blieb ihr tatsächlich nur, mit der Polizei und dem Staatsanwalt zusammenzuarbeiten. Leicht würde es für sie nicht werden, natürlich nicht. Es gäbe Rache, sie würde zur Zielscheibe, würde erschossen oder erstochen. Was wäre ihr lieber? Das oder Gefängnis?

Den ganzen weiteren Tag blieb sie im Haus, von Zweifeln geplagt. Ihr Kopf war ein Bienennest. Klar war lediglich, dass es aus war mit ihr, aus und vorbei, und alles bloß, weil sie den Fehler begangen hatte, sich auf Miguel einzulassen und bei diesem albernen Quatsch mitzuspielen.

Am Abend aß sie nichts, keinen Bissen, auch wenn sie sich ein Sandwich mit Schinken und Käse machte. Ins Bett ging sie mit dem Gedanken, dass am nächsten Tag die beiden Polizisten wiederkämen und sie fragten, was ihre Antwort sei. Die ganze Nacht grübelte sie, änderte immer wieder ihre Pläne. Manchmal überkam sie der Schlaf, aber kaum war sie eingenickt, schreckte sie wieder hoch. Als das erste Licht des neuen Tages in das Häuschen in Castilla fiel, spürte sie, wie sie ruhig wurde. Langsam sah sie klar. Und hatte eine Entscheidung getroffen.

XIV

Jener Dienstag im winterlichen Lima, den Don Rigoberto und Doña Lucrecia als den schlimmsten in ihrem Leben ansehen sollten, brach paradoxerweise mit wolkenlosem Himmel und Aussicht auf Sonnenschein an. Nach zwei Wochen zähen Nebels, mit hoher Luftfeuchtigkeit und immer wieder Nieselregen, der zwar kaum nässte, aber bis in die Knochen drang, schien ein solches Erwachen Gutes zu verheißen.

Er war für zehn Uhr vorgeladen, und Dr. Claudio Arnillas, wie stets mit knalligen Hosenträgern und Watschelgang, holte Rigoberto pünktlich um neun Uhr ab. Den erneuten Termin beim Untersuchungsrichter hielt er, wie auch schon die früheren, für reine Zeitverschwendung, bloß dumme Fragen zu seinen Funktionen und Kompetenzen als Generaldirektor der Versicherungsgesellschaft, auf die er mit den entsprechenden Auskünften und ebensolchen Dummheiten antworten würde. Doch diesmal erlebte er eine Überraschung, denn die Zwillinge hatten den Schraubstock weiter angezogen, hatten nicht nur, unter dem Vorwand, seine Einkünfte und möglichen Haftungen in den Jahren seiner Firmenzugehörigkeit zu überprüfen, das Ruhestandsverfahren blockiert, sondern auch noch eine gerichtliche Untersuchung angestrengt zu einer angeblichen vorsätzlichen Handlung zum Schaden der Gesellschaft, bei der er als Begünstiger und Begünstigter zugleich beteiligt gewesen sei.

Rigoberto erinnerte sich kaum noch an den Vorfall, es war schon drei Jahre her. Der Versicherungsnehmer, ein in Lima ansässiger Mexikaner, Besitzer eines kleinen Landguts und einer Fabrik für Milchprodukte im Chillón-Tal, war Opfer eines Brandes geworden, der sein ganzes Eigentum zerstörte. Nach Vorlage des Polizeigutachtens und des Gerichtsentscheids wurde er im Rahmen der Police entschädigt. Doch als er, nach Strafanzeige durch einen Mitgesellschafter, angeklagt wurde, selber den Brand gelegt zu haben, um so auf betrügerische Weise die Versicherungssumme zu kassieren, war die Person spurlos verschwunden, ohne Hinweis auf einen neuen Aufenthaltsort, und die Gesellschaft konnte sich an niemandem schadlos halten. Die Zwillinge brachten nun vor, sie hätten Beweise dafür, dass Rigoberto als Generaldirektor in der Sache auf verdächtige Weise fahrlässig gehandelt habe. Die Beweise bestanden in der Zeugenaussage eines ehemaligen, als unfähig entlassenen Firmenmitarbeiters, der angab belegen zu können, dass der Generaldirektor mit dem Betrüger unter einer Decke steckte. Das alles war an den Haaren herbeigezogen, und Dr. Arnillas, der bereits eine Gegenerklärung abgegeben hatte, in der er die Zwillinge und ihren falschen Zeugen der üblen Nachrede und Verleumdung bezichtigte, versicherte, die Anzeige würde wie ein Kartenhaus zusammenfallen, Miki und Schlaks würden wegen Ehrverletzung, Falschaussage und Irreführung der Justiz zahlen müssen.

Die Vernehmung stahl ihnen den ganzen Vormittag. Die enge, erstickende Richterstube mit ihren bekritzelten und von Reißzwecken übersäten Wänden kochte vor Hitze und Fliegengebrumm. Auf seinem mickrigen Stühlchen, auf den kaum eine Pobacke passte und der auch noch wackelte, versuchte Rigoberto die ganze Zeit, das Gleichgewicht zu halten und nicht umzukippen, während er auf die Fragen des Richters antwortete, die so willkürlich und absurd waren, dass sie, sagte er sich, kein anderes Ziel haben konnten, als ihm alle Laune, alle Zeit und alle Geduld zu nehmen. Ob Ismaels Söhne den auch geschmiert hatten? Diese Kanaillen bereiteten ihm jeden Tag neue Unannehmlichkeiten, nur damit er endlich bezeugte, dass ihr Vater, als er sein Dienstmädchen heiratete, unzurechnungsfähig war. Nach der Behinderung seines Ruhestands nun auch noch das. Die Zwillinge wussten genau, dass die Anzeige nach hinten losgehen konnte. Warum machten sie es dann? Nur aus Rachsucht, aus blindem Hass, weil er bei der Trauung mitgespielt hatte? Sie waren außer sich und verbissen sich an ihm, weil sie Ismael und Armida, die in Europa dem schönen Leben frönten, nichts anhaben konnten. Aber sie hatten sich geirrt. Einknicken würde er nicht. Es würde sich noch zeigen, wer zuletzt lachte bei diesem feinen Krieg, den sie ihm erklärt hatten.

Der Richter, ein ärmlich gekleidetes, dürres Männlein, sprach, ohne seinem Gegenüber in die Augen zu sehen, mit einer so leisen und unentschlossenen Stimme, dass Rigobertos Unwille von Minute zu Minute wuchs. Ob jemand die Vernehmung aufnahm? Offenbar nicht. Ein Sekretär hockte zwischen dem Richter und der Wand, der Kopf versunken in einer riesigen Akte, aber ein Aufnahmegerät war nicht zu sehen. Der Richter seinerseits hatte nur ein kleines Notizbuch, in das er ab und zu etwas schrieb, so rasch, dass es nicht einmal eine knappe Zusammenfassung seiner Aussage sein konnte. Die ganze Vernehmung war also eine Farce und diente nur dazu, ihn zu verbittern. Er war so gereizt, dass er sich zusammennehmen musste, um bei diesem lächerlichen Theater mitzuspielen und keinen Wutanfall zu bekommen. Als sie hinausgingen, sagte Dr. Arnillas, er solle sich lieber freuen, bei so viel Unlust, wie der Untersuchungsrichter sie bei der Befragung an den Tag gelegt habe, nehme er die Anschuldigungen der Hyänen gewiss nicht ernst. Er würde sie vom Tisch wischen, ganz sicher.

Rigoberto kam erschöpft nach Hause, mit seiner Laune war ihm auch der Appetit vergangen. Doch er musste nur das Gesicht von Lucrecia sehen, und er wusste, dass ihn eine weitere schlechte Nachricht erwartete.

»Was ist?«, fragte er, zog das Jackett aus und hängte es in die Ankleide im Schlafzimmer. Da seine Frau mit der Antwort zögerte, drehte er sich zu ihr und fragte noch einmal: »Eine schlechte Nachricht? Welche, mein Schatz?«

Ganz blass und mit zitternder Stimme murmelte Lucrecia:

»Edilberto Torres, stell dir vor.« Ihr entfuhr ein kleiner Schrei, und dann sagte sie: »Er ist ihm in einem Sammeltaxi erschienen. Schon wieder, Rigoberto. Mein Gott, schon wieder!«

»Wo? Wann?«

»Im Lima-Chorrillos, Stiefmutter«, erzählte Fonchito seelenruhig und bat sie mit den Augen, die Sache nicht so wichtig
zu nehmen. »Ich bin am Paseo de la República eingestiegen, in
der Nähe der Plaza Grau. Beim nächsten Halt dann, schon auf
der Schnellstraße, ist er zugestiegen.«

»Er? Derselbe?«, rief sie, trat an ihn heran, untersuchte sein
Gesicht. »Bist du dir ganz sicher, Fonchito?«

»Salü, junger Freund«, grüßte ihn der Herr Edilberto Torres und machte eine seiner üblichen Verbeugungen. »Welch ein
Zufall. Dass wir uns ausgerechnet hier treffen. Schön, dich zu
sehen, Fonchito.«

»Mit grauem Jackett und Krawatte und einem roten Pulli«,
erklärte der Junge. »Sorgfältig gekämmt und rasiert, überaus
freundlich. Natürlich war er es, Stiefmutter. Und diesmal hat er
zum Glück nicht geweint.«

»Seit wir uns das letzte Mal gesehen haben, bist du, scheint
mir, ein wenig gewachsen«, sagte Edilberto Torres und betrachtete ihn von oben bis unten. »Nicht nur körperlich. Jetzt
hast du einen ruhigeren, festeren Blick. Fast wie ein Erwach-
sener, Fonchito.«

»Mein Vater hat mir verboten, mit Ihnen zu sprechen,
Señor. Tut mir leid, aber ich muss auf ihn hören.«

»Warum verboten, hat er dir das gesagt?«, fragte der Herr
Torres, und es klang kein bisschen verärgert. Er sah ihn neugierig an, lächelte leise.

»Mein Vater und meine Stiefmutter glauben, dass Sie der
Teufel sind, Señor.«

Edilberto Torres schien nicht allzu überrascht, der Fahrer
allerdings. Er trat kurz auf die Bremse und drehte sich nach
den beiden Fahrgästen auf der hinteren Sitzbank um. Als er
ihre Gesichter sah, beruhigte er sich. Der Herr Torres lächelte
jetzt breit, gab sich amüsiert, aber ohne laut zu lachen.

»Heutzutage ist alles möglich«, sagte er mit seiner vollkommenen Diktion eines Radiosprechers und einem Achselzucken.
»Selbst dass der Teufel durch die Straßen von Lima zieht und

sich mit dem Sammeltaxi fortbewegt. Apropos Teufel, Fonchito, ich habe erfahren, dass du prima mit Pater O'Donovan auskommst. Ja, der in Bajo el Puente eine Pfarre hat, wer sonst. Du verstehst dich gut mit ihm, ja?«

»Er hat dich auf den Arm genommen, Lucrecia, merkst du das nicht?«, sagte Rigoberto. »Das ist doch Unfug, dass er ihm in diesem Sammeltaxi ein weiteres Mal erschienen ist. Und völlig unmöglich, dass er Pepín erwähnt hat. Er macht sich nur lustig über dich. Macht sich lustig über uns, seit die Geschichte begonnen hat, so sieht es aus.«

»Das würdest du nicht sagen, wenn du sein Gesicht gesehen hättest, Rigoberto. Ich glaube, ich kenne ihn gut genug, um zu wissen, wann er lügt und wann nicht.«

»Sie kennen Pater O'Donovan, Señor?«

»Sonntags gehe ich manchmal zu ihm in die Messe, auch wenn seine Kirche für mich ziemlich weit weg liegt«, antwortete Edilberto Torres. »Aber ich nehme die Strapazen auf mich, weil ich seine Predigten mag. Er ist ein intelligenter, gebildeter Mensch, der für alle spricht, nicht nur für die Gläubigen. Hattest du nicht den Eindruck?«

»Seine Predigten habe ich nie gehört«, sagte Fonchito. »Aber ja, er schien mir sehr intelligent zu sein. Mit Lebenserfahrung und vor allem Erfahrung, was Religion betrifft.«

»Du solltest ihn hören, wenn er auf der Kanzel steht«, riet Edilberto Torres. »Vor allem jetzt, wo du dich für spirituelle Dinge interessierst. Er ist eloquent, elegant, und seine Worte sind voller Weisheit. Wahrscheinlich ist er einer der letzten guten Prediger, die die Kirche hat. Denn die Kunst des Predigens, so bedeutend in der Vergangenheit, ist schon seit langem im Niedergang.«

»Aber er kennt Sie gar nicht, Señor«, sagte Fonchito. »Ich habe Pater O'Donovan von Ihnen erzählt, und er wusste nicht mal, wer Sie sind.«

»Für ihn bin ich nur ein Gesicht unter den Kirchgängern«, erwiderte Edilberto Torres gelassen. »Ein Gesicht nur, verloren unter vielen anderen. Wie gut, dass du dich jetzt für Religion interessierst, Fonchito. Ich habe gehört, du machst bei einer Gruppe mit, die sich einmal in der Woche trifft, um die Bibel zu lesen. Macht dir das Spaß?«

»Du lügst mich an, Schätzchen«, tadelte Lucrecia ihn liebevoll und versuchte ihre Verwunderung zu verbergen. »Das hat er dir nicht sagen können. Das ist nicht möglich, dass der Herr Torres von dem Bibelkreis weiß.«

»Er wusste sogar, dass wir letzte Woche die Genesis zu Ende gelesen und mit dem Buch Exodus angefangen haben.« Der Junge machte nun eine besorgte Miene. Auch er schien erschrocken. »Selbst das wusste er, ich schwöre es. Ich war so überrascht, dass ich es ihm gesagt habe, Stiefmutter.«

»Das sollte dich nicht überraschen, Fonchito.« Edilberto Torres lächelte. »Ich habe dich schätzen gelernt, und es interessiert mich einfach, zu erfahren, wie es dir geht, in der Schule, in deiner Familie und im Leben. Deshalb versuche ich herauszufinden, was du tust und mit wem du zusammen bist. Es ist ein Zeichen von Zuneigung, mehr nicht. Man muss nicht immer ein Haar im Ei finden, wenn du verstehst, was ich meine.«

»Dem werde ich was erzählen, wenn er von der Schule kommt«, sagte Rigoberto, auf einmal richtig wütend. »So kann Foncho nicht mit uns spielen. Alle diese Märchen, mit denen er uns kommt, ich will sie nicht mehr hören.«

Er rauschte ab ins Bad und wusch sich das Gesicht mit kaltem Wasser. Etwas beunruhigte ihn, er ahnte neuen Ärger. Nie hatte er geglaubt, dass das Schicksal der Menschen geschrieben stand, dass das Leben ein Drehbuch war, nach dem die Menschen unbewusst handelten, aber seit Ismaels unseliger Hochzeit und den angeblichen Erscheinungen dieses Edilberto Torres hatte er das Gefühl, dass sich die Vorherbestimmung in sein Leben schlich. Konnte es sein, dass seine Tage eine von einer übernatürlichen Macht festgelegte Folge waren, wie die Calvinisten glaubten? Doch das Schlimmste war, dass das Ungemach für die Familie an diesem schwarzen Dienstag gerade erst begonnen hatte.

Rigoberto und Lucrecia hatten sich an den Mittagstisch gesetzt und stocherten, wortlos und mit Kummermiene, im Salat, als Justiniana ins Zimmer gestürmt kam, ohne auch nur anzuklopfen:

»Sie werden am Telefon verlangt, Señor.« Sie war ganz erregt, ihre Augen funkelten, wie bei einem feierlichen Anlass. »Der Herr Ismael Carrera persönlich!«

Rigoberto sprang auf und stürzte, stolpernd fast, in sein Arbeitszimmer, um dort das Gespräch entgegenzunehmen.

»Ismael? Bist du es, Ismael? Von wo rufst du an?«

»Von hier, aus Lima, von wo sonst«, hörte er seinen Exchef und Freund sagen, in demselben ungezwungenen und jovialen Ton wie beim letzten Anruf. »Wir sind gestern Abend angekommen und brennen darauf, euch zu sehen, Rigoberto. Aber wir beide haben viel zu besprechen, warum treffen wir uns nicht jetzt gleich, nur wir zwei. Hast du schon gegessen? Na schön, dann trinken wir einen Kaffee. Ja, jetzt gleich, ich erwarte dich bei mir zu Hause.«

»Ich fliege«, verabschiedete sich Rigoberto wie mechanisch. Was für ein Tag.

Er wollte keinen weiteren Bissen essen und sauste davon, versprach Lucrecia nur, er komme direkt zurück und erzähle ihr von dem Gespräch mit Ismael. Die Ankunft seines Freundes und Quells aller Scherereien mit den Zwillingen vermochte es, dass er nicht länger an die Begegnung mit dem Untersuchungsrichter dachte und auch nicht an die erneute Erscheinung von Edilberto Torres in einem Sammeltaxi auf der Strecke nach Chorrillos.

Der alte Sack und seine frischgebackene Ehefrau waren also endlich aus den Flitterwochen zurück. Ob er wirklich auf dem Laufenden war? Hatte Claudio Arnillas ihm tatsächlich Tag für Tag berichtet, in welche Schwierigkeiten die Verfolgung durch die Hyänen sie brachte? Er würde offen mit ihm reden, würde ihm sagen, dass es jetzt reichte, seit seiner Unterschrift als Trauzeuge sei sein Leben zu einem Albtraum geworden, er solle sofort etwas unternehmen, damit Miki und Schlaks aufhörten mit ihren Schikanen.

Doch als er zu der im Neokolonialstil erbauten, von den Gebäuden ringsum fast erdrückten Villa in San Isidro kam, empfingen ihn Ismael und Armida mit einer so überschäumenden Herzlichkeit, dass sich sein Ansinnen, klare und deutliche Worte zu finden, gleich verflüchtigte. Er war erstaunt, wie ruhig, zufrieden und elegant das Paar sich zeigte. Ismael war sportlich gekleidet, mit einem Seidentuch um den Hals und Slippern, die wie angegossen sitzen mussten; seine Lederjacke passte perfekt zu dem Hemd mit dahinschwindendem Kragen, aus dem ein fröhliches, frisch rasiertes und zart nach Anis duftendes Gesicht hervorschaute. Noch außergewöhnlicher aber war Armidas Verwandlung. Sie schien gerade erst den Händen der erfahrensten Stylisten entschlüpft. Ihr ehemals schwarzes Haar war nun kastanienbraun, und eine anmutige Dauerwelle war an die Stelle der glatten Haare getreten. Sie trug ein luftiges Ensemble mit Blümchenmuster, dazu ein lila Schultertuch und halbhohe Pumps in gleicher Farbe. Alles an ihr, die gepflegten Hände, die mattrot lackierten Fingernägel, die Ohrringe, das Goldkettchen, die Brosche über der Brust und selbst ihre ungezwungene Art – fürs Küsschen hatte sie Rigoberto die Wange hingehalten –, alles entsprach einer Dame, die ihr Leben unter kultivierten, reichen Menschen verbracht hatte, hingegeben der Pflege ihres Körpers wie ihrer Garderobe. Auf den ersten Blick war keine Spur mehr von der ehemaligen Hausangestellten zu erkennen. Hatte sie die Flittermonate in Europa darauf verwandt, Unterricht in Umgangsformen zu nehmen?

Gleich nach der Begrüßung führten sie ihn in den Salon neben dem Esszimmer. Durch das große Terrassenfenster war der Garten mit seinen Geranien, Bougainvilleen, Engelstrompeten und Wundersträuchern zu sehen. Rigoberto bemerkte, dass neben dem Couchtisch mit Tassen, Kaffeekanne, Keksen und Gebäck mehrere größere und kleinere Päckchen lagen, so liebevoll wie farbenfroh eingeschlagen und mit hübschen Schleifen gebunden. Ob das Geschenke waren? Ja. Ismael und Armida hatten sie für Rigoberto, Lucrecia, Fonchito und sogar Justiniana mitgebracht, zum Dank für das Wohlwollen, das sie, sagten sie, dem Brautpaar entgegengebracht hätten: Hemden und ein Seidenpyjama für Rigoberto, Blusen und Schultertücher für Lucrecia, Sportsachen und Turnschuhe für Fonchito, Kittelschürzen und Sandalen für Justiniana, dazu noch Gürtel, Manschettenknöpfe, Taschenkalender, handgefertigte Notizbücher, Grafiken, Schokolade, Kunstbücher und eine galante Zeichnung, aufzuhängen im Badezimmer oder an einem anderen intimen Ort.

Sie sahen jünger aus, selbstsicher, glücklich und so überaus gelassen, dass Rigoberto sich von der Ruhe und guten Laune der Frischvermählten anstecken ließ. Ismael musste sich seiner Sache allerdings sehr sicher sein, als könnten die Machenschaften seiner Söhne ihm nichts anhaben. Und genau wie er es bei jenem Mittagessen im La Rosa Náutica vorausgesagt hatte, gab er bestimmt mehr aus als sie, um ihre Intrigen zu vereiteln. Dann hatte er also alles unter Kontrolle. Zum Glück. Wozu sich noch Sorgen machen? Jetzt, wo Ismael in Lima war, hätte der Ärger mit den Hyänen bald eine Ende. Vielleicht ja mit einer Versöhnung, wenn sein Exchef sich überwand und diesen Spinnern etwas mehr Geld in den Rachen warf. Mit all den Tricksereien, die ihm so zu schaffen machten, wäre es in wenigen Tagen vorbei, und er hätte wieder sein heimliches Leben, seinen zivilisierten Raum. Meine Souveränität und meine Freiheit, dachte er.

Nach dem Kaffee hörte sich Rigoberto ein paar Anekdoten von der Reise des Brautpaars durch Italien an. Armida, deren Stimme er, soweit er sich erinnerte, vorher kaum je gehört hatte, war auf einmal richtig wortgewandt. Sie plauderte unbefangen, mit geradezu korrektem Satzbau und unglaublichem Humor. Nach einer Weile zog sie sich zurück, »dann können die Herren von ihren wichtigen Sachen sprechen«. Nie in ihrem Leben, sagte sie, habe sie Mittagsschlaf gehalten, doch jetzt habe Ismael ihr beigebracht, sich nach dem Essen für ein Viertelstündchen mit geschlossenen Augen hinzulegen, und tatsächlich fühle sie sich am Nachmittag dank dieser kleinen Ruhepause bestens.

»Mach dir keine Sorgen, mein lieber Rigoberto«, sagte Ismael, kaum dass sie allein waren, und klopfte ihm auf die Schulter. »Noch eine Tasse Kaffee? Ein Gläschen Cognac?«

»Ich bin froh, dich so zu sehen, Ismael, das blühende Leben«, Rigoberto schüttelte ungläubig den Kopf. »Ich bin froh, dass es euch beiden so gut geht. Wirklich, du und Armida, ihr seht glänzend aus. Ein deutliches Zeichen, dass es mit der Ehe prächtig läuft. Ich freue mich sehr, natürlich. Aber …«

»Aber diese beiden Satansbraten sind eine Plage, ich weiß«, beendete Ismael Carrera den Satz, tätschelte ihn und lächelte ihm wie dem Leben weiter zu. »Du kannst unbesorgt sein, Rigoberto, glaub mir. Jetzt bin ich hier und kümmere mich um alles. Ich weiß, wie man solche Probleme anpackt und löst. Ich bitte dich tausendmal um Entschuldigung für all die Unannehmlichkeiten, die dir deine Großzügigkeit eingebracht hat. Morgen arbeite ich den ganzen Tag mit Claudio Arnillas und den Anwälten aus seiner Kanzlei an der Sache. Die Gerichtsverfahren und den anderen Ärger schaffe ich dir vom Hals, versprochen. Aber jetzt setz dich und hör zu. Ich habe Neuigkeiten, und die betreffen auch dich. Trinken wir nun ein Schlückchen, mein Bester?«

Er selbst beeilte sich, die beiden Cognacgläser einzuschenken. Er hob das seine, und nachdem sie angestoßen hatten, befeuchteten sie sich die Lippen und die Zunge mit dem Getränk, das auf dem Grund rotbraun schimmerte, im Bouquet ein Hauch von Eichenholz. Rigoberto merkte, wie Ismael ihn schelmisch beobachtete. Ein kleines, freches, spöttisches Lächeln brachte seine faltigen Äuglein in Schwung. Ob er sich während der Flitterwochen die dritten Zähne hatte richten lassen? Früher verrutschte ihm das Gebiss, und jetzt schien es fest im Zahnfleisch zu sitzen.

»Ich habe alle meine Aktien der Gesellschaft an die Assicurazioni Generali verkauft, die beste und größte Versicherung Italiens, Rigoberto«, rief er, breitete die Arme aus und lachte schallend. »Du kennst sie gut, nicht wahr? Wir haben öfter mit denen zusammengearbeitet. Sie hat ihren Hauptsitz in Triest, ist aber weltweit tätig. Seit langem schon wollten sie auf den peruanischen Markt, ich habe die Gelegenheit beim Schopf gepackt. Ein hervorragendes Geschäft. Du siehst also, meine Hochzeitsreise war nicht nur Vergnügen. Auch Arbeit.«

Er juchzte, froh und glücklich wie ein Kind, das die Geschenke vom Weihnachtsmann aufmacht. Rigoberto hatte die Nachricht noch nicht verdaut. Vage erinnerte er sich, vor ein paar Wochen im *Economist* gelesen zu haben, dass die Assicurazioni Generali nach Südamerika expandieren wolle.

»Du hast die Firma verkauft, die dein Vater gegründet hat? In der du dein ganzes Leben gearbeitet hast?« Rigoberto war fassungslos. »An einen italienischen Multi? Seit wann hast du mit ihnen darüber verhandelt, Ismael?«

»Erst seit etwa sechs Monaten«, erklärte sein Freund und schwenkte ruhig sein Cognacglas. »Es waren schnelle Verhandlungen, ohne Komplikationen. Und sehr gute, das kann ich dir sagen. Ich habe ein gutes Geschäft gemacht. Lehn dich zurück und hör zu. Aus offensichtlichen Gründen musste die Sache, damit sie glücklich über die Bühne geht, vertraulich bleiben. Das war der Grund für die Wirtschaftsprüfung durch diese italienische Kanzlei, worüber du dich letztes Jahr so gewundert hast. Jetzt weißt du, was dahinterstand. Sie wollten das Unternehmen unter die Lupe nehmen. Ich habe sie weder beauftragt noch bezahlt, sondern die Generali. Da die Übertragung nun eine Tatsache ist, kann ich dir alles erzählen.«

Ismael Carrera sprach fast eine Stunde, ohne dass Rigoberto ihn unterbrach, nur hier und da bat er um eine Erläuterung. Er hörte seinem Freund zu, erstaunt über sein gutes Gedächtnis, denn ohne auch nur einmal zu stocken, breitete er vor ihm die Ereignisse in diesen Monaten der Angebote und Gegenangebote aus. Er war sprachlos. Wie konnte es sein, dass derart heikle Verhandlungen mit einer solchen Verschwiegenheit geführt wurden, dass nicht einmal er, der Generaldirektor, etwas davon mitbekam? Die Treffen der Verhandlungspartner hatten in Lima, Triest, New York und Mailand stattgefunden, zusammen mit Anwälten, Hauptaktionären, Bevollmächtigten, Beratern und Bankern aus verschiedenen Ländern, nur die peruanischen Angestellten von Ismael Carrera blieben fast sämtlich ausgeschlossen und selbstverständlich Miki und Schlaks. Die Zwillinge, denen Don Ismael ihr Erbe ausbezahlt hatte, als er sie aus dem Unternehmen warf, hatten bereits einen Großteil ihrer Aktien verkauft, und erst jetzt erfuhr Rigoberto, dass derjenige, der sie ihnen über Strohmänner abgekauft hatte, Ismael selbst war. Die Hyänen hielten noch ein kleineres Aktienpaket, und jetzt würden sie zu Minderheitsaktionären (besser gesagt: Mini-Aktionären) der peruanischen Tochtergesellschaft von Assicurazioni Generali. Wie sie wohl reagierten? Ismael machte ein verächtliches Gesicht, und mit einem Schulterzucken: »Sauer natürlich. Na und?« Sollten sie doch jaulen. Beim Verkauf waren alle nationalen wie ausländischen Vorschriften eingehalten worden. Die italienischen, peruanischen und US-amerikanischen Behörden hatten die Transaktion genehmigt. Auf den Cent waren die entsprechenden Steuern entrichtet. Alles unter Dach und Fach.

»Was sagst du dazu, Rigoberto?«, schloss Ismael Carrera und breitete wieder die Arme aus, ein Komödiant, der auf den Applaus des Publikums wartet. »Lebe ich noch oder nicht? Handle ich nicht als Geschäftsmann?«

Rigoberto nickte. Er war irritiert, wusste nicht, was er davon halten sollte. Sein Freund schaute ihn so vergnügt wie selbstzufrieden an.

»Jedenfalls bringst du mich immer wieder zum Staunen, Ismael«, sagte er schließlich. »Du erlebst einen zweiten Frühling, das ist nicht zu übersehen. Hat Armida dich zurückgeholt? Noch kann ich nicht begreifen, dass du die Firma, die dein Vater gegründet hat, einfach so weggibst, ein Unternehmen, das du mit Blut, Schweiß und Tränen über ein halbes Jahrhundert hinweg aufgebaut hast. Es wird dir absurd erscheinen, aber es tut mir weh, als hätte ich etwas Eigenes verloren. Und du freust dich wie ein Schneekönig!«

»So einfach war es nicht«, sagte Ismael, nun sehr ernst. »Am Anfang hatte ich große Zweifel. Auch mich hat es geschmerzt.

Aber wie die Dinge stehen, war es die einzige Lösung. Wenn ich andere Erben gehabt hätte, tja, reden wir nicht von Traurigem. Wir beide wissen genau, was passieren würde, wenn meine Söhne Eigentümer blieben. Sie hätten die Gesellschaft im Nu ruiniert. Im besten Fall unter Wert verkauft. In den Händen der Italiener wird sie weiter existieren und florieren. Und du bekommst deine Rente, ohne jede Kürzung, dazu eine Prämie, mein Bester. Ist alles geregelt.«

Das Lächeln seines Freundes, dachte Rigoberto, war jetzt ein melancholisches. Ismael seufzte, und ein Schatten flog über seine Augen.

»Was hast du vor mit all dem Geld, Ismael?«

»Meine letzten Jahre glücklich und in Ruhe verbringen«, antwortete er sogleich. »Und gesund, hoffe ich. Das Leben ein wenig genießen, zusammen mit meiner Frau. Besser spät als nie, Rigoberto. Bisher habe ich nur für die Arbeit gelebt. Aber das Lied kennst du ja.«

»Eine schöne Philosophie, der Hedonismus, Ismael«, sagte Rigoberto. »Das ist übrigens auch meine. Bisher habe ich sie in meinem Leben nur halb anwenden können. Aber ich hoffe, es dir nachzutun, wenn nur die Zwillinge mich in Frieden lassen und Lucrecia und ich endlich unsere Europareise machen können. Sie war richtig geknickt, als wir sie wegen der Klagen deiner netten Söhne abblasen mussten.«

»Wie gesagt, morgen kümmere ich mich darum. Es ist der erste Punkt auf der Tagesordnung, Rigoberto.« Ismael stand auf. »Nach der Besprechung in der Kanzlei von Arnillas rufe ich dich an. Und dann sehen wir, wann wir mal zusammen zu Mittag oder zu Abend essen, mit Armida und Lucrecia.«

Während er, auf das Lenkrad gestützt, nach Hause fuhr, schossen Rigoberto wie die Wasser eines Springbrunnens alle möglichen Gedanken durch den Kopf. Wie viel Geld Ismael mit dem Verkauf seiner Aktien wohl gemacht hatte? Viele Millionen. Ein Vermögen. So mäßig die Geschäfte der Gesellschaft in letzter Zeit auch gelaufen waren, es war ein solides Institut, mit einem großartigen Versicherungsbestand und einem erstklassigen Ruf in Peru und im Ausland. Klar, ein Achtzigjähriger wie Ismael war nicht mehr der Richtige für die unternehmerische Verantwortung. Wahrscheinlich hatte er sein Kapital in sichere Anlagen gesteckt, Schatzanweisungen, Pensionsfonds, Stiftungen in den feinsten Steuerparadiesen, Liechtenstein, Guernsey oder Jersey. Oder, wer weiß, in Singapur oder Dubai. Allein die Zinsen würden es ihm und Armida erlauben, überall auf der Welt wie Könige zu leben. Und die Zwillinge? Ob sie sich mit den neuen Eigentümern anlegten? Bei ihrer Dummheit nicht auszuschließen. Wie Kakerlaken würden sie zerquetscht. Na und. Nein, wahrscheinlich würden sie versuchen, sich einen Teil des Geldes aus dem Verkauf unter den Nagel zu reißen. Ismael hatte es bestimmt in Sicherheit gebracht. Oder sie fanden sich mit ein paar Krümeln ab, wenn ihr Vater sich erweichen ließe, bloß damit sie aufhörten zu nerven. Dann käme alles ins Lot. Hoffentlich bald. So könnte er endlich seine Pläne verwirklichen und den Ruhestand genießen, voll der materiellen, geistigen und künstlerischen Freuden.

Doch in seinem Innersten glaubte er nicht daran, dass Ismael alles so gut gelänge. Ihn ließ der Verdacht nicht los, dass die Dinge sich nicht klärten, sondern nur weiter verkomplizierten, und dass er, statt sich aus dem polizeilichen und gerichtlichen Knäuel zu befreien, in dem Miki und Schlaks ihn festhielten, nur noch tiefer hineingeriet, bis ans Ende seiner Tage. Oder war der Grund für seinen Pessimismus, dass Edilberto Torres in Fonchitos Leben wieder aufgetaucht war?

Kaum zu Hause, berichtete er seiner Frau ausführlich von den letzten Ereignissen. Sie solle sich keine Sorgen machen wegen des Verkaufs der Versicherungsgesellschaft an einen italienischen Konzern, denn was ihre Familie betreffe, helfe diese Aktienübertragung wahrscheinlich, die Dinge zu klären, sofern Ismael, mit dem Einverständnis der neuen Eigentümer, die Zwillinge mit ein wenig Geld so weit besänftige, dass die beiden sie in Ruhe ließen. Am meisten beeindruckte Lucrecia, dass Armida von ihrer Hochzeitreise als elegante, gesellige und weltgewandte Dame zurückgekehrt war. »Ich rufe sie an und heiße sie willkommen, und dann organisieren wir so bald wie möglich ein nettes Mittag- oder Abendessen, mein Schatz. Ich kann es kaum erwarten, sie als echte Señora zu sehen.«

Rigoberto zog sich in sein Arbeitszimmer zurück und recherchierte an seinem Computer alles, was er über die Assicurazioni Generali S.p.A. finden konnte. Tatsächlich, die größte Versicherung in Italien. Er selbst war mit ihr und ihren Tochtergesellschaften mehrmals in Kontakt gewesen. In den letzten Jahren hatte der Konzern sich vor allem in Osteuropa engagiert, im Mittleren und Fernen Osten und in geringerem Umfang auch in Lateinamerika, wo die Geschäfte von Panama aus gesteuert wurden. Für die Generali war es die Gelegenheit, auf dem südamerikanischen Markt Fuß zu fassen, mit Peru als Sprungbrett. Dem Land ging es gut, die Gesetze waren stabil, die Investitionen nahmen zu.

Vertieft in seine Recherchen, hörte er, wie Fonchito von der Schule kam. Er klappte den Rechner zu und wartete ungeduldig, dass sein Sohn ihm guten Tag sagte. Als der Junge schließlich hereinkam und ihm einen Kuss gab, die Schultasche vom Markham College noch umgehängt, beschloss Rigoberto, das Thema gleich anzusprechen.

»Das heißt, Edilberto Torres ist wieder erschienen. Ich dachte, wir wären ihn für immer los, Fonchito.«

»Ich auch, Papa«, sagte sein Sohn mit entwaffnender Aufrichtigkeit, setzte die Tasche auf dem Boden ab und nahm vor dem Schreibtisch Platz. »Wir haben uns ganz kurz unterhalten. Hat Stiefmutter es dir nicht erzählt? Im Sammeltaxi, nur die Strecke bis Miraflores. Er ist an der Diagonal ausgestiegen, beim Park.«

»Natürlich hat sie es mir erzählt, aber ich würde es gerne von dir hören.« Er sah, dass Fonchito Tinte an den Fingern hatte, die Krawatte war gelockert. »Was hat er dir gesagt? Wovon habt ihr gesprochen?«

»Vom Teufel«, lachte Fonchito. »Ja, doch, lach nicht, das stimmt, Papa. Und diesmal hat er nicht geweint, zum Glück.

Ich habe ihm gesagt, dass du und Stiefmutter glauben, er sei der Teufel leibhaftig.«

Er sprach mit einer solchen Natürlichkeit, hatte etwas so Frisches und Unverstelltes, dass man ihm, dachte Rigoberto, einfach glauben musste.

»Sie glauben noch an den Teufel?«, fragte Edilberto Torres mit gedämpfter Stimme, verwundert. »Es gibt heutzutage nicht mehr viele, die an diesen Herrn glauben, scheint mir. Haben dir deine Eltern gesagt, warum sie eine so schlechte Meinung von mir haben?«

»Weil sie so geheimnisvoll auftauchen und verschwinden, Señor«, erklärte Fonchito und sprach nun ebenfalls leiser, da die anderen Fahrgäste, offenbar an dem Thema interessiert, schon aus den Augenwinkeln nach ihnen spähten. »Ich sollte nicht mit Ihnen sprechen. Ich sagte ja, sie haben es mir verboten.«

»Sag ihnen von mir, sie können ruhig schlafen, ihre Befürchtungen sind unbegründet«, versicherte Edilberto Torres mit kaum hörbarer Stimme. »Ich bin nicht der Teufel, nichts dergleichen, sondern ein ganz normaler Mensch, wie du und wie sie. Und wie alle hier in diesem Wagen. Außerdem irrst du dich, ich erscheine und verschwinde nicht auf wunderbare Weise. Unsere Begegnungen sind ein Werk des Zufalls. Reiner Zufall.«

»Ich will ganz offen zu dir sein, Fonchito.« Rigoberto sah seinem Sohn lange in die Augen; der Junge hielt dem Blick stand, ohne zu blinzeln. »Ich möchte dir glauben. Ich weiß, dass du kein Lügner bist, du bist es nie gewesen. Und genauso weiß ich, dass du mir immer die Wahrheit gesagt hast, auch wenn es zu deinem Nachteil war. Aber in diesem Fall, ich meine, in dem verfluchten Fall dieses Edilberto Torres …«

»Warum verflucht, Papa?«, unterbrach ihn Fonchito. »Was hat der Herr dir getan, dass du dieses schreckliche Wort benutzt?«

»Was er mir getan hat?«, rief Rigoberto. »Er hat es geschafft, dass ich zum ersten Mal in meinem Leben an meinem Sohn zweifle, dass es mir nicht mehr gelingen will zu glauben, dass du mir noch die Wahrheit sagst. Verstehst du, Fonchito? So ist es. Jedes Mal, wenn ich höre, wie du mir von deinen Begegnungen mit Edilberto Torres erzählst, kann ich einfach nicht glauben, was du mir erzählst, sosehr ich mich auch bemühe. Das ist kein Vorwurf, versteh mich nicht falsch. Was mir jetzt mit dir passiert, schmerzt mich, deprimiert mich. Warte, lass mich ausreden. Ich sage nicht, dass du mich anlügen oder täuschen willst. Das würdest du nie. Nein, zumindest nicht bewusst, absichtlich. Aber ich bitte dich, lass dir durch den Kopf gehen, was ich dir jetzt mit all meiner Liebe sage. Denk darüber nach. Kann es nicht sein, dass das, was du mir und Lucrecia von Edilberto Torres erzählst, nur eine Einbildung ist, eine Art Wachtraum, Fonchito? So etwas kommt vor.«

Er schwieg, denn er sah, dass sein Sohn blass geworden war. In seinem Gesicht lag eine unendliche Traurigkeit. Rigoberto spürte, wie ihm das Gewissen schlug.

»Das heißt, ich bin verrückt geworden und habe Visionen, sehe Gespenster. Willst mir das sagen, Papa?«

»Verrückt habe ich nicht gesagt, natürlich nicht«, sagte Rigoberto, »auch nicht gedacht. Aber, Fonchito, undenkbar ist es nicht, dass diese Person eine Art Zwangsvorstellung ist, eine fixe Idee, ein Albtraum im Wachzustand. Sieh mich nicht so schief an. Das könnte sehr wohl sein. Ich sage dir auch, warum. Im wirklichen Leben, in der Welt, in der wir leben, kann ein Mensch dir unmöglich einfach so erscheinen, aus heiterem Himmel und an den unwahrscheinlichsten Orten, auf dem Fußballplatz deiner Schule, auf der Toilette einer Diskothek, im Sammeltaxi Lima-Chorrillos. Und es kann auch nicht sein, dass er alles über dich weiß, über deine Familie, was du tust und lässt. Das ist unmöglich, oder?«

»Was soll ich sagen, wo du mir sowieso nicht glaubst, Papa.« Der Junge schaute betreten. »Ich will dir ja auch keinen Kummer machen. Aber soll ich einfach sagen, ja, du hast recht, ich halluziniere? Wo ich mir ganz sicher bin, dass der Herr Torres aus Fleisch und Blut ist und kein Gespenst? Am besten erzähle ich dir gar nichts mehr von ihm.«

»Nein, nein, Fonchito, ich möchte, dass du mich immer über diese Begegnungen auf dem Laufenden hältst«, sagte Rigoberto. »Ich kann zwar nur schwer akzeptieren, was du mir von ihm erzählst, aber ich bin sicher, dass du glaubst, mir die Wahrheit zu sagen, ganz sicher. Wenn es gelogen ist, dann unbewusst und ohne dass du es willst. Schön, du hast bestimmt noch Hausaufgaben, nicht? Dann geh, wenn du möchtest. Wir unterhalten uns später noch.«

Fonchito nahm seine Schultasche vom Boden auf und ging auf die Tür zu. Doch bevor er sie öffnete, drehte er sich, als wäre ihm noch etwas eingefallen, zu seinem Vater um.

»Du hast eine so schlechte Meinung von ihm, Papa, und der Herr Torres hat eine so gute von dir.«

»Warum sagst du das, Fonchito?«

»Weil ich zu wissen glaube, dass dein Vater Probleme mit der Polizei hat, mit der Justiz, nun ja, du weißt, was ich meine«, sagte Edilberto Torres zum Abschied, als er dem Fahrer schon angezeigt hatte, beim nächsten Halt auszusteigen. »Für mich steht fest, dass Rigoberto ein untadeliger Mensch ist, und ich bin sicher, dass das alles sehr ungerecht ist. Wenn ich etwas für ihn tun kann, helfe ich ihm liebend gerne. Richte ihm das bitte aus, Fonchito.«

Rigoberto wusste nicht, was er antworten sollte. Er betrachtete stumm den Jungen, der dastand, ihn ruhig anschaute, auf seine Reaktion wartete.

»Das hat er gesagt?«, stammelte er schließlich. »Das heißt, er schickt mir eine Nachricht. Er weiß von meinem Ärger mit dem Gericht und will mir helfen. Das ist es, ja?«

»Genau das, Papa. Siehst du, er hat sehr wohl eine gute Meinung von dir.«

»Sag ihm, einverstanden, sehr gerne.« Rigoberto hatte sich wieder gefasst. »Selbstverständlich. Wenn er sich das nächste Mal meldet, sag ihm vielen Dank und ich würde mich freuen, mich mit ihm zu unterhalten. Wo immer er möchte. Er soll mich anrufen. Vielleicht sieht er eine Möglichkeit, mir zu helfen. Wirklich, ich wünschte mir nichts lieber, als Edilberto

Torres persönlich zu treffen und mit ihm zu sprechen, mein Junge.«

»Okay, Papa, ich sage es ihm, wenn ich ihn treffe. Versprochen. Du wirst sehen, er ist kein Geist, sondern aus Fleisch und Blut. Ich mache jetzt meine Hausaufgaben. Ich habe irre viel auf.«

Als Fonchito aus dem Zimmer ging, wollte Rigoberto erst wieder an den Computer, ließ es dann aber sein. Er hatte jedes Interesse an Assicurazioni Generali S.p.A. und Ismaels vertrackten Finanzgeschäften verloren. War es möglich, dass Edilberto Torres das zu Fonchito gesagt hatte? Dass er über seine gerichtlichen Scherereien im Bilde war? Natürlich nicht. Ein weiteres Mal hatte dieser Junge ihm eine Falle gestellt, und er war wie ein Tölpel hineingetapst. Und wenn Edilberto Torres sich mit ihm verabredete? Dann, dachte er, kehre ich zur Religion und in den Schoß der Kirche zurück und gehe für den Rest meiner Tage in ein Kartäuserkloster. Er lachte, grummelte: »Was für eine unendliche Langeweile.« Wie viel maßlose Dummheit es doch auf der Welt gab.

Er stand auf und warf einen Blick auf das Regal gleich neben ihm, wo seine liebsten Kunstbücher und Kataloge standen. Während er sie durchging, erinnerte er sich an die Ausstellungen, wo er sie gekauft hatte. New York, Paris, Madrid, Mailand, Mexiko. Wirklich ärgerlich, dass er sich mit Anwälten und Richtern herumschlagen und an diese funktionalen Analphabeten denken musste, die beiden Zwillinge, statt vormittags und nachmittags in die Bände mit den Gemälden, Grafiken, Zeichnungen einzutauchen und bei guter Musik von ihnen zu träumen; in der Zeit zu reisen, die schönsten Abenteuer zu erleben, sich anrühren zu lassen, traurig zu werden, zu genießen, zu weinen, sich zu begeistern und zu erregen. Er dachte: Dank Delacroix war ich beim Tod des Sardanapal dabei, umgeben von nackten Frauen, und dank dem jungen Grosz habe ich sie in Berlin geköpft, während ich sie zugleich, versehen mit einem riesigen Phallus, sodomisierte. Dank Botticelli war ich eine Renaissance-Madonna und dank Goya ein lüsternes Ungeheuer, das seine Kinder verschlang. Dank Aubrey Beardsley eine Schwuchtel mit einer Rose im Arsch und dank Piet Mondrian ein gleichschenkliges Dreieck.

Er schweifte schon amüsiert ab, doch fast ohne dass es ihm bewusst war, hatten seine Hände gefunden, wonach er in dem Regal eigentlich suchte: den Katalog der Ausstellung, welche die Royal Academy im Sommer 2004 dem Werk der Tamara de Lempicka widmete und die er selbst, als er das letzte Mal in England war, besucht hatte. Damals spürte er im Schritt, auf dem Grund seiner Hoden, den Anflug eines fröhlichen Kribbelns, während er zugleich erfüllt war von Wehmut und Dankbarkeit. Jetzt war es, abgesehen von dem Kribbeln, eine leise Hitze an der Spitze seines Schwanzes. Mit dem Buch in der Hand ließ er sich in den Lesesessel fallen und knipste die Lampe an, deren Schein ihm erlaubte, die Reproduktionen in allen Einzelheiten zu genießen. Die Lupe hatte er in Reichweite. Ob es stimmte, dass Kizette, die Tochter der russisch-polnischen Künstlerin, die Asche ihrer Mutter, dem letzten Willen entsprechend, aus einem Hubschrauber in den Krater dieses mexikanischen Vulkans gestreut hatte, des Popocatépetl? Eine erhabene, erdumwälzende, wundervolle Art des Abschieds von der Welt, die diese Frau gewählt hatte, eine Künstlerin, die, wie ihre Bilder bezeugten, nicht nur malen konnte, sondern auch genießen und deren Finger eine aufreizende und zugleich eisige Lüsternheit auf jene geschmeidigen, sich windenden, üppig schwellenden Nackten übertrugen, die nun unter seinen Augen vorüberzogen: *Rhythm, La Belle Rafaëla, Myrto, The Model, The Slave.* Seine fünf Lieblingsbilder. Wer sagte, dass Art déco und Erotik nicht zusammengingen? In den zwanziger und dreißiger Jahren hatte die Künstlerin mit den gezupften Brauen, den glühenden und verschlingenden Augen, dem sinnlichen Mund und den groben Händen eine Wollust in ihre Gemälde gelegt, die kalt nur auf den ersten Blick war, denn in der Vorstellung und Einfühlung des aufmerksamen Betrachters verschwand die plastische Reglosigkeit der Figuren, und sie erwachten, vermengten sich, fielen übereinander her, streichelten sich, zogen sich aus, liebten sich und genossen in aller Schamlosigkeit. Ein schönes, erregendes, großartiges Schauspiel, diese Frauen, die Tamara de Lempicka in Paris, Mailand, New York, Hollywood porträtiert oder erfunden hatte oder an ihrem letzten Rückzugsort in Cuernavaca. Drall, füllig, rund, elegant, zeigten sie stolz ihre dreieckigen Bauchnabel, für die Tamara eine Vorliebe zu haben schien, eine ebensolche wie für die sukkulenten Schenkel der lasziven Aristokratinnen, die sie auszog, um sie in fleischliche Lust und Geilheit zu kleiden. Sie gab der lesbischen Liebe und dem Garçonne-Stil Würde, dachte er, machte sie gesellschaftsfähig, verlieh ihr eine mondäne Aura, indem sie sie durch die Salons von Paris und New York führte. Würde mich nicht wundern, wenn der verrückte, von ihr entflammte Schwanz Gabriele d'Annunzios versucht hätte, sie in seiner Villa Vittoriale am Gardasee zu vergewaltigen, wo er sie unter dem Vorwand hinlockte, sich von ihr porträtieren zu lassen, im Grunde aber nur darauf aus, sie zu besitzen. Ob sie durchs Fenster entwischt war? Er ging langsam die Seiten durch, überflog die affektierten Aristokraten mit den blauschattigen Augen der Schwindsüchtigen, verweilte bei den prächtigen weiblichen Figuren mit ihren großen, schmachtenden Augen, helmglatten Haaren und roten Fingernägeln, aufrechten Brüsten und majestätischen Hüften, Frauen, die sich fast immer wanden wie rollige Katzen. Eine ganze Weile gab er sich seinen Träumereien hin, spürte, wie ihn wieder jene Lust überkam, die seit so vielen Tagen und Wochen erloschen war, seit die Hyänen ihm das Leben auf diese billige Art versauerten. Er war verzückt von all den jungen Damen mit ihren ausgeschnittenen, transparenten Kleidern, ihrem schimmernden Schmuck, sämtlich besessen von einer tiefen Lust, die aus ihren überglänzten Augen hervorbrechen wollte. Vom Art déco zur Abstraktion, Tamara, unglaublich, dachte er. Auch wenn selbst die abstrakten Bilder der Tamara de Lempicka noch eine geheimnisvolle Sinnlichkeit atmeten. Ergriffen und glücklich spürte er im Unterleib einen kleinen Aufruhr, das Erwachen einer Erektion.

Und in dem Moment, langsam wieder zurückkehrend in die Wirklichkeit des Alltags, bemerkte er, dass Lucrecia hereingekommen war, ohne dass er die Tür gehört hätte. Was war los? Sie stand neben ihm, die Pupillen feucht und geweitet, der Mund halb offen, zitternd. Sie wollte etwas sagen, aber die Zunge gehorchte ihr nicht, die Wörter kamen ihr nicht über die Lippen, nur ein unverständliches Stammeln.

»Wieder eine schlechte Nachricht, Lucrecia?« Entsetzt dachte er an Edilberto Torres, an Fonchito. »Noch eine?«

»Armida hat angerufen und heult wie verrückt«, schluchzte sie. »Du warst kaum gegangen, da ist Ismael im Garten ohnmächtig zusammengebrochen. Sie haben ihn in die Amerikanische Klinik gebracht. Und gerade ist er gestorben. Ja, Rigoberto, er ist tot!«

XV

»Was ist mit dir, Felícito?«, sagte die Santera noch einmal, beugte sich über ihn und fächelte ihn mit ihrem alten löchrigen Strohfächer. »Geht es dir nicht gut?«

Felícito Yanaqué sah die Besorgnis in Adelaidas großen Augen, und unter all dem Nebel in seinem Kopf kam ihm der Gedanke, dass es an ihr als Wahrsagerin war, genau zu wissen, was mit ihm los war. Aber er hatte keine Kraft zu antworten, ihm war schwindlig, bestimmt würde er jeden Moment ohnmächtig. Es war ihm egal. In tiefen Schlaf sinken, alles vergessen, nicht denken: einfach wunderbar. Verschwommen dachte er daran, den Gefangenen Christus von Ayabaca um Hilfe zu bitten, den Gertrudis so verehrte. Aber er wusste nicht, wie.

»Soll ich dir ein Glas Wasser bringen, frisch vom Filterstein?«

Warum sprach Adelaida so laut, als wäre er auf einmal taub? Er sagte ja und sah, immer noch benebelt, wie die Mulattin in ihrem rotbraunen Hemdkleid und auf nackten Füßen in dem kleinen Kräuter- und Heiligenladen nach hinten durchging. Er schloss die Augen und dachte: Du musst stark sein, Felícito. Du darfst noch nicht sterben, Felícito Yanaqué. Pack dir an die Eier, Mann! Na los! Er hatte einen trockenen Mund und spürte, wie das Herz zwischen den Bändern, Knochen und Muskeln seiner Brust immer weiter wachsen wollte. Gleich würde es ihm hochkommen. Und er dachte, wie passend der Ausdruck doch war. Unmöglich war das nicht, *che guá*. Dieses Organ donnerte so unbeherrscht und mit einer solchen Wucht in seinem Brustkorb, dass es sich plötzlich losreißen konnte, um dem Gefängnis seines Körpers zu entfliehen, dass es zum Kehlkopf hochstieg und herausschoss, in einem einzigen galligen und blutigen Erbrechen. Dann sähe er sein kleines Herz auf dem Lehmboden des Hauses der Santera, zerschmettert, platt, ganz ruhig zu seinen Füßen, vielleicht umkrabbelt von schokoladenbraunen Schaben. Das wäre das Letzte, woran er sich von diesem Leben erinnerte. Sobald seine Seele die Augen aufschlug, stand er vor Gott. Oder, wer weiß, vor dem Teufel, Felícito.

»Was gibt es denn?«, fragte er besorgt, denn kaum sah er ihre Gesichter, begriff er, dass etwas Ernstes passiert sein musste, daher die Dringlichkeit, mit der sie ihn aufs Revier bestellt hatten, daher die unbehaglichen Mienen, die scheuen Blicke und dieses verlegene, falsche Lächeln von Hauptmann Silva und Sergeant Lituma. Die beiden Polizisten saßen wie versteinert da, als er die enge Stube betrat.

»Hier, Felícito, ist schön frisch. Mach den Mund auf und trink langsam, in kleinen Schlucken, Schätzchen. Wirst sehen, es tut dir gut.«

Er nickte, und mit geschlossenen Augen öffnete er die Lippen und spürte erleichtert die kühle Flüssigkeit, die Adelaida ihm einflößte wie einem kleinen Kind. Ihm war, als löschte das Wasser die Flammen an seinem Gaumen und an seiner Zunge. Sprechen konnte oder wollte er nicht, aber er dachte: Danke, Adelaida. Das stille Halbdunkel, in das der kleine Laden der Santera immer getaucht war, beruhigte seine Nerven ein wenig.

»Wichtige Dinge, mein Freund«, sagte schließlich Hauptmann Silva, der, nun sehr ernst, aufstand und ihm mit ungewöhnlicher Innigkeit die Hand gab. »Aber gehen wir auf einen Kaffee an einen kühleren Ort, an der Avenida. Da können wir uns besser unterhalten als hier. Eine scheiß Hitze in dieser Höhle, finden Sie nicht, Don Felícito?«

Und bevor er auch nur antworten konnte, nahm der Kommissar seine Mütze vom Haken und ging zur Tür, gefolgt von Lituma, der sich wie ein Roboter bewegte und es vermied, ihm in die Augen zu sehen. Was war los mit ihnen? Welche wichtigen Dinge? Was war passiert? Was war in sie gefahren, in diese blöden Bullen?

»Geht es dir besser, Felícito?«, fragte die Santera.

»Ja, besser«, konnte er mühsam stammeln. Die Zunge

schmerzte, der Gaumen, die Zähne. Aber das frische Wasser hatte ihm gutgetan, hatte ihm ein wenig von dieser Energie zurückgegeben, die aus seinem Körper entwichen war. »Danke, Adelaida.«

»Na, Mensch, zum Glück«, rief die Mulattin, bekreuzigte sich und lächelte. »Du hast mir vielleicht einen Schreck eingejagt, Felícito. Und wie blass du warst, ach, *che guá!* Als du hereinkamst und in den Schaukelstuhl geplumpst bist, sahst du schon aus wie halb tot. Was ist passiert, Schätzchen, es ist doch niemand gestorben.«

»Ihre Geheimnistuerei macht mich ganz kribbelig, Hauptmann«, versuchte Felícito es noch einmal. »Was für wichtige Sachen, wenn ich fragen darf?«

»Einen schön starken Kaffee für mich«, bestellte Hauptmann Silva. »Einen kleinen mit einem Schuss Milch für den Sergeanten. Was trinken Sie, Don Felícito?«

»Eine Brause, Coca-Cola, Inca Kola, egal was.« Vor Ungeduld trommelte er auf den Tisch. »Kommen wir zur Sache. Ich bin jemand, der mit schlechten Nachrichten umgehen kann, so langsam gewöhne ich mich daran. Rücken Sie endlich heraus.«

»Der Fall ist geklärt«, sagte der Hauptmann und schaute ihm in die Augen. Aber es lag keine Freude in seinem Blick, sondern Kummer, sogar Mitleid. Und statt fortzufahren, verstummte er.

»Geklärt?«, rief Felícito. »Heißt das, Sie haben sie geschnappt?«

Er sah, wie der Hauptmann und der Sergeant nickten, immer noch todernst und lächerlich steif. Warum schauten sie ihn so seltsam an, als täte er ihnen leid? Auf der Avenida Sánchez Cerro war ein höllisches Treiben, Menschen, die in alle Richtungen strömten, Hupen, Schreien, Iah und Gebell. Ein Vals lief, aber die Sängerin hatte nicht die sanfte Stimme von Cecilia Barraza, woher auch, sondern die einer alten Schnapsdrossel.

»Erinnerst du dich, als ich das letzte Mal hier war, Adelaida?« Felícito sprach sehr leise, suchte nach den Worten, fürchtete, die Stimme könnte ihm versagen. Um freier zu atmen, hatte er sich die Weste aufgeknöpft und die Krawatte gelockert. »Als ich dir den Brief mit der Spinne vorgelesen habe.«

»Ja, Felícito, ich erinnere mich gut.« Die riesigen, besorgten Augen der Santera durchbohrten ihn.

»Und weißt du noch, wie du, als ich schon gehen wollte, plötzlich eine Eingebung hattest und sagtest, ich soll mich drauf einlassen und ihnen den verlangten monatlichen Betrag zahlen? Erinnerst du dich auch daran, Adelaida?«

»Klar, Felícito, natürlich, wie sollte ich mich nicht erinnern. Aber sagst du mir endlich, was los ist? Warum bist du so blass, warum ist dir schwindlig?«

»Du hattest recht, Adelaida. So wie immer. Ich hätte auf dich hören sollen. Denn, denn …«

Er konnte nicht weitersprechen. Die Stimme versank in einem Schluchzer, und er musste weinen. Wie lange hatte er nicht geweint. Seit dem Tag, an dem sein Vater starb, in diesem dunklen Loch von Notaufnahme im Hospital Obrero? Oder seit jener Nacht, in der er zum ersten Mal mit Mabel schlief? Aber das galt nicht, das war vor Glück. Jetzt dagegen kamen ihm die Tränen andauernd.

»Die Sache ist geklärt, und jetzt werden wir es Ihnen erläutern, Don Felícito«, überwand sich der Hauptmann schließlich und sagte, was er bereits gesagt hatte. »Ich fürchte allerdings, es wird Ihnen nicht gefallen.«

Felícito richtete sich auf und wartete, alle seine Sinne hellwach. Er hatte den Eindruck, dass die Leute aus der kleinen Kneipe verschwanden, die Geräusche auf der Straße verstummten. Etwas sagte ihm, dass das, was nun auf ihn zukam, das schlimmste Unglück von allen war, die in letzter Zeit über ihn hereinbrachen. Seine Beine zitterten.

»Adelaida, Adelaida«, schluchzte er und wischte sich die Augen. »Ich musste mir irgendwie Luft machen, ich konnte nicht mehr an mich halten. Ich schwöre, normalerweise weine ich nicht, entschuldige.«

»Keine Sorge, Felícito.« Die Santera lächelte ihm zu und tätschelte liebevoll seine Hand. »Es tut uns allen gut, von Zeit zu Zeit ein paar dicke Tränen zu vergießen. Mich überkommt auch manchmal das heulende Elend.«

»Dann schießen Sie los, Hauptmann, ich bin bereit«, versicherte Felícito Yanaqué. »Klar und deutlich, bitte.«

»Der Reihe nach.« Hauptmann Silva räusperte sich, um Zeit zu gewinnen, nahm die Tasse Kaffee, trank ein Schlückchen. »Das Beste wird sein, wenn Sie die Geschichte von Anfang an erfahren, so wie auch wir. Wie hieß noch mal der Polizist, der zum Schutz der Señora Mabel abgestellt war, Lituma?«

Candelario Velando, dreiundzwanzig Jahre alt, aus Tumbes. Seit zwei Jahren war er bei der Guardia Civil, und es war das erste Mal, dass seine Vorgesetzten ihn in Zivil einsetzten. Sie postierten ihn vor dem Häuschen der Señora, in dieser Sackgasse im Bezirk Castilla nahe dem Fluss und der Don-Bosco-Schule der Salesianerpatres, mit der Anweisung, dafür zu sorgen, dass der Bewohnerin des Hauses nichts passierte. Er sollte ihr, wenn nötig, zu Hilfe eilen, aufschreiben, wer sie besuchte, ihr unbemerkt folgen, notieren, mit wem sie sich traf, wen sie besuchte, was sie tat oder ließ. Man gab ihm seine Dienstwaffe mit zwanzig Schuss Munition, eine Kamera, ein Notizbuch, einen Stift und ein Mobiltelefon, zu benutzen nur im äußersten Notfall und unter keinen Umständen für Privatgespräche.

»Mabel?« Die Santera riss ihre immer leicht wahnumfangenen Augen weit auf. »Dein Liebchen? Sie selbst?«

Felícito nickte. Das Glas war längst leer, aber er schien es nicht zu merken, denn immer wieder hielt er es an den Mund und bewegte die Lippen und die Kehle, als tränke er ein Schlückchen Wasser.

»Sie selbst, Adelaida«, und mehrmals nickte er. »Mabel, ja. Ich kann es immer noch nicht fassen.«

Er war ein guter Polizist, pflichtbewusst und zuverlässig. Er mochte seinen Beruf, und bisher hatte er noch nie Schmiergeld angenommen. An jenem Abend war er jedoch sehr müde, vierzehn Stunden folgte er der Dame schon durch die Stadt und bewachte ihr Haus, und kaum hatte er sich in eine Ecke gesetzt, wo kein Licht hindrang, und sich an die Wand gelehnt, schlief er ein. Er wusste nicht, wie lange, aber es musste eine Weile gewesen sein, denn als er erschrocken aufwachte, war alles in der Gasse still. Die Kinder, die mit dem Kreisel spielten, waren verschwunden, und in den Häusern waren die Lichter gelöscht und die Türen verschlossen. Nicht einmal die Hunde liefen noch herum und bellten. Ringsum schien alles zu schlafen. Ganz benommen erhob er sich und trat, immer im Schatten, an das Haus der Señora. Er hörte Stimmen. Presste das Ohr an ein Fenster. Es klang nach einem Streit. Er verstand kein Wort, aber es waren ein Mann und eine Frau, ohne Zweifel, und sie stritten sich. Er duckte sich rasch an ein anderes Fenster, dort konnte er besser hören. Sie warfen sich Beschimpfungen an den Kopf, aber geschlagen wurde noch nicht. Nur langes Schweigen und dann wieder Schreie, immer matter. Die Frau gab nach, so klang es. Sie hatte Besuch empfangen, und wie es schien, vögelte der Besucher sie. Candelario Velando wusste sofort, dass es nicht der Herr Felícito Yanaqué war. Hatte die Señora also noch einen Liebhaber? Irgendwann war alles still im Haus.

Candelario zog sich in die Ecke zurück, wo er eingeschlafen war. Er setzte sich wieder an die Wand, zündete sich eine Zigarette an und wartete. Diesmal nickte er nicht ein, blieb konzentriert. Er war sich sicher, dass der Besucher jeden Moment auftauchte. Und tatsächlich, nach einer Weile erschien er, und dabei war er so vorsichtig, dass es ihn verriet: Er machte die Tür nur einen Spalt auf, steckte den Kopf hinaus, schaute nach links und nach rechts, und im Glauben, niemand sähe ihn, lief er los. Candelario sah ihn in voller Größe, und aufgrund der Figur und der Bewegungen war klar, dass es nicht der alte Knirps von Transportes Narihualá sein konnte. Es war ein junger Mann. Sein Gesicht erkannte er nicht, es war zu dunkel. Als er sah, wie er in Richtung Hängebrücke ging, folgte er ihm. Er lief leise, versuchte nicht aufzufallen, immer in einiger Entfernung, aber ohne ihn aus den Augen zu lassen. Als sie die Brücke überquerten, kam er etwas näher heran, denn dort waren Nachtschwärmer, und er konnte sich unter sie mischen. Dann sah er, wie der Mann an der Plaza de Armas um die Ecke bog und in der Bar des Hotels Los Portales verschwand. Er wartete einen Moment und ging ebenfalls hinein. Der Mann stand an der Theke – jung, hellhäutig, so ein Schönling, mit einer Haartolle wie Elvis Presley – und kippte etwas in einem Zug, was ein Fläschchen Pisco sein musste. Da erkannte er ihn. Er hatte ihn gesehen, als er für seine Aussage aufs Revier an der Avenida Sánchez Cerro kam.

»Bist du sicher, dass er es war, Candelario?«, fragte Sergeant Lituma und schaute skeptisch.

»Es war Miguel, hundertprozentig«, sagte Hauptmann Silva nur knapp und hob die Tasse Kaffee wieder an den Mund. Ihm schien nicht wohl in seiner Haut zu sein. »Ja, Herr Yanaqué. Es tut mir sehr leid. Aber es war Miguel.«

»Mein Sohn Miguel?« Don Felícito blinzelte ununterbrochen, ein Händchen fuhr durch die Luft, er war mit einem Schlag blass geworden. »Um Mitternacht? Bei Mabel?«

»Sie haben sich richtig gestritten«, erklärte der Guardia Candelario Velando dem Sergeanten Lituma. »Haben sich beschimpft, mit Wörtern wie Nutte, Arschloch und Schlimmerem. Danach war es lange still. Und ich habe mir vorgestellt, was Sie jetzt auch denken, dass sie sich wieder vertragen haben und ins Bett gegangen sind, und wozu sonst, wenn nicht um zu bumsen. Das habe ich natürlich weder gehört noch gesehen. Das ist nur eine Vermutung.«

»Erzähl mir solche Dinge besser nicht«, sagte Adelaida betreten und schaute zu Boden. Ihre Wimpern waren lang, seidig und traurig. Sie gab Felícito einen liebevollen Klaps aufs Knie. »Es sei denn, du glaubst, dass es dir guttut. Wie du magst, Felícito. Was immer du sagst. Nicht umsonst bin ich deine Freundin, *che guá*.«

»Eine Vermutung, die zeigt, wie verdorben deine Birne ist, Candelario.« Lituma lächelte. »Nun denn, Junge. Glückwunsch. Da Hintern dabei sind, wird deine Geschichte dem Hauptmann gefallen.«

»Es war das Ende eines Fadens, endlich. Wir konnten daran

zichen und das Knäuel entwirren. Ich hatte schon etwas gerochen, als ich Mabel nach der Entführung vernahm. Sie hat sich in Widersprüche verwickelt, konnte sich nicht gut verstellen. So war es, Herr Yanaqué«, sagte der Kommissar. »Glauben Sie nicht, für uns wäre es einfach. Ich meine, Ihnen diese fürchterliche Nachricht zu überbringen. Ich weiß, für Sie ist es wie ein Dolch in den Rücken. Aber es ist unsere Pflicht, Sie werden entschuldigen.«

Er schwieg, weil Don Felícito die Hand gehoben hatte, eine schmächtige Faust.

»Könnte es nicht sein, dass es doch ein Irrtum ist?«, murmelte er, und seine Stimme klang jetzt hohl, ein fernes Flehen. »Nicht vielleicht doch?«

»Nein«, sagte Hauptmann Silva nur knapp. »Es ist restlos bewiesen. Señora Mabel und Ihr Sohn Miguel betrügen Sie schon seit einer ganzen Zeit, Don Felícito. Damit fängt auch die Geschichte mit der Spinne an. Wir bedauern es zutiefst, Herr Yanaqué.«

»Schuld ist Ihr Sohn Miguel, mehr als die Señora Mabel«, mischte Lituma sich ein und ruderte gleich zurück: »Bitte um Entschuldigung, ich wollte nicht unterbrechen.«

Felícito Yanaqué schien die beiden Polizisten nicht mehr zu hören. Er war noch blasser geworden und schaute ins Leere, als hätte dort ein Gespenst Gestalt angenommen. Sein Kinn zuckte.

»Ich weiß sehr gut, was du jetzt fühlst, und ich bedaure dich, Felícito.« Die Wahrsagerin hatte sich die Hand auf die Brust gelegt. »Ja, doch, du hast recht. Es wird dir guttun, dir Luft zu machen. Niemand wird ein Wort erfahren, Schätzchen, das weißt du.«

Sie schlug sich an die Brust, und Felícito dachte: Komisch, klingt irgendwie hohl. Beschämt spürte er, wie ihm die Tränen wieder in die Augen stiegen.

»Die Spinne ist er«, ließ Hauptmann Silva keinen Zweifel. »Ihr Sohn, das weiße Jüngelchen. Miguel. Offenbar nicht nur des Geldes wegen, er hatte noch Hinterhältigeres im Sinn. Und vielleicht, wer weiß, hat er deshalb auch mit Mabel geschlafen. Er hat etwas gegen Sie. Abneigung, Groll, irgendwas Schmutziges, was die Seele der Menschen vergiftet.«

»Weil Sie ihn zum Militärdienst gezwungen haben, wie es scheint«, stimmte Lituma ein, und auch diesmal entschuldigte er sich: »Verzeihung. Das zumindest hat er uns zu verstehen gegeben.«

»Hören Sie uns eigentlich zu, Don Felícito?« Der Hauptmann beugte sich zu ihm vor und packte ihn am Arm: »Ist Ihnen unwohl?«

»Es geht mir sehr gut.« Er zwang sich zu einem Lächeln. Seine Lippen und die Nasenlöcher bebten, die Hände, die sich an der leeren Flasche Inca Kola festhielten, zitterten. Ein gelber Kreis umgab das Weiße seiner Augen, und seine Stimme war ein dünner Faden. »Sprechen Sie einfach weiter, Hauptmann. Aber, entschuldigen Sie, eines wüsste ich noch gern. Hat Tiburcio, mein anderer Sohn, auch mitgemacht?«

»Aber nein, gar nicht, nur Miguel«, versuchte der Hauptmann ihn aufzumuntern. »Das kann ich Ihnen klipp und klar sagen. Was das angeht, können Sie beruhigt sein, Herr Yanaqué. Tiburcio hatte weder seine Hände im Spiel, noch wusste er ein Wort von der Sache. Wenn er davon erfährt, wird er so entsetzt sein wie Sie.«

»Der ganze Schrecken hat auch seine gute Seite, Adelaida«, grummelte Felícito nach langem Schweigen. »Du magst es nicht glauben, aber so ist es.«

»Das glaube ich, Felícito«, sagte die Santera, riss den Mund auf und zeigte ihm die Zunge. »Wie immer im Leben. Das Gute hat immer auch seine schlechte Seite und das Schlechte seine gute. Was ist hier also die gute?«

»Ich habe eine Frage geklärt, die an meiner Seele nagte, seit ich verheiratet bin, Adelaida«, murmelte Felícito Yanaqué. Es schien, als erholte er sich nun. Die Stimme kehrte zurück, die Farbe, eine gewisse Sicherheit im Sprechen. »Dass Miguel nicht mein Sohn ist. Dass er es niemals war. Gertrudis und ihre Mutter haben mich mit dem Märchen von der Schwangerschaft zur Hochzeit gezwungen. Natürlich war sie schwanger. Aber nicht von mir, sondern von einem anderen. Ich war bloß der nützliche Depp. Sie haben mir einen Bankert untergeschoben und als meinen Sohn ausgegeben, und so hat sich Gertrudis die Schande einer ledigen Mutter erspart. Wie sollte dieses weiße Kerlchen mit den blauen Augen auch mein Sohn sein? Ich hatte immer den Verdacht, dass etwas faul ist. Jetzt endlich, wenn auch spät, habe ich den Beweis. Er ist es nicht, mein Blut fließt nicht durch seine Adern. Ein Sohn von mir, ein Sohn von meinem Blut hätte mir so etwas nie angetan. Verstehst du, Adelaida?«

»Ja, Schätzchen, ich verstehe«, sagte die Santera. »Gib mir dein Glas, ich fülle es am Filterstein nach, mit schön frischem Wasser. Ich kann nicht sehen, wie du aus einem leeren Glas trinkst, *che guá*.«

»Und Mabel?«, säuselte Felícito mit gesenktem Kopf. »Sie war von Anfang an in die Verschwörung verwickelt?«

»Zähneknirschend«, sagte Hauptmann Silva, als bedauerte er es, »aber ja, das war sie. Die Sache hat ihr nie gefallen, und am Anfang, sagt sie, hat sie es Miguel auszureden versucht, was gut möglich ist. Aber Ihr Sohn hat seinen eigenen Kopf, und ...«

»Er ist nicht mein Sohn«, unterbrach Felícito Yanaqué und schaute ihm in die Augen. »Entschuldigen Sie, ich weiß, was ich sage. Fahren Sie fort, Hauptmann, was noch?«

»Sie hatte die Nase voll von Miguel und wollte Schluss machen«, brachte Lituma sich wieder ein, »aber er hat sie damit eingeschüchtert, Ihnen von der Affäre zu erzählen. Seither hasst sie ihn.«

»Soll das heißen, Sie haben mit Mabel gesprochen?«, fragte Felícito verwirrt. »Und sie hat gestanden? Was?«

»Sie arbeitet mit uns zusammen, Herr Yanaqué«, bestätigte Hauptmann Silva. »Ihre Aussage war ausschlaggebend, so konnten wir dieses Spinnenkomplott aufdecken. Was Ihnen der Sergeant gesagt hat, stimmt. Am Anfang, als sie sich mit Miguel einließ, wusste sie nicht, dass er Ihr Sohn war. Als sie es erfuhr, versuchte sie ihn loszuwerden, aber es war zu spät. Weil Miguel sie erpresst hat.«

»Weil er ihr drohte, Ihnen die ganze Sache zu erzählen, Herr Yanaqué, damit Sie sie töten oder zumindest verprügeln«, erklärte der Sergeant.

»Und sie ohne einen Centavo vor die Tür jagen, das vor allem«, schloss der Hauptmann an. »Aber wie gesagt, Don Felícito, Miguel hat einen fürchterlichen Rochus auf Sie, er hasst Sie. Er sagt, weil Sie ihn und nicht seinen Bruder Tiburcio zum Militärdienst gezwungen haben. Aber da ist noch mehr, habe ich im Verdacht. Vielleicht rührt es von früher her, aus der Kindheit. Sie werden es wissen.«

»Auch er muss geahnt haben, dass er nicht mein Sohn ist, Adelaida«, sprach Felícito weiter. Er nippte an dem frischen Glas Wasser, das die Santera ihm gebracht hatte. »Beim Blick in den Spiegel wird er begriffen haben, dass er mein Blut nicht hat und niemals haben konnte. Und so wird er angefangen haben mich zu hassen, was sonst. Merkwürdig, dass er es immer vor mir verborgen hat. Oder wie siehst du das?«

»Wie ich das sehe?«, rief die Santera. »Das ist doch sonnenklar, Felícito, das sieht doch ein Blinder. Sie ist ein junges Mädchen und du ein alter Knacker. Dachtest du, Mabel wäre dir treu bis in den Tod? Wo du auch noch Frau und Familie hast und sie genau weiß, dass sie nie etwas anderes wäre als deine Geliebte. So ist das Leben, Felícito, du hättest es wissen müssen. Du kommst von ganz unten und weißt, was es heißt zu leiden, so wie ich und all die anderen armen Schlucker in Piura.«

»Die Entführung war jedenfalls nie eine Entführung, sondern reine Show«, sagte der Hauptmann. »Um Sie bei Ihren Gefühlen zu packen, Don Felícito.«

»Ich wusste es, Adelaida. Ich habe mir nie etwas vorgemacht. Warum, glaubst du, habe ich immer weggeschaut, wollte nicht mitbekommen, was Mabel tat? Aber mit meinem eigenen Sohn, das hätte ich nie gedacht!«

»Also doch dein Sohn?«, fragte die Santera belustigt. »Ist doch egal, mit wem sie ins Bett gegangen ist, Felícito. Was macht das jetzt noch. Denk nicht weiter daran, mein Lieber. Schließ das Kapitel ab, vergiss es, es ist vorbei. Das ist das Beste, hör auf mich.«

»Weißt du, wovor ich jetzt wirklich Angst habe, Adelaida?« Felícito musste sich schütteln. Das Glas war wieder leer. »Vor dem Skandal. Es wird dir albern vorkommen, aber der Gedanke quält mich am meisten. Morgen wird in den Zeitungen von nichts anderem die Rede sein, im Radio, im Fernsehen. Und dann die Meute der Journalisten. Und wieder wird mein Leben zum Zirkus. Die Verfolgung durch die Presse, die Neugier der Leute auf der Straße, im Büro. Ich habe weder Geduld noch Lust, das noch einmal zu ertragen, Adelaida. Nicht mehr.«

»Der Herr ist eingeschlafen, Hauptmann«, flüsterte Lituma und deutete auf Felícito Yanaqué, der die Augen geschlossen hatte und den Kopf hängen ließ.

»Sieht so aus, ja«, sagte der Offizier. »Die Nachricht hat ihm den Rest gegeben. Der Sohn, die Geliebte. Und zum Schaden auch noch den Spott. Wer will es ihm verdenken.«

Felícito hörte sie, aber er nahm sie nicht wahr. Er wollte die Augen nicht aufschlagen, nicht einmal kurz, duselte vor sich hin, vernahm den Lärm und das Treiben auf der Avenida. Wäre das alles nicht passiert, säße er jetzt im Büro von Transportes Narihualá, würde sehen, wie die Busse und Wagen des Morgens kamen und fuhren, würde die Fahrgastlisten des Tages durchgehen und mit denen vom Vortag vergleichen, der Señora Josefita Briefe diktieren, Überweisungen ausstellen oder Schecks einreichen, bald zum Mittagessen nach Hause gehen. Seine Traurigkeit war so groß, dass er von Kopf bis Fuß zitterte wie im Fieber. Nie wieder würde sein Leben zu diesem ruhigen Rhythmus von früher zurückfinden, noch konnte er je wieder ein namenloser Passant sein. Auf der Straße würde man ihn erkennen, und beim Betreten eines Kinos oder eines Restaurants gäbe es ein Raunen, unverschämte Blicke, Getuschel, Finger, die auf ihn zeigten. Heute Abend noch, spätestens morgen wäre die Nachricht öffentlich, dann kannte sie ganz Piura. Und die Hölle war wieder da.

»Hat Ihnen das Nickerchen gutgetan, Don Felícito?«, fragte Hauptmann Silva und klapste ihm liebevoll auf den Arm.

»Ich bin eingeschlafen, tut mir leid«, sagte er und riss die Augen auf. »Entschuldigen Sie bitte. Das alles ist zu viel auf einmal.«

»Sicher, sicher«, beruhigte ihn der Offizier. »Sollen wir jetzt weitermachen oder lieber später, Don Felícito?«

»Jetzt«, murmelte er nur. In den Minuten, die er mit geschlossenen Augen dagesessen hatte, hatte sich das kleine Lokal gefüllt, vor allem mit Männern. Sie rauchten, bestellten Sandwichs, Cola oder Bier, einen Espresso. Der Hauptmann sprach leiser, damit der Nachbartisch ihn nicht hörte.

»Miguel und Mabel wurden gestern Abend festgenommen, der Untersuchungsrichter ist auf dem Laufenden. Für heute Nachmittag um sechs haben wir die Presse aufs Revier eingeladen. Ich glaube nicht, dass Sie bei diesem Auftritt dabei sein möchten, oder, Don Felícito?«

»Auf keinen Fall«, rief er entsetzt. »Natürlich nicht!«

»Das ist auch nicht nötig«, sagte der Hauptmann. »Aber machen Sie sich bereit. Die Journalisten werden Ihnen die Bude einrennen.«

»Hat Miguel es zugegeben?«, fragte Felícito.

»Am Anfang hat er alles abgestritten, aber als er erfuhr, dass Mabel ihn verraten hatte und Zeuge der Anklage sein würde, musste er die Wirklichkeit akzeptieren. Wie ich schon sagte, ihre Aussage ist vernichtend.«

»Dank der Señora Mabel hat er am Ende alles gestanden«, fügte Sergeant Lituma hinzu. »Sie hat uns die Arbeit erleichtert. Wir schreiben gerade den Bericht. Spätestens morgen hat ihn der Untersuchungsrichter auf dem Tisch.«

»Muss ich ihn sehen?« Felícito sprach so leise, dass die Polizisten sich vorbeugen mussten. »Ich meine Miguel.«

»Beim Prozess sicher«, sagte der Hauptmann. »Sie werden der Hauptzeuge sein. Sie sind das Opfer, das dürfen Sie nicht vergessen.«

»Und vor dem Prozess?«

»Kann sein, dass der Untersuchungsrichter oder der Staatsanwalt einen gemeinsamen Termin anordnet«, erklärte der Hauptmann. »In diesem Falle ja. Für uns ist es nicht nötig, denn Miguel hat, wie Lituma bereits sagte, alle Vorwürfe zugegeben. Genauso könnte es sein, dass sein Anwalt eine andere Strategie verfolgt, alles abstreitet und vorbringt, sein Geständnis sei nichtig, da rechtswidrig herbeigeführt. Was soll ich sagen, das übliche Spiel. Aber ich glaube nicht, dass er davonkommt. Solange Mabel mit der Justiz zusammenarbeitet, sieht es schwarz für ihn aus.«

»Wie hoch wird die Strafe sein?«, fragte Felícito.

»Kommt auf seinen Anwalt an und wie viel er für die Verteidigung ausgeben kann.« Der Kommissar zog eine skeptische Miene. »Sicher nicht hoch. Außer dem kleinen Brand in Ihrer Firma hat es keine weitere Gewalt gegeben. Die Erpressung, die vorgetäuschte Entführung und die Verabredung zu einer Straftat sind unter diesen Umständen keine allzu schweren Delikte. Denn konkret ist nichts daraus geworden, es war nur fingiert. Im besten Falle zwei oder drei Jährchen, mehr möchte ich bezweifeln. Und wenn man bedenkt, dass er Ersttäter ist, ohne Vorstrafen, dann muss er vielleicht nicht mal ins Gefängnis.«

»Und für sie?«, fragte er weiter und fuhr sich mit der Zunge über die Lippen.

»Da sie mit der Justiz zusammenarbeitet, wird die Strafe nur gering ausfallen, Don Felícito. Vielleicht wird sie ganz freigesprochen. Alles in allem ist sie auch ein Opfer dieses hellen Knaben gewesen. Das könnte ihr Anwalt vorbringen, nicht ohne Grund.«

»Kannst du das glauben, Adelaida?«, seufzte Felícito Yanaqué. »Wochenlang haben sie mich in Angst und Schrecken gehalten, haben mir das Büro an der Avenida Sánchez Cerro niedergebrannt, die Verluste sind gewaltig, denn aus Angst, die Erpresser könnten einen meiner Busse in die Luft jagen, sind viele Fahrgäste ausgeblieben. Und dann gehen die beiden womöglich als freie Menschen nach Hause und machen sich ein schönes Leben. Siehst du, was Gerechtigkeit in diesem Land heißt?«

Er schwieg, denn etwas in den Augen der Santera hatte sich verändert. Sie starrte ihn an, mit geweiteten Pupillen, sehr ernst und konzentriert, als sähe sie etwas Beunruhigendes in seinem Innern oder durch ihn hindurch. Sie nahm seine Hand und drückte sie in ihren großen, schwieligen, in schwarzen Fingernägeln endenden Händen fest an sich. Felícito schauderte.

»Eine Eingebung, Adelaida?«, stammelte er und versuchte die Hand zurückzuziehen. »Was siehst du, was ist mit dir? Liebes Kind, bitte.«

»Etwas kommt auf dich zu, Felícito«, sagte sie, drückte seine Hand noch fester und starrte ihn weiter mit ihren tiefen, jetzt fiebrigen Augen an. »Ich weiß nicht, was. Vielleicht was die Polizisten dir heute Morgen gesagt haben, vielleicht etwas anderes. Schlimmer oder besser, ich weiß nicht. Etwas Heftiges, Gewaltiges, eine Erschütterung, die dein ganzes Leben verändern wird.«

»Willst du damit sagen, anders als alles, was mir jetzt schon passiert? Noch schlimmer, Adelaida? Trage ich nicht schon genug an meinem Kreuz?«

Ihr Kopf ging wie verrückt hin und her, sie schien ihn nicht zu hören. Und dann schrie sie, entsetzt:

»Ich weiß nicht, ob besser oder schlimmer, Felícito. Aber größer als alles, was dir bisher passiert ist. Eine Umwälzung in deinem Leben, ich spüre es.«

»Noch größer? Kannst du mir nichts Genaueres sagen, Adelaida?«

»Nein, kann ich nicht.« Die Santera ließ seine Hand los und fand allmählich wieder zu ihrem üblichen Äußeren und Wesen. Er sah, wie sie seufzte, sich übers Gesicht strich, als wollte sie ein Insekt verscheuchen. »Ich sage nur, was ich fühle, was mich die Eingebung spüren lässt. Ich weiß, es ist wirr. Für mich auch, Felícito. Was kann ich dafür, Gott hat es so gewollt. Er ist es, der spricht. Mehr kann ich dir nicht sagen. Sei bereit, etwas wird passieren. Und es wird dich überraschen. Hoffentlich wird nicht alles noch schlimmer, Schätzchen.«

»Noch schlimmer?«, rief Felícito. »Das Schlimmste, was mir jetzt noch passieren kann, wäre zu sterben, überfahren von einem Auto, gebissen von einem tollwütigen Hund. Vielleicht wäre es für mich das Beste, Adelaida. Zu sterben.«

»Du stirbst nicht, noch nicht, das kann ich dir versichern. Von deinem Tod hat mir meine Eingebung nichts gesagt.«

Die Santera schien erschöpft zu sein. Sie hockte weiter auf ihren Fersen und rieb sich die Hände, die Arme, ganz leicht, als wollte sie Staub wegwischen. Felícito beschloss zu gehen. Es war schon spät. Am Mittag hatte er keinen Bissen gegessen, aber er war nicht hungrig. Allein der Gedanke, sich zum Essen an den Tisch zu setzen, ekelte ihn. Mit viel Mühe erhob er sich aus dem Schaukelstuhl und zog sein Portemonnaie hervor.

»Das ist doch nicht nötig«, sagte die Santera vom Boden aus. »Nicht heute, Felícito.«

»Doch«, sagte er und legte fünfzig Sol auf den Ladentisch. »Nicht für die verworrene Eingebung, sondern weil du mich so liebevoll getröstet und beraten hast. Du bist meine beste Freundin, Adelaida. Ich habe dir immer vertraut, darum.«

Er ging hinaus, knöpfte sich die Weste zu, rückte die Krawatte zurecht, den Hut. Wieder war ihm heiß. Die Menschenmenge, die sich im Zentrum von Piura durch die Straßen schob, machte ihm zu schaffen. Einige erkannten ihn und grüßten mit einem Nicken, andere tuschelten, deuteten auf ihn oder fotografierten ihn mit ihrem Handy. Er beschloss, bei Transportes Narihualá vorbeizugehen. Falls es Neuigkeiten gab. Er schaute auf die Uhr: schon fünf. Die Pressekonferenz auf dem Revier war um sechs. Noch ein Stündchen, bis die Meldung sich wie ein Lauffeuer verbreitete. Und dann würde sie explodieren, im Radio, im Internet, über die Blogs, die Online-Ausgaben der Zeitungen, die Nachrichtensendungen. Wieder wäre er der bekannteste Mann von Piura. »Betrogen von seinem Sohn und seiner Geliebten«, »Beide wollten ihn erpressen: Sohn und Geliebte«, »Die Spinnen waren sein Sohn und sein Liebchen, die noch dazu ein Verhältnis hatten!« Ihm wurde übel, wenn er sich die Schlagzeilen ausmalte, die Karikaturen, die ihn in den lächerlichsten Posen zeigten, mit Hörnern bis durch die Wolken. Was für Kanaillen! Undankbares Gesocks! Das mit Miguel erboste ihn weniger, denn dank der Erpressung sah er seinen Verdacht bestätigt: Er war nicht sein Sohn. Wer wohl sein richtiger Vater war? Ob Gertrudis es wusste? Damals, in der Pension, legte sie doch jeder flach, für die Vaterschaft gab es viele Kandidaten. Sollte er sich von ihr trennen? Scheiden lassen? Geliebt hatte er sie nie, aber jetzt, nach so langer Zeit, konnte er ihr nicht einmal böse sein. Sie war keine schlechte Frau, in all den Jahren hatte sie sich untadelig verhalten, ausschließlich für die Familie und ihren Glauben gelebt. Die Nachricht würde auch sie erschüttern, ganz sicher. Ein Foto von Miguel in Handschellen, hinter Gittern, weil er seinen Vater erpressen wollte, ein Sohn, der den Vater mit dessen Geliebter betrog, das war nichts, was eine Mutter einfach so wegsteckte. Sie würde heulend in die Kathedrale laufen, damit die Priester sie trösteten.

Das mit Mabel war heftiger. Er dachte an sie, und in seinem Bauch tat sich eine Leere auf. Sie war die einzige Frau, die er in seinem Leben wirklich geliebt hatte. Er hatte ihr alles gegeben. Haus, Geld, Geschenke. Eine Freiheit, die kein anderer Mann einer ausgehaltenen Frau gewährt hätte. Und dann ging sie mit seinem Sohn ins Bett! Erpresste ihn, im Bunde mit diesem Schuft! Er würde sie nicht töten, nein, ihr nicht einmal eine in ihre verlogene Visage knallen. Er würde sie nicht wiedersehen. Sollte sie sich ihr Leben als Nutte verdienen. Mal sehen, ob sie sich einen Geliebten angelte, der so rücksichtsvoll war wie er.

Statt die Calle Lima hinunterzugehen, bog er auf Höhe der Hängebrücke ab in Richtung Malecón Eguiguren. Dort waren weniger Menschen, und er konnte unbehelligter laufen, ohne die ständige Angst, dass man ihn anschaute oder auf ihn zeigte. Er musste an die alten Häuser denken, die in seiner Kindheit hier gestanden hatten. Eins nach dem anderen waren sie zusammengestürzt bei den Verheerungen, die El Niño anrichtete, der Regen und das Hochwasser, als der Fluss über die Ufer trat und das Viertel überschwemmte. Statt sie wieder aufzubauen, hatten die Weißen sich neue Häuser gebaut, in El Chipe, außerhalb der Innenstadt.

Was sollte er jetzt tun? Mit seiner Arbeit weitermachen, als wäre nichts geschehen? Armer Tiburcio. Nicht auszudenken, wie ihm das auf den Magen schlug. Sein Bruder Miguel, an dem er immer so gehangen hatte, auf einmal ein Krimineller, der den Vater zusammen mit der Geliebten ausnehmen wollte. Tiburcio war ein feiner Kerl. Vielleicht nicht sehr intelligent, aber korrekt, pflichtbewusst, nie hätte er eine solche Schandtat begangen. Sobald er davon erfuhr, wäre er am Boden zerstört.

Der Pegel des Río Piura war recht hoch, der Fluss riss Äste mit sich, kleine Sträucher, Papier, Flaschen, Plastik. Das Wasser war schlammbraun, als hätte es in den Bergen einen Erdrutsch gegeben. Niemand badete.

Als er vom Malecón auf die Avenida Sánchez Cerro einbog, beschloss er, nicht ins Büro zu gehen. Es war nur noch eine Viertelstunde bis sechs Uhr, und die Journalisten würden, kaum dass sie die Neuigkeit erfuhren, wie ein Schwarm Fliegen über Transportes Narihualá herfallen. Es wäre besser, sich zu Hause einzuschließen und erst wieder vor die Tür zu treten, wenn der Sturm abgeflaut war. Bei dem Gedanken an den Skandal krochen ihm kleine Schlangen über den Rücken.

Als er die Calle Arequipa hinaufging, spürte er erneut einen solchen Druck auf der Brust, dass ihm das Atmen schwer wurde. Miguel konnte ihn also nicht ausstehen, hatte ihn schon immer gehasst, schon bevor er ihn zum Militärdienst zwang. Das Gefühl beruhte auf Gegenseitigkeit. Nein, stimmte nicht, gehasst hatte er diesen unehelichen Sohn nie. Er hatte ihn nur nie geliebt, weil er ahnte, dass er nicht sein Blut hatte. Aber er konnte sich nicht erinnern, Tiburcio vorgezogen zu haben. Er war ein gerechter Vater gewesen, darauf bedacht, beide gleich zu behandeln. Schon wahr, er hatte Miguel für ein Jahr in die Kaserne geschickt. Aber das war zu seinem Wohl. Damit man ihn auf den richtigen Weg brachte. Er war ein lausiger Schüler gewesen, wollte nur seinen Spaß, Fußball spielen und einen saufen. Er hatte ihn mit seinen Kumpanen in Chichakneipen und den übelsten Spelunken erwischt und wie er sein Taschengeld im Bordell ausgab. »Wenn du so weitermachst, stecke ich dich in die Armee«, hatte er ihn gewarnt. Und so kam es dann. Felícito musste lachen. Na ja, geholfen hatte es nicht viel, sonst hätte er nicht getan, was er am Ende tat. Sonst wäre er nicht ins Gefängnis gekommen, würde nicht erfahren, was das war. Kaum jemand würde ihm danach Arbeit geben, bei der Vorstrafe. Er käme schlimmer heraus, als er hineingegangen war, wie alle hinter Gittern, die durch diese Schule des Verbrechens gingen.

Er stand vor seinem Haus. Bevor er die große, mit Nägeln beschlagene Tür öffnete, ging er noch an die Straßenecke und warf ein paar Münzen in das Schälchen des Blinden:

»Guten Tag, Lucindo.«

»Guten Tag, Don Felícito. Vergelt's Gott.«

Auf dem Rückweg zog sich ihm die Brust zusammen, dass er kaum Luft bekam. Er öffnete die Tür und schloss sie hinter sich. Von der Diele aus hörte er Stimmen. Das fehlte gerade noch. Besuch! Seltsam, Gertrudis hatte keine Freundinnen, die sie unangemeldet besuchten, niemals lud sie zum Tee ein. Er blieb stehen, unentschlossen, und sah auf einmal die verschwommene Gestalt seiner Frau, wie sie, in einem dieser Kleider, die aussahen wie Ordensgewänder, mit ihrem immer angestrengten Gang auf ihn zukam. Warum so ein Gesicht? Klar, sie kannte die Neuigkeit schon.

»Du hast also schon alles erfahren«, murmelte er.

Aber sie ließ ihn nicht ausreden, deutete nur nach hinten, ihre Stimme überschlug sich fast:

»Es tut mir leid, unendlich leid, Felícito. Ich musste sie bei uns unterbringen. Ich konnte nicht anders. Es ist nur für ein paar Tage. Sie ist geflohen. Aus Angst, dass man sie umbringt. Eine unglaubliche Geschichte. Aber sie kann es dir selber erzählen.«

Felícito Yanaqués Brust war eine Trommel. Er schaute Gertrudis an, verstand kaum, was sie sagte, doch statt des Gesichts seiner Frau sah er das von Adelaida, verwandelt von einer Vision, einer Eingebung.

XVI

Warum brauchte Lucrecia nur so lange? Don Rigoberto, ganz in Schwarz, ging in der Diele des Penthouse in Barranco auf und ab wie ein Raubtier im Käfig. Seine Frau kam einfach nicht aus dem Schlafzimmer. Er wollte nicht zu spät zu Ismaels Beerdigung kommen, doch mit ihrem Fimmel, unter den absurdesten Vorwänden jedes Mal den Aufbruch zu verzögern, schaffte Lucrecia es am Ende noch, dass sie zur Kirche kamen, wenn der Trauerzug schon zum Friedhof losgezogen war. Er wollte nicht unangenehm auffallen, nicht erst auf dem Jardines de la Paz erscheinen, wenn die Beisetzung schon begonnen hatte, und die Blicke aller Anwesenden auf sich ziehen. Es kamen bestimmt sehr viele, so wie gestern Abend bei der Totenwache, nicht nur aus Freundschaft zu dem Verstorbenen, sondern getrieben von der für Lima typischen krankhaften Neugier, endlich die Witwe des Skandals persönlich zu sehen.

Aber Rigoberto wusste, dass er nichts tun konnte, außer sich abzufinden und zu warten. In all den Jahren ihrer Ehe war der einzige Anlass für Streit wahrscheinlich Lucrecias Verspätung gewesen, wann immer sie ausgingen, ob ins Kino, zum Essen, in eine Ausstellung oder zum Einkaufen, ob sie nur zur Bank gingen oder auf Reisen. Am Anfang, als sie noch frisch verheiratet waren und erst kurz zusammenlebten, glaubte er, seine Frau verspäte sich aus bloßer Unlust oder weil sie Pünktlichkeit verachte. Darüber gab es immer wieder Diskussionen, Ärger, Streit. Doch je länger er sie beobachtete, desto deutlicher wurde für ihn, dass dieses Hinauszögern, sobald es darum ging, eine Uhrzeit einzuhalten, nichts Oberflächliches war, die Nachlässigkeit einer verwöhnten Dame. Es rührte von etwas Tieferem her, einem ontologischen Zustand des Gemüts, denn ohne dass sie sich dessen bewusst wäre, überfiel sie, kaum dass sie einen Ort verlassen musste, ob ihr eigenes Zuhause, das einer Freundin oder ein Restaurant, eine verborgene Unruhe, eine Unsicherheit, eine dunkle, ursprüngliche Angst davor, aufbrechen zu müssen und den Ort zu wechseln, und dann fand sie irgendeinen Vorwand – nahm sich ein Taschentuch, entschied sich für eine andere Handtasche, suchte nach Schlüsseln, überprüfte, ob die Fenster geschlossen waren, der Fernseher ausgeschaltet, der Herd abgedreht oder das Telefon aufgelegt –, egal was, Hauptsache, das schreckliche Fortgehen ließ sich für ein paar Minuten oder auch nur Sekunden aufschieben.

Ob sie schon immer so gewesen war? Auch als Kind? Er traute sich nicht, sie danach zu fragen. Aber er hatte festgestellt, dass mit den Jahren dieser Fimmel, Drang oder fatalistische Hang immer stärker wurde, so dass Rigoberto manchmal schon mit Schaudern dachte, vielleicht käme der Tag, an dem Lucrecia sich, mit der milden Höflichkeit eines Bartleby, der metaphysischen Lethargie oder Trägheit hingäbe und wie jener Melvillesche Held beschlösse, das Haus nicht mehr zu verlassen, vielleicht nicht einmal ihr Schlafzimmer, nicht das Bett. Sie hat Angst, aus dem Sein zu fallen, ihr Sein zu verlieren, kein eigenes Sein mehr zu haben, sagte er sich. Jedenfalls war es die Diagnose, zu der er, was die Verspätungen seiner Frau anbetraf, gelangt war. Die Sekunden vergingen, und Lucrecia ließ sich nicht blicken. Dreimal schon hatte er laut nach ihr gerufen, sie daran erinnert, dass es schon spät war. Sicher, seit Armidas Anruf mit der Nachricht von Ismaels plötzlichem Tod war sie ein einziges Nervenbündel, was diese Panik, sie könnte ihr Sein verlieren, es irgendwo vergessen wie einen Regenschirm oder einen Mantel, noch schürte. Sie würde es weiter hinauszögern, und so kämen sie zu spät zur Beerdigung.

Schließlich trat Lucrecia aus dem Schlafzimmer, ebenfalls in Schwarz und mit dunkler Brille. Rigoberto hielt ihr gleich die Tür auf. Das Gesicht seiner Frau war noch immer vom Schmerz und von der Ungewissheit gezeichnet. Was würde jetzt passieren? Während der Totenwache in der Kirche Santa María Reina hatte Rigoberto gesehen, wie sie Armida umarmte und schluchzte, vor dem offenen Sarg, in dem Ismael lag, ein Tuch um den Kopf gebunden, damit der Kiefer nicht herunterklappte. Selbst Rigoberto konnte in dem Moment seine Tränen nur mit Mühe zurückhalten. Ausgerechnet jetzt zu sterben, wo er glaubte, er hätte alle Schlachten gewonnen, und sich fühlte wie der glücklichste Mensch auf Erden. Oder hatte dieses Glücksgefühl ihn umgebracht? Ismael Carrera war so etwas nicht gewohnt.

Sie fuhren mit dem Aufzug direkt in die Garage und machten sich, Rigoberto am Steuer, rasch auf den Weg zur Santa María Reina in San Isidro, von wo der Trauerzug nach La Molina zum Friedhof aufbrechen sollte.

»Hast du gestern bei der Totenwache gesehen, dass weder Miki noch Schlaks auch nur einmal an Armida herangetreten sind?«, bemerkte Lucrecia. »Nicht ein einziges Mal. So was von rücksichtslos. Wirklich herzlose Biester, die beiden.«

Rigoberto war es aufgefallen, und genauso natürlich den meisten der anderen, die im Laufe mehrerer Stunden, bis fast um Mitternacht, durch den von Blumen überquellenden Raum zogen. Die Kränze, Gebinde, Sträuße, Kreuze, Trauerkarten bedeckten alles und ergossen sich über den Hof bis auf die Straße. Viele Menschen hatten Ismael gemocht und geachtet, und das war der Beweis: Hunderte, die sich von ihm verabschiedeten. Bei der Beerdigung würden es genauso viele oder mehr sein. Aber genauso waren am Vorabend auch jene gekommen, die sich über ihn das Maul zerrissen, weil er sein Dienstmädchen geheiratet hatte, und selbst diejenigen, die sich in dem Rechtsstreit zur Annullierung der Ehe auf die Seite von Miki und Schlaks schlugen. Bei der Totenwache jedenfalls konzentrierten sich alle Blicke auf die Hyänen und auf Armida. Die Zwillinge, ganz in Schwarz und ohne die Sonnenbrillen abzunehmen, sahen aus wie zwei Gangster aus dem Kintopp. Die Witwe und die Söhne des Verstorbenen waren nur wenige Meter voneinander getrennt, eine Grenze, welche die beiden nicht ein einziges Mal überschritten. Auf Dauer wirkte es komisch. Armida, von Kopf bis Fuß in Trauer, mit dunklem Hut und Schleier, saß nicht weit vom Sarg entfernt, in der Hand ein Taschentuch und einen Rosenkranz, dessen Perlen sie langsam, mit still bewegten Lippen durch die Finger gleiten ließ. Immer wieder trocknete sie sich die Tränen, und von Zeit zu Zeit stand sie auf, gestützt von zwei kräftigen Kerlen, die immer hinter ihr blieben, trat an den Sarg, beugte sich über die Scheibe und betete oder weinte. Danach nahm sie die Beileidsbekundungen der neu Hinzugekommenen entgegen, während die Hyänen ihrerseits an den Sarg traten und einen Moment davor stehen blieben, sich bekreuzigend, tief betrübt, ohne ihre Köpfe auch nur einmal zur Witwe zu wenden.

»Bist du sicher, dass diese beiden Kleiderschränke mit den Boxervisagen, die den ganzen Abend bei Armida waren, Leibwächter sind?«, fragte Lucrecia. »Es hätten genauso gut Verwandte von ihr sein können. Fahr nicht so schnell, bitte. Ein Toter reicht.«

»Absolut sicher«, sagte Rigoberto. »Claudio Arnillas hat es mir bestätigt. Ismaels Anwalt ist jetzt ihr Anwalt. Es waren Leibwächter.«

»Ein bisschen lächerlich, findest du nicht?«, bemerkte Lucrecia. »Wozu um alles in der Welt braucht Armida Leibwächter, das wüsste ich gern.«

»Sie braucht sie jetzt mehr denn je«, sagte Rigoberto und drosselte die Geschwindigkeit. »Die Hyänen könnten einen Killer anheuern und sie umbringen lassen. In Lima kommt so was heute vor. Ich fürchte, die beiden Galgenvögel wollen die Frau fertigmachen. Du kannst dir nicht vorstellen, welches Vermögen unsere frischgebackene Witwe geerbt hat, Lucrecia.«

»Wenn du weiter so fährst, steige ich aus«, warnte ihn seine Frau. »Aha, deshalb. Ich dachte, sie wäre hochnäsig geworden und hätte die Kerle bloß engagiert, um sich wichtigzutun.«

Als sie bei der Kirche Santa María Reina am Óvalo Gutiérrez ankamen, setzte sich der Trauerzug gerade in Bewegung, so dass sie sich gleich in die Kolonne einreihten. Die Autoschlange war endlos. Rigoberto sah, wie viele Passanten das

Kreuz schlugen, als der Leichenwagen vorbeifuhr. Die Angst vor dem Tod, dachte er. Er selbst hatte, soweit er sich erinnerte, nie Angst vor dem Tod gehabt. Zumindest bis jetzt nicht, korrigierte er sich. Bestimmt kommt ganz Lima.

Tatsächlich, ganz Lima war da. Das Lima der Großunternehmer, der Eigentümer von Banken, Versicherungen, Minengesellschaften, Fischfangflotten, Baufirmen, Fernsehsendern, Zeitungen, Haziendas und Farmen, darunter auch viele Angestellte der Gesellschaft, die Ismael bis vor wenigen Wochen geführt hatte, und selbst ein paar ganz einfache Menschen, die wohl für ihn gearbeitet hatten oder ihm etwas schuldig waren. Da waren ein Militär in vollem Wichs, wahrscheinlich Adjutant des Staatspräsidenten, der Wirtschaftsminister und der Außenhandelsminister. Zu einem kleinen Zwischenfall kam es, als man den Sarg aus dem Leichenwagen hob und Miki und Schlaks versuchten, sich an die Spitze des Geleits zu setzen. Es gelang ihnen nur für Sekunden, denn als Armida aus ihrem Wagen stieg, am Arm von Dr. Arnillas und umgeben jetzt nicht von zwei, sondern von vier Leibwächtern, bahnten diese ihr einen Weg bis in die erste Reihe, wo sie die beiden Zwillinge entschlossen zur Seite schoben. Nach einer kurzen Verwirrung überließen Miki und Schlaks ihren Platz der Witwe und gingen links und rechts des Sargs, hielten die Bänder und folgten dem Zug mit gesenktem Kopf. Die meisten der Trauernden waren Männer, aber es waren auch nicht wenige elegante Damen dabei, die, während der Priester das Gebet für den Verstorbenen sprach, Armida dreist beäugten. Viel war nicht zu sehen, denn unter dem schwarzen Hut verdeckte eine stattliche Sonnenbrille einen großen Teil ihres Gesichts. Claudio Arnillas – unter dem grauen Jackett trug er wie immer seine bunten Hosenträger – blieb neben ihr, und die vier Wachkerle bildeten hinter ihnen eine Mauer, die niemand zu durchbrechen versuchte.

Als die Zeremonie zu Ende, der Sarg in eine der Nischen geschoben und diese mit einer Marmorplatte verschlossen war, darauf in goldenen Lettern der Name Ismael Carrera und das Datum seiner Geburt und seines Todes – gestorben war er drei

Wochen, bevor er zweiundachtzig wurde –, führten Dr. Arnillas, noch watschelnder als sonst, so sehr beeilten sie sich, und die vier Leibwächter Armida zum Ausgang, ohne irgendwem eine Ansprache zu gestatten. Rigoberto bemerkte, wie Miki und Schlaks, als die Witwe gegangen war, beim Grab stehen blieben, und viele kamen zu ihnen, um sie zu umarmen. Er und Lucrecia zogen sich ohne dergleichen Geste zurück. (Am Vorabend, bei der Totenwache, hatten sie den Zwillingen ihr Beileid ausgesprochen, und der Händedruck war eisig gewesen.)

»Fahren wir bei Armida vorbei«, schlug Lucrecia ihrem Mann vor. »Wenn auch nur kurz, vielleicht können wir mit ihr sprechen.«

»Na schön, versuchen wir es.«

Als sie nach San Isidro kamen, waren sie überrascht, nicht einen ganzen Schwarm parkender Autos vor dem Haus zu sehen. Rigoberto stieg aus, meldete sich an, und nach einigen Minuten des Wartens ließ man sie in den Garten durch. Dort empfing sie Dr. Arnillas. Er schien die Sache in die Hand genommen zu haben, mit den Umständen entsprechender Miene, aber offenbar traute er dem Frieden nicht. Er machte einen verunsicherten Eindruck.

»Armida bittet vielmals um Entschuldigung«, sagte er. »Sie war die ganze Nacht bei der Totenwache und hat kein Auge zugetan, wir haben ihr gesagt, sie muss sich hinlegen. Der Arzt hat ihr ein wenig Ruhe verordnet. Aber kommen Sie, gehen wir ins Gartenzimmer und nehmen wir eine Erfrischung.«

Rigoberto schnürte sich das Herz zusammen, als der Anwalt sie in das Zimmer führte, wo er seinen Freund vor zwei Tagen zum letzten Mal gesehen hatte.

»Armida ist Ihnen sehr dankbar« sagte Claudio Arnillas. Er sah besorgt aus und sprach mit Pausen, sehr ernst. Seine knalligen Hosenträger leuchteten jedes Mal auf, wenn sein Jackett sich öffnete. »Sie sagt, Sie sind die einzigen Freunde von Ismael, denen sie vertraut. Die Ärmste ist jetzt völlig hilflos, das können Sie sich vorstellen. Sie wird Ihre Unterstützung brauchen.«

»Entschuldigen Sie, Doktor Arnillas, ich weiß, das ist nicht der Moment«, unterbrach ihn Rigoberto. »Aber wer wüsste besser als Sie, was mit Ismaels Tod alles unerledigt geblieben ist. Haben Sie eine Vorstellung, was jetzt auf uns zukommt?«

Arnillas nickte. Er hatte sich einen Kaffee kommen lassen, hielt sich die Tasse vor den Mund und blies leise. Die scharfen, listigen Augen in seinem hageren Gesicht schienen zu zweifeln.

»Alles hängt von den zwei feinen Herrschaften ab«, sagte er mit einem Seufzer, und seine Brust blähte sich. »Morgen wird das Testament eröffnet, im Notariat Núñez. Den Inhalt kenne ich einigermaßen. Wir werden sehen, wie die Hyänen reagieren. Ihr Anwalt ist so ein Wadenbeißer, der hat sie auf Krawall gebürstet. Ich weiß nicht, wie weit sie gehen werden. Herr Carrera hat praktisch sein ganzes Vermögen Armida vermacht, wir müssen also auf das Schlimmste gefasst sein.«

Er hob die Schultern, sich fügend ins Unvermeidliche. Und das Unvermeidliche war, sagte sich Rigoberto, dass die Zwillinge einen Riesenrabatz machten. Schon unglaublich, welche Paradoxien das Leben bot: eine Frau aus den bescheidensten Verhältnissen, und über Nacht war sie eine der reichsten im ganzen Land.

»Aber Ismael hat ihnen ihren Erbteil doch schon ausbezahlt«, sagte er. »Damals, als er sie wegen ihrer üblen Scherze aus der Firma werfen musste, das weiß ich noch genau. Beide haben eine ordentliche Summe bekommen.«

»Ja, aber formlos, mit einem einfachen Brief.« Wieder hob und senkte Dr. Arnillas die Schultern, kräuselte die Stirn, rückte sich die Brille gerade. »Es gibt keine öffentliche Urkunde und auch keine förmliche Annahme durch sie. Die Sache kann rechtlich bestritten werden, und das wird sie wohl auch. Ich bezweifle sehr, dass die Zwillinge sich damit abfinden. Es wird ein langer Streit, fürchte ich.«

»Dann soll Armida sich vergleichen und ihnen etwas abgeben, damit sie sie in Ruhe lassen«, sagte Don Rigoberto. »Das Schlimmste für sie wäre ein endloser Rechtsstreit. Es würde Jahre dauern, und am Ende landet Dreiviertel der Summe bei den Anwälten. Ach, entschuldigen Sie, Doktor, ich meine nicht Sie, das war nur ein Scherz.«

»Haben Sie vielen Dank.« Dr. Arnillas lachte und stand auf. »Aber ganz Ihrer Meinung. Ein Vergleich ist immer das Beste. Wir werden sehen, in welche Richtung die Sache geht. Ich halte Sie auf dem Laufenden.«

»Bleibe ich mit gefangen?«, fragte er und stand ebenfalls auf.

»Das möchten wir natürlich verhindern«, beruhigte ihn der Anwalt, wenn auch nur halb. »Da Don Ismael verstorben ist, hat das Verfahren gegen Sie keinen Sinn mehr. Aber bei unseren Richtern weiß man nie. Sobald ich etwas in Erfahrung bringe, rufe ich Sie an.«

In den ersten drei Tagen nach Ismael Carreras Beerdigung war Rigoberto vor Ungewissheit wie gelähmt. Lucrecia versuchte mehrmals Armida zu erreichen, aber sie kam nie ans Telefon. Die weibliche Stimme, die antwortete, klang mehr nach einer Sekretärin als nach einer Hausangestellten. Die Señora de Carrera ruhe sich aus und ziehe es aus naheliegenden Gründen vor, zunächst keinen Besuch zu empfangen; sie würde es ihr ausrichten, selbstverständlich. Genauso wenig konnte Rigoberto sich mit Dr. Arnillas in Verbindung setzen. Nie war er in seiner Kanzlei oder zu Hause, immer war er gerade gegangen oder noch nicht da, hatte dringende Besprechungen, würde zurückrufen, sobald er einen Moment Zeit hätte.

Was passierte da? Ob das Testament schon eröffnet war? Wie die Zwillinge wohl reagierten, wenn sie erfuhren, dass Ismael Armida als Alleinerbin eingesetzt hatte? Sie würden es anfechten, für nichtig erklären, da gegen die peruanischen Gesetze verstoßend, die ein Drittel als Pflichtteil für die Kinder bestimmten. Die Gerichte würden den Erbteil, den Ismael den Zwillingen vorab ausbezahlt hatte, als solchen nicht anerkennen. Blieb Rigoberto dann weiter in das Klageverfahren der Hyänen verwickelt? Würden sie nicht lockerlassen? Müsste er erneut vor diesen unsäglichen Richter treten, in dieser klaustrophobischen Amtsstube? Konnte er Peru nicht verlassen, solange der Rechtsstreit andauerte?

Er überflog die Zeitungsartikel, hörte Radio und sah Fernsehen, aber die Sache war noch keine Meldung, blieb abgeschottet in den Kanzleien von Testamentsvollstreckern, Notaren und Anwälten. Rigoberto zog sich in sein Arbeitszimmer zurück und versuchte angestrengt zu erraten, was in diesen gedämpften Räumen wohl vor sich ging. Ihm war weder nach Musik zumute – selbst sein geliebter Mahler machte ihn nervös – noch danach, sich auf ein Buch zu konzentrieren oder irgendwelche Abbildungen zu betrachten und in die Fantasie zu entschwinden. Er aß kaum einen Bissen. Mit Fonchito und Lucrecia hatte er außer Guten Morgen und Guten Abend kein Wort gewechselt. Vors Haus ging er nicht aus Angst, von Journalisten bestürmt zu werden und nicht zu wissen, was er auf ihre Fragen antworten sollte. Und sosehr er sich dagegen sträubte, musste er zu den verhassten Schlaftabletten greifen.

Am frühen Morgen des vierten Tages schließlich, als Fonchito gerade zur Schule gegangen war und Rigoberto und Lucrecia sich, noch im Morgenrock, an den Frühstückstisch setzten, stand Dr. Claudio Arnillas in der Tür. Er sah aus, als hätte er eine Katastrophe überlebt, völlig übernächtigt, mit tiefen Ringen unter den Augen, Bartstoppeln, als wäre er seit drei Tagen nicht zum Rasieren gekommen, und in seiner Garderobe zeigte er eine Nachlässigkeit, die bei ihm überraschte, wo er immer so geschniegelt und gebügelt daherkam: die Krawatte verrutscht, der Hemdkragen zerknittert, einer der psychedelischen Hosenträger lose und die Schuhe ungeputzt. Er gab ihnen die Hand, entschuldigte sich, so früh einfach hereinzuschneien, und ja, einen Kaffee trinke er gerne. Kaum saß er am Tisch, erklärte er, was ihn herführte:

»Haben Sie Armida gesehen? Haben Sie mit ihr gesprochen? Wissen Sie, wo sie ist? Seien Sie bitte ganz ehrlich zu mir. Es geht um Armida, aber auch um Sie.«

Don Rigoberto und Doña Lucrecia schüttelten den Kopf und sahen ihn verblüfft an. Als Dr. Arnillas sah, dass seine Fragen ihnen die Sprache verschlugen, machte er ein noch deprimierteres Gesicht.

»Dann wissen Sie also von nichts, genau wie ich«, sagte er.
»Ja, Armida ist verschwunden.«

»Die Hyänen ...« Rigoberto war ganz blass. Er malte es sich schon aus, die arme Witwe entführt und vielleicht ermordet, ihre Leiche ins Meer geworfen, den Haien zum Fraß, oder auf irgendeine Müllkippe vor der Stadt, für die Geier, die streunenden Hunde.

»Niemand weiß, wo sie ist.« Dr. Arnillas sackte in sich, niedergeschlagen. »Sie waren meine letzte Hoffnung.«

Armida war am Tag zuvor verschwunden, auf sehr seltsame Weise, nachdem sie den ganzen Vormittag im Notariat Núñez verbracht hatte, vorgeladen genau wie Miki und Schlaks mit ihrem Rechtsdackel, dazu Arnillas und ein paar Anwälte aus seiner Kanzlei. Die Sitzung wurde um ein Uhr unterbrochen, für die Mittagspause, und sollte um vier wieder aufgenommen werden. Der Fahrer und die vier Leibwächter brachten Armida zurück nach San Isidro. Zu Hause sagte sie, sie habe keinen Appetit, sie wolle sich kurz aufs Ohr legen, um für den Termin am Nachmittag ausgeruhter zu sein. Sie zog sich in ihr Schlafzimmer zurück, und um Viertel vor vier, als das Dienstmädchen an die Tür klopfte und hineinging, war das Schlafzimmer leer. Niemand hatte sie herauskommen sehen, weder aus dem Zimmer noch aus dem Haus. Alles war an seinem Platz – das Bett unberührt –, nichts deutete auf irgendeine Tätlichkeit. Weder die Leibwächter noch der Butler, noch der Chauffeur oder die beiden Dienstmädchen, die im Haus waren, hatten sie gesehen, auch nicht bemerkt, dass irgendein Fremder in der Nähe herumstrich. Dr. Arnillas sprach sofort mit den Zwillingen, fest davon überzeugt, dass sie für das Verschwinden verantwortlich waren. Doch Miki und Schlaks regten sich, entsetzt über das Vorgefallene, fürchterlich auf und beschuldigten ihrerseits Arnillas, ihnen eine Falle zu stellen. Schließlich gingen sie alle drei zusammen zur Polizei. Der Innenminister persönlich hatte sich eingeschaltet und Anweisung gegeben, vorerst Stillschweigen zu bewahren. Eine Pressemeldung gäbe es erst, wenn die Kidnapper sich mit der Familie in Verbindung setzten. Die Polizei war im Einsatz, bisher aber nicht die geringste Spur von Armida oder den Entführern.

»Das waren sie, die Hyänen«, sagte Lucrecia. »Sie haben sie alle gekauft, die Leibwächter, den Chauffeur, die Dienstmädchen. Sie, wer sonst.«

»Das habe ich am Anfang auch geglaubt, Señora, aber ich bin mir nicht mehr so sicher«, erklärte Dr. Arnillas. »Das passt ihnen nämlich überhaupt nicht, dass Armida verschwunden ist, erst recht nicht zu diesem Zeitpunkt. Die Gespräche beim Notar waren auf keinem schlechten Weg. Eine Vereinbarung zeichnete sich ab, sie konnten etwas mehr bekommen von der Erbschaft. Aber das hängt ausschließlich von Armida ab. Ismael hat alles bestens verzurrt. Der größte Teil seines Vermögens ruht auf Offshore-Konten, in den sichersten Steuerparadiesen der Welt. Wenn die Witwe verschwindet, bekommt niemand auch nur einen Cent. Weder die Hyänen noch die Hausangestellten noch sonst wer. Nicht einmal ich kriege dann mein Honorar. Die Sache sieht also ziemlich düster aus.«

Er saß so hilflos da, mit einer solchen Trauermiene, dass es lächerlich wirkte und Rigoberto lachen musste.

»Darf man wissen, worüber du lachst, Rigoberto?« Lucrecia sah ihn verärgert an. »Was findest du komisch an dieser Tragödie?«

»Ich weiß, warum Sie lachen, Rigoberto«, sagte Dr. Arnillas. »Weil Sie sich jetzt frei fühlen. Tatsächlich wird das Verfahren gegen Ismaels Eheschließung nicht weiterverfolgt. Es wird eingestellt. Außerdem hätte es die finanzielle Seite ohnehin nicht berührt, denn auf das Vermögen hat die peruanische Justiz, wie gesagt, keinen Zugriff. Wir können nichts weiter tun. Es gehört Armida. Sie und die Entführer werden es sich teilen. Unglaublich, nicht? Das ist allerdings zum Lachen.«

»Eher bleibt es in den Händen der Schweizer und Singapurer Banken.« Rigoberto war jetzt sehr ernst. »Ich lache, weil die Geschichte dann ein wirklich dummes Ende nähme, Dr. Arnillas.«

»Heißt das, wenigstens wir haben uns von diesem Albtraum befreit?«, fragte Lucrecia.

»Im Grunde ja«, sagte Arnillas. »Es sei denn, Sie hätten unsere millionenschwere Witwe entführt oder getötet.«

Jetzt musste auch er lachen, ein lautes, hysterisches Lachen, in dem nicht die kleinste Freude mitschwang. Er nahm die Brille ab, putzte sie mit einem Flanelltüchlein, rückte sich das Jackett zurecht und murmelte, nun ebenfalls wieder ernst: »Ein Mund kann lachen, auch wenn das Herz weint, heißt es nicht so?« Er stand auf und verabschiedete sich mit dem erneuten Versprechen, sie auf dem Laufenden zu halten. Falls sie etwas hörten – er schloss nicht aus, dass die Entführer sich bei ihnen meldeten –, sollten Sie ihn auf dem Handy anrufen, egal zu welcher Uhrzeit. Die Verhandlungen zum Lösegeld übernehme Control Risks, eine darauf spezialisierte Firma in New York.

Kaum war Dr. Arnillas gegangen, brach Lucrecia in Tränen aus. Rigoberto versuchte sie zu beruhigen, aber sie schluchzte nur, dass ihr ganzer Körper zuckte. »Arme Armida, armes Kind«, sagte sie mit erstickter Stimme, »die haben sie umgebracht, diese Schufte, wer sonst. Oder sie haben die Entführer angeheuert, um ihr alles zu nehmen, was Ismael ihr hinterlassen hat.« Justiniana brachte ein Glas Wasser mit ein paar Opiumtropfen, die sie schließlich beruhigten. Sie saß still da, völlig deprimiert. Rigoberto war gerührt, als er seine Frau so sah. Lucrecia hatte recht. Gut möglich, dass die Zwillinge hinter der Sache steckten. Sie waren unmittelbar betroffen, und allein die Vorstellung, dass ihnen das Erbe zwischen den Fingern zerrann, musste sie um den Verstand bringen. Mein Gott, welche Geschichten das Leben schrieb. Nicht gerade Meisterwerke, es hatte mehr etwas von den Seifenopern aus Venezuela, Brasilien, Kolumbien und Mexiko als von Cervantes und Tolstoi. Aber eine ordentliche Prise Alexandre Dumas, Émile Zola, Dickens oder Pérez Galdós war schon dabei.

Er war verwirrt, entmutigt. Aber gut, dass sie den verdammten Gerichtsstreit vom Hals hatten. Sobald das bestätigt war, würde er neue Tickets nach Europa besorgen. Ja, und dann einen ganzen Ozean zwischen sie und dieses Melodram schieben. Gemälde, Museen, Opern und Konzerte, die sich wirklich lohnten, die feinsten Restaurants. Genau das. Arme Armida, ja. Sie war aus der Hölle gekommen, hatte einen Blick ins Paradies geworfen, und dann wieder zurück in die Flammen. Entführt oder ermordet. Eins schlimmer als das andere.

Justiniana kam ins Esszimmer. Sie schien ganz durcheinander zu sein.

»Was ist denn jetzt?«, fragte Rigoberto, und als erwachte sie aus einem jahrhundertelangen Schlaf, schlug Lucrecia ihre tränenfeuchten Augen auf.

»Kann es sein, dass Narciso verrückt geworden ist?« Justiniana tippte sich an die Stirn. »Der ist wirklich komisch. Er wollte mir nicht seinen Namen sagen, aber ich habe ihn gleich erkannt. Er will mit Ihnen sprechen, Señor.«

»Stell mir den Anruf ins Arbeitszimmer durch.«

Er ging rasch hinüber. Der Anruf bedeutete schlechte Neuigkeiten, ganz bestimmt.

»Hallo?«, sprach er in den Hörer, auf das Schlimmste gefasst.

»Sie wissen, mit wem Sie sprechen, ja?«, antwortete eine Stimme, die auch er sofort erkannte. »Sagen Sie meinen Namen bitte nicht.«

»Gut, einverstanden«, sagte Rigoberto. »Was ist denn passiert?«

»Ich müsste sie dringend treffen«, hörte er einen verängstigten, aufgelösten Narciso. »Es tut mir leid, wenn ich störe, aber es ist sehr wichtig, Señor.«

»Ja, klar, natürlich.« Er überlegte, wo er ihn hinbestellen konnte. »Weißt du noch, wo ich das letzte Mal mit deinem Chef zu Mittag gegessen habe?«

»Das weiß ich noch gut, ja«, sagte der Chauffeur nach einer kurzen Pause.

»Warte dort auf mich, in genau einer Stunde. Ich hole dich mit dem Wagen ab. Bis gleich.«

Als Rigoberto wieder ins Esszimmer kam, um Lucrecia von Narcisos Anruf zu erzählen, sah er, wie seine Frau und Justiniana am Fernsehbildschirm hingen und entgeistert hörten und sahen, wie der Starreporter des Nachrichtensenders RPP, Raúl Vargas, Einzelheiten berichtete und Vermutungen anstellte zu dem mysteriösen Verschwinden von Doña Armida de Carrera, Witwe des bekannten und kürzlich verstorbenen Geschäftsmanns Don Ismael Carrera. Die Anweisung des Innenministers, die Nachricht nicht zu verbreiten, hatte nichts genutzt. Sicher verfolgte ganz Peru jetzt, so wie sie, diese Exklusivmeldung. Und die Einwohner von Lima hatten für eine Weile ihre Show. Raúl Vargas berichtete mehr oder weniger, was sie schon wussten: Die Señora war am gestrigen Tag verschwunden, am frühen Nachmittag, nach einem Termin im Zusammenhang mit der Eröffnung des Testaments des Verstorbenen. Die Besprechung sollte am Nachmittag fortgesetzt werden. Verschwunden war sie in dem Zeitraum dazwischen. Die Polizei hatte alle Hausangestellten sowie die vier Leibwächter der Witwe zur Vernehmung mitgenommen. Einen Hinweis auf eine Entführung gab es nicht, aber es wurde vermutet. Die Polizei gab eine Telefonnummer, die jeder anrufen konnte, der die Dame gesehen hatte oder etwas über ihren Aufenthaltsort wusste. Er zeigte Fotos von Armida und von Ismaels Begräbnis und erinnerte an den Skandal, den die Ehe des vermögenden Unternehmers mit seiner einstigen Hausangestellten ausgelöst hatte. Und gab bekannt, dass die beiden Söhne des Verstorbenen in einer Pressemitteilung das Geschehene bedauerten und ihrer Hoffnung Ausdruck verliehen, die Señora möge wohlbehalten wieder auftauchen. Sie boten eine Belohnung für jeden Hinweis, der zu ihrem Auffinden führte.

»Jetzt wird die Meute mich interviewen wollen«, zischte Rigoberto.

»Die sind längst dabei«, gab Justiniana ihm den Rest. »Zwei Radiosender und eine Zeitung haben schon angerufen.«

»Das Beste wird sein, wir stellen das Telefon ab«, meinte er.

»Sofort«, sagte Justiniana.

»Was wollte Narciso?«, fragte Lucrecia.

»Ich weiß nicht, er klang sehr verängstigt. Irgendwas werden die Hyänen mit ihm gemacht haben. Ich treffe ihn gleich. Wir haben uns verabredet wie im Film, ohne den Ort zu nennen. Wahrscheinlich finden wir uns nie.«

Er duschte und ging direkt hinunter in die Garage. Als er hinausfuhr, sah er vor dem Eingang des Gebäudes die Journalisten, die dort mit ihren Kameras Posten bezogen hatten. Bevor er zum La Rosa Náutica fuhr, drehte er, um sicher zu sein, dass niemand ihm folgte, mehrere Runden durch die Straßen von Miraflores. Womöglich hatte Narciso Geldprobleme. Aber das war kein Grund, solche Vorsichtsmaßnahmen zu treffen und nicht einmal den Namen zu sagen. Oder vielleicht doch. Egal, bald würde er es wissen. Er fuhr auf den Parkplatz des Restaurants und sah Narciso gleich zwischen den Autos hervorkommen. Er öffnete ihm die Tür, und der Schwarze stieg ein und setzte sich neben ihn: »Guten Tag, Don Rigoberto. Bitte entschuldigen Sie, dass ich Sie gestört habe.«

»Keine Ursache, Narciso. Fahren wir ein bisschen herum, dann können wir in Ruhe sprechen.«

Der Chauffeur trug eine blaue Mütze, die er sich bis über die Augen gezogen hatte, und schien abgenommen zu haben. Rigoberto fuhr auf die Küstenstraße in Richtung Barranco und Chorrillos und reihte sich in eine schon recht dichte Kolonne ein.

»Wie du siehst, nehmen Ismaels Probleme auch nach seinem Tod kein Ende«, bemerkte er schließlich. »Du hast schon gehört, dass Armida verschwunden ist, ja? Offenbar wurde sie entführt.«

Da er keine Antwort erhielt und nur ein heftiges Atmen vernahm, warf er einen Blick zu ihm hinüber. Narciso schaute geradeaus, die Stirn gerunzelt. Er hatte die Finger verschlungen, presste sie ineinander.

»Genau darüber wollte ich mit Ihnen sprechen, Don Rigoberto«, flüsterte er, schaute zu ihm, ein unruhiger Glanz in den Pupillen, und wandte die Augen gleich wieder ab.

»Du meinst, über Armidas Verschwinden?« Erneut sah Rigoberto zu ihm hin.

Ismaels Chauffeur schaute weiter geradeaus, nickte aber entschieden.

»Ich fahre zum Regatas und parke dort, dann können wir uns in Ruhe unterhalten. Sonst baue ich noch einen Unfall«, sagte Rigoberto.

Beim Club parkte er in der ersten Reihe, gleich am Meer. Es war ein grauer, bewölkter Vormittag, in der Luft kreischten Möwen, Albatrosse, Kormorane. Ein schlankes Mädchen im blauen Jogginganzug machte auf dem menschenleeren Strand Yoga.

»Sag mir nicht, du weißt, wer Armida entführt hat, Narciso.«

Diesmal beugte sich der Chauffeur zu ihm hinüber, sah ihm in die Augen und lächelte breit. Sein blitzweißes Gebiss strahlte.

»Keiner hat sie entführt, Don Rigoberto«, sagte er und wurde wieder ernst. »Genau darüber wollte ich mit Ihnen sprechen, ich bin nämlich ein wenig nervös. Ich wollte Armida nur einen Gefallen tun, besser gesagt, der Señora Armida. Wir waren gute Freunde, als sie bloß eine Angestellte von Don Ismael war. Mit ihr habe ich mich immer besser verstanden als mit den anderen. Sie war überhaupt nicht eingebildet, eine sehr bescheidene Frau. Wenn sie mich also um einen Gefallen bittet, im Namen unserer alten Freundschaft, wie soll ich es ihr da abschlagen. Hätten sie nicht dasselbe getan?«

»Ich bitte dich nur um eins, Narciso«, unterbrach ihn Rigoberto. »Erzähl mir besser alles von Anfang an. Ohne irgendetwas zu verschweigen. Bitte. Aber vorher eins noch. Sie ist also am Leben?«

»So wie Sie und ich, Don Rigoberto. Zumindest gestern noch.«

Entgegen seiner Bitte kam Narciso nicht direkt zur Sache. Er mochte, vielleicht konnte er auch nicht anders, die Vorreden, die Randbemerkungen, die langen Einschübe, ein einziges dschungelgleiches Drumherum. Für Rigoberto war es nicht leicht, das alles in eine chronologische Ordnung zu bringen und auf einen Kern zurückzuführen. Immer wieder verlor Narciso sich in Präzisierungen und plötzlichen Abschweifungen. Dennoch erfuhr er auf diese wirre und verschlungene Weise, dass an dem Tag, als er Ismael zum letzten Mal in seinem Haus in San Isidro gesehen hatte, an jenem Abend, als es schon dunkel wurde, Narciso ebenfalls dort gewesen war, herbeigerufen von Ismael Carrera persönlich. Sowohl dieser als auch Armida dankten ihm herzlich für seine Hilfe und Loyalität und lohnten es ihm sehr großzügig. Als er dann am nächsten Tag vom plötzlichen Tod seines ehemaligen Arbeitgebers erfuhr, eilte er gleich zu der Señora, um ihr sein Beileid auszusprechen. Er hatte sogar ein Kärtchen geschrieben, da er annahm, dass sie ihn bestimmt nicht empfing. Doch Armida ließ ihn herein und wechselte ein paar Worte mit ihm. Die Ärmste war am Boden zerstört nach diesem Unglück, das Gott ihr geschickt hatte, um sie zu prüfen. Beim Abschied fragte sie Narciso dann zu seiner Überraschung, ob er ein Handy habe, auf dem sie ihn erreichen könne. Er gab ihr seine Nummer und fragte sich verwundert, wozu sie ihn wohl anrufen wollte.

Und zwei Tage später, das heißt vorgestern, rief Armida ihn an, spät am Abend, als Narciso, nachdem er im Fernsehen Magaly gesehen hatte, gerade schon ins Bett ging.

»Das ist ja eine Überraschung«, sagte der Chauffeur, als er ihre Stimme erkannte.

»Früher hatte ich sie immer geduzt«, erklärte er Don Rigoberto. »Aber seit ihrer Hochzeit mit Don Ismael konnte ich das nicht mehr. Nur kam mir das Sie nicht über die Lippen. Also habe ich versucht, irgendwie unpersönlich mit ihr zu sprechen, ich weiß nicht, ob Sie verstehen, was ich meine.«

»Vollkommen, Narciso«, beruhigte Rigoberto ihn. »Sprich, sprich weiter. Was wollte Armida?«

»Dass du mir einen großen Gefallen tust, Narciso. Noch einen, einen riesengroßen. Um unserer alten Freundschaft willen.«

»Klar, natürlich, sehr gerne«, sagte der Chauffeur. »Und was wäre das für ein Gefallen?«

»Dass du mich irgendwo hinbringst, morgen Nachmittag. Ohne dass jemand davon erfährt. Würdest du das?«

»Und wohin solltest du sie bringen?«, drängte Don Rigoberto.

»Es war alles so geheimnisvoll«, und wieder schweifte Narciso ab. »Ich weiß nicht, ob Sie sich erinnern, aber hinten im Garten, in der Nähe des Zimmers für die Angestellten, gibt es im Haus von Don Ismael eine kleine Dienstbotentür, sie wird fast nie benutzt. Sie geht auf die Gasse, wo abends der Müll rausgestellt wird.«

»Ich wäre dir dankbar, wenn du beim Wesentlichen bleibst, Narciso«, insistierte Rigoberto. »Könntest du mir sagen, was Armida wollte?«

»Dass ich dort auf sie warte, mit meiner alten Karre, den ganzen Nachmittag. Bis sie kommt. Und ohne dass jemand mich sieht. Seltsam, nicht?«

Narciso kam es sehr seltsam vor. Aber er tat, worum sie ihn bat, ohne weitere Fragen. Am frühen Nachmittag parkte er seine Karre in der kleinen Gasse vor dem Dienstboteneingang des Hauses von Don Ismael. Er wartete fast zwei Stunden, langweilte sich zu Tode, döste vor sich hin oder hörte die Witze im Radio, beobachtete die streunenden Hunde, die in den Müllsäcken wühlten, fragte sich immer wieder, was das Ganze sollte. Warum machte Armida so ein Getue, um ihr Haus zu verlassen? Warum nicht, wie es sich für sie gehörte, in ihrem Mercedes Benz, mit dem neuen Chauffeur in seiner Livree und den kräftigen Leibwächtern? Warum heimlich und in der Karre von Narciso? Schließlich ging die kleine Tür auf, und Armida erschien mit einem Handkoffer.

»Na endlich, ich wollte gerade schon wieder fahren«, sagte Narciso zur Begrüßung und hielt ihr die Wagentür auf.

»Los, schnell, Narciso, bevor uns jemand sieht«, sagte sie. »Nun gib schon Gas.«

»Sie hatte es unglaublich eilig, Don Rigoberto«, erklärte der Chauffeur. »Und da habe ich mir wirklich Sorgen gemacht und sie gefragt, warum so geheimnisvoll, Armida?«

»Sieh an, jetzt nennst du mich wieder Armida und duzt mich«, lachte sie. »Wie in den alten Zeiten. Gut so, Narciso.«

»Bitte vielmals um Entschuldigung«, sagte der Chauffeur. »Ich weiß, ich muss Sie siezen, jetzt, wo Sie eine vornehme Dame sind.«

»Red keinen Quatsch und sag einfach du, ich bin dieselbe wie immer«, sagte sie. »Du bist nicht mein Fahrer, sondern mein Freund und Kumpel. Weißt du, was Ismael über dich gesagt hat? ›Dieser Schwarze ist mit Gold nicht aufzuwiegen.‹ Die reine Wahrheit, Narciso. So ist es.«

»Sagst du mir wenigstens, wohin ich dich bringen soll?«, fragte er.

»Das Kreuz von Chalpón? Die Busgesellschaft?« fragte Don Rigoberto verwundert. »Sie wollte verreisen? Armida wollte einen Bus nehmen, Narciso?«

»Das weiß ich nicht, aber dort habe ich sie hingebracht, zu diesem Busbahnhof«, bestätigte der Chauffeur. »Ich sagte ja bereits, sie hatte einen kleinen Koffer dabei. Ich nehme an, sie wollte verreisen. Zu mir sagte sie, ich solle keine Fragen stellen, und das habe ich auch nicht.«

»Am besten vergisst du das alles, Narciso«, sagte Armida und gab ihm die Hand. »Es ist besser für mich und besser für dich. Es gibt böse Menschen, die mir etwas antun wollen, auch allen meinen Freunden. Du weißt, wer sie sind. Du hast mich nicht gesehen, hast mich nicht hierher gebracht, weißt nichts von mir. Ich werde dir niemals vergelten können, was ich dir schulde, Narciso.«

»Ich konnte die ganze Nacht nicht schlafen«, sagte der Chauffeur. »Die Stunden vergingen, und ich bekam es immer mehr mit der Angst, glauben Sie mir. Immer mehr. Nach dem Schrecken, den mir die Zwillinge eingejagt haben, jetzt auch noch das. Deshalb habe ich Sie angerufen, Don Rigoberto. Und kaum lege ich auf, höre ich in den Nachrichten, dass die Señora Armida verschwunden ist, dass man sie entführt hat. Ich zittere immer noch.«

Rigoberto gab ihm einen Klaps auf die Schulter.

»Du bist ein zu guter Mensch, Narciso, deshalb kriegst du so oft einen Schrecken. Jetzt hast du wieder den Ärger am Hals. Ich fürchte, du musst zur Polizei und die Geschichte erzählen.«

»Nie im Leben, Don Rigoberto«, sagte Narciso. »Ich weiß nicht, wo Armida hin ist, und auch nicht, warum. Wenn etwas passiert ist, werden sie nach einem Schuldigen suchen. Ich bin der perfekte Schuldige, das ist doch klar. Ehemaliger Chauffeur von Don Ismael, Komplize der Señora. Und dann auch noch dunkelhäutig. So verrückt bin ich nicht.«

Das stimmte, dachte Rigoberto. Bliebe Armida verschwunden, müsste Narciso die Sache ausbaden.

»Ja, wahrscheinlich hast du recht«, sagte er. »Erzähl niemandem, was du mir erzählt hast. Ich weiß auch nicht, was ich dir raten kann, aber lass mich überlegen, mir fällt schon etwas ein. Außerdem kann Armida jeden Moment wieder auftauchen. Ruf mich morgen an, so wie heute, zur Frühstückszeit.«

Er setzte Narciso auf dem Parkplatz beim La Rosa Náutica ab und fuhr zurück nach Barranco, gleich in die Garage, um den Journalisten auszuweichen, die sich weiter an den Eingängen des Gebäudes drängten. Es waren doppelt so viele wie vorher.

Lucrecia und Justiniana saßen immer noch wie betäubt vor dem Fernseher. Verblüfft hörten sie seinen Bericht.

»Die reichste Frau Perus, und dann macht sie sich mit einem Handköfferchen davon, in einem schäbigen Bus, wie irgendein armer Teufel auf dem Weg ins Nirgendwo«, schloss Rigoberto. »Die Seifenoper ist noch nicht zu Ende, sie geht weiter und wird jeden Tag verworrener.«

»Ich verstehe sie sehr gut«, sagte Lucrecia. »Sie war das alles leid, Anwälte, Journalisten, die Hyänen, die Klatschmäuler. Sie wollte verschwinden. Aber wohin?«

»Nach Piura, wohin sonst«, sagte Justiniana, und kein Zweifel klang heraus. »Sie stammt aus Piura, dort hat sie sogar eine Schwester. Gertrudis heißt sie, glaube ich.«

XVII

Nicht einmal geweint hat sie, dachte Felícito Yanaqué, nicht ein einziges Mal. Aber Gertrudis war verstummt. Sie hatte den Mund nicht wieder aufgemacht, zumindest ihm gegenüber nicht und auch nicht gegenüber Saturnina, dem Dienstmädchen. Vielleicht sprach sie ja mit ihrer Schwester Armida, die seit der überraschenden Ankunft in Piura in dem Zimmer untergebracht war, wo Tiburcio und Miguel immer geschlafen hatten, bevor sie auszogen, um auf eigene Faust zu leben.

Stundenlang hatten Gertrudis und Armida in dem Zimmer gehockt, unmöglich, dass sie in all der Zeit kein Wort miteinander geredet hätten. Doch wie auch immer, als Felícito am Abend zuvor von der Wahrsagerin Adelaida zurückkehrte und seiner Frau mitteilte, die Polizei habe herausgefunden, dass die Erpresserspinne Miguel sei, und ihr Sohn sei bereits verhaftet und habe alles gestanden, da war Gertrudis verstummt. Nur ihre Augen röteten sich und waren voller Angst, das wohl, und sie faltete die Hände wie beim Beten. In dieser Haltung hatte Felícito sie jedes Mal gesehen, wenn sie in den letzten vierundzwanzig Stunden zusammen waren. Als er ihr berichtete, was die Polizei ihm erzählt hatte, natürlich ohne Mabel auch nur einmal zu erwähnen, fragte seine Frau ihn nichts, machte nicht die kleinste Bemerkung und antwortete auch nicht auf die wenigen Fragen, die er ihr stellte. Sie saß nur stumm da, in sich gekehrt, wie ein weiteres Möbelstück im Halbdunkel des Fernsehzimmers, ihre ungläubig glänzenden Augen auf ihn gerichtet, reglos wie ein Götzenbild. Und als Felícito ihr sagte, dass die Nachricht sehr bald öffentlich werde und die Journalisten dann wie die Fliegen ins Haus schwärmten, so dass sie weder ans Telefon gehen noch die Tür öffnen solle, egal wem, ob Zeitung, Radio oder Fernsehsender, da stand sie auf und zog sich, immer noch ohne ein Wort, zu ihrer Schwester ins Zimmer zurück. Merkwürdig fand Felícito, dass Gertrudis nicht einmal den Versuch unternommen hatte, Miguel gleich auf dem Revier oder im Gefängnis zu sehen. Genauso ihr Verstummen. Galt dieser Schweigestreik nur ihm? Sie musste mit Armida gesprochen haben, denn als Felícito sie am Abend dann, zur Essenszeit, begrüßte, schien sie bereits über alles informiert.

»Es tut mir leid, Sie ausgerechnet in diesem für Sie so schwierigen Moment zu stören«, sagte die elegante Dame, die Schwägerin zu nennen er sich sträubte, und reichte ihm die Hand. »Aber ich wusste nicht, wo ich hinsollte. Es ist nur für ein paar Tage, das verspreche ich Ihnen. Ich bitte vielmals um Entschuldigung, dass ich einfach so hereinplatze, Felícito.«

Er traute seinen Augen nicht. Diese glanzvolle Frau, so fein gekleidet, mit Schmuck behängt, war Gertrudis' Schwester? Sie schien sehr viel jünger zu sein, und ihre Garderobe, ihre Schuhe, ihre Fingerringe und Ohrringe, ihre Uhr passten eher zu diesen stinkreichen Damen, die in den Villen von El Chipe wohnten, mit Garten und Swimmingpool, als zu einer, die im El Algarrobo aufgewachsen war, der schäbigen Pension am Stadtrand von Piura.

An diesem Abend aß Gertrudis keinen Bissen und sprach kein Wort. Saturnina räumte die Nudelsuppe und den Reis mit Huhn unberührt ab. Bis in die Nacht hinein klopfte es an der Tür und klingelte unablässig das Telefon. Felícito spähte gelegentlich durch die Rollos am Fenster: Dort standen sie noch, diese aasgierigen Geier mit ihren Kameras, zusammengedrängt auf dem Bürgersteig oder mitten auf der Calle Arequipa, darauf lauernd, dass jemand herauskam, um über ihn herzufallen. Aber nur Saturnina ging hinaus, die nicht im Haus wohnte, es war schon spät am Abend, und Felícito sah, wie sie sich des Überfalls erwehrte, sie hielt sich die Arme vors Gesicht und rannte im Licht der Blitze davon.

Als er dann allein im Fernsehzimmer saß, sah er die Nachrichten des lokalen Senders und hörte alle Radiostationen, die die Meldung verbreiteten. Auf dem Bildschirm erschien Miguel, ernst, ungekämmt und mit Handschellen, in Jogginganzug und Turnschuhen, und auch Mabel, sie ohne Handschellen, wie sie erschrocken in die aufblitzenden Kameras schaute. Felícito dankte im Stillen dafür, dass Gertrudis sich in ihr Schlafzimmer zurückgezogen hatte und nicht, neben ihm sitzend, diese Nachrichten sah, in denen man mit einem geradezu krankhaften Drang hervorhob, dass seine Geliebte, mit Namen Mabel, der er vor Jahren ein Häuschen im Bezirk Castilla einrichtete, ihn mit seinem eigenen Sohn betrogen und gemeinsam mit diesem eine Verschwörung geplant habe, um ihn zu erpressen, worauf sie ihm die berühmten Briefe mit der kleinen Spinne schickten und in den Büroräumen von Transportes Narihualá einen Brand legten.

Er sah und hörte all das mit bangem Herzen und feuchten Händen, spürte, wie sich ein weiterer Schwindelanfall ankündigte, ähnlich jenem, der ihn bei Adelaida in die Ohnmacht gestürzt hatte, doch zugleich war ihm, als geschähe das alles sehr weit weg und wäre ihm fremd. Es hatte nichts mit ihm zu tun. Er fühlte sich nicht einmal gemeint, als auf dem Bildschirm sein eigenes Bild erschien, während der Moderator von Mabel sprach, seiner Geliebten (»in wilder Ehe lebend«, wie er es nannte), von seinem Sohn Miguel und seinem Bus- und Fuhrunternehmen. Es war, als hätte er sich von sich selbst gelöst, als wäre der Felícito Yanaqué der Fernsehbilder und der Radionachrichten jemand, der seinen Namen und sein Gesicht an sich gerissen hätte.

Als er dann im Bett lag und nicht einschlafen konnte, hörte er Gertrudis' Schritte im Schlafzimmer nebenan. Er sah auf die Uhr: schon fast eins. Soweit er sich erinnerte, war seine Frau nie so lange aufgeblieben. Er lag die ganze Nacht wach, dachte manchmal nach, doch die meiste Zeit war sein Kopf leer, und er horchte nur auf das Klopfen seines Herzens. Beim Frühstück sagte Gertrudis weiterhin kein Wort, nippte nur an einer Tasse Tee. Kurz darauf kam, von Felícito gerufen, Josefita, um ihm vom Büro zu berichten, und er gab ihr ein paar Dinge auf und diktierte Briefe. Sie hatte eine Nachricht von Tiburcio, aus Tumbes. Er hatte mehrmals angerufen, als er von der Sache erfuhr, aber niemand war ans Telefon gegangen. Er war Busfahrer auf dieser Strecke, sobald er wieder in Piura sei, komme er gleich zu seinen Eltern. Seine Sekretärin schien so verstört, dass Felícito sie fast nicht wiedererkannte. Sie vermied es, ihm in die Augen zu sehen, und ihre einzige Bemerkung war, wie lästig diese Reporter seien, gestern hätten die sie im Büro verrückt gemacht und eben auf der Straße umzingelt und ewig daran gehindert, an die Tür zu treten, obwohl sie ihnen ins Gesicht schrie, sie habe nichts zu sagen, sie wisse nichts, sie sei nur die Sekretärin des Herrn Yanaqué. Sie musste sich die unverschämtesten Fragen anhören, aber natürlich hatte sie ihnen kein Wort gesagt. Als Josefita wieder ging, sah Felícito durchs Fenster, wie ein Dutzend Männer und Frauen sie ein weiteres Mal mit ihren Aufnahmegeräten und Kameras bestürmte.

Zum Mittagessen kam Gertrudis mit Armida an den Tisch, aß aber wieder keinen Bissen und richtete auch nicht das Wort an ihn. Ihre Augen waren wie die Glut, ihre Hände immer zusammengepresst. Was ging nur vor in ihrem verstrubbelten Kopf? Ihm kam es vor, als wäre sie über die Nachrichten von Miguel zu einer Schlafwandlerin geworden.

»Schrecklich, Felícito, was Ihnen da passiert«, entschuldigte sich Armida erneut, »wenn ich das gewusst hätte, wäre ich niemals einfach so hereingeplatzt. Aber wie ich gestern schon sagte, ich wusste nicht, wohin. Ich bin in einer sehr schwierigen Lage und muss mich verstecken. Wenn Sie möchten, kann ich Ihnen alles ausführlich erklären, aber ich weiß ja, dass Sie jetzt andere Sorgen haben, Wichtigeres im Kopf. Glauben Sie mir, ich werde nicht lange bleiben.«

»Ja, das können Sie mir alles erzählen, aber besser später«, sagte er. »Wenn dieser Sturm ein wenig vorüber ist. Wirklich Pech, Armida. Sich ausgerechnet hier zu verstecken, wo sich alle Journalisten von Piura versammeln. Ich komme mir vor wie gefangen in meinem eigenen Haus.«

Mit einem verständnisvollen Lächeln stimmte Gertrudis' Schwester zu:

»Ich weiß, was das bedeutet, ich habe es selber schon mitgemacht«, hörte er sie sagen und verstand nicht, was sie meinte. Aber er bat sie nicht, es ihm zu erklären.

Später dann, nach langem Grübeln, beschloss Felícito, dass der Moment gekommen war. Er bat Gertrudis, mit ihm ins Fernsehzimmer zu gehen: »Wir müssen miteinander sprechen, du und ich, allein«, sagte er. Armida zog sich sofort zurück, und Gertrudis folgte ihrem Mann gehorsam nach nebenan. Sie saß jetzt vor ihm, in einem Sessel im Halbdunkel, ruhig, formlos, stumm. Sie schaute zu ihm, schien ihn aber nicht zu sehen.

»Ich hätte nie geglaubt, dass einmal die Gelegenheit kommt, mit dir darüber zu sprechen«, begann Felícito leise. Überrascht stellte er fest, dass seine Stimme zitterte.

Gertrudis regte sich nicht. In ihrem farblosen Kleid, wie eine Kreuzung aus Hemdkleid und Morgenrock, schaute sie ihn an, als wäre er nicht da, mit Pupillen, die aus diesem pausbäckigen Gesicht mit dem großen, aber ausdruckslosen Mund ein ruhiges Feuer sandten. Die Hände hielt sie im Schoß fest zusammen, als litte sie unter fürchterlichen Bauchschmerzen.

»Vom ersten Moment an hatte ich den Verdacht«, fuhr er fort und bemühte sich, seine plötzliche Nervosität in den Griff zu bekommen. »Aber ich habe es dir nicht gesagt, um dich nicht zu beschämen. Ich hätte es mit ins Grab genommen, wenn das jetzt nicht passiert wäre.«

Er holte Luft, seufzte tief. Seine Frau hatte sich keinen Millimeter bewegt, nicht ein einziges Mal auch nur geblinzelt. Sie war wie versteinert. Eine unsichtbare Schmeißfliege brummte irgendwo im Zimmer, knallte gegen die Decke und die Wände. Im Gärtchen goss Saturnina die Pflanzen, das Rieseln des Wassers aus der Gießkanne war zu hören.

»Ich will sagen«, fuhr er fort, jede Silbe betonend, »dass du und deine Mutter mich betrogen habt. Damals, drüben im El Algarrobo. Mittlerweile macht es mir nichts mehr aus. Es ist viele Jahre her, und glaub mir, heute ist es mir egal, dass du und die Dragonerin mir ein Märchen aufgetischt habt. Das Einzige, was ich will, ist, dass du es mir bestätigst, Gertrudis, dann kann ich ruhig sterben.«

Er schwieg und wartete. Sie saß weiter ungerührt da, in derselben Haltung, doch Felícito bemerkte, dass einer der Schlappen an den Füßen seiner Frau sich leicht zur Seite verschoben hatte. Zumindest dort war Leben. Nach einer Weile öffnete Gertrudis die Lippen und stieß einen Satz hervor, der wie ein Knurren klang:

»Was soll ich bestätigen, Felícito, was?«

»Dass Miguel nicht mein Sohn ist und es niemals war«, sagte er, nun ein wenig lauter. »Dass du von jemand anderem schwanger warst, als ihr, du und die Dragonerin, damals in der Pension El Algarrobo zu mir gekommen seid und mir weisgemacht habt, ich sei der Vater. Nachdem ihr mich bei der Polizei angezeigt hattet, um mich zu zwingen, dich zu heiraten.«

Als er den Satz beendet hatte, fühlte er sich mies, als hätte er etwas Unverdauliches gegessen oder ein Schälchen allzu vergorene Chicha getrunken.

»Ich habe geglaubt, dass du der Vater bist«, sagte Gertrudis gleichmütig, gar nicht böse, nur mit der Unlust, mit der sie von allem sprach, was nicht mit Religiösem zu tun hatte. Und nach einer langen Pause fügte sie in demselben neutralen wie unbeteiligten Ton hinzu: »Weder ich noch meine Mutter hatten die Absicht, dich zu betrügen. Ich war damals sicher, dass du der Vater des Kindes in meinem Bauch bist.«

»Und wann hast du gemerkt, dass es nicht von mir war?«, fragte Felícito, mit einer Heftigkeit, aus der schon die Wut sprach.

»Erst als Miguelito auf die Welt kam«, sagte Gertrudis, ohne dass sich ihre Stimme im Geringsten veränderte. »Als ich sah, wie weiß er war, mit diesen blauen Augen und fast blonden Härchen. Das konnte nicht der Sohn eines Cholo aus Chulucanas sein, wie du einer bist.«

Sie schwieg und schaute ihren Mann weiterhin ungerührt an. In Felícitos Ohren hatte es geklungen, als spräche Gertrudis vom Grund eines Sees zu ihm oder aus einem Glaskasten mit dicken Wänden. Sie war durch etwas Unsichtbares und Unüberwindlichen von ihm getrennt, auch wenn sie nur einen Meter von ihm entfernt saß.

»Ein echter Siebensamen, kein Wunder, dass er mir das angetan hat«, zischte er. »Und hast du danach erfahren, wer Miguels wahrer Vater ist?«

Seine Frau seufzte und zuckte mit den Schultern, eine Geste, die Gleichgültigkeit bedeuten konnte oder Erschöpfung. Sie schüttelte den Kopf.

»Mit wie vielen Männern aus der Pension hast du denn geschlafen, *che guá?*« Felícito spürte einen Kloß im Hals und wollte nur, dass es bald vorbei wäre.

»Mit allen, die mir meine Mutter ins Bett geschickt hat«, knurrte Gertrudis, langsam, bestimmt. Und mit einem erneuten Seufzer und einem Ausdruck unendlicher Müdigkeit: »Mit vielen. Nicht nur Pensionsgästen. Manchmal auch mit Kerlen von der Straße.«

»Die Dragonerin hat sie dir geschickt?« Er konnte kaum sprechen, ihm brummte der Schädel.

Gertrudis blieb ruhig sitzen, ungreifbar, eine Silhouette ohne Konturen, die Hände weiterhin gefaltet. Und schaute ihn mit dieser abwesenden, still leuchtenden Festigkeit an, die Felícito immer mehr verstörte.

»Sie hat sie ausgewählt, und kassiert hat sie auch, nicht ich«, sagte seine Frau mit einem leichten Wechsel im Tonfall, als wollte sie ihm jetzt nicht nur berichten, sondern ihn herausfordern. »Wer sollte Miguels Vater schon sein. Ich weiß es nicht. Irgend so ein Weißer, einer von diesen Gringos, die durch die Pension zogen. Vielleicht auch einer von den Jugoslawen, die hier die Bewässerungskanäle am Río Chira gebaut haben. An den Wochenenden kamen sie nach Piura, um sich zu besaufen, und landeten in der Pension.«

Felícito bedauerte das Gespräch. War es ein Fehler gewesen, dieses Thema, das ihn sein Leben lang wie ein Schatten verfolgte, aufs Tapet zu bringen? Aber jetzt war es da, mitten unter ihnen, und er wusste nicht, wie er es loswerden sollte. Es war wie eine einzige Belästigung, ein Eindringling, der das Haus nie wieder verlassen würde.

»Wie viele hat die Dragonerin dir ins Bett geschickt?«, brüllte er. Bestimmt würde er gleich wieder ohnmächtig oder müsste sich erbrechen. »Ganz Piura?«

»Ich habe sie nicht gezählt«, sagte Gertrudis gefasst und zog nur ein abfälliges Gesicht. »Aber da es dich so interessiert, sage ich noch einmal, es waren viele. Ich habe aufgepasst, so gut es ging. Ich wusste damals nicht viel davon. Die täglichen Einläufe funktionierten, glaubte ich zumindest, das hatte ich von meiner Mutter. Bei Miguel muss etwas passiert sein. Oder ich habe nicht aufgepasst. Ich wollte abtreiben lassen, bei einer Hebamme im Viertel, so einer Art Hexe. Sie wurde Schmetterling genannt, vielleicht hast du sie gekannt. Aber die Dragonerin hat es mir nicht erlaubt. Sie hat sich das mit der Heirat ausgedacht. Ich wollte dich auch nicht heiraten, Felícito. Ich wusste immer, an deiner Seite würde ich nie glücklich. Meine Mutter hat mich gezwungen.«

Felícito wusste nicht mehr, was er sagen sollte. Er blieb ruhig, dachte nach. Was für eine lächerliche Situation, wie gelähmt dazusitzen, einer dem anderen gegenüber, zum Schweigen gebracht von einer hässlichen Vergangenheit, die plötzlich wieder auflebte, um dem Unglück mit seinem falschen Sohn und mit Mabel noch die Schmach hinzuzufügen, die Schande, den Schmerz, die bittere Wahrheit.

»Ich habe meine Schuld gesühnt in all den Jahren, Felícito«, hörte er Gertrudis sagen, fast ohne dass sie ihre dicken Lippen bewegte, die Augen auf ihm ruhend, auch wenn sie ihn immer noch nicht sah und weiterhin sprach, als wäre er nicht da. »Habe still mein Kreuz getragen und genau gewusst, dass man für seine Sünden büßen muss. Nicht nur im nächsten Leben, sondern in diesem hier. Ich habe es akzeptiert, habe bereut, was ich getan habe und auch die Dragonerin. Habe für mich und meine Mutter gebüßt. Auf sie bin ich nicht mehr so böse, wie ich es als junges Mädchen war. Ich büße immer noch, und möge der Herr Jesus Christus mir, wo ich so viel gelitten habe, meine Sünden vergeben.«

Felícito wollte, dass sie endlich den Mund hielt, wollte gehen. Aber er fand nicht die Kraft, aufzustehen und das Zimmer zu verlassen. Seine Beine zitterten. Wäre ich doch diese brummende Schmeißfliege, dachte er.

»Du hast mir geholfen, für sie zu büßen, Felícito«, fuhr seine Frau fort, nun etwas leiser. »Und ich bin dir dankbar. Deshalb habe ich dir nie etwas gesagt. Deshalb habe ich dir nie eine Eifersuchtsszene gemacht, dir keine Fragen gestellt, die dich nur bedrückt hätten. Deshalb habe ich immer so getan, als wüsste ich nicht, dass du in eine andere verliebt bist, dass du eine Geliebte hast, die im Gegensatz zu mir nicht alt und hässlich ist, sondern jung und schön. Deshalb habe ich mich nie darüber beklagt, dass es Mabel in deinem Leben gibt, und dir auch nie einen Vorwurf gemacht. Denn Mabel hat mir auch geholfen, meine Schuld zu sühnen.«

Sie schwieg, wartete, dass Felícito etwas sagte, doch als er den Mund nicht aufmachte, fügte sie hinzu:

»Ich habe auch nie geglaubt, dass wir dieses Gespräch jemals führen, Felícito. Du hast es so gewollt, nicht ich.«

Wieder machte sie eine lange Pause und murmelte, wobei sie mit ihren knotigen Fingern das Kreuzzeichen über ihm schlug:

»Was Miguel dir angetan hat, ist die Buße, die dir auferlegt ist. Und auch mir.«

Beim letzten Wort erhob sich Gertrudis, mit einer Gewandtheit, die Felícito an ihr nicht kannte, und verließ schlurfend das Zimmer. Er blieb sitzen, ohne das Treiben auf der Calle Arequipa zu hören, die Stimmen, das Gehupe, die Motorradtaxis, versunken in einer tiefen Benommenheit, in Verzweiflung und Traurigkeit, dass er nicht einmal denken konnte, geschweige denn aufstehen. Aber das wollte er, wollte hinaus aus diesem Haus, auch wenn die Journalisten sich gleich auf ihn stürzten mit ihren unerbittlichen Fragen, eine dümmer als die andere, wollte zum Malecón Eguiguren, sich hinsetzen und sehen, wie die grauen und braunen Wasser des Flusses flossen, wollte die

Wolken am Himmel betrachten und die laue Luft des Abends atmen, die Schreie der Vögel hören. Aber er versuchte erst gar nicht, sich zu bewegen, die Beine würden ihm sowieso nicht gehorchen, oder der Schwindel streckte ihn auf den Teppich. Ihn entsetzte der Gedanke, sein Vater könnte aus dem Jenseits das Gespräch mit seiner Frau gehört haben.

Er wusste nicht, wie lange er in diesem zähen Halbzustand verharrt hatte, während er spürte, wie die Zeit verging, beschämt und sich selbst bemitleidend, Gertrudis, Miguel, die ganze Welt. Ab und zu, wie ein feiner Strahl reinsten Lichts, erschien in seinem Kopf das Gesicht seines Vaters, und dieses flüchtige Bild erleichterte ihn für einen Augenblick. Wenn sie noch lebten, dachte er, und das alles mitbekämen, würden sie noch einmal sterben.

Plötzlich sah er, dass Tiburcio hereingekommen war, ohne dass er es gemerkt hätte. Er kniete vor ihm, fasste ihn an den Armen und schaute erschrocken.

»Mir geht es gut, mach dir keine Sorgen«, beruhigte er ihn. »Ich bin nur eingenickt, weiter nichts.«

»Möchten Sie, dass ich einen Arzt rufe?« Sein Sohn trug den blauen Overall und die Uniformmütze der Fahrer des Unternehmens, auf dem Mützenschirm stand »Transportes Narihualá«. In der Linken hielt er die Handschuhe aus Rohleder, die er trug, wenn er die Busse fuhr. »Sie sind ganz blass, Vater.«

»Bist du gerade aus Tumbes gekommen?«, fragte er. »War es eine gute Fahrt?«

»Fast voll besetzt und auch beladen.« Tiburcio hatte immer noch ein erschrockenes Gesicht und nahm ihn unter die Lupe, als wollte er ihm ein Geheimnis entlocken. Es war klar, dass er ihm am liebsten viele Fragen gestellt hätte, aber er traute sich nicht. Felícito hatte Mitleid auch mit ihm.

»Die Nachricht von Miguel habe ich im Radio gehört, oben in Tumbes«, sagte er verwirrt. »Ich konnte es nicht glauben. Ich habe tausendmal angerufen, aber niemand hat abgenommen. Ich weiß nicht, wie ich es bis hier geschafft habe. Glauben Sie, dass es stimmt, was die Polizei über meinen Bruder sagt?«

Felícito wollte schon sagen: »Er ist nicht dein Bruder«, aber er beherrschte sich. Waren Miguel und Tiburcio etwa nicht Brüder? Nur halb, aber sie waren es.

»Vielleicht ist es gelogen. Ich glaube, das sind alles Lügen«, sagte Tiburcio erregt, ohne vom Boden aufzustehen, den Vater immer noch an den Armen haltend. »Die Polizei hat ihn vielleicht zu einem falschen Geständnis gezwungen, ihn zusammengeschlagen, gefoltert. Die machen so was, das ist bekannt.«

»Nein, Tiburcio, es stimmt«, sagte Felícito. »Er ist die Spinne. Er hat alles ausgeheckt. Als seine Komplizin gegen ihn aussagte, hat er gestanden. Ich bitte dich jetzt um einen großen Gefallen, Junge. Sprechen wir nicht weiter davon. Nie wieder. Nicht von Miguel, nicht von dieser Spinne. Für mich ist es, als gäbe es deinen Bruder nicht mehr. Besser gesagt, als hätte es ihn nie gegeben. Ich will nicht, dass sein Name in diesem Haus erwähnt wird. Nie wieder. Du kannst tun, was du willst. Ihn besuchen, wenn du möchtest. Ihm Essen bringen, einen Anwalt besorgen, was immer. Das ist mir egal. Ich weiß nicht, was deine Mutter vorhat. Mir erzählen sie nichts. Ich will auch nichts wissen. In meiner Gegenwart soll er nie wieder erwähnt werden. Ich verfluche seinen Namen und Schluss. Jetzt hilf mir auf, Tiburcio. Ich weiß nicht, warum, aber mir ist, als hätten meine Beine plötzlich ihren eigenen Willen.«

Tiburcio stand auf, packte ihn an beiden Armen und hob ihn mühelos hoch.

»Und dann bitte ich dich, dass du mich zum Büro begleitest«, sagte Felícito. »Das Leben muss weitergehen, die Arbeit auch. Nicht nur die Familie leidet darunter, mein Sohn. Transportes Narihualá genauso. Wir müssen den Laden wieder in Schwung bringen.«

»Aber die Straße ist voller Journalisten«, sagte Tiburcio. »Wie im Rudel sind die über mich hergefallen und haben mich nicht durchgelassen. Mit einem hätte ich mich fast geprügelt.«

»Du wirst mir helfen, diese aufdringlichen Typen loszuwerden, Tiburcio.« Er schaute seinem Sohn in die Augen, und während er ihm unbeholfenen über die Wange strich, sagte er, seine Stimme noch milder: »Ich bin dir dankbar, dass du Mabel nicht erwähnt hast. Dass du mich nicht nach dieser Frau gefragt hast. Du bist ein guter Junge.«

Er hakte sich bei ihm unter, und zusammen gingen sie zur Haustür. Kaum öffnete die sich, brach auf der Straße der Tumult los, und angesichts der Blitzlichter musste er die Augen zukneifen. »Ich habe nichts zu erklären, Herrschaften, vielen Dank«, sagte er zwei, drei, zehn Mal, während er, fest an Tiburcios Arm, mühsam über die Calle Arequipa schritt, bedrängt, gehetzt, geschubst von dem Schwarm Journalisten, die einander ins Wort fielen und ihm ihre Mikrofone ins Gesicht hielten, ihre Kameras, Notizblöcke und Stifte. Man stellte ihm Fragen, die er gar nicht verstehen konnte, und alle paar Meter wiederholte er wie einen Refrain: »Ich habe nichts zu erklären, meine Damen und Herren, vielen Dank.« Sie eskortierten ihn bis zu Transportes Narihualá, betraten aber nicht das Gelände, da der Wächter ihnen das Tor vor der Nase zuschlug. Als er schließlich an dem Brett auf zwei Ölfässern saß, das nun sein Schreibtisch war, brachte Tiburcio ihm ein Glas Wasser.

»Und diese elegante Dame, Armida, kannten Sie die, Vater?«, fragte er. »Wussten Sie, dass Mutter unten in Lima eine Schwester hat? Uns hat sie nie davon erzählt.«

Er schüttelte den Kopf und legte den Finger an die Lippen:

»Ein großes Geheimnis, Tiburcio. Sie versteckt sich hier, offenbar wird sie in Lima verfolgt, man will sie sogar umbringen. Am besten vergisst du es und sagst niemandem, dass du sie gesehen hast. Wir haben schon genug Ärger. Den meiner Schwägerin brauchen wir nicht auch noch.«

Dann gab er sich einen Ruck und fing an zu arbeiten. Sah die Konten und die Post durch, die Fälligkeiten, laufenden Ausgaben, Einnahmen, Rechnungen, die Zahlungen an die Lieferanten, die Außenstände. Zugleich entwarf er, irgendwo in seinem Hinterkopf, einen Aktionsplan für die nächsten Tage. Und nach einer Weile ging es ihm schon besser, ahnte er, dass es möglich war, diese schwierige Schlacht zu gewinnen. Auf einmal überkam ihn eine ungeheure Lust, die warme, klare

Stimme von Cecilia Barraza zu hören. Schade, dass er keine CDs von ihr im Büro hatte, *Distel und Asche*, *Unschuldige Liebe*, *Schöner Liebling* oder *Der Stier tötet*, auch kein Gerät, um sie abzuspielen. Sobald es wieder etwas besser lief, sobald die Zerstörungen des Brandes beseitigt waren, würde er sich eins kaufen. Und am Nachmittag oder an den Abenden, wenn er zur Arbeit noch im Büro blieb, in Momenten wie diesen würde er die CDs seiner Lieblingssängerin einlegen und alles vergessen, könnte fröhlich sein oder traurig, immer aber berührt von jener reinen Stimme, die es verstand, dem Vals, den Marineras, den Polkas, den Pregones, der ganzen kreolischen Musik die zartesten Gefühle zu entlocken, die sich in ihr verbargen.

Als er das Gelände von Transportes Narihualá verließ, war es schon dunkle Nacht. Journalisten waren keine mehr auf der Avenida, sie seien das Warten leid gewesen, sagte der Wächter, und hätten sich vor einer Weile zerstreut. Tiburcio war ebenfalls, auf seine Bitte hin, vor über einer Stunde gegangen. Auf der Calle Arequipa waren kaum noch Menschen, und er versuchte niemanden anzuschauen, blieb möglichst im Schatten, damit man ihn nicht erkannte. Zum Glück hielt keiner ihn an oder zog ihn in ein Gespräch. Als er nach Hause kam, schliefen Armida und Gertrudis schon, oder zumindest hörte er sie nicht. Er ging ins Fernsehzimmer und legte ein paar CDs ein, ganz leise. Und so saß er im Dunkeln, einige Stunden wohl, abgelenkt und ergriffen, ganz und gar nicht frei von allen Sorgen, aber doch etwas leichter durch die Lieder, die Cecilia Barraza in dieser intimen Atmosphäre für ihn sang. Ihre Stimme war wie Balsam, war ein frisches, kristallklares Wasser, in das sein Körper und seine Seele eintauchten, in dem sie sich reinigten, beruhigten, vergnügten, und etwas Gesundes, Mildes, Optimistisches entstieg dem Innersten seiner selbst. Er versuchte nicht an Mabel zu denken, nicht an all die intensiven, fröhlichen Momente, die er in diesen acht Jahren an ihrer Seite erlebt hatte, sondern nur, dass sie ihn verraten hatte, dass sie mit Miguel geschlafen und sich gegen ihn verschworen hatte. Das war das Einzige, woran er sich erinnern durfte, damit ihn die Vorstellung, sie nie mehr wiederzusehen, nicht so bitter ankam.

Am nächsten Morgen stand er in aller Frühe auf, machte seine Qigong-Übungen, in Gedanken beim Krämer Lau, so wie immer während dieses stets gleichen Programms zum Wachwerden, frühstückte und begab sich zu seinem Büro, noch ehe die Schlafmützen von der Presse den Weg zu seinem Haus fanden und die Jagd fortsetzten. Josefita war schon dort und freute sich sehr, ihn zu sehen.

»Wie gut, dass Sie wieder im Büro sind, Don Felícito«, sagte sie und strahlte. »Ich habe Sie allmählich schon vermisst.«

»Ich konnte mir nicht länger freinehmen«, sagte er, legte Hut und Jackett ab und setzte sich ans Brett. »Genug der Skandale und der Dummheiten, Josefita. Ab heute wird gearbeitet. Das ist es, was ich mag, was ich mein ganzes Leben getan habe und was ich weiter tun werde.«

Er ahnte, dass seine Sekretärin ihm etwas sagen wollte, aber sie konnte sich nicht entschließen. Was war los mit Josefita? Sie war irgendwie anders. Hübscher zurechtgemacht und geschminkter als sonst, anmutiger und koketter gekleidet. In ihrem Gesicht blitzte immer wieder ein kleines Lächeln auf, eine bübische Schamesröte, und ihm schien, dass sie beim Gehen ein wenig mehr die Hüften schwang als früher.

»Wenn Sie mir ein Geheimnis anvertrauen möchten, Josefita, ich versichere Ihnen, ich schweige wie ein Grab. Und wenn Sie Liebeskummer haben, will ich Sie gerne trösten.«

»Ich weiß einfach nicht, was ich tun soll, Don Felícito.« Sie sprach leiser, errötete von Kopf bis Fuß. Und zu ihrem Chef gebeugt, mit treuherzigen Kleinmädchenaugen, flüsterte sie: »Stellen Sie sich vor, dieser Hauptmann von der Polizei ruft mich immer an. Und was glauben Sie, warum? Na, um mit mir auszugehen!«

»Hauptmann Silva?« Felícito tat verwundert. »Ich hatte schon das Gefühl, dass Sie sein Herz erobert haben. *Che guá*, Josefita!«

»Das könnte man meinen, ja, Don Felícito«, sagte seine Sekretärin und gab sich übertrieben züchtig. »Wenn er anruft, macht er mir alle möglichen Komplimente, Sie können sich nicht vorstellen, was er mir alles sagt. Ganz schön frech, dieser Mann! Ich schäme mich ja so. Tatsächlich, ja, er will mich einladen. Ich weiß nicht, was ich tun soll. Was würden Sie mir raten?«

»Tja, was soll ich sagen, Josefita. Eine solche Eroberung überrascht mich nicht. Sie sind eine sehr attraktive Frau.«

»Aber ein bisschen füllig, Don Felícito.« Sie zog eine Schnute. »Obwohl, nach dem, was er mir sagt, ist das für den Hauptmann Silva kein Problem. Er mag nicht diese Striche in der Landschaft, wie man sie in der Werbung sieht, sondern Frauen mit hübschen Rundungen, so wie bei mir.«

Felícito Yanaqué musste lachen, und sie tat es ihm nach. Es war das erste Mal, dass der Chef so lachte, seit das Unglück über ihn gekommen war.

»Haben Sie wenigstens herausgefunden, ob der Hauptmann verheiratet ist, Josefita?«

»Ich habe mich vergewissert, er ist ledig und ungebunden. Aber wer weiß, was das heißt, die Männer tun ihr Leben lang nichts anderes, als uns Frauen etwas vorzumachen.«

»Ich werde versuchen, es herauszubekommen, überlassen Sie das mir«, bot Felícito an. »Amüsieren Sie sich so lange und genießen Sie das Leben, Sie haben es verdient. Seien Sie glücklich, Josefita.«

Er inspizierte die Abfahrt der Sammeltaxis, der Busse und der Lieferwagen, die Abfertigung der Pakete, und am späteren Vormittag ging er zu einer Besprechung mit Dr. Hildebrando Castro Pozo in dessen winziger und überfüllter Kanzlei an der Calle Lima. Seit Jahren schon vertrat der Anwalt das Unternehmen und kümmerte sich um alle rechtlichen Belange von Felícito Yanaqué. Der erklärte ihm ausführlich, was ihm durch den Kopf ging, und Dr. Castro Pozo notierte, was er sagte, mit einem Bleistift in sein übliches Notizbuch, beides von so pygmäischem Format wie er selbst. Er war ein kleiner, adretter Mann mit Weste und Krawatte, in den Sechzigern, lebhaft, energisch, freundlich, lakonisch, ein bescheidener, aber effizienter Profi, nicht zu teuer. Sein Vater, ehemals Abgeordneter im Kongress, war ein bekannter Kämpfer für soziale Gerechtigkeit gewesen, hatte Kleinbauern verteidigt, das Gefängnis und das Exil kennengelernt und ein Buch über die indigenen Völker geschrieben, das ihn berühmt machte. Als Felícito zum Ende kam, blickte Dr. Castro Pozo zufrieden:

»Klar ist das machbar, Don Felícito«, rief er und spielte mit seinem Ministift. »Aber lassen Sie mich, um sicherzugehen, die Sache in Ruhe prüfen und juristisch von allen Seiten beleuchten. Dafür benötige ich allenfalls ein paar Tage. Soll ich Ihnen etwas sagen? Was Sie da vorhaben, bestätigt mehr als deutlich, was ich immer von Ihnen gedacht habe.«

»Und was haben Sie von mir gedacht, Doktor Castro Pozo?«

»Dass Sie ein hohes Ethos haben, Don Felícito. Moralisch bis in die Haarspitzen. So etwas habe ich nicht oft erlebt, wirklich nicht.«

Voller Neugier – was sollte das wohl heißen, »ein hohes Ethos«? – sagte sich Felícito, dass er sich am besten mal ein Wörterbuch kaufen sollte. Die ganze Zeit hörte er Wörter, deren Bedeutung er nicht verstand. Und er schämte sich, jemanden danach zu fragen. Dann ging er zum Mittagessen nach Hause. Wieder hatten dort die Journalisten Stellung bezogen, doch er blieb nicht einmal stehen, um ihnen zu sagen, dass er keine Interviews gebe. Er ging vorbei, grüßte mit einem Nicken und sagte kein Wort auf ihre überstürzten Fragen.

Nach dem Essen bat Armida ihn, einen Augenblick allein mit ihm zu sprechen. Doch als Felícito sich mit seiner Schwägerin ins Fernsehzimmer zurückzog, folgte ihnen zu seiner Überraschung Gertrudis, die sich erneut in ihrem Schweigen verschlossen hatte. Sie setzte sich in einen der Sessel und blieb, solange das Gespräch dauerte, dort sitzen und hörte zu, ohne sie auch nur einmal zu unterbrechen.

»Es wird Ihnen seltsam erscheinen, dass ich, seit ich hier bin, dasselbe Kleid trage«, begann seine Schwägerin auf die banalste Weise.

»Wenn ich ehrlich sein soll, Armida, finde ich alles seltsam, nicht nur, dass Sie sich nicht umgezogen haben. Erst einmal, dass Sie plötzlich hier auftauchen. Gertrudis und ich sind schon wer weiß wie viele Jahre verheiratet, und bis vor wenigen Tagen hat sie mir, soweit ich mich erinnere, nie gesagt, dass sie eine Schwester hat. Seltsamer geht es wohl kaum.«

»Ich ziehe mich nicht um, weil ich nichts anderes anzuziehen habe«, fuhr seine Schwägerin fort, als hätte sie ihn nicht gehört. »Ich bin aus Lima weggegangen mit dem, was ich am Leib trage. Ich habe ein Kleid von Gertrudis anprobiert, es war mir zu weit. Aber ich erzähle besser von Anfang an.«

»Sagen Sie mir nur eins«, bat Felícito. »Da Gertrudis, wie Sie bemerkt haben, verstummt ist und es mir nicht sagen wird: Haben Sie denselben Vater und dieselbe Mutter?«

Armida rutschte unbehaglich hin und her, wusste nicht, was sie antworten sollte. Auf der Suche nach Unterstützung schaute sie zu Gertrudis, doch die schwieg weiter, in sich zurückgezogen wie eins dieser Weichtiere mit seltsamen Namen, die es bei den Fischverkäuferinnen auf dem Großmarkt gab. Ihr Ausdruck war völlig apathisch, als hätte nichts von dem Gehörten mit ihr zu tun. Auch wenn sie die Augen nicht von ihnen wandte.

»Wir wissen es nicht«, sagte Armida schließlich und deutete mit dem Kinn zu ihrer Schwester. »Wir haben viel davon gesprochen in diesen drei Tagen.«

»Aha, mit Ihnen spricht Gertrudis also. Da haben Sie mehr Glück als ich.«

»Wir haben dieselbe Mutter, so viel ist sicher«, sagte Armida und fand die Beherrschung wieder. »Sie ist ein paar Jahre älter als ich. Aber keine von uns erinnert sich an einen Vater. Vielleicht war es derselbe, vielleicht nicht. Wir können niemanden mehr fragen, Felícito. Als wir in das Alter kamen, an das wir eine Erinnerung haben, hatte die Dragonerin, so wurde meine Mutter genannt, aber das wissen Sie ja, keinen Mann mehr.«

»Haben Sie auch in der Pension El Algarrobo gelebt?«

»Bis ich fünfzehn war«, sagte Armida. »Es war noch keine Pension, nur ein Gasthaus für Maultiertreiber, irgendwo draußen an der Straße. Mit fünfzehn bin ich dann nach Lima gegangen, um Arbeit zu suchen. Es war alles andere als einfach. Was habe ich nicht alles mitgemacht, Sie können es sich nicht vorstellen. Aber Gertrudis und ich haben den Kontakt nie verloren. Ab und zu habe ich ihr geschrieben, auch wenn sie nur alle Jubeljahre antwortete. Briefe schreiben war nie ihre Sache. Sie war ja auch nur zwei oder drei Jahre auf der Schule. Ich hatte mehr Glück, ich habe die Grundschule beendet. Die Dragonerin hat dafür gesorgt, dass ich hingehe. Gertrudis musste schon bald in der Pension arbeiten.«

Felícito drehte sich zu seiner Frau um.

»Ich verstehe nicht, warum du mir nicht erzählt hast, dass du eine Schwester hast.«

Aber sie schaute ihn nur weiter wie durch Wasser an.

»Ich kann Ihnen sagen, warum«, antwortete Armida statt ihrer. »Gertrudis schämte sich dafür, dass ihre Schwester in Lima als Dienstmädchen arbeitete. Vor allem nachdem sie Sie geheiratet hatte und nun eine ehrbare Frau war.«

»Sie waren Hausangestellte?« Felícito warf einen verwunderten Blick auf das Kleid seiner Schwägerin.

»Mein ganzes Leben lang, Felícito. Nur einmal war ich kurze Zeit Arbeiterin in einer Textilfabrik in Vitarte.« Sie lächelte. »Ich sehe schon, es kommt Ihnen seltsam vor, dass ich so ein feines Kleid trage und solche Schuhe, na ja, und diese Uhr hier. Das ist alles aus Italien, unglaublich, nicht?«

»Es kommt mir tatsächlich mehr als seltsam vor, Armida«, sagte Felícito. »Sie machen nicht gerade den Eindruck eines Dienstmädchens.«

»Ich habe den Herrn des Hauses geheiratet, wo ich angestellt war«, erklärte Armida und wurde rot. »Ein bedeutender Herr, vermögend.«

»Na, Donnerwetter, ich sehe schon, eine Hochzeit, die Ihr Leben verändert hat«, sagte Felícito. »Das heißt, Sie haben das große Los gezogen.«

»Nicht unbedingt«, korrigierte ihn Armida. »Der Herr Carrera, ich meine Ismael, mein Mann, war nämlich Witwer und hatte zwei Söhne aus erster Ehe. Und seit meiner Hochzeit mit ihrem Vater hassen sie mich. Sie wollten, dass man die Ehe für ungültig erklärt, haben mich bei der Polizei angezeigt und vor Gericht behauptet, er würde unter Altersschwachsinn leiden. Ich hätte ihn verhext, sagen sie, hätte ihm etwas in den Tee getan und was weiß ich für Sachen.«

Alle Gelassenheit war aus Armidas Gesicht gewichen. In ihrer Miene lag nun Trauer und Wut.

»Die Hochzeitsreise haben wir nach Italien gemacht«, sprach sie weiter, und ihre Stimme wurde sanfter, sie lächelte. »Es waren wunderbare Wochen. Nie hätte ich gedacht, dass ich einmal so schöne, so andere Dinge kennenlerne. Wir haben sogar den Papst auf seinem Balkon gesehen, auf dem Petersplatz. Es war eine Reise wie im Märchen. Ismael hatte oft Geschäftstermine, dann habe ich mir vieles allein angesehen.«

Das ist also die Erklärung für dieses Kleid, den Schmuck, die Uhr und die Schuhe, dachte Felícito. Flitterwochen in Italien! Sie hat einen reichen Mann geheiratet. Eine Geldheirat!

»Mein Mann hatte in Lima eine Versicherungsgesellschaft, die hat er drüben in Italien verkauft. Damit sie nicht in die Hände seiner Söhne fiel. Die konnten es nicht abwarten, ihn zu beerben, obwohl er ihnen ihr Erbteil schon zu Lebzeiten ausbezahlt hatte. Nichtsnutze sind das, verprassen alles gleich. Ismael hat es sehr wehgetan, deshalb hat er die Gesellschaft verkauft. Ich habe versucht, das ganze juristische Durcheinander zu verstehen, aber für mich war es ein Buch mit sieben Siegeln. Wie auch immer, kaum waren wir zurück in Lima, hatte mein Mann einen Herzinfarkt und ist gestorben.«

»Das tut mir sehr leid«, stammelte Felícito. Armida schwieg nun, die Augen gesenkt. Gertrudis saß weiter reglos da.

»Oder man hat ihn umgebracht«, fügte Armida hinzu. »Ich weiß nicht. Er sagte, seine Söhne wären so versessen auf sein Geld, dass sie sich nicht scheuen würden, ihn umbringen zu lassen. Von heute auf morgen war er tot, und ich werde den Gedanken nicht los, dass die Zwillinge, es sind nämlich Zwillinge, seine Söhne, den Herzinfarkt irgendwie verursacht haben. Wenn es überhaupt ein Infarkt war und sie ihn nicht vergiftet haben. Ich weiß nicht.«

»So langsam verstehe ich Ihre Flucht nach Piura und dass Sie keinen Fuß vor die Tür setzen«, sagte Felícito. »Denken Sie wirklich, die Söhne Ihres Mannes könnten …?«

»Ich weiß nicht, ob sie es jemals im Sinn hatten, aber Ismael sagte, sie wären zu allem fähig, selbst ihn umbringen zu lassen.« Armida sprach immer erregter. »Ich habe mich nicht mehr sicher gefühlt, hatte große Angst, Felícito. Es gab ein Treffen mit ihnen, bei den Anwälten. So wie sie mich anschauten, dachte ich, sie könnten auch mich umbringen lassen. Mein Mann sagte, in Lima findet man heute für paar Sol einen Killer, der wen auch immer umbringt. Warum sollten sie es nicht tun, wenn sie dann an das ganze Erbe des Herrn Carrera kommen?«

Sie machte eine Pause und sah Felícito in die Augen.

»Deshalb habe ich beschlossen zu fliehen. Ich dachte, hier in Piura sucht mich bestimmt niemand. Das ist mehr oder weniger die Geschichte, die ich Ihnen erzählen wollte, Felícito.«

»Ja, das versteh ich«, sagte er. »Bloß, wirklich Pech, aber das Schicksal hat Sie in die Höhle des Löwen geführt. So kann es passieren. Das nennt man vom Regen in die Traufe, Armida.«

»Wie ich schon sagte, es ist nur für ein paar Tage, und Sie können sicher sein, länger bleibe ich nicht«, sagte sie. »Ich muss mit jemandem in Lima sprechen. Die einzige Person, zu der mein Mann vollkommenes Vertrauen hatte. Er war einer unserer Trauzeugen. Würden Sie mir dabei helfen? Ich habe seine Telefonnummer. Ob Sie mir diesen großen Gefallen tun könnten?«

»Aber rufen Sie ihn doch selbst an«, sagte Felícito.

»Das wäre nicht ratsam.« Armida zögerte, und mit einem Blick zum Telefon: »Und wenn es abgehört wird? Mein Mann glaubte, die Zwillinge hätten alle unsere Telefone angezapft.

Besser von irgendwo draußen, von Ihrem Büro aus, auf sein Handy, das ist offenbar schwerer abzuhören. Ich kann hier nicht weg. Deshalb bitte ich Sie.«

»Geben Sie mir die Nummer und sagen Sie mir, was ich mitteilen soll«, sagte Felícito. »Ich rufe vom Büro aus an, noch heute Nachmittag. Sehr gern, Armida.«

Als er dann, nachdem er erneut unter Rempeleien die Mauer der Journalisten durchbrochen hatte, über die Calle Arequipa zu seinem Büro ging, sagte sich Felícito Yanaqué, dass Armidas Erzählung nach einem dieser Abenteuerfilme klang, die er, wenn er mal ins Kino ging, so gerne sah. Mit dem wirklichen Leben hatten all diese schauerlichen Dinge nichts zu tun. Ja, sowohl Armidas Geschichte wie auch seine eigene, seit dem ersten Brief mit der kleinen Spinne, waren letztlich nichts anderes als irgendwelche Filme mit viel Action.

Bei Transportes Narihualá zog er sich in eine ruhige Ecke zurück, wo er telefonieren konnte, ohne dass Josefita ihn hörte. Gleich antwortete eine Männerstimme, die erst einmal verstummte, als er nach Señor Don Rigoberto fragte. »Wer möchte ihn denn sprechen?«, fragte die Stimme.

»Eine Freundin«, sagte Felícito.

»Ja, am Apparat. Welche Freundin?«

»Eine Freundin von Ihnen, ihren Namen möchte sie nicht nennen, aus Gründen, die Sie verstehen werden«, antwortete Felícito. »Ich nehme an, Sie wissen, um wen es sich handelt.«

»Ja, ich denke schon«, und nach einem Räuspern: »Geht es ihr gut?«

»Ja, sehr gut, sie lässt Sie grüßen. Sie würde gerne mit Ihnen sprechen. Persönlich, wenn das möglich ist.«

»Aber selbstverständlich«, sagte der Herr sogleich. »Sehr gerne. Wie sollen wir es machen?«

»Könnten Sie in den Heimatort Ihrer Freundin kommen?«

Es folgte eine lange Stille, nur ein erneutes umständliches Räuspern war zu hören.

»Könnte ich, wenn es nicht anders geht«, sagte er schließlich. »Und wann wäre das?«

»Wann Sie möchten«, antwortete Felícito. »Je eher, desto besser, klar.«

»Verstehe. Ich kümmere mich sofort um die Tickets. Noch heute.«

»Ich reserviere Ihnen ein Hotelzimmer«, sagte Felícito. »Könnten Sie mich auf mein Handy anrufen, sobald der Reisetermin feststeht? Nur ich benutze es.«

»Gut, so machen wir es«, verabschiedete sich Señor Don Rigoberto. »Es war mir eine Freude, bis bald, mein Herr.«

Den ganzen Nachmittag arbeitete Felícito Yanaqué in seinem Büro. Immer wieder kam ihm Armidas Geschichte in den Sinn, und er fragte sich, was daran wohl stimmte und was übertrieben war. Konnte es sein, dass ein reicher Mann, Inhaber einer großen Firma, tatsächlich sein Dienstmädchen heiratete? Es wollte ihm nicht in den Kopf. Aber war das so viel unwahrscheinlicher, als dass ein Sohn seinem Vater die Geliebte ausspannte und alle beide ihn erpressten, um ihn auszunehmen? Die Habgier vernebelte den Menschen die Sinne, das war bekannt. Als es schon dunkel wurde, erschien Dr. Hildebrando Castro Pozo im Büro, mit einem dicken Stoß Unterlagen in einer limonengrünen Mappe.

»Wie Sie sehen, habe ich nicht lange gebraucht, Don Felícito«, sagte er und reichte sie ihm. »Das sind die zu unterschreibenden Dokumente, ich habe jeweils ein Kreuzchen gemacht. Wenn er nicht ganz dumm ist, wird er es erfreut tun.«

Felícito sah sie sorgfältig durch, stellte ein paar Fragen, die der Anwalt beantwortete, und war zufrieden. Er hatte eine gute Entscheidung getroffen, sagte er sich, und auch wenn dies nicht alle seine Probleme löste, fiele zumindest eine große Last von ihm ab. Und die Ungewissheit, die ihn seit so vielen Jahren bedrückte, verflöge für immer.

Als er das Büro verließ, machte er, statt direkt nach Hause zu gehen, einen Umweg über das Revier an der Avenida Sánchez Cerro. Hauptmann Silva war nicht da, aber Sergeant Lituma empfing ihn. Der war ein wenig überrascht von seinem Anliegen.

»Ich möchte so bald wie möglich mit Miguel sprechen«, sagte Felícito Yanaqué noch einmal. »Es ist mir egal, ob Sie oder Hauptmann Silva bei dem Gespräch dabei sind.«

»Na schön, Don Felícito, das wird, denke ich, kein Problem sein«, sagte der Sergeant. »Gleich morgen früh spreche ich mit dem Hauptmann.«

»Danke«, verabschiedete sich Felícito. »Grüßen Sie Hauptmann Silva von mir und sagen Sie ihm, auch meine Sekretärin lässt ihn herzlich grüßen, die Señora Josefita.«

XVIII

Don Rigoberto, Doña Lucrecia und Fonchito kamen mit dem Flug der LAN Perú am Vormittag in Piura an, und ein Taxi brachte sie zum Hotel Los Portales an der Plaza de Armas. Die Zimmer, die Felícito Yanaqué für sie gebucht hatte, ein Doppel- und ein Einzelzimmer, nebeneinander gelegen, entsprachen ganz ihren Wünschen. Sogleich machten die drei einen Spaziergang. Sie drehten eine Runde um den Platz mit seinen schattenspendenden hohen Tamarinden und hier und da einem Flamboyant, an dem die Blüten knallrot explodierten.

Es war nicht sehr heiß. Sie blieben einen Augenblick stehen, um das Denkmal in der Mitte zu betrachten, die Pola, eine vielerfahrene Marmordame, welche die Freiheit darstellte, ein Geschenk des Präsidenten José Balta von 1870, und warfen einen Blick in die nichtssagende Kathedrale. Dann setzten sie sich ins El Chalán, um eine Erfrischung zu sich zu nehmen. Rigoberto und Lucrecia behielten die Umgebung im Blick, die unbekannten Leute, neugierig und etwas skeptisch. Käme es wirklich zu dem geplanten Geheimgespräch mit Armida? Sie wünschten es sich sehnlich, aber bei dem ganzen Getue um ihre Reise fiel es ihnen schwer, das alles ernst zu nehmen. Manchmal kam es ihnen vor, als spielten sie wie alte Leute irgendein Spiel, um sich jung zu fühlen.

»Nein, ein Scherz kann es nicht sein, ein Hinterhalt auch nicht«, sagte ein weiteres Mal Rigoberto in dem Versuch, sich selbst zu überzeugen. »Der Herr, mit dem ich am Telefon gesprochen habe, hat, wie gesagt, einen glaubwürdigen Eindruck gemacht. Ein Mann aus einfachen Verhältnissen, ohne Zweifel, aus der Provinz, etwas schüchtern, aber er meint es gut. Ein anständiger Mensch, da bin ich sicher. Ich habe nicht den geringsten Zweifel, dass er im Namen von Armida sprach.«

»Hast du nicht das Gefühl, das Ganze ist etwas unwirklich?«, meinte Lucrecia mit einem nervösen Kichern. In der Hand hielt sie, unablässig wedelnd, einen Perlmuttfächer. »Ich kann kaum glauben, was wir alles erleben, Rigoberto. Dass wir nach Piura fliegen und den Leuten erzählen, wir brauchten Erholung. Wer glaubt schon so was!«

Fonchito schien sie nicht zu hören. Er schlürfte sein Lúcuma-Sorbet, starrte auf irgendeine Stelle des Tisches, völlig gleichgültig gegenüber dem, was sein Vater und seine Stiefmutter sagten, wie gepackt von einer Unruhe in seinem Innersten. So ging das seit seiner letzten Begegnung mit Edilberto Torres, was auch der Grund war, weshalb Rigoberto beschloss, ihn mit nach Piura zu nehmen, selbst wenn er dafür ein paar Tage in der Schule fehlte.

»Edilberto Torres?« Er fuhr von seinem Stuhl am Schreibtisch auf. »Der schon wieder? Und hat von der Bibel gesprochen?«

»Ich bin's, Fonchito«, sagte Edilberto Torres. »Sag nicht, du hast mich vergessen. So unhöflich bist du doch nicht.«

»Ich habe eben gebeichtet und spreche die Gebete, die der Pater mir aufgegeben hat«, stammelte Fonchito, überrascht mehr als erschrocken. »Ich kann jetzt nicht mit Ihnen sprechen, Señor, tut mir leid.«

»In der Fatimakirche?«, fragte Rigoberto noch einmal ungläubig, und als hätte ihn der Veitstanz gepackt, schüttelte er sich und ließ das Buch über die Kunst des Tantra, das er gerade las, zu Boden fallen. »Er war dort? In der Kirche?«

»Ich verstehe dich und bitte um Entschuldigung.« Edilberto Torres sprach leiser, und mit dem Finger auf den Altar deutend: »Bete nur, bete, Fonchito, das tut gut. Wir sprechen später. Ich werde auch beten.«

»Ja, in der Fatimakirche«, sagte Fonchito, blass und etwas verlorenen Blicks. »Meine Freunde von der Bibelgruppe und ich sind dort hingegangen, um zu beichten. Sie waren schon fort, ich war der Letzte im Beichtstuhl. Es waren nicht mehr viele Leute in der Kirche. Und auf einmal habe ich gemerkt, dass er schon wer weiß wie lange dort saß. Ja, Papa, direkt neben mir. Ich habe mich vielleicht erschreckt. Ich weiß, du glaubst mir nicht, du sagst bestimmt, ich hätte diese Begegnung wieder erfunden. Und er hat von der Bibel gesprochen, ja.«

»Wie auch immer«, sagte Rigoberto beschwichtigend. »Lass uns lieber zum Hotel zurückgehen. Wir essen dort zu Mittag. Der Herr Yanaqué sagte, er würde sich irgendwann am Nachmittag mit mir in Verbindung setzen. Wenn er denn so heißt. Ein wirklich seltsamer Name, klingt wie der Künstlername von so einem Rocksänger mit Tätowierungen, nicht?«

»Für mich klingt es eher nach einem Namen hier aus Piura«, meinte Lucrecia. »Vielleicht ein Nachfahre der Tallanes.«

Er zahlte, und die drei verließen das Café. Als sie über den Platz gingen, musste Rigoberto sich der Schuhputzer und Losverkäufer erwehren, die ihm ihre Dienste anboten. Jetzt allerdings wurde es immer heißer. Am wolkenlosen Himmel stand eine weiße Sonne, und alles ringsum, die Bäume, Bänke und Steinplatten, die Leute, Hunde und Autos schienen zu glühen.

»Tut mir leid, Papa«, flüsterte Fonchito bedrückt. »Ich weiß, für dich ist das keine gute Nachricht, noch dazu jetzt, wo für dich alles so schwierig ist mit dem Tod von Herrn Carrera und dem Verschwinden von Armida. Es ist doof von mir, dass ich dir das antue, ich weiß. Aber du hast mich gebeten, dir alles zu erzählen, dir die Wahrheit zu sagen. Das wolltest du doch, oder, Papa?«

»Ich hatte Geldprobleme, wie alle in diesen Zeiten, und gesundheitlich ging es mir nicht gut«, sagte Edilberto Torres mit matter Stimme. »In letzter Zeit bin ich kaum vor die Tür gegangen. Das ist der Grund, warum du mich so viele Wochen nicht gesehen hast, Fonchito.«

»Sind Sie in die Kirche gekommen, weil Sie wussten, dass ich und meine Freunde von der Bibelgruppe hier sind?»

»Nein, sondern um nachzudenken, um zur Ruhe zu kommen, um die Dinge gelassen und mit Abstand zu sehen«, erklärte er, aber er schien alles andere als gelassen, er zitterte, war aufgewühlt. »Ich tue das oft. Ich kenne die Hälfte der Kirchen in Lima, vielleicht mehr. Die Atmosphäre von Andacht, Stille und Gebet tut mir gut. Ich mag sogar die Betschwestern, den Geruch von Weihrauch und den Muff in den kleinen Kapellen. Wahrscheinlich bin ich ein altmodischer Mensch, das kann man wohl sagen. Ich bete auch und lese die Bibel, Fonchito, sosehr es dich wundern mag. Ein weiterer Beweis dafür, dass ich nicht der Teufel bin, wie dein Vater glaubt.«

»Es wird ihm wehtun, wenn er erfährt, dass ich Sie gesehen habe«, sagte der Junge. »Er denkt, es gibt Sie nicht, ich hätte Sie erfunden. Und meine Stiefmutter auch. Das glauben sie wirklich. Deshalb war mein Vater auch so froh, als er hörte, Sie könnten ihm bei seinen Problemen mit dem Gericht helfen. Er wollte Sie sehen, sich mit Ihnen treffen. Aber dann sind Sie ja verschwunden.«

»Dafür ist es nie zu spät«, sagte Edilberto Torres. »Sehr gerne will ich mich mit Rigoberto treffen und ihm alle Bedenken zu meiner Person nehmen. Ich wäre gern auch sein Freund. Wir sind etwa gleich alt, schätze ich. Um ehrlich zu sein, ich habe keine Freunde, nur Bekannte. Ich bin sicher, wir beide würden uns gut verstehen.«

»Für mich den Seco de Chabelo«, bestellte Don Rigoberto beim Kellner. »Ein typisches Gericht aus Piura, nicht wahr?«

Doña Lucrecia bestellte den Seebarsch vom Grill mit gemischtem Salat und Fonchito nur ein Ceviche. Der Speisesaal des Hotels Los Portales war fast menschenleer, ein paar gemächliche Ventilatoren kühlten die Luft. Alle drei tranken Limonade mit viel Eis.

»Ich würde dir gerne glauben, ich weiß ja, dass du mich nicht anlügst, dass du ein redlicher Junge bist, mit dem Herzen auf dem rechten Fleck«, sagte Rigoberto, und in seiner Miene lag Verdruss. »Aber dieser Mensch ist für mich und Lucrecia zu einer echten Last geworden. So wie es aussieht, werden wir ihn nie wieder los, er verfolgt uns noch bis ins Grab. Was wollte er diesmal?«

»Dass wir uns über Tiefsinniges unterhalten, ein Gespräch unter Freunden«, erklärte Edilberto Torres. »Über Gott, das Leben nach dem Tod, die geistige Welt, Transzendenz. Da du die Bibel liest, weiß ich, dass du dich für solche Dinge interessierst, Fonchito. Und ich weiß auch, dass du etwas enttäuscht bist von deiner Lektüre des Alten Testaments. Dass du etwas anderes erwartet hast.«

»Woher wollen Sie das wissen, Señor?«

»Ein Vögelchen hat es mir gezwitschert.« Edilberto Torres lächelte, aber in seinem Lächeln war keine Freude, nur diese verborgene Unruhe. «Gib nichts auf mich, ich scherze nur. Ich wollte dir nur sagen, dass es am Anfang allen so geht, wenn sie das Alte Testament lesen. Lies weiter, verlier nicht den Mut. Du wirst sehen, dein Eindruck wird sich bald ändern.«

»Woher wusste er, dass du enttäuscht bist von deiner Bibellektüre?« Wieder fuhr Rigoberto von seinem Schreibtisch auf. »Stimmt das, Fonchito? Bist du enttäuscht?«

»Ich weiß nicht, ob enttäuscht«, sagte Fonchito ein wenig verlegen. »Alles ist so voller Gewalt. Angefangen bei Gott, bei Jahwe. Ich hatte ihn mir nicht so grausam vorgestellt. Nie hätte ich gedacht, dass er dauernd irgendwen verflucht, dass er die Ehebrecherinnen steinigen lässt, dass er befiehlt, diejenigen zu töten, die gegen die Riten verstoßen. Dass er den Feinden der Hebräer die Vorhaut abschneiden lässt. Ich wusste nicht mal, was das genau ist. Bis ich die Bibel gelesen habe, Papa.«

»Es waren nun mal barbarische Zeiten, Fonchito«, sagte Edilberto Torres. Er sprach mit vielen Pausen und immer bekümmerter Miene. »All das ist vor Tausenden von Jahren geschehen, zu Zeiten des Götzendienstes und des Kannibalismus. Eine Welt, in der allenthalben die Tyrannei herrschte, der Fanatismus. Außerdem darf man nicht wörtlich nehmen, was in der Bibel steht. Vieles davon ist symbolisch, poetisch, überzogen. Sobald der furchtbare Jahwe verschwindet und Jesus Christus erscheint, wird Gott sanft, mitleidig und barmherzig, wirst schon sehen. Aber dafür musst du bis zum Neuen Testament kommen. Geduld und dranbleiben, Fonchito.«

»Er hat mir noch einmal gesagt, dass er dich sehen möchte, Papa. Egal wann und wo. Er würde sich freuen, wenn ihr befreundet wärt, weil ihr gleich alt seid.«

»Das Liedchen habe ich doch schon mal gehört. Als dir dieses Gespenst zuletzt im Sammeltaxi erschienen ist«, spöttelte Rigoberto. »Wollte er mir nicht bei meinen Problemen helfen? Und was war? Weg ist er! Diesmal wird es dasselbe sein. Ehrlich gesagt, ich verstehe dich nicht, Junge. Magst du nun die Bibellektüre mit deinen Freunden oder magst du sie nicht?«

»Ich weiß nicht, ob wir es richtig machen«, wich der Junge aus. »Manchmal gefällt es uns ziemlich gut, aber andere Male ist es reichlich verworren mit all den Völkern, mit denen die Juden sich in der Wüste schlagen. Kein Mensch kann sich diese ganzen exotischen Namen merken. Am meisten interessieren uns die Geschichten, die erzählt werden. Die scheinen nichts mit Religion zu tun haben, sie sind mehr wie Abenteuer aus Tausendundeiner Nacht. Schecke Sheridan, einer meiner Freunde, sagte neulich, diese Art, die Bibel zu lesen, wäre nicht gut, davon hätten wir nichts. Es wäre besser, wir hätten einen Lehrer. Einen Priester zum Beispiel. Was denken Sie, Señor?«

»Ziemlich gut«, sagte Rigoberto, nachdem er einen Bissen von seinem Eintopf gekostet hatte. »Wirklich lecker, die gebratenen Bananenscheiben. Aber ich fürchte, es wird uns schwer im Magen liegen bei der Hitze.«

Nach dem Hauptgericht bestellten sie ein Eis und wollten gerade einen ersten Löffel nehmen, als sie sahen, wie eine Frau ins Restaurant trat. Von der Tür aus warf sie einen suchenden Blick durch den Raum. Sie war nicht mehr jung, aber sie hatte etwas Frisches, Blühendes, einen Schuss Jugendlichkeit noch in ihrem fröhlichen Pummelgesicht, den hervorstehenden Augen und diesem Mund mit den stark geschminkten, vollen Lippen. Anmutig klimperte sie mit ihren falschen Wimpern, die modischen runden Ohrringe hüpften, das weiße Kleid mit Blümchenmuster saß hauteng, und ihre üppigen Hüften hinderten sie nicht daran, sich geschmeidig zu bewegen. Nachdem ihr Blick über die wenigen besetzten Tische geflogen war, ging sie entschlossen auf jenen zu, an dem die drei saßen. »Señor Rigoberto, nicht wahr?«, sagte sie lächelnd. Sie gab allen die Hand und setzte sich auf den freien Stuhl.

»Ich bin Josefita, die Sekretärin von Señor Felícito Yanaqué«, stellte sie sich vor. »Willkommen in der Heimat des Tonderos und des *che guá*. Sind Sie zum ersten Mal in Piura?«

Sie sprach nicht nur mit dem Mund, sondern auch mit ihren schielenden grünen Augen, und die ganze Zeit wedelte sie mit den Händen.

»Zum ersten Mal, aber sicher nicht zum letzten«, sagte Don Rigoberto freundlich. »Der Herr Yanaqué konnte nicht kommen?«

»Er wollte lieber nicht, denn, Sie wissen ja sicher davon, Don Felícito kann in Piura keinen Schritt tun, ohne dass ihm ein Schwarm Journalisten folgt.«

»Journalisten?« Rigoberto blickte erschrocken. »Darf man fragen, warum, Señora Josefita?«

»Señorita, bitte«, korrigierte sie ihn, und leicht errötend: »Auch wenn ich jetzt einen Verehrer habe. Er ist Hauptmann der Guardia Civil.«

»Bitte vielmals um Entschuldigung, Señorita Josefita.« Rigoberto machte eine Verbeugung. »Aber könnten Sie mir erklären, warum die Journalisten den Herrn Yanaqué verfolgen?«

Josefita lächelte nicht mehr. Sie blickte überrascht, ein wenig mitleidig auch. Fonchito kam aus seiner Lethargie gekrochen und schien ebenfalls an den Lippen des neuen Gastes zu hängen.

»Wissen Sie denn nicht, dass Don Felícito Yanaqué gerade berühmter ist als der Präsident der Republik?«, rief sie verdutzt, ihre Zungenspitze in der Schwebe. »Seit Tagen kommt er im Radio, in der Zeitung und im Fernsehen. Aber leider aus dem falschen Grund.«

Während sie sprach, machten Don Rigoberto und seine Frau solch verwunderte Gesichter, dass Josefita nichts anderes übrig blieb, als ihnen zu erklären, warum der Inhaber von Transportes Narihualá aus der Anonymität herausgetreten und in aller Munde war. Offensichtlich hatten diese Leute aus Lima von der Geschichte mit der Spinne und dem ganzen Wirbel danach nichts mitbekommen.

»Eine großartige Idee, Fonchito«, sagte Edilberto Torres. »Um unbeschwert über die Wellen dieses Meeres zu gleiten, das die Bibel ist, braucht es einen kundigen Seefahrer. Es könnte ein Geistlicher sein wie Pater O'Donovan, sicher. Aber auch ein Laie, einer, der viele Jahre darauf verwendet hat, das Alte und das Neue Testament zu studieren. Ich zum Beispiel. Du magst mich für einen Angeber halten, aber ich habe tatsächlich einen großen Teil meines Lebens damit verbracht, das heilige Buch zu studieren. Du glaubst mir nicht, das sehe ich an deinen Augen.«

»Jetzt gibt sich dieser Pädophile schon als Theologe und Bibelkundler aus«, rief Rigoberto. »Du kannst dir nicht vorstellen, wie gerne ich ihn mir vorknöpfen würde, Fonchito. Demnächst sagt er noch, er sei selber Pfarrer.«

»Das hat er schon, Papa«, unterbrach ihn Fonchito. »Genauer gesagt, kein Pfarrer. Er ist aus dem Priesterseminar ausgetreten, bevor er ordiniert wurde. Er konnte es nicht ertragen, keusch zu bleiben, sagt er.«

»Ich sollte mit dir nicht über solche Dinge reden, dafür bist du noch zu jung«, fügte Edilberto Torres hinzu, wobei er ein wenig blass wurde und ihm die Stimme zitterte. »Aber so war es gewesen. Ich habe mich die ganze Zeit selbst befriedigt, oft mehrmals am Tag. Das beschämt und verwirrt mich noch heute, denn ich war wirklich berufen, Gott zu dienen. Schon als ich ein Junge war, so wie du. Nur dass ich nicht den Sex bezwingen konnte, diesen verfluchten Dämon. Irgendwann glaubte ich verrückt zu werden von den Versuchungen, die mich Tag und Nacht bedrängten. Und dann, mir blieb nichts anderes übrig, musste ich das Seminar verlassen.«

»Davon hat er dir erzählt?« Rigoberto war empört. »Von Selbstbefriedigung, vom Wichsen?«

»Haben Sie dann geheiratet, Señor?«, fragte der Junge schüchtern.

»Nein, nicht, ich bin noch Junggeselle.« Er lachte etwas gezwungen. »Um Sex auszuleben, muss man nicht unbedingt heiraten, Fonchito.«

»Für die katholische Kirche schon«, sagte der Junge.

»Gewiss, der Katholizismus ist unnachgiebig und sittenstreng, wenn es um Sex geht«, erklärte er. »Andere Religionen sind toleranter. Aber davon abgesehen, selbst Rom modernisiert sich in diesen freizügigen Zeiten, auch wenn es sie Überwindung kostet.«

»Ja, genau, jetzt fällt es mir wieder ein«, unterbrach Lucrecia die Señorita Josefita. »Natürlich, ich habe es irgendwo gelesen oder im Fernsehen gesehen. Ist der Herr Yanaqué dieser Mann, den sein Sohn und seine Geliebte entführen wollten, um ihm sein ganzes Geld abzunehmen?«

»Also wirklich, ist denn das zu fassen.« Rigoberto konnte nicht glauben, was er da hörte. »Das heißt, wir kommen her und landen mitten in der Höhle des Löwen. Wenn ich recht verstehe, sind das Büro und das Haus Ihres Chefs Tag und Nacht von Journalisten umstellt. Ist das so?«

»Nachts nicht.« Mit einem breiten Lächeln versuchte Josefita diesem Herrn mit den großen Ohren Mut zuzusprechen, der nicht nur bleich geworden war, sondern auch noch das Gesicht verzog, als wollte er Grimassen schneiden. »Am Anfang ja, die ersten Tage waren unerträglich. Rund um die Uhr haben die Journalisten sein Haus und sein Büro belagert. Aber mittlerweile sind sie es leid. Jetzt gehen sie abends nach Hause oder sich betrinken, hier sind nämlich alle Journalisten Bohemiens und Romantiker. Der Plan von Herrn Yanaqué wird funktionieren, keine Sorge.«

»Und wie sieht dieser Plan aus?«, fragte Rigoberto und schob das kaum angerührte Eis beiseite, in der Hand noch das Glas Limonade, das er in einem Zug ausgetrunken hatte.

Er war sehr einfach. Am Besten sollten sie im Hotel bleiben, allenfalls ins Kino gehen, es gab jetzt mehrere, sehr moderne, in den neuen Shopping-Malls, sie empfahl ihnen das Open Plaza in Castilla, gar nicht weit, gleich hinter der Brücke an der

Andrés Avelino Cáceres. Es wäre nicht gut, wenn sie sich in der Stadt sehen ließen. Am Abend dann, sobald sich die Journalisten aus der Calle Arequipa zurückgezogen hätten, würde Josefita persönlich sie abholen und zum Haus des Herrn Yanaqué bringen. Es war ganz in der Nähe, nur ein paar Straßen entfernt.

»So ein Pech, die arme Armida«, jammerte Lucrecia, kaum dass Josefita sich verabschiedet hatte. »Da ist sie in eine noch schlimmere Falle gegangen als die, aus der sie entkommen wollte. Ich kann mir nicht erklären, wieso weder die Journaille noch die Polizei sie bisher erwischt hat.«

»Ich möchte dich nicht schockieren mit meinen Vertraulichkeiten, Fonchito«, sagte Edilberto Torres zerknirscht und senkte den Blick und die Stimme. »Aber gepeinigt von diesem verfluchten Sexdämon habe ich Bordelle besucht und für Prostituierte bezahlt. Schrecklich, ich habe mich vor mir selbst geekelt. Hoffentlich erliegst du nie solchen primitiven Versuchungen.«

»Ich weiß genau, was dieser Triebmensch mit dir vorhatte, als er von der Selbstbefleckung und den Nutten sprach.« Rigoberto verschluckte sich fast, räusperte sich. »Du hättest sofort verschwinden und nicht auf ihn eingehen sollen. Hast du nicht gemerkt, dass seine angeblichen Vertraulichkeiten nur ein Trick sind, damit du ihm auf den Leim gehst, Fonchito?«

»Du irrst dich, Papa«, sagte der Junge. »Der Herr Torres war aufrichtig, glaub mir, er hatte keine Hintergedanken. Er sah traurig aus, halb tot vor Kummer, weil er solche Sachen gemacht hat. Auf einmal wurden seine Augen ganz rot, ihm versagte die Stimme und er musste wieder weinen. Es konnte einem das Herz brechen.«

»Zum Glück habe ich mir etwas Gutes zum Lesen mitgenommen«, bemerkte Rigoberto. »Bis zum Abend sitzen wir uns hier noch den Hintern platt. Ich nehme an, bei der Hitze wollt ihr nicht ins Kino.«

»Warum nicht, Papa?«, rief Fonchito. »Josefita sagte, die Kinos seien ganz modern, mit Klimaanlage.«

»Dann sähen wir ein wenig den Fortschritt«, meinte auch Lucrecia. »Heißt es nicht, Piura sei eine der Städte in Peru, die sich am schnellsten entwickeln? Machen wir einen kleinen Bummel durch dieses Einkaufszentrum, vielleicht läuft ein guter Film. In Lima gehen wir nie als Familie ins Kino. Gib dir einen Ruck, Rigoberto.«

»Ich schäme mich so sehr für alle diese schmutzigen Sachen, dass ich mir selbst eine Buße auferlege. Und um mich zu bestrafen, peitsche ich mich manchmal, bis das Blut kommt, Fonchito«, gestand mit herzzerreißender Stimme und geröteten Augen Edilberto Torres.

»Und, hat er dich gebeten, dass du ihn auspeitschst?« Rigoberto platzte der Kragen. »Himmel und Erde werde ich in Bewegung setzen, um diesen Perversen zu finden, und dann kann er was erleben, das verspreche ich dir. Er geht ins Gefängnis, oder ich jage ihm eine Kugel in den Kopf, falls er versucht, dir etwas anzutun. Wenn er noch mal auftaucht, sag ihm das von mir.«

»Und dann überkam ihn das heulende Elend, und er konnte nicht mehr sprechen, Papa«, sagte Fonchito wie zur Beruhigung. »Es ist nicht, was du denkst, das schwöre ich. Denn während er noch weinte, stand er plötzlich auf und rannte aus der Kirche, ohne sich auch nur zu verabschieden. Er sah verzweifelt aus, wie jemand, der sich umbringen will. Er ist kein Perverser, sondern ein Mensch, der leidet. Man hat mehr Mitleid als Angst, wirklich.«

Ein nervöses Klopfen an der Tür des Arbeitszimmers unterbrach sie. Einer der Flügel ging auf, und herein schaute das besorgte Gesicht von Justiniana.

»Was glaubst du, warum ich die Tür geschlossen habe?«, stoppte sie Rigoberto, eine warnende Hand in der Luft. »Siehst du nicht, dass Fonchito und ich beschäftigt sind?«

»Aber sie sind da, Señor«, sagte das Dienstmädchen. »Sie stehen in der Tür, und obwohl ich ihnen gesagt habe, dass Sie beschäftigt sind, wollen sie herein.«

»Sie?«, erschrak Rigoberto. »Die Zwillinge?«

»Ich wusste nicht, was ich noch tun konnte«, sagte Justiniana ganz leise und fuchtelte mit den Händen. »Sie bitten vielmals um Entschuldigung. Sie sagen, es ist sehr dringend, nur für ein paar Minuten. Was soll ich ihnen sagen, Señor?«

»Schon gut, führ sie ins Wohnzimmer.« Rigoberto gab sich geschlagen. »Und du und Lucrecia, ihr passt auf, falls etwas passiert und wir die Polizei rufen müssen.«

Als Justiniana gegangen war, nahm er Fonchito bei den Armen und schaute ihm lange in die Augen. Er sah ihn liebevoll an, doch aus seinen stockenden Worten sprach auch Beklommenheit:

»Foncho, Fonchito, mein lieber Junge, ich bitte dich, ich flehe dich an. Um alles in der Welt, sag mir, dass das, was du mir erzählt hast, nicht wahr ist. Dass du es erfunden hast. Dass es nicht geschehen ist. Sag mir, dass es Edilberto Torres nicht gibt, und du machst mich zum glücklichsten Menschen auf Erden.«

Er sah, wie das Gesicht des Jungen einfiel, wie er sich auf die Lippen biss, bis sie violett anliefen.

»Okay, Papa«, hörte er ihn sagen, in einem Tonfall, der nicht mehr der eines Fünfzehnjährigen war, sondern eines Erwachsenen. »Edilberto Torres gibt es nicht. Ich habe ihn erfunden. Ich werde dir nie wieder von ihm erzählen. Kann ich jetzt gehen?«

Rigoberto nickte. Als er sah, wie Fonchito sein Arbeitszimmer verließ, merkte er, dass seine Hände zitterten. Das Herz war ihm gefroren. Er liebte seinen Sohn sehr, aber sosehr er sich bemühte, er würde ihn nie verstehen, für ihn blieb er ein unergründliches Rätsel. Bevor er den Hyänen entgegentrat, ging er ins Bad und netzte sich das Gesicht. Nie würde er herausfinden aus diesem Labyrinth mit seinen immer neuen Gängen, Ebenen, Windungen und Schleifen. War dies das Leben? Ein Labyrinth, das einen, egal was man machte, unausweichlich in die Fänge des Minotaurus trieb?

Im Wohnzimmer standen Ismael Carreras Söhne und warteten. Beide trugen Anzug und Krawatte, wie üblich. Doch sie schienen nicht auf dem Kriegspfad zu sein. Ob diese Haltung, die von Opfern und Geschlagenen, ehrlich war oder nur eine neue Taktik? Was führten sie im Schilde? Beide grüßten ihn bewegt, klopften ihm auf die Schulter und bemühten sich um zerknirschte Mienen. Schlaks entschuldigte sich als Erster:

»Ich habe mich danebenbenommen, als wir uns das letzte Mal gesehen haben, Onkel«, sagte er mit betrübter Stimme und rieb sich die Hände. »Ich habe die Geduld verloren, habe Dummheiten gesagt, dich beleidigt. Ich war erschüttert, halb verrückt. Bitte verzeih mir. Ich lebe wie umnebelt, schlafe seit Wochen nicht, nehme Tabletten für die Nerven. Mein Leben ist eine Katastrophe geworden, Onkel Rigoberto. Ich schwöre dir, wir werden nie wieder respektlos zu dir sein.«

»Wir alle sind wie umnebelt, kein Wunder«, sagte Don Rigoberto. »Was zurzeit passiert, bringt uns um den Verstand. Ich trage es euch nicht nach. Setzt euch und wir unterhalten uns. Was verschafft mir die Ehre?«

»Wir können nicht mehr, Onkel«, kam Miki gleich auf den Punkt. Er hatte immer den Eindruck des Ernsthafteren und Vernünftigeren der beiden erweckt, zumindest wenn es ans Sprechen ging. »Das Leben ist für uns unerträglich geworden. Ich nehme an, du weißt es. Die Polizei denkt, wir hätten Armida entführt oder getötet. Sie haben uns verhört, stellen die unglaublichsten Fragen, Tag und Nacht folgen uns Spitzel. Sie wollen Schmiergeld, und wenn wir ihnen nichts geben, kommen sie einfach herein und durchsuchen unsere Wohnungen. Als wären wir gewöhnliche Kriminelle, nicht zu fassen.«

»Und die Zeitungen, das Fernsehen, Onkel!«, rief Schlaks. »Hast du gesehen, wie sie uns mit Dreck bewerfen? Jeden Tag und jeden Abend, auf allen Kanälen. Wir wären Vergewaltiger, Drogensüchtige, kein Wunder, dass wir verantwortlich wären für das Verschwinden dieser scheiß Chola. Das ist doch ungerecht, Onkel!«

»Wenn du Armida beleidigst, die jetzt, ob es dir passt oder nicht, deine Stiefmutter ist, ist das kein guter Anfang, Schlaks«, sagte Rigoberto streng.

»Du hast recht, tut mir leid, aber ich bin nicht ganz bei mir«, entschuldigte sich Schlaks; Miki hatte sich wieder seiner alten Manie hingegeben, an den Nägeln zu kauen, unaufhörlich, Finger für Finger, wie besessen. »Du weißt nicht, wie schrecklich es ist, die Zeitungen zu lesen, Radio zu hören, Fernsehen. Dass sie dich Tag und Nacht verleumden, dich ein verkommenes Subjekt nennen, einen Herumtreiber, einen Kokainsüchtigen und was weiß ich. Wo leben wir denn, Onkel!«

»Und es hilft nichts, sich zu beschweren oder sie zu verklagen, es heißt, die Pressefreiheit hätte Vorrang«, jammerte Miki. Er lächelte unvermittelt und wurde wieder ernst. »Egal, wir wissen ja, der Journalismus lebt von Skandalen. Am schlimmsten ist die Polizei. Ist das nicht ungeheuerlich, dass sie uns, nach allem, was unser Vater uns angetan hat, jetzt auch noch für das Verschwinden dieser Frau verantwortlich machen? Solange die Ermittlungen andauern, stehen wir unter Hausarrest und können nicht mal das Land verlassen, ausgerechnet jetzt, wo in Miami das Open beginnt.«

»Was ist das Open?«, fragte Rigoberto neugierig.

»Ein Tennisturnier, das Sony Ericsson Open. Wusstest du nicht, dass Miki ein Tennis-As ist, Onkel? Er hat schon einen Haufen Turniere gewonnen«, erklärte Schlaks. »Wir haben eine Belohnung ausgesetzt für jeden Hinweis, der zu Armidas Aufenthaltsort führt. Eine Belohnung, die wir, unter uns gesagt, gar nicht zahlen könnten. Wir haben einfach nichts, Onkel. So sieht es aus. Wir sind blank. Weder Miki noch mir bleibt ein einziger verdammter Sol. Nur Schulden. Und da wir nun Aussätzige sind, gibt es keine Bank, keinen Geldverleiher, keinen Freund, der für uns einen Centavo lockermachen will.«

»Wir haben nichts mehr, was wir verkaufen oder verpfänden könnten, Onkel Rigoberto«, sagte Miki. Seine Stimme zitterte so sehr, dass er mit großen Pausen sprechen musste und immerzu blinzelte. »Kein Geld, kein Kredit, und dann verdächtigt man uns auch noch einer Entführung oder eines Mordes. Deshalb sind wir zu dir gekommen.«

»Du bist unsere letzte Rettung.« Schlaks nahm seine Hand

und drückte sie fest, nickte immer wieder, Tränen in den Augen. »Lass uns nicht hängen, bitte, Onkel.«

Rigoberto konnte es nicht glauben. Die beiden Zwillinge hatten all ihren Hochmut und ihre Selbstsicherheit verloren, sie schienen wehrlos, verängstigt, flehten um sein Mitleid. Wie hatten die Dinge sich doch in kurzer Zeit verändert!

»Es tut mir sehr leid, was euch da passiert, meine Neffen«, sagte er, und zum ersten Mal nannte er sie ganz unironisch so. »Ich weiß, geteiltes Leid ist halbes Leid, aber denkt zumindest daran, dass die arme Armida wahrscheinlich noch viel schlimmer dran ist, meint ihr nicht? Umgebracht oder entführt, eine Tragödie. Und auch mir wurde, denke ich, manches Unrecht angetan. Zum Beispiel habt ihr mich der Mittäterschaft bei dem angeblichen Betrug bezichtigt, dem Ismael bei seiner Hochzeit mit Armida zum Opfer gefallen sein soll. Wisst ihr, wie oft man mich zur Polizei vorgeladen hat, zum Untersuchungsrichter? Wisst ihr, was mich die Anwälte kosten? Wisst ihr, dass ich vor Monaten die Europareise stornieren musste, die Lucrecia und ich schon bezahlt hatten? Noch immer komme ich nicht an meine Rente, weil ihr die Auszahlung verhindert habt. Also, wenn es ums Jammern geht, dazu haben wir alle drei Anlass.«

Sie saßen mit gesenktem Kopf da, schweigend, beschämt und verwirrt. Don Rigoberto hörte eine seltsame Melodie dort draußen, auf dem Malecón von Barranco. Wieder die pfeifende Flöte des alten Messerschleifers? Als hätten die beiden ihn herbeigerufen. Miki knabberte an seinen Fingernägeln, Schlaks schaukelte seinen linken Fuß, langsam, immer hin und her. Ja, das war die Melodie des Messerschleifers. Es freute ihn, sie zu hören.

»Wir haben dich angezeigt, weil wir verzweifelt waren, Onkel, Papas Heirat hat uns um den Verstand gebracht«, sagte Schlaks. »Ich schwöre dir, wir bedauern alle diese Unannehmlichkeiten. Das mit deinem Ruhestand wird jetzt sehr schnell gehen, nehme ich an. Wir haben ja auch mit der Gesellschaft nichts mehr zu tun. Papa hat sie an eine italienische Firma verkauft. Ohne uns auch nur darüber zu informieren.«

»Sobald du es sagst, ziehen wir die Anzeige zurück, Onkel«, fügte Miki hinzu. »Das ist genau eine der Sachen, die wir mit dir besprechen wollten.«

»Vielen Dank, aber das kommt ein wenig spät«, sagte Rigoberto. »Doktor Arnillas hat mir erklärt, dass nach Ismaels Tod das Verfahren, das ihr angestrengt habt, eingestellt wird, zumindest soweit es mich betrifft.«

»Hast du ein Glück, Onkel«, sagte Schlaks, womit er, dachte Rigoberto, eine noch größere Dummheit an den Tag legte, als man vernünftigerweise befürchten durfte. »Übrigens, dieser Schisser mit dem Clownskostüm, Doktor Arnillas, ist der übelste Verräter, den Peru je gesehen hat. Sein Leben lang hat er bei Papa an der Brust genuckelt, und jetzt ist er unser erklärter Feind. Mit Leib und Seele hat er sich an Armida verkauft und an diese italienischen Mafiosi, die Papas Gesellschaft für fast nix gekauft haben.«

»Wir sind hier, um die Dinge zu regeln, jetzt mach nicht alles noch schlimmer«, zischte Miki und wandte sich zerknirscht an Don Rigoberto. »Wir wollten dir zuhören, Onkel. Und auch wenn es uns immer noch wehtut, dass du Papa bei dieser Heirat geholfen hast, vertrauen wir dir. Hilf uns, gib uns einen Rat. Du hast ja gehört, in was für einem Schlamassel wir stecken. Was meinst du, was sollen wir tun? Du hast Erfahrung.«

»Das hätte ich ja nie erwartet«, rief Lucrecia. »Saga Falabella, Tottus, Passarella, Deja Vu und was sonst noch alles. Wer hätte das gedacht, genau wie in den besten Shopping-Malls der Hauptstadt.«

»Und sechs Kinos! Alle mit Klimaanlage«, jubilierte Fonchito. »Du kannst dich nicht beklagen, Papa.«

»Na schön«, Rigoberto gab es auf. »Dann wählt den Film, der am wenigsten schlecht ist, und gehen wir ins Kino.«

Da es noch früh am Nachmittag war und es draußen immer heißer wurde, waren fast kaum Menschen in den eleganten Anlagen des Open Plaza. Doch die klimatisierte Luft im Innern war ein Segen, und während Lucrecia sich ein paar Schaufenster ansah und Fonchito die Filme im Programm durchging, ließ

Rigoberto es sich nicht nehmen, seinen Blick über die gelben Sandflächen schweifen zu lassen, die den riesigen Campus der Universidad Nacional umgaben, die schütter belaubten Johannisbrotbäume, hingetupft zwischen diese goldenen Landzungen, wo er sich, auch wenn er sie nicht sah, die schnellen Eidechsen vorstellte, wie sie, auf der Suche nach Insekten, mit ihren dreieckigen Köpfchen und triefigen Augen um sich spähten. Und Armida, was für eine unglaubliche Geschichte! Da war sie, auf der Flucht vor dem Skandal, den Anwälten und ihren zornigen Stiefsöhnen, hier nach Piura gekommen, um sich in irgendjemandes Haus zu verstecken, und dann war der ebenfalls in einen Riesenskandal verwickelt und in aller Munde. Er konnte es kaum abwarten, Felícito Yanaqué kennenzulernen, Armida zu sehen und ihr von dem jüngsten Gespräch mit Miki und Schlaks zu erzählen.

In dem Moment kamen Lucrecia und Fonchito zu ihm. Sie hatten zwei Vorschläge: *Fluch der Karibik 2*, die Wahl seines Sohnes, und *Eine tödliche Leidenschaft*, die seiner Frau. Er votierte für die Piraten, denn wenn er es schaffte, ein Nickerchen zu halten, würden die ihn sicher schneller einlullen als das tränenreiche Melodram, das der andere Titel versprach. Wie viele Monate schon war er nicht mehr im Kino gewesen?

»Hinterher können wir noch in die Konditorei da vorne gehen«, sagte Fonchito. »So leckere Torten!«

Die Reise scheint ihm gutzutun, dachte Rigoberto. Schon lange hatte er seinen Sohn nicht mehr so tatkräftig, heiter und zufrieden gesehen. Mit den Erscheinungen des unseligen Edilberto Torres war Fonchito immer zurückhaltender geworden, melancholisch, wie weggetreten. Jetzt, in Piura, war er wieder der lustige, neugierige und begeisterte Junge von früher. Im Innern des nagelneuen Kinos waren nur eine Handvoll Zuschauer.

Don Rigoberto holte tief Luft, stieß sie aus und hob an:

»Einen einzigen Rat nur kann ich euch geben«, sprach er feierlich. »Macht euren Frieden mit Armida. Akzeptiert ihre Ehe mit Ismael, akzeptiert sie als eure Stiefmutter. Vergesst den Unsinn, die Ehe annullieren zu wollen. Handelt eine Abfindung aus. Macht euch nichts vor, nie werdet ihr Armida nehmen können, was sie geerbt hat. Euer Vater wusste, was er tat, und er hat alles bestens verschnürt. Wenn ihr euch auf den Gerichtsweg versteift, brecht ihr am Ende alle Brücken ab und bekommt keinen einzigen Centavo von ihr. Verhandelt in Freundschaft, vereinbart eine Summe, die, auch wenn sie nicht so hoch ist, wie ihr es gerne hättet, euch womöglich ein Auskommen sichert, ohne dass ihr arbeiten müsst, und ihr könnt euch vergnügen, Tennis spielen, für den Rest eures Lebens.«

»Und wenn die Entführer sie umgebracht haben, Onkel?« Schlaks machte ein so dramatisches Gesicht, dass Rigoberto zusammenzuckte. Ja, und wenn man sie umgebracht hatte? Was wäre dann mit dem Vermögen? Bliebe es in den Händen der Banker, Verwalter, Buchhalter und internationalen Kanzleien, die es jetzt nicht nur dem Zugriff dieser beiden abgebrannten Zwillinge entzogen, sondern der Steuereintreiber auf der ganzen Welt?

»Für dich ist es leicht zu sagen, dass wir auf die Frau zugehen sollen, die uns unseren Vater weggenommen hat, Onkel«, sagte Miki mehr bekümmert als wütend. »Und die außerdem alles bekommen hat, was die Familie hatte, selbst die Möbel, die Kleider und den Schmuck meiner Mutter. Wir haben unseren Vater geliebt. Es tut uns weh, dass er auf seine alten Tage Opfer einer so schäbigen Verschwörung geworden ist.«

Rigoberto sah ihm in die Augen, und Miki hielt dem Blick stand. Dieser kleine Lump, der Ismael seine letzten Jahre verbittert hatte und ihn und Lucrecia seit Monaten drangsalierte, dieser dreiste Kerl gönnte sich jetzt auch noch ein reines Gewissen.

»Es gab keine Verschwörung, Miki«, sagte er ruhig und versuchte sich seine Wut nicht anmerken zu lassen. »Dein Vater hat Armida geheiratet, weil er sie lieb hatte. Sie war gut zu ihm und hat ihn getröstet, als deine Mutter starb. Es war eine schwierige Zeit für Ismael, er hat sich sehr allein gefühlt.«

»Und wie sie ihn getröstet hat. Sie hat sich das arme Würstchen ins Bett geholt«, sagte Schlaks. Er schwieg, als Miki ihm mit energischer Hand bedeutete, die Klappe zu halten.

»Vor allem aber hat Ismael sie geheiratet, weil er schrecklich enttäuscht von euch beiden war«, fuhr Rigoberto fort, als fände seine Zunge die Wort von allein. »Ja, ich weiß genau, was ich sage, meine lieben Neffen. Ich weiß, wovon ich spreche. Und gleich wisst ihr es auch, wenn ihr mir zuhört und mich nicht weiter unterbrecht.«

Er hatte immer lauter gesprochen, und die Zwillinge sagten nichts mehr, blickten ihn aufmerksam an, überrascht von seinem ernsten Ton.

»Soll ich euch sagen, warum er so enttäuscht von euch war? Nicht weil ihr auf der faulen Haut gelegen oder einen draufgemacht und gesoffen habt oder gekifft und gekokst wie die Weltmeister. Nein, nicht, das konnte er verstehen, sogar verzeihen. Obwohl er sich von seinen Söhnen natürlich anderes gewünscht hätte.«

»Wir sind nicht hier, um uns von dir beleidigen zu lassen, Onkel«, sagte Miki und lief rot an.

»Er war so enttäuscht, weil er mitbekommen hat, wie ihr ungeduldig darauf wartetet, dass er starb, um ihn zu beerben. Woher ich das weiß? Er selbst hat es mir erzählt. Ich kann euch sagen, wo, an welchem Tag und um welche Uhrzeit. Wort für Wort.«

Und einige Minuten lang berichtete Rigoberto ihnen in aller Ruhe von dem Gespräch vor ein paar Monaten, im Verlauf jenes Mittagessens im La Rosa Náutica, als sein Chef und Freund ihm von seinem Entschluss erzählte, Armida zu heiraten, und ihn bat, sein Trauzeuge zu sein.

»Er hat gehört, wie ihr in der Klinik San Felipe die schäbigsten Dinge gesagt habt, an seinem Bett, auf dem er im Sterben lag«, kam Rigoberto zum Schluss. »Aber damit habt ihr die Hochzeit von Ismael und Armida nur beschleunigt, so unsensibel und grausam wart ihr. Oder, besser gesagt, so dumm. Hättet ihr eure Gefühle wenigstens für euch behalten und euren Vater in Ruhe sterben lassen, im Glauben, es würde seine Söhne schmerzen, und nicht seinen Tod gefeiert, wo er noch lebte und euch hörte. Ismael sagte, eben das, zu hören, wie ihr diese fürchterlichen Dinge sagtet, habe ihm die Kraft gegeben, weiterzuleben, zu kämpfen. Ihr hättet ihn ins Leben zurückgeholt, nicht die Ärzte. So, jetzt wisst ihr es. Das ist der Grund, warum euer Vater Armida geheiratet hat. Und auch, damit nicht ihr sein Vermögen erbt.«

»Wir haben nie gesagt, was du sagst, das wir gesagt hätten«, sprudelte es aus Schlaks heraus, und es klang wie ein Zungenbrecher. »Das muss Papa geträumt haben, die hatten ihm ja starke Medikamente gegeben, damit er aus dem Koma aufwacht. Wenn es überhaupt stimmt und du die ganze Geschichte nicht erfunden hast, um uns das Leben noch mehr zur Hölle zu machen.«

Er wollte noch etwas sagen, aber dann verbiss er es sich. Miki knabberte beharrlich weiter an seinen Fingernägeln. Seine Miene war bitter, er schien niedergeschlagen. Unter dem Blutandrang wurde sein Gesicht jetzt hochrot.

»Gut möglich, dass wir es gesagt haben und dass er es gehört hat«, fuhr Miki seinem Bruder in die Parade. »Wir haben es sogar oft gesagt, Onkel. Wir haben ihn nicht geliebt, weil auch er uns nie geliebt hat. Soweit ich mich erinnere, habe ich nie ein liebevolles Wort von ihm gehört. Nie hat er mit uns gespielt, ist nie, so wie die Väter unserer Freunde, mit uns ins Kino oder in den Zirkus gegangen. Ich glaube, er hat sich nicht mal hingesetzt, um mit uns zu reden, hat kaum je das Wort an uns gerichtet. Das Einzige, was er liebte, war seine Firma und seine Arbeit. Weißt du was? Es macht mir nichts aus, dass er von unserem Hass erfahren hat. Denn es war die reine Wahrheit.«

»Mensch, Miki, was redest du für einen Quatsch, du bist ja bloß sauer«, rief Schlaks. »Ich weiß nicht, wozu du uns das erzählt hast, Onkel.«

»Aus einem einfachen Grund, mein Neffe. Damit ihr euch ein für alle Mal diesen absurden Gedanken aus dem Kopf schlagt, euer Vater hätte Armida geheiratet, weil er gaga gewesen wäre, altersdement, weil man ihm einen Zaubertrank gegeben oder schwarze Magie mit ihm getrieben hätte. Er hat geheiratet, weil er erfuhr, dass ihr auf seinen baldigen Tod hofftet, um an sein Vermögen zu kommen und es zu verprassen. Das ist die reine, traurige Wahrheit.«

»Gehen wir lieber, Miki«, sagte Schlaks und stand auf. »Jetzt weißt du, warum ich gegen den Besuch war. Ich habe es dir gesagt, statt uns zu helfen, beleidigt er uns am Ende, genau wie beim letzten Mal. Gehen wir lieber, bevor mir noch der Kragen platzt und ich diesem verdammten Lügner eins in die Fresse gebe.«

»Also, mir jedenfalls hat der Film gefallen«, sagte Lucrecia. »Er ist zwar ziemlich albern, aber ich habe mich amüsiert.«

»Ja, und mehr als ein Abenteuerfilm ist es ein fantastischer«, stimmte Fonchito ein. »Für mich waren die Monster und die Totenköpfe das Beste. Sag nicht, dir hätte er nicht auch gefallen, Papa. Ich habe zu dir rübergesehen, du hast die ganze Zeit auf die Leinwand gestarrt.«

»Na ja, gelangweilt habe ich mich nicht«, musste Rigoberto zugeben. »Nehmen wir ein Taxi. Es wird schon dunkel, und der große Moment naht.«

Sie kehrten zurück zum Hotel, und Rigoberto duschte ausgiebig. Jetzt, wo die Begegnung mit Armida bevorstand, war ihm, als wäre alles tatsächlich so, wie Lucrecia gesagt hatte, unwirklich, ein amüsanter Aberwitz wie der Film, den sie eben gesehen hatten, ohne jede Verbindung zur gelebten Wirklichkeit. Doch plötzlich wurde ihm ganz anders. Vielleicht nahmen ja gerade in diesem Moment irgendwelche Typen, die von dem großen Vermögen wussten, das Ismael Carrera hinterlassen hatte, Armida in die Zange und folterten sie, schnitten ihr einen Finger oder ein Ohr ab, rissen ihr die Nägel aus, ein Auge, um sie zu zwingen, die verlangten Millionen herauszurücken. Vielleicht hatte ihnen auch die Hand zu locker gesessen, und sie war längst tot und verscharrt. Lucrecia duschte ebenfalls, zog sich an, und dann gingen sie hinunter in die Bar. Fonchito blieb in seinem Zimmer und sah fern; abendessen wolle er nicht, er bestelle sich ein Sandwich und gehe ins Bett.

Die Bar war recht voll, aber niemand schien auf sie zu achten. Sie setzten sich an das Tischchen, das am weitesten entfernt war, und bestellten zwei Whisky Soda mit Eis.

»Ich kann immer noch nicht glauben, dass wir Armida treffen«, sagte Lucrecia. »Ob es auch stimmt?«

»Schon ein merkwürdiges Gefühl«, antwortete Rigoberto. »Als wäre alles Fiktion, ein Traum, der vielleicht zum Albtraum wird.«

»Josefita, was für ein Name, und wie sie aussieht«, bemerkte sie. »Ehrlich gesagt, mir flattern die Nerven. Und wenn es eine Falle ist? Irgendwelche Gauner, die an dein Geld wollen, Rigoberto?«

»Da hätten sie sich verrechnet«, lachte er. »Meine Brieftasche ist nämlich leer. Aber diese Josefita sieht nicht gerade nach Gangster aus, oder? Genauso der Herr Yanaqué, am Telefon hörte er sich an wie der harmloseste Mensch der Welt.«

Sie tranken den Whisky, bestellten noch einen, und schließlich gingen sie zum Restaurant. Doch keinem der beiden war nach Essen zumute, so dass sie sich, statt an einem der Tische Platz zu nehmen, im Foyer niederließen. Dort saßen sie fast eine Stunde, vergingen vor Ungeduld, wandten den Blick nicht von den Leuten, die das Hotel betraten oder verließen.

Endlich kam Josefita, mit ihren Glubschaugen, großen Ohrringen und ausladenden Hüften. Sie war genauso angezogen wie am Vormittag und gab sich sehr ernst und konspirativ. Nachdem sie kullernden Blicks die Umgebung erkundet hatte, trat sie auf sie zu, und ohne auch nur für einen Gruß den Mund aufzutun, bedeutete sie ihnen, ihr zu folgen. So traten sie auf die Straße. Rigoberto, der fast nie trank, spürte von den beiden Whiskys einen leichten Schwindel, und das Lüftchen an der Plaza de Armas benebelte ihn noch mehr. Josefita führte sie um den Platz herum, an der Kathedrale vorbei und dann in die Calle Arequipa. Die Läden waren schon geschlossen, die Schaufenster hell und vergittert. Es waren nicht viele Menschen unterwegs. Beim zweiten Häuserblock zeigte Josefita auf die große Tür eines alten Hauses, die Fenster mit heruntergelassenen Rollos, und wortlos verabschiedete sie sich mit einem Wink. Don Rigoberto und Doña Lucrecia traten an die mit Nägeln beschlagene Tür, doch noch ehe sie klopfen konnten, öffnete die sich, und eine respektvolle männliche Stimme sagte leise: »Kommen Sie doch bitte, kommen Sie herein.«

Sie traten ein, und in der Diele, spärlich beleuchtet von einer einzigen Glühbirne, die im hereinwehenden Wind schaukelte, empfing sie ein kleingewachsener Mann in tailliertem Anzug und mit Weste. Er machte eine tiefe Verbeugung, während er ihnen eine winzige Hand reichte:

»Sehr erfreut, willkommen in diesem Haus. Felícito Yanaqué, zu Ihren Diensten. Kommen Sie, kommen Sie herein.«

Er schloss die Haustür und führte sie durch die schummrige Diele in ein kleines Wohnzimmer, das ebenfalls im Halbdunkel lag und wo ein Fernsehgerät stand und ein kleines Regal mit CDs. Rigoberto sah, wie sich eine Frauengestalt aus einem der Sessel erhob. Er erkannte Armida. Bevor er sie begrüßen konnte, kam ihm Lucrecia zuvor, welche die Witwe von Ismael Carrera fest umarmte. Beide Frauen fingen an zu weinen, wie zwei beste Freundinnen, die sich nach vielen Jahren zum ersten Mal wiedersehen. Als die Reihe an Don Rigoberto kam, hielt Armida ihm für einen Kuss die Wange hin, und er flüsterte: »Welch eine Freude, dich wohlbehalten wiederzusehen, Armida.« Sie dankte ihnen für ihr Kommen, Gott werde es ihnen vergelten, Ismael danke auch, wo immer er jetzt sei.

»Was für ein Abenteuer, Armida«, sagte Rigoberto. »Ich nehme an, du weißt, dass du die meistgesuchte Frau in Peru bist. Die berühmteste inzwischen auch. Von morgens bis abends sieht man dich im Fernsehen. Alle Welt glaubt, dass man dich entführt hat.«

»Ich weiß wirklich nicht, wie ich euch dafür danken soll, dass ihr die Reise nach Piura auf euch genommen habt.« Sie tupfte sich die Tränen ab. »Ich brauche eure Hilfe. Ich konnte nicht mehr in Lima bleiben. Diese Termine bei den Anwälten, den

Notaren, die Treffen mit Ismaels Söhnen, es hat mich ganz kirre gemacht. Ich brauchte ein wenig Ruhe, um denken zu können. Ich weiß nicht, was ich ohne Gertrudis und Felícito getan hätte. Das ist meine Schwester, und Felícito ist mein Schwager.«

Eine irgendwie verwachsene Gestalt trat aus dem Schatten hervor. Die Frau, angetan mit einem Hemdkleid, streckte ihnen eine plumpe und verschwitzte Hand entgegen und grüßte sie mit einem Kopfnicken, ohne ein Wort. Neben ihr sah der Mann, offenbar ihr Gatte, noch kleiner aus, fast wie ein Kobold. Sie trug ein Tablett mit Gläsern und Limoflaschen:

»Ich habe eine kleine Erfrischung zubereitet. Bitte bedienen Sie sich.«

»Wir haben so viel zu besprechen, Armida«, sagte Rigoberto, »ich weiß gar nicht, womit ich beginnen soll.«

»Am besten mit dem Anfang«, sagte Armida. »Aber setzt euch doch. Ihr habt bestimmt Hunger. Gertrudis und ich haben auch etwas zu essen für euch gemacht.«

XIX

Als Felícito Yanaqué die Augen aufschlug, sang noch kein Vogel. Heute ist der Tag, dachte er. Das Treffen war um zehn,
blieben fünf Stunden. Nervös war er nicht. Er würde es schaffen, die Selbstbeherrschung nicht zu verlieren, würde sich nicht
von der Wut übermannen lassen und in aller Ruhe sprechen.
Was ihn sein Leben lang gequält hatte, wäre für immer aus der
Welt, und nach und nach löste sich auch die Erinnerung auf,
bis sie aus seinem Gedächtnis verschwand.

Er stand auf, schob die Vorhänge zurück, und barfuß, in seinem Kinderpyjama, machte er eine halbe Stunde die Qigong-
Übungen, wie der Chinese Lau sie ihm beigebracht hatte, langsam und konzentriert, so dass das Bemühen um Vollkommen-
heit in jeder einzelnen Bewegung sein ganzes Bewusstsein in
Anspruch nahm. Ja, dachte er, ich habe meine Mitte verloren,
und es gelingt mir immer noch nicht, sie wiederzufinden. Aber
er wollte sich nicht entmutigen lassen. Es war nicht verwunderlich, dass er die Mitte verloren hatte, schließlich hatte er seit
dem ersten Brief mit der Spinne nur in der größten Anspannung gelebt. Von allen Erklärungen, die ihm der Krämer Lau
zum Qigong gegeben hatte, zu dieser Kunst, Gymnastik, Religion oder was immer er ihm da beibrachte und was seither zu
seinem Leben gehörte, hatte er so richtig nur verstanden, dass
es darum ging, »die Mitte zu finden«. Lau wiederholte es jedes
Mal, wenn seine Hand zum Kopf ging oder an den Magen.
Irgendwann hatte Felícito begriffen, dass »die Mitte«, die es zu
finden und mit kreisenden Handflächen auf dem Bauch auf-
zuwärmen galt, bis man spürte, wie von dort eine unsichtbare
Kraft aufstieg und einem das Gefühl gab zu schweben, dass
diese Mitte nicht nur die Mitte seines Körpers war, sondern
etwas Umfassenderes, ein Symbol der Ordnung und der Ruhe,

ein Nabel des Geistes, der, sobald man ihn lokalisiert und unter Kontrolle hatte, dem Leben einen klaren Sinn und eine harmonische Struktur gab. In letzter Zeit hatte er das Gefühl gehabt – die Gewissheit –, dass seine Mitte aus dem Lot geraten war und sein Leben im Chaos versank.

Armer Lau. Sie waren eigentlich keine Freunde gewesen, denn für eine Freundschaft muss man sich verstehen, und der Chinese hatte nie Spanisch gelernt, auch wenn er fast alles verstand. Aber er sprach ein Möchtegernspanisch, bei dem man drei Viertel dessen, was er sagte, erraten musste. Und erst die kleine Chinesin, die mit ihm zusammenlebte und im Laden half. Auch sie schien die Kunden zu verstehen, aber nur selten traute sie sich, das Wort an sie zu richten, wohlwissend, dass ihr Kauderwelsch noch unverständlicher war als seines. Felícito glaubte lange Zeit, sie seien Mann und Frau, aber eines Tages, als sie dank Qigong diese Beziehung geknüpft hatten, die wie eine Freundschaft aussah, aber keine war, bedeutete ihm Lau, die kleine Chinesin sei in Wahrheit seine Schwester.

Laus Krambude lag am Rande des damaligen Piura, wo die Stadt und die sandigen Weiten sich berührten, bei El Chipe. Sie konnte ärmlicher nicht sein: eine kleine Hütte aus Stecken vom Johannisbrotbaum mit einem Wellblechdach und dicken Steinen obendrauf, geteilt in zwei Räume, einer für den Verkauf, ein bloßes Eckchen mit einer Ladentheke und plumpen Schränken, und ein anderer, wo die Geschwister wohnten, aßen und schliefen. Sie hatten ein paar Hühner, Ziegen, irgendwann auch ein Schwein, aber das wurde geklaut. Überleben konnten sie dank der Lastwagenfahrer, die auf dem Weg nach Sullana oder Paita vorbeikamen und dort hielten, um Zigaretten, Limonade, Kekse zu kaufen oder ein Bier zu trinken. Felícito wohnte nicht weit, in der Pension einer Witwe, Jahre bevor er in die Pension El Algarrobo zog. Das erste Mal, dass er an Laus Bude herantrat – es war sehr früh am Morgen –, stand der Mann dort, mitten im Sand und nur in Hosen, der spindeldürre Oberkörper nackt. Als Felícito sah, wie er diese seltsamen Übungen in Zeitlupe machte, packte ihn die Neugier, und er stellte ihm

Fragen, worauf der Chinese versuchte, ihm in seinem drolligen Spanisch zu erklären, was das war, was er da machte, ganz langsam die Arme bewegen, manchmal reglos wie eine Statue dastehen, mit geschlossenen Augen und, konnte man meinen, ohne zu atmen. Seither ging der Lastwagenfahrer, wenn er mal frei hatte, auf einen Sprung zu der Bude hinüber, um sich mit Lau zu unterhalten, sofern man das Unterhaltung nennen konnte, diese Gebärden und Grimassen, welche die Wörter so hilflos zu ergänzen suchten, dass sie beide manchmal, bei einem Missverständnis, in schallendes Gelächter ausbrachen.

Warum taten Lau und seine Schwester sich nicht mit den anderen Chinesen zusammen? Es gab eine ganze Reihe in Piura, Besitzer von Restaurants, Lebensmittelläden und Handelsgeschäften, einige sehr wohlhabend. Vielleicht, weil sie alle in einer viel besseren Lage waren als Lau und ihr Ansehen in Gefahr sahen, wenn sie mit diesem armen Teufel verkehrten, der wie ein primitiver Wilder lebte, ohne je die löchrige, speckige Hose zu wechseln oder seine beiden einzigen Hemden, die er meist offen trug, so dass man seine Knochen zählen konnte. Die Schwester war auch ein stilles Gerippe, wenngleich immer in Bewegung, denn sie fütterte die Tiere und besorgte bei den Händlern in der Umgebung die Lebensmittel und das Wasser. Über ihre Vergangenheit konnte Felícito nie etwas in Erfahrung bringen, wie und warum sie von ihrem fernen Land aus nach Piura gekommen waren, auch nicht, warum sie, im Gegensatz zu den anderen Chinesen in der Stadt, es nicht vorangeschafft hatten und sich im Elend einrichteten.

Ihr wahres Mittel der Verständigung war das Qigong. Am Anfang ahmte Felícito seine Bewegungen nach, als wäre es ein Spiel, doch Lau nahm es sehr ernst, ermunterte ihn, dranzubleiben, und so wurde er zu seinem Lehrer. Ein freundlicher, geduldiger Lehrer, der in seinem kümmerlichen Spanisch jede einzelne seiner Bewegungen und Haltungen mit Erläuterungen begleitete, so wenig Felícito sie auch verstand. Doch nach und nach ließ er sich anstecken von Laus Beispiel und machte Qigong nicht nur, wenn er zur Bude ging, sondern auch in der

Pension der Witwe oder wenn er auf seinen Fahrten irgendwo abstieg. Es gefiel ihm. Es tat ihm gut. Es beruhigte ihn, wenn er nervös war, gab ihm die Kraft, sich dem Auf und Ab des Tages zu stellen. So entdeckte er seine Mitte.

Eines Nachts weckte die Witwe Felícito und sagte, diese komische kleine Chinesin aus dem Kramladen stehe schreiend vor der Tür und niemand verstehe, was sie sage. Felícito sprang in Unterhosen hinaus. Laus Schwester, mit zerzausten Haaren, deutete fuchtelnd in Richtung der Bude und kreischte hysterisch. Er rannte hinter ihr her, zu Lau, der nackt, mit einem Fieberanfall ohnegleichen, auf einer Matte lag und sich vor Schmerzen wand. Nur mit Mühe konnten sie ein Fahrzeug auftreiben, das ihn zur nächsten Unfallstation brachte. Der diensthabende Sanitäter sagte, er müsse ins Krankenhaus, auf der Unfallstation würden nur leichtere Fälle behandelt, und dieser scheine ernst zu sein. Sie brauchten fast eine halbe Stunde, bis sie ein Taxi besorgt hatten, das Lau zum Hospital Obrero fuhr, wo man ihn in der Notaufnahme bis zum Morgen auf einer Bank liegen ließ, weil es keine freien Betten gab. Am nächsten Tag, als ein Arzt ihn endlich untersuchte, lag Lau im Sterben. Wenige Stunden später war er tot. Niemand hatte das Geld für eine Beerdigung – Felícito verdiente gerade so viel, dass er zu essen hatte –, und sie begruben ihn in einem Gemeinschaftsgrab, nachdem man ihnen eine Bescheinigung ausstellte, in der stand, die Todesursache sei eine Darminfektion.

Merkwürdig war, dass Laus Schwester noch an dem Tag, als er starb, verschwand. Felícito sah sie nie wieder und hörte auch nichts mehr von ihr. Die Bude wurde am selben Morgen geplündert, und kurz darauf nahmen Leute das Wellblech und das Holz der Wände mit, so dass wenige Wochen später keine Spur mehr von den beiden Geschwistern blieb. Als die Zeit und die Wüste die letzten Reste der Hütte geschluckt hatten, eröffnete dort ein Hahnenkampfplatz, ohne großen Erfolg. Mittlerweile war dieser Teil von El Chipe bebaut, es gab Straßen, Strom, Wasser, Kanalisation und Häuser für Familien aus der Mittelschicht.

Die Erinnerung an den Chinesen Lau blieb in Felícitos Gedächtnis immer lebendig. Jeden Morgen wurde sie aufgefrischt, seit dreißig Jahren, sobald er mit dem Qigong begann. So viel Zeit war vergangen, und noch immer fragte er sich manchmal, was Lau und seine Schwester wohl aus China fortgetrieben hatte, was sie alles hatten mitmachen müssen, bis sie in Piura strandeten, verdammt zu diesem einsamen und traurigen Dasein. So oft hatte Lau gesagt, man müsse immer die Mitte finden, und selber hatte er es offenbar nie geschafft. Er dagegen, sagte sich Felícito, bekäme heute vielleicht, sobald er tat, was er sich vorgenommen hatte, seine verlorene Mitte zurück.

Er fühlte sich etwas matt, als er die Übungen beendete, sein Herz schlug schneller. Er duschte in Ruhe, putzte die Schuhe, zog sich ein frisches Hemd an und ging in die Küche, um sich sein Frühstück zuzubereiten, Kaffee, Ziegenmilch und eine Scheibe dunkles Brot, das er im Toaster erhitzte und mit Butter und Zuckersirup bestrich. Es war halb sieben, als er auf die Calle Arequipa trat. Lucindo war bereits an seiner Ecke, als hätte er auf ihn gewartet. Er legte einen Sol in sein Schälchen. Der Blinde erkannte ihn sofort:

»Guten Morgen, Don Felícito. Heute sind Sie aber früh.«

»Ich habe viel zu tun, und es ist ein wichtiger Tag für mich. Drück mir die Daumen, Lucindo.«

Nur wenige Menschen waren auf der Straße, und es war angenehm, über den Bürgersteig zu laufen, ohne von den Reportern bedrängt zu werden. Und angenehmer noch zu wissen, dass er ihnen eine saftige Niederlage beigebracht hatte: Diese Schlafmützen hatten nichts davon mitbekommen, dass Armida, das vermeintliche Entführungsopfer, die von der peruanischen Presse so verbissen gesuchte Person, sich eine ganze Woche lang – sieben Tage und sieben Nächte! – in seinem Haus versteckt hatte, direkt vor ihrer Nase und ohne dass sie es ahnten. Nur schade, dass sie es nie erfahren würden, es wäre die Meldung des Jahrhunderts gewesen. Denn in der überfüllten Pressekonferenz, die Armida vor unzähligen Kameras, Mikrofonen und Blitzlichtern in Lima gab, flankiert vom Innenminister und vom Polizeichef, enthüllte sie nicht, dass sie zu ihrer Schwester Gertrudis nach Piura geflüchtet war. Sie deutete nur vage an, sie habe sich bei Vertrauten einquartiert, um der Belagerung durch die Journalisten zu entkommen, sie habe am Rande eines Nervenzusammenbruchs gestanden. Felícito verfolgte die Konferenz zusammen mit seiner Frau im Fernsehen, und er war beeindruckt, mit welcher Ungezwungenheit seine Schwägerin auf die Fragen antwortete, ohne sich zu verhaspeln, ohne zu schluchzen, mit ruhiger und schöner Stimme. Ihre Bescheidenheit und Einfachheit nahm die öffentliche Meinung weithin für sie ein, und seither war man weniger geneigt, an das von Ismael Carreras Söhnen in Umlauf gebrachte Bild einer habgierigen und berechnenden Circe zu glauben.

Die Aktion, Armida aus Piura hinauszubringen, heimlich um Mitternacht und in einem Wagen von Transportes Narihualá mit seinem Sohn Tiburcio am Steuer, hatten sie perfekt geplant und ausgeführt, und niemand, angefangen bei den Polizisten bis hin zu den Journalisten, bemerkte etwas. Zuerst wollte Armida einen gewissen Narciso aus Lima kommen lassen, den ehemaligen Chauffeur ihres verstorbenen Mannes, zu dem habe sie großes Vertrauen; doch Felícito und Gertrudis überzeugten sie davon, dass den Wagen besser Tiburcio fuhr, er sei ein hervorragender Fahrer, sehr diskret und letzten Endes ihr Neffe. Don Rigoberto, der sie immer wieder ermutigte, sobald wie möglich nach Lima zurückzukehren und an die Öffentlichkeit zu treten, zerstreute schließlich Armidas Bedenken.

Alles klappte wie am Schnürchen. Don Rigoberto, seine Frau und ihr Sohn flogen nach Lima zurück, und ein paar Tage später kam Tiburcio, der gerne eingewilligt hatte, zur vereinbarten Uhrzeit zum Haus in der Calle Arequipa. Armida verabschiedete sich mit Küssen, Tränen und großem Dank. Nach zwölf Stunden Fahrt ohne jeden Zwischenfall war sie wieder in Lima, in ihrem Haus in San Isidro, wo ihr Anwalt, ihre Leibwächter und Vertreter der Behörden sie erwarteten, welche glücklich verkündeten, die Witwe von Don Ismael Carrera sei nach acht Tagen mysteriösen Verschwindens unversehrt wieder aufgetaucht.

Als Felícito nun zu seinem Büro an der Avenida Sánchez Cerro kam, machten sich die ersten Busse, Lieferwagen und Sammeltaxis des Tages bereit, um in alle Provinzen von Piura und nach Tumbes und Lambayeque zu fahren. Die Kundschaft aus den guten Zeiten hatte wieder zu Transportes Narihualá zurückgefunden, denn die Menschen, die dem Unternehmen den Rücken kehrten aus Angst, einer Gewalttat der Erpresser mit der Spinne und mutmaßlichen Entführer zum Opfer zu fallen, vergaßen die Sache irgendwann und vertrauten wieder auf den guten Service seiner Fahrer. Schließlich hatte er auch eine Vereinbarung mit der Versicherung treffen können, welche die Kosten für die Behebung der Brandschäden zur Hälfte übernahm. Bald würden die Reparaturarbeiten beginnen. Und die Banken gaben ihm, wenn auch tröpfchenweise, wieder Kredit. So kehrte Tag um Tag die Normalität wieder ein. Erleichtert atmete er auf: Heute würde er den Schlussstrich unter diese unselige Sache ziehen.

Den ganzen Morgen beschäftigte er sich mit den üblichen Dingen, sprach mit Mechanikern und Fahrern, zahlte ein paar Rechnungen, legte Geld ein, diktierte Josefita Briefe, trank zwei Tassen Kaffee, und um halb zehn nahm er die von Dr. Hildebrando Castro Pozo vorbereitete Mappe und ging zum Revier, um Sergeant Lituma abzuholen. Der erwartete ihn schon am Eingang. Ein Taxi brachte sie zum Männergefängnis Río Seco, außerhalb der Stadt.

»Sind Sie nervös?«, fragte der Sergeant während der Fahrt.

»Ich glaube, nicht, nein«, antwortete er zögernd. »Aber warten wir, bis ich ihn vor mir habe. Man weiß nie.«

Im Gefängnis führte man sie zur Schleuse. Ein paar Polizisten durchsuchten Felícito nach Waffen. Der Anstaltsleiter persönlich, ein gebückter und düster blickender Mann in Hemdsärmeln, der schleppend sprach und schlurfte, führte sie in einen kleinen Raum, gesichert durch eine dicke Holztür und ein Gitter. Die Wände waren voller Kritzeleien, obszöner Zeichnungen und derber Wörter. Kaum traten sie über die Schwelle, erkannte Felícito Miguel, er stand in der Mitte des Zimmers.

Nur wenige Wochen hatte er ihn nicht gesehen, aber der Junge hatte sich bemerkenswert verändert. Er sah nicht nur dünner und älter aus, was vielleicht daher rührte, dass seine blonden Haaren, ganz zerwühlt, gewachsen waren und ein Bart sein Gesicht verschattete; auch seine Züge, sonst so jugendlich und frisch, hatten etwas Trübes, Erschöpftes, es war der Ausdruck eines Menschen, der, weil er um seine Niederlage weiß, allen Schwung und selbst den Lebenswillen verloren hat. Die größte Veränderung aber lag in seiner Kleidung. Er, der sich, anders als Tiburcio, welcher Tag und Nacht in den Bluejeans und Guayaberas der Fahrer und Automechaniker herumlief, sonst immer mit der grellen Eitelkeit eines Vorstadtcasanovas herausputzte, trug nun ein über der Brust offenes Hemd, dem alle Knöpfe fehlten, eine fleckige, zerknitterte Hose und dreckverkrustete Schuhe ohne Schnürsenkel. Socken hatte er auch nicht.

Felícito sah ihm fest in die Augen. Miguel hielt seinem Blick nur wenige Sekunden stand, dann blinzelte er, senkte den Kopf und starrte auf den Boden. Erst jetzt, dachte Felícito, fiel ihm auf, dass er Miguel kaum bis zur Schulter reichte, der Junge überragte ihn um mehr als einen Kopf. Sergeant Lituma blieb an der Wand stehen, ganz still, angespannt, als wollte er nicht gesehen werden. Im Raum gab es zwei kleine Metallstühle, doch keiner der drei setzte sich. Spinnweben hingen an der Decke, zwischen den Flüchen an den Wänden und all den Fotzen und Schwänzen. Es stank nach Pisse. Der Häftling trug keine Handschellen.

»Ich bin nicht gekommen, um dich zu fragen, ob du bereust, was du getan hast«, sagte Felícito schließlich, seine Augen auf dem schmutzigen Haargestrüpp einen Meter entfernt, und er war froh, dass seine Stimme fest klang und nicht die Wut verriet, die in ihm brodelte. »Das regelst du da oben, wenn du stirbst.«

Er machte eine Pause, atmete tief durch. Er hatte sehr leise gesprochen, und als er fortfuhr, wurde er lauter:

»Ich bin wegen etwas anderem hier, und das spielt für mich eine sehr viel größere Rolle. Mehr als die Spinnenbriefe, mehr als deine Erpressung, mehr als die vorgetäuschte Entführung mit Mabel, mehr als der Brand in meinem Büro.« Miguel stand reglos da, immer noch mit gesenktem Kopf, und auch Sergeant Lituma rührte sich keinen Millimeter. »Ich bin hier, um dir zu sagen, dass ich froh bin über das Geschehene. Dass du getan hast, was du getan hast. Denn so habe ich die große Ungewissheit meines Lebens geklärt. Du weißt, welche ich meine, ja? Es muss dir in den Kopf gekommen sein, wann immer du dein Gesicht im Spiegel gesehen und dich gefragt hast, warum du wie ein Weißer guckst, wo ich und deine Mutter Cholos sind. Auch ich habe mir diese Frage gestellt. Bis jetzt habe ich sie heruntergeschluckt, habe nicht nachgehakt, um weder deine noch Gertrudis' Gefühle zu verletzen. Aber jetzt gibt es keinen Grund mehr, auf dich Rücksicht zu nehmen. Ich habe das Rätsel gelöst. Deshalb bin ich hier. Um dir etwas zu sagen, was dich genauso freuen wird wie mich. Du bist nicht mein Sohn, Miguel. Du warst es nie. Deine Mutter und die Dragonerin, die Mutter deiner Mutter, deine Großmutter, haben mir, als sie feststellten, dass Gertrudis schwanger war, weisgemacht, ich sei der Vater, um mich zur Heirat zu zwingen. Sie haben mich reingelegt. Ich war es nicht. Ich habe Gertrudis nur geheiratet, weil ich ein anständiger Mensch bin. Die Frage ist jetzt geklärt. Deine Mutter hat sich mit mir ausgesprochen und alles gestanden. Und das freut mich, Miguel. Ich wäre vor Traurigkeit gestorben, wenn ein Sohn von mir, ein Sohn von meinem eigenen Blut, getan hätte, was du mir angetan hast. Jetzt bin ich beruhigt und sogar froh. Es war kein Sohn von mir, sondern ein Bastard, ein Bankert. Was für eine Erleichterung, dass es nicht mein Blut ist, das unverdorbene Blut meines Vaters, das durch deine Adern fließt. Noch etwas, Miguel. Nicht mal deine Mutter weiß, wer der Mann war, der sie geschwängert hat und dem du dein Leben verdankst. Sie sagt, vielleicht einer dieser Jugoslawen, die zum Bau der Bewässerungskanäle am Río Chira kamen. Aber sie ist sich nicht sicher. Es kann auch einer dieser weißen Hungerleider gewesen sein, die in der Pension El Algarrobo landeten und ebenfalls durch ihr Bett zogen. Nimm es zur Kenntnis, Miguel. Ich bin nicht dein Vater, und nicht mal deine Mutter weiß, von wem der Same ist, der dich gezeugt hat. Du bist also einer der vielen Siebensamen in Piura, so einer, wie die Wäscherinnen oder Schäferinnen sie gebären, mit denen die Soldaten an den Tagen, wenn sie sich besaufen, rudeln. Ein Siebensamen, Miguel, genau das bist du. Und was du getan hast, wundert mich nicht bei all dem verschiedenen Blut, das durch deine Adern fließt.«

Er schwieg, weil der Kopf mit den zerwühlten blonden Haaren sich mit einem Ruck erhoben hatte. Er sah die blauen, von Blut und Hass unterlaufenen Augen. Gleich fällt er über mich her, dachte Felícito, wird versuchen, mich zu erwürgen. Auch Sergeant Lituma musste es gedacht haben, denn er trat vor und stellte sich, die Hand am Holster, schützend neben ihn. Doch Miguel schien unfähig zu reagieren. Tränen rannen ihm über die Wangen, seine Hände und sein Mund zitterten. Er war leichenblass. Er wollte etwas sagen, aber die Worte kamen ihm nicht über die Lippen, und immer wieder entfuhr seinem Körper ein Bauchgeräusch, wie ein Aufstoßen oder Erbrechen.

Felícito Yanaqué sprach weiter, mit derselben beherrschten Kälte, mit der er seine lange Rede gehalten hatte:

»Ich bin noch nicht fertig. Ein wenig Geduld. Heute ist das letzte Mal, dass wir uns sehen, zum Glück für dich und für mich. Ich lasse dir die Mappe hier. Lies aufmerksam jedes einzelne Schriftstück durch. Mein Anwalt hat sie für dich vorbereitet, Doktor Hildebrando Castro Pozo, du kennst ihn. Wenn du einverstanden bist, unterschreib auf jeder Seite, wo ein Kreuzchen ist. Er lässt die Mappe morgen abholen und kümmert sich um die Formalitäten bei Gericht. Es geht um etwas sehr Einfaches. Einen Identitätswechsel, so heißt das. Du wirst auf den Nachnamen Yanaqué verzichten, der dir ohnehin nicht gehört. Du kannst den deiner Mutter behalten oder dir einen beliebigen ausdenken. Im Gegenzug werde ich alle

Anzeigen zurückziehen, die ich gegen den Verfasser der Briefe mit der Spinne, gegen den Urheber des Brandes bei Transportes Narihualá und wegen der vorgetäuschten Entführung von Mabel erstattet habe. Gut möglich, dass du dir so ein paar Jährchen Gefängnis ersparst und freikommst. Aber eins ist klar: Sobald sie dich freilassen, verschwindest du aus Piura. Nie wieder setzt du einen Fuß auf diesen Boden, wo alle Welt weiß, dass du ein Verbrecher bist. Außerdem würde dir hier sowieso keiner eine anständige Arbeit geben. Ich will nicht, dass du mir noch einmal über den Weg läufst. Bis morgen hast du Zeit, es dir zu überlegen. Wenn du nicht unterschreiben willst, ist das deine Sache. Dann geht das Verfahren weiter, und ich werde alles tun, damit du eine langjährige Haftstrafe bekommst. Es ist deine Entscheidung. Ein Letztes noch. Deine Mutter hat dich nicht besucht, weil sie dich auch nicht mehr sehen will. Ich habe sie nicht darum gebeten, es war ihre Entscheidung. Das ist alles. Wir können gehen, Sergeant. Möge Gott dir vergeben, Miguel. Ich werde es niemals.«

Er warf Miguel die Dokumente vor die Füße und wandte sich, gefolgt von Sergeant Lituma, zur Tür. Miguel stand immer noch reglos da, die Augen voller Hass und Tränen, mit bebenden Lippen, ohne einen Laut von sich zu geben, als wäre ein Blitz in ihn gefahren und hätte ihn jeder Bewegung, der Sprache und des Verstandes beraubt, die grüne Mappe vor sich auf dem Boden. Dieses Bild, dachte Felícito, wird das letzte sein, das mir von ihm im Gedächtnis bleibt. Schweigend gingen sie zum Ausgang des Gefängnisses. Das Taxi wartete. Während das klapprige Ding durch die Umgebung von Piura schaukelte, hin zum Revier an der Avenida Sánchez Cerro, um Lituma abzusetzen, sprachen sie weiterhin kein Wort. Als sie in die Stadt kamen, war der Sergeant der Erste, der den Mund aufmachte:

»Dürfte ich Ihnen noch etwas sagen, Don Felícito?«

»Sagen Sie einfach, Sergeant.«

»Ich hätte nie gedacht, dass man etwas so Ungeheuerliches sagen kann, wie Sie es eben im Gefängnis zu Ihrem Sohn gesagt haben. Mir ist das Blut in den Adern gefroren, das schwöre ich.«

»Er ist nicht mein Sohn.« Felícito Yanaqué hob die Hand.

»Bitte um Entschuldigung, ich weiß«, sagte der Sergeant, »da haben Sie natürlich recht. Was Miguel Ihnen angetan hat, ist schändlich. Trotzdem. Seien Sie mir nicht böse, aber das ist das Grausamste, was ich in meinem Leben gehört habe, Don Felícito. Von einer so anständigen Person, wie Sie es sind, hätte ich das nie gedacht. Ich frage mich, wieso der Junge nicht über Sie hergefallen ist. Ich hatte schon das Holster geöffnet und hätte beinahe den Revolver gezogen, glauben Sie mir.«

»Er hat es nicht gewagt, weil ich ihm überlegen war«, erwiderte Felícito. »Es mag hart gewesen sein, grausam, aber habe ich etwa gelogen oder übertrieben, Sergeant? Was ich gesagt habe, war die nackte Wahrheit.«

»Eine schreckliche Wahrheit, und ich schwöre Ihnen, ich sage es niemandem weiter. Nicht mal Hauptmann Silva. Mein Wort, Don Felícito. Außerdem sind Sie sehr großzügig gewesen. Wenn Sie alle Anzeigen zurückziehen, kommt er bestimmt frei. Noch etwas, um das Thema zu wechseln. Dieses Wort, rudeln. Ich habe es als kleiner Junge gehört, aber irgendwann vergessen. Heute sagt das keiner mehr in Piura, habe ich den Eindruck.«

»Es gibt ja auch nicht mehr so viele Rudeleien wie früher«, mischte sich der Taxifahrer ein und lachte leicht wehmütig. »Als ich jung war, gab es viele. Die Soldaten gehen nicht mehr zum Fluss oder zu den Höfen draußen, um die Cholas flachzulegen. Jetzt hat man sie in der Kaserne mehr unter Kontrolle, und sie werden bestraft, wenn sie rudeln. Sie werden sogar gezwungen zu heiraten, *che guá*.«

Am Eingang des Reviers verabschiedeten sie sich, und Felícito sagte dem Taxifahrer, er möge ihn zu seinem Büro bringen, doch als der Wagen bei Transportes Narihualá anhalten wollte, überlegte er es sich anders. Er bedeutete dem Fahrer, zurück nach Castilla zu fahren und ihn so nah wie möglich bei der Hängebrücke abzusetzen. Als sie an der Plaza de Armas vorbeikamen, sah er den Vortragskünstler Joaquín Ramos, schwarz gekleidet, mit seinem Monokel und seiner verträumten Miene, wie er furchtlos mitten auf der Fahrbahn lief, im Schlepp wie immer seine Ziege. Die Autos wichen ihm aus, und statt ihn zu beschimpfen, winkten die Fahrer zum Gruß.

In dem Sträßchen, das zu Mabels Haus führte, tummelten sich wie üblich die zerlumpten und barfüßigen Kinder, abgemagerte räudige Hunde, Musik dröhnte aus den aufgedrehten Radios, Werbespots, dazwischen bellte und gackerte es, ein Papagei kreischte immer wieder das Wort Kakadu, Kakadu. Staubwolken hingen in der Luft. Nachdem er sich bei seinem Gespräch mit Miguel so sicher gefühlt hatte, kam Felícito sich jetzt, wo er an die Wiederbegegnung mit Mabel dachte, völlig ungeschützt und verwundbar vor. Seit sie vorläufig auf freien Fuß gekommen war, hatte er es immer wieder aufgeschoben. Manchmal dachte er, vielleicht wäre es besser, die Begegnung ganz zu vermeiden, sollte Dr. Castro Pozo mit ihr erledigen, was noch zu erledigen blieb. Doch keiner, hatte er soeben beschlossen, konnte ihn bei dieser Aufgabe vertreten. Wenn er ein neues Leben beginnen wollte, musste er, so wie mit Miguel, auch mit Mabel abrechnen. Er klingelte, seine Hände waren schweißnass. Niemand kam an die Tür. Er wartete ein paar Sekunden, nahm seinen Schlüssel und schloss auf. Er spürte, wie sein Blut pochte und sein Atem schneller ging, als er die Gegenstände im Wohnzimmer wiedererkannte, die Fotos, die kleine Flamme, die Fahne, die Bildchen, die Wachsblumen, das Herz Jesu, das über allem thronte. Alles so freundlich, aufgeräumt und sauber wie früher. Er setzte sich, um auf Mabel zu warten, ohne sein Jackett oder die Weste auszuziehen, nur den Hut nahm er ab. Ihn schauderte. Was würde er tun, wenn sie in Begleitung eines Mannes nach Hause käme, an seinem Arm oder einen Arm um ihre Hüfte?

Doch Mabel kam allein, eine ganze Weile später, als Felícito Yanaqué von der langen Anspannung so müde war, dass er nur noch gähnte. Aber dann hörte er die Haustür und fuhr auf.

Sein Mund war trocken, ein Stück Sandpapier, als hätte er die ganze Zeit Chicha getrunken. Er sah das erschrockene Gesicht und hörte Mabels Ausruf (»Ach, mein Gott!«), kaum dass sie ihn im Wohnzimmer erblickte. Sah, wie sie kehrtmachte, als wollte sie davonrennen.

»Hab keine Angst, Mabel«, sagte er mit einer Ruhe, die er selber nicht spürte. »Ich komme in friedlicher Absicht.«

Sie blieb stehen, drehte wieder um, schaute ihn an, mit offenem Mund, die Augen nervös, ohne etwas zu sagen. Sie hatte abgenommen. Ungeschminkt und in diesem Hauskleid und den alten Schlappen, das Haar mit einem einfachen Tuch zusammengebunden, kam sie ihm sehr viel weniger attraktiv vor als die Mabel in seiner Erinnerung.

»Setz dich, dann unterhalten wir uns ein wenig.« Er deutete auf einen der Sessel. »Ich bin nicht hier, um dir Vorwürfe zu machen, auch nicht, um Rechenschaft zu verlangen. Ich werde dir nicht deine Zeit stehlen. Wir müssen ein paar Dinge regeln, wie du weißt.«

Sie war blass. Presste die Lippen so fest aufeinander, dass sich ihr Gesicht zu einer Grimasse verzog. Er sah, wie sie nickte und sich auf die Sesselkante setzte, die Arme vor dem Bauch verschränkt, als wollte sie sich schützen. In ihren Augen war Unsicherheit, Angst.

»Praktische Dinge, die wir nur unter uns regeln können«, fügte er hinzu. »Fangen wir mit dem Wichtigsten an. Dem Haus hier. Laut Vereinbarung mit der Eigentümerin ist die Miete halbjährlich zu zahlen. Bis Dezember ist bezahlt. Ab Januar geht es auf deine Rechnung. Der Vertrag läuft auf deinen Namen, du bist also frei. Du kannst ihn verlängern oder kündigen und ausziehen. Entscheide du.«

»In Ordnung«, flüsterte sie mit kaum hörbarer Stimme. »Ich habe verstanden.«

»Dein Konto bei der Crédito.« Er fühlte sich nun sicherer, jetzt, wo er sah, wie zerbrechlich und verängstigt Mabel war. »Es läuft auf deinen Namen, auch wenn ich dafür bürge. Aus verständlichen Gründen kann ich dir diese Sicherheit nicht weiter geben. Ich werde sie zurückziehen. Aber ich glaube nicht, dass man dir deswegen das Konto kündigt.«

»Das haben sie schon«, sagte sie, und nach einem Schweigen: »Die Benachrichtigung war schon da, als ich aus dem Gefängnis kam. Es hieß, angesichts der Umstände müssten sie es auflösen. Die Bank akzeptiert nur ehrbare Kunden, polizeilich unvorbelastet. Ich soll vorbeikommen und das Guthaben in Empfang nehmen.«

»Und, hast du schon?«

Mabel schüttelte den Kopf.

»Ich schäme mich.« Sie schaute zu Boden. »Alle in der Filiale kennen mich. Irgendwann in den nächsten Tagen werde ich hingehen müssen. Wenn ich kein Geld mehr habe. Für die täglichen Ausgaben habe ich noch etwas im Nachttisch.«

»In jeder anderen Bank wird man dir ein Konto eröffnen«, sagte Felícito unwirsch. »Ich glaube nicht, dass es da Schwierigkeiten gibt.«

»In Ordnung«, sagte sie. »Ich habe es verstanden. Was noch?«

»Ich habe heute Miguel besucht«, sagte er, mit finsterem Blick, und Mabel erstarrte. »Ich habe ihm einen Vorschlag gemacht. Wenn er einverstanden ist, den Nachnamen Yanaqué vor einem Notar zu ändern, ziehe ich alle Anzeigen zurück und bin auch kein Belastungszeuge des Staatsanwalts mehr.«

»Heißt das, dass er freikommt?« Jetzt war sie nicht nur verängstigt, sondern entsetzt.

»Wenn er meinen Vorschlag annimmt, ja. Sofern kein Nebenkläger sich der Klage anschließt, seid ihr frei. Oder es wird ein sehr gnädiges Urteil. Das hat mir zumindest der Anwalt gesagt.«

Mabel hatte sich die Hand vor den Mund geschlagen.

»Er wird sich rächen«, murmelte sie. »Nie wird er mir verzeihen, dass ich ihn bei der Polizei verraten habe. Er wird mich töten.«

»Ich glaube nicht, dass er wegen Mordes wieder ins Gefängnis will«, sagte Felícito barsch. »Außerdem ist meine zweite Bedingung, dass er, wenn er aus dem Gefängnis kommt, Piura verlässt und nie wieder einen Fuß auf diesen Boden setzt. So dass ich bezweifle, dass er dir etwas antut. Für alle Fälle kannst du um Polizeischutz bitten. Da du mit ihnen zusammengearbeitet hast, werden sie ihn dir gewähren.«

Mabel weinte. Die Tränen standen ihr in den Augen, und alle Anstrengung, sie zurückzuhalten, gaben ihrem Gesicht etwas Lächerliches, Verrutschtes. Sie klammerte sich an sich selbst, als wäre ihr kalt.

»Auch wenn du es mir nicht glaubst, aber ich hasse diesen Kerl aus tiefster Seele«, hörte er sie sagen. »Er hat mein Leben für immer zerstört.«

Sie schluchzte und bedeckte sich das Gesicht mit den Händen. Felícito gab sich unbeeindruckt. Ob das echt ist, fragte er sich, oder bloß Theater? Er wollte es nicht wissen, es war ihm egal. Seit das alles passiert war, hatte er manchmal, trotz allem Groll und aller Wut, Momente erlebt, in denen er liebevoll an Mabel dachte, sich sogar nach ihr sehnte. Aber jetzt verspürte er nichts dergleichen. Auch keine Lust. Hätte er sie nackt in den Armen gehalten, er hätte nicht mit ihr schlafen können. Es war, als hätten sich, jetzt endlich, all die Gefühle, die Mabel in diesen acht Jahren in ihm geweckt hatte, verflüchtigt.

»Nichts wäre passiert, wenn du mir, als Miguel sich an dich herangemacht hat, davon erzählt hättest.« Wieder war ihm, als geschähe das alles gar nicht, als befände er sich nicht in diesem Haus, als wäre auch Mabel nicht dort, neben ihm, weinend oder es vorgaukelnd; als sagte er nicht, was er sagte. »Wir beide hätten uns viel Kummer erspart, Mabel.«

»Ich weiß, ja, ich war feige und dumm«, sagte sie. »Glaubst du, ich habe es nicht bereut? Ich hatte Angst vor ihm, wusste nicht, wie ich mich von ihm befreien sollte. Bezahle ich etwa nicht dafür? Du weißt nicht, was es heißt, dieses Frauengefängnis in Sullana. Auch wenn es nur ein paar Tage waren. Für den Rest meines Lebens werde ich es mit mir schleppen.«

»Dann hast du ja noch etwas vor dir«, stichelte Felícito, weiterhin ganz ruhig. »Du bist noch jung und hast genügend Zeit, ein neues Leben zu beginnen. Für mich gilt das nicht, klar.«

»Ich werde dich immer lieben, Felícito. Auch wenn du es nicht glaubst.«

Er kicherte spöttisch.

»Wo du mir das angetan hast in Liebe, was wäre wohl gewesen, hättest du mich gehasst, Mabel.«

Und während er dies sagte, dachte er, dass es aus einem jener Lieder von Cecilia Barraza hätte stammen können, die ihm so gefielen.

»Lass es mich erklären, Felícito«, flehte sie, das Gesicht noch immer unter ihren Händen verborgen. »Nicht damit du mir verzeihst, nicht damit alles wieder wird wie vorher. Nur damit du weißt, dass es nicht so war, wie du glaubst.«

»Du brauchst mir nichts zu erklären, Mabel«, sagte er, und bei aller Ernüchterung klang es fast freundschaftlich. »Es ist passiert, was passieren musste. Ich wusste immer, dass es passieren würde, früher oder später. Irgendwann wärst du diesen so viele Jahre älteren Mann leid, würdest dich in einen jüngeren verlieben. So ist das nun mal im Leben.«

Sie rutschte im Sessel hin und her.

»Ich schwöre dir bei meiner Mutter, es war nicht, wie du glaubst«, schluchzte sie. »Lass mich dir wenigstens erzählen, wie alles war.«

»Nur hätte ich mir nie vorstellen können, dass dieser Jüngere Miguel wäre.« Er räusperte sich. »Und natürlich erst recht nicht die Sache mit den Spinnenbriefen. Aber das ist vorbei. Am besten gehe ich jetzt. Wir haben die praktischen Dinge geregelt, nichts ist offengeblieben. Ich möchte nicht, dass es in einem Streit endet. Hier hast du meinen Hausschlüssel.«

Er legte ihn auf den Couchtisch, neben das Pappflämmchen und die peruanische Fahne, und stand auf. Sie hielt immer noch das Gesicht zwischen den Händen und weinte.

»Bleiben wir wenigstens Freunde«, hörte er sie sagen.

»Wir beide können keine Freunde sein, das weißt du sehr gut«, antwortete er, ohne sie noch einmal anzuschauen. »Viel Glück, Mabel.«

Er ging zur Haustür, öffnete sie, trat hinaus und schloss sie langsam hinter sich. In der gleißenden Sonne musste er blinzeln. Und während er unter den Staubwirbeln und dem Lärm aus den Radios voranging, zwischen den zerlumpten Kindern und den räudigen Hunden, dachte er, dass er dieses staubige Gässchen in Castilla nie wieder betreten und ohne Zweifel auch Mabel nicht wiedersehen würde. Wenn der Zufall es wollte, dass sie sich irgendwo im Zentrum begegneten, würde er so tun, als hätte er sie nicht gesehen, und sie täte dasselbe. Wie zwei Unbekannte würden sie aneinander vorbeigehen. Auch dachte er, ohne jede Trauer oder Bitterkeit, dass er, selbst wenn er als Mann noch etwas taugte, nie wieder mit einer Frau schlafen würde. Ihm war nicht mehr danach, sich eine andere Geliebte zu suchen, auch nicht, abends in den Puff zu gehen. Und die Vorstellung, nach all den Jahren noch einmal mit Gertrudis zu schlafen, kam ihm nicht einmal in den Sinn. Vielleicht müsste er sich ab und zu einen runterholen, so wie in seiner Jugend. Doch in welche Richtung auch immer die Zukunft wies, weder für die Lust noch für die Liebe gäbe es einen Platz in seinem Leben, das war gewiss. Er bedauerte es nicht, verzweifelte nicht. So war das Leben nun mal, und er hatte, seit er als kleiner Junge ohne Schuhe durch Yapatera und Chulucanas lief, gelernt, es zu nehmen, wie es kam.

Unmerklich hatten seine Schritte ihn zu dem kleinen Laden für Kräuter, Kurzwaren und Heilige, Christusse und Jungfrauen seiner Freundin Adelaida geführt. An der Tür stand, in ihrem knöchellangen leinenen Hemdkleid, die Wahrsagerin, untersetzt, breithüftig, barfuß, und sah ihn mit ihren bohrenden großen Augen kommen.

»Mensch, Felícito, dass man dich mal wieder sieht«, grüßte sie und winkte. »Ich dachte schon, du hättest mich vergessen.«

»Adelaida, du weißt genau, dass du meine beste Freundin bist und dass ich dich nie vergesse«, sagte er, gab ihr die Hand und einen liebevollen Klaps auf die Schulter. »Ich hatte viele Schwierigkeiten in letzter Zeit, du wirst davon gehört haben. Aber hier bin ich. Ob du mich wohl auf ein Gläschen von deinem schön frisch gefilterten Wasser einlädst? Ich komme um vor Durst.«

»Aber natürlich, nur herein und setz dich, Felícito, ich bringe dir ein Glas, sofort.«

Im Gegensatz zur Hitze draußen war es im Innern von Adelaidas Laden, getaucht ins Halbdunkel und die übliche Ruhe, recht kühl. Von seinem Korbschaukelstuhl aus betrachtete er die Spinnweben, die Regale, die Tischchen mit Schachteln voller Stecknadeln, Knöpfe, Schmucksteine, die Kräuterbüschel, die Heiligenbildchen, die Rosenkränze, die Jungfrauen und Christusse aus Gips und aus Holz in allen Größen, die Lichter und Kerzen, während er darauf wartete, dass die Santera zurückkam. Ob Adelaida Kundschaft hatte? Soweit er sich erinnerte, hatte er, wann immer er hergekommen war, und das war oft gewesen, nie jemanden gesehen, der etwas kaufte. Mehr als ein Laden schien dieser Raum eine kleine Kapelle zu sein. Fehlte nur der Altar. Wann immer er hier war, verspürte er dieses Gefühl von Frieden, wie er es von früher kannte, sehr viel früher, wenn Gertrudis ihn, in den ersten Jahren ihrer Ehe, zur Sonntagsmesse in die Kirche schleifte.

Er trank genüsslich das Wasser vom Filterstein, das Adelaida ihm reichte.

»Eine unglaubliche Geschichte, Felícito«, sagte die Santera und schenkte ihm einen mitleidigen Blick. »Deine Geliebte und dein Sohn unter einer Decke, um dich auszunehmen. Mein Gott, was für hässliche Dinge es auf der Welt gibt! Ein Glück, dass man die beiden eingesperrt hat.«

»Das ist alles vorbei, und weißt du was, Adelaida? Es macht mir nichts mehr aus.« Er zuckte mit den Schultern und verzog den Mund. »Das Ganze liegt hinter mir, und mit der Zeit werde ich es vergessen. Ich will nicht, dass es mir das Leben vergiftet. Jetzt werde ich mich mit Leib und Seele daranmachen, Transportes Narihualá voranzubringen. Bei all dem Ärger habe ich das Unternehmen, von dem ich lebe, vernachlässigt. Und wenn ich mich nicht darum kümmere, geht es vor die Hunde.«

»So gefällst du mir, Felícito, Schwamm drüber und an die

Arbeit!«, rief die Santera. »Du bist immer jemand gewesen, der nicht kapituliert, der bis zum Ende kämpft.«

»Weißt du was, Adelaida?«, sagte Felícito. »Die Eingebung, die du das letzte Mal hattest, als ich bei dir war, sie hat sich erfüllt. Es ist etwas Außergewöhnliches passiert, so wie du gesagt hast. Im Moment kann ich dir noch nicht mehr sagen, aber sobald ich kann, erzähle ich es dir.«

»Ich möchte nicht, dass du mir etwas erzählst.« Die Wahrsagerin wurde sehr ernst, und ein Schatten flog über ihre Augen. »Das interessiert mich nicht, Felícito. Du weißt genau, dass ich es nicht mag, wenn mir diese Eingebungen kommen. Leider passiert mir das mit dir immer. Wie es scheint, rufst du sie hervor, *che guá*.«

»Ich hoffe, ich inspiriere dich zu keiner mehr, Adelaida.« Felícito lächelte. »Mir ist nicht nach weiteren Überraschungen zumute. Ab heute will ich ein ruhiges und geordnetes Leben haben und mich meiner Arbeit widmen.«

Sie schwiegen eine Weile still, hörten die Geräusche von der Straße. Das Hupen und die Motoren der Autos und Lastwagen, die Rufe der fliegenden Händler, die Stimmen und das Hin und Her der Passanten, alles drang herein wie besänftigt von der Ruhe dieses Ortes. Felícito dachte, dass Adelaida, auch wenn er sie schon so viele Jahre kannte, für ihn immer noch ein großes Rätsel war. Ob sie Familie hatte? Hatte sie irgendwann einmal einen Partner gehabt? Vielleicht stammte sie aus einem Waisenhaus, war eins dieser verlassenen Kinder, aufgesammelt und aufgezogen von der öffentlichen Fürsorge, und hatte danach immer allein gelebt, mutterseelenallein, ohne Eltern, ohne Geschwister, ohne Mann und ohne Kinder. Er hatte Adelaida nie von Verwandten sprechen hören, nicht einmal von Bekannten. Vielleicht war Felícito die einzige Person in Piura, die Adelaida einen Freund nennen konnte.

»Sag mir eins, Adelaida«, fragte er. »Hast du mal in Huancabamba gelebt? Bist du zufällig dort aufgewachsen?«

Statt einer Antwort ließ die Mulattin ein lautes Lachen erschallen, riss ihren Riesenmund mit den dicken Lippen weit auf, zeigte ihr Gebiss mit den großen, gleichmäßigen Zähnen.

»Ich weiß schon, warum du mich das fragst, Felícito«, rief sie und lachte immer noch. »Wegen der Hexer von Las Huaringas, nicht wahr?«

»Nicht dass du glaubst, ich würde denken, du wärst eine Hexe, ganz und gar nicht«, versicherte er. »Aber du hast, na ja, ich weiß nicht, wie ich es nennen soll, diese Fähigkeit, diese Gabe oder was auch immer, Dinge vorherzusehen, und das hat mich immer verblüfft. Schon unglaublich, *che guá*. Jedes Mal, wenn dir eine Eingebung kommt, geschieht genau das. Wir kennen uns jetzt schon mehr als fünfundzwanzig Jahre, nicht wahr? Und jedes Mal, wenn du mir etwas vorausgesagt hast, ist es genau so passiert. Du bist nicht wie die anderen, die einfachen Sterblichen, du hast etwas, was niemand sonst außer dir hat, Adelaida. Wenn du gewollt hättest, wärst du zu einer professionellen Wahrsagerin und damit reich geworden.«

Während er sprach, wurde sie immer ernster.

»Mehr als eine Gabe ist es ein Unglück, mit dem Gott mich geschlagen hat, Felícito«, seufzte sie. »Ich habe es dir schon so oft gesagt. Ich mag es nicht, dass mir plötzlich diese Eingebungen kommen. Ich weiß nicht, woher sie kommen, auch nicht, warum und wieso nur bei manchen Menschen wie bei dir. Für mich ist es auch ein Geheimnis. Zum Beispiel hatte ich nie eine Eingebung zu mir selbst. Ich habe nie gewusst, was mir morgen oder übermorgen widerfährt. Also, um auf deine Frage zu antworten, ja, ich war in Huancabamba, ein einziges Mal. Aber eins kann ich dir sagen. Mir tun sie leid, diese Leute, die dort hinaufsteigen und ausgeben, was sie haben oder nicht haben. Die glauben wollen, sie würden geheilt von den Meistern, wie sie sie nennen. Das sind Betrüger, die meisten zumindest. Reiben den Kranken mit einem Meerschweinchen über den Körper, tauchen sie in das eisige Wasser der Seen. Statt sie zu heilen, bringen sie sie manchmal mit einer Lungenentzündung um.«

Lächelnd hob Felícito die Hände.

»Nicht immer, Adelaida. Ein Freund von mir, Fahrer bei

Transportes Narihualá, er hieß Andrés Novoa, hatte das Maltafieber, und die Ärzte im Hospital Obrero wussten nicht mehr, wie sie ihm helfen sollten. Sie hatten ihn aufgegeben. Halb tot fuhr er nach Huancabamba, und einer der Hexenmeister brachte ihn nach Las Huaringas, ließ ihn in den See steigen und gab ihm einen Trank. Als er zurückkam, war er geheilt. Ich habe es mit eigenen Augen gesehen, das schwöre ich dir, Adelaida.«

»Ausnahmen mag es geben«, sagte sie. »Aber auf einen echten Heilkünstler kommen zehn Hochstapler, Felícito.«

Sie unterhielten sich noch weiter und kamen von den Hexern, Meistern, Heilern und Schamanen von Huancabamba, die so berühmt waren, dass Menschen aus ganz Peru sie aufsuchten und zu ihren Leiden befragten, zu den Gesundbeterinnen und Santeras von Piura, diesen meist sehr einfachen, wie Nonnen gekleideten alten Frauen, die von Haus zu Haus gingen, um an den Krankenbetten zu beten. Sie begnügten sich mit ein paar Centavos in die Hand oder einem schlichten Teller Essen für ihre Gebete, die, glaubten viele, die ärztliche Behandlung ergänzten und den Kranken bei der Genesung halfen. Zu Felícitos Überraschung glaubte auch Adelaida an nichts davon. Die Gesundbeterinnen und Geistheilerinnen der Stadt waren für sie Betrügerinnen. Seltsam, dass eine Frau mit solchen Gaben, die die Zukunft mancher Menschen vorhersehen konnte, so ungläubig war, wenn es um die Heilkräfte anderer ging. Vielleicht hatte sie recht, und es gab viele clevere unter denen, die sich brüsteten, sie hätten die Fähigkeit, Kranke zu heilen. Felícito wunderte sich, als er hörte, wie Adelaida erzählte, in der jüngeren Vergangenheit habe es selbst in Piura finstere Frauen gegeben, Trösterinnen genannt, die manche Familien zu sich riefen, damit sie den Todkranken beim Sterben halfen, was sie dann auch taten, unter Gebeten, indem sie ihnen mit einem langen Fingernagel, den sie sich zu diesem Zweck am Zeigefinger wachsen ließen, die Halsschlagader durchtrennten.

Noch mehr aber wunderte es Felícito, dass Adelaida felsenfest an die Legende glaubte, wonach die Figur des Gefangenen

Christus in der Kirche von Ayabaca ecuadorianische Holzschnitzer angefertigt hätten, die sich dann als Engel herausstellten.

»Und du glaubst dieses Gerede, Adelaida?«

»Ich glaube es, denn ich habe gehört, wie Leute von dort die Geschichte erzählten. Die Eltern geben sie an ihre Kinder weiter, seit damals, und wenn das schon so lange geht, muss es wahr sein.«

Felícito hatte oft von dem Wunder gehört, es aber nie für bare Münze genommen. Demnach hatte, es war schon viele Jahre her, eine Abordnung von Honoratioren aus Ayabaca Geld gesammelt, um die Skulptur eines Christus in Auftrag zu geben. Sie gingen über die Grenze nach Ecuador und trafen drei weiß gekleidete Männer, die Holzschnitzer waren. Sie beauftragten sie sogleich, nach Ayabaca zu kommen und die Figur zu schnitzen. Das taten sie, verschwanden aber, bevor sie die vereinbarte Summe entgegengenommen hatten. Die Abordnung begab sich daraufhin noch einmal nach Ecuador, um nach ihnen zu suchen, aber niemand kannte sie dort, wusste auch nichts von ihnen. Mit anderen Worten, sie waren Engel gewesen. Dass Gertrudis es glaubte, war klar, aber ihn überraschte, dass auch Adelaida dieses Wunder einfach so schluckte.

Nachdem sie sich unterhalten hatten, fühlte Felícito sich viel besser. Seine Gespräche mit Miguel und mit Mabel hatte er nicht vergessen, das würde er vielleicht nie, aber die Stunde, die er hier verbracht hatte, half ihm, die Erinnerung ein wenig abzuschütteln.

Er dankte Adelaida für das gefilterte Wasser und das Gespräch, und auch wenn sie sich sträubte, nötigte er sie, die fünfzig Sol anzunehmen, die er ihr beim Abschied in die Hand drückte.

Als er auf die Straße trat, kam es ihm vor, als knallte die Sonne noch heftiger. Er ging langsam nach Hause, und auf dem ganzen Weg traten nur zwei unbekannte Personen an ihn heran, um ihn zu grüßen. Erleichtert dachte er, dass er nach und nach keine Berühmtheit mehr wäre. Die Leute würden die kleine Spinne vergessen und nicht mehr auf ihn zeigen oder ihn ansprechen. Vielleicht lag der Tag nicht fern, an dem er sich in der Stadt wieder bewegen konnte wie ein namenloser Passant.

Zu Hause stand das Mittagessen schon auf dem Tisch. Saturnina hatte eine Gemüsesuppe und leckere Ollucos mit Dörrfleisch und Reis zubereitet, Gertrudis stellte eine Kanne Limonade mit viel Eis dazu. Sie setzten sich und aßen schweigend, und erst als er den letzten Löffel Suppe gegessen hatte, erzählte Felícito seiner Frau, dass er am Vormittag Miguel gesehen und ihm angeboten habe, die Anzeige zurückzuziehen, wenn er einverstanden sei, seinen Nachnamen abzulegen. Sie hörte ihm stumm zu, und als er schwieg, sagte sie immer noch kein Wort.

»Bestimmt nimmt er das Angebot an, dann kommt er frei«, fügte er hinzu. »Und wird Piura verlassen, wie ich es verlangt habe. Bei der Vorgeschichte würde er hier nie eine Arbeit finden.«

Gertrudis nickte.

»Willst du ihn nicht besuchen?«, fragte Felícito.

Sie schüttelte den Kopf.

»Ich will ihn auch nie wieder sehen«, sagte sie und löffelte ganz langsam ihre Suppe. »Nach dem, was er dir angetan hat, könnte ich es nicht.«

Sie aßen schweigend weiter, und erst als Saturnina schon die Teller abgeräumt hatte, sagte Felícito leise:

»Ich war auch in Castilla, du kannst dir schon denken, wo. Auch diese Angelegenheit wollte ich abschließen. Und das habe ich. Es ist für immer vorbei. Ich wollte, dass du es weißt.«

Es folgte eine weitere lange Stille, unterbrochen nur vom Quaken eines Frosches im Garten. Schließlich hörte Felícito, wie Gertrudis ihn fragte:

»Möchtest du einen Kaffee oder ein Tässchen Kamillentee?«

XX

Als Don Rigoberto, es war noch dunkel, aufwachte, hörte er das Rauschen des Meeres und dachte: Endlich ist der Tag gekommen. Ein Gefühl von Erleichterung und Erregung packte ihn. War dies das Glück? Neben ihm schlief Lucrecia, ganz ruhig. Sie musste hundemüde sein, bis tief in die Nacht hatte sie noch Koffer gepackt. Eine Weile hörte er auf die Bewegung des Meeres – eine Musik, die man in Barranco tagsüber nie hörte, nur nachts, wenn der Straßenlärm verklungen war –, und dann stand er auf und ging, in Pyjama und Hausschuhen, in sein Arbeitszimmer. Im Lyrikregal suchte er nach dem Buch von Fray Luis de León, und im Schein des Leselämpchens las er das Gedicht, das dieser dem blinden Musiker Francisco de Salinas gewidmet hatte. Am Abend zuvor, beim Einschlafen, hatte er immerzu daran gedacht, und dann träumte er davon. Er hatte es oft gelesen, und jetzt, nachdem er es langsam noch einmal las, dabei nur leicht die Lippen bewegend, fand er es erneut bestätigt: es war die schönste Hommage an die Musik, die er kannte, ein Gedicht, das, während es die unerklärliche Wirklichkeit der Musik erklärte, seinerseits zu Musik wurde. Eine Musik aus Gedanken und Metaphern, die kluge Allegorie eines gläubigen Menschen, die, indem sie dem Leser jenes unbeschreibliche Gefühl eingibt, das geheime, transzendente, höhere Sein offenbart, das in einem Winkel des menschlichen Tieres wohnt und sich dem Bewusstsein nur zeigt in der vollkommenen Harmonie einer wunderschönen Sinfonie, eines tiefen Gedichts, einer großartigen Oper, einer herausragenden Ausstellung. Ein Gefühl, das für Bruder Luis, den Gläubigen, nicht zu unterscheiden war von der Gnade und der mystischen Trance. Wie wohl die Musik des blinden Organisten klang, für den Fray Luis de León dieses herrliche Lob schrieb? Er hatte sie nie gehört. Das war's, jetzt hatte er eine Aufgabe für die Tage in Madrid, er musste unbedingt eine CD mit den Kompositionen des Francisco de Salinas besorgen. Sicher hatte eines der Ensembles, die sich der alten Musik verschrieben – das von Jordi Savall zum Beispiel – eine Aufnahme dem Mann gewidmet, der einst ein solches Wunderwerk inspirierte.

Er schloss die Augen und dachte, dass nur noch wenige Stunden fehlten, und Lucrecia, Fonchito und er würden durch die Lüfte fliegen, die dichten Wolken von Lima hinter sich lassen, die aufgeschobene Reise nach Europa beginnen. Endlich! Bei ihrer Ankunft wäre es schönster Herbst. Er stellte sich das Gold der Bäume vor und das Pflaster der Straßen, geschmückt mit den von der Kälte abgelösten Blättern. Es kam ihm unglaublich vor. Vier Wochen, eine in Madrid, eine in Paris, eine weitere in London und die letzte in Florenz und Rom. Er hatte diese einunddreißig Tage auf eine Weise geplant, dass das Vergnügen nicht durch Ermüdung Schaden nahm, hatte allen Unwägbarkeiten, die einem die Reise verleiden, so gut es ging vorgebeugt. Hatte die Flüge gebucht, die Eintrittskarten für Konzerte, Opern und Ausstellungen gekauft, Hotels und Pensionen im Voraus bezahlt. Es wäre das erste Mal, dass Fonchito den Kontinent von Rimbaud betrat, das Europa *aux anciens parapets*. Und ein besonderes Vergnügen wäre es ihm, seinem Sohn den Prado zu zeigen, den Louvre, die National Gallery, die Uffizien, den Petersdom, die Sixtinische Kapelle. Ob er bei all den schönen Dingen wohl das Unheil der letzten Zeit vergessen konnte, die gespenstischen Erscheinungen von Edilberto Torres, diesem Inkubus oder Sukkubus (was war noch mal der Unterschied?), der ihm und Lucrecia das Leben so schwer gemacht hatte? Er hoffte es. Dieser Monat wäre ein reinigendes Bad, die Familie würde die schlimmste Phase ihrer Existenz abschließen. Und alle drei kehrten sie verjüngt, wiedergeboren nach Lima zurück.

Er musste an das letzte Gespräch mit Fonchito in seinem Arbeitszimmer denken, zwei Tage vorher, und wie der Junge auf einmal anfing zu klugscheißen:

»Wenn dir Europa so gefällt, wenn du Tag und Nacht davon träumst, warum hast du dann dein ganzes Leben in Peru verbracht, Papa?«

Die Frage verwirrte ihn, verschlug ihm die Sprache. Er fühlte sich schuldig, wusste aber nicht, wieso.

»Na ja, ich glaube, wenn ich dort gelebt hätte, hätte ich all die schönen Dinge des alten Kontinents nie so genossen«, versuchte er sich vor einer Antwort zu drücken. »Ich hätte mich so an sie gewöhnt, dass ich sie nicht einmal bemerkt hätte. Nicht anders ergeht es Millionen von Europäern. Wie auch immer, es ist mir nie in den Sinn gekommen. Für mich war immer klar, dass ich hier leben muss. Mein Schicksal annehmen, wenn du so willst.«

»Alle Bücher, die du liest, sind von europäischen Schriftstellern«, ließ sein Sohn nicht locker. »Ich glaube, die meisten CDs, Zeichnungen und Bilder auch. Von Italienern, Engländern, Franzosen, Spaniern, Deutschen, auch ein paar Nordamerikanern. Aber was gefällt dir eigentlich an Peru, Papa?«

Rigoberto wollte sich schon verwahren, doch, sehr vieles, aber dann entschied er sich für ein unschlüssiges Gesicht und eine übertrieben skeptische Handbewegung:

»Drei Dinge, Fonchito«, sagte er, und mit dem Pathos eines gelehrten Meisters: »Die Gemälde von Fernando de Szyszlo. Die französischen Gedichte von César Moro. Und die Garnelen aus dem Majes natürlich.«

»Mit dir kann man nicht ernsthaft reden, Papa«, protestierte sein Sohn. »Ich glaube, du machst dich nur lustig, weil du dich nicht traust, mir die Wahrheit zu sagen.«

Dieser Rotzbengel, dachte er, ist ein gewitztes Kerlchen, und er gefällt sich darin, seinem Vater einzuheizen. Ob ich als Junge auch so war? Er wusste es nicht mehr.

Er sah die Reisedokumente durch, warf einen letzten Blick in den Handkoffer, nicht dass er etwas vergessen hatte. Kurz darauf wurde es hell, und er hörte ein Klappern in der Küche. Als er wieder ins Schlafzimmer ging, sah er auf dem Flur die drei Koffer, die Lucrecia gepackt und mit Namensschildchen versehen hatte. Er ging ins Bad, rasierte sich, duschte, und als er wieder ins Schlafzimmer kam, war Lucrecia bereits aufgestanden und weckte Fonchito. Das Frühstück warte im Esszimmer auf sie, verkündete Justiniana.

»Kaum zu glauben, dass der Tag gekommen ist«, sagte er zu Lucrecia, während er sich seinen Orangensaft, seinen Milchkaffee und sein Toastbrot mit Butter und Marmelade schmecken ließ. »In diesen Monaten habe ich manchmal gedacht, wir müssten uns noch Jahre mit den Hyänen vor Gericht herumschlagen und würden nie wieder einen Fuß auf europäischen Boden setzen.«

»Weißt du, worauf ich bei unserer Reise am meisten gespannt bin?«, fragte Lucrecia, die zum Frühstück nur eine Tasse Tee ohne alles trank. »Du wirst lachen: auf Armidas Empfang. Wie wohl das Essen wird? Wen lädt sie sonst noch ein? Ich kann es immer noch nicht fassen, dass die ehemalige Hausangestellte von Ismael für uns in Rom ein Bankett gibt. Ich komme um vor Neugier, Rigoberto. Wie sie lebt, wie sie sich um die Gäste kümmert, wie ihre Bekannten sind. Meinst du, sie hat Italienisch gelernt? Das Haus ist bestimmt ein kleiner Palast, nehme ich an.«

»Bestimmt, ja, sicher«, sagte Rigoberto ein wenig enttäuscht. »Geld hat sie ja genug, um zu leben wie Gott in Frankreich. Hoffentlich hat sie auch den Geschmack und das nötige Feingefühl, um mit einem solchen Vermögen sinnvoll umzugehen. Aber warum nicht. Sie hat bewiesen, dass sie cleverer ist als wir alle zusammen. Sie hat ihren Kopf durchgesetzt, und da lebt sie nun in Italien, mit der ganzen Erbschaft von Ismael in der Tasche, und die Zwillinge auf ganzer Linie geschlagen. Ich freue mich für sie, wirklich.«

»Sprich nicht so von Armida, mach dich nicht lustig«, sagte Lucrecia und hielt ihm die Hand vor den Mund. »Sie ist nicht, was die Leute von ihr denken, sie war es nie.«

»Schon gut, ich weiß ja, dass sie dich bei eurem Gespräch in Piura überzeugt hat.« Rigoberto lächelte. »Und wenn es geflunkert war, Lucrecia?«

»Sie hat mir die Wahrheit gesagt, dafür lege ich meine Hand ins Feuer«, versicherte Lucrecia. »Sie hat erzählt, was passiert ist, ohne etwas hinzuzufügen oder auszulassen. Für solche Dinge habe ich ein untrügliches Gespür.«

»Das glaube ich dir nicht. Ist es wirklich so gewesen?«

»Wirklich.« Armida schlug die Augen nieder, ein wenig verschüchtert. »Nie hat er mich auch nur angeschaut. Nie ein Kompliment. Nicht einmal ein freundliches Wort, wie die Hausherren es manchmal so zu ihren Angestellten sagen. Das schwöre ich Ihnen, bei allem, was mir heilig ist, Señora Lucrecia.«

»Wie oft soll ich dir noch sagen, dass du mich duzen sollst, Armida.« Lucrecia schüttelte den Kopf. »Es fällt mir schwer zu glauben, dass es stimmt, was du da sagst. Hast du wirklich vorher nie gemerkt, dass du Ismael gefällst, und sei es ein kleines bisschen?«

»Das schwöre ich Ihnen, bei allem, was mir heilig ist.« Armida küsste ihre gekreuzten Finger. »Nie und nimmer, soll Gott mich in die Hölle schicken, wenn ich lüge. Niemals. Nie. Deshalb war ich so baff, dass ich fast ohnmächtig geworden bin. Aber was reden Sie da! Sind Sie verrückt geworden, Don Ismael? Oder werde ich verrückt? Was geht hier eigentlich vor?«

»Niemand ist verrückt, Armida, weder du noch ich«, sagte der Herr Carrera, und dabei lächelte er und sprach mit einer Liebenswürdigkeit, wie sie es von ihm nicht kannte. »Natürlich hast du genau verstanden, was ich gesagt habe. Ich frage dich noch einmal. Willst du mich heiraten? Ich meine es ernst. Ich bin zu alt, um noch zu flirten, um dir nach altem Brauch den Hof zu machen. Ich biete dir meine Zuneigung, meine Wertschätzung. Ich bin sicher, auch die Liebe wird kommen, später. Meine zu dir und deine zu mir.«

»Er sagte, er fühle sich einsam, ich wäre die Richtige für ihn, ich würde seine Gewohnheiten kennen, wüsste, was er mochte und was nicht, außerdem würde ich mich sicher gut um ihn kümmern. Mir schwirrte der Kopf, Señora Lucrecia. Ich konnte nicht glauben, was er da sagte. Aber so ist es gewesen, genau so. Ganz plötzlich und ohne Drumrum, aus heiterem Himmel. Das ist die reine Wahrheit. Ich schwöre es Ihnen.«

»Ich kann nur staunen, Armida.« Lucrecia nahm sie verblüfft unter die Lupe. »Aber nach allem, ja, warum nicht. Er hat dir einfach die Wahrheit gesagt. Er fühlte sich einsam, brauchte Gesellschaft, du kanntest ihn besser als sonst jemand. Und dann hast du ja gesagt, einfach so?«

»Du musst jetzt nicht antworten, Armida«, sagte der Herr, ohne einen Schritt auf sie zuzugehen, ohne die geringsten Anstalten, sie zu berühren, ihre Hand zu nehmen, den Arm. »Denk darüber nach. Mein Antrag ist ernst gemeint. Wir heiraten, fahren auf Hochzeitsreise nach Europa. Ich will alles tun, um dich glücklich zu machen. Überleg es dir, bitte.«

»Ich hatte einen Freund, Señora Lucrecia. Panchito. Ein lieber Mensch. Er arbeitete in der Gemeindeverwaltung von Lince, beim Registeramt. Ich musste mich von ihm trennen. Ehrlich gesagt, ich habe nicht lange überlegt. Es kam mir vor wie im Märchen von Aschenputtel. Aber bis zum letzten Moment hatte ich Zweifel, ob der Herr Carrera es wirklich ernst meinte. Aber ja, sehr ernst, und Sie sehen ja selbst, was danach alles passiert ist.«

»Ich traue mich kaum, dich das zu fragen, Armida«, sagte Lucrecia und sprach jetzt sehr leise. »Aber ich komme schier um vor Neugier. Willst du damit sagen, vor eurer Hochzeit war nichts zwischen euch?«

Armida lachte laut und hielt sich die Hände vors Gesicht.

»Nachdem ich ja gesagt hatte, war was«, sagte sie, wurde rot, lachte immer noch. »Klar war da was. Der Herr war noch ein ganzer Mann, trotz seines Alters.«

Lucrecia musste jetzt auch lachen.

»Du brauchst mir nicht mehr zu erzählen«, sagte sie und umarmte Armida. »Ach, ist das köstlich. Ein Jammer, dass Ismael gestorben ist.«

»Es will mir immer noch nicht in den Kopf, dass die Hyänen ihre Reißzähne verloren haben«, sagte Rigoberto. »Dass sie so zahm geworden sind.«

»Das glaube ich nicht«, antwortete Lucrecia. »Sie machen bestimmt nur deshalb keinen Krawall, weil sie wieder was aushecken. Hat Doktor Arnillas dir gesagt, worin die Vereinbarung mit Armida besteht?«

Rigoberto schüttelte den Kopf.

»Ich habe ihn nicht danach gefragt«, sagte er achselzuckend.

»Aber kein Zweifel, sie haben es aufgegeben. Sonst hätten sie nicht alle Klagen zurückgezogen. Sie muss ihnen eine ordentliche Summe gegeben haben, um sie zu bändigen. Vielleicht aber auch nicht. Vielleicht haben die beiden Idioten eingesehen, dass sie, wenn sie weiterkämpfen, irgendwann als alte Leute sterben, ohne dass sie auch nur einen einzigen Centavo aus der Erbschaft gesehen hätten. Ehrlich gesagt, mir ist das schnuppe. Ich will nicht, dass wir die ganze Reise von diesen Kanaillen sprechen, Lucrecia. Ich möchte, dass es schöne, angenehme, anregende vier Wochen werden. Die Hyänen passen nicht dazu.«

»Ich verspreche dir, ich werde sie nie wieder erwähnen.« Lucrecia musste lachen. »Letzte Frage. Weißt du, was aus ihnen geworden ist?«

»Sie sind garantiert in Miami, um das Geld auf den Kopf zu hauen, dass sie Armida abgenommen haben, wo sonst«, sagte Rigoberto. »Ach, stimmt ja, da können sie nicht mehr hin, weil Miki jemanden überfahren hat und dann abgehauen ist. Obwohl, vielleicht ist das schon verjährt. Egal, die Zwillinge haben sich aus dem Staub gemacht, sind verschwunden, haben nie existiert. Sprechen wir nicht mehr von ihnen. Hallo, Fonchito!«

Der Junge war schon reisefertig, mit Jacke und allem.

»Meine Güte, wie elegant«, empfing ihn Lucrecia und gab ihm einen Kuss. »Hier, dein Frühstück. Ich lasse euch allein, ich bin schon spät dran. Ich muss mich beeilen, wenn wir pünktlich um neun losfahren sollen.«

»Freust du dich auf die Reise?«, fragte Rigoberto seinen Sohn, als sie allein waren.

»Sehr, Papa. Seit ich denken kann, habe ich dich so viel von Europa reden hören, dass ich schon davon träume.«

»Es wird eine wunderbare Erfahrung, bestimmt«, sagte Rigoberto. »Ich habe alles sorgfältig geplant, damit du die schönsten Dinge siehst, die es im alten Europa gibt, ohne alles Hässliche. In gewisser Weise wird die Reise mein Meisterwerk sein. Eins, das ich nicht gemalt, nicht komponiert, nicht geschrieben habe, Fonchito. Aber du wirst es erleben.«

»Es ist nie zu spät, Papa«, erwiderte der Junge. »Du hast noch viel Zeit und kannst tun, was dir wirklich gefällt. Jetzt bist du pensioniert, du hast alle Freiheiten der Welt.«

Eine weitere unbequeme Bemerkung, bei der er nicht wusste, wie er sich aus der Affäre ziehen sollte. Er stand auf und gab vor, noch einmal seinen Reisekoffer zu überprüfen.

Narciso stand um Punkt neun vor der Tür, wie Rigoberto ihn gebeten hatte. Der Pick-up, den er fuhr, ein Toyota neuesten Modells, war marineblau, und an den Rückspiegel hatte der ehemalige Chauffeur von Ismael Carrera ein koloriertes Bild der seligen Melchorita gehängt. Sie mussten, wie auch anders, eine ganze Weile warten, bis Lucrecia herauskam. Die verabschiedete sich von Justiniana mit nimmer endenden Umarmungen und Küssen, und erschrocken sah Rigoberto, wie sich ihre Lippen berührten. Doch weder Fonchito noch Narciso bemerkten es. Als der Wagen die Quebrada de Armendáriz hinunterfuhr und dann an der Costa Verde entlang in Richtung Flughafen, fragte Rigoberto Narciso, wie es ihm ergehe bei seiner neuen Arbeit in der Versicherungsgesellschaft.

»Ausgezeichnet.« Narciso lachte übers ganze Gesicht und zeigte sein weißes Gebiss. »Ich dachte, die Empfehlung der Señora Armida würde bei den neuen Eigentümern nicht viel helfen, aber ich habe mich geirrt. Sie haben mich gut behandelt. Der Direktor persönlich hat mich empfangen, stellen Sie sich vor. Ein Italiener, stark parfümiert. Nur ist mir ganz anders geworden, als ich sah, wie er jetzt in Ihrem Büro sitzt, Don Rigoberto.«

»Besser er als Miki oder Schlaks, meinst du nicht?« Rigoberto lachte schallend.

»Unbedingt, gar keine Frage. Aber selbstverständlich!«

»Und als was arbeitest du, Narciso? Chauffeur des Generaldirektors?«

»Hauptsächlich. Wenn er mich nicht braucht, fahre ich Leute aus der ganzen Firma, ich meine, die aus den oberen Etagen.« Er machte einen zufriedenen Eindruck, sehr selbstsicher. »Manchmal schickt er mich auch zum Zoll, zur Post, zu den Banken. Ich arbeite hart, aber ich kann mich nicht beklagen, ich werde gut bezahlt. Und dank der Señora Armida habe ich jetzt ein eigenes neues Auto. Damit hätte ich nie gerechnet, wirklich nicht.«

»Ein schönes Geschenk hat sie dir gemacht, Narciso«, bemerkte Lucrecia. »Toller Wagen.«

»Armida hatte immer ein goldenes Herz«, bestätigte der Chauffeur. »Ich meine, die Señora Armida.«

»Das war das Mindeste, was sie für dich tun konnte«, sagte Rigoberto. »Du hast dich ihr und Ismael gegenüber prima verhalten. Nicht nur dass du Trauzeuge warst, obwohl du genau wusstest, was du riskierst. Vor allem hast du dich von den Hyänen weder kaufen noch einschüchtern lassen. Da ist es nur gerecht, dass sie dir dieses kleine Geschenk macht.«

»Der Wagen ist kein kleines Geschenk, sondern ein Riesengeschenk, Don Rigoberto.«

Der Flughafen Jorge Chávez wimmelte von Menschen, die Schlange bei der Iberia war endlos. Doch Rigoberto verlor nicht die Geduld. Er hatte so viel durchgestanden in den letzten Monaten, die polizeilichen und gerichtlichen Vorladungen, die Blockierung seines Ruhestands, den Kummer, den Fonchito ihnen mit Edilberto Torres bereitete, was bedeutete da schon eine Schlange von einer Viertelstunde, einer halben Stunde oder was auch immer, wenn all der Ärger zurückblieb und er morgen Mittag mit seiner Frau und seinem Sohn in Madrid wäre. Schwungvoll warf er die Arme um Lucrecias und Fonchitos Schultern und verkündete, überschäumend vor Begeisterung:

»Morgen Abend gehen wir ins beste und netteste Restaurant

von Madrid. Das Casa Lucio! Der Schinken dort und die Pommes frites mit Ei sind ein Leckerbissen ohnegleichen.«

»Pommes frites mit Ei ein Leckerbissen, Papa?«, spöttelte Fonchito.

»Lach nur, aber ich verspreche dir, so schlicht es sich anhört, im Casa Lucio haben sie aus diesem Gericht ein Kunstwerk gemacht, eine Köstlichkeit, dass du dir die Finger leckst.«

Und im gleichen Moment erblickte er, nur wenige Meter entfernt, ein sonderbares Paar, das ihm bekannt vorkam. Es konnte nicht ungewöhnlicher und ungleicher sein. Sie, eine dicke, große, pausbäckige Frau, steckte in einer Art Gewand, rohweiß, das ihr bis zu den Knöcheln reichte, darüber ein dicker, irgendwie grüner Pullover. Das Seltsamste aber war dieses absurde flache Schleierhütchen auf ihrem Kopf, das ihr eine skurrile Note gab. Der Mann dagegen, klein, hager, kümmerlich, schien sich herausgeputzt zu haben in seinem eng anliegenden perlgrauen Minianzug mit modisch blauer Weste. Auch er trug, bis über die Stirn gezogen, einen Hut. Sie hatten etwas Provinzielles an sich, schienen verwirrt und verloren in der Menge auf dem Flughafen und betrachteten alles skeptisch und wie mit banger Sorge. Man hätte meinen können, sie seien einem dieser expressionistischen Gemälde voller verschrobener und verzerrter Typen aus dem Berlin der zwanziger Jahre entsprungen, wie Otto Dix oder George Grosz sie malten.

»Du hast sie also schon gesehen«, hörte er Lucrecia. Sie deutete auf das Paar. »Offenbar fliegen sie auch nach Spanien. Und erster Klasse, was sagst du dazu!«

»Ich glaube, ich kenne sie, ich weiß nur nicht, woher«, sagte Rigoberto. »Wer sind sie?«

»Na, das Paar aus Piura, sag bloß, du erkennst sie nicht wieder.«

»Ja, Armidas Schwester und ihr Schwager, tatsächlich. Du hast recht, sie fliegen nach Spanien. Was für ein Zufall.«

Er verspürte ein merkwürdiges Unwohlsein, eine Unruhe, als könnte das Zusammentreffen mit diesem Ehepaar aus Piura im Iberia-Flug nach Madrid für das so sorgfältig ausgefeilte Programm ihres europäischen Monats irgendeine Bedrohung darstellen. Quatsch, dachte er, ich leide schon unter Verfolgungswahn. Wie sollte dieses kuriose Paar ihnen schon ihre Reise verderben. Er beobachtete die beiden, wie sie am Schalter der Iberia eincheckten und den großen, von dicken Riemen gehaltenen Koffer wogen, den sie aufgaben. Ihnen war anzumerken, wie ängstlich und besorgt sie waren, als bestiegen sie zum ersten Mal in ihrem Leben ein Flugzeug. Als sie die Anweisungen der Schalterdame schließlich verstanden hatten, entfernten sie sich, untergehakt, als wollten sie sich vor Unvorhergesehenem schützen. Was hatten Felícito Yanaqué und seine Frau Gertrudis wohl in Spanien vor? Natürlich, klar, sie wollten den Skandal vergessen, in dessen Mittelpunkt sie in Piura gestanden hatten, mit Entführungen, Seitensprüngen und Nutten. Sicher hatten sie eine Gruppenreise gebucht und dafür die Ersparnisse eines ganzen Lebens ausgegeben. Es hatte keinerlei Bedeutung. Er war nur allzu empfindlich geworden in diesen Monaten, dünnhäutig, fast paranoid. Dieses Pärchen hatte es nicht in der Hand, ihren wunderbaren Urlaub auch nur im Geringsten zu beeinträchtigen.

»Ich weiß nicht, wieso, aber irgendwie habe ich ein mulmiges Gefühl, dass wir ausgerechnet diesem Paar aus Piura begegnen, Rigoberto«, hörte er Lucrecia, und ein Schauer lief ihm über den Rücken.

»Mulmig?«, tat er verwundert. »Unsinn, Lucrecia, dafür gibt es keinen Grund. Es werden noch schönere Wochen als bei unserer Hochzeitsreise, das verspreche ich dir.«

Als sie eingecheckt hatten, gingen sie zur oberen Ebene hinauf, wo eine weitere lange Schlange darauf wartete, dass die Polizei ihre Pässe stempelte. Trotzdem blieb ihnen, als sie endlich durch die Kontrolle waren, noch reichlich Zeit bis zum Abflug. Lucrecia beschloss, einen Blick in die Duty-free-Shops zu werfen, und Fonchito begleitete sie. Da er Einkaufen hasste, sagte Rigoberto, er warte im Bistro auf sie. Er kaufte sich auf dem Weg den *Economist* und stellte fest, dass in dem kleinen Restaurant alle Tische besetzt waren. Er wollte schon zum Flugsteig gehen und sich dort hinsetzen, als er an einem der Tische den Herrn Yanaqué und seine Frau entdeckte. Sehr ernst und sehr ruhig saßen sie dort, vor sich ein Erfrischungsgetränk und ein Teller mit Keksen. Aus einem Impuls heraus trat Rigoberto zu ihnen.

»Ich weiß nicht, ob Sie sich an mich erinnern«, grüßte er sie und reichte ihnen die Hand. »Vor ein paar Monaten war ich in Piura, bei Ihnen zu Hause. Was für eine Überraschung. Sie verreisen also.«

Die beiden Piuraner waren aufgestanden, im ersten Moment überrascht, dann lächelnd. Und überschwänglich schüttelten sie ihm die Hand.

»Was für eine Überraschung, Don Rigoberto«, rief der Herr Yanaqué. »Sie hier. Wie sollten wir uns nicht an unsere Verschwörung erinnern.«

»Kommen Sie, setzen Sie sich«, sagte die Señora Gertrudis. »Tun Sie uns den Gefallen.

»Na schön, ja, sehr gern«, sagte Rigoberto. »Meine Frau und mein Sohn sehen sich Geschäfte an. Wir fliegen nach Madrid.«

»Nach Madrid?« Felícito Yanaqué machte große Augen. »Genau wie wir, so ein Zufall.«

»Was möchten Sie trinken, Señor?«, fragte die Señora Gertrudis zuvorkommend.

Sie schien wie ausgewechselt, war nun mitteilsamer, sympathischer, lächelte sogar. Er hatte sie von den Tagen in Piura als spröde in Erinnerung, unfähig, auch nur ein Wort zu sagen.

»Einen kleinen Cortado«, bestellte er beim Kellner. »Nach Madrid also. Dann sind wir Reisegefährten.«

Sie setzten sich, lächelten, tauschten Einschätzungen zu ihrem Flug aus – ob die Maschine pünktlich losflog, Verspätung hatte? –, und Gertrudis, deren Stimme Rigoberto, da war er sich sicher, bei den Treffen in Piura nicht ein einziges Mal gehört hatte, sprach nun pausenlos. Hoffentlich wackelte dieses Flugzeug nicht wie das von der LAN, das sie am Vortag aus Piura hergebracht hatte. Es war so herumgehüpft, dass sie heulen musste, weil sie dachte, sie stürzten ab. Und hoffentlich ging bei der Iberia nicht ihr Koffer verloren, denn wenn das passierte, was sollte sie dann in Madrid anziehen, wo sie drei Tage und drei Nächte blieben und wo es offenbar sehr kalt war.

»Der Herbst ist die beste Jahreszeit in ganz Europa«, beruhigte sie Rigoberto. »Und die schönste, das versichere ich Ihnen. Es ist nicht kalt, nur angenehm frisch. Besuchen Sie Madrid als Touristen?«

»Eigentlich fliegen wir nach Rom«, sagte Felícito Yanaqué. »Aber Armida hat darauf bestanden, dass wir ein paar Tage in Madrid verbringen, um die Stadt kennenzulernen.«

»Meine Schwester wollte, dass wir auch nach Andalusien fahren«, sagte Gertrudis. »Aber das hätte alles zu lange gedauert, Felícito hat viel zu tun in Piura, mit den Bussen und den Lkws. Er organisiert die Firma völlig neu.«

»Transportes Narihualá wird vorankommen, auch wenn es mir noch einige Kopfschmerzen bereitet«, sagte der Herr Yanaqué und lächelte. »Vor Ort ersetzt mich jetzt mein Sohn Tiburcio. Er kennt das Unternehmen gut, schon als Junge hat er dort gearbeitet. Er wird es prima machen, da bin ich sicher. Aber Sie wissen ja, man muss selber ein Auge auf alles haben, sonst läuft irgendwas schief.«

»Armida hat uns die Reise spendiert«, sagte Gertrudis, und Stolz schwang in ihrer Stimme. »Sie zahlt alles, stellen Sie sich vor, wie großzügig. Tickets, Hotels, alles. Und in Rom wohnen wir bei ihr zu Hause.«

»Sie war so liebenswürdig, dass wir es ihr nicht ausschlagen konnten«, erklärte Herr Yanaqué. »Stellen Sie sich vor, was sie diese Einladung kostet. Ein Vermögen! Armida sagt, sie ist uns sehr dankbar, dass wir sie aufgenommen haben. Als hätte uns das die kleinste Unannehmlichkeit bereitet. Es war uns vielmehr eine Ehre.«

»Nun ja, Sie haben sich ihr gegenüber wirklich toll verhalten in diesen schwierigen Tagen«, bemerkte Rigoberto. »Sie haben sich um sie gekümmert, ihr einen Halt gegeben. Für sie war es wichtig, in der Nähe ihrer Familie zu sein. Jetzt ist sie in einer glänzenden Situation. Sie hat gut daran getan, Sie einzuladen. Rom wird Ihnen gefallen, Sie werden sehen.«

Gertrudis stand auf, um zur Toilette zu gehen. Felícito Yanaqué deutete auf sie und sagte, mit leiserer Stimme:

»Meine Frau brennt darauf, den Papst zu sehen. Es ist der Traum ihres Lebens, sie ist nämlich wahnsinnig religiös. Armida hat versprochen, mit ihr zum Petersplatz zu gehen, wenn der Papst auf den Balkon tritt. Vielleicht kann sie sogar dafür sorgen, dass sie einen Platz unter den Pilgern bekommt, die der Heilige Vater an manchen Tagen zur Audienz empfängt. Den Vatikan zu besuchen und den Papst zu sehen wäre für sie das größte Geschenk. Sie ist erst nach unserer Hochzeit so katholisch geworden, müssen Sie wissen. Vorher war sie es nicht. Deshalb habe ich mir einen Ruck gegeben und die Einladung angenommen. Ihretwegen. Sie ist immer eine gute Frau gewesen, sehr selbstlos, auch in den schwierigsten Zeiten. Wenn Gertrudis nicht wäre, hätte ich die Reise nicht gemacht. Denn wissen Sie was? Noch nie in meinem Leben habe ich Urlaub genommen. Es bekommt mir nicht, wenn ich nichts tun kann. Ich arbeite wirklich gern.«

Und plötzlich, ohne Übergang, erzählte Felícito Yanaqué von seinem Vater. Ein Yanacón, oben in Yapatera, ein einfacher Mann aus Chulucanas, ohne Ausbildung, ohne Schuhe, verlassen von seiner Frau, hatte den Jungen aufgezogen und sich abgerackert, damit er auf die Schule ging, einen Beruf erlernte, vorankam. Die Rechtschaffenheit in Person.

»Ja, ein großes Glück, wenn man einen solchen Vater hat, Don Felícito«, sagte Rigoberto und stand auf. »Sie werden die Reise nicht bedauern, ganz sicher nicht. Madrid, Rom, so viel Interessantes haben diese Städte zu bieten, Sie werden sehen.«

»Ich wünsche auch Ihnen alles Gute«, sagte Felícito Yanaqué und stand ebenfalls auf. »Grüßen Sie Ihre Frau von mir.«

Doch Rigoberto hatte den Eindruck, dass er alles andere als überzeugt war, dass er sich nicht im Geringsten auf die Reise freute und es für ihn tatsächlich ein Opfer bedeutete. Er fragte ihn, ob die Probleme, die er gehabt habe, gelöst seien, und sogleich bereute er es, denn im selben Moment huschte ein Anflug von Sorge oder Trauer über das Gesicht dieses kleinen Mannes.

»Zum Glück ist alles geklärt«, murmelte er. »Ich hoffe, die Reise hilft zumindest, dass die Menschen in Piura mich vergessen. Sie wissen nicht, wie schrecklich es ist, wenn man auf einmal bekannt ist, wenn man in den Zeitungen und im Fernsehen vorkommt und die Leute in der Stadt auf einen zeigen.«

»Das glaube ich Ihnen gerne«, sagte Rigoberto und gab ihm einen Klaps auf die Schulter. Er rief den Kellner und bestand darauf, die ganze Rechnung zu bezahlen. »Wir sehen uns im Flugzeug. Ah, da kommen meine Frau und mein Sohn, sie suchen nach mir. Also, dann bis gleich.«

Sie gingen zum Flugsteig, noch hatte das Einsteigen nicht begonnen. Rigoberto erzählte Lucrecia und Fonchito, dass die Yanaqués auf Einladung von Armida nach Europa reisten. Seine Frau war gerührt über die Großzügigkeit der Witwe von Ismael Carrera.

»So etwas sieht man heute kaum noch«, sagte sie. »Wenn wir im Flugzeug sind, gehe ich zu ihnen und begrüße sie. Sie haben die Frau für ein paar Tage aufgenommen und nicht geahnt, dass sie mit ihrer guten Tat das große Los gezogen haben.«

Im Duty-Free hatte sie mehrere Kettchen aus peruanischem Silber gekauft, als Souvenir für nette Leute, die sie auf der Reise sicher kennenlernten, und Fonchito eine DVD von Justin Bieber, diesem kanadischen Sänger, der die Jugendlichen auf der ganzen Welt verrückt machte, er wollte sie sich im Flugzeug auf seinem Rechner ansehen. Rigoberto blätterte im *Economist*, dachte dann aber, dass es besser wäre, das Buch zur Hand zu haben, das er als Lektüre für den Flug ausgewählt hatte. Er öffnete seinen Reisekoffer und nahm ein altes Exemplar heraus, erstanden bei einem Bouquinisten am Ufer der Seine, einen Essay von André Malraux über Goya: *Saturne*. Seit vielen Jahren wählte er sorgfältig aus, was er im Flugzeug las. Die Erfahrung hatte ihn gelehrt, dass er während eines Fluges nicht einfach irgendetwas lesen konnte. Es musste eine mitreißende Lektüre sein, die seine Aufmerksamkeit so sehr in Anspruch nahm, dass es jene unterschwellige Angst aufhob, die hervorbrach, wann immer er flog und nur daran dachte, dass er sich, dahingleitend mit einer Geschwindigkeit von neunhundert oder tausend Kilometern pro Stunde, in zehntausend Metern Höhe befand – zehn Kilometern! – und dass dort draußen Temperaturen von fünfzig oder sechzig Grad unter null herrschten. Es war eigentlich keine Angst, wenn er flog, sondern etwas Heftigeres, die Gewissheit, dass dies jeden Moment das Ende sein konnte, die Auflösung seines Körpers binnen eines Sekundenbruchteils und vielleicht die Offenbarung des großen Mysteriums, die Antwort auf die Frage, was es jenseits des Todes gab, wenn es denn überhaupt etwas gab, eine Möglichkeit, die er mit seinem alten, von den Jahren kaum gemilderten Agnostizismus eher ausschloss. Aber manche Lektüre schaffte es, dieses unheilvolle Gefühl auszublenden, ihn so zu fesseln, dass er alles andere vergaß. So war es ihm mit einem Roman von Dashiell Hammett ergangen, mit Italo Calvinos *Sechs Vorschlägen für das nächste Jahrtausend*, Claudio Magris' *Donau* oder als er noch einmal Henry James' *The Turn of the Screw* las. Diesmal hatte er Malraux' Essay gewählt, weil er sich daran erinnerte, wie sehr ihn die Lektüre beim ersten Mal ergriffen hatte und wie er danach fieberte, die Fresken aus der Quinta del Sordo und die Radierungen – *Die Schrecken des Krieges*, die *Caprichos* – nicht in den Büchern auf Reproduktionen zu sehen, sondern in natura. Jedes Mal, wenn er im Prado gewesen war, hatte er sich in den Goya-Sälen aufgehalten. Noch einmal den Essay von Malraux zu lesen gäbe einen schönen Vorgeschmack auf dieses Vergnügen.

Toll, dass diese ganze unangenehme Geschichte endlich vorbei war. Er war fest entschlossen, nicht zu erlauben, dass etwas, was auch immer, die nächsten Wochen verdarb. Alles sollte angenehm sein, wohltuend und schön. Welch wunderbarer Gedanke: von niemandem behelligt zu werden, nichts zu sehen, was deprimierend, ärgerlich oder hässlich war, alle Ortswechsel so zu organisieren, dass er einen Monat lang immer das Gefühl hatte, Glück wäre möglich, und dass zu diesem Gefühl beitrug, was immer er tat, hörte, sah und gar roch (Letzteres nicht ganz so einfach, klar).

Versunken in seinem hellen Traum spürte er, wie Lucrecia ihn anstieß und ihm bedeutete, dass das Einsteigen begonnen hatte. Ein Stück weiter sahen sie, wie Don Felícito und Doña Gertrudis als Erste an Bord gingen, in der Business-Reihe. Die Schlange der Reisenden in der Economy-Klasse war sehr lang, logisch, was aber auch hieß, dass das Flugzeug proppenvoll wäre. Rigoberto jedenfalls war unbesorgt; er hatte es geschafft, dass das Reisebüro ihnen die drei Plätze in der zehnten Reihe reservierte, neben dem Notausgang, wo es mehr Platz für die Beine gab, was die Unannehmlichkeiten des Fluges erträglicher machte.

Als sie das Flugzeug betraten, gab Lucrecia den beiden Piuranern die Hand, und das Paar grüßte sie sehr herzlich. Tatsächlich war ihre Sitzreihe die beim Notausgang. Rigoberto setzte sich ans Fenster, Fonchito in die Mitte und Lucrecia an den Gang.

Rigoberto seufzte. Ohne hinzuhören hörte er die Informationen, die jemand von der Besatzung zum Flug gab. Als die Maschine dann über die Piste zum Start rollte, hatte er es geschafft, sich in einen Leitartikel im *Economist* zu vertiefen. Schließlich startete das Flugzeug, unter dem Dröhnen aller vier Triebwerke und mit einer Geschwindigkeit, die von Sekunde zu Sekunde zunahm, und plötzlich spürte er, wie Fonchitos Hand seinen rechten Arm drückte. Er sah von der Zeitschrift auf und wandte sich zu ihm. Sein Sohn schaute ihn mit offenem Mund und entsetzten Augen an.

»Hab keine Angst, mein Junge«, sagte er überrascht, aber dann schwieg er, denn Fonchito schüttelte den Kopf, als wollte er sagen, das ist es nicht, nicht deshalb.

Das Flugzeug hatte abgehoben, und die Hand des jungen grub sich fest in seinen Arm.

»Was ist los, Fonchito?«, fragte er und warf einen besorgten Blick zu Lucrecia, aber bei dem Krach der Triebwerke hörte sie nichts, sie hatte die Augen geschlossen und schien zu dösen oder zu beten.

Fonchito versuchte ihm etwas zu sagen, aber er bewegte nur den Mund, kein Wort kam ihm über die Lippen, er war ganz blass.

Eine schreckliche Ahnung überkam Rigoberto, und er beugte sich zu seinem Sohn und flüsterte ihm ins Ohr:

»Wir werden nicht zulassen, dass Edilberto Torres uns die Reise verdirbt, nicht wahr, Fonchito?«

Jetzt allerdings sprach der Junge, und was Rigoberto hörte, ließ ihm das Blut zu Eis gefrieren:

»Er ist da, Papa, hier im Flugzeug, er sitzt hinter dir. Ja, doch, der Herr Edilberto Torres.«

Rigoberto spürte ein Zerren, und ihm war, als würde sein Hals gequetscht. Er konnte den Kopf nicht bewegen, sich nicht umdrehen zu dem Sitz hinter ihm. Es schmerzte fürchterlich, in seinem Kopf brodelte es. Er hatte die dumme Vorstellung, dass seine Haare qualmten, als stünden sie in Flammen. Ob es möglich war, dass dieser blöde Kerl hier war, in diesem Flugzeug, und mit ihnen nach Madrid flog? Die Wut stieg in ihm auf wie eine unaufhaltsame Lava, eine wilde Lust, aufzustehen und sich auf Edilberto Torres zu stürzen, ihn so lange zu verprügeln und zu beschimpfen, bis er nicht mehr konnte. Trotz des stechenden Schmerzes im Nacken schaffte er es schließlich, sich umzudrehen. Aber in der Reihe hinter ihnen saß kein Mann, nur zwei ältere Damen und ein Mädchen mit einem Lutscher im Mund. Verwirrt schaute er wieder zu Fonchito und erlebte eine Überraschung: Die Augen seines Sohnes sprühten vor neckischer Freude. Und dann brach er in schallendes Gelächter aus.

»Du hast es geglaubt, Papa«, prustete er, erstickend fast unter seinem übermütigen, gesunden, reinen, kindlichen Lachen. »Stimmt doch, du hast es geglaubt, ja? Du hättest mal dein Gesicht sehen sollen, Papa!«

Und erleichtert, kopfschüttelnd lächelte Rigoberto, lachte auch er, versöhnt mit seinem Sohn, mit dem Leben. Sie hatten die Wolkendecke durchstoßen, und eine strahlende Sonne tauchte das Innere des Flugzeugs in ihr Licht.